21世纪高等教育系列规划教材·中文类
国家级「精品课程」建设教材
安徽省高等学校规划教材建设项目
国家级「一流课程」建设教材

陈文忠 李伟 主编

文學理論

第四版

U0436759

北京师范大学出版集团
BEIJING NORMAL UNIVERSITY PUBLISHING GROUP
安徽大学出版社

图书在版编目(CIP)数据

文学理论/陈文忠,李伟主编. —4版. —合肥:安徽大学出版社,2022.1
ISBN 978-7-5664-2325-2

Ⅰ.①文… Ⅱ.①陈… ②李… Ⅲ.①文学理论-高等学校-教材 Ⅳ.①I0

中国版本图书馆 CIP 数据核字(2021)第 249516 号

文学理论(第四版)   陈文忠 李 伟 主编

出版发行:	北京师范大学出版集团 安 徽 大 学 出 版 社 (安徽省合肥市肥西路 3 号 邮编 230039) www.bnupg.com.cn www.ahupress.com.cn
印 刷:	合肥创新印务有限公司
经 销:	全国新华书店
开 本:	184 mm×260 mm
印 张:	27
字 数:	488 千字
版 次:	2022 年 1 月第 4 版
印 次:	2022 年 1 月第 1 次印刷
定 价:	65.00 元

ISBN 978-7-5664-2325-2

策划编辑:刘婷婷 王 黎 唐洪全	装帧设计:李 军	
责任编辑:刘婷婷	美术编辑:李 军	
责任校对:马晓波	责任印制:陈 如 孟献辉	

版权所有 侵权必究

反盗版、侵权举报电话:0551—65106311
外埠邮购电话:0551—65107716
本书如有印装质量问题,请与印制管理部联系调换。
印制管理部电话:0551—65106311

目 录

绪论　文学理论的性质和功能 ·· 1

第一编　文学作品

第一章　文学本质特征

第一节　"文学"辨析 ·· 25

第二节　文学的社会性 ·· 30

第三节　文学的审美性 ·· 36

第四节　文学的语言性 ·· 56

第二章　文学作品结构

第一节　文学作品结构层次 ·· 72

第二节　文学语言 ·· 81

第三节　文学形象 ·· 85

第四节　文学意蕴 ·· 98

第三章　文学作品类别

第一节　文学体裁的划分和意义 ································ 104

第二节　叙事文学 ·· 107

第三节	抒情文学	119
第四节	戏剧文学	126
第五节	影视文学	135

第二编　文学创作

第四章　文学创作活动

第一节	文学创作条件	143
第二节	文学创作过程	157
第三节	文学创作形态	169

第五章　文学创作风格

第一节	风格的审美特性	178
第二节	风格的审美形态	195
第三节	风格的文化形态	219

第三编　文学接受

第六章　文学欣赏

第一节	文学的传播与接受	235
第二节	文学欣赏性质	238
第三节	文学欣赏过程	246
第四节	文学欣赏效果	262

第七章　文学批评

第一节	文学批评性质	270
第二节	文学批评标准	278
第三节	文学批评方法	285

第四编　文学史

第八章　文学发展规律

  第一节　文学艺术的起源 ······ 301
  第二节　文学艺术的进步 ······ 308
  第三节　文学发展的外在动因 ······ 314
  第四节　文学发展的内在动因 ······ 325

第九章　文学发展进程

  第一节　文学体裁的演变 ······ 336
  第二节　文学思潮的演进 ······ 344
  第三节　文学地域的拓展 ······ 354
  第四节　文学文化形态的变迁 ······ 363

第十章　文学史研究

  第一节　文学史的性质 ······ 379
  第二节　创作史:文学作品生成史 ······ 393
  第三节　作品史:文学结构演变史 ······ 399
  第四节　接受史:艺术生命延续史 ······ 405

简要书目 ······ 410

后　记 ······ 411

修订二版后记 ······ 413

修订三版后记 ······ 415

第四版后记 ······ 418

绪论　文学理论的性质和功能

文学理论是文艺学的分支学科之一。它以文学活动为研究对象，系统阐述文学活动的审美特征和文学发展的历史规律；反过来，对文学活动具有认识和实践双重意义，为文学批评和文学史研究提供系统的价值体系和方法论体系。文学理论是一门理论性课程，它由一套属于自己的概念、范畴、命题构成。学习文学理论，首先应当透彻理解每一个概念范畴，在此基础上再全面掌握完整的理论体系，以引导和规范文学实践和文学批评活动。

一、文学理论的性质

(一)文学理论在文艺学中的地位

文学理论是现代文艺学的分支学科之一。文艺学是从多方面研究文学的诸学科的统称。文学是艺术的一种，它与其他艺术具有多方面的共同性，因而人们通常把研究文学的诸学科统称为文艺科学或文艺学。不过严格地说，文艺学包括文学学和艺术学两大学科体系，文学理论应是文学学(Literary Scholarship)的分支学科。目前，用文艺学代指文学学已约定俗成，为人们所普遍接受。

中国古代有悠久的文学研究传统(泛称"诗文评")，但没有现代意义的文艺学。现代文艺学形成于西方，20世纪初传入我国。文艺学在长期的发展过程中逐渐形成三个各自独立又互相联系的分支，即文学理论、文学批评和文学史。到20世纪三四十年代，这一划分已成为欧美学者的共识。韦勒克在《文学理论》中以较长段落，阐述了上述分支的区分和范围：

在文学"本体"的研究范围内,对文学理论、文学批评和文学史三者加以区别,显然是最重要的。首先,文学是一个与时代同时出现的秩序(simultaneous order),这个观点与那种认为文学基本上是一系列依年代次序而排列的作品,是历史进程上不可分割的一部分的观点,是有所区别的。其次,关于文学的原理与判断标准的研究,与关于具体的文学作品的研究——不论是作个别的研究,还是作编年的系列研究——二者之间也要进一步加以区别。要把上述的两种区别弄清楚,似乎最好还是将"文学理论"看成是对文学的原理、文学的范畴和判断标准等类问题的研究,并且将研究具体的文学艺术作品看成"文学批评"(其批评方法基本上是静态的)或看成"文学史"。①

这段话的含义比较复杂,联系韦勒克的《文学理论》第一章"文学与文学研究"可以发现,他在这里对作为审美对象的"文学"和作为学术思维的"文学研究"作了区分。首先,他把"文学"区分为两个层次,即"与时代同时出现的秩序"和"依年代次序而排列的作品",前者是指由文学经典构成的理想的序列,后者则是指编年史上的文学作品。其次,他把"文学研究"区分为三个分支,即文学理论、文学批评和文学史;而文学研究的对象既包含由文学经典构成的理想的序列,也包含编年史上二三流的文学作品。韦勒克的这一论述,近年频频为我国文学理论教材所称引。其实,早于韦勒克的《文学理论》,季摩菲耶夫在1934年初版、1948年再版的《文学原理》中就提出了相同的看法。他认为:文学科学的主要目标,必须对以下三个基本问题有清晰的解答:文学是什么?文学是怎样发展下来的,现在又怎样发展着?文学对于现代有怎样的意义?对上述问题的不同解答便形成文艺学的三个分支。虽排列秩序不同,季摩菲耶夫同样明确指出,文学原理、文学批评、文学史是文学科学或文艺学的三个基本"部门"。韦勒克和季摩菲耶夫的理论倾向明显不同,但对文艺学构成的看法则基本一致。

文学理论、文学批评和文学史作为文艺学的三个分支学科,既各自独立又互相联系。首先,这三个分支的研究角度、对象、内容和任务各不相同。文学史是以历史的眼光动态地考察本民族和他民族文学历史发展状况和发展规律的学科。它的主要任务是梳理文学发展的历史进程和历史秩序;揭示文学发展的外在动因和内在动因;正确评价在文学史上占重要地位的作家和作品;总结文学的历史经验,并为后代的文学发展提供有益的借鉴等。文学批评是以审美的眼光对当代最新的各种文学现象进行分析评价的学科。

---

① [美]雷·韦勒克、奥·沃伦:《文学理论》,北京:生活·读书·新知三联书店,1984年,第31页。

文学批评直接面对当代的读者和作者。它的主要任务是分析评价作品的思想艺术成就，引导读者充分深入地欣赏作品，培养读者的审美情趣，提高读者的鉴赏能力；研讨创作的成败得失，总结作家的创作经验和创作成就，启发和帮助作家提高创作水平等。文学理论是用哲学思辨的方法从理论上阐明文学和文学活动的本质特征、文学发展的历史规律和文学作品的分析研究方法的学科。所谓哲学思辨的方法，就是指在掌握古今中外各种文学现象的基础上，经过理论思维科学地概括文学的本质、特征和规律，以概念、范畴和命题的方式系统阐述文学和文学活动的本质规律。它的主要任务是从理论上阐明文学作为审美意识形态的本质特征；分析文学作品的结构层次和各种体裁的艺术特征；揭示文学创作和文学接受的独特规律和相互联系；探讨文学发生发展的多种动因和文学发展进步的复杂形态等，从而为认识文学和文学活动，进行文学创作、鉴赏和研究提供理论上的启示和方法。在文艺学体系中，文学理论具有基础地位和"引论"性质，所以又被称为"文艺学引论"或"文艺学导论"。

其次，必须强调，文学理论、文学批评和文学史这三个学科又是互相联系、互相包容的。文学理论要以文学批评取得的成果和文学史提供的丰富文学现象为基础。文学理论不根植于具体文学作品的分析和文学史的研究将失去前提，因为文学理论的一套概念、术语和命题绝不可能凭空产生。反过来说，文学批评和文学史研究又必须以文学理论所阐释的原理、规则和方法为指导。没有一套论题、一系列概念、一些可供参考的论点和一些抽象概括，文学批评和文学史撰写同样是无法进行的。没有文学理论的规范，文学批评和文学史编写就可能沦为审美印象的描述和历史材料的罗列。区别是为了联系，在联系中才能更清楚地进行区别，因此我们必须为这三个学科之间互相渗透的必然性和重要性进行"辩护"。正如韦勒克所说：文学理论、文学批评和文学史"他（它）们完全是互相包容的"，"文学理论不包括文学批评或文学史，文学批评中没有文学理论和文学史，或者文学史里欠缺文学理论与文学批评，这些都是难以想象的。"①

(二)文艺学在人文科学中的地位

目前通行的科学分类是将人类全部科学领域划分为三大系统，即自然科学、社会科学和人文科学。在这三大学科群中，分别汇集了人类在自然物质世界、社会群体生活和人类精神文化这三大领域中进行探索和研究的系统成果。自然科学自成一体，与本书没有直接联系，这里着重介绍与文艺学关系密切的人文科学和社会科学及文艺学

---

① ［美］雷·韦勒克、奥·沃伦：《文学理论》，北京：生活·读书·新知三联书店，1984年，第32页。

在其中的位置。

人文科学是一门古老的学科。所谓"人文科学",简言之就是指以"人文"为研究对象的科学。所谓"人文",主要是指作为人类文化核心部分的精神文化,即泰勒所说的"包括全部的知识、信仰、艺术、道德、法律、风俗以及作为社会成员的人所掌握和接受的任何其他的才能和习惯的复合体"①,它是人类某个民族或社会所共有的价值观念和意义体系及其物化产品。具体地说,所谓"人文科学",就是指以人类的精神世界及其物化的精神文化产品为研究对象的学科体系。人文科学的具体学科主要包括传统的文、史、哲,以及由这三个学科衍生出来的次级学科,包括宗教学、文化学、伦理学、美学和文艺学等。

与人文科学不同,社会科学是以人类社会活动为研究对象的学科体系。与人类社会的基本活动形态相对应,它主要包括经济学、政治学、社会学、军事学、法学、教育学等。社会科学的形成迟于人文科学和自然科学。具体地说,社会科学中的经济学、社会学、政治学等依靠经验方法对特定社会活动进行实证研究的学科,于18世纪中后期才开始独立出来,到19世纪逐渐形成自己的理论体系。近代社会科学的产生和形成,是欧洲社会在自然科学和技术革命的推动下迅速工业化和城市化的产物。正如美国学者D. W·卡尔霍恩所说:"社会科学主要是技术革命以及随之发生的社会变化的结果。工业革命以前的社会并不是没有变化,但是技术的兴起使这种变化迅速得多,并且打破了传统的生活模式而又没有新的模式来代替。社会科学的产生部分的原因就是努力寻求这种新的模式。"②换言之,近代西方社会科学的形成,一方面是缘于欧洲社会发展的需要,另一方面是受到近代自然科学的影响。

人文科学与社会科学既有一定区别,又有内在联系。它们的区别主要表现在两个方面:一是在研究对象上,二者有"人文"与"社会"之别;二是在研究方法上,人文科学侧重于意义分析,主要采用哲学阐释学的方法,而社会科学较多引进了自然科学的实证方法,所以社会科学具有实证科学的性质,而人文科学则不具有这种性质。但是,人文科学与社会科学的内在联系远远多于区别,其根源在于作为它们研究对象的"人文"与"社会"是深深地联系在一起的。社会是由人构成的,任何社会活动都以人为主体并通过人的行为来实现。人又是一种特殊的自然物。人不仅具有自己的目的和意志,不断追求自己的理

---

① [英]爱德华·泰勒:《原始文化》,上海:上海文艺出版社,1992年,第1页。
② [美]D. W·卡尔霍恩:《变革时代的社会科学》,北京:社会科学文献出版社,1989年,第46页。

想和价值,而且人的身上承载着悠久的历史文化传统,承载着人类全部的价值和意义。面对由这样的"人"组成的社会和由这样的"人"展开的各种社会活动,硬要把"人文"与"社会"区分开来和对立起来,是不明智的,也是不可能的。让·皮亚杰就坚持这种立场,他在著名的《人文科学在科学体系中的地位》一文中写道:"在人们通常所称的'社会科学'与'人文科学'之间不可能作出任何本质上的区别,因为显而易见,社会现象取决于人的一切特征,其中包括心理生理过程。反过来说,人文科学在这方面或那方面也都是社会性的……因此同卢梭时代人们的想法相反,没有任何东西能阻止人们接受这样的观点,即'人性'还带有从属于特定社会的要求,以致人们越来越倾向于不再在所谓社会科学与所谓'人文'科学之间作任何区分了。"① 正因为人文科学与社会科学之间具有深刻的内在联系,所以人们经常把两者合在一起统称为人文社会科学。在德语传统中,则径直称为人文科学或文化科学。②

那么,文艺学在人文社会科学中处于何种位置?这应当从人和人的生活活动说起。人的生活活动是一个多层次复杂的系统,从本质上说,它是以生产活动为基础的人类生存、繁衍和发展的活动系统的总和。人在社会生活中从事各种活动,扮演各种角色,形成多样关系。人文社会科学的各个分支就形成于人对各种活动形态的系统研究。就每一个个体的人来说,其最基本的生活活动可以分为三个层面,并在不同程度上扮演和充当三种不同角色:一是经济和政治活动中的现实的人,二是教育和伦理领域中的道德的人,三是审美和艺术活动中的审美的人。席勒所谓感性的人、理性的人和审美的人的说法,与此相似。如果说经济学、政治学和社会学着眼于人的现实实践活动,心理学、教育学和伦理学着眼于人的精神道德领域,那么美学和文艺学则着眼于人的审美活动和文学艺术活动。此外,人类学、历史学和未来学则从整体上研究人和人的生活的发生发展和未来前景。由此可见,美学和文艺学在人文科学体系中占有独特的位置。恰如席勒所说,感性的人不可能直接发展成为理性的人,必须首先成为审美的人。人在审美状态中已经得到净化提高,因而可以按照自己的法则从感性的人发展成为理性的人。因此,文明的首要任务就是"使人在美的王国能够达到的范围内成为审美的人"。③ 从这个意义上讲,以审美和艺术活动为研究对象的美学和文艺学,不仅地位独特,而且极为关键。

文学艺术活动和人类的其他活动密切相关,文艺学与人文科学的各个分支同样相互

---

① [瑞士]让·皮亚杰:《人文科学认识论》,北京:中央编译出版社,1999年,第1~2页。
② 参阅[德]H·李凯尔特:《文化科学和自然科学》,北京:商务印书馆,1986年。
③ [德]弗里德里希·席勒:《审美教育书简》,北京:北京大学出版社,1985年,第116~118页。

渗透。文艺学在人文科学体系中所处的位置给我们两点启示：一是必须充分认识文艺学在人文科学中的重要性，没有文艺学的不断推进，文学艺术活动就很难健康发展；二是要真正学好文学理论，从事文学艺术研究，必须具备广博的人文社会科学学养。

二、文学理论的体系

（一）文学理论体系的形成

文学理论作为一门理论科学，不是个别理论家凭空杜撰出来的，而是历代思想家和批评家通过对文学实践活动持续不断地进行探索和思考，再由学者、专家对有价值的学说观点不断进行汇集梳理逐渐形成的。黑格尔对理论体系的形成和建立曾作过这样的描述：人们在对艺术和艺术史的研究中，"会出现不同的观点，在研究艺术作品时，为着要根据它们来下判断，就不能忽视这些观点。像在其他从经验出发的科学里一样，这些观点经过挑选和汇集之后，就形成一些一般性的标准和法则，经过进一步的更侧重形式的概括化，就形成各门艺术的理论。"①具体地说，从作为理论来源的文学实践到文学理论体系的形成，大致经历三个环节。

首先，文学实践是文学理论的基础和来源，先有生生不息的文学实践活动，才有源源不断的文学理论产生。文学的普遍原则和规律正是从具体的文学创作和文学作品中提炼出来的。正如契诃夫所说："我们可以把各时代最优秀的艺术品集合在一道，用科学方法提取那些普遍的、使作品成为彼此相似的和决定它们价值的东西。这'普遍的'将成为法则。在我们称为不朽的作品中有很多普遍的东西。"②

其次，文学实践和文学作品不可能自动"生产"出文学理论，必须经过思想家和批评家的中介"加工"。历史上，众多的思想家和批评家通过对文学活动规律的探索，不断提出新见解和新观点。这些新见解和新观点成为后人建构理论体系最基本的思想资源。正如钱锺书所说："自发的孤单见解是自觉的周密理论的根苗。"③

最后，当思想家和批评家零星的理论思考累积到一定程度，再由学者对这些理论观点按不同原则进行归纳整理，就产生了性质不同的文学理论体系。车尔尼雪夫斯基说："真理若是不纳入一种完整的体系，运用起来就不方便：谁给科学创造了体系，他就能独

---

① ［德］黑格尔：《美学》第1卷，北京：商务印书馆，1979年，第19页。
② 转引［苏］季摩菲耶夫：《文学原理》，上海：平明出版社，1955年，第7页。
③ 钱锺书：《七缀集》，上海：上海古籍出版社，1985年，第33页。

力使科学成为通俗易解,他的见解也将融会在群众中间传播开去。"①确实,把自发孤立的见解纳入自觉的理论体系,既可以使理论得到深化,也有助于理论的传播和读者的理解。

文学理论史上大量成系统的著作大致可分为两种类型:一种是自成一家之言的原创性体系,一种是面向文科大学生的教材型体系。19世纪之前,中外文论史上产生了许多具有理论原创性的著作,为现代文学理论的发展奠定了坚实的基础。20世纪以来,随着现代大学教育的蓬勃发展,以知识传授、能力培养和方法运用为主要目的教材型体系得到迅速发展。

从古希腊时期到19世纪,西方对现代影响巨大且有系统的文学理论著作可以举出四部。一是亚里士多德的《诗学》。它是以古希腊的文学实践为基础,以摹仿说为逻辑基点,以悲剧论为核心建构的西方第一个独立的文学理论体系。二是黑格尔的《美学》。这是西方有史以来篇幅最宏大、内容最丰富、体系最严密的集大成的美学或艺术哲学著作。三是别林斯基的《诗歌的分类和分科》。这是一部简明通俗而体系完备的文学理论著作。四是丹纳的《艺术哲学》。如果说《诗学》《美学》和《诗歌的分类和分科》主要是对文学作品本身进行考察,为文学创作和文学批评提供理论指导,那么,丹纳的《艺术哲学》则侧重于对文学艺术史进行考察,建构了西方文论史上第一个影响深远的艺术史理论体系。它以审美文化心理的艺术史观为基础,由艺术根源的三总体原则、历史发展的三动因公式、进化过程的三时期观念和审美判断的三价值标准等内容构成,是一个历史文化分析和美学价值评价相统一、个体创作史和民族艺术史相并重的艺术史哲学体系。②

中国文论史上影响巨大且有系统的文学理论著作,大略也可举出四部。首先是刘勰的《文心雕龙》。全书50篇,由"文之枢纽"的总论、"论文叙笔"的文体论、"剖情析采"的创作论和批评论构成一个相当严密的体系。黑格尔的《美学》和刘勰的《文心雕龙》,被公认为对现代文学理论体系的建构最值得参考和借鉴。其次是严羽的《沧浪诗话》。这部书尝试在诗话中建立诗学体系,标志着诗话体例的进步。再次是李渔的《李笠翁曲话》③。这部书被公认为古代第一部兼编剧、导演、教习以及戏剧批评为一体的具有独立完整体系的戏剧学著作。最后是刘熙载的《艺概》。这是一部传统意义上的"艺文概论"或"文学概论",与一般的诗话、词话、文话相比,它更具完整性和系统性。《艺概》成为继《文心雕龙》之后,古代文论史上具有终结性意义的文学理论著作。《艺概》诞生之后,随着西学东

---

① 《车尔尼雪夫斯基论文学》中卷,上海:上海译文出版社,1979年,第183页。
② 参阅陈文忠:《论泰纳的艺术哲学》,《安徽师范大学学报(哲学社会科学版)》,1990年第4期。
③ 此书是1925年曹聚仁从李渔《闲情偶寄》一书中摘取论剧部分编纂而成,并拟此名。

渐,现代意义上的文学理论和教材型的文论体系便逐渐萌生。

(二)文学理论的两种建构形态

20世纪以来,以知识传授、能力培养和方法运用为主的教材型体系,随着现代大学教育的发展大量涌现出来。作为大学汉语言文学专业的主干课程,文学理论应当讲授哪些内容,这些内容如何安排最为合理,不同的编撰者有不同的思考和选择。目前常见的有两种不同类型的建构形态:一种是功能性结构,一种是对象性结构。这两种建构形态的建构原则和体例各有所长,在提出我们的建构原则之前有必要作一简单介绍。

所谓"功能性结构",就是指根据对文学理论功能任务的理解,确定论述内容和论述顺序的建构体例。季摩菲耶夫的《文学原理》和韦勒克、沃伦合著的《文学理论》虽然在理论立场和具体内容上有明显区别,但都可被视为功能性结构的代表。季摩菲耶夫认为:"文学原理的基本任务是确定支配文学作品的法则。"所谓"确定支配文学作品的法则",是指文学理论作为文艺学基础性和导引性的分支,应当为文学批评和文学史研究提供系统的"原则和方法"。据此,季摩菲耶夫的《文学原理》由三部分构成。第一部分"文学概论",确定文学的本质,探讨作为意识形态形式之一的文学的本质特性以及它在社会生活中的地位和任务,从而"找出文学批评所应依据的一般性的原则。这一组问题主要是和形象性、艺术性、党性的概念相联系的"。第二部分"文学作品的分析",研究具体作品的结构,研讨文学特性怎样依据作家所使用的语言、结构和情节等特殊媒介表现在具体作品之中,从而"确定分析作品所应依据的原则和方法"。第三部分"文学发展过程",从分析个别作品出发,进而研究文学的发展过程,研究作品之间的相互作用和作品的更替,主要涉及作家风格、艺术方法、文学思潮和文学的类型体裁等问题,从而"建立分析文学发展过程所应依据的原则和方法"。在理论内容上,全书三部分系统阐明了理解文学本质、文学作品和文学发展必然会涉及的基本问题;在体例安排上,由文学批评依据的一般性原则,到具体作品的分析方法,再到研究文学发展过程的原则方法,由抽象到具体,从共时到历时,三部分之间具有清晰的逻辑承递性,自成一个前后衔接、层层递进的逻辑体系。同时,它对文学对象和文学形象等重要理论问题的论述,深刻揭示了文学的审美特性,而形象塑造论成为季氏整个文学理论的基石。因此,这部书不仅在当时的苏联文艺理论界为人瞩目,而且对新中国成立初期的文学理论教材产生了深刻影响,甚至对蔡仪主编的《文学概论》也有极为明显的影响。

如果说,季摩菲耶夫《文学原理》的体例具有德国思辨美学逻辑与历史相统一的特点,那么韦勒克、沃伦的《文学理论》的构架更强调其作为文学研究方法学的工具性和可操作性。全书共分四步,大致体现了文学研究的逻辑进程。第一步"定义和区分",首先阐明文学与文学研究的含义和区别,辨清文学研究方法上存在的各种问题,进而分别从文学研究的三个分支即文学理论、文学批评和文学史,以及文学研究的三个层面,即总体文学、比较文学和民族文学,确定文学研究的对象和范围。第二步"初步工作",考察了文学研究初步阶段的材料搜集、版本校勘和作品编辑等问题,这是真正开始分析诠释作品的基础工作。第三步"文学的外部研究",列述了文学种种外部关系的研究,依次论述了文学与传记、文学与心理学、文学与社会、文学与思想和文学与其他艺术的相互关系。第四步"文学的内部研究",也即所谓文学的本质研究或"文学性"的研究,依次阐述了文学作品的存在方式,诗的声韵、格律和意象体系,小说的性质和模式,文体和文体学,文学的类型,文学的评价,以文学史研究的理论方法结束全书。韦勒克表示:他们的这本书力图写成一部包容诗学(文学原理)、文学批评理论、文学史理论以及文学研究方法等内容于一体的著作,而"文学理论"一语实质上应包括必要的"文学批评理论"和"文学史的理论"。① 由此可见,季摩菲耶夫的《文学原理》和韦勒克、沃伦的《文学理论》虽然对文学本质特征的看法完全不同,前者从马克思和列宁的文艺观出发,强调文学的意识形态性和党性,后者坚持英美新批评的立场,强调文学作为语言的艺术作品的独立自主性,但是他们不约而同地把"文学理论"视为文学批评和文学史研究的理论方法,并以此建构全书的功能性建构体例的做法,则是完全一致的。

所谓"对象性结构",就是指根据文学活动这一研究对象的构成要素和诸要素之间的客观联系,确定论述内容和论述顺序的建构体例。童庆炳主编的《文学理论教程》就采用了对象性结构的建构体例。这种建构体例直接受到美国学者艾布拉姆斯关于文学活动四要素说的启发。艾布拉姆斯在《镜与灯:浪漫主义文论及批评传统》一书的导论"批评理论的总趋向"中指出:每一件艺术品总要涉及四个要素,即艺术家、艺术品、欣赏者和世界,几乎所有力求周密的理论总会在大体上对这四个要素加以区别,使人一目了然。② 艾布拉姆斯的批评四要素及其之间相互关系的论述,实质上也揭示了文学活动的构成要素及基本过程。《文学理论教程》就是根据作为研究对象的文学活动的四要素及结构关系建构全书的。编者认为,文学理论所把握的不是这四个要素中某一个孤立的要素,而是四个要素构成的整体活动及其流动过程和反馈过程,而文学理论体系中的本质论、创作

---

① [美]雷·韦勒克、奥·沃伦:《文学理论》,北京:生活·读书·新知三联书店,1984年,第31页。
② [美]M·H·艾布拉姆斯:《镜与灯:浪漫主义文论及批评传统》,北京:北京大学出版社,1989年,第5页。

论、作品论和接受论恰好是与文学四要素构成的文学活动的结构关系相对应的。文学活动的结构关系规定了文学理论的内容和体例。《文学理论教程》从第二编开始就依次讨论文学活动的四个环节,即"文学活动""文学创造""文学作品"及"文学消费与接受"。对文学活动这四个环节的理论探讨构成了《文学理论教程》一书的基本内容。正如其编者所示:"本书力图紧紧把握住文学理论的对象,并对其作出扼要的、深入的阐释与研究。"[1]

艾布拉姆斯的批评四要素,以最简明的语言和极富理论概括力的模式,揭示了文学活动的内在关系,因此被国际学术界普遍采用。其后,许多文学理论著作都循着这四个要素所构成的阐释框架来处理文学理论的基本问题。除《文学理论教程》外,近年来我国出版的文学理论教材也大多采用这种建构体例。有不少文学理论教材将其知识构成分为五大部分,即本质论、作品论、作家论、接受论和发展论,或者表述为特征论、构成论、创作论、鉴赏论和发展论,其实都是文学活动四要素论的变通形态。有的文学理论教材想突破这一框架,却并非易事。董学文、张永刚的《文学原理》有一明确的理论目标,即"让文学原理真正成为文学原理"。经过反复推敲,他们把文学原理系统定位在"五个W"上,即"文学是什么""文学写什么""文学怎么写""文学写成什么样""文学有什么用"。虽然他们试图以"五个W"取代四要素的框架,但最后承认:"细心的读者一定会发现,我们这本《文学原理》,虽想从整体上突破这一框架,但依然保留着'四要素'的不少痕迹……这表明把'四要素'定为文学研究的基本对象是准确的,同时也表明对于这'四要素'具体内涵和构成方式的不同处理,使得其阐释弹性极大。"[2]其实,与其说董学文、张永刚的《文学理论》依然保留着"四要素"的不少痕迹,不如说"四要素"实质上是其建构的内在参照系。

(三)本书的建构原则和体例

那么,本书将采用何种建构原则和建构体例?这有必要对上述两种建构体例各自的长处和短处作一简要分析。季摩菲耶夫的《文学原理》和韦勒克、沃伦的《文学理论》都把文学理论视为文艺学体系中基础性和导论性的分支,强调文学理论应当为文学作品分析和文学史研究提供系统的价值体系和方法论体系,应当是一种"元批评"。正是由于对文学理论这种功能任务的明确理解和规定,这两部书以各自的方式基本上做到了理论的逻辑性和实践的可操作性的有机统一。同时,它们从不同角度对文学发展规律和文学史理论的阐述,使文学理论真正具备了规范文学批评和指导文学史研究的双重功能。这一点

---

[1] 童庆炳:《文学理论教程》,北京:高等教育出版社,1998年,第8页。
[2] 董学文、张永刚:《文学原理》,北京:北京大学出版社,2001年,第2、282页。

恰恰长期以来为我国的文学理论教材所忽视,至今还没有一部教材对文学史理论作必要的介绍和探讨。但是,这两部书对文学创作和文学接受都没有专门的论述,在创作心理研究不断深入、接受美学广泛被人们接受的今天,更显得其缺乏知识体系的完整性。而从文学批评和文学史研究角度看,掌握文学创作规律和接受规律也是极其必要的。

如果说功能性结构具有指导文学批评和文学史研究的方法学或元批评学的明确性而缺乏知识系统的完整性,那么对象性结构的长处和短处似乎正与此相反。首先,对象性结构根据文学活动的四要素编排体例,对文学活动的整个流程进行系统阐述,并且对文学创作和文学接受予以充分重视,设专章甚至以整编的篇幅对其进行探讨。因此,相对于功能性结构,对象性结构体例更具有知识体系的完整性。其次,对象性结构有两个明显的不足。一是文学活动四要素的结构关系展示的是一种共时性的结构,缺乏历时性层面的展现。这样,文学的发生发展问题在《文学理论教程》中虽有所论述,但由于体例的限制,其并没有获得应有的理论地位。二是对象性结构注重文学活动过程的完整阐述,但缺乏明确的方法论意识和方法论导向。如果说文学作品论客观上为文学批评提供了方法论基础,那么,文学发展论和文学史论的削弱甚至告缺,则使文学理论完全失去了指导文学史研究的重要功能。可见,功能性结构和对象性结构这两种建构形态确实各有长短。

本书认为,一部合用的文学理论教材应当力求做到知识体系、价值体系和方法论体系三者的有机统一。首先,应当对文学活动的共时结构和历时过程作完整的论述,为人们从共时方面掌握文学的创作、传播和接受的规律,从历时方面掌握文学发生发展的历史规律,提供较为全面的理论知识。其次,应当科学阐明文学的审美特征、文学作品的审美构成和文学创作的价值理想,为人们正确评价创作和作品提供系统的价值体系。再次,文学理论作为文艺学体系中基础性和导论性的分支,自然更应当具有自觉而明确的方法论意识,并贯穿全书,从而为文学作品的分析和文学史研究提供系统的原则和方法。虽然每一门学科的理论范畴都具有多种功能,文学的本体论、价值论和方法论也往往是相互关联的,但是,作为理想的建构原则和建构体例,应当自觉实现知识体系、价值体系和方法论体系的完整统一。

基于上述认识,本书主张取功能性结构与对象性结构二者之所长,确立一种"寓功能任务于对象结构之中"的新的建构体例。在外部框架上,必须对文学活动的共时环节和历时过程作出完整的描述;在理论指向上,通过对文学的审美特征、类型形态、价值理想和创作、接受及发展规律的阐述,为文学实践尤其是文学批评和文学史研究提供系统的原则和方法。

　　本书的框架就是根据寓功能任务于对象结构之中这一原则确立的。不过,首先要对作为文学理论研究对象的文学活动从共时关系和历时过程两个层面作新的界定:文学活动是以文学作品为中心,创作与接受双向流动,历史与现实古今沟通的审美活动;文学作品居于共时结构与历时过程的核心位置,也是文学理论研究的核心对象。据此,除"绪论"对文学理论的性质地位、建构体例和功能任务作必要的说明外,全书由四编构成。第一编"文学作品"。首先讨论文学作为审美意识形式的一般性、特殊性与自身的个别性,在文学与其他意识形式、文学与历史和新闻等其他语言作品的关系中,逐步揭示文学的本质特征,进而把文学放在艺术体系中考察文学在传统艺术中的地位,探讨文学在现代传媒时代的命运。文学的本质特征是通过文学作品得到体现与落实的,于是接着讨论文学作品的审美结构、审美要素和体裁种类,深化对文学作为语言艺术的认识,为分析和评价文学作品提供系统的价值参照和具体的方法途径。第二编和第三编,分别是"文学创作"和"文学接受"。创作与接受是文学活动中围绕作品展开的两个重要环节,前后承续,双向互动。首先讨论文学的创作规律和创作风格,依次阐述文学的创作条件、创作过程和创作形态等问题。文学风格是创作主体的艺术个性在文学作品中的实现,离开创作活动和创作个性就没有创作风格,因此自然应当在研究创作规律后讨论文学风格的特征、成因和形态等问题。第三编进而讨论文学的传播与接受,着重探讨文学传播在文学活动中的意义,文学欣赏的性质、过程和效应,以及文学批评的性质、标准、原则和方法。第四编"文学史"。这一编集中从历时层面讨论文学的发生与发展,阐明文学发展进程的特殊规律,探讨文学发展的多种动因和多种形态,最后回归到文学史的研究,阐述文学史的本质、分期、形态和文学史研究的范式。

　　可以看出,本书的第一编至第三编侧重于文学活动共时结构诸环节的讨论,第四编侧重于文学活动历时层面的发生发展规律的研究。前者从文学的本质与本文,到本文的创作与接受,再到文学批评,在论述创作与接受规律的同时,围绕文学作品这一核心,建构文学作品分析批评的方法体系;后者从文学的发生到发展,再由文学事实的历史到文学述说的历史,最后以文学史研究结束,在阐述文学发展规律的同时,建构文学史研究的方法体系。应当说本书框架较好地实现了寓功能任务于对象结构之中的目的。当然在实际的文学批评和文学史研究中,本书各编的理论内容不可截然分开。缺乏对文学审美特征的深刻认识,文学史研究就失去了理论根基;而缺乏对文学发展规律的全面了解,文学批评则失去了必要的参照。因此,全书四编是一个纵横结合、互为补充的有机整体。

三、文学理论的作用

文学理论有什么用？这是每一位文学理论初学者都希望得到明确回答的问题。文学理论是一种"有用之学"。概括地说，它具有双重意义和三种功能。

（一）文学理论的双重意义

所谓"文学理论的双重意义"，是指文学理论体系中的每一个概念、范畴和命题，既具有理论认识的意义，即为人们提供有关文学的本质特征和文学活动规律的科学知识，又具有实践方法的意义，即可以指导人们开展各种文学实践活动。不过，理论家对文学理论是否真有认识和实践的双重意义有着不同看法。英国美学家鲍桑葵就明确持否定意见。他在《美学史》前言中说：

> 美学理论是哲学的一个分支，它的宗旨是要认识而不是要指导实践……我们必须坚定地指出，美学家并没有手持一套批评的原则和戒条这一精良的武器，无礼地侵入艺术家的领域……人们常说，艺术是无用的；在类似的意义上，也不妨说，美学也是无用的。总之，美学理论家所以想要了解艺术家，并不是为了干涉艺术家，而是为了满足自己的学术兴趣。①

这里所说的"美学理论"也包括艺术理论和文学理论。在鲍桑葵看来，美学和文艺理论只具有认识的意义，纯粹是为了满足自己的学术兴趣，不具有实践的意义，不能无礼地侵入艺术家的领域。但是，这至多可以说是理论家的谦虚，并不是科学理论的真正品格。从实质上来说，文学理论的认识意义和实践意义是回答"是什么"和指导"怎么做"，这二者是内在地联系在一起的。懂得了"是什么"，才有可能知道该"怎么做"。

文学理论的认识意义和实践意义之间的关系，从某种意义来说也就是"学"与"术"的关系。梁启超在《学与术》一文中，对此曾有精辟的论述。他写道："学也者，观察事物而发明其真理者也。术也者，取所发明之真理而致诸用者也。例如以石投水则沉，投以木则浮，观察此事实，以证明水之有浮力，此物理也。应用此真理以驾驶船舶，则航海术也。研究人体之组织，辨别各器官之机能，此生理学也。应用此真理以疗治疾病，则医术也。学与术之区分及其相关系，凡百皆准此。"在此文中，梁启超既反对学与术相混淆，对学与

---

① ［英］鲍桑葵：《美学史》，北京：商务印书馆，1985年，第1页。

术作了明晰的区分,同时又反对学与术相分离,充分肯定了西方学者的这种观点,即"学者术之体,术者学之用,二者如辅车相依而不可离。学而不足以应用于术者,无益之学也;术而不以科学上之真理为基础者,欺世误人之术也"。① 文学理论作为一种学术或人文社会科学的一个分支,其认识意义和实践意义、发明真理的意义和学以致用的意义,同样既不可相混,又不可相离。

(二)文学理论的三种功能

文学活动有三种最基本的形式,即创作、欣赏和批评。与此相联系,文学理论指导实践的作用也主要表现在三个方面,即引导创作、指导欣赏和规范批评。

其一,文学理论具有引导创作的功能。文学理论对文学本质特征的揭示,对各种文体惯例性规则的阐述,以及对创作规律和艺术技巧的总结等,对文学青年和文学习作者具有积极的引导启发作用。中外文论史上最初的文论著作,无论是亚里士多德的《诗学》,还是刘勰的《文心雕龙》,都着意于文学家的培养,试图为文学杰作的创作提出最有效的方法。直至18世纪古典主义时期,《诗学》和古典主义理论家的种种"诗艺"著作,一直都被奉为创作法则和艺术的教师。黑格尔写道:"亚里士多德的《诗学》,其中关于悲剧的理论在现在还是可以引起兴趣的,在古人之中,贺拉斯的《诗学》和朗吉努斯的《论崇高》更可以概括地说明这种理论工作是如何进行的。这些著作中所作出的一些一般性的公式是作为门径和规则,来指导艺术创作的,特别是在诗和艺术到了衰颓的时代,它们就被人们奉为准绳。"② 刘勰的《文心雕龙》,无论是命名、宗旨,还是体例,同样着眼于创作奥秘的揭示、创作规律的总结和文学家的培养。

但也必须清醒地看到,文学理论对文学创作只具有启发引导作用,而不具有强制性规范作用,更不能将其奉为准绳和固定为模式。没有一位诗人是由"诗学"或"诗话"培养出来的,也没有一位小说家会在"小说作法"中获得艺术的灵感。无怪许多有成就的作家坦率地表示:创作家不妨毫不理会文学理论,自己的成就也与文学理论无关。道理很简单,文学创作是一种最富个体创造性的艺术活动,最需要作家拥有独特的艺术才能与想象幻想的能力;这种才能和能力只能在生活实践和艺术实践中获取,创造性的艺术灵感也只有经过长久的艺术探索才会光顾作家。对真正具有独创性的作家来说,"艺术医生的处方对于艺术(来说)所收(到)的治疗功效还不如一般医生所开的"。郁达夫在《学文

---

① 梁启超:《饮冰室合集》第3册,北京:中华书局,1989年影印版,第12页。
② [德]黑格尔:《美学》第1卷,北京:商务印书馆,1979年,第19~20页。

学的人》一文的结尾中,对从事文学创作的人说了这样一段话:"文学理论,原可以帮助启发一般不深入的人的,当然是很重要,但是有实力的作品,却比理论还要雄辩,还更能够帮助启发我们这些初学的人。"① 这对于恰当估量理论对创作的启发引导作用,是一个极为中肯的意见。

其二,文学理论具有指导欣赏的功能。这是文学理论最基本的功能,也是学习文学理论最直接的收获。文学理论虽不能直接帮助产生真正的艺术作品,却可以用这些理论来培养对艺术作品的判断力,特别是审美鉴赏力。在黑格尔看来,"所谓'鉴赏力'要注意的事就是安排、处理、分寸、润色之类有关艺术作品外表的东西"。② 换言之,审美鉴赏力更多地涉及艺术形式和形式美。在艺术欣赏的过程中,常人往往偏向于艺术所表现的内容、境界与故事、生命的事迹,而不甚了解艺术创造表现的形式。歌德说过:内容人人看得见,含义只有有心人得之,形式对于大多数人来说是一个秘密。这表明艺术形式和形式美,对常人而言往往是微妙的、不可把握的,至多也是心知其美而口不能言。所谓"外行看热闹,内行看门道"。然而,倘若通过系统的理论学习,并在审美实践中培养出真正的鉴赏力,那么,就能把握微妙而神秘的形式之美,不仅心知其美,也能口言其妙。

不过艺术鉴赏力的培养绝非一蹴而就。艺术理论内化为艺术的鉴赏力,需要经过多方面长期的训练。匈牙利艺术理论家阿诺德·豪泽尔认为:"人可以生来就是艺术家,但要成个鉴赏家却必须经过教育。从艺术家到鉴赏家的道路是漫长的、曲折的。艺术家和鉴赏家都不仅受到个人心理因素的影响,而且受到社会的制约。对艺术家的教育涉及对已经具备的才能的发展,而对鉴赏家的美学教育则需要经过更为基本的、更多方面的训练。"③ 这对于文学鉴赏力的形成同样是适用的。当然,文学理论具有指导欣赏活动的功能,但不可能取代真正的欣赏活动,更不等于真正的鉴赏力的获得。

其三,文学理论具有规范批评的功能。文学理论是文学批评的科学方法论。如果说,作家可以不理会文学理论,常人欣赏文学作品也可以满足于只看热闹不看门道,那么,批评家离开文学理论便寸步难行。文学理论最本质的功能就是规范文学批评,为文学批评和文学史研究提供系统的理论工具。这几乎是西方学者对文学理论教材的性质和功能一致的看法,也是西方教材普遍采用功能性结构的原因所在。韦勒克在《文学理论》"第一版序"中表示:如果给这部书取一个确当的"短名字",可以称之为"文学理论和

---

① 《郁达夫文集》(国内版)第6卷,广州:花城出版社,1983年,第78页。
② [德]黑格尔:《美学》第1卷,北京:商务印书馆,1979年,第20页。
③ [匈]阿诺德·豪泽尔:《艺术社会学》,上海:学林出版社,1987年,第138页。

文学研究的方法学",并反复强调:"文学理论,是一种方法上的工具","主张文学史家不必懂文学批评和文学理论的论点,是完全错误的……如果不是始终借助于批评原理,便不可能分析文学作品,探索作品的特色和品评作品。"①德国学者素好玄思而轻实用,沃尔夫冈·凯塞尔在《语言的艺术作品》中一反传统,强调"学以致用",指出:"本书介绍各种工作方式,依靠这些方式的帮助,我们可以把一部文学创作作为语言的艺术作品来加以研究。"②这部书阐述的"作品内涵诠释方法",影响了德国"整整一代教师和三代学生"。俄苏学者同欧美学者的看法完全一致。波斯彼洛夫的学术思想不同于季摩菲耶夫,但其在《文艺学引论》中同样指出:"本书所探讨的文学理论概念是文艺学研究所必需的全套工具,不管这种研究的具体目的如何。这些概念组成了一个体系:其中每个概念都具有一定的科学方法论的功能。"③

文学批评包含评价和阐释两个基本环节。文学理论作为文学批评和文学研究的科学方法论也相应地体现在两个方面,即提供系统的价值体系和方法论体系。

第一,提供文学评价的价值体系。美国学者格伦在《艺术和艺术批评》一书中指出:"它的价值是什么这个问题,必须预设它是什么这个问题。"文学理论从共时和历时的角度全面地讨论文学和文学活动是什么的问题,从而在客观上系统地回答了文学价值是什么的问题。具体地说,这一价值体系可分为两个层面:一是关于文学本质特征的概括,同时也揭示了文学最基本的普遍价值。文学的本质特征、社会效用和审美价值是密切地联系在一起的:它是什么、它有什么用、它有何种独特的价值?这实质是一个问题的三种提法。二是关于文学作品的构成要素、文学的体裁和类型的审美特征的概括,为评价文学作品的审美价值提供了具体的价值体系。诗歌、小说、戏剧和影视文学既具有审美本质的共同性,又具有艺术规律的特殊性。

第二,提供文学研究的方法论体系。文学理论作为文学研究的方法可以从两个层面来理解。一是任何文学理论都既具观念性又有工具性。文学理论的一套概念范畴,既带有学理的意义,又带有方法的意义。科学的文学理论决非"为理论而理论"的教条,而是为文学研究提供方法途径。从这个意义上说,一部文学理论就是一部批评原理或"元批评"。它对文学本质特征的讨论、文学作品结构及形态的分析、文学创作和文学发展规律的论述,成为解读文学作品和研究文学史的方法和工具。二是在长期的文学批评实践中

---

① [美]雷·韦勒克、奥·沃伦:《文学理论》,北京:生活·读书·新知三联书店,1984年,第38页。
② [瑞士]沃尔夫冈·凯塞尔:《语言的艺术作品》,上海:上海译文出版社,1984年,第1页。
③ [苏]F·H·波斯彼洛夫:《文艺学引论》,长沙:湖南文艺出版社,1987年,第574页。

产生了多种多样的具体的批评方法。这些批评方法和批评模式的形成,或出于文学自身的特质,或缘于从其他理论中获取思想资源和方法启迪。现代文学理论教材在阐明文学基本原理的同时,又对这些批评方法和批评模式作了必要的介绍。这为文学的审美分析和文学的跨学科研究提供了有效的理论工具。

总之,文学理论具有认识和实践的双重意义,学与术不可分离,学理性和工具性有机统一。在引导创作、指导欣赏和规范批评的三种功能中,最实质性的是文学批评的方法论功能。

四、文学理论的学习

一门学科学习方法的选择取决于这门学科的性质特点。文学理论是一门理论性课程,学好文学理论必须同时满足三个条件,即掌握概念命题,学好文学史,了解相关学科。

(一)文学理论体系与概念命题的掌握

文学理论作为理论学科,在内容上表现为系统论述文学和文学活动的本质特征和内在规律,在形式上则表现为由一整套具有内在联系的概念、术语和命题构成的逻辑体系。同所有的科学理论体系一样,概念、术语和命题是文学理论最基本的构成要素。文学理论的学习首先应透彻掌握每一个概念术语,在此基础上再全面掌握完整的理论体系。

首先,透彻掌握每一个概念术语。每门科学理论都表现为概念系统,概念是构成理论体系的细胞和基本单位,所以学习文学理论首先必须透彻掌握教材中的每一个概念术语。沃尔夫冈·凯塞尔指出:"每门科学都具有它自己的术语和专业语言。我们甚至可以说,一门科学具有一套什么样的术语,它就达到了什么样的水平。只有通过术语,问题和知识才可以传授,科学的传统方可以确立。"[1]本书就包含了一整套概念、术语,它们分布于全书的各个章节,准确理解这套术语,是学好文学理论的前提。

必须指出,掌握抽象的概念术语并非易事,对于初学者来说更是如此。正如凯塞尔所说:"专业语言的学习在学生开始学习的时候是非常困难和讨厌的。就是教师最大的教育的敏感也不能排除一切困难。不过这个要求是不可避免的,年轻的学生从开始起就得辛苦地去彻底理解每一个术语的意义和同它有关的事实。"[2]那么,怎样才算真正理解

---

[1] [瑞士]沃尔夫冈·凯塞尔:《语言的艺术作品》,上海:上海译文出版社,1984年,第51页。
[2] [瑞士]沃尔夫冈·凯塞尔:《语言的艺术作品》,上海:上海译文出版社,1984年,第52页。

和透彻掌握了文学理论的术语概念？这必须同时考虑到四个方面：一是理论内涵，即通常所说的定义；二是具体外延，即与概念相关的客观事实；三是历史演变，即术语的本义、转义和引申义；四是逻辑关系，即概念之间的区别与联系及其在理论体系中的位置。倘若上述四个方面真能做到有机统一，学习者就能在批评实践中运用自如。

其次，在抓住核心命题的基础上完整地把握理论体系。列宁曾说："范畴是区分过程中的一些小阶段，即认识世界的过程中的一些小阶段，是帮助我们认识和掌握自然现象之网的网上纽结。"[①]然而，科学理论的学习必须更进一步，在逐一掌握"网上纽结"的基础上完整把握"理论之网"。如何达到这一步？这要求我们必须抓住核心命题或关键性概念。恰如美国学者苏珊·朗格所说："要想对于一种理论以及与这一理论有关的所有概念作出可靠的解释，就必须先从解决一个中心问题着手，即先从确立一个关键概念的确切含义着手。"[②]这是因为，在一个严整的理论体系中，理论之网上所有的纽结、所有的概念范畴都是由核心命题派生的，与核心概念有着密切的联系。因此，必须抓住核心命题和关键概念，才能对相关概念获得明确理解，进而把握完整的理论体系。例如，"美是理念的感性显现"是黑格尔《美学》的逻辑基点；"艺术是人类情感的符号形式的创造"是苏珊·朗格《情感与形式》的核心命题。抓住这两个关键概念，对上述两个理论体系的把握就能纲举目张。在文学理论中，对文学本质特征的阐释和界定具有同样重要的意义，因而也是学习研读的重心所在。

（二）文学理论来源与文学史学养

掌握丰富的文学史和文学理论史知识是学好文学理论的基础。如前所述，文学理论的形成有两大来源：一是文学创作和文学实践活动，这属于文学史范畴；二是历代文人和批评家对文学活动规律的反思，这属于文学理论史范畴。离开了文学史和文学理论史，就不会有现代文学理论，人们更不可能学好文学理论。反过来看，文学理论的主要功能是指导文学批评和文学史研究。如果缺乏对创作实践的关注和对文学史的兴趣，文学理论又会失去用武之地。具体地说，文学史的学习主要表现在以下三个方面。

一是文学创作史的学习。文学史是文学理论最本源性的基础。文学理论对文学本质规律的概括，是以人类有史以来全部文学创作为基础的。因此，若缺乏系统的文学史知识，不要说文学理论的完整体系，就是对概念范畴的透彻理解都是极为困难的。系统

---

① ［苏］列宁：《哲学笔记》，北京：人民出版社，1974年，第90页。
② ［美］苏珊·朗格：《艺术问题》，北京：中国社会科学出版社，1983年，第3页。

的文学史知识的积累是一项长期任务,初学者可以借助通行的文学史著作,获取中外文学史初步的系统知识。其中,除中国文学史之外,欧洲文学史对文学理论的学习尤为重要。文学史是由历代经典作家和经典作品构成的;因此,要学好文学理论,必须精读中外各时期的文学经典。

二是文学批评史或文学理论史的学习。现代文学理论体系是以文学实践为基础,对历代的文学反思成果和文学理论观念进行系统化和科学化整理的结果。可以说,作为反思成果的文学批评史和文学理论史,是文学理论最直接的思想资源,也是不断充实和发展现代文学理论的思想宝库。司马迁说:"究天人之际,通古今之变,成一家之言。"这句名言对我们的学习具有普遍的启示意义。"通古今之变"不仅是学好文学理论的必要条件,还是进行学术创新、"成一家之言"的基本前提。初学者可借助通行的文学批评史著作获得必要的知识,然后逐步加深理解提高认知。前面提及的亚里士多德《诗学》、黑格尔《美学》、刘勰《文心雕龙》、刘熙载《艺概》,以及马克思、恩格斯论文学艺术的经典著述,都是提高阶段必读的著作。

三是关注当代文学创作和文学研究动态。文学理论不是一成不变的,相反,它随着社会生活和文学实践变化而发展变化。因此必须密切关注当代的文学创作和文学思潮,随时了解文学理论研究的新进展和新成果,这样就能使文学理论的学习不断获得新的活力和动力。一般地说,从理论学习到理论创新大致要经历四步:一是理解掌握已成定论的理论知识;二是修正完善前人提出的理论观点;三是发现概括新颖独到的理论见解;四是创立建构自成一家的理论体系。新的理论发现基于新的艺术实践,因此真正的理论创新不仅要"知来龙去脉,通古今之变",还要关注现实,在当代的文学实践中获得学术灵感。

(三)文学理论地位与人文学科知识

文艺学是人文社会科学的重要分支,它与人文科学诸学科有着密不可分的联系。关于人文科学体系的不可分性,钱锺书有精辟论述:

> 人文科学的各个对象彼此系连,交互映发,不但跨越国界,衔接时代,而且贯串着不同的学科。由于人类生命和智力的严峻局限,我们为方便起见,只能把研究领域圈得愈来愈窄,把专门学科分得愈来愈细。此外没有办法。所以,成为某一门学问的专家,虽在主观上是得意的事,在客观上是不得已的事。[①]

---

① 钱锺书:《七缀集》,上海:上海古籍出版社,1994年,第133页。

"得意之事"与"不得已之事"的对举,发人深省。

文学理论作为文艺学体系中具有"导论"性的分支,它与人文科学的联系比之文学批评和文学史更为密切,因此广博的人文科学知识又成为研习文学理论不可或缺的条件。根据文学理论与相关学科联系的密切程度,文学理论与相关学科的关系大致可分为三组。

一是语言学、心理学和社会学,它们与文学理论的关系最为密切。首先,文学是语言艺术,语言是文学的物质媒介,语言学对语言的本质、规律和功能的论述,是文学语言学的理论基础。其次,文学创作和文学欣赏是复杂的心理活动,普通心理学对人类心理规律的研究,是文学心理学的重要参照。最后,文学活动从本质上说是一种社会性活动,它和其他人类活动一样,遵循社会活动的普遍规律,因此社会学和社会心理学又是文学社会学的理论前提。

二是人类学和历史学、经济学和政治学、宗教学和伦理学等,这些学科和文学理论也有密切关系。文学起源的探寻离不开人类学和宗教学,文学发展的研究离不开经济学、政治学和历史学,文学价值体系的建构更离不开伦理学和美学。此外,新闻学、传播学和媒介文化学等新兴学科,也愈益为文学研究者所关注。

三是哲学,这是一切理论科学的基础。文学理论体系是一种哲学演绎体系,它的特点是确定一个学科的概念与概念、命题与命题之间的联系和发展,使概念和命题组成有机联系的逻辑体系。可见,哲学思辨能力是掌握和建构理论体系的基本条件。恩格斯说得好:"理论思维无非是才能方面的一种生来就有的素质。这种才能需要发展和培养,而为了进行这种培养,除了学习以往的哲学,直到现在还没有别的方法。"[①]当然,就一般情况而言,人们不可能学好了哲学之后,再来学文学理论。文学理论本身是一门具有哲学品格的学科,它对理论思维的训练同样具有积极意义。(关于文学与经济、政治、宗教、道德、哲学的关系,详见本书第一章第二节、第八章第三节。)

【基本概念】

文艺学　　文学理论　　社会科学　　人文科学　　功能性结构　　对象性结构

【思考题】

1. 文艺学在人文社会科学中处于何种位置?

---

① 《马克思恩格斯选集》第4卷,北京:人民出版社,1995年,第284页。

2.现代文学理论体系是如何形成的?
3.谈谈你对文学理论教材的建构原则及本书体例的看法。
4.什么是文学理论的双重意义和三种功能?
5.为什么要学习文学理论?学好文学理论应具备哪些知识?

【阅读文献】

1.M·H·艾布拉姆斯:《批评理论的总趋向》,《镜与灯:浪漫主义文论及批评传统》,北京大学出版社,1989年。
2.韦勒克:《文学理论、文学批评和文学史》,《批评的概念》,中国美术学院出版社,1999年。
3.陶东风:《文艺学的学科反思与重建》,《文学理论基本问题》,北京大学出版社,2004年。
4.程正民、程凯:《中国现代文学理论知识体系的建构:文学理论教材与教学的历史沿革》,北京大学出版社,2005年。
5.陈文忠:《走向学者之路》,安徽师范大学出版社,2016年。

第一编
文 学 作 品

　　文学理论教学体系的建构，一般有两种思路：一种是从文学活动的自然起点"创作论"开始；一种是从文学活动的核心所在"作品论"开始。本书采用后一种思路。文学作品既是创作的终点，又是接受的起点。只有首先阐明作品本身的性质、结构、形态，文学创作和文学接受规律的探讨才能落到实处。本编三章从三个角度研究文学作品：第一章以哲学方法逐层揭示文学的本质特征；第二章以结构分析方法剖析作品的结构层次和审美要素；第三章以形态学方法阐述作品的文体形态及艺术特征。本编阐述的理论问题具有批评原理（元批评）的意义。

第一章 文学本质特征

文学的本质特征,是本书应当回答的首要问题。文学是语言艺术,是以虚构的艺术形象创造性地表现人性心理和时代精神的审美意识形式。本章将通过文学与其他意识形式、文学与其他艺术形式的比较,讨论作为审美意识形式的文学的一般性、特殊性和个别性,逐层揭示文学的本质特征,并根据汉语文字的特点,对汉语文学的特征作初步探讨。本章对文学本质特征的界定,将是全书的理论基点。

第一节 "文学"辨析

"文学"是什么?这需要从两个层面回答:第一,通过对"文学"一词进行语义学分析,明确文学理论研究的对象范围;第二,通过对文学现象进行哲学探讨,揭示文学区别于其他意识形式和艺术种类的本质特征。

一、"文学"的对象范围

在理论上探讨"文学是什么"之前,我们先从现象上认识一下"什么是文学",即在探讨"文学"的本质特征之前,让我们先在中外文学史上认识一下"文学"的对象范围,亦即现代文艺学所说的"文学"包含哪些具体对象,或者说,我们将要进入的文学大家庭中,究竟有多少成员。

首先,"文学"包含中外诗歌。它既包含中国诗歌史上的各种诗体,如《诗经》《楚辞》、唐诗、宋词,又包含西方诗歌史上各代、各国的诗歌,如古希腊的抒情诗、形成于中世纪的十四行诗以及近代以来的英国华兹华斯的田园诗、俄国普希金的抒情诗等。

其次,"文学"包含中外小说。它既包含中国小说史上的历代小说,如魏晋志怪小说、唐人传奇小说、明清章回小说以及现代白话小说,又包含西方小说史上各代、各国的小说,如文艺复兴时期意大利薄伽丘的《十日谈》、西班牙塞万提斯的《堂吉诃德》,18世纪德国歌德的《少年维特之烦恼》、英国菲尔丁的《汤姆·琼斯》以及19世纪批判现实主义大师的长篇小说和20世纪的意识流小说等。

再次,"文学"包含中外戏剧剧本。它既包含中国戏剧史上历代的戏剧,如元代杂剧、明清传奇和现代话剧,前者如关汉卿的《窦娥冤》、王实甫的《西厢记》、汤显祖的《牡丹亭》、洪升的《长生殿》和孔尚任的《桃花扇》,后者如郭沫若的《屈原》、曹禺的《雷雨》、老舍的《茶馆》等,又包含西方戏剧史上各代、各国的戏剧,如古希腊罗马的悲剧和喜剧,文艺复兴时期莎士比亚的悲剧、喜剧和历史剧,17世纪古典主义的悲剧和喜剧以及19世纪兴起的话剧,经典作品如埃斯库罗斯的《被缚的普罗米修斯》、索福克勒斯的《俄狄浦斯王》、欧里庇德斯的《美狄亚》、莎士比亚的四大悲剧、高乃依的《熙德》、拉辛的《安德洛玛克》和莫里哀的《伪君子》以及果戈理的《钦差大臣》、易卜生的《玩偶之家》和契诃夫的《樱桃园》等。

此外,在中国文学史上,"文学"还包含体式多样的散文。如两汉的史传文学、唐宋八大家古文、明清小品文以及五四以后兴起的白话"美文"等。鲁迅的《野草》《朝花夕拾》,冰心的《寄小读者》,梁实秋的《雅舍小品》,钱锺书的《写在人生边上》,杨绛的《干校六记》等,堪称20世纪中国散文史上的经典之作。

从以上有关"文学"的对象范围的描述来看,一国有一国的文学,一代有一代的文学,不同民族、不同国家的文学又包含多样的文体类型和大量的经典作品。总之,本书使用的"文学"一词,不是一个空洞无物的符号,而是由众多鲜活的艺术成员组成的家族共同体。

但是文学理论的任务不是仅仅指出"什么是文学",而是还要回答"文学是什么",即不是对一国、一代、一体文学的历史进程作具体介绍,而是要透过具体的文学现象,深入把握不同民族、不同时代、不同文体的文学所共同具有的本质特征,深入探讨文学活动和文学发展的普遍规律。这对研究者来说是一项艰巨的任务,对文学理论的初学者来说更是一个巨大的挑战。论从史出,理论是历史的升华。只有具备深厚的文学素养和丰富的文学史知识,才能学好文学理论,真正把握文学的本质规律。因此本书读者看到"文学"

一词时,一定要将其同自己熟悉的文学现象相联系,同自己鲜活的文学经验相联系,并且不断扩大自己的文学视野。只有这样,才能有助于自己在理论上理解文学的审美特征和艺术规律,使灰色的理论获得鲜活的生命。

二、"文学"的语义分析

汉语的"文学"一词,德语为 wortkunst(即词的艺术),俄语为 словесностъ(意指用文字表现的创作),英语为 literature(原意为手写或印刷的文献)。

汉语"文学"一词,最早出现在《论语》中,为"孔门四科"之一。《论语·先进》曰:"子曰:从我于陈、蔡者,皆不及门也。德行:颜渊、闵子骞、冉伯牛、仲弓。言语:宰我、子贡。政事:冉有、季路。文学:子游、子夏。"这里的"文学",并非指今天所说的文学作品,而是指"先王典文",即有关礼仪制度的学问。[①] "文学"一词,由古义到今义、从常语到术语,经历了漫长的发展历史,至今仍具有三种不同的含义,罗根泽把它概括为"广义的文学""狭义的文学"和"折中义的文学"。[②] 在其他民族的语言传统和文学理论传统中,也有相似的情况。

广义的文学,包括一切用文字书写或印刷的语言作品和文献。章炳麟《文学总略》曰:"文学者,以有文字著于竹帛,故谓之文;论其法式,谓之文学","凡云文者,包络一切著于竹帛者而为言,故有成句读文,有不成句读文。兼此二事,通谓之文。"[③]在这里,文学与文字无别,文学等同于文献。西方也有学者根据"literature"的古代用法,认为凡是印刷品都可称为文学,于是文学史便泛化为文明史或文化史。[④] 总之,广义的"文学"包括一切形诸文字的"文化学术"作品,故可称为文化学的文学观。一般地说,中国在魏晋之前、西方在18世纪之前,主要是在广义的、文化学术的意义上使用"文学"这一概念,"文学"一词尚未被赋予艺术和审美的内涵。

狭义的文学,是指借助想象创造虚构的艺术世界以表现人性人情的语言的艺术作品,包括诗、小说、戏剧及美文。狭义的文学限指以美感功能为主的纯文学作品,故可称为审美的或纯文学的文学观。我国的魏晋时代是"文学的自觉时代",狭义的审美的纯文

---

① 皇侃《论语义疏》引范宁云:"德行,百行之美也。四子俱虽有德行之目,而颜子为其冠。言语,谓宾主相对之辞也。政事,谓治国之政也。文学,谓善先王典文。"(程树德:《论语集释》第3册,北京:中华书局,1997年,744页。)
② 罗根泽:《中国文学批评史》(一),上海:上海古籍出版社,1984年,第3~4页。
③ 陈平原编校:《中国现代学术经典·章太炎卷》,石家庄:河北教育出版社,1996年,第45、48页。
④ [美]雷·韦勒克、奥·沃伦:《文学理论》,北京:生活·读书·新知三联书店,1984年,第7页。

学从广义的文化学术中独立出来，"文学"或"文章"成为一种审美的艺术。南朝梁代史学家萧子显在《南齐书·文学传论》中写道："文章者，盖情性之风标，神明之律吕也。蕴思含毫，游心内运，放言落纸，气韵天成；莫不禀以生灵，迁乎爱嗜。"他从审美要素、审美创造和审美功能诸方面对文学的审美性质作了精辟的论述。西方18世纪以后的近现代文论，也主要从审美和艺术的意义上界定文学。法国文艺理论家斯达尔夫人于1800年出版的《论文学》一书，具有标志性的意义。

折中义的文学，有两种不同的理解：一种理解是其既包括诗、小说和戏剧等纯文学作品，又包括传记、书札、游记和史论等带有文学性的非纯文学作品。如北宋宋祁《新唐书·文艺列传叙》首称："唐有天下三百年，文章无虑三变。"所谓"三变"，指王勃、杨炯一变，张说、苏颋一变，韩愈、柳宗元一变。王杨所作是骈文，张苏所作是制诰文，韩柳所作是古文。宋祁撰《文艺列传》"但取以文自名者，为文艺篇"，文章家和诗人都入列传。所谓"文章""文艺"既包括纯文学的诗，也包括带有"文艺"性的制诰等应用文。另一种理解是文学专指介乎广义的泛文学和狭义的纯文学之间而具有文学性或文学功能的文学现象，如某些新兴文体、边缘文体或先锋实验文体。它们不能按照传统的文学类型归类，但确具文学性，人们便按照文学惯例和实际功能对其予以认可。折中义的文学观不拘于文体形式，而是根据被某一文化传统公认的"文学惯例"或文学的内在特性来界定文学，故可称为惯例论的文学观。这种文学观，比之广义的泛文学，它具有内在的规定性；比之狭义的纯文学，它又具有较大的灵活性和开放性，所以为中外不少学者所接受。

现代文学理论以狭义文学即诗歌、小说、戏剧为中心对象，同时又包容广义文学和折中义文学中符合文学惯例的文学现象，从而确立中心明确而又边界开放的文学概念。这种处理方式既尊重历史，也符合文学发展趋势。从文学史来看，如罗根泽所说，中国文学史上十之八九的时期是采取折中义定义文学的，我们如采取广义定义文学，便不免把不相干的东西装入文学的口袋；如采取狭义，则历史上所谓的文学要被剔除很多，便不是真正的中国文学了。[①] 从文学发展来看，20世纪以来，在社会思潮、科学技术、大众传媒及相关学科的影响下，文学发展出现了多样化、边缘化和跨学科的趋势，先锋文学、大众文学、新闻文学及网络文学等新样式文学纷纷涌现。面对这种现实，若固守狭义的文学概念，文学理论就难以解答文学发展所提出的新问题。因此，本书采用了上述中心明确而又边界开放的文学概念：一方面，只有研究对象中心明确，坚持以狭义的纯文学为核心对

---

① 罗根泽：《中国文学批评史》（一），上海：上海古籍出版社，1984年，第4页。

象,才能准确而深入地揭示文学独特的艺术特征;另一方面,只有在坚守核心对象同时开放边界,接纳和顾及符合文学惯例的非纯文学,文学理论才具有当代性和前瞻性。

三、文学本质的研究思路

定义是研究的结果,文学本质的界定也应在对文学特性作全面研究之后进行。但是,只有使用正确的方法,才能获得科学的结论。在这里,我们试图对以往文学本质研究方法的得失作简要回顾,以确定我们的研究方法和研究思路。

文学的本质问题是一个极为复杂、极难解决的问题。古今中外的学者对此提出过无数答案,并仍将追问下去。从研究思路看,以往的各种界定可概括为两类。

一类是借助哲学或其他学科理论说明文学的本质。郭沫若在《文学的本质》一文中对这类定义做过这样的概括:"有的说是自然的摹仿,有的说是游戏的冲动,有的说是性欲的升华,有的说是苦闷的象征,有的说是天才的至高精神的表现,有的说是时代和环境的产物。诸如此类还有许多主义上的派别,技巧上的纷争。"①上述命题虽然都从某种哲学和学科理论出发,但确实说明了文学的某方面特质,故至今为人熟知。但其存在两个问题:一是缺乏马克思主义唯物史观的指导,难以说明文学和文学活动更深层的社会文化根源;二是大多未能从作为语言艺术的文学本身出发,难以说明文学区别于其他艺术的特征。

另一类则与之相反,强调文学的自足独立性,孤立地从文学作品和文学表现技巧谈论其"文学性"。20世纪的俄国形式主义及英美新批评文论,即持此见。美国学者马克·肖勒的观点颇具代表性,他在《技巧的探讨》中说:"现代批评向我们表明,只谈论内容本身绝不是谈论艺术,而是在谈论经验;只有当我们论及完成的内容,也就是形式,也就是艺术品的本身时,我们才是批评家。"②形式主义的文学本质论,对庸俗社会学的内容幼稚病来说,不啻是一副消毒剂。但是仅从作品本身出发,显然无法科学阐明作为审美意识形式的文学的本质特征。

实质上,文学的本质是多层次的,它是语言性、审美性和社会性的有机统一,因此必须运用系统论的观点方法考察文学的本质。既要立足文学艺术本身,又要把文学和文学

---

① 郭沫若:《文艺论集》,北京:人民文学出版社,1979年,第219页。
② [英]戴维·洛奇编:《二十世纪文学评论》下册,上海:上海译文出版社,1993年,第32页。

活动置于社会结构和艺术文化体系中,在多维视野中作多方面的系统考察,才能正确阐明文学的本体特征,从而为文学研究提供科学的方法论基础。在具体思路上,我们将遵循从一般性到特殊性再到个别性的逻辑顺序,从相互关联的三个方面进行逐层深入的研究:

首先,在社会结构的分析中确定文学的社会地位,揭示文学的社会特性;

其次,在文学艺术与其他社会意识的比较中,阐明文学的审美特殊性;

再次,在文学与其他艺术、文学与历史和新闻作品的比较中,论析文学的媒介特性和作为语言艺术的文学的个别性。

第二节　文学的社会性

文学是一种社会现象,是一种特殊的社会意识,属于社会的上层建筑。要正确把握文学的社会本质和审美本质,不能单纯着眼于文学本身,必须通过对社会结构的分析,首先确定文学的社会地位,进而认识文学的社会特性。

一、文学的社会地位

先简要说明社会结构的含义及层次,并介绍马克思的社会结构学说,再论述文学在社会结构中的地位。

(一)社会结构的两个层次

何谓社会结构?"结构"(structure)原是一个工程技术术语。它主要包含相互关联的两层意思:一是认为任何一个独立而又有完整意义的事物,大到星系,小到微观粒子,都由一定的要素、成分组合而成,因而是可以分解和分析的;二是认为组成事物的各要素、成分并非无序组合的,而是按一定的方式、原则有秩序地组合起来的。结构代表着一种秩序,它的诸构成要素形成一种较固定的关系;一个结构整体具有相对稳定性。在社会学中,"社会结构"可分为宏观和微观两个层次。前者以整体的社会形态为对象,后者以家庭、群体等具体生活领域为对象。我们这里所说的社会结构是指宏观的社会形态的结构,它是指由一定社会的经济关系、政治制度和思想文化形态以及三者相互关系构成的社会组织结构。

马克思为了科学说明人类社会生活的本质,把整个社会结构比作一座庞大的建筑物,把纷繁复杂的社会现象分成相互影响的两大层面,即经济基础与上层建筑。在《〈政治经济学批判〉序言》这篇科学社会学导论中,马克思写道:

> 人们在自己生活的社会生产中发生一定的、必然的、不以他们的意志为转移的关系,即同他们的物质生产力的一定发展阶段相适合的生产关系。这些生产关系的总和构成社会的经济结构,即有法律的和政治的上层建筑竖立其上并有一定的社会意识形式与之相适应的现实基础。物质生活的生产方式制约着整个社会生活、政治生活和精神生活的过程。①

在这里,马克思对经济基础和上层建筑及二者关系作了经典论述。所谓"经济基础",是指与一定社会的物质生产力相适应的生产关系的总和,它是社会赖以生存和发展的现实物质基础。在经济基础之上,"耸立着由各种不同的、表现独特的情感、幻想、思想方式和人生观构成的整个上层建筑"。② 所谓"上层建筑",是指在一定的经济基础之上形成的政治的和法律的制度,以及与之相适应的社会意识形态。社会意识形态包括政治和法律的观点,哲学、宗教、道德和文学艺术,以及以"情感、幻想"为内容的社会心理。经济基础与上层建筑形成相互制约和相互影响的关系。一方面,经济基础是社会结构中最终的决定性因素,它制约着上层建筑,即所谓"物质生活的生产方式制约着整个社会生活、政治生活和精神生活的过程";另一方面,一定社会的上层建筑或意识形式一旦形成,又会以各自的方式影响经济基础。正如恩格斯所说:"政治、法、哲学、宗教、文学、艺术等等的发展是以经济发展为基础的。但是,它们又都互相作用并对经济基础发生作用。"③马克思的历史唯物主义观点既是现代科学社会主义的理论基础,也是马克思主义美学和文艺学的理论基础,为我们正确认识文学的社会地位和社会性质提供了科学的方法论。

(二)文学在社会结构中的地位

根据马克思对社会结构基本要素及相互关系的经典论述,我们可以确认,文学属于社会的上层建筑,是一种特殊的社会意识形式。这也说明了文学的社会地位和社会性质。

---

① 《马克思恩格斯选集》第 2 卷,北京:人民出版社,1995 年,第 32 页。
② 《马克思恩格斯选集》第 1 卷,北京:人民出版社,1995 年,第 611 页。
③ 《马克思恩格斯选集》第 4 卷,北京:人民出版社,1995 年,第 732 页。

那么,在社会结构中,文学与经济基础及上层建筑和意识形式的其他部门形成一种怎样的关系呢?在《唯物主义史论丛》中,普列汉诺夫曾对马克思的社会结构理论作了出色的发挥,提出了著名的"五项式",即他把全部社会现象分为五层:一是生产力;二是生产关系;三是社会制度;四是精神和道德状况;五是宗教、哲学、文学、艺术。经过这样精细分析,文学与经济基础及上层建筑其他要素的关系就得到了更清晰的说明。首先,经济是基础,一定时代的文学艺术最终受到经济的制约和影响,完全脱离经济因素,文学的性质、发展和繁荣是不可能得到深刻说明的。其次,文学与经济基础的关系是间接、曲折而隐蔽的。因为社会结构诸要素与经济基础之间的关系不是相同的。有的与经济基础的关系比较直接,如政治法律制度及政治法律观点等;有的与经济基础的关系比较间接,它们之间存在一系列的中介环节,如宗教、哲学、文学、艺术,它们在社会结构中属于"更高地悬浮于空中的意识形态领域"。[①]

马克思主义经典作家的历史唯物主义学说,对纷繁复杂的社会现象和社会结构关系作出了科学的解释,阐明了人类生活活动的本质和历史发展的规律。同时,明确指出文学艺术属于社会的上层建筑,是一种特殊的社会意识,深刻揭示了文学的社会地位和社会本质,驱散了笼罩在文学本质问题上的重重迷雾。马克思主义的历史唯物主义文艺学,是文艺理论史上革命性的进步。它为我们正确认识文学的审美意识本质、文学的创作根源和文学的发展规律,提供了科学的方法论指南。

二、文学的社会特性

文学的社会特性主要表现在相互关联的两个方面:一是指文学的社会存在特性,即文学是社会生活的反映,是一种社会意识而非物质存在;二是指文学的社会意识特性,即文学具有社会意识的普遍属性和普遍功能。

(一)文学的社会存在特性

如前所说,文学的社会存在特性,即文学是社会生活的反映,是一种社会意识。文学对社会生活的反映,是受动与能动的统一;文学与生活的关系,是本源与超越的统一。歌德说得好:

艺术家对于自然有着双重关系:他既是自然的主宰,又是自然的奴隶。他

[①] 《马克思恩格斯选集》第4卷,北京:人民出版社,1995年,第703页。

是自然的奴隶,因为他必须用人世间的材料来进行工作,才能使人理解;同时他是自然的主宰,因为他使这种人世间的材料服从他的较高的意旨,并且为这较高的意旨服务。①

首先,社会生活是文学艺术的本源,艺术家是"自然的奴隶"。马克思指出:"不是人们的意识决定人们的存在,相反,是人们的社会存在决定人们的意识。"②客观存在的社会生活是第一性的,观念形态的文学艺术是第二性的。作为观念形态的文艺作品,都是一定的社会生活在作家头脑中反映的产物。社会用文学表达自身,如同人用语言表达自身。从描写内容与表现方式看,文学史上有四种不同类型的作品,它们与现实的关系有直接与间接、明显与曲折之分,而从深层本源看,无不是社会生活的反映。

一是写实型作品。这类作品以现实生活中的人物事件为描写对象,又以生活本身的样式反映生活。如乔万尼奥里的《斯巴达克思》、曹雪芹的《红楼梦》和司汤达的《红与黑》,三部作品或取材历史,或取材现实,艺术地反映了奴隶社会、封建社会和资本主义社会三种不同社会形态的经济政治生活和社会文化风尚,是直接反映社会生活的写实型代表作。

二是写景型作品。这类作品以自然景物和山水风光为题材,或借景抒情,如张若虚《春江花月夜》、柳宗元《永州八记》;或托物言志,如屈原《橘颂》、郭沫若《炉中煤》。作品中的景物或为情感的客观对应物,或为人格精神的象征,已不是纯客观的自然物,而是一种"人化了的自然",其"具有人的本质的全部丰富性",③因此实质上仍是社会生活的反映。

三是抒情型作品。这类作品既不直接取材于社会生活,也不借助自然景物,而是用富于情感色彩的语言,直接倾吐抒情主体的思想感情,如陈子昂《登幽州台歌》、郭沫若《女神》中的抒情诗等。但是,这类作品中的情感决非凭空而来,它既是艺术家实际境况的反映,又往往是现实历史运动在主体内心的回响。因此,抒情型作品从本质上也是社会生活的反映,只是更侧重于反映主体的精神生活。

四是幻想型作品。这类作品以虚幻的形式描写超现实的情境事物,如古代的神话传说和寓言故事、近代以来的浪漫主义和超现实主义文学等。这类作品中的神话英雄、妖魔鬼怪或海外仙境,虽然并非现实生活中实有的,但确如马克思论希腊神话时所说,它们

---

① [德]爱克曼辑录:《歌德谈话录》,北京:人民文学出版社,1978年,第137页。
② 《马克思恩格斯选集》第2卷,北京:人民出版社,1995年,第32页。
③ [德]马克思:《1844年经济学—哲学手稿》,北京:人民出版社,1979年,第78~80页。

是"通过人民的幻想用一种不自觉的艺术方式加工过的自然和社会形式本身"。① 因此，它们依然是社会生活的反映，只是采用了一种曲折的反映方式。

其次，文学是社会生活的能动反映，艺术家是"自然的主宰"。毛泽东说："文艺作品中反映出来的生活却可以而且应该比普通的实际生活更高，更强烈，更有集中性，更典型，更理想，因此就更带普遍性。"②这段话对文学反映的能动性作了生动的表述。文学反映的能动性和超越性，根源于作家的主体创造性。人的意识具有认识的能动性，它不仅反映客观世界，而且创造客观世界。作家对生活的反映绝不是照相式的、机械刻板的，总是经过主观选择和能动改造的，渗透了自己的生活体验和爱憎情感，寄寓着自己的人生理想和审美理想。如歌德所说，作家又是"自然的主宰，因为他使这种人世间的材料服从他的较高的意旨，并且为这较高的意旨服务"。从这个意义上说，文学对生活的反映，是受动与能动、制约与超越的统一，也是主观与客观、理想与现实的统一。艺术真实高于生活真实的根源，③就在于此。

（二）文学的社会意识特性

文学的社会意识特性主要表现在三个方面：对社会经济基础的反作用；思想内容的意识形态倾向性；主流文学的主导地位。

其一，文学对经济基础的反作用。社会意识作为观念的上层建筑，是对一定经济基础及由经济基础所决定的政治制度的自觉反映。但是社会意识又有相对独立性，这种独立性最突出地表现为它对社会存在有能动的反作用。作为社会意识的文学艺术同样能产生积极的社会作用。西方艺术史家阿诺德·豪塞尔在探讨"艺术史中的意识形态"问题时写道："艺术与客观的科学相比，以一种更加无所保留和直截了当的方式指向社会的目的，更明白无误地作为意识形态的武器，作为赞词和宣传来为社会目的服务。艺术服务于社会的趋势这一点很少被看做是不加掩饰和不加升华的——这就是意识形态的表现方式的本质。"④虽然要经过审美的"掩饰"和"升华"，但艺术作为赞词或宣传手段服务于社会，比之非意识形态的科学更加无所保留和直截了当。文学对社会生活和经济基础的反作用，就性质方面说，是指它对社会历史发展的影响是促进还是阻碍的。先进的文学表现进步的思想愿望，有助于促进和加速社会的发展；落后的文学推崇消极的思想情

---

① 《马克思恩格斯选集》第2卷，北京：人民出版社，1995年，第29页。
② 《毛泽东选集》第3卷，北京：人民出版社，1991年，第861页。
③ 关于艺术真实与生活真实的问题，将在创作论部分作具体阐述。
④ [美]阿诺德·豪塞尔：《艺术史的哲学》，北京：中国社会科学出版社，1992年，第17～18页。

绪,对社会历史的发展可能起到阻碍作用。当然,文学对经济基础的反作用并非当下立见的,而是就其整体的最终效应而言的。

其二,思想内容的意识形态倾向性。文学是富于思想性的一种艺术形式,它常常被属于不同阶级和具有不同政治倾向的人们用作"意识形态的武器",直接或间接地参与社会思想斗争。因此,它不可避免地带有或隐或显的阶级性和政治倾向性。这是一个冷峻的历史现实,绝不以个人的意志为转移。高尔基指出:"文学家是阶级的耳目与喉舌。他可能不认识这一点,否认这一点,然而他永远都必然是阶级的器官,阶级的感官。他感受、体现并描写本阶级、本集团的心情、愿望、不安、希望、热情、利益、缺点和优点。他在自己的发展过程中本身也受着这一切的限制。"①正确认识文学的意识形态倾向性或文学的阶级性,必须注意两点。其一,文学的阶级性是就文学创作所表现出来的一定阶级的思想情感和理想愿望而言的,不能把文学的阶级倾向等同于作家的阶级出身和阶级地位。如果把文学的阶级性理解为文学家的阶级出身和社会地位,那么在分析、评价文学创作时就可能出现因人废言的简单化做法。其二,就具体作品而言,意识形态倾向和阶级倾向的表现是复杂多样的:有的阶级倾向强烈鲜明;有的阶级倾向充满矛盾;有的阶级倾向隐晦曲折;有的阶级倾向难以确认;等等。上述现象的产生,有多方面的原因。总的来说,意识形态和阶级关系的多样共存、互渗互融,导致作家形成了复杂的世界观,是造成文学意识形态倾向复杂的社会原因,文学的审美特性以及题材和体裁的多样性是其产生的艺术方面的原因。这要求我们在文学研究中,必须对具体作品作深入细致的具体分析。

其三,主流文学的主导地位。同一社会不同性质的意识形态,其社会地位是各不相同的。这其中,通常是反映和维护现存社会制度的意识形态占据统治地位,并成为该社会的思想标志和主流意识。在意识形态领域内,政治统治表现为统治阶级的意识形态的统治。马克思和恩格斯对其中原因作过深刻论述:"统治阶级的思想在每一时代都是占统治地位的思想。这就是说,一个阶级是社会上占统治地位的物质力量,同时也是社会上占统治地位的精神力量。支配着物质生产资料的阶级,同时也支配着精神生产的资料,因此那些没有精神生产资料的人的思想,一般地是隶属于这个阶级的。"②意识形态的这一性质反映在文学上,就可能出现两种社会地位不同的文学,即反映统治阶级意识形

---

① [苏]高尔基:《论文学》,北京:人民文学出版社,1983年,第216页。
② 《马克思恩格斯选集》第1卷,北京:人民出版社,1995年,第98页。

态的主流文学和反映被统治阶级意识形态的非主流文学。另外主流文学的形成与西方马克思主义者葛兰西提出的统治阶级谋求的"文化霸权"也有密切关系。所谓"文化霸权"(cultural hegemony),其实质就是一种意识形态领导权("hegemony"一词中文也可译为"领导权")。葛兰西认为,在资本主义社会,资产阶级的统治主要不是依赖政治社会及其代理机构,如军队、暴力等来维持的,而是主要依靠他们牢牢占有的意识形态领导权,依靠他们广为宣扬并为大众普遍接受的世界观来维持的。[①] 文化霸权或意识形态领导权成为一种重要的统治手段,统治阶级必然会利用包括文学在内的一切文化形式,为形成和巩固自己的意识形态领导权服务。同样,统治阶级为了获得文学领域内的意识形态领导权,必然会倡导和扶持一种反映主流意识的主流文学,并把它推向主导地位。因此,人类历史上每个社会、每个时代,都有一种处于主导地位的主流文学。

总之,作为一种社会意识,文学与社会生活的关系是辩证的。任何时代的文学都是社会生活的反映,但不是刻板的反映,而是创造性的反映。文学家既是"自然的奴隶",又是"自然的主宰"。同时,与其他社会意识一样,文学对社会现实能产生积极的反作用。在阶级社会中,文学创作具有阶级性和意识形态倾向性。而在一定的社会形态中,反映主流意识的主流文学必然占据主导地位。

第三节 文学的审美性

一、文学审美特性的内涵

审美意识、文艺的审美意识特性和文学的审美独特性,这是三个不同层次的概念,下面依次阐述其含义;然后据以给"文学"下定义,并简析定义的内涵,作为进一步讨论的前提。

(一)文艺的审美意识特性

如前所说,文学艺术是社会生活的反映,是一种社会意识形式。但这只揭示了文学

---

① 参阅[意]安东尼奥·葛兰西:《狱中札记》,北京:中国社会科学出版社,2000年,第7~8页。

艺术的社会特性，揭示了文学艺术与宗教、道德、哲学等其他社会意识的共同特性。此外，文学艺术还具有不同于其他社会意识的特殊性，即文学艺术是一种审美意识。社会意识是文学艺术的普遍性，审美意识才是文学艺术区别于其他意识形式的特殊性。文学艺术的社会意识普遍性寓于审美的特殊性之中，并通过审美特性显现出来。因此，我们必须进一步认识文学艺术作为审美意识的特殊性。

简言之，文学艺术作为一种审美意识，是人类艺术地掌握世界、展示自我、塑造心灵的一种精神形式，它与人类掌握世界的其他方式有明显区别。马克思在《〈政治经济学批判〉导言》中谈到人类掌握世界的多种方式时，特别提出了"艺术的掌握方式"问题。马克思写道：

> 整体，当它在头脑中作为被思想整体而出现时，是思维着的头脑的产物，这个头脑用它所专用的方式掌握世界，而这种方式是不同于对于世界的艺术精神的、宗教精神的、实践精神的掌握的。①

这就是说，人类掌握世界的方式是多样的，有理论的方式，有实践的方式，还有实践—精神的方式，后者又包括艺术的方式和宗教的方式等。"艺术的掌握方式"也就是审美的掌握方式。正如高尔基所说："照天性来说，人都是艺术家。他无论在什么地方，总是希望把'美'带到他的生活中去。"人类是按照美的规律来创造事物的，而艺术美则是美的最高形态。因此，艺术不仅在形式上，而且艺术的全部实质，都应该是审美的。文学艺术作为社会意识，也必然不同于宗教、道德、哲学等一般社会意识，而是一种具有审美性的审美意识。

什么是审美意识？顾名思义，审美意识就指具有审美特性的社会意识。因此，要回答什么是审美意识，就必须先说明"审美"的含义。

什么是"审美"？从美学史角度来看，康德在《判断力批判》中对"审美判断力"四契机的分析，最具经典性和启示性。在康德看来，审美判断不同于认知判断，后者是为了求得知识的知性判断，前者只是关于快与不快的情感判断。以情感愉悦为本质的审美判断，可以从质、量、关系和样态四个方面进行分析。首先，从质的方面看，审美判断是一种无利害感和超功利的判断。"关于美的判断只要混杂有丝毫的利害在内，就会是很有偏心的，而不是纯粹的鉴赏判断了。"②其次，从量的方面看，审美判断不涉及概念而普遍地使

---

① 《马克思恩格斯选集》第 2 卷，北京：人民出版社，1995 年，第 19 页。
② ［德］康德：《判断力批判》上卷，北京：人民出版社，2002 年，第 39 页。

人愉快。一方面,审美判断是一种单称判断,即审美对象都是一些单个的具体的形象;另一方面,审美判断又有普遍性,这种普遍性来自基于人的共同的"心意状态"的"普遍赞同"。其三,从关系方面看,审美判断没有明确目的而又符合目的性。没有明确的客观目的,是因为审美判断不涉及概念内容;有主观的合目的性,是因为对象的形式契合于主体的想象力与知解力的自由活动与和谐合作。最后,从样态方面看,审美判断不依赖概念而产生必然的愉快。这就是说,审美的快感是一种必然的快感,我们面对美的形象就必然会产生审美的愉悦,而这种必然的快感源于人人都有的"共通感"。审美判断的四个契机,前两个界定了审美情感愉悦的两大特点,即无利害的快感和无概念的普遍性,后两个追溯了这两大特点的先天根据,即无目的的合目的性形式和共通感。根据康德的上述分析,可以说,以情感愉快为本质的审美或审美判断,就是一种无功利、非概念而有主观合目的性的必然的快感。我国有学者对"审美"作过这样的界定:"审美是人类掌握世界的一种特殊方式,指人与世界(社会和自然)形成一种无功利的、形象的和情感的关系状态。具体地看,它可以从目的、方式和态度三方面加以理解。从目的看,审美是无功利的;从方式看,审美是形象的;从态度看,审美是情感的。"①这一界定与康德思想的关系了然可见,且表述清晰明了,有助于对"审美"内涵的理解。

　　什么是"审美意识"?依据康德美学,所谓"审美或审美判断",就是以情感愉悦为本质的一种无功利、非概念而有主观合目的性的普遍必然的快感。同时,康德认为:"有两种不同的美:自由美,或只是依附的美。"②作为语言艺术的文学,不是纯粹的"自由美",而是具有社会属性的"依附的美"。因此,文学作为一种审美意识,不仅具有审美性,而且具有社会性,是审美性和社会性的有机统一,是一种具有审美特性的社会意识;而且文学的审美性与社会性相统一的双重特性,也是包括雕塑、绘画、音乐及舞蹈在内的其他艺术门类共同的特性。

　　据此,对文学艺术作为"审美意识"所具有的特性,可以作这样的概括:其一,它以审美情感为中心,但它是情感愉悦和思想认识的结合;其二,它是一种艺术虚构,但它又具有人性和人情的真实性;其三,它是有目的的,又具有不以客观实用为目的的无目的性;其四,它具有倾向性,但又具有广泛的社会普遍性和人类普世性。换言之,文学艺术作为一种审美意识,是情感性和思想性、虚构性和真实性、目的性和无目的性以及倾向性和人

---

① 童庆炳:《文学理论教程》,北京:高等教育出版社,1998年,第65页。
② [德]康德:《判断力批判》,北京:人民出版社,2002年,第65页。

类性等属性的有机统一。从荷马史诗到《诗经》、从古希腊悲剧到中国元杂剧、从唐人传奇到薄伽丘《十日谈》、从汤显祖的"临川四梦"到莎士比亚的"四大悲剧"、从张择端的《清明上河图》到达·芬奇的《蒙娜丽莎》等,它们作为人类审美意识的创造物,无不具有上述审美意识特性。

(二)文学的审美独特性

审美意识特性,是文学艺术区别于其他意识形式的特殊性。换言之,这也是文学艺术共同的本质属性。文学作为语言艺术,还具有区别于其他艺术的个别性和独特性。文学的审美意识特性,是通过文学自身的独特性体现出来的。

文学的审美独特性表现在哪些方面?我们试图对两类有代表性的定义及下定义的角度作一考察,然后提出我们的观点。

从下定义的思路看,以往的文学定义似可分为两类:单一性的定义和综合性的定义。古希腊的"摹仿"说和中国古代的"言志"说,属于单一性的定义,都侧重于从反映对象方面界定文学。前者认为诗是自然的摹仿,后者认为诗是情志的表现。这两个定义虽揭示了中西上古文学或重表现或重再现的基本差异,但并未全面说明文学的特质。亚里士多德的《诗学》开创了综合性定义的先河。《诗学》第一章写道:

> 史诗和悲剧、喜剧和酒神颂以及大部分双管箫乐和竖琴乐——这一切实际上是摹仿,只是有三点差别,即摹仿所用的媒介不同,所取的对象不同,所采的方式不同。①

严格地说,这并非规范的文学定义,也并非单就文学而言,但其极为重要。它继承了传统的摹仿说,进而提出了全面界说艺术特质的三个角度,即媒介、对象和方式,为综合性文学定义提供了方法论原则。此后的作家、学者以至现代文学理论教材,大多循着这一思路,从艺术媒介、反映对象、表现方式以及功能目的等方面界定文学。

从下定义的思路看,凡是较完整的定义,无不概括了媒介、对象、方式和功能诸要素的特性。那么,在上述诸要素中,哪个方面最为关键,最有助于揭示文学的审美独特性?苏联文艺理论家布洛夫根据人类活动的对象性特质,主张从艺术的特殊对象出发揭示文学艺术的特性。他说:"这种对象可以给艺术提供它的特殊的思想内容及其特殊的真实",而"人是绝对的审美对象;只有从这个对象出发,我们才能从审美上评价一切其他的

---

① [古希腊]亚里士多德、[古罗马]贺拉斯:《诗学·诗艺》,北京:人民文学出版社,1982年,第3页。

现实现象"。①

我们同意布洛夫提出的方法论原则。据此,不妨提出我们的文学定义,作为进一步讨论的前提:文学是以虚构的艺术形象创造性地表现人性心理和时代精神的语言艺术。

这一定义即以特殊对象为核心,概括了文学的特殊对象、审美形式、艺术媒介和审美功能诸方面的特征,即文学以人性心理和时代精神为反映对象;以虚构的假定性的艺术形象为表现形式;以语言文字为艺术媒介;作为审美创造,它体现了作家的审美情趣和社会理想;又通过情感交流以实现审美熏陶和精神启迪功能。同时应当明确,"文学"的定义,也就是"文学作品"的定义。通常所说的"文学",其实就是"文学作品"或"语言的艺术作品"的简称。

在上述定义中,关于文学的特殊对象、审美形式和艺术媒介三个问题,对认识文学的审美独特性最具本质意义,必须首先予以说明;作家的审美理想和文学的审美功能问题,将在创作与接受部分进行讨论。

二、文学的特殊对象

关于文学的反映对象,学界有多种观点。"文学是心学"是本书的文学对象观。在阐述本书的观点之前,先对流行的"生活说"和"人学说"作一辨析。

(一)文学对象的两种观点

人类活动是对象性活动。每一种人类活动都与特殊对象相联系,并由此与其他活动形态相区分。要阐明一种活动的特性,必须从活动的特殊对象入手。正如歌德所说:"在艺术和知识上,亦如行事一样,一切决定于对对象的精确理解和根据它的性质来加以处理。"②那么,文学的特殊对象是什么?在催人泪下的悲剧冲突与超然离奇的浪漫情节背后,在慷慨悲壮的历史故事与伤春悲秋的景物画面之中,艺术家着力表现的究竟是什么?艺术品又是通过什么打动人心的?对于这些问题的看法目前流行两种观点,有必要先作一评说。

一是"生活说"。这种观点认为:文学是社会生活的反映,客观的社会生活是文学的反映对象,社会生活的领域是无限广阔的,从而文学创作的题材是丰富多彩的等。"生活

---

① [苏]阿·布洛夫:《艺术的审美实质》,上海:上海译文出版社,1985年,第215~219页。
② 《歌德的格言和感想集》,北京:中国社会科学出版社,1982年,第22页。

说"有两个明显缺陷。其一,将现实根源与特殊对象混为一谈。从反映论看,文学确是社会生活的反映,但这是文学与其他社会意识形态共同的现实根源,并非文学的特殊对象。因此,这种观点貌似正确,然而实质含混。普列汉诺夫曾尖锐地指出:"文学是什么?好好庸人们齐声答道:文学是社会的表现。这是一个很了不起的定义,只是有一个缺点:它是含混的,等于什么也没有说。"①停留在生活表面,不深入生活内部,是难以说明问题的。其二,将认识对象与描写对象混为一谈。现实主义文学强调"按照生活的本来面目描写生活",作品中描写的情景逼似生活,"生活说"论者于是理所当然地认为文学是生活的反映。其实文学作品中,作为描写对象的生活情景是一种"生活的幻象"②,文学家正是通过这种"生活的幻象"去表现他所认识的人性心理和人类情感的。布洛夫指出:"艺术所认识的正是人的性格、关系、感受,也就是说,社会的人正是艺术的特殊对象。由此可见,应该把特殊对象理解为认识的对象,而不是描写的对象。认识的对象和描写的客体在艺术中不总是一致的。"③布洛夫关于认识对象与描写对象的区分,对正确认识文学的特殊对象和深层内容是极为重要的。

有的学者鉴于"生活说"的明显缺陷,试图在文学和社会科学的比较中说明文学对象的特殊性。他们认为社会科学研究的只是社会生活的某一方面,而文学把人和人的社会生活的各个方面作为一个不可分割的整体来表现;因此文学的特殊对象是以人为中心的社会生活整体或整体性的社会生活。这种"生活整体说",除与"生活说"同样存在将现实根源与特殊对象、认识对象与描写对象混为一谈的问题外,还存在不符合文学创作的实际的问题。"一个作家不可避免地要表现他的生活经验和他对生活总的观念;可是要说他完全而详尽地表现整个生活,甚至(表现)某一特定时代的整个生活,那就显然是不真实的。"④且说不以生活现象为直接描写对象的抒情诗,即以宏大的现实主义叙事作品而言,也不可能把一个时代社会生活的方方面面作整体性地反映。别林斯基论及荷马史诗时说:"讲到希腊人的诗歌,那么,在它的美好形象中是表现了古希腊生活的整个内容,这里包括宗教、道德、科学、智谋、历史、政治、社会生活。"⑤恩格斯也曾说过,在巴尔扎克的《人间喜剧》中,"汇集了法国社会的全部历史"。我们还可以说,曹雪芹的《红楼梦》是中国传统社会无所不包的"百科全书"等。但这只是一种比喻性的说法,我们不可能、也

---

① 《普列汉诺夫哲学著作选集》第2卷,北京:生活·读书·新知三联书店,1961年,第177页。
② [美]苏珊·朗格:《情感与形式》,北京:中国社会科学出版社,1986年,第242~243页。
③ [苏]阿·布洛夫:《艺术的审美实质》,上海:上海译文出版社,1985年,第304页。
④ [美]雷·韦勒克、奥·沃伦:《文学理论》,北京:生活·读书·新知三联书店,1984年,第93页。
⑤ 《别林斯基选集》第3卷,上海:上海译文出版社,1980年,第583页。

不会真把这些作品当作历史著作来阅读。其实，一部作品是否具有永恒价值，并不在于其是否描写了社会生活的整体，而在于是否表现了人性和人情的深度。

二是"人学说"。这种观点从高尔基"文学是人学"的命题出发，认为"文学是人写的，文学是写人的，文学是写给人看的"，因而文学是人学，云云。1931年，高尔基在《谈技艺》一文中写道："不要以为我把文学贬低成了'方志学'，不，我认为这种文学是'民学'，即人学的最好的源泉。"①这被认为是高尔基提出"文学是人学"命题最主要的出处。从无所不包的"社会生活"和"生活整体"，到社会生活中的"人"，"人学说"对文学特殊对象的认识确是大大逼近了一步。但同"生活"的概念一样，"人学说"论者对"人"的概念的理解同样是含混模糊的。首先，作为文学对象的人，到底是指社会现实中的人，还是作家笔下或文学作品中描写的人？不少论者都将其理解为后者而不是前者。如刘再复曾写道："对象的主体性，就是文学对象结构中人的主体地位和人的主体形象……作家给笔下的人物以主体的地位，赋予人物以主体的形象，归结为一句通俗的话，就是把人当成人——把笔下的人物当成独立的个性。"②就强调遵从文学人物的性格逻辑而言，此话不错，但这属于描写对象而非认识对象的范畴。作家的创作目的并非只是为了写活一个纯然虚构而实际并不存在的文学人物。无论如何，作品中的人物只是为了表现作为文学认识对象的人性和人情的。其次，作为文学对象的人倘若指社会现实中的人，那么，人作为社会关系的总和是一个由多重要素组成的复杂体，是生理与心理、心灵与外貌、感性与理性、情感与思维、个体性与社会性等多重要素对立统一的复合体。作为审美认识对象，文学到底反映人的哪些方面？是生理本能还是内在心灵，是情绪情感还是理性观念，是个别的人还是群体社会中的人？这一切都不甚了了。再次，更何况"世间实在还有写不进小说里去的人。倘写进去，而又逼真，这小说便被毁坏"。③那些或表现"高、大、全"式的神性人物，或以渲染的笔调表现"五毒俱全"的兽性人物的作品，就是如此。

由此可见，"生活说"和"人学说"是两个既有合理性又过于宽泛含混的命题，难以真正说明文学的特殊对象。

（二）"文，心学也"

要真正揭示文学的特殊对象，必须深入文学创作的实际过程，从成功的文学实践和经典的文学作品出发，对上述两个命题作进一步深化探讨。清代文学理论家刘熙载在

---

① ［苏］高尔基：《论文学》（续集），北京：人民文学出版社，1979年，第285页。
② 刘再复：《文学的反思》，北京：人民文学出版社，1986年，第62页。
③ 《鲁迅全集》第6卷，北京：人民文学出版社，1981年，第598页。

《游艺约言》中提出一个著名命题:"文,心学也。"这是一个深刻的命题,真正揭示了文学的特殊对象。从文学创作和文学史看,所谓"文学是心学",即文学是直接以人性和人情为表现对象的心灵性的艺术。

据此,关于文学的本质有三个不同的命题:一是社会学的"文学是社会生活反映",二是人道主义的"文学是人学",三是人性论的"文学是心学"。"文学是心学"的命题,比"文学是社会生活反映"更深刻地道出了文学的人心或人性本质。但是,我们必须从生命哲学的角度对文学的人心或人性本质作双重规定:从质的方面说,它是指每一个生命个体的普遍人性;从量的方面说,它是指有限的个体生命的百年情怀。前者是指文学对象的生命特质,后者是指文学对象的生命范围。就前者而言,与其说"文学是人学",不如说文学是心学,是审美的人性学;就后者而言,人类的文学史,就其精神母题而言,实质是百年人生情怀的咏叹史。

其一,就其对象的性质而言,文学作为"人心学"或"人性学",它所表现的是每一个生命个体的普遍心灵或普遍人性。这是文学在艺术创作和艺术功能上不同于历史学的审美特殊性之所在。

首先,这是由文学创作的自身特性决定的。从文学与现实的关系看,文学确是社会生活的反映,但不是表现外部的生活现象,而是社会深层时刻跳动着的心灵脉搏;从文学的描写对象看,文学确以人的生活整体为对象,但不以写活一个虚构的文学人物为目的,而是借以表现时代和民族的更深更广的人性心理。文学艺术正是以这种社会深层的人的心灵脉搏和普遍深邃的人性心理为特殊认识对象的。黑格尔认为:"艺术的要务不在事迹的外在的经过和变化,这些东西作为事迹和故事并不足以尽艺术作品的内容;艺术的要务在于它的伦理的心灵性的表现,以及通过这种表现过程而揭露出来的心情和性格的巨大波动。"①这是一个耐人寻味的深刻见解。就此我们可以说:文学是人性心理的审美显现,文学家是刻画人类灵魂的心理学家。

其次,这是古往今来东西方文学家和思想家的一致看法。在东方,如我国古代《尚书·尧典》的"诗言志"说、陆机《文赋》的"诗缘情"说、清代刘熙载《游艺约言》的"文,心学也";又如印度泰戈尔《文学的本质》所谓的"文学的主要内容是人的心灵描绘和人的性格刻画"②;再如日本厨川白村的"苦闷的象征"说;等等。在西方,英国诗人华兹华斯所谓

---

① [德]黑格尔:《美学》第1卷,北京:商务印书馆,1979年,第275页。
② 《泰戈尔论文学》,上海:上海译文出版社,1988年,第7页。

"诗是强烈情感的自然流露"①;法国作家司汤达所谓"对我来说,真诚的自我至上主义就是描写人类的心灵"②;俄国托尔斯泰所谓"艺术的主要目的就在于表现和揭示人的灵魂的真实,揭露用平凡的语言所不能说出的人心的秘密"③;美国学者苏珊·朗格所谓"艺术,是人类情感的符号形式的创造"④;等等。上述古今中外的文学家和思想家用不同的语言,从不同的角度,反复强调同一个道理:文学以人性心理为特殊认识对象,文学是心学。

最后,从文学的审美功能看,文学只有深刻表现普遍的人性和人情,才能真正打动人心。伟大作家的成功经验反复证明这一点:只有深刻把握时代的心理动向,说出人心灵的秘密,而不是满足于表现生活故事外在的经过和变化,文学作品才可能具有心灵的深度和人性的魅力,"以心换心",打动人心,唤起全社会的心灵共鸣。司汤达自称是"人类心灵的观察者",在《红与黑》这部伟大的小说中,他以于连和德·瑞那夫人及玛特儿小姐的悲剧性冲突为核心,生动再现了一代小资产阶级青年希望与绝望的心理状态。正如左拉所说:"在这个观点上必须看出于连·索黑尔是整个时代野心勃勃的梦境和惋惜的化身。"⑤陀思妥耶夫斯基宣称自己是"刻画人的心灵深处的全部奥秘"的现实主义者。⑥ 作为俄罗斯文化史上第一个伟大的小市民作家,陀思妥耶夫斯基以擅长分析人类心灵的笔触,深刻表现了那个时代小市民知识分子和有知识的小市民的灵魂奥秘。正是在这个意义上,鲁迅称他是"人的灵魂的伟大的审问者"。⑦ 其实,鲁迅自己不也正是以写出"现代的我们国人的灵魂"为艺术目标吗?他在《俄文译本〈阿Q正传〉序》中写道:

> 我虽然已经试做,但终于自己还不能很有把握,我是否真能够写出一个现代的我们国人的魂灵来……要画出这样沉默的国民的魂灵来,在中国实在算一件难事……我虽然竭力想摸索人们的魂灵,但时时总自感有些隔膜。⑧

这段话,既是鲁迅对阿Q这一不朽艺术典型的美学反思,也阐明了一个艺术真理:文学家的真正使命,就在于"摸索人们的魂灵,写出国民的魂灵"。

---

① 刘若端编:《十九世纪英国诗人论诗》,北京:人民文学出版社,1984年,第22页。
② 转引[苏]爱伦堡:《必要的解释》,北京:中国社会科学出版社,1979年,第142页。
③ 《列夫·托尔斯泰论创作》,南宁:漓江出版社,1982年,第11页。
④ [美]苏珊·朗格:《情感与形式》,北京:中国社会科学出版社,1986年,第51页。
⑤ [法]左拉:《论司汤达》,《外国文学名家论名家》,上海:华东师大出版社,1985年,第126页。
⑥ 《陀思妥耶夫斯基论艺术》,桂林:漓江出版社,1988年,第390页。
⑦ 《鲁迅全集》第7卷,北京:人民文学出版社,1981年,第104页。
⑧ 《鲁迅全集》第7卷,北京:人民文学出版社,1981年,第81~82页。

其二，就其对象的范围而言，文学作为"人心学"或"人性学"，它所表现的是有限的个体生命的百年情怀。无论是五千年文学史还是三百年唐诗史，它所表现的人性和人情都是有限的个体生命的百年情怀。这是由作为文学对象的个体生命的一次性和生命的重复性所决定的。

首先，文学所面对的人不是抽象的人，而是活生生的人，是现实生活中有血有肉的生命个体，是尘俗世界里有爱有恨的个体生命。对于所谓"有血有肉的"个体生命，西班牙生命哲学家乌纳穆诺作了生动的描述："有血有肉的人，就是由出生到受难，最后要死亡的人，尤其要强调是，一个终究要'死亡'的人。如果要把这个人说得更具体、更直白，就是：要吃饭，要喝水，要玩耍，要睡觉，要思想，要爱欲的人；是看得见的人，听得着的人，就是我们身边的兄弟，真实存在的兄弟……这个具体的、有骨头有血肉的人，他是整个哲学的主体，同时也是整个哲学的最高级主体。"①其实，这个具体的、有骨头有血肉的人，既是"整个哲学的最高级主体"，也是整个文学最高级的主体，是整个文学特殊的认识对象和表现对象。

其次，"有血有肉"的人，亦即"有生有死"的人、"生命有限"的人、由摇篮走向墓地的人。文学所表现的生命情怀，不是抽象之人的形而上之情，而是有限的个体生命的百年情怀。这是由人的"生命的一次性"所决定的。米兰·昆德拉在《不能承受的生命之轻》中写道："人只能活一次，我们无法验证决定的对错，因为在任何情况下，我们只能做一次决定。上天不会赋予我们第二次、第三次、第四次生命以供比较不同的决定。"②"生命的一次性"是生命的真相。"人只能活一次"，亦即俗话所说"人生一世"。这里的"一"，既是指"一次"的数量，即生命是一次性的，只有一次，没有两次，更没有三次，也是指"一世"的长度，即所谓人生百年，百年人生，百年之后，人生非我。文学所表现的就是有限的个体生命的百年人生和百年情怀。三百年唐诗史是百年人生情怀的咏叹史，五千年文学史依然是百年人生情怀的咏叹史。

最后，生命的一次性决定了生命的重复性。歌德所谓："时代在前进，但人人却都得从头开始。"③生命的一次性和由此导致的必然的生命的重复性，使人与人之间具有经历的相似性和心灵的相通性。爱默生所谓："每一个人都是普遍心灵的又一次转世再现。"④

---

① ［西班牙］乌纳穆诺：《生命的悲剧意识》，广州：花城出版社，2007年，第2页。
② ［捷克］米兰·昆德拉：《不能承受的生命之轻》，上海：上海译文出版社，2003年，第264页。
③ 《歌德的格言和感想集》，北京：中国社会科学出版社，1982年，第112页。
④ 《爱默生演讲录》，北京：中国人民大学出版社，2004年，第42页。

由此,文学所表现的生命情怀,既是"有限的",又是"重复的",是人的"普遍心灵"的一次次独特的"转世再现",于是最终形成了文学的永恒主题和艺术的原型母题。人类共通的生存关系是普遍人性或"普遍心灵"形成的现实基础。每一个人与生俱来而又无可超越的生存关系,至少体现在四个方面,即个体生存、人际关系、生存环境和生存理想。从共时角度看,每一层面的生存关系形成多样的人性和人情;从历时角度看,这四重关系又涵盖百年人生的种种喜怒哀乐。

这种四元多维的人性特征体现在文学创作中,便形成了永恒主题和原型母题的"四元多维结构"。其一,从生命的个体生存看,有表现生的渴望、性的苦闷、病的痛苦及死的恐惧等主题;其二,从最基本的人际关系看,有歌颂基于血亲关系的亲子胞足之爱、基于两性关系的男女情爱、基于亲友关系的亲情友谊等主题;其三,从生存环境的延展看,有抒发故乡之情,有倾诉故国之思,有表现自然之爱等主题;其四,从生存理想的追求看,有对真、善、美的憧憬和渴望,有对假、丑、恶的批判和鞭挞等主题。人性的种种喜怒哀乐又微妙地表现在经济生活、政治生活、文化生活和社会家庭生活等领域之中。一言以蔽之,有限的个体生命的百年情怀划定了永恒主题和原型母题的基本范围。

其三,文学以人性和人情为表现对象以及文学作为人心和人性的学问,有两点应当作进一步说明。

第一,作为文学对象的人性心理具有社会性和历史性双重属性,即它不是主观个人的,而是客观社会的;它不是抽象不变的,而是具体历史的。概言之,从本质上说,这又是一种社会心理,是一种时代情绪,是人性心理的普遍永恒性和社会历史性的有机统一。普列汉诺夫关于文学艺术与社会心理关系的论述,为文学对象的人性心理说提供了历史唯物主义的解释。在《马克思主义的基本问题》中,普列汉诺夫提出了社会结构的"五项式":

(一)生产力的状况;

(二)被生产力所制约的经济关系;

(三)在一定的经济"基础"上生产起来的社会政治制度;

(四)一部分由经济直接决定的,一部分由生长在经济上的全部社会政治制度所决定的社会中的人的心理;

(五)反映这种心理特性的各种思想体系。①

---

① 《普列汉诺夫哲学著作选集》第3卷,北京:生活·读书·新知三联书店,1962年,第195页。

普列汉诺夫所谓"反映这种心理特性的各种思想体系",包括宗教、哲学、文学和艺术等,其中以文学艺术与社会心理的关系最为直接。所谓"社会心理"或"社会中的人的心理"是社会意识的一个层次,它是在特定时代、民族和阶级的群众中自发形成的、直接反映社会存在和社会关系的社会精神状况,是一定社会群体的情感、意愿、风尚及习俗等因素的总和。社会心理是对社会现实最为敏感、最为生动的反映形态。从社会结构的"五项式"中可以发现,如果说文学艺术是社会生活的反映,那么它的直接反映对象不是"政治制度",更不是"经济关系"和"生产力的状况",而是"社会中的人的心理",是"国民的魂灵",是"时代的情绪"。同时,在社会结构中,社会心理是联系着思想体系和政治、经济诸社会关系的纽带性的核心层次,现实生活的矛盾冲突通过社会心理得以反映,思想体系的各种观念又渗透沉积在人性心理之中。因此,只要真实再现某种社会的人性心理,就能从特定角度把握住生活整体,艺术作品也必然具有说不尽的人性心理内涵和社会历史内涵。正是在这个意义上,丹纳指出:"如果一部文学作品内容丰富,并且人们知道如何去解释它,那么我们在这作品中所找到的会是一种人的心理,也可能是一个时代的心理,有时更是一个种族的心理。"①借文学作品中某一"人的心理",展示"一个时代的心理",甚至"一个种族的心理",是真正以社会的人性心理为反映对象的文学作品必然具备的审美认识功能。

第二,社会的人性心理是一个复杂的结构,其中,成为普遍趋向的情感情绪和典型的社会性格及民族性格,往往是文学创作最主要的反映对象。如果说抒情文学主要抒写和表达时代的情感情绪,那么叙事文学则着力刻画典型的社会性格和民族性格。无论是张若虚的《春江花月夜》、李商隐的"无题"诗,还是郭沫若的《梅花树下的醉歌》、余光中的《乡愁》,一首抒情诗的内容往往只是一缕思绪,一个幻想、一种心情或一次强烈的内心感受。而蕴藏着社会历史内涵的人性性格,则是叙事作品表现的真正中心。在塞万提斯的《堂吉诃德》、莎士比亚的《哈姆雷特》、冈察洛夫的《奥勃洛摩夫》,以及鲁迅的《阿Q正传》、老舍的《骆驼祥子》等作品中,来自不同国度的艺术家,无不深刻地再现了各具深度的时代性格和民族性格。

三、文学的审美形式

鲜明生动的形象性,是文学最显著的审美形式特征。先谈文学形象形成的双重根

---

① 伍蠡甫主编:《西方文论选》下卷,上海:上海译文出版社,1979年,第241页。

源,再谈文学形象与文章形象的区别,最后阐述文学形象的基本特征。

(一)文学形象性的根源

文学的审美特征既体现在反映对象上,也体现在表现形式上。以虚构的假定性艺术形象去表现深邃的人性心理内容,这正是文学最显著的审美形式特征。试举《论语》与《古诗十九首》作说明:

> 君子疾没世而名不称焉。(《论语·卫灵公》)

> 回车驾言迈,悠悠涉长道。四顾何茫茫,东风摇百草。所遇无故物,焉得不速老?盛衰各有时,立身苦不早。人生非金石,岂能长寿考?奄忽随物化,荣名以为宝。(《古诗十九首·回车驾言迈》)

上述一文一诗,形成鲜明的对照,二者的主旨完全相同,但表现形式不同。前者直写己见,如家常谈话,单求思想的明确表述;后者则托物起兴,触景生情,以形象的描写委婉传情。这首诗虽然充满哲理情味,但在景物的营构、情景的融浃上,达到了前人所未达到的新境界,比之《论语》的直白,更增一番回味无穷的美感。再就叙事性作品看,毛泽东在《湖南农民运动考察报告》中关于"四条绳索"的论述,与鲁迅在《祝福》中对祥林嫂悲剧命运的描写也是一个极好对照,同样表明了人文科学与文学艺术反映社会人生在表现形式上的差异。

别林斯基曾以简明的语言指出:"哲学用三段论法讲话,诗人则是用形象和图画,但它们两者讲的都是同一件事。"① 这里,别林斯基认为哲学与文学的区别只在形式而不在内容,显然是错误的,也违背了别林斯基一贯强调的艺术内容是诗意的"激情"的思想。② 然而,单纯从表现形式看,人文科学确是通过对各种社会现象进行分析、综合,用抽象的概念、命题和理论的形式揭示事物的本质和规律,直接为人们提供人类社会的规律性知识;文学艺术则通过对丰富多彩的现实生活或自然景物进行描绘,通过对人物形象的塑造和矛盾冲突的展开,把复杂深邃的人性心理内容寓于具体生动的生活情境之中,以逼真而鲜明的艺术形象直接诉诸读者的想象。正如黑格尔所说:"艺术的形式就是诉诸感官的形象。"③

---

① 《别林斯基文学论文选》,上海:上海译文出版社,2000年,第704页。
② 别林斯基《亚历山大·普希金作品集》第五篇:"艺术不能忍受抽象哲学概念,尤其是理性概念;它只能容受诗情意念——这不是三段论法,不是教条,不是规则,这是一种活生生的热情,这是激情。"(《别林斯基文学论文选》,上海:上海译文出版社,2000年,第423页。)
③ [德]黑格尔:《美学》第1卷,北京:商务印书馆,1979年,第87页。

文学艺术的表现形式之所以不同于人文科学,一方面取决于它的特殊对象,另一方面取决于它的审美功能。

文学形式的审美性,首先取决于其艺术对象的特殊性。在人文社会科学中,与文学的认识对象最为接近的科学是心理学和社会心理学,但它们把握社会人心的具体方面和具体方式与文学是完全不同的。就社会心理学而言,作为一门社会科学,它主要是"研究个体或群体在特定社会条件下心理活动发生、变化与发展规律的科学"。① 为了科学揭示个体或群体这种心理活动的普遍规律,社会心理学家必须提出一系列概念、范畴和命题,以建构社会心理学的科学体系。文学的任务不在于说明人的心理活动的客观规律,而是要真实地再现活生生的人性心理和情感情绪的原生状态。而人流动的情感情绪和内在的性格特征是难以直观的,只有通过人们的生活情境和言行举止的具体描写才能被人感知。同时,人的情感情绪和性格的存在形式与推理性语言在逻辑上是互不对应的,前者是具体的、丰富的、恍惚迷离而不可名状的;后者是抽象的、单一的、凝固化了的理性结构。因此,要真实地表现不可名状的人性心理,要么虚构出与特定的情感性格同构对应的生活幻象作直接呈现,要么描绘具体的景物形象予以间接暗示。总之,文学形式的形象性,首先取决于对象内容的特殊性。苏珊·朗格说得好:"因为艺术品所表现的——知觉、情感、情绪的过程,以及旺盛的生命力本身——用任何词汇都难以准确表达。因此,艺术品的各种因素,只有在典型情境和动作中,被形象地反映出来时,我们才能经过推理认识它们。"②例如,单纯的"欢乐""悲哀""恐惧"等字眼,很难把相应的情感体验传达出来。于是,诗人试图把这种情感准确地表现出来时,总是着力描写能够暗示这种情感的生动情景,如节日的气氛、秋夜的景象、阴森的地狱等。

其次,文学形式的形象性和审美性又取决于它独特的审美功能,即满足读者的美感需要。莱辛说得好:"美这个概念本来是先从有形体的对象得来的。"③确实,人们的审美情感是被生动的艺术形象所引发的,而不是被一般的概念所引发的。文学艺术是供人们欣赏的,它直接诉诸人们的情感而不是理智。因此,文学作品不仅要有真挚的情感内容,还必须要有富于感染力的审美形式。清人刘熙载《艺概》中有段名言:

"昔我往矣,杨柳依依。今我来思,雨雪霏霏。"雅人深致,正在借景言情。

若舍景不言,不过曰春往冬来耳,有何意味?

---

① 林秉贤:《社会心理学》,北京:群众出版社,1985年,第9页。
② [美]苏珊·朗格:《情感与形式》,北京:中国社会科学出版社,1986年,第433页。
③ [德]莱辛:《拉奥孔》,北京:人民文学出版社,1982年,第1页。

刘熙载问得好:缺乏生动的情景描写,只是春往冬来的抽象陈述,有何趣味,怎能动人?抽象的概念不能给人以美的享受,不够生动形象的作品也缺乏真正的艺术感染力和艺术生命力。高尔基曾说:只有用合适的优美的外衣装饰了您的思想的时候,人们才会倾听您的诗。从文学的审美形式看,这"合适的优美的外衣",就是生动感人的形象。

(二)文学形象与文章形象

文学形象是作家通过审美想象创造的艺术形象,它不同于现实的生活形象,也不同于一般的文章形象。

首先,文学形象不同于实在的生活形象。"形象"一词与"概念"相对。概念揭示客观事物的内在本质。因此,"概念是不能用手去捉摸的,当我们在进行概念思维时,听觉和视觉必定已经成为过去了"。① "形象"一词最初是指日常生活中人物和事物的形状相貌,指通过人的感官能够看得见、听得到、摸得着的东西。自然界中的水光山色、草木花卉和飞禽走兽,日常生活中各种人物的音容笑貌、矛盾纠葛和生存环境,这一切都是形象。《荀子·非相》曰:"盖帝尧长,帝舜短;文王长,周公短……长短大小,美恶形象,岂论也哉?"这里的"形象"便是指人的形体相貌。《三国志·魏志·管宁传》曰:"宁少而丧母,不识形象。"便是说,管宁少时便死了母亲,故记不得母亲生前的形态相貌了。文学形象是现实生活形象的创造性反映,是一种观念性的存在,不具有感官的可触摸性,只具有"如见其人,如闻其声,如触其物"的效果。

其次,文学形象也不同于文章学范畴的文章形象。所谓"文章形象"是指非纯审美的语言作品中的意象比喻和形象化描写。例如,马克思、恩格斯在《共产党宣言》的开篇写道:"一个幽灵,共产主义的幽灵,在欧洲徘徊。旧欧洲的一切势力……为驱除这个幽灵而结成了神圣同盟。"毛泽东在《星星之火,可以燎原》一文中论述快要到来的"中国革命高潮"时深情地写道:"它是站在海岸遥望海中已经看得见桅杆尖头了的一只航船,它是立于高山之巅远看东方已见光芒四射喷薄欲出的一轮朝日,它是躁动于母腹中的快要成熟了的一个婴儿。"这是有关文章形象的两个经典段落,鲜明生动而诗意盎然。这种非纯审美的文章形象大致可分为三种类型:一是修辞性形象,即各类文章中采用的比喻、比拟和象征等修辞手段所形成的形象;二是例证性形象,即科学论著、政论文章中用以说明理论观点的具体事例和形象化描写;三是事实性形象,即在编年史、回忆录、新闻报道中所叙述、描写的真实的、有个性特点的事件和人物。

---

① [德]黑格尔:《小逻辑》,北京:商务印书馆,1982年,第328页。

文章形象与文学形象相比有三个明显区别。其一,前者以说理为目的,后者以审美为目的。正如朗吉努斯在《论崇高》中所说:"诗人和演说家都用形象,但有不同的目的。诗的形象以使人惊心动魄为目的,演说的形象却是为了意思的明晰。"① 其二,前者是无机结构,后者是有机整体。文学形象是一个有机整体,是一种有生命的形式,里面的人物和事件具有紧密的组织,任何部分一经挪动或删削,就会使整体松动脱节。文章形象则不然,一篇论文、一部论著中出现的各类形象,或作为论据,或作为修饰,互相之间没有内在联系,也不构成一个有机整体。其三,前者是从属的,后者是独立自足的。文章形象从属于力求论证的中心论题,离开中心论题,文章中的形象性成分便失去自身的意义和价值。文学形象并不为某个抽象观点服务,它自身具有独立自足性,是一个独立自足的审美整体。钱锺书在比较"《易》之有象"与"《诗》之有象"时,对文章形象的从属依附性和文学形象的独立自足性作过精辟阐述:

> 《易》之有象,取譬明理也,"所以喻道,而非道也"(语本《淮南子·说山训》)。求道之能喻而理之能明,初不拘泥于某象,变其象也可;及道之既喻而理之既明,亦不恋着于象,舍象也可。到岸舍筏、见月忽指、获鱼兔而弃筌蹄,胥得意忘言之谓也。词章之拟象比喻则异乎是。诗也者,有象之言,依象以成言;舍象忘言,是无诗矣,变象易言,是别为一诗甚且非诗矣。故《易》之拟象不即,指示意义之符(sign)也;《诗》之比喻不离,体示意义之迹(icon)也。不即者可以取代,不离者勿容更张。②

《易》之象,即文章形象,《诗》之象,即文学形象。简言之,《易》之有象,取譬明理,及道之既喻而理之既明,舍象也可;诗为有象之言,依象以成言,舍象忘言,是无诗矣,变象易言,则别为一诗。文章形象为明理喻道,故可以变异取代;文学形象则独立自足,故勿容更张。钱锺书此论意味深长,大可玩索。

(三)文学形象的基本特征

作为审美的表现形式,文学形象不同于文章形象,它是一种有机完整、独立自足的生命形式。但这只是文学形象的外在规定,它还具有多方面的内在特点。概括地说,从存在形态看,文学形象是假定性与逼真性的统一;从审美认识看,文学形象是具体性与概括性的统一;从艺术功能看,文学形象又是表现性和感染性的统一。综而言之,文学形象是

---

① 伍蠡甫主编:《西方文论选》上卷,上海:上海译文出版社,1979年,第128页。
② 钱锺书:《管锥编》第1册,北京:中华书局,1979年,第12页。

以虚幻而又逼真的人生画面和意象世界,高度概括地表现深邃的人性心理,具有生动的艺术感染力的审美形式。

第一,从存在形态看,文学形象是假定性和逼真性的有机统一。所谓"形象的假定性",表明它不是实际生活本身,不是一种真实的现实存在,而是一种通过想象和幻想创造出来的假定性的生活幻象。"假定性"这个范畴最初是苏联戏剧家梅耶荷德受到中国传统戏剧艺术的启发提出来的。梅耶荷德说:"任何的戏剧艺术都是假定性的,可是有各种各样的假定性……我想,梅兰芳的假定性最接近于我们的时代。"①此后,经过理论家的进一步阐释,"假定性"成为揭示艺术形象特点的重要范畴。形象的假定性用苏珊·朗格的话来说,就是一种虚假的"生活幻象",而"艺术家的使命就是:提供并维持这种基本的幻象,使其明显地摆脱周围的现实世界,并且明晰地表达出它的形式,直至使它准确无误地与情感和生命的形式相一致"。② 假定性和虚幻性是文学形象最基本的存在特点。在文学作品中,草木虫鱼暗通人性,花妖狐魅尽现人情,屈原可以上叩天庭之门,但丁可以下睹地狱之惨,张倩女的情魂可以远游他乡,杜丽娘的情魂可以死而复生。对于这类神奇荒诞的故事情节和人物形象,读者非但不指责其为无稽之谈,反而与这满纸荒唐同悲同喜。

文学形象既是假定的,又是逼真的。它是实质上的假定性与具体描写的逼真性的有机统一。所谓"形象的逼真性",是指文学作品对人物的刻画、故事的叙述、环境的设置和细节的描写等,虽出于虚构,但又合情合理,甚至严守日常的生活逻辑,因而往往给人一种逼似真实的感觉。文学形象的假定性可以区分为两种形态,即常态类型的艺术假定性和异态类型的艺术假定性。③ 与此相联系,形象的逼真性也有两种表现形式。首先,强调"按照生活的本来面目"写作的现实主义文学,可以称为常态型的假定性形象,作品也最富于艺术的逼真性。杰出的现实主义作家,如司汤达、巴尔扎克、罗曼·罗兰、托尔斯泰、契诃夫、高尔基、茅盾、巴金、老舍等,无不自觉地遵循以"生活的本来面目"反映生活的原则,严守细节描写的真实性,因此他们的作品虽然都是想象和幻想的产物,但给人一种非常真实的感觉。正如卢那察尔斯基所说:"虚构事实而又做得叫你感觉不到这是虚构,却说:这就是它,真实!"④其次,大量使用象征、幻想、荒诞、传说和神话等艺术手段的超现实浪漫主义文学,可以称为异态型的假定性形象。这类作品以虚幻荒诞为外表,以"合情合

---

① 转引自童道明:《他山集》,北京:中国戏剧出版社,1983年,第76页。
② [美]苏珊·朗格:《情感与形式》,北京:中国社会科学出版社,1986年,第80页。
③ 参阅钱中文:《艺术假定性的类型和文学的真实性形态》,《现实主义和现代主义》,北京:人民文学出版社,1987年,第216~226页。
④ [苏]卢那察尔斯基:《论文学》,北京:人民文学出版社,1978年,第307页。

理"为内质,将魔幻与现实相融合,形成一种奇妙的新现实。所谓"合理",是指荒诞的故事情节符合生活的逻辑和生活的规律;所谓"合情",是指虽写花妖狐魅,但仍传达人的生活体验和真挚感情。如吴承恩的《西游记》、蒲松龄的《聊斋志异》、巴尔扎克的《驴皮记》、马尔克斯的《百年孤独》以及卡夫卡的《城堡》等,无不如此。总之,异态型的假定性形象正是在"合情合理"的审美尺度内,实现其假定性和逼真性的有机统一的。

第二,从审美认识看,文学形象是具体性和概括性的有机统一,读者通过假定而逼真的感性形象,认识和把握作品艺术地概括的人性内涵。

所谓"形象",即有形有象,可触可感,因此形象必然是具体感性、生动个别的。文学形象的具体性,不仅要求作家用形象化的语言,通过对人物、事件、场面作具体描绘,把作品的艺术情景生动如画地展现出来,而且还要赋予不具形的情感情绪和思想意识以具体可感的形态。面对这种具体的人生画卷,读者不知不觉地被带进作品的艺术世界,如见其人,如闻其声,如临其境,如与其事,亲身感受和体验作品中复杂的矛盾纠葛和人物的内心世界。如白居易的《闺妇》:

斜凭绣床愁不动,红绡带缓绿鬟低。
辽阳春尽无消息,夜合花前日又西。

诗人用白描手法,上两句写闺妇"斜凭绣床"的神态,下两句借"夜合花"暗示其相思的情感,人物情境如在眼前,读来仿佛是一张画或一件雕塑正欲发言为诗。清人廖莹中《江行杂录》确有记载:"白乐天诗'倦依绣床愁不动'云云,好事者绘为《倦绣图》。"

真正的文学形象不仅具有外形的具体可感性,而且外形的具体性和内质的概括性必然达到有机统一。所谓"形象的概括性",就是指作家通过具体个别的形象描写,艺术地概括某种具有普遍意义的人性本质和精神意蕴,这样的文学形象才能满足读者更高的心灵旨趣。黑格尔指出,文学家无不具有天生的善于创造画境和形象的本领,但是"在艺术里,这些感性的形状和声音之所以呈现出来,并不只是为着它们本身或是它们直接现显于感官的那种模样、形状,而是为着要用那种模样去满足更高的心灵的旨趣"。换言之,文学形象并不只是为形象而形象,而是为"指引到某一意蕴",显现出"一种内在的生气,情感,灵魂,风骨和精神"。[①] 文学作品中对一人一事、一景一物的描写,到整个作品展示的完整的艺术情境,都应当具有概括性和普遍性。一般地说,一部称得上"时代的镜子"的叙事性作品,总能让读者从具体个别的人物形象中认识到一定时代、阶级或某一类人

---

① [德]黑格尔:《美学》第1卷,北京:商务印书馆,1979年,第49、25页。

的某种人性本质。在贾宝玉这个血肉饱满的人物形象身上,人们可以窥见传统社会末期具有初步民主思想的封建叛逆者的某种普遍性格;从夏瑜身上,人们可以看到旧民主主义革命先行者的献身精神及其脱离群众的性格弱点;等等。在抒情性作品中,一方面,诗人通过富于特征性的画面表现出抒情主人公独特的人生体验;另一方面,又必然在个性化的情境画面中概括了一种时代情绪、一种民族精神。这样的作品,才能拨动心灵的琴弦,激起普遍的共鸣。如王维的《九月九日忆山东兄弟》,李白的《金陵酒肆留别》,杜甫的《月夜》等无不如此。诗人直写当下的一己之情,却能流传万口,使千百年后的读者歆歔不已。当然,形象的概括性的内涵丰富多样,有的形象传达一种如黑格尔所说的"生气""灵魂"和"精神",有的形象则艺术地概括一种人生哲理和历史规律。苏轼的《题西林寺壁》和朱熹的《观书有感》即为此类中的名篇。再如波斯诗人哈菲斯的诗句:

> 世界的行程是一把血染的刀,
> 滴下的每点血都是皇冠。

诗人把彼此独立的事物结合成错综的意象群,揭示了一个残酷而严峻的历史真理,惊心动魄而意味悠长。

应当指出,在文学形象具体性和概括性的统一中,概括性寓于具体性,具体性体现概括性,二者水乳交融,合成一体。卢卡契说:"每一种伟大艺术,它的目标都是要提供一幅现实的画像,在那里,现象与本质、个别与规律、直接性与概念等的对立消除了,以致两者在艺术作品的直接印象中融合成一个自发的统一体,对接受者来说是一个不可分割的整体。"① 同时,艺术作品的有限性和无限性正是以形象的具体性和概括性为前提的。文学形象的创造经过"万取一收"的艺术概括,读者才能在有限的具体形象里感受到无限的艺术意蕴,产生"一以当十"的审美效果。

第三,从艺术功能看,文学形象应是表现性和感染性的有机统一。一方面,它必须充分地表现作品的人性心理内容;另一方面,它又必须满足读者的审美需要。

形象的表现性是就作家虚构的艺术形象同作品表现的人性心理内容的关系而言的,它要求作品形象同人性心理内容形成同构对应的内在一致性,能够把艺术内容最有力地表现出来。形象的一切细节都是为了表达作品的内容而创造的,每一个细节都应富于人性心理的表现力。黑格尔说:"艺术也可以说是要把每一个形象的看得见的外表上的每一点都化成眼睛或灵魂的住所,使它把心灵显现出来……人们从这眼睛里可以认识到内

---

① [匈]卢卡契:《艺术与客观真实》,《马克思主义文艺理论研究》第2卷,北京:文化艺术出版社,1984年,第429页。

在的无限的自由的心灵。"①在叙事作品中,作家虚构的文学人物应当最有力地表现某种典型性格。法国女作家纳塔丽·萨罗特论及巴尔扎克塑造的"葛朗台老头"时写道:"正如黄色和柠檬是一体的,蓝色就是天空一样,吝啬的化身就是葛朗台老头,两者缺一是不能设想的。吝啬是葛朗台老头的本质,在他身上无孔不入,但另一方面,正是由于这个人物,吝啬这种本质具有了形体和活力。"②鲁迅为什么要虚构阿Q这个形象表现作为国民劣根性的精神胜利法?精神胜利、自欺欺人的盲目自大心理,是当时中国社会普遍流行的国民心理,无产者身上有,有产者和统治者身上同样也有。鲁迅之所以塑造阿Q这个生活在社会最底层、赤贫的农民来表现这种心理,就是因为像阿Q这样的人物,在生活中不可能获得任何一点的现实的胜利,要想胜利只能精神胜利。于是,借助于阿Q这类人物形象,就比之塑造有产者或统治阶级的人物更能把可耻的"精神胜利"的国民性淋漓尽致地表现出来。在抒情作品中,抒情意象则成为情感本身。"悲落叶于劲秋,喜柔条于芳春""风萧萧兮易水寒,壮士一去兮不复还",真可谓景乃诗之媒,情乃诗之胚,哀乐之触,荣悴之迎,互藏其宅。诗中的每一个意象都有双重性格:既是全然可信的虚构事件的一个细节,又是情感方面的一个因素。在整首诗歌中,没有不具情感价值的东西,也没有无助于形成明确而熟见的人类情境之幻象的东西。总之,在观赏者看来,一件优秀的艺术品所表现出来的富有活力的情感和情绪是直接融合在形象之中。它看上去不是象征出来的,而是直接显现出来的。形式与情感在结构上是如此一致,以至于在人们看来符号与符号表现的意义似乎就是同一种东西。借用一位音乐家的话说,即"音乐听上去事实上就是情感本身。"③

形象的感染性是就作家虚构的艺术形象同读者审美心理结构的关系而言的。它要求文学形象满足读者的审美需要,具有适应和征服读者的动情力和审美感染力。车尔尼雪夫斯基曾指出:"艺术的主要作用是再现现实中引起人兴趣的一切事物。"④艺术作品如果不面向寻求美的人们,它就会丧失生命力。作家在创作中为增强形象的审美感染性往往采用多种手段。首先,故事情节的虚构力求具有动情力,这也是文学作品多半离不开爱情描写的原因之一。如西方有莎学家认为,莎士比亚在戏剧中采用大量爱情故事,就是因为它们有着直接的吸引力,而不是因为它们对戏剧情节是绝对必要的。英国小说家

---

① [德]黑格尔:《美学》第1卷,北京:商务印书馆,1979年,第198页。
② 《法国作家论文学》,北京:生活·读书·新知三联书店,1984年,第385页。
③ [美]苏珊·朗格:《艺术问题》,北京:中国社会科学出版社,1983年,第24页。
④ [俄]车尔尼雪夫斯基:《艺术与现实的审美关系》,北京:人民文学出版社,1957年,第96页。

特罗洛普更明确指出:"小说家的作品多半要涉及青年男女之间的交往。人们公认小说中如不写爱情就不能有趣,也不能成功……必须加上温柔的爱情才能完成一部完整的作品。"① 此外,激烈的矛盾冲突、悲壮的生离死别、神秘的异域景象,如此等等,同样是为了增强故事情节的动情力。其次,形象的构思要富于独创性,艺术的描写要符合读者的审美心理规律。一方面,恰如扬格所说:"独创性作品是最最美丽的花朵","我们阅读摹仿之作,总多少带着听第二遍故事者的懒散心情;一见到独创性作品,我们的精神振奋,在令人惊奇之余使人赞美"。② 另一方面,作家的一切技巧都应为打动读者而设,不应为技巧而技巧。事实上,小说、戏剧中常布疑阵、置悬念,突出惊人之笔,作者自己却对全局一目了然。他之所以如此安排和描写,大半为着要在读者心中产生所希望的审美效果。再次,作家对虚构的文学形象应倾注真情,以真情洋溢的形象感染读者。贺拉斯认为这是文学形象是否具有"魅力"的关键:"一首诗仅仅具有美是不够的,还必须有魅力,必须能按作者愿望左右读者的心灵。你自己先要笑,才能引起别人脸上的笑,同样,你自己得哭,才能在别人的脸上引起哭的反应。"③

一般地说,一部作品就是一个完整的形象或形象体系。文学作品有大小之分,文学形象也有大小之别。大而言之,如《三国演义》《水浒传》和《红楼梦》所描绘的历史风云、农民起义或贵族大家庭生活,是一幅完整的人生图画,是一个"宏伟的形象体系";小而言之,一首唐人绝句、一阕宋人小令所刻画的生活场景和人生感悟,同样是一个独立的形象,一个"精美的艺术境界"。只要是真正的艺术作品,无论是宏伟的形象体系,还是精美的艺术境界,都必然具备文学形象的上述特征,形象的假定性与逼真性、具体性与概括性,以及表现性和感染性无不达到有机的统一。同时,文学形象可以分为不同形态,常见的有文学典型、文学意境和文学象征等。这将在第二章作具体论述。

第四节　文学的语言性

表现形式的形象性,实质是文学艺术区别于人文社会科学及其他社会意识的基本特

---

① 《英国作家论文学》,北京:生活·读书·新知三联书店,1985年,第179页。
② [英]锡德尼、扬格:《为诗辩护·试论独创性作品》,北京:人民文学出版社,1998年,第82～83页。
③ [古希腊]亚里士多德、[古罗马]贺拉斯:《诗学·诗艺》,北京:人民文学出版社,1982年,第142页。

征,也是文学艺术共有的特殊性之所在。文学与其他艺术门类相比,还有自身的媒介个别性,即文学以语言为媒介,塑造文学形象,传达人性心理意蕴。在文学作品的"言、象、意"结构中,"言"担负着"明象"以"尽意"的重要使命;而文学语言的固有特性又使作为语言艺术的文学形成自身独特性。我们首先介绍文学艺术的分类问题,然后集中论述文学作为语言艺术的媒介特征。

一、文学艺术的分类

关于文学艺术的分类,简要谈两个问题:一是介绍常见的艺术分类法,二是阐述媒介分类法的意义。

(一)常见的艺术分类法

人类在长期的艺术实践中,创造了丰富多样的艺术种类,如诗歌、音乐、绘画、雕刻、建筑、舞蹈、戏剧、电影及电视艺术等。每一个艺术种类又发展出庞大的体裁系列和样式系列。就基本的艺术种类而言,它们各自具有自身的艺术本性,同时不同艺术种类之间又有某种内在联系和共同规律。用科学方法对艺术进行分类,是为了揭示不同艺术形态的区别和联系,进一步研究其差异性和共同性,深入认识艺术的特性,提高艺术欣赏和艺术批评的水平。

文艺理论史上有许多艺术分类法。理论家所依据的分类标准不同,对艺术种类的划分也不同。例如,亚里士多德的《诗学》以"摹仿所用的媒介不同,所取的对象不同,所采的方式不同"作为分类标准,对史诗和戏剧以及音乐和舞蹈进行区分,并揭示各自的特点和规律。黑格尔《美学》中的艺术分类有两个层次。首先,根据"理念和形象的关系",按历史发展阶段把艺术分为三种类型,即象征型艺术、古典型艺术和浪漫型艺术。这三种艺术类型对真正的美的理想,"始而追求,继而到达,终于超越"。其次,在类型下面根据实现艺术理想的"感性材料"的不同又分出五门艺术,即建筑、雕刻、绘画、音乐和诗。亚里士多德和黑格尔的艺术分类理论对后世产生了深刻影响。现代文艺学比较常见的艺术分类法主要有以下几种。

以艺术形象的存在结构为分类标准,艺术可分为空间艺术、时间艺术和时空艺术三类。空间艺术有绘画、雕塑、建筑等;时间艺术有音乐、文学等;时空艺术有舞蹈、戏剧、电影、电视等。艺术以感性形象的方式反映社会人生,不同艺术的差异首先体现在艺术形象的存在方式和存在结构上,因此艺术形象的存在结构便成为艺术分类的基本标准。

以艺术形象的感知方式为分类标准,艺术可分为视觉艺术、听觉艺术、视听艺术和想象艺术四类。视觉艺术有绘画、雕塑等;听觉艺术有音乐;视听艺术有戏剧、影视等;想象艺术有文学。艺术形象是诉诸人们的审美感官的,视觉、听觉和以视听感觉为基础的想象力是人们感知艺术形象的基本方式,因此艺术形象的感知方式也成为艺术分类的一种标准。主体感受以客体形象为前提,艺术形象的感知方式和形象的存在结构是相关联的。如视觉形象要有一定的形体,因此必然是空间艺术;听觉形象要在时间中展开和完成,所以必然是时间艺术;等等。

以艺术形象的展示方式作为分类标准,艺术可分为静态艺术和动态艺术两类。静态艺术有绘画、雕刻、建筑等;动态艺术有音乐、舞蹈、戏剧、影视、文学等。展示方式的分类实质是存在结构分类的延伸,二者密切相关。如空间艺术的形象在空间中以静止方式展示出来,因而是静态艺术;时间艺术的形象在时间中以运动方式展示出来,因而是动态艺术。

以创造艺术形象所使用的物质材料或艺术媒介为分类标准,艺术可分为造型艺术、音响艺术、表演艺术、语言艺术和综合艺术。造型艺术如绘画和雕塑等,运用线条、色彩或金石竹木等艺术手段和艺术材料,创造出人们可以直接感触到的艺术形象。音响艺术即音乐,包括声乐和器乐,通过声调的快慢、音量的高低,以及音调中的音质或音色,塑造听觉形象以传达情感内容。作为艺术手段的声音,一部分来自表现人类感情的那种本能的声音,一部分来自以其特有的媒介模拟的那种自然的声音。表演艺术如舞蹈,以人体的姿势和动作按一定的节奏,塑造视觉形象,以表现某种观念和情感。语言艺术即文学,以语言为媒介,塑造诉诸想象的艺术形象。综合艺术如戏剧、电影、电视等,则综合运用上述各种艺术所使用的材料和手段来塑造艺术形象。

(二)媒介分类法的意义

究竟哪一种分类方法是决定性的、最能揭示艺术本性的方法?无疑,以物质材料和艺术媒介的不同对艺术本体进行分类的原则,是首要的和原初的分类原则。黑格尔指出:"因为每种类型之所以有它的确定的性格,是由于它所用的是某一种确定的外在的材料,以及这种特殊材料所决定的使它得到充分实现的表现方式。"①换言之,"媒介即信息"②,艺术的媒介规定和形成了艺术的特质。任何一种艺术独特的规定性和规律性,首

---

① [德]黑格尔:《美学》第1卷,北京:商务印书馆,1979年,第104页。
② [加拿大]麦克卢汉:《理解媒介:论人的延伸》,北京:商务印书馆,2000年,第33页。

先取决于塑造形象所使用的物质材料和媒介符号。莱辛在《拉奥孔》中"论画与诗的界限"时,对此作了雄辩的说明:

> 既然绘画用来摹仿的媒介符号和诗所用的确实完全不同,这就是说,绘画用空间中的形体和颜色而诗却用在时间中发出的声音;既然符号无可争辩地应该和符号所代表的事物互相协调;那么,在空间中并列的符号就只宜于表现那些全体或部分本来也是在空间中并列的事物,而在时间中先后承续的符号也就只宜于表现那些全体或部分本来也是在时间中先后承续的事物。①

莱辛认为,画与诗的界限首要是"摹仿的媒介符号"的不同,画是自然符号,是空间中并列的形体和色彩,诗是人为符号,是时间中发出的声音;由此决定了艺术结构的不同,画是在空间中并列的事物,诗是在时间中先后承续的事物;由此又决定了展示方式的不同,画是静止的空间艺术,诗是运动的时间艺术;最后又导致了感知方式的不同,画是一切都是可见的视觉艺术,诗是诉诸自由想象的想象艺术。

从物质材料和艺术媒介的分类原则看,文学的本体特性在于它是一种语言艺术。语言是文学的艺术材料。我们可以说,每一件文学作品都只是一种特定语言中文字语汇的选择;正如一件雕塑是一块削去了某些部分的大理石一样。高尔基说得好:"语言把我们的一切印象、感情和思想固定下来,它是文学的基本材料。文学就是用语言来表达的造型艺术。"②优美的情思只有体现于优美的语言文字时,诗才真正成为诗。既然物质材料和艺术媒介的不同是艺术分类的首要原则,那么要阐明文学区别于其他艺术的审美特征,就必须从文学的基本材料即语言媒介入手。

二、文学是语言艺术

"文学是语言艺术"这一命题,包含互为关联的两层意思:文学语言是不同于其他语言的艺术语言,文学活动是审美的话语活动;作为一种语言的艺术作品,文学具有不同于其他艺术的自身特征。前者研究作为艺术媒介的文学语言的特质,后者进而阐述作为艺术作品的语言艺术特征。

---

① [德]莱辛:《拉奥孔》,北京:人民文学出版社,1982年,第82页。
② [苏]高尔基:《论文学·续集》,北京:人民文学出版社,1979年,第387页。

(一)文学语言的特质

文学语言的特殊性质,一方面离不开语言的固有属性,另一方面又取决于语言的艺术表现功能。

词是语言的基本单位,是言语的根本组成部分。语言的固有属性体现于每一个语词中。一个词是一种具有四重要素的复杂结构。第一,它是一种声音和运动的现象,是人们听见和说出的东西。它的声音和伴随声音产生的来自声带舌唇的运动感觉,是词的感官外壳。第二,词有它的意义,意义或是一件具体事物,或是一种抽象观念。说话人说出它时,这一意义体现在感官外壳中,听话人理解它时,这一意义同这种外壳发生联想关系。第三,词带有一定的情感色彩。人对词所指的对象事物的主观态度,形成词的情感色彩。当词被说出时,这种情感色彩就体现在词中,而当词被听见或被读的时候,就在接受者心中唤起类似的感情。最后,词还有它的形象性。如果一个词能唤起某种相应的表象,我们就说这个词具有形象性。语词表现形象,主要是通过唤起和改造头脑中的表象来实现的。例如,当讲出"海洋"这个词的时候,人们可能不仅知道它的意思是什么,仅能重新体验到大海曾经带来的愉悦感,而且还可能为大海的视觉、触觉和味觉的形象所"笼罩"。人们对于大海的全部感官体验都通过"海洋"这个语词媒介出现在意识中。"因此,一个词是有声音的和吐发出来的,是有意义的,是表现感情的,并且能唤起形象的。"[①] 人们的言语表达离不开语词的上述固有属性。

在人们的言语活动中,由于表达对象和表达目的的不同,对语词的固有属性的利用和强调各不相同,从而形成了不同的语言功能类型。有的人把它区分为五种,即实用语、科学语、演说语、诗语和日常口语。[②] 实用语服务于尽可能直接和准确地表达思想这一任务,其基本原则就是为既定目的节省材料,最典型的例子就是现代缩略语。与实用语相近的是科学语,它服务于比较专门的功能,即简要准确地表达逻辑思想的功能。演说语,或称激情语,用以向听众施加激情的和意志的影响,其任务是激发激情与意志。诗语亦即文学语言,它在许多方面与演说语相近,因此西方演说术与诗学在对语言的要求上自古就有许多相同的范畴,但文学语言服务于艺术功能,与演说语有着本质区别。最后,在日常的口语中,上述诸种特点和倾向则同时存在。有的则把它简化为三种,即科学语言、

[①] [美]帕克:《美学原理》,桂林:广西师范大学出版社,2001年,第155页。
[②] [俄]维克托·什克洛夫斯基等著:《俄国形式主义文论选》,北京:生活·读书·新知三联书店,1989年,第220页。

文学语言和日常语言。①

从语言的功能形态看,文学语言既不同于实用语言和科学语言,也不同于演说语和日常口语,而是服务于艺术功能,按照艺术原则构成的一种艺术语言。换言之,文学语言的特质取决于文学本体的特性。文学是以形象的审美形式表现复杂的人性心理内涵的语言艺术。这样,文学语言在文学的"言、象、意"这一本体结构中担负双重使命:一方面,文学语言必须为刻画生动的艺术形象服务;另一方面,文学语言又必须为表现人性意蕴和作家的情志服务。为完成这一艺术任务,文学语言就必然要调动和利用语词所固有的审美属性。形象性和情感性是文学的审美本质特性,语词的形象性和情感色彩在文学语言中也得到充分的利用。文学语言的艺术特质,就是在调动语词的审美属性以实现双重艺术使命的过程中形成确立的。据此,可以对文学语言下这样的定义:它是用生动的形象外观和丰富的情感色彩体现文学审美意蕴的意象语言。

文学语言作为意象语言的根本特点在于,它以意象创造为宗旨,使语词的声音、意义、情感和形象四重要素达到和谐统一,从而既能唤起人们有关表象的生动直觉,同时又具有最丰富的表现力,引发人们对言外之意的无穷想象。

(二)文学活动是审美话语活动

文学语言是语词的形象性和情感性相融合的意象语言,文学活动就是借助这种艺术语言展开的审美话语活动。话语,在语言学中是指"构成一个相当完整的单位的语段(text),通常限于指单个说话者传递信息的连续话语。"②我们可以借鉴"人类活动"的理论对其加以新的理解。从这个意义上说,"话语"不同于单向度的"说话""言语"和"表达",也不同于作为社会普遍的符号系统的"语言"。"话语"在这里被赋予特殊含义,它是指人与人之间通过语言的某种言说方式达成的沟通活动,包含着从表达到接受这一完整的行为过程,即一定的说话人与受话人之间在特定语境中通过文本而展开的沟通活动。文学话语则是人与人之间通过语言的文学化言说方式达成的沟通,是审美的话语沟通活动。

文学话语活动的构成要素或环节,一般可概括为五个方面。其一,说话人,即作家,或者说是体现在文本中的叙述者或抒情主体,这是话语活动的主体之一。在作品中,作家作为一个说话人出现时,其身份、视角、说话方式会随艺术情境需要而发生变化。他可

---

① [美]雷·韦勒克、奥·沃伦:《文学理论》,北京:生活·读书·新知三联书店,1984年,第10~13页。
② [英]哈特曼、斯托克:《语言与语言学词典》,上海:上海辞书出版社,1981年,第104页。

以作为一个全知全能的叙述者和抒情角色出现，也可能作为一个视角和叙述都受限制的人物出现。说话人的身份往往决定着话语方式和文学文本的构成状况。其二，受话人，即阅读文本和聆听言说的接受者，他是话语活动的另一主体。受话人的主体性体现在他不是被动的话语接受者，而是必然会作出主动的应答反应的人。对于任何一个文学文本，受话人都不可能只是一个人，而往往是一个群体，他们对于文学文本的实质性存在具有举足轻重的意义。其三，文本（text，或译本文），即供阅读或聆听以便完成沟通的特定语言构成物，或称为话语系统。它一般必须借助其他传播媒介如书籍、广播、光盘、杂志、报纸、网络等来承载，从而体现了二重物质性。其四，沟通，即说话人与受话人之间通过文本接受而达成的互相了解和呼应状态。它通过外在的阅读行为，最终落实为动态的心灵交流活动。其五，语境，也称上下文，即使用语言的环境。语境是说话人和受话人的话语行为所发生于其中的特定语言关联域，包括具体的语言环境和更广大而根本的社会文化背景。

从对上述几个要素的简单分析可以看出，文学的话语活动既有一般话语活动的共同性，又有自身的特殊性。这种特殊性归根结底是由文学语言凝结而成的艺术文本或语言的艺术作品的特性决定的。语言的艺术作品是文学话语活动的核心要素，是说话人和受话人实现心灵沟通不可或缺的中介环节。因此，应当进而研究文学作为语言艺术不同于其他艺术的审美特征。

（三）语言艺术的特征

艺术的特殊媒介制约和影响着艺术品的审美特质。因此，要揭示语言艺术的特征，就必须从语言媒介入手。从功能类型看，文学语言是一种意象语言。但作为一种媒介符号，它仍具有一般语言的本质规定性，即语言固有的符号性、概括性、思维性和表达的广泛性等多方面特点。只有从语言媒介的上述规定性出发，语言艺术不同于其他艺术的审美特征才能得到合理说明。

其一，形象感知的间接性。语言艺术的首要特点是形象感知的间接性，即文学作品中的形象不具有物质的现实性和审美的直观性，必须透过语言文字，经过接受者想象和联想才可能间接地被感知。审美的具体可感性是一切艺术形象的共同特征，但由于艺术手段和物质媒介的不同，各种艺术门类形象的感知方式具有明显差异。音乐以声音、节奏、旋律塑造直接的听觉形象，绘画以线条、色彩等手段塑造直观的视觉形象，文学形象则隐含在语言文字之中。读者只有理解某种语言文字的意义，借助自己的生活经验，并通过再造性想象和沉思，才能在大脑中再现作品中的形象画面，进而理解艺术形象的意蕴。歌德说得好:"造型艺术对眼睛提出形象,诗对想象力提出形象。"①绘画把物体形象真实地展现在眼前,人们则需在想象中把握文学形象而对它进行欣赏。中国古代有大量听乐、题画、观舞的诗,写下了诗人观赏时的强烈感受。如韩愈《听颖师弹琴》之"昵昵儿女语,恩怨相尔汝。划然变轩昂,勇士赴敌场";李白《观元丹丘坐巫山屏风》之"昔游三峡见巫山,见画巫山宛相似。疑是天边十二峰,飞入君家彩屏里";杜甫《观公孙大娘弟子舞剑器行》之"㸌如羿射九日落,矫如群帝骖龙翔。来如雷霆收震怒,罢如江海凝清光"等。诗人当年的听乐、赏画和观舞,与今人通过他们诗中描写的去感受乐、画、舞的艺术境界完全不同,前者是直接的,后者是间接的。

　　文学形象的间接性同语词的符号性密切相关。文学用语词,即语言的替代性符号描绘形象,而语词是排斥直观表象的,只能在联想中与它们所代表的事物发生联系。因此,文学形象缺乏直接的形象性和直观性,必须诉诸想象才能被感知和领悟。萨特指出:"小说给人的不是物,而是物的符号",光凭这些符号是不可能建立一个站得住脚的艺术世界。要建立起小说的艺术世界,作家必须赋予人物以自由的行动,读者必须召唤自由的想象。②

　　形象的间接性造成了美感的二重性:一方面弱化了文学的美感效果,另一方面又给审美提供了想象空间。与其他艺术媒介塑造的形象不同,语词所刻画的形象无法直接刺激感觉器官,因此文学形象缺乏清晰性和确定性。千言万语描绘一个人物的肖像,远不及一张画使人感知得那么生动鲜明。古代小说形容美人所谓"沉鱼落雁之容,闭月羞花之貌",给人的形象只是一个"模糊的脸蛋",远不及达·芬奇名画《蒙娜丽莎》那样栩栩如生而令人流连忘返。同时,语词具有概括性,它不仅标示个别对象,还可以标示某一类的许多对象。文学语言更是一种富有弹性的意象语言,从而导致文学本文的意义不确定性和意义空白的产生,给读者的欣赏提供了比其他艺术品更广阔的想象空间和审美再创造的天地。《红楼梦》对初进贾府的林黛玉作了诗意的描写:"两弯似蹙非蹙罥烟眉,一双似喜非喜含情目。态生两靥之愁,娇袭一身之病。泪光点点,娇喘微微。闲静时如娇花照水,行动处似弱柳扶风。心较比干多一窍,病如西子胜三分。"这里提供的审美联想空间远比作为肖像画的《蒙娜丽莎》要广阔得多。闻一多曾说:"在一个人身上,口鼻底快乐不如耳目底快乐,耳目底快乐又不如心灵底快乐。艺术底快乐虽以耳目为作用,但心灵底

---

① 伍蠡甫主编:《西方文论选》上卷,上海:上海译文出版社,1979年,第445页。
② 《萨特文论选》,北京:人民文学出版社,1991年,第18~19页。

快乐,是最高底快乐,人类独有底快乐。"①这对认识文学这种心灵艺术的独特价值和特有魅力,极富启示意义。

其二,反映现实的广阔性。从艺术品的内容看,语言艺术能够更广泛而多方面地把握对象、反映现实。薄伽丘《十日谈》与达·芬奇《蒙娜丽莎》对意大利文艺复兴时期人文主义精神的表现,施耐庵《水浒传》与张择端《清明上河图》对北宋世俗生活的描绘,在广度和深度上显然是不可同日而语的。

语言艺术反映现实的广阔性,得益于语词自由而多方面的表现力。语词具有符号的固着功能,它能使世界上一切情景、事件、色彩、声音、气味、感觉、心理状态固着在语词这一符号上,通过它的信号刺激间接地使人感知事物。俄罗斯有一谜语:"不是蜜,却可以粘住一切东西。"正确切地说明了语言的这种特性。由于语词能自由而广阔地与感性经验取得联系,包括从无限广大的人生外在世界,到无限复杂的心理内在世界,因此文学比其他艺术能够更广泛而多方面地去把握对象、反映现实,使人们能更完整、更充分地感受生活、认识世界。与之相反,其他艺术对现实世界和内心生活的描绘和表现,总是受到各自的物质媒介的限制,正如声音不能描写嗅觉,线条也难以表现味道一样。因此,它们对人生世相和大千世界的反映,只能限定在各自的范围内。与语言艺术不同,"在造型艺术和音乐里,感性媒介起着重要的作用,而这种材料(媒介)又各有特殊定性,能完全靠石头,青铜,颜色,或声音去获得具体的实际存在(获得表现)的东西就要局限于比较小的范围里了,所以……那些艺术在内容上和在艺术构思方式上都不免局限在一种框子里"。②

语言艺术反映现实的广阔性有多方面的表现。首先,它不受时间限制,可以在长时段中表现故事情节发展变化的完整过程。狄德罗说:"小说家有的是时间和空间,而戏剧诗人却缺乏这两种东西。"③从《伊利亚特》到《三国演义》,从《红与黑》到《红楼梦》,都在漫长的历史时段中展示了复杂的故事情节的完整过程。其次,它也不受空间限制,人物事件的活动空间可以自由转换和自由变化。正如司各特所说:"说故事的人比较幸运,不像剧本作者那样受时间和地点统一律的束缚;只要他们高兴随时可以把书中人物带到雅典和底比斯去,方便时又带他们回来。"④诗歌同样如此,前人有诗句"洞庭湖西秋月辉,潇湘江北早鸿飞"。不同空间和时间的景物构成一幅诗意画面,"说得出"而"画不就"。再次,

---

① 《闻一多全集》第2卷,武汉:湖北人民出版社,1994年,第27页。
② [德]黑格尔:《美学》第3卷下册,北京:商务印书馆,1979年,第12页。
③ 《狄德罗美学论文选》,北京:人民文学出版社,1984年,第159页。
④ [英]司各特:《修墓老人》,北京:人民文学出版社,1981年,第452页。

语言艺术可以全方位地展示事物的本质特性,统摄事物的多种定性于一个统一体中,创造出具有综合性的审美效果。正如钱锺书所说:"诗歌描写一个静止的简单物体,也常有绘画无法比拟的效果。诗歌里渲染的颜色、烘托的光暗可能使画家感到彩色碟破产,诗歌里勾勒的轮廓、刻画的形状可能使造型艺术家感到凿刀和画笔力竭技穷。"[①]总之,由于语言的丰富表现力,人们可以在文学作品中感受到完整形态中的生活的充分意味。

其三,表现情思的深邃性。所谓"表现情思的深邃性",即与其他艺术相比,语言艺术能够更直接、细腻、明确、深刻地描绘人物的内心世界和情感活动,表现作家的情感评价和人生思考,从而获得超越其他艺术的心灵深度和哲理深度。晚唐诗人高蟾《金陵晚望》诗曰:"曾伴浮云归晚翠,犹陪落日泛秋声。世间无限丹青手,一片伤心画不成。""一片伤心画不成",精辟揭示了诗与画在心灵深度上的差异。明人陈眉公《小窗幽记》有一则妙语:"绘雪者,不能绘其清;绘月者,不能绘其明;绘花者,不能绘其香;绘风者,不能绘其声;绘人者,不能绘其情。"这段话有助于我们多角度地理解诗与画的不同表现力。

语言艺术最富于心灵的表现性,是最深邃的心灵艺术。"言为心声",语言艺术表现情思的深邃性正根源于语言这种心灵符号的思维性。一方面,思维是语言的内容,没有思维就没有语言;另一方面,语言为思维提供刺激物,又是思维的物质外壳,没有语言就没有思维。朗吉努斯说:"用语言表达的思想和表达思想的语言,总是密切相连的。"[②]语言是思维的直接现实。人类生活的一切方面,在时间和空间上变化无穷的广袤外部世界,充满连续不断的印象和感受的人的心灵世界,以及人们对周围现实和主体自我认识本身的发展,都能成为思维的对象。因此,语言艺术不仅能把握广阔完整的现实生活,而且能成为能够自由而广泛、细腻而深邃地挖掘人的心灵世界唯一的一种艺术。诗的艺术是心灵的普遍艺术,只有诗能在思想和情感的内在空间与内在时间里逍遥游荡。

文学创作表现心灵世界和哲理情思的方式是多样的。在叙事作品中,突出表现为能用多种方式刻画人物的内心世界和精神活动。绘画和雕塑也能够表现人物的内心世界,但它只能通过外部特征的描写和塑造来表现,必须把隐蔽的心灵活动化为视觉形象。文学则可以多方面地、直接地、深入地揭示人物的内心活动。它不仅可以通过人物的音容笑貌、服饰风度,通过人物的行动表情、对话独白展示人物内心活动,而且可以直接剖析人物的内心,深入地揭示人物心灵的奥秘,使内心活动和外形描写浑然一体。在抒情作

---

① 钱锺书:《七缀集》,上海:上海古籍出版社,1985年,第39页。
② 伍蠡甫主编:《西方文论选》上卷,上海:上海译文出版社,1979年,第128页。

品中,突出表现为能明晰地刻画抒情主人公细腻而深邃的生命体验和复杂而漫长的情感历程。例如,辛弃疾《丑奴儿》("少年不识愁滋味")、余光中《乡愁》和曾卓《我遥望》,三首诗都运用今昔对比的结构方式,抒写了抒情主人公在不同人生阶段的精神历程和生命境界,少年之悔与老壮之恨、青春之恋与沧桑之感相交织,令人一唱三叹,低回不已。音乐同样以表现内心生活和主体情感见长,但这种情感内容在音调里只获得一种象征式的表现,只表达出模糊隐约的内在心情,缺乏诗所具有的心灵情感的明确性。此外,叙述人和抒情主人公还往往通过结构精巧的哲理短语,进行直接议论和直抒胸臆,以增强作品的情感深度和哲理深度。这也是语言艺术的特权而为其他艺术所没有。伯克在《崇高与美》中就说:诗在描写具体事物时,插入一些抽象或概括的句子,能产生包举一切的雄浑气象。例如弥尔顿的《失乐园》描写地狱里阴沉凄惨的岩石、洞穴、湖泊、沼泽、窨窟、泥淖等,而总结为一个"死亡的宇宙",这是语言艺术独具的本领,造型艺术则办不到。① 奥斯丁《傲慢与偏见》和托尔斯泰《安娜·卡列尼娜》开头的议论、鲁迅《故乡》结尾的议论等,深化了作品的主题,也成了脍炙人口的警句。

(四)文学在艺术体系中的地位

别林斯基有一段论及语言艺术的特点及其在艺术体系中的地位名言:

> 诗歌是最高的艺术体裁。一切其他艺术,在其创作活动中,或多或少总要被它赖以显现的材料所束缚,所局限……诗歌用流畅的人类语言来表达,这语言既是音响,又是图画,又是明确、清楚地说出的概念。因此,诗歌包含着其他艺术的一切因素,仿佛把其他艺术分别拥有的各种手段都毕备于一身了。诗歌是艺术的整体,是艺术的全部机构,它网罗艺术的一切方面,把艺术的一切差别清楚而且明确地包含在自身之内。②

他认为,作为文学媒介的人类语言具备其他艺术媒介的一切优势,因此诗歌是包含其他艺术一切审美要素的最高的艺术体裁。别林斯基的看法源于黑格尔,又确是传统文艺学的一致看法。19世纪以来,人们一次次地把艺术桂冠送给文学。康德说过:"在一切美的艺术中,诗艺保持着至高无上的等级。"③ 这一观点经黑格尔和别林斯基的阐述申发,又为现代文艺学所肯定。波斯彼洛夫在《文学原理》中重申:"文学,正如许多艺术理论家指出

---

① 《崇高与美——伯克美学论文集》,上海:上海三联书店,1990年,第207~208页。
② 《别林斯基选集》第3卷,上海:上海译文出版社,1980年,第1~2页。
③ [德]康德:《判断力批判》,北京:人民出版社,2002年,第172页。

的那样,在整个艺术体系中占有特别重要的、甚至是中心的地位,因为文学再现生活的手段是表达思想的语言,换句话说,也就是人类的言语。"①其实,在当今媒介文化和媒介艺术的时代里,文学依然可以说处于一切艺术之首,也是一切艺术之母。文学不仅以它毕集各种艺术要素于一身的优势,成为平行艺术中的第一艺术,而且由于它源源不断地为当代电影、电视、歌舞、音乐等提供二度创作的艺术原料和艺术灵感,又成为现代媒介艺术之母。

当然,揭示文学的艺术优长,是为了充分认识和发掘它的艺术潜能,而不是贬抑其他艺术的价值。人类的各种艺术都具有不可取代的地位和价值,以满足人们的审美需要,丰富人们的艺术生活。同时,各种艺术并不是相互排斥、相互对立的,而是互为影响、互为源泉的。文学可以成为绘画与音乐的主题,成为电影和电视二次创造的基础;反过来,文学也经常从绘画、雕刻或音乐中吸取灵感,从现代电影和电视中吸取艺术养分。近代书画家吴昌硕有句名言:"诗文书画有真谛,贵能深造求其通。"这既道出了艺术创作的真谛,也阐明了艺术发展的方向。

三、汉语与汉语文学

人类的语言既有普遍的规律性,不同种类的语言又有各自的鲜明特点。可以说,每一件文学作品都只是一种特定语言中文字语汇的选择。用一种语言创造的文学,必然同时受到这种语言的恩赐与限制,从而形成自身的特点。中国文学是以汉语文学为主干的各民族文学的共同体。汉语言文字是世界上历史最悠久,也是最为古老的语言文字之一。作为中国文学主干的汉语文学之所以具有如今的特色,与汉语言文字的特点密切相关。

(一)汉语文字的特点

人们从不同角度对汉语文字的特点作过深入研究。有的学者曾将其概括为六项特性:①一字之本义和字形有必然的联系;②每字的创造有其内在的逻辑;③中国文字的字形发展成抽象的艺术;④一字一音;⑤声调高低抑扬;⑥叠字的运用。② 不仅谈到汉语与文学,同时还论及汉字与书法。若单从语言与文学的关系看,汉语文字的下述特点更为

---

① [苏]波斯彼洛夫:《文学原理》,北京:生活·读书·新知三联书店,1985年,第116页。
② 吴森:《中国语文的特性》,《中国文化的特质》,北京:生活·读书·新知三联书店,1990年,第118~129页。

人们所重视。

其一,表意为主。在表音和表意两大文字体系中,汉字属于表意文字体系。文字的产生演变可以划分为三个阶段,即象形文字、表意文字和表音文字。一般说来,每种文字初始都是象形文字,属表意文字体系。经过漫长的历史发展,许多民族的文字都表音化了,唯独汉字至今仍保有表意文字的特征。汉字是世界上唯一使用至今的表意文字。汉字的构成法在汉代被归纳为"六书",象形、指事、会意和形声确为构字法,转注、假借实属用字法。前四种构字法中,象形实为基本法则,指事、会意、形声,概为象形之推衍。汉字的"一字之本义和字形有必然性的联系"的特点,与汉字以象形为主的构字法有关,同时也使其成为最富意象联想的文字。

其二,单文独义。汉字是一种方块表意字,每个字都有独立的意义。个别字如"玻"和"璃""葡"和"萄"之类无独立意义的单字,在汉语中属于少数例外。单文独义的方块汉字易于进行形与义灵活自由的组合。一个个单文独义的汉字像一个个具有多面功能的螺丝钉,可以左转右转,以达意为主。只要语义上配搭得上,事理上可以让人明白,就可以连在一起,不受形态成分的约束。这就为文学家对汉语文字的艺术化运用提供了很大的空间。

其三,一字一音。汉字是音节文字,不是音素文字。汉字从形式上可以划分的最小语言单位就是音节,一个汉字就是一个音节。由于汉字具有一字一音的特性,易于进行音与义的灵活组合。文字组合而成的文章更是排列整齐、朗朗上口,易于背诵。如《三字经》:"人之初,性本善;性相近,习相远。苟不教,性乃迁;教之道,贵以专。"人们熟读《三字经》几乎终身不忘的原因,正是因为《三字经》的每个句子都由三个音节排列整齐、易于习诵的缘故。

其四,"四声"音调。汉字语音上最大的特性,除了一字一音外,便是调的高低长短,别为"四声"。"四声"是汉语独有的用声调来区别不同的字义和词义的方式。在汉语中,两个同声同韵的字,不一定是完全同音的。只有同声、同韵且同调的字,才可以说是完全同音。汉字的字义和词义往往通过声调的不同来区别。例如,"繁星"(fán xīng)和"反省"(fǎn xǐng),"理解"(lǐ jiě)和"历届"(lì jiè),就靠声调来区别。同样,"中国"(zhōng guó)和"种过"(zhòng guò)含义完全不同,"文章"(wén zhāng)与"蚊帐"(wén zhàng)的功用也不一样。中国诗文的音乐美正基于四声的巧妙配搭。

其五,言文分离。这是汉语文字发展过程中出现的一种独特现象,一种纯粹的书面语即"文言"同日常生活交际所用的语言出现了分离,或称"语体"与"文体"的分离。言文分离对中国人和运用汉语的人提出了特殊要求:要读懂作为书面语的"文言",除了识字之外还要进行专门的"古汉语"和"文言文"的学习训练。言文分离造成的说非所读的状况,一直到"白话文"出现后才逐步改变。言文分离对中国文学的影响也至为深刻,形成汉语文学文白并行的独特景观。

(二)汉语文学的特征

汉语文字的上述特点,对汉语文学民族个性和审美风貌的形成,产生了直接而巨大的影响。诗是最纯粹的语言艺术,汉语对中国文学的影响,更集中地体现在诗歌语言上。

其一,直观的意象联想。形象感知的间接性是语言艺术的基本特点。中国文学则稍有不同,以象形为主的汉字更容易引起具体直观的意象联想。鲁迅论及汉字特点时指出:"意者文字初作,首必象形,触目会心,不待授受,渐而演进,则会意指事之类兴焉。今之文字,形声转多,而察其缔构,什九以形象为本柢。"①上古先人遵循"依类象形""形声相益"的原则构造的方块表意汉字,"什九以形象为本柢",至今仍依稀残留着物态事象的元素,极易引起具体意象。古代文学家自觉利用汉字的这一特点创造生动的画境:"其在文章,则写山曰崚嶒嵯峨,状水曰汪洋澎湃;蔽芾葱茏,恍逢丰木;鳟鲂鳗鲤,如见多鱼。"②有的学者以马致远《天净沙·秋思》为例,认为"中国语言和文学宛如连续不断的'卡通'","用一个一个的连续的画面,把外界的事物具体的捕捉下来,让他一一呈现在你的面前"③。难怪英美意象派诗人能从中国古典诗歌中获得创作灵感,而"按中国风格写诗,是被当时追求美的直觉所引导的自由诗运动命中注定要探索的方向"④。总之,汉字的这一特点形成了汉民族文学的独特魅力,从作者来说易于创造如诗如画的境界,从读者来说易于引起"象外有象"的联想。

其二,外观的整齐匀称。整齐匀称的建筑美是音乐和诗歌的共同要求。在音乐中,最整齐匀称的乐段是由长短相等的两个乐句配合而成的。当乐段成为平行结构时,两个乐句的旋律基本相同,只是以不同的终止结束,这样就形成了音乐的整齐美。同样的原理应用在语言上,就形成语言的对偶和排比,以创造出诗的整齐美。排比作为修辞手段是人类语言所共有的,对偶作为修辞手段却是汉语所特有的。古代汉语以单文独义、一

---

① 《鲁迅全集》第9卷,北京:人民文学出版社,1981年,第344页。
② 《鲁迅全集》第9卷,北京:人民文学出版社,1981年,第344页。
③ 方师铎:《中国语言的特性及其对中国文学之影响》,《中国文化的特质》,北京:生活·读书·新知三联书店,1990年,第137页。
④ 转引自赵毅衡:《意象派与中国古典诗歌》,载《外国文学研究》,1979年第4期。

字一音的单音字为主;现代汉语双音词增多,但大多以古代单音词作为词素,且各个词素仍有它的独立性。这样就很容易构成音节和音步数量相等、上下统一的对偶,从而使中国诗歌具有一种整齐匀称的建筑美。这也是中国诗歌独具的形式美和艺术风采。古诗文中很早就有对偶。《易·乾卦·文言》载:"同声相应,同气相求。"《左传》云:僖公三十三年"武夫力而拘诸原,妇人暂而免诸国。"《诗·小雅·采薇》:"昔我往矣,杨柳依依;今我来思,雨雪霏霏。"到唐代时,格律诗将对偶的表现功能发挥得淋漓尽致,中国的律诗也成为世界上最为精严的格律诗。

其三,节奏的抑扬顿挫。汉语有四声之分,古代分平、上、去、入,现代分阴平、阳平、上声、去声。汉语的四声经诗人的巧妙组合,形成了诗歌抑扬顿挫的音乐美。萨丕尔谈到诗的声律时说:"总起来说,拉丁和希腊诗依靠音量对比的原则;英语诗依靠音势对比的原则;法语诗依靠音节数目和响应的原则;汉语诗依靠数目、响应和声调对比的原则。……仔细研究一种语言的语音系统,特别是它的动力特点,就能知道它发展过哪样的诗。"① 这是一个精辟的见解。古代诗歌对四声的利用有一个发展过程。这一过程在魏晋六朝以前是非自觉的,到魏晋六朝时期逐渐自觉。沈约正式确立四声的名称。在永明诗人的提倡下,诗歌的声调节奏美被提到首要地位。此后,唐诗、宋词、元曲充分利用四声的性质,创造出节奏鲜明、抑扬顿挫的艺术效果。王力认为:"汉语诗的节奏的基本形式是平平仄仄,仄仄平平。这是四言诗的两句。上句是两扬两抑格,下句是两抑两扬格。平声长,所以是扬;仄声短,所以是抑。上下两句抑扬相反,才能曲尽变化之妙。"② 近体诗的平仄节奏就是在这一基础上发展起来的。闻一多论新诗格律有"三美"之说:"诗的实力不独包括音乐的美(音乐),绘画的美(辞藻),并且还有建筑的美(节的匀称和句的均齐)。"③ 这"三美"实质上正是对汉语文字固有特性的艺术发挥,也是中国文学尤其是中国诗歌具有的普遍特点。

其四,文白的双峰并峙。汉语的文言分离影响到文学,便形成了中国文学的两大主流,即文言文学和白话文学。就古典小说而言,文言小说和白话小说并行发展,双轨运行,形成中国小说史特有的二水分流、双峰并峙的格局。如果说蒲松龄以杰出的《聊斋志异》成为集大成的文言小说巨匠,并把中国文言小说艺术推向了历史的最高峰,那么曹雪芹则以不朽的《红楼梦》成为古代白话小说的伟大终结者,并成为屹立于艺术巅峰的白话

---

① [美]爱德华·萨丕尔:《语言论》,北京:商务印书馆,2000年,第206页。
② 王力:《龙虫并雕斋文集》第1册,北京:中华书局,1980年,第465页。
③ 《闻一多全集》第2卷,武汉:湖北人民出版社,1994年,第141页。

小说大师。文言文这种特殊的书面语言能与日常口语长期分离而保持官方语言地位,这本身就是语言史上的一大奇观。当然,各民族文学都存在这种双轨运行的现象,但从内容到形式都存在如此巨大差异的,不能不首推中国文学。

台静农曾对中国语文与中国文学、中国文学由语文分离形成的两大主流及相互影响等问题作过深入研究。他感慨道:"由于语言与文字的分离,而在文学史上发生的诸问题,恐怕任何国度没有像中国这样严重。"①由此看来,要能真正领略中国文学的独特魅力,不仅要了解语言艺术不同于其他艺术的审美特征,还必须深入研究汉语对中国文学复杂的影响。

【基本概念】

　　文学　　文学特殊对象　　文学审美形式　　文学形象　　艺术媒介
　　语言艺术　　文学语言　　文学话语　　汉语文学

【思考题】

1. 文学艺术的审美意识特性表现在哪些方面?
2. 如何理解"文学是心学"这一命题?
3. 文学艺术的表现形式为什么不同于人文科学?
4. 为什么说艺术媒介是艺术分类的首要原则?
5. 语言艺术有哪些基本特征?形成的根源何在?
6. 汉字对汉语文学的影响表现在哪些方面?
7. 媒介即信息——从语言学角度解释文学的审美特征。
8. 为什么说文学永远是一切艺术之母?

【阅读文献】

1. 余来明:《"文学"概念史》,人民文学出版社,2016年。
2. 钱谷融:《论"文学是人学"》,《钱谷融文论选》,上海文艺出版社,2009年。
3. [法]莫里斯·贝姆尔:《精神的形象再现和对不可表达之物的表达》,《美学译文(2)》,中国社会科学出版社,1982年。
4. 童道明:《文学艺术的假定性》,《他山集》,中国戏剧出版社,1983年。
5. 方师铎:《中国语言的特性及其对中国文学之影响》,《中国文化的特质》,生活·读书·新知三联书店,1990。
6. [德]莱辛:《拉奥孔》,人民文学出版社,1982年。
7. [美]苏珊·朗格:《情感与形式》,中国社会科学出版社,1986年。
8. [美]希利斯·米勒:《文学死了吗》,广西师范大学出版社,2007年。

---

① 台静农:《中国文学由语文分离形成的两大主流》,《台静农论文集》,合肥:安徽教育出版社,2002年,第159页。

第二章　文学作品结构

要深入认识文学作品,除须理解文学作品的性质特征外,还须对作品结构进行深入分析。本章将进一步研究文学作品的内部结构,剖析作品的结构层次,了解每个层次的具体内容,由此把握文学作品结构的规律,为文学创作和文学批评提供必要的理论知识。

第一节　文学作品结构层次

一、作品结构的分析方式

文学作品的结构层次,从不同的角度出发,可以作出不同的分析。从中外文论史看,主要有两种分析方式:一种侧重作品形成之前的创作过程,将作品分为内容和形式;另一种侧重于作品形成之后的文本阅读,将作品分成由表及里的几个层次。前者被称为二分法,后者被称为层次论。这两种分析方式有助于我们从创作与欣赏的不同角度,完整认识文学作品的结构层次和结构要素。

(一)二元论的二分法

把一个事物作内外之分,把一个人作外貌与内心之分,这是日常生活中常见的现象。而把一部文学作品作内容与形式之分,则是中外文论史上常见的做法。

在西方文论史上,黑格尔明确把一部艺术作品分成内容和形式两部分;同时,他的一系列论述对后世产生了深广影响。黑格尔认为:"遇到一件艺术作品,我们首先见到的是它直接呈现给我们的东西,然后再追究它的意蕴或内容"。这种"直接呈现给我们的东西",他称之为"外在形状",由"外在形状"指引出来的"内在的东西",他称之为"意蕴或内容"①。这里,外在的形状与内在的内容,一外一内,意味着一种"二元对立"式的两分。在他看来,外在形状之所以有用处,就在于它指引到意蕴或内容,这是明显地重视内容而轻视形式。他还认为:"艺术的内容就是理念,艺术的形式就是诉诸感官的形象"②,"美是理念的感性显现",是内容和形式结合的产物。黑格尔的观点产生了广泛的影响。内容和形式不仅成为一对哲学范畴,内容和形式的二分法也似乎成了放之四海而皆准的原则。世界上的一切事物,都可以从内容和形式两方面加以分析。只有内容而无形式或只有形式而无内容的事物是不存在的。

黑格尔之后,俄苏文论界对形式和内容的二分法有所发展。别林斯基和季摩菲耶夫可为代表。别林斯基的美学源于黑格尔,他在承认内容和形式二分法的基础上,对内容和形式的关系发表了自己的见解。他的观点主要有两点。一是认为内容和形式不可分。他指出:"你要想把它(形式——引者)从内容分出来,那就意味消灭了内容;反过来也一样,你要想把内容从形式分出来,那就等于消灭了形式。"③二是认为同样的内容可以有不同的形式,这"不同的形式"本身非常重要。"从内容来说,诗的作品和哲学论文没有两样……它们在形式上有显著的区别,这形式就构成了它们各自的主要特征。"④这种对内容和形式相互关系的分析,一方面是对黑格尔内容和形式二分法的继承,另一方面是对黑格尔重视内容、轻视形式的反拨。季摩菲耶夫首先肯定别林斯基对内容和形式相互依存的看法:"内容和形式彼此不可分开地联结着"⑤,进而提出内容和形式相互转化的观点,"内容就是向内容转化的形式,形式就是向形式转化的内容"⑥。换言之,内容即形式,形式即内容,二者是一体两面的整体。但季摩菲耶夫似乎是矛盾的。他在承认内容即形式、形式即内容的同时,又强调在内容和形式相互转化的过程中,"内容是基本的,它一旦产生,即寻求其形式,藉以充分表现它的本质。"⑦在此基础上,他对文学艺术的内容和形式发表了看法。他所理解的文学内容,是"主题及其思想",他所理解的文学形式,是作家

---

① [德]黑格尔:《美学》第1卷,北京:商务印书馆,1979年,第24页。
② [德]黑格尔:《美学》第1卷,北京:商务印书馆,1979年,第87页。
③ 《别林斯基论文学》,上海:新文艺出版社,1958年,第147页。
④ 《别林斯基论文学》,上海:新文艺出版社,1958年,第10页。
⑤ [苏]季摩菲耶夫:《文学原理第二部 怎样分析文学作品》,上海:平明出版社,1953年,第7页。
⑥ [苏]季摩菲耶夫:《文学原理第二部 怎样分析文学作品》,上海:平明出版社,1953年,第8页。
⑦ [苏]季摩菲耶夫:《文学原理第二部 怎样分析文学作品》,上海:平明出版社,1953年,第8页。

为主题及思想所塑造的具体的"个性人物、感觉及行为"①,因主题而塑造人物,是内容转化为形式;由具体人物看主题,是形式转化为内容。这样看来,季摩菲耶夫所说的内容和形式,和黑格尔、别林斯基所说的内容和形式不尽一致。按蔡仪主编《文学概论》的说法,季摩菲耶夫心目中的"文学作品内容就是作者所认识的现实生活,它的形式则是形象"。②

在中国文论史上,先秦的文质论、魏晋的形神论、刘勰《文心雕龙》提出的情采论等,都属于内容与形式二分法的范畴。刘勰在《情采》篇中论及情理和辞采的关系时说:"故情者,文之经,辞者,理之纬。经正而后纬成,理定而后辞畅,此立文之本源也。"刘勰同西方的文论家一样,从创作的角度强调了作为内容的"情理"重于作为形式的"辞采",并认为前者是"立文之本源"。

(二)现象学的层次论

对文学作品整体作层次分析,是由西方现象学美学提出来的。现象学美学对作品整体的审美结构作层次分析,与但丁的诗的"四意说",似是而实不同。

比黑格尔早几百年的但丁在《致斯加拉大亲王书》中,提到一部作品可以有多种意义,"通过文字得到的是一种意义,而通过文字所表示的事物本身所得到的则是另一种意义"③。具体说来,作品可以有四重意义:字面意义、比喻意义、道德意义和寓言意义。这开启了从阅读角度对作品的层次进行分析的进程。不过,但丁在这里是对作品的意义进行层次区分,而不是对作品整体进行层次区分。

对作品整体的审美结构进行层次区分,是现象学兴起之后的事情。现象学是一种关于意识的哲学,涉及直接体验的真理和原则,旨在发现真理的最终源头,口号是"到事情(现象)本身中去"。其新颖之处在于表明每一种意向对象,不论是实存的还是非实存的,都能够并且应该以其自身的方式被描述。现象学美学据此把艺术作品视作意向对象,对其在意识中的不同呈现状态进行了描述。

现象学美学的初衷之一就是要打破"二元论"。读者作为审美者,面对一个艺术文本,不能机械地将其分为内容和形式;作品是一个完整的审美客体,读者与审美客体形成一种意向性关联。那么,文学作品作为一个意向性客体,该如何加以认识?波兰现象学美学家英加登根据现象学理论,从审美和欣赏的角度,对作为意向性客体的文学作品的审美结构作了精细的层次分析(详见下文)。

---

① [苏]季摩菲耶夫:《文学原理第二部 怎样分析文学作品》,上海:平明出版社,1953年,第12页。
② 蔡仪主编:《文学概论》,北京:人民文学出版社,1980年,第127页。
③ 《西方文艺理论名著选编(上卷)》,北京:北京大学出版社,1985年,第153页。

在此,不妨对现象学的层次论与但丁的"四意说",作一简单比较。现象学对作品层次的分析,以文本为中心为前提。它的层次论以文本的字词为基础,和但丁追求意义层次的分析有根本区别:但丁重视的是文本表现背后的意义,现象学重视的是文本表现本身。就作品结构层次而言,但丁着眼于作品意义的分层仅仅是对作品意义的细化,现象学着眼于文本呈现的分层,认为这才是真正意义上的作品结构的分层。

现象学美学的文本层次论,在同样以文本为中心的新批评那里获得高度认同。韦勒克被视为新批评理论家,他在《文学理论》中把文学研究分为"外部研究"和"内部研究"。"内部研究"就是对作品本身的研究,其标举的文本结构理论就是英加登的层次论。"内部研究"是全书主体,包括第十二章到第十九章。在第十二章"文学作品的存在方式"中,韦勒克表示:"对一件艺术品做较为仔细的分析表明……要把它看成是由几个层面构成的体系,每一个层面隐含了它自己所属的组合。波兰哲学家英伽登在其对文学作品明智的、专业性很强的分析中采用了胡塞尔(E. Husserl)的'现象学'方法明确地区分了这些层面。"①由于《文学理论》的巨大影响,韦勒克在宣扬新批评"内部研究"的同时,也让"现象学"的层次论走进高校课堂,产生广泛影响。

文学作品审美结构层次分析的系统理论,是由现代西方以英加登为代表的现象学美学家提出来的,但是这并不意味着中国文论没有层次论的观念。魏晋文论所阐述的言、象、意论,就是中国传统的文学作品层次论。此后,中国诗学对作品结构的分析深受言、象、意论的影响(详见下文)。

二分法和层次论,它们的出发点各不相同。这可以借《文心雕龙·知音》中的两句话来加以说明。二分法,从创作过程入手,强调内容重于形式以及内容与形式的有机融合。《文心雕龙·知音》说:"缀文者情动而辞发。""缀文"即指创作,"情"是创作主体的感情,由创作对象而引发,侧重于内容;"辞"是表现这些情感的文辞,侧重于形式。"情动而辞发",即指在创作中,先有内容,后有形式。层次论,从文本阅读入手,注重文本结构层次之间的依存关系。《文心雕龙·知音》说:"观文者披文以入情。""观文"就是阅读,就是欣赏;"披文"就是读者披览阅读表层文辞,"入情"就是指隐藏在表层文辞背后的深层情感意蕴。"披文以入情"含有由表及里、由表层到深层的意味,这与层次论有相通之处。

近年来,受西方文论影响,文学理论的教材和教学,有以层次论取代二分法的趋向。其实,二分法与层次论只是注重的角度不同,没有高下之分。在对作品审美结构进行艺术分析时,各有特点,各具优势,可以相互补充。

---

① [美]雷·韦勒克、[美]奥·沃伦:《文学理论》,北京:生活·读书·新知三联书店,1984年,第158~159页。

二、文学作品的二分法

文学作品的二分法主要有三个问题,即文学作品的内容、文学作品的形式及内容与形式的关系。

(一)文学作品的内容

如前所说,二分法着眼于创作过程,把文学作品分为内容和形式两部分。所谓文学作品的内容是指作品所反映的、渗透着作者的思想感情和审美评价的社会生活。据此可见,文学作品的内容是由互相联系的两个部分构成的:一个是经过作者选择、提炼的生活现象,一个是对所描写的生活现象的审美认识和评价,是客观方面和主观方面的有机统一。那种把文学作品的内容,仅仅看成纯客观的社会生活的翻版,不包含作者思想感情的因素,或者反过来,又仅仅把它鼓吹为作者纯主观的"自我表现",与社会生活无关的两种看法,都是片面的、错误的。

就构成文学作品内容的两个部分看,作者选择、提炼的生活现象可归为题材,作者对生活现象的审美认识和评价可归为主题,主题在"文学意蕴"部分会加以讲解,此处只讲题材。题材有广义和狭义两种。广义的题材,是就文学作品所描写的社会生活的某一类型而言,如教育题材、商业题材、爱情题材等;狭义的题材,指作品中所描写的具体的生活现象,如《西厢记》的题材是张君瑞和崔莺莺的爱情故事。这个故事表达了作者"愿普天下有情的都成了眷属"①这样一个美好的祝福。

题材与素材不同,素材是作者搜集积累的原始写作材料,包括作者亲身经历或亲眼所见的直接材料以及从多种信息渠道得到的间接材料;题材则是从素材中提炼出来的、呈现在作品中的具体生活现象。题材既然是作家从素材中提炼出来的,那么它就受作家的世界观和生活实践的制约。由于生活实践的差异,不同作家对素材的取舍各有偏好,王维、孟浩然的田园诗和高适、岑参的边塞诗,与他们各自的生活经历有关;作家的世界观不同,从同一素材中可以提炼出不同的题材,元稹的《莺莺传》和王实甫的《西厢记》,其素材大致相似,但呈现在各自作品中的题材却大相径庭,一个是"始乱终弃"的爱情故事,一个是有情人终成眷属的爱情故事。

(二)文学作品的形式

文学作品的形式,是指表现作品内容的内部组织构造和外部表现形态的总和,包括

---

① 王实甫:《西厢记》,北京:人民文学出版社,1995年,第247页。

体裁、结构、语言、表现手法等。由此可见,不仅不同的内容可以用不同的形式来表现,而且相同的内容也可以通过不同的形式来表现。这里要明确两个问题。一是作品形象和作品形式的区别。作品的形象,是就作品反映社会生活有不同于哲学、历史等其他社会科学的形式而言的,形象既体现了作品的形式,又体现了作品的内容,是形式和内容的统一体;而作品的形式,仅仅指反映作品内容的形式,两相比较,前者比后者的范围要大得多。二是作品形式与作品形式构成因素的区别。作品形式是作品成形后显示出来的,它必须依附于一定的内容,与内容不可分割;作品形式的构成因素,如体裁、结构、语言等只是一堆"建筑材料",只有当作者按一定规律把它们联结起来,使它们融入作品,它们才能成为作品的形式。

作品形式的构成因素很多,包括体裁、结构、语言、表现手法等诸多方面。体裁、语言,后文会作专门论述,此处只谈结构和表现手法。结构是指作品谋篇布局后所呈现出来的外部构造,这意味着结构既可以被理解成一种静态的外在结构,也可以被理解成一种动态的谋篇布局。静态的结构侧重于结构整体面貌的展示,动态的结构侧重于结构的生成过程。一般所说的作品的结构,关注的是静态结构,而忽视了动态结构;当分析结构如何形成时,人们又关注动态结构。文学作品的结构类型,一般有横向结构、纵向结构、纵横交错式结构等。表现手法是作者用来塑造艺术形象的具体手段和方法。叙述、描写、抒情、议论是四种基本表现手法。叙述指作品对某人、某事、某种情感的叙述。叙述有直接叙述和间接叙述,直接叙述由作者或叙述者来叙述,间接叙述借助作品中的人物来叙述。叙述通常有顺叙、倒叙、补叙和插叙。描写是用形象化的语言,对作品中的人物、事件、场景等进行具体的描绘和刻画,一般有肖像描写、心理描写、行动描写、对话描写等。抒情是用来抒发作者或人物的某种思想感情,包含直接抒情和间接抒情,直接抒情即直抒胸臆,间接抒情主要是借景抒情。议论是作者或人物就作品中的某种情形发表议论、表达观点、表明立场,议论往往可以增强作品的艺术感染力。

(三)文学作品内容与形式的关系

作品内容和形式的关系是对立统一的关系。二者相互依存,相互制约。没有内容,形式就无法存在;没有形式,内容就无从表现。黑格尔对此作过经典的解说:"内容和完全适合内容的形式达到独立完整的统一,因而形成一种自由的整体,这就是艺术的中心。"[1]

就"二分法"而言,内容与形式的辩证关系,大致表现如下。其一,内容先于形式并决定形式。从创作过程看,作者一般是先有题材和主题,然后才考虑体裁、结构、语言和表

---

[1] [德]黑格尔:《美学》第2卷,北京:商务印书馆,1979年,第157页。

现手法等。从文学史看,文学形式的变化,一般也是由文学内容的变化引起的。我国古代诗歌从三言到四言、五言、七言,再到长短句,就是由各个历史时期社会生活和审美趣味的变化,引起的艺术形式的发展变化。从作品价值看,起决定性作用的是内容的深度和广度。《文心雕龙·情采》说:"夫铅黛所以饰容,而盼倩生于淑姿;文采所以饰言,而辩丽本于情性。"刘勰以生动的比喻和诗意的语言,揭示了作为内容的"淑姿"和"情性",对一个倩女和佳作的决定性作用。其二,形式的相对独立性及其反作用。就形式的相对独立性而言,一方面,文学作品的形式一旦形成后就具有相对的稳定性,因而经常出现用旧形式表现新内容的情况,如律诗、绝句、各种词牌,在其形成后,各个朝代都运用。另一方面,相同或相似的内容,可以采用不同的形式来表现,相同的形式也可以表现不同的内容。前者如《茶花女》,其既可以有小说的形式,又可以有剧本的形式;后者如陆游《卜算子·咏梅》和毛泽东《卜算子·咏梅》,同一词牌,表现的主题却截然不同。就形式的反作用而言,形式如果适合内容,内容就能得到充分的表现;形式如果不适合内容,内容就难以得到充分的表现。其三,内容和形式的相互依存和完美统一。任何一部文学作品的内容和形式都是不可分的,都是相互依存的。正如前引季摩菲耶夫所说:"内容就是向内容转化的形式,形式就是向形式转化的内容。"在文学作品中,每一个语词都是音、形、义的统一。没有内容的形式,没有形式的内容,都是不存在的。优秀的文学作品,其内容和形式都是高度统一的。作品内容和形式的统一,在很大程度上可视为思想和艺术的统一。深刻的思想和巧妙的艺术的完美统一,是文学创作追求的理想目标。中国诗歌史上的屈、陶、李、杜、白,散文史上的"唐宋八大家",名垂千古;从《离骚》《九歌》到《长恨歌》《琵琶行》,从《祭十二郎文》"永州八记"到《醉翁亭记》、前后《赤壁赋》,诗文永恒。这无不源于伟大作家的杰出作品内容与形式高度统一,思想与艺术完美和谐。

三、文学作品的层次论

所谓"层次论",是指对作品的审美结构进行层次分析。当然,无论是"二分法",还是"层次论",都是对文学作品进行分层描述,只是二者论述的角度有所不同。前者是从外在表现和内在实质两方面来分析作品,使内容和形式两方面的区分较为明显;后者是将作品视为一个由多种审美要素构成的审美结构,然后对其进行逐层分析,打破内容和形式的人为壁垒。但"层次论"进行逐层分析的时候,不可避免地要由表及里,进行抽丝剥茧式的分析。只有这样才能使层次区分得清晰。因此,"层次论"和"二分法"有相通之处。

(一)中国的作品层次论

对文学作品进行层次分析,中西文论史上不乏其例。中国首先论及文本层次问题,不是出于分析文学作品的需要,而是哲学思辨的产物。三国时王弼在《周易略例·明象》中指出:

> 夫象者,出意者也。言者,明象者也。尽意莫若象,尽象莫若言。言生于象,故可寻言以观象;象生于意,故可寻象以观意。意以象尽,象以言著。故言者,所以明象,得象而忘言;象者,所以存意,得意而忘象。犹蹄者所以在兔,得兔而忘蹄;筌者所以在鱼,得鱼而忘筌也。

显然,这继承了庄子的"言意"说。《庄子·外物》曾说过"言者所以在意,得意而忘言"的话,指出"言"是为了表达"意"而存在的,如果拘泥于"言",就无法得"意";要想真正得"意",只有"忘言",并用蹄和兔、筌和鱼之间的关系来说明言和意之间的关系。王弼沿用庄子的比喻,从《周易》的卦爻辞着手,将爻所构成的图形称为"象",认为"象"存在于"言"和"意"之间。人们之所以将"卦"说出来,是为了明"象";之所以明"象",是为了表达某种意义。这样,言、象、意就相当明显地被区分为三个层面的东西。

王弼对言、象、意的区分及三者关系的说明,虽然不是就文学作品而言的,但对文学作品的研究至少有两方面的启迪意义:一是明确了作品是应该分层次的,二是作品的重心在于表达意义。从这两方面出发,后来不少诗评家对作品层次问题进行了论述。宋代梅尧臣认为"诗有三本":声调、物象、意格,其《续金针诗格》曰:"一曰声调则意婉,二曰物象明则骨健,三曰意圆则髓满。律应则格清,物象暗则骨弱,格高则髓深。"清人李重华《贞一斋诗说》有类似看法:"诗有三要,曰:发窍于音,征色于象,运神于意。"可见,受言意之辨的启发,古典诗学大都把诗歌文本区分为言、象、意三个层次。

(二)西方的作品层次论

在西方,对文学作品层次论述得最为详尽的是波兰现象学美学家罗曼·英加登。他在《文学的艺术作品》中将文学作品区分为四个基本层次:①字音层(word sounds);②意义单元(the meaning units);③图示化方面(schematized aspects);④被再现的客体(represented object)。字音层是作品的最基本层面,它主要指作品的字、词、句等展现出来的语音组织,具有很强的稳定性。意义单元是指在某一个单元内部,字、词、句等随着上下文的不同而显示出特定的含义,但只要这个"单元"确定了,字、词、句的意义也就确定了,进而章节的意义也就确定了。意义单元是文学作品的核心层面,因为文学作品是由诸多意义单元构成的,只有通过意义单元才能进入文学形象。图示化方面,指由意义单元所呈现的事物的大致面貌,其中有"不定点",需要读者去想象补充。被再现的客体是指由意义单元通过图示化方面所显现出来的事物的整体面貌或情态。换句话说,意义单元存在的目的是显现被再现的客体,但在作品中,意义单元直接显现的只是客体的某一图示化方面。在这四个基本层次之外,英加登还认为,在优秀的文学作品中,还存在形而上品质(metaphysical qualities),这就是在作品中所感受到的崇高、悲剧性、神圣、静谧感等。形而上品质"揭示了生命和存在的[更深的意义],进一步说,它们自身构成了那常常被隐藏的意义,当我们领悟到它们的时候,如海德格尔会说的,我们经常视而不见的,在日常生活中几乎感受不到的存在的深度和本原就向我们心灵的眼睛开启了"。① 就是说,形而上品质为文学作品的深层意蕴留下了空间。不妨以温庭筠的《梦江南》为例加以说明。

千万恨,恨极在天涯。山月不知心里事,水风空落眼前花。摇曳碧云斜。

全词音韵抑扬顿挫,语音上的节奏感很强。前两句不对称;三四句则是相当严整的对偶,表现出思妇的心情从凌乱到自持的变化;第五句的字数又和第二句字数一样,表现了自持心情的失落。全词体现了从凌乱到自持再到失落的内在节奏旋律。这是字音层。从意义单元看,"恨"本是相当宽泛的,"千万恨",恨的数量就表现出来了,"恨极在天涯",恨的程度又表现出来了,而且恨所涉及的范围也大致有了。"千万恨"后紧接着就是"恨极在天涯",两句劈空而来,直抒胸臆。从图示化方面看,恨又相当抽象,"千万"到底有多少,"极"到底到什么程度,"天涯"到底有多远,我们都不知道。三四句的"山月不知心里事,水风空落眼前花",勾勒了一个孤苦凄凉的思妇形象。但这个思妇长相如何,年龄多大,穿什么衣服,我们也不知道。正是这些我们不知道的地方,给我们提供了无尽遐想的空间。"山月不知心里事"突出了思妇的孤独无偶,"水风空落眼前花"又让思妇的希望倏然幻灭,孤独和幻灭与前面的"恨"交融在一起,使全词笼罩在无奈的愁怨之中。细细品味这首《梦江南》,不难发现其中的"形而上品质"。词中虽极写思妇的恨,但恨的基础是爱,"千万恨,恨极在天涯"正说明了思妇对征人爱得深沉、爱得久远。"山月不知心里事,水风空落眼前花"勾勒出的思妇之所以孤苦无助,也是因为心中充溢着对远方征人的爱。最后一句"摇曳碧云斜",同样是通过缥缈的思绪写出了悠长绵邈的爱。表面上的"恨"反衬出骨子里的"爱",这种以恨写爱的手法使全词在深沉的悲苦中透露出爱的信息,成为人性的赞歌。

---

① 转引自胡经之、王岳川主编:《文艺学美学方法论》,北京:北京大学出版社,1994年,第285页。

(三)文学作品的结构层次

从中西历史上的作品层次论看,虽然它们所用的术语不同,但仍有相通之处。不妨将英加登的层次论和中国古代的层次论作一简单比较。英加登的字音层和意义单元与中国古代的"言"层面大致对应;英加登的图示化方面和被再现的客体与中国古代的"象"层面大致对应;英加登所说的形而上品质与司空图所说的"象外之象,景外之景"相仿佛。同时,二者也存在着差异。在英加登的层次论中,字音层是第一层,是其他各层的基础,如果离开了字音层,其他各层就如空中楼阁,难以存在。就是说,英加登重视语言的作用,这与20世纪以来西方文论主流相一致。自20世纪初俄国形式主义以来,英美的新批评、法国的结构主义都非常重视语言的作用。相比之下,中国古代的层次论相当轻视语言的作用,"言"只是达意的工具,甚至主张要想真正得"意",必须"忘言"。语言塑造形象的目的是为了"意",而真正的"意"又是语言不能把握的,它是"言外之意"。概言之,中国古代的层次论,重视意义而轻视语言。鉴于中西层次论的相通和差异,我们在划分文学作品结构层次时,应兼收并蓄,不能偏废,力求以中融西,中西互补。既要吸收中国的传统,注意文学作品所表达的意义,又要吸收西方重视语言的特点。考虑到中国的习惯,我们仍将作品层次划分为言、象、意三层,但在解释这三层的具体内涵时,我们将从作品出发,吸收西方层次论的合理思想。

本书将文学作品的层次划分为言、象、意三层,既基于上述中国和西方的作品层次论,也符合文学作品的实际。一般而言,优秀的文学作品,要做到语言、形象、意蕴这三方面的有机融合。下面,我们就对这三个层面逐一展开分析。

第二节 文学语言

一、文学语言的艺术地位

在文学作品中,语言到底处于什么样的地位,历史上有不同看法。概括地说,文学语言的艺术地位体现在两个方面:一方面,语言是传达作品意义的媒介,任何作品都离不开语言;另一方面,语言又显示自身,具有独立的意义和审美价值。语言构成了文学作品的基本层面。认为语言是意义的媒介,古已有之。亚里士多德在《诗学》中认为在悲剧的六要素中,语言占第四位,处在情节、性格和思想之后,而"语言的表达",是"指通过词句以表达意思",①语言的工具性地位相当明显。刘勰在《文心雕龙·情采》中认为:"故情者,文之经,辞者,理之纬。经正而后纬成,理定而后辞畅,此立文之本源也。"虽然情文并重,但"情"和"文"之间还是有轻重之分的。没有"情",就不可能有"文","情"不定则"文"不畅,相当突出地表现了"情"对"文"的优先地位和决定作用。

到20世纪初索绪尔《普通语言学教程》问世,俄国形式主义领时代新潮时,对语言艺术地位的看法发生了根本的变化,即认为语言不再是表达思想的工具,它本身便具有本体意义;语言不再被意义所决定,相反,意义必须通过语言才能被创造出来。当代文艺理论家伊格尔顿对这种现代语言观有过较为贴切的说明:

> 从索绪尔和维特根斯坦直到当代文学理论,20世纪的"语言学革命"的特征在于承认,意义不仅是某种以语言"表达"或"反映"的东西:意义其实是被语言创造出来的。我们并不是先有意义或经验,然后再着手为之穿上语词;我们能够拥有意义和经验仅仅是因为我们拥有一种语言以容纳经验。而且,这就意味着,我们的作为个人的经验归根结底是社会的;因为根本不可能有私人语言这种东西,想象一种语言就是想象一种完整的社会生活。②

在文学作品中,语言是反映作品意义的媒介,但不是简单的工具。它本身也具有一定的意义,没有意义的语言是不存在的。说语言是媒介,是因为作品的意义无法离开语言而存在,离开了语言,作品的意义就无从表现;说语言不是简单的工具,是因为语言在表达意义的同时也再现自身,显示出自身的意义,使自身成为作品意义的一个组成部分。比如说"春风又绿江南岸"这句话,从语言上看,是有七个字。这七个字表现了"阳春三月,江南草长"的迷人景色,其中的"绿"字,形象地写出了江南的翠绿可爱、勃勃生机。如果没有这七个字,美丽的江南春色就得不到表现,如果不用"绿"字,也难以表现出江南春天的色彩。同时,这七个字在表现江南春色的时候,也将自身显示出来。这种显示从外在上看,表现为七个汉字和七个汉字的语音。这七个汉字的组合有一定的讲究,这样的组合读起来朗朗上口。这种显示从内在上看,每个词都有自身的意义,它们共同作用才使整个句子显示出特定的意义,其中任何一个词如果发生变化,整个句子的意义也要发

---

① [古希腊]亚里士多德、[古罗马]贺拉斯:《诗学·诗艺》,北京:人民文学出版社,1982年,第24页。
② [英]伊格尔顿:《二十世纪西方文学理论》,西安:陕西师范大学出版社,1986年,第76~77页。

生变化。如果将"绿"字换成"过"或"满",虽然也能表现江南的春色,但少了一种视觉上直观的感觉,少了那种形象的、逼人眼目的绿意,整个句子会由此逊色不少。

二、文学语言的审美特性

如前所述,文学是语言艺术。文学语言不同于日常语言和科学语言,它是一种审美意象语言。所谓文学语言的审美特性,就是指文学语言作为一种审美意象语言具体的表现特点。同时,一个词是由声音、意义、情感和形象四重要素构成的复杂结构。与此相联系,文学语言的审美特性主要表现为形象性、抒情性、音乐性和陌生化等特点。

(一)形象性

文学语言是一种形象性的语言,即读者通过想象,能透过语词感知来想象作品所描绘的人物形象和生活画面,从而产生如见其人、如闻其声、身临其境的审美效果。如宋人马子严《阮郎归·西湖春暮》上阕云:"清明寒食不多时,香红渐渐稀。翻腾妆束闹苏堤,留春春怎知。"其中"翻腾妆束闹苏堤"一句,真有如见其人、如闻其声之感。况周颐《蕙风词话》评曰:"'翻腾妆束闹苏堤',形容粗钗腻粉,可谓妙于语言。天与娉婷,何有于'翻腾妆束',适成其为'闹'而已。"语言的形象性是一切优秀文学作品的基本特性;形象化的语言表达则是一切优秀作家的审美追求。

(二)抒情性

如果说学术语言是一种抽象的思辨性、理论性语言,那么文学语言则是一种形象的抒情性语言。所谓"语言的抒情性"是指作品语言和作家所要表达的情感和谐配合,给读者以直接的情绪感染。刘勰《文心雕龙·夸饰》所言"谈欢则字与笑并,论戚则声共泣偕",即此之谓。

在创作中,作家增强语言的情感性的方法有多种。一是用语言的概念意义来表达情感。词汇里有大量表示情感的词,如喜悦、痛苦、抑郁、寂寞、孤独、愤怒、哀伤等,王国维称之为"情语"。如牛峤的"甘作一生拚,尽君今日欢",顾敻的"换我心为你心,始知相忆深",柳永的"衣带渐宽终不悔,为伊消得人憔悴",就是"专作情语而绝妙者"。二是用形象来表达情感和激发情感。情感与客观事物的某种形象是相联系的,用与情感相对应的形象来表达情感,能激发读者的情感。在古诗中,"雨"成为"愁"最佳的客观对应物,如"无边丝雨细如愁""丁香空结雨中愁""试问闲愁都几许,一川烟草,满城风絮,梅子黄时雨""梧桐更兼细雨,到黄昏,点点滴滴。这次第,怎一个、愁字了得"等。诗人借助"雨"的不同景象把"愁"情抒发得淋漓尽致。三是用词的情感色彩来传达情感,即直接使用褒义词、贬义词、"儿化"词等。此外还可通过语言的节奏、韵律、语调、音色的组织,使语言随情感的起伏波动而变化,以提高语言的表情能力。

(三)音乐性

音乐性是指文学语言所具有的节奏感和旋律美等富于音乐效果的特性。作家在组织文学语言时,虽是为了表"意",但也注意表"音",力求语言能够声情并茂。由于自身的特点,汉字对文学语言的音乐性要求格外突出。汉字是方块字,每个字所占的空间差别不大,这对每个字发声的长短和高低就有一定的要求。如果一句话中每个字的字音长短高低都差不多,整句话就显得呆板单调,没有生气;如果注意字音与字音之间长短高低的搭配,整句话就具有一定的节拍和抑扬顿挫的声调,从而具有鲜明的节奏感和音乐美。近体诗对声律和平仄苛刻的要求,一个基本的着眼点便是诗歌的音乐性。文学作品音乐性的要求在现当代的诗文中也有所体现。如朱自清《荷塘月色》:"荷塘四面,长着许多树,蓊蓊郁郁的。""长着许多树,蓊蓊郁郁的",本来顺序应该是"长着许多蓊蓊郁郁的树",改变语序后,形成一种明快的节奏和能延长读者审美感受的悠长的韵味。

(四)陌生化

陌生化,又译为"奇特化"或"反常化",是文学作品打破日常语言的"陈旧化"和"自动化"以增强作品表现力和感染力,来增强读者审美感受的各种手法的统称。这个词是俄国形式主义者什克洛夫斯基首先提出的。在什克洛夫斯基看来,"陌生化"和"自动化"相对。"自动化"犹如日常生活中的那些习惯性动作,当某种动作成为习惯以后,它就具有一种"自动化"特点,人们一般不再有意识地注意它、感受它。譬如走路是一种自动化的动作,一般人不对这种动作进行揣摩、体味。但是,一旦当走路变成了跳舞,习以为常的动作突然不再熟悉了,人们就会有意地留心它,慢慢地琢磨它,增加对它的感觉。较之于"自动化"的走路,跳舞可说是一种"陌生化"的动作。文学作品中的情况与此类似。那些在日常语言中司空见惯的缺乏原创性和新鲜感的语言是一种"自动化"的语言。这种语言使文学作品缺乏文采,不能增加人们对文学作品的感觉,因此有必要运用"陌生化"手法,增强作品的文学性和可感受性。

"陌生化"的手法多种多样。陌生化的基本方法是对日常的语言进行"变形""扭曲""施加暴力"等艺术加工,使语言本身在作品中显得分外突出和显豁。这种情况在诗歌中极为常见。诗歌语言的诗味在很大程度上就来源于对实用语言的"变形"和"扭曲"。如"这是一沟绝望的死水,春风吹不起半点漪沦",其中的用词、词与词之间的组合与日常语言都有所不同。"绝望的死水""漪沦"在日常语言中几乎不用,但该诗正是通过这些一般不用的语言,唤起人们对它的新鲜感。"陌生化"也可以通过形象描绘的方式来实现。所谓"形象描绘"是指不说出事物的名称和意义,而是用文学性的语言将事物的形象描绘出来。什克洛夫斯基在《作为手法的艺术》中指出:"凡是有形象的地方,几乎都存在反常化手法",因为"形象的目的不是使其意义接近于我们的理解,而是造成一种对客体的特殊感受,创造对客体的'视象',而不是对它的认知。"[①]这样,在作品中就可以把有些司空见惯的事物或现象当成第一次看见的事物或现象,因为无法称呼它而只能对其加以形象的描绘。

第三节 文学形象

一、文学形象的艺术地位

如前所述,文学形象是以虚幻而又逼真的人生画面和意象世界高度概括地表现深邃的人性心理,具有生动的艺术感染力的审美形式。它是假定性和逼真性的统一、具体性和概括性的统一、表现性与感染性的统一。

从文学形象的特点可以看出形象在文学作品中的艺术地位。就假定性和逼真性的统一而言,一方面,假定性和逼真性都必须借助语言才能得以表现;另一方面,形象只有有了逼真性,才能使人相信作品的内容是真实的,从而认同作品所表达的文学意蕴。就具体性和概括性的统一而言,形象的具体性和概括性也要通过语言才能得以表现,没有语言,就没有文学作品,文学形象也就不存在。形象的具体性是形象鲜明生动的前提和保证,而概括性则可以更好地传达作者的某种意图和评价,反映深层的文学意蕴。就表现性和感染性的统一而言,文学形象同样离不开语言,没有语言就无从表现,更谈不上感染,更直接关系到形象背后的东西,隐藏在形象背后的便是文学意蕴。换个角度看,文学

---

① [俄]维克托·什克洛夫斯基等著:《俄国形式主义文论选》,北京:生活·读书·新知三联书店,1989年,第8页。

意蕴的表达又总是依赖文学形象这一"中介"性的层面,依赖形象层的概括能力、情感渲染、思想深度和美的熏陶。文学作品的语言主要是作家表达思想意念的工具,是文学形象的载体,因此文学语言在相当大的程度上要服从形象塑造的需要。形象制约着语言的运用。这样,就文学语言、文学形象、文学意蕴这三个层次而言,文学形象无疑处于"中间地带"。一方面,它依赖表层的文学语言得以表现,并通过自身传达深层的文学意蕴;另一方面,它又制约着语言层的处理,为传达文学意蕴服务。从这个角度看,文学形象可以说是文学艺术表现的中心,是文学的"核心层面",这就是文学形象的艺术地位。

文学形象有多种形态,对形象形态的探讨也由来已久。在西方,黑格尔根据艺术理想的演变划分出艺术的三种历史类型,即象征型艺术、古典型艺术和浪漫型艺术。在黑格尔那里,历史和逻辑是统一的,因此象征型、古典型和浪漫型也可理解为逻辑上并存的三种形象形态。卡冈在《艺术形态学》中建立了庞大的艺术形态体系,并从"个别和一般的一定的相互关系"出发,划分出五种"形象模式类型"。[①] 我国的文学理论教材对形象形态的看法有一个发展的过程。新中国成立之初至 20 世纪 70 年代前,受季摩菲耶夫影响,我们一般只讨论现实主义的典型形象,如以群主编的《文学的基本原理》。20 世纪 80 年代后,编写者吸取古典诗学传统和现代西方文论,开始对文学形象作形态学分析。有的将文学形象分为两种形态,有的将其分为三种形态。[②] 本书从文学创作的当代发展出发,将文学形象分为三种形态,即文学典型、文学意境和文学象征。

从中国文论史看,文学形象的三分法同清代文论家叶燮的"理、事、情"说,颇有契合之处。叶燮在《原诗》中说:"开辟以来,天地之大,古今之变,万汇之赜,日星河岳,赋物象形,兵刑礼乐,饮食男女,于以发为文章,形为诗赋,其道万千。余得以三语蔽之:曰理、曰事、曰情。"在叶燮看来,诗赋文章表现万物的终极之道,可"以三语蔽之:曰理、曰事、曰情"。文学形象的三种形态,对理、事、情的表现,各有侧重:再现性的文学典型,以"人事"为中心;表现性的文学意境,以"情感"为中心;哲理性或沉思性的文学象征,则以"理趣"为中心。

二、文学典型

在日常生活中,人们对"典型"的理解,主要是以代表性或典范性为内容。文学理论

---

① [苏]莫·卡冈:《艺术形态学》,北京:生活·读书·新知三联书店,1986 年,第 427~430 页。
② 如方可畏、严云受主编的《文学概论》(安徽人民出版社,1989 年)将文学形象分为典型和意境两种形态,童庆炳主编的《文学理论教程》(高等教育出版社,1998 年)将文学形象分为典型、意境、意象三种形态等。

中所说的典型性,同日常生活中人们对"典型"的理解既有联系,又有区别。文学理论所说的典型性当然包括代表性、普遍性这方面的内容,但同时要求内容的代表性、普遍性要体现在鲜明生动的个别性之中。作家要想使笔下的形象够得上典型形象的水准,就必须努力使它达到个别性与概括性的统一、特殊性与普遍性的统一。一个文学形象如果没有鲜明的特征,平庸苍白,即使看起来有很高的概括性,然而仍不具有典型性。同样,如果一个文学形象仅有鲜明生动的个别性而普遍性不强,也不能称之为典型性形象。要求文学形象具有较强的普遍性,也就是要求文学形象反映生活的某些本质方面。因此,文学典型是叙事性作品着力描绘的既有鲜明独特性又蕴含人性心理与社会生活某些本质方面的文学形象,包括典型人物(性格)、典型环境和典型情节。

(一)典型人物性格

凡是杰出的再现文学作品中的重要人物都具有鲜明的典型性,都能以鲜明、生动的个别性概括社会生活的某些本质方面。正如别林斯基所说:"在真正有才能的作家的笔下,每个人物都是典型;对于读者,每个典型都是一个熟悉的陌生人。"①"熟悉的陌生人"这一生动比喻,已成为概括典型人物审美特征的经典命题。对于读者来说,一方面,典型人物是"熟悉的",因为它概括了人性和人情的某些本质的、具有普遍意义的方面;另一方面,典型人物又是"陌生的",因为它是作家的一个发现、一种独创,具有与众不同的审美个性。金圣叹评水浒人物所谓"任凭提起一个,都似旧时熟识",与别林斯基的"熟悉的陌生人"之说,有异曲同工之妙。当然,同样是典型性人物性格,它们之间又常常有程度的差别,有的人物性格的典型性更强一些,有的则弱一点。典型性非常强烈、充分的人物,称为典型人物性格,或称为典型人物、典型性格,有时也可以简单地称为典型。典型人物的基本特征主要表现在以下三个方面。

第一,鲜明、独特、丰富的性格特征。别林斯基在论述有关典型人物的问题时不止一次地说道:"何谓创作中的典型?——典型既是一个人,又是很多人","在典型里,是两个极端——普遍和特殊——的有机融和底成功"。"必须使人物一方面成为一个特殊世界的人们的代表,同时还是一个完整的、个别的人。"②别林斯基的论述明确地告诉人们,作为典型人物,它必须是一个绝不雷同、重复,有着丰满血肉的人物形象。它像一个活生生的人那样真实可信,有着自己独特的性格、兴趣和爱好,因而每一个典型人物的诞生,都

---

① 《别林斯基论文学》,上海:上海译文出版社,1979年,第191页。"熟悉的陌生人",原译为"熟识的陌生人",现根据我国文艺界习惯的说法作了改动。

② 《别林斯基论文学》,上海:新文艺出版社,1958年,第120,128,121页。

给文学形象的画廊增添了新的光彩,带来了新的魅力。人们不论提起哪一个典型人物,马上就会想到他的特殊语言、行为、心理等方面的表现,都会拿他与现实中的人相联系、相比较。《装在套子里的人》中的别里科夫的性格非常鲜明独特。他胆小怕事,且有他自己特殊的行事方式,既把自己包裹起来,同时又时时注视着周围,力图使别人也缩进套子里去。看过《装在套子里的人》后,人们的脑海里无不留下别里科夫的印象。成功的典型人物,性格都是这样的生动、独特,而性格苍白、平庸、没有特征的人物,绝对不可能成为典型人物。

典型人物性格的鲜明性、独特性总和丰富性直接地联系在一起。所谓"丰富性",是指性格多方面、多层次的有机结合。呈现于读者面前的典型人物,总是具有多层面的性格特征。失去丰富性的人物,只会是单调、苍白的。中国古典小说理论非常强调人物性格的丰富性。金圣叹在《读第五才子书法》中指出,鲁智深"心地厚实,体格阔大。论粗鲁处,他也有些粗鲁;论精细处,他亦甚是精细"。鲁智深成为典型人物,正在于他是"粗"与"细"的统一的表现。失去其中的一个方面,鲁智深形象就谈不上典型性。鲁迅《阿Q正传》中的阿Q形象也有着丰富的个性特征。林兴宅认为阿Q是众多矛盾性格的统一体:质朴愚昧而又圆滑无赖;率真任性而又正统卫道;自尊自大而又自轻自贱;等等。[①] 正是性格中相互矛盾的方面,构成了阿Q形象的丰富性,使他显得鲜明生动。

典型人物多层面的思想性格并不是机械拼凑而成,而是有机的融合。其中,常有某一两个方面特别突出,是作家刻画的重点。这些特别突出的性格特点在整体中居于主导和支配地位,因而被称为"性格核心"或"主导性格"。典型人物的性格总是核心方面与其他方面的统一。黑格尔在强调人物性格必须具有丰富性时,对性格主导方面也作了充分强调:"这种丰富性必须显得凝聚于一个主体,不能只是乱杂肤浅的东西""应该有一个主要的方面作为统治的方面""如果一个人不是这样本身整一的,他的复杂性格的种种不同的方面就会是一盘散沙,毫无意义。"[②]作为一个矛盾的综合体,阿Q的性格中处处渗透着精神胜利法的色调,而且其性格的其他方面也相互渗透、相互作用,并支撑其性格核心。

第二,深刻概括了某类人的典型心理特征和社会历史特征。一个人物形象如果仅有很强的个别性,而没有很高的概括性,其仍然不能达到典型人物的高度。作为典型性格,

---

① 林兴宅:《论阿Q性格系统》,《鲁迅研究》,1984年第1期。
② [德]黑格尔:《美学》第1卷,北京:商务印书馆,1979年,第303,304,307页。

它还应当有高度的概括性,能使人由这一个人物而联想到一大群人,甚至能联想到千千万万的与他同属于一类别的人。正是在这个意义上,别林斯基指出,典型同时"又是很多人",是"一个特殊世界人们的代表"。

典型人物概括的对象多种多样。有的典型人物体现了它所属阶级的某些本质特征。如在朱老忠身上,人们可以看见我国农民阶级的斗争精神和勇猛坚韧、有胆有识的品格。有的典型人物的典型意义在于体现某一类别人的某种本质性的精神状态。这里的"某一类别"的范围又是可大可小的,可能概括了同一社会里具有某种共同精神状态的一类人。这些人可以在不同的阶级、阶层里存在,又可能存在于不同的时代、不同的阶级。如阿Q,他身上的"精神胜利法"集中体现了不同阶级、不同阶层中广泛存在过的一种消极的精神心理特征,当时的许多人都从阿Q身上看到了自己某些方面的影子,甚至以为作家是在鞭挞自己。所以面对丰富复杂的生活,典型的创造者可以从各自所熟悉、所把握的范围、层面来表现典型形象的普遍性、概括性。只是不论从何种范围、何种层面来概括,典型人物的普遍性都必须是体现了社会历史特征的典型心理内容,亦即是揭示生活的内在联系的心理内容。决不能把典型人物的普遍性仅仅理解为外部形象的类同,或数量的普遍性。而且,不同概括范围的典型人物形象各有特色,各有自己独特的风貌,满足人们对于艺术多样化的要求。体现了某一阶级或阶层的某些共同本质的典型与概括了某一类别人的某些共同本质的典型之间没有高低之分,只是艺术地把握了生活领域的不同之处。

典型人物作为一个活生生的人物形象,是多层面的综合体,但它的概括意义却主要通过性格的主导方面体现出来。典型人物的主要性格方面,或者说性格核心部分对人们的影响最深。在生活中广泛流传的往往是典型人物的性格核心,而非性格全部。要正确认识一个典型人物的典型性,就不能不弄清楚他的性格核心之所在。阿Q作为一个典型人物,其性格的主导方面是精神胜利法。没有精神胜利法,也就无所谓"阿Q相",阿Q形象也就没有如此广泛的概括性。

第三,渗透着作家的审美理想。艺术形象总是客观与主观的统一。典型人物形象既然是典型性非常充分的形象,就必然包含着创造者主观方面的因素。在典型创造中,作家总是要从一定的立场出发,观察生活、概括生活,刻画人物形象。因此,作为作家认识生活与表现生活的结晶的典型人物形象,自然而然地熔铸着作家的审美评价和审美理想,直接或间接地体现了作家的爱憎、追求和希望。典型人物形象的艺术感染力不仅同典型人物本身有密切的联系,而且与作家寄寓在其中的理想的内容和性质有更重要的关系。面对阿Q形象,人们分明可以感受到鲁迅对他的"哀其不幸,怒其不争"的态度,感受到鲁迅对阿Q式可耻的心理状态的憎恶和对比较健全的国民性的憧憬。典型人物体现作家的审美理想有两种方式:普罗米修斯、灵均、保尔等正面人物直接表现作家的审美理想;《伪君子》《死魂灵》《儒林外史》等作品中的反面人物,间接表现作家的审美理想。

以上三个方面有机地结合为一个整体,把它们分开只是为了便于论述。一定阶级或类别的人们的某些共同本质就体现在鲜明的性格中,作家的审美理想也不能游离于人物性格之外而存在。可见典型人物性格是指通过鲜明、独特、丰满的性格特征,深刻地体现了某类人的典型心理特征和社会历史的某些本质方面,渗透着作家积极审美理想的人物形象。

(二)典型与类型

在有些文学作品中,人物形象明显地具有某种共同性,却无个性特征。人们通常把这类人物称为类型性人物。所谓类型性人物,是指只表现概念化的单一性格,只具有量的普遍性而缺乏具体丰富性和鲜明独特性的人物形象。类型与典型表面上虽有相似之处,但实际上有所区别。

其一,从性格结构看,同典型性格的丰富性不同,类型性人物以单一性为特点。类型化的作品虽然也包含一连串的事件,甚至包含曲折的故事,但在不同场合中出现的人物只是重复同一方面的思想、品德。比较一下莎士比亚《威尼斯商人》中的夏洛克和莫里哀《吝啬鬼》中的阿巴贡,可以知道类型性人物和典型人物的差异。夏洛克和阿巴贡的共同特征是吝啬,但阿巴贡仅仅是吝啬而已,而夏洛克除了吝啬,还表现出机警多智、复仇心重、热爱子女等多方面的性格特点。可以说,夏洛克是典型人物,而阿巴贡则是类型性人物。

其二,从性格表现看,类型性人物一般显得静止,无变化;典型性人物常常随着人物关系的演变或环境的变更,而产生思想性格的变化。由于性格单一,在不同的环境下,在不同的人物关系中,类型性人物所表现出来的都只是单一的性格,比如说阿巴贡吝啬的性格自始至终是一致的,没有什么变化。典型性人物由于具有多方面的性格特点,这多方面的性格特点又必须通过典型人物在不同场合下的行动来加以表现。夏洛克在商场中表现出商人机警的一面,在复仇时表现出奸诈的一面,在对待子女时则多少表现出父亲慈爱的一面。这些不同的性格特征在不同的环境中被表现出来,使得夏洛克的性格看起来富于变化,具有立体感。

由以上两点可知,类型性人物虽然表现了一定的类的共同性,但不体现人物个性的独特性,而典型人物的共同性、普遍性总是与具体形象的性格特征有机融合在一起。在成功的典型中,共性总是个性化的,即共性存在于个性中,离开个性,即无共性;个性总是共性的体现,个性既是独特的,又具有一定的普遍性。共性和个性互为内涵,不可分割。由此我们可以进一步推论:典型人物更符合文学的审美本性,更有生命力,我们应当创造典型,避免人物的类型化。但是,这不是说所有类型性人物都毫无审美价值。实际上,在文学史上有不少类型化的人物形象给读者留下了深刻印象,在一定程度上满足了人们的审美需要,如严监生、阿巴贡这类"吝啬鬼"形象。所以,我们不能粗暴地一概否定类型性人物,应该作具体分析,指出其得失成败,给予恰当的评价。

(三)典型环境中的典型人物

同文学典型直接相关的命题是恩格斯提出来的"典型环境中的典型人物"这一命题。在《致玛·哈克奈斯》的信中,恩格斯写道:"据我看来,现实主义的意思是,除细节的真实外,还要真实地再现典型环境中的典型人物。"这里不仅提到了典型环境和典型人物,还揭示了二者之间的关系。

所谓"典型环境",是指典型性非常充分的环境。根据典型的要求,环境的典型性要求做到特殊与普遍、具体与概括的有机统一。在一部再现性的文学作品中,围绕在人物周围,促使人物活动的种种生活条件,都应当是具体的、有特色的,与别的作品有所不同;同时,作品中具体、独特的环境又要能够真实地体现人物所处的历史时代的本质和社会关系的基本特点。需要指出的是,典型环境和时代背景是两回事。反映同一时代、同一类型题材的不同作品描写出来的人物环境各有特色,甚至在同一部作品中,人物所处的历史环境基本相同,但每个人物所处的具体环境却不一样。

典型环境和典型人物互相依存、互相影响。就互相依存看,一方面,典型人物的形成依赖于典型环境,没有典型环境,典型人物的言谈举止和心理活动都失去赖以生存的土壤;另一方面,典型环境也因为典型人物的存在而存在,典型环境实际上是以典型人物为中心构成的一个系统,没有了典型人物,系统就没有了中心,系统的各个部分就很难联系在一起,环境就很难作为一个整体而存在,更谈不上环境的典型性了。就互相影响看,一方面,典型人物的思想行为常常受到环境的驱使和支配,环境的变化往往能引起人物性格产生变化;另一方面,典型人物能够影响环境,促使环境变化发展。由于人物是环境的中心,人物行为方式的改变特别是思想境界的提升,会对环境产生较大的影响,从而促使环境变化发展。如果说,典型环境对典型人物起决定作用,那么典型人物对典型环境则有着一定的反作用。

三、文学意境

再现性文学形象表现为文学典型,表现性文学形象则表现为文学意境。所谓"意境",是指作家的主观情思与所描写的富于特征性的客观景物浑融契合所形成的艺术境界和氛围。①

(一)文学意境的审美特征

从意境的定义中可以看出,情与景两者缺一不可,它们是构成意境的两种元素。文学意境的审美特征,可以从意境的构成要素及相互关系中看出。

其一,形神兼备的景象。构成意境的景在题材不同、内容不同的表现性文学中呈现出非常复杂的状态。但不论是何种状态,景都是形神兼备的。景有时候可能是某一种自然物形神并具的物象。如贺知章的《咏柳》:"碧玉妆成一树高,万条垂下绿丝绦。不知细叶谁裁出,二月春风似剪刀。"诗人借助于新奇的想象,把春风比喻成"剪刀",拟人化地用"裁"字来描写一树柳叶在春风中绽出的景象,使春柳的形象格外鲜明地呈现出来,诗人喜悦的心情便渗透在春柳的形象之中。有时候,景也可能是对某一片自然风光的描绘。苏轼《饮湖上初晴后雨》:"水光潋滟晴方好,山色空濛雨亦奇。欲把西湖比西子,淡妆浓抹总相宜。"前两句分别写阳光照耀下的西湖和雨幕笼罩下的西湖景色的特点,鲜明地表现了西湖在不同的气候条件下迷人的神态;后两句用新奇的想象把西湖同美女西施相比,进一步赞美西湖。在生动的描绘和巧妙的想象中,全诗处处流露出诗人对西湖的赞美和喜爱。有时候,景还可能是某一生活场景、生活事件的某一侧面或片段。岑参《逢入京使》:"故园东望路漫漫,双袖龙钟泪不干。马上相逢无纸笔,凭君传语报平安。"诗人用朴实的语言描写了其生活经历中的一个平凡的小插曲,有力地传达了诗人思念故园的真挚、深切的感情。

然而,在较多的情况下,作品的意境常常是既包含有自然景物的点染,又融汇着生活场景或事件片段的描绘。这样的景更为丰富、深远,也更能给人以玩味的余地。杜甫的《登高》,将悲凉秋景的描写和漂泊不定、年老多病的生活遭际的倾诉结合在一起,很自然地展现了诗人那感慨万千的情怀,构成了一种意味隽永的艺术境界。此外,很多抒情篇章的意境除了含有作者从现实生活中获得的图景外,还包容有通过夸张、想象创造出来

---

① 定义有两种类型,即分类学的与价值论的,此处定义即是后者,代表一种理想形态。

的画面、幻想的超现实的景物、历史的或传说的事物。李白《梦游天姥吟留别》,通过描写诗人所向往、想象的名山胜景、洞天仙境,表现了诗人鄙弃当时社会丑恶现实的心情,对世俗权贵的蔑视和反抗精神。

其二,情理交融的情志。构成意境的另一要素情也是丰富多样的,不同时代的不同诗人笔下的情各有特点,但意境中的情有一个基本特点是不变的,即情理交融。多种多样的情概括起来,大体上有两个方面。其一,情是创作主体的感受、情感的迸发,这种情感的迸发并非纯粹是感情的宣泄,其中蕴涵着某种生活的道理。宋之问《渡汉江》:"岭外音书断,经冬复历春。近乡情更怯,不敢问来人。"用简洁的语言真实地表达了一个久谪外地、家书断绝、情况不明的迁客在临近故乡时特有的感受与心境。其中后两句不仅表现了诗人独有的感受,而且表现了一切游子的共同心声,表现了生活中普遍存在的情况。其二,情是创作主体对生活的体验、认识和评价的展示,对人生哲理领悟的传达,这突出地表现在某些哲理诗中。如苏轼《题西林壁》:"横看成岭侧成峰,远近高低各不同。不识庐山真面目,只缘身在此山中。"这首诗就抒发了诗人对庐山的感情,更传达了某种人生哲理,给人以启迪。

其三,虚实相生的境界。意境是情与景的有机结合,主体情感的表达和客观景物的描绘要水乳交融在一起。因此,从总体上看,意境一方面表达了某种情感,另一方面这种情感又依赖于一定的画面而存在,蕴藏在画面中,画面正是因为表达了情感才成为特定的画面。人们甚至有时很难分清什么是情感,什么是画面。范晞文《对床夜话》所说的"情景相融而莫分也"和王夫之《姜斋诗话》所说的"景生情,情生景",都强调情景交融。情景交融所形成的意境,是有限性与无限性的统一。正如梅尧臣所言:"状难写之景,如在目前;含不尽之意,见于言外。"情景交融的意境的形成既出于"如在目前"这种有限的、较实的因素,也出于"见于言外"的无限的、较虚的因素。有限和无限的统一,虚实相生,才形成意境。温庭筠《商山早行》:"晨起动征铎,客行悲故乡。鸡声茅店月,人迹板桥霜。"诗中既含有可看到的月、霜、人迹,又有可听到的鸡声。全诗景象鲜明如画,还含有一种"悲故乡"的"羁旅愁思"的况味。每个读者都可以根据自己的生活来体会,来对其加以充实和拓展,进而想象征人旅途的艰难和心中那份挥之不去的愁苦凄凉的无奈。鲜明如画的景象中包含着言之不尽的艰难愁苦。

(二)文学意境的审美形态

意境是我国古代文论的重要范畴,因而有必要进一步考察它的审美形态。古代诗学就从情景关系或主客关系诸方面划分过意境形态。王夫之在《姜斋诗话》中认为:"情、景名为二,而实不可离。神于诗者,妙合无垠。巧者则情中景,景中情";王国维在《人间词话》中则说:"有有我之境,有无我之境。"据此,我们可以从两个不同角度来考察意境的审美形态。

其一,从情景关系分,可以将意境分为三种形态:情中见景、景中藏情和情景并茂。王夫之所说的"情中景""景中情"、情景的"妙合无垠",便是从情景关系的角度来论述意境的。情中见景是说意境的构成以作者主观思想感情的直接抒发为主,情中有景。陆游《示儿》表现了诗人临终前内心世界的情感状态:"死去元知万事空,但悲不见九州同。王师北定中原日,家祭无忘告乃翁。"全诗直抒胸臆,爱国主义感情充溢其间,但在强烈的感情中,读者仍可以看到北定中原、家祭告翁的景象,而且正是这些景象的描绘才更显示出作者的爱国情怀。景中藏情以客观景象的真实描写为主,情藏景中。苏轼的《饮湖上初晴后雨》:"水光潋滟晴方好,山色空濛雨亦奇。欲把西湖比西子,淡妆浓抹总相宜。"前两句真实地描写了西湖的美景,后两句用比喻的方法写出了西湖"淡妆浓抹"的风姿,将自己对西湖的喜爱之情隐藏在对美景的描写之中。情景并茂,是说外界景象的描绘和内心情感的抒发都比较充分。杜甫《闻官军收河南河北》:"剑外忽传收蓟北,初闻涕泪满衣裳。却看妻子愁何在?漫卷诗书喜欲狂。白日放歌须纵酒,青春作伴好还乡。即从巴峡穿巫峡,便下襄阳向洛阳。"诗中既有泪水沾湿了衣裳、妻子消失了愁容、自己卷起了诗书等富于特征性的生活图景的描写,又有诗人内心感情迸发的表现:纵情痛饮,结伴还乡,甚至在一刹那间想到回乡的具体行程。涕泪沾衣、诗书漫卷本来已十分有力地表现了诗人的高度兴奋和喜悦,想要纵情饮酒、结伴还乡的内心情思,又进一步展露了情感之强烈和浓厚。全诗情和景表现得都很充分。

其二,从主客体关系分,可以将意境分为"有我之境"和"无我之境"。王国维所说的"有我之境""无我之境"便是从主客体关系的角度来区分意境的审美形态。所谓"有我之境",是指"以我观物,故物皆著我之色彩"。诗人移情入景,以自己的主观情思来同化景物,因此"有我之境"对外物的描绘不追求描绘外物的真实程度,而是偏重于主观情感的直接抒发。王国维所举的例句是"泪眼问花花不语,乱红飞过秋千去""可堪孤馆闭春寒,杜鹃声里斜阳暮"。在主体强烈情感的投射下,无生命的花也懂得人语,因伤春而无言;寒冷的馆舍,夕阳中杜鹃的哀鸣,都笼罩在诗人的愁苦之中。由于景物受到情感的渲染,"有我之境"容易感染和打动读者,使读者有一种"一语道破,先获我心"的感觉。顾敻《诉衷情》所说的"换我心为你心,始知相忆深"既是词人真挚感情的流露,又道出了千百万读者共同的心声。所谓"无我之境",是指"以物观物,故不知何者为我,何者为物"。诗人比较冷静客观地描绘景物,渲染出特定的氛围和境界,但这并不是说此时景物不含有主体的情感,而是说主体没有采取将情思直接投射于外物的方式来表现自己,主体的情感隐藏得较深。王国维所举的例句是"采菊东篱下,悠然见南山""寒波澹澹起,白鸟悠悠下"。诗人凝神于物,东篱的菊花和远处的南山都显得恬静、淡远,一如诗人厌弃尘世的情怀;澹澹的寒波、悠悠的白鸟展现外物的自然面貌,与诗人的情感自然而然地融为一体。由于按照外物的本来面貌作审美观照,"无我之境"提供的是一个心物契合的境界,能够给读者的想象提供较为广阔的空间。面对王绩的"树树皆秋色,山山尽落晖",每个读者都可以根据自己的体会来充分发挥想象。

需要指出的是,意境的各种审美形态之间没有优劣之分。情中见景、景中藏情和情景并茂是从情景关系角度着手划分的,任何意境都可以归属于其中的一种形态,而不能说哪一种形态高于其他形态。"有我之境""无我之境"是从主客体关系角度对意境进行形态划分,它们同样包容了全部的意境,相互之间也没有高低之分。

四、文学象征

(一)文学象征的审美特征

再现性文学形象表现为文学典型,表现性文学形象表现为文学意境,哲理性文学形象则表现为文学象征。所谓"文学象征",是指主要通过象征手法来完成的文学形象,形象中蕴涵着某种观念或哲理。从这一定义看,文学象征主要有寓意性、暗示性和朦胧性等特点。

寓意性主要是指象征形象中往往寄寓着创作主体的主观意蕴。作家通过象征物的运用,于现实生活和自然景物的清晰画面的描绘中,寄寓着自己的某种观念或反映了某种哲理意蕴。寓意性可以说是象征形象的本质特征,只要是象征,就一定含有某种寓意,否则不成其为象征。艾略特《荒原》通过对死者葬仪、对弈、火诫、水里的死亡、雷霆的话等象征性场景的描绘,对西方当时的社会状态进行了概括,反映了第一次世界大战后西方知识分子中普遍存在的幻灭情绪,用诗的形式对西方社会整整一个时代的沉沦进行了历史的审视。在艾略特看来,"荒原"所代表的世界不仅是西方世界,更是现代的西方世界,而在现代世界中,到处都充满了危机。因此,他让《荒原》中的世界和人物充满了丑恶和荒谬,以显示这种危机。"荒原"形象由此具有高度的寓意性,它在很大程度上成为警示走向崩溃的西方文明的象征。

暗示性是说象征不直接说出某种事物而是用间接的方式去暗示某种事物或客观规律，以激发某种情绪。既然是通过象征形象来表现寓意，那么，文学象征所表达的思想感情就不是直接明确的表达，而是依赖各种象征手段间接曲折地暗示某种思想感情。暗示性可以说是象征的基本特性。马拉美认为："诗写出来原就是叫人一点一点地去猜想，这就是暗示，即梦幻。这就是这种神秘性的完美的应用，象征就是由这种神秘性构成的：一点一点地把对象暗示出来，用以表现一种心灵状态。"①暗示要求在象征时寻找一种"客观对应物"，通过这一"客观对应物"，将象征所要表达的寓意和情绪表达出来。《荒原》第四章《水里的死亡》，主要便是通过"水"这一"客观对应物"来表达作者的思想和情绪：水对应着作者所抨击的情欲，水里的死亡则暗示着情欲横流必然会导致人的毁灭。

朦胧性是指象征作品所表现的意蕴是隐晦朦胧的，具有多层不确定的意义。象征作品主要是用暗示的方法来完成的，这必然会导致意蕴的隐晦和朦胧。暗示要寻找某一"客观对应物"，但这一"客观对应物"究竟暗示了什么，作品没有指明，读者只能根据自己的理解来确定暗示所指，因而同一个"客观对应物"在不同的读者眼中会有不同的寓意。《荒原》第一章《死者葬仪》，题目源自英国教会的出葬仪式。用教会的出葬仪式作题目，至少有两层含义：它或者是说现代人的生活几乎和出葬差不多；或者是说用宗教的葬仪使灵魂得救来对照现代人不要灵魂的情况。而诗的第一句"四月是最残忍的一个月"，更给这一章增添了朦胧色彩。在英国，四月是万物复苏的日子，是美丽的春天，但这样的日子却成了"最残忍"的日子，为什么？这或许是因为这个日子是为"死者"举行"葬仪"的日子。万物复苏的时候却是举行葬礼的时候，两者形成巨大的反差，可以说是一种残忍。或者是因为春天时积雪融化，使洁白无瑕的大地露出荒原丑陋的本来面目，勾起人们无限伤感的回忆。

（二）文学象征的审美形态

象征营构的方法多种多样，不同的象征营构方法产生不同的审美形态。文学象征的审美形态主要有音乐性象征、意象性象征和导引性象征。

音乐性象征强调音乐在象征中的重要作用。一般地说，音乐性是文学的一个基本特性。但是，如果文学对音乐的借用，不仅是出于美感的需要，而且是出于意义的需要，此时的借用就有了象征的色彩，此时的象征可称为音乐性象征。将音乐和象征联系起来，在法国象征诗派看来是再自然不过的事了。马拉美将音乐看作象征派的共同特征："年

---

① 伍蠡甫主编：《西方文论选》下卷，上海：上海译文出版社，1979年，第262页。

青的诗人们则是直接向音乐去吸取他们的灵感……"瓦雷里则认为爱伦·坡的《乌鸦》是诗与音乐结合的成功之作。通过音乐介入象征,可以使象征形象变得虚无缥缈且空灵悠远。这一方面淡化了象征形象的实在性,另一方面为象征形象的理解提供了更为广阔的空间,从而支持了象征意义的最终实现。穆木天《苍白的钟声》是一首诗行排列与钟声飘荡有机结合的诗作。通过于模拟钟声而创造出的钟声律动,消除了诗中语词和意象造成的视觉感,给人一种听觉的印象,使全诗看起来显得比较"空虚"。正是这种"空虚",使诗作生发出荒凉、寂寥、悠远之感。如果没有音乐的介入,这种荒凉、寂寥和悠远则难以表达,诗作的象征意义就会受到一定程度的损害。

意象性象征是说通过意象的营构来创设象征形象,通过对意象的理解来完成对象征的解读,这是象征创造最基本的方式。特定的意象,在象征作品中是可以稳定地传达某种象征意义的。正如苏珊·朗格所言:"意象真正的功用是:它可作为抽象之物,可作为象征,即思想的荷载物。"①意象性象征中的意象可以是主导性意象,也可以是非主导性意象。主导性意象是指意象处于作品的中心位置,对全篇具有统摄作用,离开了它,作品就会散乱。鲁迅《长明灯》中的"长明灯"是作品中的焦点,不同人物之间的矛盾围绕着它展开,老一辈的人视它为神明之光,现代的大多数人对此加以附和;只有一个"疯子",视其为不祥之灯,要将其熄灭,也因此遭到捆绑和被囚禁。长明灯与老年人、习惯力量、迷信势力的结合,说明了长明灯是传统社会正统思想的象征。它坚固强大,使少数想摧毁它的人自身被摧毁。这样,长明灯这一主导意象,表现了传统思想的顽强延续性。非主导性意象是指意象附着于人物或事件,在作品中不处于中心位置,离开了它,人物或事件的意义可能受到损害,但整个作品意义的表达不受太大影响。鲁迅《药》末尾夏瑜坟上的花环,便是一个非主导性意象,它固然可以表示对死者的哀悼、对未来的希望,但它只是在作品末尾才出现的,对整个作品并不产生决定性的影响。

导引性象征是说作品通过有效的导引方式来投射作品的象征寓意,它可以在作品中"卒章显其志",也可以是作品以人物或旁观者的身份对象征形象的意蕴进行说明。所谓"卒章显其志"的指引,是说如果没有这种导引,作品很可能被理解为写实的,而不是象征的;有了最后的导引,读者才知道作品前面那些看起来像是写实的部分原来都是象征。波德莱尔的《腐尸》共12节,前9节详细地描写了腐尸的那种腐烂情形和难闻气息,使人有一种身临其境的感觉,而读者看不出其中有什么象征的寓意。但是后3节诗人从腐尸

---

① [美]苏珊·朗格:《情感与形式》,北京:中国社会科学出版社,1986年,第57页。

意象上收回,指向他的爱人,今天美丽的爱人,明日也将变成可怕的腐尸。这样,腐尸就有了象征意义:它不仅吞噬邪恶、丑陋,也将吞噬善良、美丽;生命终究消亡,一切都将烟消云散,唯一让人欣慰的是人们可以保持对于美的回忆。作品中以人物或旁观者的身份对象征形象的意蕴进行说明,可以使原本不太明显的象征变得明晰。茅盾《子夜》中的"吴老太爷之死"显然是一个象征设置,作品通过与主要人物关系不太密切的诗人范博文引导人们认识象征:"老太爷在乡下已经是'古老的僵尸',但乡下实际就等于幽暗的'坟墓',僵尸在坟墓里是不会'风化'的。现在既然到了现代大都市的上海,自然立刻就要'风化'。去罢!你这古老社会的僵尸!去罢!我已经看见五千年老僵尸的旧中国也已经在新时代的暴风雨中间很快地很快地在那里风化了!"通过引导,"吴老太爷之死"的象征意义就比较明晰了。

需要说明的是,所有的象征说到底都离不开象征形象的参与,离开了象征形象,象征就不存在。只是意象性象征有了象征形象就可以完成象征;而音乐性象征还需要音乐的参与才能使象征形象显得空灵蕴藉,使象征得到完美的表达;导引性象征有了导引,才能使象征形象的寓意比较明确,使象征最终得以完成。

第四节　文学意蕴

一、文学意蕴的艺术地位

所谓"文学意蕴"就是指文学作品的形象体系所积聚、蕴蓄的情理交融、朦胧多义的情韵和意味。黑格尔认为"意蕴"是由作品的"外在形状"所显现出的"一种内在的生气,情感,灵魂,风骨和精神",这正好对应了"美"的两种要素:"一种是内在的,即内容,另一种是外在的,即内容借以现出意蕴和特性的东西。"[①]这说明,作品的意蕴是一种以美为核心的内容,它借助于"灌注生气"的"外在形状"而得以显现自身。这"外在形状",在文学作品中主要就是指文学形象。如果说,文学形象由文学语言来体现,那么文学意蕴则由

---

① ［德］黑格尔:《美学》第1卷,北京:商务印书馆,1979年,第25页。

文学形象来体现。

文学意蕴一般又可分为形而下意蕴层和形而上意蕴层。形而下意蕴层是指形象层所传达出的特定的社会历史内容和具体的情感观念,形而上意蕴层是指形象层所传达出的超出形象的具体内涵而达到一种普遍、永恒的精神体验和哲理思考,在某种程度上是人们通过形象对人生的终极意义进行求索和追问。作品一般都有形而下意蕴,因为作品离不开形象,形而下意蕴正是附着于形象而产生的。形而上意蕴则是一种较高的审美境界,并非一般作品都能达到,只有优秀的作品才可能有形而上意蕴。形而上意蕴也离不开具体形象的启迪,离不开形而下意蕴的导引。就是说,有形而上意蕴就一定有形而下意蕴。就作品中形而上意蕴和形而下意蕴的关系看,人们或者是通过形而下的社会现象来进行形而上的探寻追问,或者是通过形而上的思考把握来透视形而下的现实人生。前者如海明威的《老人与海》,通过展现老人的无畏表现以及老人与大海的顽强搏斗,探求了人类的勇气和向未知领域求索的精神;后者如卡夫卡的《城堡》,从世界的荒谬、人生的无奈这些深刻的精神体验出发,来审视主人公K想进城堡而终究不能进入城堡的尴尬处境。

中国古代文论所说的"意犹帅也",也可理解为意即意蕴是作品的灵魂。事实上,没有意蕴,作品将显得肤浅,索然无味;而富有意蕴的作品则显得深刻浑厚,耐人寻味。从文学的特性出发,我们在前面将文学形象界定为文本的核心层面,不过,文学形象也只是文学意蕴的基础,如果不是为了表现文学意蕴,单纯的文学形象则没有终极意义;正是有了文学意蕴,文学形象才显得趣味盎然。相对于形象层而言,意蕴层处于更高一级的层面,就文学作品的诸层次(语言层、形象层、意蕴层)而言,意蕴层属于文学作品的最高层面。

二、文学意蕴的特点

文学意蕴是作品所蕴涵的精神内容,这一内容通过一定的文学形象体现出来。这就使文学意蕴具有以下特点。

情理性。文学形象主要是写人的形象或通过其他形象来写人的喜怒哀乐。写人,就必然离不开人的情感,情感可以说是文学作品的一个重要内容,是文学意蕴的一个重要方面。文学毕竟是依靠情感的力量来打动人的,文学意蕴如果不能从情感方面得到说明,文学就失去了它的一个基本品格。同时,文学意蕴也不能是一味的情感宣泄。作为文学作品的最高层面,文学意蕴还应该让人获得某种知识或教育,从而感悟某种道理,获得人生启迪。文学的这种启迪功能也是至关重要的,文学失去了启迪功能,则会变成与社会无关的自言自语,所谓的"文学意蕴"云云,事实上也就不存在了。当然,文学的启迪作用,也是通过文学形象来完成的。读者正是从文学形象的情感陶冶中,才获得某种感悟。就是说,文学意蕴的情感作用和启迪作用是紧紧包裹在一起的,二者无法分开,这可称之为文学意蕴的情理性。

含蓄性。由于文学意蕴是建立在文学形象的基础上,所以,文学意蕴究竟是什么就有赖于文学到底塑造了什么形象,文学意蕴的把握也有赖于文学形象是如何塑造的,有赖于文学形象的解读。诚然,文学意蕴一般隐含在文学形象之中,但正因为文学意蕴是"隐含"在文学形象之中,所以从文学形象中很难直接看出文学意蕴到底是什么,这就使得文学意蕴具有一定程度的含蓄性。有时候,文学意蕴甚至存在于文学形象之外,文学形象只是通往文学意蕴的一个中介,这时文学意蕴的含蓄性就更为明显。中国是诗的国度,诗讲究言外之意。所谓"言外之意",换个角度看,就是说诗贵含蓄。历代诗论家都特别强调含蓄境界。唐司空图《二十四诗品》论"含蓄"说:"不着一字,尽得风流。"宋姜夔《白石道人诗说》明言"诗贵含蓄",清刘大櫆也认为"文贵远,远必含蓄"。含蓄是诗"言有尽而意无穷"的表现,"意无穷"正说明文学意蕴的高深悠远,不可穷尽。

多义性。由于文学形象和文学意蕴之间存在着一定的距离,而文学形象又是具体多面的,从形象的不同侧面出发,就可能会得到不同的文学意蕴,从而显示出文学意蕴的多义性。有时候,作品中还存在着众多不同的甚至是相互对立的形象,而这些形象就它们各自存在的条件看,又都是合乎情理的。这就使得作品中有可能同时存在两种相互对立的文学意蕴,显然这也导致了文学意蕴的多义性。文学意蕴的多义性在一些大型的叙事性作品中经常出现。这些作品所反映的生活内容比较丰富、复杂,作品的形象也可以同时承载多方面的意义,文学意蕴也就自然具有多义性。《红楼梦》贾宝玉的形象,既可以说明传统社会的必然衰落、美好的爱情理想的破灭,也可以说明冥冥中对"木石前盟"的承诺,还可以说明"白茫茫大地真干净"的佛教宗旨等。

三、文学主题的形态

文学意蕴与文学主题是两个密切关联又各具内涵的概念。一部优秀作品既具有丰富的意蕴,又具有鲜明的主题。弄清这两个概念的异同关系,有助于准确把握作品的精神内涵和思想倾向。

(一)文学主题的含义

文学意蕴具有多层次性,而且每一层都不只含有一种意蕴。这样在作品中,就有可能同时存在多种意蕴。在所有的意蕴中,一般来说,总有一个核心意蕴,这就是主题。所谓"主题",是指通过艺术形象显现出来的、饱含着作家审美情趣的核心意蕴,它是包含在文学形象中起统摄作用的审美意识。

主题首先是一种审美意识,这是由文学的审美本质决定的。既然文学是从审美关系的角度来把握生活,来传达作家对生活的认识、理解和评价,以满足人类认识自身的审美需要,那么,作为文学内容的意蕴以及作为核心意蕴的主题都必然要体现出某种审美意识。只有在审美意识的统摄下,作品中的一切才能有一个较为明确的中心思想,作品才能有统帅一切的灵魂。主题的展现离不开文学形象的中介作用。中国古代讲究"立象以尽意",就暗示出文学意蕴必须通过文学形象才能得以表达,主题是核心意蕴,更要依赖形象的表达才能展现出来。主题是主客体的统一,主题的萌生既受社会生活的启迪,又受创作主体的激发。正是社会生活的某些现象,使作家的情绪受到感染,通过这些现象,作家意识到现象背后的本质问题。当然,这种意识不是明确的概念化思想,而是和形象交织在一起的审美意识。对同样的生活现象,作家比常人有更深更细腻的感触,依靠渗透着理性的审美直觉,作家能够很敏锐地从生活现象中发现、挖掘出某种东西,并将这种发现、挖掘出的东西与作品中的形象紧密地结合在一起。主题是随着形象的完成而完成的,在形象的孕育中,伴随着生活现象向文学形象的转化,作家的审美意识也得到深化,因此,文学形象的生成过程,也就是主题的显现和深化过程。

应该说,作家创造作品,总是在一定的审美意识下进行的,对作品的主题自然心中有数。同时,作品作为特定的客观存在,其主题也应该是客观的,但是对于同一部作品,不同的读者对其主题却往往有不同的看法。这一方面是由于文学的形象性导致文学意蕴含蓄多义,使得作为核心意蕴的主题也显得比较模糊,具有一定的多义性。但另一方面更重要的是,不同的读者对形象理解的不同,强调多义的意蕴中不同的方面,最终导致主题理解产生差异。但无论是作家心目中的主题,还是读者心目中的主题,都有可能和作品形象蕴涵的主题有所不同。因此可以说,主题有三个方面的构成因素:一是作家在文本中想要表现出来的审美意识,即作家立言之本意;二是读者从文本的形象中读出来的审美意识,即读者阅读之所见;三是没有被作家和读者意识到而又包含在文本形象中的审美意识,即作品形象之所藏。我们只有完整地考察这三个方面,才可能说对某一部作品的主题有了透彻的了解和把握。

(二)文学主题的形态

主题的形态大致可分为情感性主题、思理性主题和性格性主题。情感性主题主要是就抒情型作品而言的。抒情型作品的特点是抒写由自然人生情境诱发的情感情绪和心灵体验。以抒情诗为代表的抒情型作品的主题，就是作品所展示的人类的某种情感情绪。苏珊·朗格指出："一首抒情诗的主题(所谓"内容")往往只是一缕思绪，一个幻想，一种心情或一次强烈的内心感受。"①这强调了抒情诗的情感性主题。梁启超在《中国韵文里头所表现的情感》中区分出三种抒情诗的表情方法，即"奔进的表情法""回荡的表情法"和"含蓄蕴藉的表情法"。"奔进的表情法"是说诗中的情感强烈奔放，如滔滔江水一泻千里，如陈子昂《登幽州台歌》、杜甫《闻官军收河南河北》等。"回荡的表情法"是说诗中的情感表现虽然比较直接，但不像"奔进的表情法"那样奔放，而是低回飘荡，一唱三叹，如李煜《虞美人》、李清照《声声慢》等。"含蓄蕴藉的表情法"是说诗中的情感表达比较委婉含蓄，如白居易《花非花》、李商隐《锦瑟》等。三种表情法只是具体不同的表情方法，它们都是为表现情感性主题服务的。

思理性主题主要是就思理型作品而言的。思理型作品以表现抽象的思想观念为特点，作品的主题往往是某种哲学、宗教观念或道德、政治思想。这种作品在各民族的文学传统中都大量存在，而且佳作迭出。中国古代的哲理诗，或是在自得至理的诗意中体现出人生智慧，或是通过人伦箴规进行深情的教诲，或是将无情的哲学化为玄微的诗魂。哲学诗、智慧诗和教诲诗都体现出一种思理性主题。法国乔治·桑的思想小说、挪威易卜生的社会问题剧、俄国陀思妥耶夫斯基的"复调"小说，其主题主要是思理性的。表现思理性主题时，要注意将抽象的观念与文学的形象有机结合。韦勒克指出，对这类作品，"只有当这些思想与文学作品的肌理真正交织在一起，成为其组织的'基本要素'，质言之，只有当这些思想不再是通常意义和概念上的思想而成为象征甚至神话时，才会出现文学作品中的思想问题"，②这是对思理性主题所提出的要求。

性格性主题主要是就叙事性作品而言的。如果说，人物的活动构成作品的情节和题材，那么深层的、作为艺术认识对象的"性格"则构成作品的主题。叙事性作品不是抒写瞬间的情感情绪，也不是说明抽象的思想观念，而是着力刻画某种具有高度典型性的性格，作品的主题就体现在作品主要人物的主导性格中。正如别林斯基所说："戏剧的兴趣

---

① [美]苏珊·朗格:《情感与形式》，北京:中国社会科学出版社，1986年，第300页。
② [美]韦勒克、沃伦:《文学理论》，北京:生活·读书·新知三联书店，1984年，第128页。

必须集中在主要人物的身上,而戏剧的基本思想就表现在这个人物的命运中。"①同样,《阿Q正传》的主题就是体现在阿Q身上作为其性格核心的精神胜利法上,鲁迅的意图也即要通过表现阿Q性格"写出一个现代的我们国人的灵魂",从而表现一种性格型主题。

文学主题这三种基本形态可以从文学的艺术本质上得到说明。文学是人学,文学是社会生活中人的心灵世界的反映,构成人的心灵世界的三个基本层面就是情感情绪、思想观念和社会性格。由于人生经验存在差异,不同的作家在不同的文体中侧重于表现人性心理的不同层面,这样就形成了三大主题类型的文学作品以及三种不同形态的文学主题。

【基本概念】

文学作品内容　　文学作品形式　　文学作品层次　　陌生化
文学典型　　文学意境　　文学象征　　文学意蕴　　文学主题

【思考题】

1. 中西文学作品层次论异同何在?
2. 文学语言区别于学术语言的审美特征何在?
3. 以小说或戏剧人物为例,谈谈典型人物的基本特征。
4. 以唐宋诗词为例,谈谈文学意境的基本特征。
5. 以中西经典作品为例,谈谈文学象征的基本特征。

阅读文献

1. [波兰]罗曼·英加登:《论文学作品》,河南大学出版社,2008年。
2. [美]韦勒克·沃伦:《文学理论》,生活·读书·新知三联书店,1984年。
3. 李泽厚:《美学旧作集》,天津社会科学出版社,2002年。
4. 宗白华:《美学散步》,上海人民出版社,1981年。
5. 梁宗岱:《梁宗岱批评文集》,珠海出版社,1998年。
6. 陈文忠:《论文学意义——"意义整体"的动态生成和历史累积》,载《安徽师范大学学报(人文社会科学版)》,2004年第4期。

---

① 《别林斯基选集》第3卷,上海:上海译文出版社,1980年,第70页。

第三章　文学作品类别

本章旨在揭示文学作品的外延,明确文学作品的类别,即文学体裁的分类问题,并探讨不同体裁的构成要素和审美特征。在漫长的文学发展过程中,文学作品逐渐形成了各种不同的样式或体裁,如神话、史诗、抒情诗、叙事诗、短篇小说、长篇小说、悲剧、喜剧、电影文学、电视文学及散文等。充分认识它们的特点,对于文学创作、文学欣赏、文学批评乃至文学教学,都极为重要。

第一节　文学体裁的划分和意义

一、文学体裁的划分

文学体裁(文体)指文学作品的具体样式,即作品于外在表现形态上呈现出来的特点。每一种文学体裁都有一套惯例性的规则,它是观察和表现人生特定方面所采用的方式。任何文学作品都从属于一定的文学体裁,只有借助于特定文体,文学作品才能定型化,才能呈现在人们面前。

文学体裁的分类,因标准不同而有各种划分方法。我国古代按作品语言是否讲究声韵,将其分为韵文和散文两大类(所谓"文笔之分"),这就是"二分法"。韵文如诗、赋、词、曲,散文如政论、游记等。西方从古希腊的亚里士多德到19世纪俄国的别林斯基,从作品艺术形象的构成方式和特点出发,将文学体裁分为三大类,即抒情类、叙事类和戏剧类。抒情类以直接抒发作者感情和情绪的方式塑造艺术形象,包括抒情诗、抒情散文等;叙事类以描写生活事件、刻画人物性格来塑造艺术形象,包括史诗、小说、报告文学等;戏剧类通过人物的语言和行动来塑造形象,包括话剧、歌剧等。"三分法"的分类标准较为统一,而且它从文学形象的塑造方式出发,把握了文学的形象性特点,较为科学。在"二分法"和"三分法"的基础上,出现了"四分法"和"五分法"。"四分法"将文学分为小说、诗歌、戏剧文学和散文,它兼顾文学作品在形象塑造、体制结构、语言运用和表现方法等方面的特点,定名具体,类属单一,符合我国的文学传统,故成为流行的体裁分类法。"五分法"则在"四分法"的基础上增加了影视文学。"四分法"和"五分法"力求分类更具体,然而由于它们的分类标准兼顾过多,所以难以真正廓清各种体裁的内涵,使得某些带有交叉性的作品难以被归类。如散文诗到底是散文还是诗歌,在"四分法"和"五分法"中就是一个难以解决的问题。

  形象性是文学区别于其他人文科学的根本所在,"三分法"从文学形象的构成方式和特点出发来对作品进行分类,为此,我们支持"三分法"。影视艺术以影视文学为基础。但传统的"三分法"不包括现代影视文学,考虑到影视艺术对当代生活的巨大影响,我们将影视文学单独作为一种体裁。在"三分法"盛行的时代,影视艺术在社会生活中还没有出现,而如今影视艺术已经蔚为大观,将影视文学单独列为一类,正体现出文学体裁的发展性特点。本书对体裁的划分,属于"四分法",只是这种"四分法"和以前流行的"四分法"有所不同,它将文学分为如下四大类:叙事文学、抒情文学、戏剧文学和影视文学。

二、文学体裁的意义

  体裁是作品的具体样式,体裁的划分使作品符合外在表现形态上的某种要求。也就是说,体裁对作品有制约作用。作者在创作时,或多或少要考虑到体裁的要求;面对不同的体裁,读者欣赏时也会采取不同的态度。这样,从创作、作品到欣赏,体裁都具有一定的意义。

  首先,体裁对作家创作有一定的规范作用。任何作品,都采用了众多体裁中的一种。作家在创作之前,一般先要进行体裁选择,对采取何种方式进行写作要做到心中有数。既然如此,作家就要"恰当"地选择体裁以表现自己的思想。这种"恰当"主要体现在两个方面。一方面,体裁的选择要符合写作对象的需要。同一写作对象通过不同的体裁来加以表现,表达效果会有差异。比如,用诗词的形式或用戏剧中人物的语言来表现一刹那间的感受,效果肯定大不一样。所以对于某一对象,作家应该竭力选择最能表现这一对象的体裁来进行创作。另一方面,体裁的选择要适应创作主体的个性。不同的主体有不同的个性、思维习惯和心理文化素质,这决定了不同主体所擅长使用的体裁必然有所不同。一个多愁善感的人可能适合于写诗歌,一个观察敏锐的人可能适合于写小说。作者在创作前应了解各种体裁的内在规定性,并根据自身的情况,选择最适合自己的体裁。如果选择不当,结果很可能会事倍功半,甚至根本不会成功。艾略特是个才华横溢的诗人,但当他离开了诗这种最适合他创作的体裁而采用剧本来创作时,他写下的东西便显得非常平庸。

其次,体裁对作品形式有一定的制约作用。作品总是通过一定的话语、借助一定的语言形式表现出来的,而各种体裁在话语方式和语言形式方面都有自己的特点。诗歌必须分行排列,形成相对整齐的语言形式,对炼字的要求较高,因此诗歌需要精雕细琢,讲究言简意丰。小说一般篇幅较长,而且小说的语言极为平易和生活化,与诗歌那种凝练含蓄的语言差别很大。就作品中的形象状态而言,不同体裁的形象差异比较大。诗歌侧重于描述抒发作者的主观情感,侧重于对景物的描绘,因此,诗歌在形象的塑造上强调情与景的有机交融,强调意境的创造。小说则通过描写众多的生活场景和复杂的情节,将生活中的人物刻画得活灵活现,其主要的任务就是塑造各色各样的人物形象。在作品的结构上,不同的体裁也显示出不同的特点。诗歌拥有跳跃性的结构特点。诗歌的语言比较凝练,不可能连续地写景状物、刻画人物,只能用简短的语言来涵盖较多的内容,这样跳跃就显得非常必要。较之诗歌的跳跃,小说的结构则连贯完整得多。正是由于不同的体裁在语言、形象、结构等方面存在差异,因而选择体裁在一定程度上意味着选择作品的语言、形象及结构。

最后,体裁对审美欣赏有一定的预示作用。不同体裁在语言、形象及结构等方面存在差异,作家创作时的侧重点也有差异,这对读者就不同体裁的欣赏产生影响。如果告诉读者,摆在他们面前的将是一首诗歌,读者即使还没有看到这首诗歌,但由于知道诗歌语言是凝练的,因此会自觉地提醒自己要注意这首诗歌的韵律、用词特点;由于知道诗歌主要是抒发情感的,因此也会提醒自己在阅读时要把握这首诗歌的情感表现。如果读者知道,他将要看到的是一篇小说,他会告诉自己,要耐心地看完这篇小说。在看的过程中,要注意小说讲的是什么故事,故事是如何形成、发展和结束的,故事中有哪些人物,人物形象是否鲜明,人物之间的关系怎样,人物和故事之间结合得好不好,这样的故事和人物反映了作者什么样的观点等。

正因为体裁对创作、作品、欣赏都具有一定的指导和规范意义,所以深入了解各种体裁的构成和具体特点就显得非常必要。

第二节　叙事文学

叙事文学是相对于抒情文学来说的,前者以叙述事情为主,后者以表现情感为主。需要指出的是,叙事中可以有抒情,抒情中也可以有叙事,我们区分叙事文学和抒情文学,主要是看作品是以叙事为主,还是以抒情为主。

一、叙事文学的界定和种类

(一)叙事文学的界定

所谓"叙事",就是指通过话语来讲故事。它包含两个层面,一个是故事层面,它主要讨论故事是怎样的,包括故事中的人物、情节及环境等问题;另一个是话语层面,它主要讨论故事是如何被叙述出来的。

叙事理论很早就有了。西方自柏拉图起,就对叙事进行了讨论。《理想国》中将诗歌分成单纯叙事诗歌和摹仿诗歌。单纯叙事是诗人"以自己的名义讲话,而不试图要我们相信是另一个人在讲话",摹仿是诗人摹仿别人的口吻来说话。柏拉图区分二者,本义是谴责诗人进行摹仿,认为诗人摹仿将削弱城邦的意志,因而主张将诗人赶出他的"理想国"。亚里士多德在《诗学》中认为,一切诗歌(包括史诗、悲剧、喜剧、酒神颂等)都是摹仿,摹仿既可以叫"人物出场",也可以"用自己的口吻来叙述",将叙事理论归之于"摹仿"。我国古代,叙事首先主要指史传叙事,《左传》《史记》《汉书》等都可以被视为叙事的范本,文学叙事受史传叙事的影响较大。刘知几《史通》说:"夫国史之美者,以叙事为工,而叙事之工者,以简要为主。"[①]但由于诗歌在中国古代文学中占统治地位,因而对叙事理论的探讨直到明清之际的金圣叹才开始。

叙事学作为一门学问,是近50年来的事情。1966年,法国巴黎《交际》杂志出版了叙

---

① 刘知几:《史通》卷六,上海:上海古籍出版社,2015年,第156页。

事学专号,结构主义叙事学由此诞生。后来叙事学的发展,逐渐溢出结构主义范围,打破结构的牢笼,形成一门独立的叙事学学科。顾名思义,叙事学以叙事文学为主要研究对象。

叙事文学是文学的一种,其特色在于用文学话语叙述虚构的社会生活事件的过程。不过,同样是对叙事文学的研究,现代叙事学与传统小说学有所不同。传统小说学关注的是故事情节和人物性格,关注的是所叙之"事",着重分析具体作品中的人物、情节、环境和主题等内容要素。英国小说家福斯特的《小说面面观》是传统小说学的经典论著,小说中的故事、情节、人物、主题等是其讨论的主要内容,扁平人物与圆形人物的区分,则是其一大创见。叙事学虽然不绝对排斥内容要素,但它主要关注话语层面的内容,关注的是故事的"叙述",关注故事的叙述视角、叙述方式、叙述时空等形式层面的问题。从这些形式层面的问题出发,叙事学研究不再局限于某个具体的作品,而主要关注不同作品所共有的某些形式特征,比如全知视角和客观视角、讲述和展示、倒述和预述等许多作品共有的形式问题。

文学叙事的基本特征可包括两个方面。一是叙述的事件。叙事展现出来的是某一生活事件的过程,通过这一过程,可以看出人的活动及结果。叙事作品就是通过对某个事件的形成、发展过程和人物之间相互关系的把握,来反映人的某种思想观念。既然有关形成发展过程,既然有关相互关系,那么,叙事的重心就不在于静止的人或物,而在于动态的事件及人物性格的发展。通过动态的事件和人物性格的展现,反映出一定的社会观念和社会意义。

二是事件的叙述。事件是通过话语的虚构来加以表现的,叙事研究的重心就在话语的虚构上。文学叙事是一种特殊的话语系统,同一般的话语有一个重要区别,即所指对象不同。一般话语的所指对象处于话语之外的现实世界,如我们平常说到"大海",脑海中就会浮现出现实中大海的海浪汹涌澎湃的画面。文学话语则具有独立自足性,话语所指的对象只存在于话语之中,只要文本中的话语合乎逻辑就行了。至于话语所指的对象是真是假则不重要,因为虚构本来就是文学的一个重要特征。但到底如何虚构,如何运用话语,又是另一个重要的问题。同样一个故事,用不同的话语来表现,效果往往不一样。比如彭伯城的《京娘怨》、罗贯中的《龙虎风云会》和冯梦龙的《赵太祖千里送京娘》,叙述的故事大致相同,但表现出来的效果却有很大差别。

(二)叙事文学的种类

叙事文学的种类包括史诗类、小说类、报告文学类、传记文学类和叙事散文类。西方文学史上最古老的叙事体裁是史诗,其基本特点是用分行的形式对历史或传说的故事进行宏大叙事。《伊利亚特》《奥德赛》,千古流传,成为叙事文学的典范。小说可以说是叙事文学的重心(下文的分析将以小说为主),其历史悠久,但成熟较晚,其基本特点是"用一定篇幅的散文写的一种虚构作品",①其着眼于"虚构",如《战争与和平》《红楼梦》等。报告文学是运用文学的手法及时地报道社会生活中具有典型意义的人物和事件,如《哥德巴赫猜想》《西行漫记》等。传记文学是以文学的笔法写人物传记。与一般的人物传记相比,它不再只是忠实的记录,而具有相当的文学色彩和文学价值;与历史小说相比,它又有严格的历史真实性要求。传记文学既可以为他人立传,也可以为自己立传,如《史记》《忏悔录》等。叙事散文则较为自由灵活,用散文的形式来叙事,如鲁迅《朝花夕拾》中的散文。

叙事文学的研究主要包括三个方面。第一个方面是叙事主体,即故事的叙述者是谁,叙述者的态度如何;叙述者背后作者又是如何操纵故事的叙述,如何表现自己的观点等。第二个方面是叙述内容,即被讲述的故事,包括事件、人物和场景等,这是传统叙事最关心的问题。第三个方面是叙事话语,即叙事作品中使故事得以呈现的陈述语句本身。叙事话语着眼于故事的"叙述",其不仅向读者告知一些生活事件,而且向读者表明如何告知这些生活事件。下面依照现代叙事学从这三个方面来展开论述。

二、叙事主体

(一)叙事主体的复杂性

叙事主体不等于作者,而是指作品的叙述者和作品中的隐含作者。一般说来,作品是作者写作的产物,但在叙事学研究中,"作者"指实际生活中写作品的那个真人,他与作品并没有必然的关系。与作品联系密切的是"隐含作者",即隐含在作品中的作者形象。同时,叙事学注重事件的叙述方法,事件的叙述离不开叙述者,叙述者与隐含作者不一样。布斯指出:"'叙述者'通常指一部作品中的'我',但这种'我'即使有(,但)也很少等同于艺术家的隐含形象。"②他的意思是:小说是叙述出来的,既然是叙述,就得有"叙述者";在叙述者之外,还有一个"隐含作者",它们有时等同,但更多的是不一致。

---

① [英]卢伯克等:《小说美学经典三种》,上海:上海文艺出版社,1990年,第203页。
② [美]布斯:《小说修辞学》,北京:北京大学出版社,1987年,第82页。

布斯将叙事主体区分为"隐含作者"和"叙述者",揭示了叙事主体的复杂性。这种复杂性是现代小说的特点。在传统小说中,情况没这么复杂。传统小说信奉的一个原则是作者权威(其实是叙述者权威,但由于叙事主体没有分化,便没有区分作者和叙述者的必要)。在传统小说向现代小说的转变中,叙事主体产生了变化,这种变化使小说呈现出不同的面貌。在传统小说中,人物的声音从属于叙述者和隐含作者的声音,叙述者权威决定了叙述者与隐含作者基本倾向一致。这样,小说中只有一个声音,小说是一种"独白"式叙述。在现代小说中,叙事主体分化,人物的声音与叙述者、隐含作者的声音可能不一致,小说由此出现"复调"或"众声喧哗"的现象,成为"复调"式叙述。

(二)叙事介入

所谓"叙事介入",就是指叙述者以直接或间接的方式,在叙述中发出自己的声音,表达自己的情感态度和理性思考。叙事学注重叙述话语,叙述话语离不开叙述者,叙述者由此显得异常重要。无论叙述者用什么口气和态度来进行叙述,他或多或少地都要介入叙事,使叙事呈现出叙述者的声音。以叙述者声音的显隐为尺度,叙事介入可分为公开介入和隐性介入。公开介入指叙述者对故事、人物或叙述直接发表评论,篇幅一般比较长。它既可以是小说中楔子的说明,也可以是小说结尾的"卒章显志",还可以是小说中叙述者的感想。隐性介入更为常见,也更为重要。隐性介入的叙述者不直接出面,其声音隐含在叙事中。小说中可以没有公开介入,却不能没有隐性介入。隐性介入可通过多种方式来实现。如半隐半显式介入、通过人物来介入、通过象征来介入、通过特定的语调来介入、通过场面的描绘来介入等。

(三)叙述可靠性

叙述主体分化后,隐含作者和叙述者便可以有各自的声音。对于读者而言,这就出现了一个问题,即叙述可靠性。叙述可靠性主要指叙述者的可靠性。当叙述者与隐含作者一致时,叙述者是可靠的,反之则是不可靠的。换言之,所谓"叙述可靠性",是指叙述者叙事介入所体现的精神价值与隐含作者的精神价值一致性问题。如果两者相一致,便是可靠叙述,如果不一致,便是不可靠叙述。

可靠叙述,指叙述者的声音与隐含作者的声音一致。叙述者要想自己的叙述是可靠的,可以用道德判断控制全部叙述来加以实现。叙述由道德判断加以控制,容易使人物带上较多的道德色彩,成为时代精神的传声筒,从而使人物脸谱化。人物脸谱化,叙述者对人物的理解与隐含作者的理解相符,叙述因而可靠。人物脸谱化的方法之一是让人物的名字带有叙述者的评论。《水浒传》中人物的绰号有时便带有了叙述者的评论,如"及时雨宋江"等。晚清小说则出现了以叙述者评论的谐音给人物取名的情况,如《官场现形记》中的陶子尧,在小说中不负责任地逃之夭夭;刁迈朋,在文中果然出卖朋友。人物的名字与其行为一致,使叙述显得可靠。①

可靠叙述的情况比较简单,不可靠叙述则复杂得多,它可以通过多种方法来实现。

其一,使叙述者成为人物。人物一方面由于他在事件中的位置而使自己的视野受到限制,从而导致自己的叙述不可靠。另一方面,更为重要的是,人物在感情的支配下,以"有色眼光"来叙事,叙事带上浓重的感情色彩,难以公正。韩南在《鲁迅小说的技巧》中指出:"在《伤逝》中,那个叙述者尽管满心悔恨,却并没有在道德上和感情上公平对待被他抛弃的子君",他"并没有特别说谎,但却都没有充分地反映事实,也没有真正凭良心说话"。② 他的叙述并不可靠。

其二,叙述者的"价值体系有问题"。这主要是指叙述者的价值体系与隐含作者的价值体系有差异。"叙述者的道德价值观如果和作品的隐含作者的道德价值观不吻合,就可以被认为是值得怀疑的。"③可以说,道德差异是造成不可靠叙述产生的主要原因之一,因为小说评价绕不开道德评价。如果叙述者在道德上与社会认可的一般标准(这代表着隐含作者的道德观)相差太远,叙述便属不可靠的。余华《现实一种》的叙述者以欣赏的态度写血淋淋的死亡场面和解剖场面,与一般的道德要求相去太远,这种叙述便属不可靠叙述。

其三,叙述不可靠也可直接从叙述者的声音中判断出来,而不需要与隐含作者进行比较,这就是反讽。在反讽时,叙述者非常清楚自己在说反话,按照布鲁克斯的说法来讲,即"所言非所指"。④《红楼梦》第二十九回,叙述者对贾宝玉的某些评价便可视为反讽。反讽叙述的不可靠虽然不需要与隐含作者进行比较就可得知,但究其根底,其仍由叙述者与隐含作者之间的差异导致的。反讽叙述者的真实意图与隐含作者的价值取向基本一致,反讽的表面叙述与叙述者的真实意图相反,其实就是与隐含作者的价值取向相反,从而导致不可靠叙述产生。

叙述不可靠,归结到底,就是叙述者与隐含作者之间存在差距。这种差距,在作品中

---

① 赵毅衡:《苦恼的叙述者》,北京:北京十月文艺出版社,1994年,第74页。
② 韩南:《韩南中国小说论集》,北京:北京大学出版社,2008年,第374页。
③ [以色列]里蒙·凯南:《叙事虚构作品》,北京:生活·读书·新知三联书店,1989年,第182页。
④ 赵毅衡:《比较叙述学导论》,北京:中国人民大学出版社,1998年,第46页。

可由各种因素来表明,里蒙·凯南总结了这些因素:"当事实和叙述者的观点相矛盾时,叙述者的观点就被判定是不可靠的;当行动的结果证明叙述者错了的时候,叙述者对以前的事件的报道的可靠性就会重新遭到怀疑;当其他人物的观点和叙述者的观点总是冲突时,读者头脑中就会产生怀疑;当叙述者使用的语言含有内在的矛盾、模棱两可的形象和类似现象时,这种现象就会产生一种反作用,破坏这种语言的使用者的可靠性。"①

三、叙述内容

叙事就是讲故事,叙述的内容也就是故事。故事的两个重要因素是人物和情节,人物和情节也是传统小说理论重点关注的问题。不过在叙事学研究中,对人物和情节的研究与传统小说理论对人物和情节的研究有所不同。

(一)人物

传统小说理论的人物观是一种"心理性"人物观,叙事学的人物观是一种"功能性"人物观。前者认为作品中的人物是具有心理可信性的"人",强调人物的性格特征;后者认为人物是从属于情节的"行动者",强调人物在情节中的功能。

"心理性"人物观以福斯特为代表。在他看来,"一部小说是一件艺术品,有它自身的规律……小说中的一个人物按照那样的规律生活时便是真实的"。② 这句话有两层含义。其一,人物符合规律才是真实的,才是值得信任的,显然,其以人物的可信性作为衡量人物塑造是否成功的标准。其二,这个规律是艺术品自身的规律。就人物而言,人物可分为扁形人物和浑圆人物。"扁形人物是围绕着单一的观念或素质塑造的",③用一句话就可以将他们形容出来。浑圆人物是"不能用一句话(对其)加以概括"的,他们"宛如真人那般复杂多面"。④ 叙述者在塑造扁形人物时,强调他们静止的性格特征,在塑造浑圆人物时,更关注人物性格形成的过程。此外,扁形人物可能给人以概念化的感觉,浑圆人物则给人以充满生气的印象。"扁形"的二度平面无论如何不及"浑圆"的三维立体给人留下深刻的印象。福斯特虽通达地指出"一部小说……往往既需要浑圆人物,又需要扁形

---

① [以色列]里蒙·凯南:《叙事虚构作品》,北京:生活·读书·新知三联书店,1989年,第182~183页。
② [英]卢伯克等:《小说美学经典三种》,上海:上海文艺出版社,1990年,第251~252页。
③ [英]卢伯克等:《小说美学经典三种》,上海:上海文艺出版社,1990年,第255页。
④ 马振方:《小说艺术论》,北京:北京大学出版社,1999年,第27页。

人物",①但他显然对二者有所褒贬。

在叙事学看来,人物的性格、心理特征不再重要,重要的是人物在事件中的角色功能和行动元作用。

人物的角色,始于人物的功能。"功能"一词是由普罗普在《故事形态学》中提出的。该书指出,分析民间故事,关键在于把握它的叙事功能。"功能指的是从其对于行动过程意义角度定义的角色行为。"②从这一定义看,人物的功能取决于他在故事中的地位。人物功能的着眼点不在人物孤立的行动和行动方式上,而是在人物的某一行动与整个故事的关系上,在人物行动对故事产生的意义和作用上。以此为基点,普罗普将俄罗斯民间故事中的功能归纳为三十一种,将人物概括入七种"行动范围":①对头;②施与者(捐献者);③助手;④被寻找者和她父亲;⑤送信者;⑥主人公;⑦假主人公。在故事中,具体的人物是谁并不重要,重要的是这些人物可归入这七种"行动范围"中的哪一种。这样,人物完全从属于"行动",讨论人物便变成讨论人物在事件中所起的作用。这种注重人物在故事结构中的功能作用,实际上已经将人物当作角色了。正是在此基础上,格雷马斯区分出叙事作品的六种角色:主体、客体、授者、受者、助手、敌手。

和人物的角色功能联系紧密的是人物的"行动元"作用。所谓"行动元",是现代叙事学对人物角色性质的一种认识,即把人物角色视为推动或阻碍故事情节发展的一个行动单位或行动元素。在众多的叙事作品中,尽管人物的姓名、身份、性格存在很大差别,但只要他们在故事发展中的作用类似,他们就是同一类行动元。在格雷马斯看来,普罗普概括的人物的七种"行动范围"可以进一步简化,形成三对行动元,即主体/客体,授者/受者,助手/敌手。三对"行动元"的提出,使人物的角色功能更明朗化。显然,格雷马斯的兴趣不在表层的人物行为功能,而在于深层人物之间的逻辑关系。

角色和行动元虽然联系紧密,但二者之间的界限也是存在的。首先,它们是属于不同层面的概念,"行动元属于叙述语法,而角色只有在各个具体话语里表达出来时才能辨认"。③ 就是说,行动元不能单独存在,必须放在整个故事中加以考察才有意义。因为叙述语法的各个成分都只能是整体的一部分,失去了整体,也就谈不上各个成分。角色虽然也注意到人物在故事中的地位,但对人物在"具体话语"中的表现比较重视,对人物自身的一些性格特征还是比较关注的。其次,二者之间存在一种"双重关系":一方面,"一

---

① [英]卢伯克等:《小说美学经典三种》,上海:上海文艺出版社,1990年,第258页。
② [俄]普罗普:《故事形态学》,北京:中华书局,2006年,第18页。
③ 张寅德编选:《叙述学研究》,北京:中国社会科学出版社,1989年,第119页。

个行动元在话语中能由几个角色表现出来";另一方面,"一个角色可以是几个行动元的结合"。① 如《西游记》中的许多妖魔,在具体话语中,是不同的角色,但在整个《西游记》故事的"叙述语法"中,它们又属于同一个行动元,即唐僧师徒取经路上的"敌手";猪八戒在《西游记》中只是一个角色,但他一开始是取经路上的"敌手",后来又成为"助手",是两个行动元的结合。

(二)情节

情节是指按照因果逻辑组织起来的一系列事件。与传统的情节观相比,叙事学的情节观表现出鲜明的特点。其一,传统情节观关注分析某一个作品中情节的起因、发展、高潮和结局,将重点放在情节的故事性上,放在情节的发展过程上。叙事学对情节的研究,不局限于某一具体的叙事作品,而是寻找某一类作品共有的情节模式,甚至力图寻找所有叙事作品所共有的情节模式。在托多罗夫看来,理想的情节应该包括"静止—不平衡—重新平衡"这样一个过程,这个过程是所有的情节都应该具备的。其二,传统情节观关注情节的具体内容,注重某一情节到底说的是什么,力图通过情节的分析来说明某个道理或解决某个问题。叙事学则不太关注作品的具体内容,而是关注情节各个要素之间的逻辑关系。由于以寻找要素之间的关系为目的,叙事学的情节分析着力于情节发展过程中的逻辑关联功能。布雷蒙认为,一个情节的基本逻辑形式是一个三段论式序列:(1)可能性的出现,合乎逻辑的故事应该在具备了可能性之后才发生;(2)实现可能性的过程,即故事开始发生以及如何发生,这一阶段也可以以否定的形式出现:由于某种原因,故事没能发生;(3)由此产生的结果,故事发展到最后,既可以达到目的,也可以没有达到目的,不论怎样,故事都到此结束。② 也许由于布雷蒙的方法过于概括,所以显得实际意义不大,但至少鲜明地显示了叙事学在情节分析上高度重视故事的逻辑结构。其三,传统情节观考虑情节类型与读者反应之间的联系,作品写什么样的情节,应该多少要考虑到它的接受效果。叙事学在分析情节时,几乎从不考虑情节与读者反应之间的联系,无论是托多罗夫的句法分析,还是布雷蒙的逻辑分析,都只关注叙事作品本身,没有涉及作品的效果。

---

① 张寅德编选:《叙述学研究》,北京:中国社会科学出版社,1989年,第119~120页。
② 张寅德编选:《叙述学研究》,北京:中国社会科学出版社,1989年,第154页。

四、叙事话语

任何叙述内容都是通过一定的叙事话语表现出来的,叙事主体的各种面貌也必须依赖叙事话语来加以体现。所谓"叙事话语",就是由叙事聚焦、叙事语态和叙事时间诸要素构成的表现特定叙事内容的叙事方式。叙事话语研究的范围比较广,我们主要讨论几个基本问题:叙事聚焦、叙事方式和叙事时间。

(一)叙事聚焦

叙事聚焦也称"叙事视角",它是一个故事特定的观察角度,也是作家观察和评价所叙述事件的思想和情感的基点。现代叙事学在很大程度上就是从视角或聚焦的讨论开始的。聚焦与声音既有区别又有联系。区别主要在于聚焦表明谁在"看",属于感知范围;声音表明谁在"说",属于语汇范围。联系表现在,一方面,聚焦必须通过声音才能得到体现;另一方面,声音又依赖于聚焦,聚焦者提供什么,叙述者才能叙述什么。

聚焦大致可分为三种:第一种是零聚焦叙事;第二种是内聚焦叙事,可分为固定式、不定式、多重式三种;第三种为外聚焦叙事。应该指出的是,各种聚焦之间不分优劣。

对于零聚焦而言,叙述者就是聚焦者,即叙述者等同于聚焦者,他高高在上,全知全能。他知道事件的来龙去脉,也知道人物内心的想法。他可以直接对事件和人物的行为发表议论,也可以潜入人物的内心,解剖灵魂。传统小说大多属于此类。

内聚焦的情形比较复杂。固定式内聚焦的叙述者通过某一特定的人物眼光来叙事,这一特定的人物可以是叙述者自己,也可以是故事中的一个人物。前者往往是叙述者对往事的追忆,后者则是常见人物的有限聚焦。叙述者对往事的追忆,形成一种特有的双重聚焦:一重是故事中的"我"对当时情形的聚焦,即经验自我聚焦;另一重是故事外的"我"对过去情形的聚焦,即叙述自我聚焦。第一人称回顾性叙述的声音不仅把人物自我当时所看到的情形讲出来,而且是带着当时的理解和眼光来讲述故事。如《茶花女》中的阿尔芒在玛格丽特死后,才痛定思痛,理解了玛格丽特对自己的一片痴情。他带着悔恨和痛惜的心情,叙述自己的恋爱故事,不时地对当时的行为进行反省。固定式内聚焦的还有一种类型,即人物有限聚焦,叙述者通过人物的眼光来进行叙述,此时人物处于事件之中,视野受到限制,他对事件的评价必然是片面的;同时,人物自身的利益与聚焦对象密切相关,他对聚焦对象的看法难免会有偏见。

不定式内聚焦和固定式内聚焦并无本质的不同,它是指叙述者利用不同的人物聚焦来展开叙述。这种聚焦极为常见。固定式内聚焦的叙述者等同于一个人物,不定式内聚焦的叙述者等同于多个人物。当叙述者等同于多个人物时,他实际上比每个单个的人物所知道的都要多。多重式内聚焦是不定式内聚焦的特殊形式。当不同人物对同一聚焦对象进行聚焦时,便形成多重式内聚焦。典型的例子如福克纳《喧哗与骚动》,通过白痴班吉、精神崩溃的昆丁、偏执狂的杰生等人对同样的事件进行多次聚焦,叙述者叙述了一个康普生家族没落的故事。

外聚焦是聚焦者处于故事外,他只看着故事发生发展,对故事发生的原因、人物的举止都不加解释,对人物的内心活动也不作披露,他似乎只是在观看一幅图画,却又不置可否。因此,外聚焦又被称为"戏剧式聚焦"。海明威的《杀人者》是典型的外聚焦,小说几乎由对话构成,读起来像剧本,至于杀人者的动机和被杀对象的内心想法,聚焦者都不知道。

(二)叙事方式

所谓"叙事方式",是指叙述者调节故事与读者之间距离的方式。叙事方式主要有两种,即讲述和展示。按普林斯的《叙事学辞典》,讲述和展示是两种基本的调节叙述距离的方式,讲述是"以较少的形势和事件的细节呈现以及较多的叙述调节为特征:叙述话语构成典型的讲述";[①]展示则是"以对形势和事件的细节描绘、场景呈现和最小程度的叙述调节为特征:对话构成典型的展示"。[②]

讲述时,叙述者往往直接现身,将头绪纷杂的事件或场面串联成一个井然有序的整体,层次分明地将它传达出来,因此,有时候还要对事件或场面进行必要的说明。更为重要的是,讲述更便于叙述者对事件和人物发表直接或间接的议论。

叙述者对人物或事件的直接或间接议论,是讲述的当然要求。既然是讲述,就有一个"如何讲"的问题,就有一个对人物和事件基本看法的问题,否则讲述者没有自己的立场,便无法将事件讲述出来。讲述的事件,总是叙述者眼中的事件,而不是原始的故事。就人物而言,讲述者也有自己的立场。"心理性"人物是否具有心理可信性,叙述者在对此进行讲述时,需表明自己的态度,否则可能会导致一方面人物的性格不够鲜明,另一方面叙述者的倾向也不够明朗。"功能性"人物在事件中起何种作用,叙述者在讲述时,也要议论一番,否则可能会导致叙述者一味关注人物在事件中的功能而又不加以说明,极

---

① Gerald Prince:*A Dictionary of Narratology*,Lincon & London,University of Nebraska Press,1987:p. 96.
② Gerald Prince:*A Dictionary of Narratology*,Lincon & London,University of Nebraska Press,1987:p. 87.

易使讲述变成展示。

与讲述时的叙述者直接现身发表议论不同,展示时叙述者隐藏在展示的场面背后。展示一般要求对事件和人物进行详尽的描写,这可以增强文本的逼真性。这种逼真性可通过场面"自然化"和人物"戏剧化"展现出来。

所谓场面"自然化",就是说叙述者消除人为叙述的痕迹,使场面像本来面貌那样自然而然地呈现出来。"自然化"有时候用视点移动的方法,由远到近或由近到远地将某一场面展现出来,有时候又将焦点集中在某一处进行精雕细刻的描绘,使某一事物或细节得以充分展现。后者其实已不是严格意义上的"自然化",而是"自然化"在局部上的放大,可以说是一种"图画化"。

所谓人物"戏剧化",就是叙述者不用讲述的方式来介绍人物,而用展示的方式对人物的行动、语言进行惟妙惟肖的刻画和摹仿。对人物行动的刻画往往融于场面的"自然化"中,因为人物的行动可以构成一个场面。"戏剧化"对语言的摹仿,就是指人物的对话。对话可以给人一种亲眼目睹、亲耳所听的感觉,它虽然不是在展示画面,但其形象性、逼真性较之画面有过之而无不及。

(三)叙事时间

文学叙事是一组有两个时间的序列,即被讲述的事件的时间和作品中叙事的时间。叙事时间研究被讲述的事件的时间和作品中叙事的时间之间的关系。叙事时间是叙事学讨论得比较充分的问题。我们只讨论其中的"时序"和"时长"两个基本问题。

所谓"时序",指叙事时间的顺序。叙事时间是相对于故事时间而言的,托多罗夫指出:"叙事的时间是一种线性时间,而故事发生的时间则是立体的。"[①]用线性的叙事时间表现立体的故事时间,叙事文本往往会出现时序变形的现象。基本的时序变形只有两种:倒述和预述。倒述指在事件发生之后讲述所发生的事件,预述指提前叙述以后将要发生的事件。

对事件采用倒述往往是因为两个或多个事件交织在一起,无法同时叙述,不得不说完一个事件后再说另一个事件。中文小说中常见的"花开两朵,各表一枝"句,便是倒述的明显标记。倒述也可以指对人物的倒述。在人物出场后,对人物的身份来历或此前的重大活动进行扼要的介绍。倒述还可以是叙述者的自我回忆,即自我倒述。鲁迅《伤逝》的主体便是叙述者涓生的倒述,开篇一句"如果我能够,我要写下我的悔恨和悲哀,为子

[①] 张寅德编选:《叙述学研究》,北京:中国社会科学出版社,1989年,第294页。

君,为自己"可视为倒述的标记。

预述也离不开叙述者的指点。这种指点既可以是局部指点,也可以是关于整个叙事的指点。局部指点,如话本小说《闹樊楼多情周胜仙》中当范二郎跟踪周胜仙回家时,叙述者指出:"因这一去,引起了一场没头没脑的官司。"明确预示了跟踪将引发的后果。整体指点,如《水浒传》一开头就指出:"三十六员天罡下临凡界,七十二座地煞降在人间","直使宛子城中藏猛虎,蓼儿洼内聚飞龙"既说出了梁山108将之数,又点明梁山好汉是"猛虎""飞龙",并用"宛子城""蓼儿洼"预示了事件发生的地点。

如果说"时序"指时间的向度(顺序),"时长"则是指时间的跨度。"故事中的时间跨度是指单位时间内的历史容量"。① 说到单位时间,又离不开故事时间和文本时间。故事时间比较好理解,文本并不具有时间向度,只能"用空间关系(页序)表征时间次序"。② 单位时间就是故事时间在文本中的投影,即故事的时间跨度与文本的空间长度之比,一个跨度为三年的故事用三页的篇幅来叙述,单位时间便是一页讲述一年的故事。严格按单位时间来叙事几乎不可能,因此叙事中普遍存在着"时长变形"的情况。

对于时长变形,查特曼用图表作了直观的表示:

省略　　述本时间=0,当然也<底本时间

缩写　　述本时间<底本时间

场景　　述本时间=底本时间

延长　　述本时间>底本时间

停顿　　述本时间>底本时间,因为后者=0

从这张表看,以场景(标准时长)为中轴,省略与停顿,缩写与延长两相对应。从省略到停顿,文本时间渐渐变长。省略的内容在文本中没有出现。缩写一般以讲述为主,如《聊斋志异》中"罗刹海市"的开头:"马骥,字龙媒,贾人子,美丰姿,少倜傥,喜歌舞。辄从梨园子弟以锦帕裹头,美如好女,因复有'俊人'之号。"作为标准时长的场景,其典型的表现是作品中的对话。延长是在场景基础上加强描写或评论力度,如《白鲸》第一百三十四章在开头的对话场景后,叙述者发表了感想:"这里必须说明一下,像这样日以继夜,夜以继日,不住地追击一条大鲸,在南海的捕渔业中,绝不是件空前的事儿。因为这正是南塔开特船长中那些天生的天才家,必须具有的绝技、先见之明和坚定的信心。"停顿往往是

---

① 徐岱:《小说叙事学》,北京:中国社会科学出版社,1992年,第255页。
② 赵毅衡:《苦恼的叙述者》,北京:北京十月文艺出版社,1994年,第137页。

静止的描写或议论,它与延长的区别在于:延长在描写或议论时多少还伴随有事件的进展,而停顿是在事件停止进展时叙述者展开描写或发表评论,如《金瓶梅》词话本第二十二章,西门庆与仆妇宋惠莲有私,叙述者按下事件不说,出面发表评论:"看官听说,凡家主切不可与奴仆,并家人之妇,苟且私狎,久后必紊乱上下,窃弄奸欺,败坏风俗,殆不可制,有诗为证……"省略、缩写、场景、延长和停顿的交互运用,导致叙事内容或详或略,使叙事形成一定的节奏。

第三节 抒情文学

一、抒情文学的界定和种类

(一)抒情文学界定

抒情文学是和叙事文学相对而言的。抒情也就是抒发情感,将积压在心中的情感释放出来。抒情文学是指作者以抒情主体的口吻抒发个体情感为主,偏重于审美情感价值的文学。如果说,叙事文学是通过话语来讲故事,抒情文学则是通过话语来表现作家内心的主观情感;如果说,叙事文学讲究故事通过何种话语来加以表现,抒情文学则更重视话语的表现形式。因为抒情文学所抒发的情感是作家内心中的东西,同一种情感在不同作家的笔下会有不同的表现,这种不同就反映在话语的不同形式上。

抒情文学固然主要是抒发情感,但这种情感应该是一种艺术情感,它与日常情感有着本质的差异。文学情感不同于日常情感主要体现在以下两个方面。

第一,文学抒情"起源于在平静中回忆起来的情感"。抒情文学虽然强调抒情,但这种抒情不能在感情达到极点时进行,而应该在感情稍为平复后再开始。正是基于这样的考虑,华兹华斯一方面认为"诗是强烈情感的自然流露",另一方面又强调"它起源于在平静中回忆起来的情感",[①]"凡有价值的诗,不论题材如何不同,都是由于作者具有非常的

[①] 《西方文艺理论名著选编》中卷,北京:北京大学出版社,1986年,第54页。

感受性,而且又深思了很久"。① 这说明,文学抒情的主体虽然在情感的触动下而抒情,但并没有完全被强烈的情感所左右,而是自由地对情感进行回忆和沉思,体现出一定程度的创造性和选择性。钱锺书也表示过同样的意思:"陆龟蒙《自遣诗三十首·序》云:'诗者,持也,持其情性,使不暴去';'暴去'者,'淫''伤''乱''恣'之谓,过度不中节也。夫'长歌当哭',而歌非哭也,哭者情感之天然发泄,而歌者情感之艺术表现也"②,突出地显示了文学抒情所具有的节制性和艺术性等特点。

第二,文学抒情要求创造一种"情感的形式"。文学抒情是一种具有审美价值的抒情,它必须借助一定的审美形式来加以表现。真正的文学抒情不仅要求所抒发的情感是真实的,而且要求文学的感性形式适合于所抒发的情感。一定的情感加上恰当的形式,才能构成优美的文学抒情。苏珊·朗格认为:艺术是"一种表达意味的符号,运用全球通用的形式,表现着情感经验"。③ 将艺术当作人类情感的符号,文学作为艺术的一种,当然也是一种情感符号。既然文学是一种表达情感的符号,那么,对于某种情感用什么样的符号来表现便显得极为重要。

(二)抒情文学种类

抒情文学的种类很多,其中最典型的形态当推抒情诗。抒情诗的特征是人们认识抒情文学特点的主要依据。抒情诗可分为颂诗、情诗、哀诗、田园诗、山水诗、讽刺诗等。在中国,抒情文体主要有诗、词、曲、赋等。每一种抒情文体都可以说是一种特定的"情感的形式"。

抒情散文也是抒情文学的一个重要门类。"散文"是个比较广泛的概念,明代的小品文、西方的随笔,都可视为散文。散文中,抒情作品较多,如朱自清的《春》等。介于散文和诗之间的散文诗,更是以抒情见长,如鲁迅的《野草》等。

此外,西方诗剧中的抒情成分也比较丰富;中国古典戏曲也多以抒情写意为主要特征,戏曲中穿插的大量抒情性的诗词,单独地看,便是优美动人的抒情诗。

二、抒情文学的特征

任何一部文学作品都包含言、象、意三个层次,抒情文学的特点相应地表现在作品情

---

① 《西方文艺理论名著选编》中卷,北京:北京大学出版社,1986年,第43页。
② 钱锺书:《管锥编》第1册,北京:中华书局,1979年,第57~58页。
③ [美]苏珊·朗格:《情感与形式》,北京:中国社会科学出版社,1986年,第11页。

感、作品意象和作品语言三个方面。

(一) 抒情作品的情感

情感的表现是抒情文学的首要特征。这一特征可划分为两个层次,一是情感,二是情感的表现。就情感看,情感是抒情的基础,离开了情感,抒情也就成了空话。所谓的"抒情",其实就是作家抒发出蕴涵在心中的情感。当然,仅有强烈的情感,还不足以形成抒情文学,抒情文学还必须将这种情感表现出来。情感的表现直接导致了抒情文学的产生。情感在表现之前,并没有确定的内容,还只是一种朦胧模糊的情感。只有通过表现,情感才能明确和固定下来,显得清晰,才能成为艺术的情感。布洛克指出:"艺术表现本身,乃是使某种尚不确定的情感明晰起来,而不是把内心原来的情感原封不动地呈示出来。"① 就情感和表现的关系看,二者一方面呈现出一种对立关系,另一方面又呈现出一种互动关系。情感和表现的对立关系,是说情感和情感得以表现后形成的艺术作品,从本质上讲是两回事。正如布洛克所言:"情感是一个人内心心理过程,艺术作品则是一种物理事物;情感是内在的和个人独有的,艺术品则是外在的和公共的。"② 二者基本上可以说是对立的。尽管如此,情感和表现仍是紧密联系的。就情感看,情感只有通过表现才能得以定型化。只有通过表现,作家才能将自己心中的情感表现出来,作家也才能真正明白自己究竟要表现什么样的情感。就表现看,表现又必须依赖于情感,表现毕竟是情感的表现,如果没有情感,也就无所谓表现。同时,情感的性质和类型的不同,决定了表现的方式、途径和策略的不同;情感的个别性和特殊性,决定了表现的独特性。这样看来,情感和表现相互依存,相互激荡,处于一种互动的关系之中。正是这种互动性,使情感和表现有机结合,使一首诗、一阕词的抒情作品最终得以形成。

(二) 抒情作品的意象

抒情文学通过一定的文学意象才能将某种情感和情感所蕴涵的意义表现出来。这是抒情文学的第二个特征。抒情作品的意象种类很多,主要有心理画面、典故和母题等。

所谓"心理画面",是指通过某种景物或形象的组合,使作品在人们的内心形成一种画面般的感觉。通过这种画面,作品表现了作家独特的情感。心理画面,在具体作品中可以有多种表现方式。有时候,整个作品都是画面的组合,作家的情感就蕴藏在画面之中,如柳宗元《江雪》:"千山鸟飞绝,万径人踪灭。孤舟蓑笠翁,独钓寒江雪。"每句诗都可

---

① [美]布洛克:《美学新解》,沈阳:辽宁人民出版社,1987年,第140页。
② [美]布洛克:《美学新解》,沈阳:辽宁人民出版社,1987年,第14页。

以入画,四句诗构成了一幅绝美的图画。在一望无垠的银白的世界中,一叶孤舟,一个戴着竹笠的老人,在飘雪的河上垂钓,体现一种闲适的心情,这闲适中又带着清高和孤傲。更多的时候,心理画面指作品中既有作者直接的情感抒发,又有景物或形象组合形成的画面,画面和情感有机地融为一个整体。郑愁予的《错误》便是其中的代表。"我打江南走过/那等在季节里的容颜如莲花的开落/东风不来,三月的柳絮不飞/你底心如小小的寂寞的城/恰如青石的街道向晚/跫音不响,三月的春帷不揭/你底心是小小的窗扉紧掩/

我达达的马蹄是美丽的错误/我不是归人,是个过客……"诗中不乏画面的表现,那季节里的容颜、那小小的寂寞的城、那向晚的青石街道、那小小的窗扉、那达达的马蹄,都可以构成优美的图画,甚至连那个匆匆的过客,也能给优美的画面添上一些动感。但这幅美丽的图画,只是服务于表现那个江南女子盼望归人的心情,春日的向晚、寂寞的容颜,透露出一种无奈和忧伤;达达的马蹄也只是一个美丽的错误,让她空怀欢喜。正是"错误",使诗中的画面染上了凄美忧伤的色彩。

典故是指诗文中运用的古代故事和有来历出处的词语。它可以用简短的词语来表达丰富的内容,可以借助历史和现实的相互映照而取得以少胜多的艺术效果。典故可分为神话典故、历史典故和文学典故三大类。李白《把酒问月》中的"白兔捣药秋复春,嫦娥孤寂与谁邻"便运用了"嫦娥奔月"的神话典故。宋祁《玉楼春》中的"浮生长恨欢娱少,肯爱千金轻一笑"运用的是周幽王"千金买一笑"的历史典故。白居易《长恨歌》中"汉皇重色思倾国"的"倾国",早在汉代李延年的诗中就出现了。李延年的诗中说:"北方有佳人,绝世而独立。一顾倾人城,再顾倾人国。"此后,"倾国"就成为"绝世佳人"的代名词。由于典故多涉及历史,所以典故的运用可以增加抒情文学的历史文化内涵。同时,典故往往用古说今,典故的运用使作品显得含蓄委婉。如辛弃疾《水龙吟·登建康赏心亭》中的"求田问舍,怕应羞见,刘郎才气。可惜流年,忧愁风雨,树犹如此","求田问舍"三句,出自《三国志·陈登传》,对只顾经营自己的家产而胸无大志者表示不满;"树犹如此"说的是《世说新语·言语》中桓温的故事,桓温北伐,经过金城,看到自己以前种的柳树已长得很大,而北伐还没有成功,不禁泫然流涕,慨叹:"木犹如此,人何以堪!"辛弃疾借此来表达壮志未酬的感慨。

母题,是指文学史上被反复书写、表现的共同主题。母题在文学史中的某个时段被创造成型,由于它所表现的思想情感具有很强的代表性,在后来的文学作品中便被不断书写、反复借用。当然,后来的书写和借鉴,较之原创时期的思想感情,有一些局部的变化,但在总体上仍保持一致。从母题的表现来看,母题一般立足于客体现象体现特定的思想感情,如悲秋、伤别、思乡、爱国和复仇等。辛弃疾的《破阵子》、陆游的《示儿》、岳飞的《满江红》、闻一多的《红烛》等,都表现了爱国这一母题。母题有时候也可以通过某个人物来体现,使人物成为意象化的母题化身,这可称之为"人物意象母题"。包公这一人物形象在中国便是清官的象征,是老百姓心中的青天,青天意象的反复运用使包公具有了母题意义。母题还可以通过某些事物来加以表现,如"柳""月""长亭""幽兰""寒梅"等。李白的"床前明月光"、杜甫的"今夜鄜州月"、苏轼的"明月几时有"等,对"月"意象的反复运用,使"月"成为一个广为人知的母题意象。

(三)抒情作品的语言

抒情文学中的情感寄寓于特定的文学意象,但一方面任何文学意象都必须通过语言才能得到表现,另一方面,大多数抒情作品又不能仅有意象,还要有将诸多意象联结起来的语言。因此说到抒情文学的特征时,我们还要关注抒情作品的语言。抒情作品的语言有其独特的要求,这主要表现为多用名词,少用动词。因为名词往往能成为一种意象,增强作品的抒情性,而动词则注重动作性,它虽可增强作品的叙事功能,但却削弱了作品的抒情功能,所以常为抒情作品所不取。谢榛《四溟诗话》曾举例对此加以说明。有三位不同时期的诗人就同一个题旨写过三句不同的诗句,一是"窗里人将老,门前树已秋";二是"树初黄叶日,人欲白头时";三是"雨中黄叶树,灯下白头人"。前二者由于用了副词或动词,使诗句多少带有一点叙事的味道,从而削弱了诗的抒情意味;后者则全用了名词,既强化了诗作的视觉效果,又增强了诗作的抒情意味,所以谢榛认为第三首诗最好。

三、抒情文学的手法

抒情就是抒发情感,情感的抒发离不开一定的手法。中西抒情文学有不同的传统,在创作实践中形成了各具特色的抒情手法。

(一)西方抒情文学的手法

自17世纪以来,西方抒情文学占主导地位的手法,按历史顺序大体上可概括为三种,即理性沉思、直抒胸臆和客观对应。

理性沉思可以说是古典主义的抒情原则。古典主义以法国的布瓦洛为代表。作为一个有实践经验的诗人,布瓦洛对情感给予相当的注意。他明确要求"文词里就要有热情激荡,直钻进人的胸臆,燃烧、震撼着人的心房",从而使人获得"甘美的恐惧""怜悯的快感"。但这种情感不能毫无约束,而应该受到理性的控制,理性在布瓦洛眼中比情感重要得多:"首须爱义理:愿你的一切文章,永远只凭着义理获得价值和光芒。"从义理出发,他认为诗人应该学会沉思,沉思才能获得理性,才能使人们相信诗中的东西。他由此忠告诗人:"我绝对不能欣赏一个背理的神奇,感动人的绝不是人所不信的东西。"沉思可以使表达清晰:"你心里想得透彻,你的话自然明白,表达意思的词语自然会信手拈来。"沉思可以提高诗的技巧:"提高你的笔调吧,要从工巧求朴质,要雄壮而不骄矜,要优美而无虚饰。"①从布瓦洛的话语来看,沉思可以说是获得理性的途径,而理性又是古典主义的基本要求,因此沉思可以说是古典主义诗歌创作的基本手法,当然也是抒情诗创作的基本手法。

直抒胸臆是浪漫主义诗歌的抒情原则。华兹华斯的《抒情歌谣集·序言》可以说是浪漫主义的宣言。他一方面坦言"诗是强烈情感的自然流露",一方面认为诗人与常人的不同之处就在于,诗人有强烈的情感并能找到较好的题材将这种情感表达出来。从诗人的禀赋看,诗人"比一般人……具有更多的热忱和温情……他喜欢自己的热情和意志……他高兴观察宇宙现象中的相似的热情和意志……他有一种能力,能从自己心中唤起热情……"诗人的热情使他与一般人有所不同,使他更容易将自己的情感直接抒发出来。就抒发情感的题材看,华兹华斯认为较好的题材是田园生活,"因为在这种生活里,人们心中主要的热情找着了更好的土壤……因为在这种生活里,我们的各种基本感情共同存在于一种更单纯的状态之下……因为田园生活的各种习俗是从这些基本情感(中)萌芽的……因为在这种生活里,人们的热情是与自然的美而永久的形式合而为一的"。②田园生活之所以是较好的题材,是因为它能更好地激起人们心中的情感,使人们心中的情感可以借助它而直接抒发出来。无论是从诗人出发,还是从诗的题材出发,华兹华斯都注意到抒情诗的直抒胸臆的特点。

明确提出"客观对应"理论的是艾略特。他指出:"用艺术形式表现感情的唯一方法是寻找一个'客观对应物';换句话说,是用一系列实物、场景,一连串事件来表现某种特定的情感;要做到最终形式必然是感觉经验的外部事实一旦出现,便能立刻唤起那种情感。"③象征主义诗歌特别强调"客观对应"理论。象征主义的代表人物波德莱尔在《感应》中提出了著名的"感应论",其理论要点有:其一,象征是一种客观存在,世界本来就是一

---

① 《西方文艺理论名著选编》上卷,北京:北京大学出版社,1985年,第182~195页。
② 《西方文艺理论名著选编》中卷,北京:北京大学出版社,1986年,第49、42页。
③ 《艾略特诗学文集》,北京:国际文化出版公司,1989年,第13页。

座"象征的森林",自然界的各种事物之间,外部世界和人的精神世界之间,都有一种内在的感应关系,互相沟通,互为象征;其二,人的各种感官之间也存在着相互沟通的关系,听觉可以作用于视觉,视觉可以作用于嗅觉,嗅觉又可以作用于听觉,形、声、色、味交相感应,所以说"芳香、色彩、音响全在互相感应";其三,诗人心中对这种神秘的感应有所感悟,诗人的任务就是去发现这种神秘的关系,并加以表现。要表现这种关系,诗人就要去寻找"客观对应物",用此物来指代彼物,用一种感觉来指代另一种感觉,用自然界的事物来指代"精神和感官的热狂"。从波德莱尔的理论看,诗歌如果要抒情,就不宜直接抒发情感,而应该寻找情感的对应物,通过表现客观对应物来表现情感。既然情感的表现要借助客观对应物,那么,情感在一定程度上就依附于对应物,就不可能像汹涌的江水一样,不受任何约束。从这个意义上看,象征主义的客观对应理论其实是在要求对诗歌中的情感加以约束,杜绝诗歌中的滥情主义。

(二)中国抒情文学的手法

赋、比、兴是中国抒情诗的主要表现手法。赋、比、兴见于《毛诗序》,是对《诗经》表现手法的总结。但赋、比、兴各自的特点是什么,《毛诗序》却没有加以解释,后来的钟嵘、朱熹等人的解释则各有侧重。

赋,钟嵘在《诗品序》中说:"直书其事,寓言写物,赋也。"指出赋具有直言其事和寓言写物的特点。所谓"寓言写物",是说在对物的描写中寄托着诗人的主观情思,因此对抒情诗而言,赋离不开对事物的直接描写,情感就蕴涵在描写之中。较之钟嵘,朱熹的解释的影响要大得多。他认为,赋是"敷陈其事而直言之也",着重指出"赋"具有铺排其事和直言的特点。这种铺排其事可以说是赋的基本特征,抒情诗正是在铺排的描写中将某种感情直接诉说出来。如《诗经·魏风·伐檀》通过对伐木场面的铺排描写,发出了"彼君子兮,不素餐兮"的严正责问。其即是用"赋",更在"赋"中体现了劳动人民的不满之情;且由于有形象的场面描绘,使得情感的抒发成为非常自然的事情,易为读者所接受。

比,按钟嵘的解释,指"因物喻志",通过对事物的描写或说明来表达某种志向或情感。从表述的语气看,"比"对事物的描写应该没有"赋"对事物的描写那样细致。所谓"喻志",是指表达情感。显然,"比"的情感表达没有"赋"直言其事的特点,而是通过描写事物来暗示某种情感,如果是直接将情感表达出来,则无法形成"比"。在朱熹看来,比是"以此物比彼物也"。这就是说,"比"表面上写的是"此物",实际上说的是"彼物",具有言在此而意在彼的特点。当然,此物和彼物之间在某一方面有内在联系,否则二者难以相通,"比"也就难以存在。如李商隐的《蝉》,以蝉自比,通过蝉的"本以高难饱,徒劳恨费声",写出了自己处境的凄凉无奈,在"比"中抒发自己的牢骚。

兴,钟嵘认为是"文已尽而意有余",指出诗歌中存在悠悠不尽的韵味是由于"兴"的缘故,强调了"兴"具有韵味无穷的特点。至于这种韵味无穷是如何得来的,则缺少必要的说明。因此,钟嵘所解释的"兴"侧重于诗歌的效果而言。朱熹则不然,他认为兴是"先言他物以引起所咏之词也",明确指出了"兴"在表现手法方面的特点。兴,是先说某种事物,然后通过这种先说的事物再引出"所咏之词",这和直言其事的"赋"有明显的不同;兴的主要目的在于"所咏之词",但这种"所咏之词"是先说的"他物"所涵盖不了、比喻不了的,但它又是可以通过先说的"他物"引出来的,因此"兴"和"比"又存在着根本的差别。如王昌龄的《长信秋词》,用"奉帚平明金殿开,暂将团扇共徘徊"起"兴",带出了后面的"玉颜不及寒鸦色,犹带昭阳日影来"。此诗写班婕妤失宠后请求去长信宫侍奉太后,在寂寞中愁怨满腔、悲愤难抑,使本来毫不相干的寒鸦都带上了浓浓的感情色彩。这一切通过"兴"引发,让人反复咀嚼而回味无穷。

一般的抒情诗中,或多或少都可以找到"赋""比""兴"的影子,且赋、比、兴在某一首诗歌中可以同时存在,如果能合理运用这三种手法,可以使诗境达到极致。正如钟嵘《诗品序》中所说:"宏斯三义,酌而用之……是诗之至也。"

第四节 戏剧文学

一、戏剧文学的界定和种类

戏剧文学不同于戏剧艺术,二者既有区别,也有联系。就区别看,戏剧艺术是一门综合艺术。它是文学因素(剧本)、音乐因素(音乐伴奏、音响效果)、绘画因素(布景)、舞蹈因素(演员的动作、姿态)等的结合;它的艺术形象,主要通过演员舞台上动机对立的表演来完成。戏剧文学则是指剧本,它是一门语言艺术,它规定了戏剧的主题、人物、情节、语言和结构,是舞台演出的基础和依据。就联系看,戏剧文学可以供读者阅读,更主要的是为了舞台演出,戏剧文学的创作既要具有文学的特点,又要考虑舞台演出的需要,所以戏剧文学和戏剧艺术难以截然分开。

戏剧文学的种类，根据不同的标准，可以有不同的划分。按照创作题材产生的时代和编演年代的不同，可以分为传统剧、历史剧和现代剧；按照语言表现形式的不同，可以分为话剧、歌剧和歌舞剧（其中歌舞剧在中国又包括京剧、评剧、庐剧、沪剧、越剧、川剧等）；按照结构规模的容量大小，可以分为独幕剧和多幕剧；按照剧本所反映的矛盾性质和表现手段的不同，可以分为悲剧、喜剧和正剧。

二、戏剧文学的特征

戏剧文学的特征与戏剧或戏剧艺术密切相关。别林斯基说："戏剧把业已发生的事件表演成为仿佛现在正在读者或观众的眼前发生似的，戏剧是叙事诗和抒情诗之间的调和……戏剧的兴趣必须集中在主要人物的身上，而戏剧的基本思想就表现在这个人物命运中。"[①]这是传统的戏剧定义。日本学者河竹登志夫认为："戏剧是一种凭借人的形体、即在'演员·剧本·观众·剧场'这'四次元'的世界实现戏剧性，通过视觉和听觉来感染人的能动艺术。"[②]这是现代的戏剧定义。综合上述观点，戏剧是一种综合性艺术，它由演员扮演角色，通过形体动作和语言（台词），在特定的时空结构中，当众表演富于冲突性的情节，展示戏剧性情境的艺术形式。戏剧情境、戏剧冲突、戏剧语言和戏剧结构是戏剧艺术最基本的构成要素，它们都服从和受制于舞台表演。与此相联系，戏剧文学的特征也表现在上述四个方面，并同样服从和受制于舞台表演。

（一）高度集中的戏剧情境

戏剧情境是戏剧人物产生某种动作、表现某种性格的外在环境和客观条件。它是戏剧情节的基础，是促使戏剧冲突爆发的契机，是导致人物之间发生各种关系的制约因素。简言之，戏剧情境是舞台上的戏剧人物在特定的环境中展开的由矛盾冲突所构成的富于戏剧性的艺术情境。在曹禺的《雷雨》中，早年周朴园遗弃侍萍和血腥发家的历史，周朴园和侍萍、繁漪、鲁大海等人之间的矛盾，繁漪和周萍、周冲之间的关系，侍萍和四凤、鲁大海之间的关系等，共同构成了《雷雨》的戏剧情境。

戏剧情境的一个重要特点是情境的高度集中。剧本是供舞台演出用的，所以戏剧文学必须考虑到舞台演出的时间、空间、表演方式和吸引观众的需要。因此，戏剧文学在人

---

① 《别林斯基选集》第三卷，上海：上海译文出版社，1980年，第69～70页。
② ［日］河竹登志夫：《戏剧概论》，上海：中国戏剧出版社，1983年，第3页。

物、情节、篇幅等方面都有所要求:戏剧容量不能过大,过大则舞台容纳不下;篇幅不能过长,过长则容易让观众厌倦;人物不宜过多,过多会导致演员活动不方便;情节不宜过于复杂,过于复杂会让观众眼花缭乱;场景变换不能太频繁,否则演出难以安排。出于以上考虑,戏剧的人物、时间、地点和情节都必须高度集中,这就使戏剧情境中的具体环境、事件和特定的人际关系等也显得非常集中。欧洲古典主义时期对戏剧创作提出了"三一律"的要求,就是出于注意到戏剧情境的高度集中性。所谓"三一律",用布瓦洛的话来说,指"要用一地、一天内完成的一个故事,从开头直到末尾维持着舞台充实"。① "三一律"虽限制了戏剧的多样发展,但注意到戏剧情境的高度集中性,还是有其可取之处的。歌德说得好:"有时三重的三一律,经过巧妙的编织,也能产生非常可喜的效果。"② 严守"三一律"的《雷雨》,就是一个可喜的范例。

(二)紧张激烈的戏剧冲突

和戏剧情境紧密相连的是戏剧冲突,由于戏剧情境高度集中,因而戏剧冲突在戏剧文学中就极其重要。本质上,戏剧冲突是通过人物的自觉意志和心灵矛盾表现出来的具有深刻社会意义的人性冲突。俗话说,没有冲突就没有戏。戏剧文学是供舞台演出用的,必须考虑到戏剧艺术的直观性和舞台性特点。所谓"直观性",是说戏剧中人物的思想行为、事件的发展变化、环境的时代特色等,都只能依靠演员的言谈举止来体现。所谓"舞台性",是说戏剧是在舞台上演出的,要在有限的时空范围内完成一个较完整的故事。如何迅速地展开冲突、通过典型的动作和神态来刻画人物便成为戏剧需要面临的问题。戏剧艺术的直观性和舞台性,决定了戏剧文学必须依靠紧张激烈的矛盾冲突的提出、展开、突变和解决,才能较快地塑造鲜明的人物形象,表达思想主题,产生强烈的戏剧效果。

戏剧冲突在戏剧文学中有不同的表现。有的表现为主人公与自然力量之间的冲突,如《俄狄浦斯王》突出体现了主人公俄狄浦斯和不可测的命运、自然力量之间的冲突;有的表现为主人公和社会力量之间的冲突,如《窦娥冤》主要反映了主人公窦娥和当时黑暗社会现实之间的冲突;有的表现为主人公和另一个人物之间的冲突,如《哈姆雷特》写了主人公哈姆雷特和篡夺王位的叔父克劳狄斯之间的冲突,这种冲突较为表面化;有的表现为人物的内心冲突,如《哈姆雷特》中由哈姆雷特和克劳狄斯的冲突而引起的哈姆雷特一系列的内心冲突,这种内心冲突往往比较深刻,哈姆雷特的内心冲突正是该剧的真正

---

① 《西方文艺理论名著选编》上卷,北京:北京大学出版社,1985年,第195页。
② 《歌德的格言和感想集》,北京:中国社会科学出版社,1982年,第79页。

冲突所在。

(三)精心锤炼的戏剧语言

戏剧文学所表现的全部内容,诸如刻画人物性格、展示故事情节、交代各种关系等,完全依靠人物的语言,即台词来实现。戏剧语言具有自己的特点,必须精心锤炼。一般要求戏剧语言具有动作化、个性化和潜台词。

戏剧文学语言的动作化,是说人物的对话、独白既与人物的动作姿态相结合,又对他人产生影响,推动剧情的发展,表现人物的思想感情。戏剧人物之间的关系和戏剧事件的进展,主要依靠动作化的语言来完成。正是有了动作化的语言,才使得一个人的语言一方面和自己的思想感情相吻合,另一方面又引发别人的某种行动或内心反映,从而显示出人物之间的关系。正是有了人物之间的互动关系,才使剧情得到持续的发展,才使戏剧冲突有了可能。

戏剧文学语言的个性化,一方面要求每个人物的语言要符合人物的身份、年龄、性别、职业和经历等特点,另一方面更重要的是,人物的语言要能反映人物的思想感情和个性特征,看到这个人物的语言,就应该大致知道这个人物是个什么样的人。因此所谓"个性化",就是指什么人说什么话,什么话表现了什么人的性格。老舍便指出:"剧作者则须在人物头一次开口,便显示出他的性格来……三言两语便使人物站立起来,闻其声,知其人。"[①]老舍自己的剧作《茶馆》《龙须沟》便是这方面的典范。

戏剧文学语言的潜台词是指人物的语言要有言外之意。戏剧文学的语言必须让演员说来便于"上口",让观众听来易于"入耳",通俗易懂,但又不可和盘托出、"一览无余"。戏剧文学的语言在有限有声的台词后面,潜藏着无限无声的台词,这就是所谓的"潜台词"。这种潜台词,使戏剧语言除了有字面意义之外,还有更多更深的意义没有明确说出。它寓含着丰富的生活内容和深刻的思想感情,能启发观众的想象和思索,领会无穷的意味。潜台词使戏剧文学的语言不仅明朗动听,而且含蓄深刻,它是文学语言含蓄性在戏剧语言中的独特体现。

(四)组织严密的戏剧结构

就戏剧结构而言,它要求组织严密而又节奏紧凑。戏剧结构从总体上看可分为外部结构和内部结构。外部结构是就剧本的外在表现形态而言,最主要的便是剧本的章法结构,如中国元杂剧的"四折一楔子"就是非常明显的外部结构。一般的戏剧,在结构形式

---

① 王行之编:《老舍论剧》,北京:中国戏剧出版社,1981年,第5页。

上都要分幕分场。由于受到舞台的时空限制,所以剧情的时间延续和空间变换只能通过分幕分场来加以表现。幕是戏剧情节发展的大段落,场是戏剧情节的小段落,有时候一幕一场,有时候一幕多场。幕和幕之间,时间可以变换,地点也可以变换,分幕分场可以突出不同时空中的主要事件,从而使剧情更为紧凑集中,符合舞台演出的要求。

戏剧的内部结构,是就戏剧内在要素的组织安排而言,指在矛盾冲突和剧情安排上所显示出来的结构特点。这种结构主要呈现为三种方式,即开放式结构、锁闭式结构和人像展览式结构。[①]

开放式结构,就是按照时间顺序把戏剧情节从头到尾原原本本地表现在舞台上。开放式结构的内容广阔、情节完整,涉及的人物较多,时间跨度比较长,能较充分地表现人物性格的发展过程,因而比较自然,也符合一般欣赏习惯。但是,由于内容广阔,内容的深度和冲突的激烈程度有时就受到一定的影响;人物较多,情节较长,又使得剧中人物难以得到充分的刻画,一些重头戏也因为次要情节的原因难以得到充分的发展,而且会导致过场戏增加,结构容易松散。开放式结构是比较传统的一种结构方式,中国古代戏剧大多呈现开放式结构,如《西厢记》《墙头马上》《梁山伯与祝英台》等;在西方,莎士比亚的全部悲剧和喜剧(历史剧除外),除了《哈姆雷特》和《暴风雨》两部外,都可以说是开放式的。

锁闭式结构,剧本的内容截取事件发展过程中高潮就要到来的一段,往往只写高潮至结局,集中表现戏剧性危机,而对于过去事件和人物关系则用回顾和内省方式随着剧情的发展逐步交代出来。根据内容的特点,锁闭式可分为两种:"终局式"和"回顾式"。"终局式"是以高潮与结局中的情节为主要内容,而以回顾往事作为辅助性情节,即以"终局"为主的戏剧结构,如《玩偶之家》;"回顾式"是以回顾往事为主要情节的结构,剧本的戏剧性主要在于过去的情节,现在的动作主要是作为说明或烘托过去的手段而存在的,如《俄狄浦斯王》。锁闭式结构的戏剧情节集中紧凑,冲突紧张激烈,富于戏剧性,而且人物较少,可以深刻揭示主要人物性格和精神世界的各个方面。不过由于人物少、场景少,戏剧写得不好,容易单调乏味;由于往事回顾较多,舞台变化较少,如果没有高度的技巧和生动的对白,容易冷场,难以引人入胜。

人像展览式结构是近代戏剧的产物,以展览社会风貌和人物形象为主要目的。这种结构的主要特点有以下几个方面。其一,人物多,但没有突出的主人公,某个人物在剧本

---

① 参阅顾仲彝:《编剧理论与技巧》,北京:中国戏剧出版社,1981年,第166~179页。

的某一段中话说得最多,表现得最充分,他就是这一段的主要人物,但在另一段中,他又可能消失得无影无踪;贯串全剧的人物不一定是主要人物,往往只起串线的作用。其二,剧情进展缓慢,有时候好像停滞不前。其三,通过表现社会生活的某个横断面,着重展示人物性格的内部冲突,潜在的冲突比外部行动的冲突要强烈得多。其四,从表面上看,剧本人物众多,情节也不够统一,好像一盘散沙,但实际上众多的人物和散乱的剧情都服务于同一个主题。人像展览式结构最早的例子是17世纪本·约翰逊的《哈骚洛谬市场》,于19世纪开始流行,著名的例子有霍普特曼的《织工》、高尔基的《在底层》等。在中国,曹禺的《日出》、夏衍的《上海屋檐下》、老舍的《茶馆》等都是有名的人像展览式结构的戏剧。

需要指出的是,开放式结构和锁闭式结构各有长短,各有适用的表现对象,剧作家应该根据剧情的需要斟酌取舍,不能刻意为了用某种结构而用某种结构。人像展览式结构则是从开放式结构和锁闭式结构发展而来的,它的特长是通过人物群像的描绘显示出社会的面貌和本质,它的基本方法是通过回顾和展现内心活动来刻画较深刻的人物性格,内部动作多于外部动作,这种结构是近代社会剧的重要形式。另外,开放式、锁闭式、人像展览式三种结构只是戏剧史上主要的结构形式而已,它并不否定其他结构形式的存在,相反我们鼓励创造出新的结构形式,以丰富我们的戏剧艺术。

三、戏剧文学的重要类别

西方的悲剧和喜剧,中国的杂剧和传奇,是中西戏剧史上各具代表性的戏剧种类,有必要作专门介绍。需要说明的是,悲剧和喜剧主要是就冲突性质而言的,杂剧和传奇主要是就结构形式而言的,杂剧和传奇中不乏悲剧和喜剧。

(一)悲剧和喜剧

所谓"悲剧",是指主人公的正义行为由于历史条件或自身过错等主客观原因而导致失败、遭遇不幸的戏剧作品。最早对悲剧进行系统阐述的是亚里士多德的《诗学》,此后不少人对悲剧进行了阐发。悲剧的特点集中表现在三个方面。

第一,悲剧冲突。黑格尔用辩证的矛盾冲突学说对悲剧加以说明:"基本的悲剧性就在于这种冲突中对立的双方各有它那一方面的辩护理由,而同时每一方拿来作为自己所坚持的那种目的和性格的真正内容的却只能是把同样有辩护理由的对方否定掉或破坏掉。因此,双方都在维护伦理思想之中而且就通过实现这种伦理思想而陷入罪过中。"①黑格尔的"两种片面的正义力量"的悲剧性冲突观对亚里士多德的悲剧观有所突破。亚氏从主人公的"过失"出发,关注主人公个人的品质和行为,黑格尔则从冲突双方的片面合理性来揭示冲突的不可避免性,将悲剧视作冲突的产物,更接近悲剧的本质。黑格尔的冲突说对恩格斯有所启发,在《致斐·拉萨尔》的信中,恩格斯指出悲剧的本质在于"历史的必然要求和这个要求的实际上不可能实现之间的悲剧性的冲突"。这将黑格尔高悬于天上的理念拉回到人间,是一个巨大的进步。"历史的必然要求"值得肯定,"要求的实际上不可能实现"表明实现这一历史要求的时刻尚未到来,在时机未成熟时付诸行动又应予以否定,悲剧正是通过否定人物的具体行动来肯定人物的历史要求。这突出了悲剧既否定又肯定的特点。但"历史的必然要求"要求主人公具有英雄气概,其行动代表历史的方向,而生活中的悲剧人物很难都代表历史的方向,因此恩格斯并没有将悲剧的冲突推及平凡的现实生活之中。

第二,悲剧人物。亚里士多德指出,悲剧"总是摹仿比我们今天的人好的人",悲剧主人公"不十分善良,也不十分公正,而他之所以陷于厄运,不是由于他为非作恶,而是由于他犯了错误"。② 换言之,传统的悲剧人物总是代表了某种正义力量,具有知其不可为而为之的抗争精神。19世纪,小人物的悲剧开始兴起。果戈理、契诃夫等的笔下有许多"小人物"是生活中的凡人,并没有崇高的品质,但他们的处境和结局都令人同情,具有悲剧性。就冲突而言,小人物的悲剧主要源自主人公与生存环境的冲突。这种冲突比较模糊,小人物既感受到环境的压力,又不知道这种压力究竟是什么。从悲剧"冲突"的性质看,坏人也可能成为悲剧主人公。布拉德雷认为:"主人公像我们所说的那样是一个好人的悲剧,比起主人公像我们所说的那样是一个坏人的悲剧来,就更富于悲剧性。"③不论其观点如何,这至少表明了存在坏人的悲剧。坏人的悲剧由于其主人公品格低劣从而具有自己的特色。就冲突来看,坏人的悲剧主要展示主人公内心的冲突。《麦克佩斯》便是较典型的坏人的悲剧。麦克佩斯谋杀了国王,但他实施谋杀前的犹豫、实施谋杀后的惊疑,都显示出他多少还有一点良知;同时,他是一位战功卓著的将领,同英雄一样强而有力,他的败亡意味着"强而有力"的失败,富于悲剧色彩。

第三,悲剧效果。在亚里士多德看来,"悲剧是对于一个严肃、完整,有一定长度的行

---

① [德]黑格尔:《美学》第3卷下册,北京:商务印书馆,1979年,第286页。
② [古希腊]亚里士多德、[古罗马]贺拉斯:《诗学·诗艺》,北京:人民文学出版社,1982年,第9、38页。
③ 《古典文艺理论译丛》第8辑,北京:人民文学出版社,1964年,第197页。

动的摹仿……借引起怜悯与恐惧来使这种情感得到陶冶",①"怜悯与恐惧"已涉及悲剧的效果。黑格尔从理念的要求和"正—反—合"的要求出发,认为悲剧感"在单纯的恐惧与悲剧的同情之上还有调解的感觉",②所谓"调解的感觉",同样说的是悲剧效果。不过,调解的感觉源自冲突的解决,而悲剧中冲突的解决往往通过人物的毁灭来实现,人物的毁灭是否能产生"调解的感觉",值得怀疑。鲁迅所说的"悲剧将人生有价值的东西毁灭给人看",是说悲剧产生的情感效果应是严肃、深沉并具有崇高之美的品格,以引起人们对正义力量、英雄行为的同情或敬仰、对非正义力量、丑恶行为的愤慨或憎恨的感情,同样指向悲剧效果。坏人的悲剧同样存在悲剧效果的问题。麦克佩斯虽是个坏人,但他那种"强有力"的本质却让人敬畏,麦克佩斯的败亡在一定程度上意味着"强有力"的本质的消失,这又让人同情。悲剧是最富于伦理品格的艺术。一个被悲剧震撼过的灵魂,即使堕落,也不可能堕落得那么心安理得了。

喜剧是以讽刺、幽默、夸张等手法,通过揭示生活中的假、恶、丑,来肯定真、善、美的戏剧。对喜剧的分析,同样可以从喜剧冲突、喜剧人物和喜剧效果等方面来进行。

就矛盾冲突看,喜剧常常借助于巧合、误会、瞒哄和欺骗等因素构成喜剧冲突,使假相与真相尖锐对立,最后真相大白,冲突得以解决。车尔尼雪夫斯基认为:"丑,这是滑稽的基础、本质。……丑只有到它不安其位,要显示出自己不是丑的时候才是荒唐的,只有到那时候,它才会激起我们去嘲笑它的愚蠢的妄想,它的弄巧成拙的企图。"③他所说的滑稽即喜剧。这突出了"丑"的内容用"美"的外衣来包装的过程,冲突就在这一过程中展开。

就喜剧人物看,亚里士多德认为,"喜剧总是摹仿比我们今天的人坏的人"。④ 黑格尔指出:在喜剧世界里,"人物所追求的目的本身没有实质",喜剧人物"以非常认真的样子,采取周密的准备,去实现一种本身渺小空虚的目的";⑤因为目的渺小,即使意图失败,人物也不觉得有什么损失。这揭示了喜剧对"渺小空虚"的否定。

喜剧最根本的特点是"笑",没有"笑",就没有喜剧。"笑"既是喜剧的构成要素,又是喜剧的效果所在。就令人发笑这一特点来看,喜剧的"笑"不是令人激动的开怀大笑,而是对喜剧对象轻蔑的笑。嘲笑的对象是"丑"的事物,它让人感觉到自身的优越性,笑声

---

① [古希腊]亚里士多德、[古罗马]贺拉斯:《诗学·诗艺》,北京:人民文学出版社,1982年,第19页。
② [德]黑格尔:《美学》第3卷下册,北京:商务印书馆,1979年,第289页。
③ 《车尔尼雪夫斯基论文学》中卷,北京:人民文学出版社,1979年,第89页。
④ [古希腊]亚里士多德、[古罗马]贺拉斯:《诗学·诗艺》,北京:人民文学出版社,1982年,第8页。
⑤ [德]黑格尔:《美学》第3卷下册,北京:商务印书馆,1979年,第290页、292页。

中透露出轻松愉悦,从而使喜剧具有较强的娱乐性。同时,这种优越性的到来是突然的。虽然喜剧对象表面上煞有介事行动显得庄严,但人们逐渐会发现这庄严的背后其实是空无。当人们发现这种空无时,刹那间便会强烈地感受到喜剧对象的卑下可笑,感觉自己超过对象,可以居高临下地俯视对象。这种惊喜交集的状态使笑具有突发性,也使"笑"具有一定的审美品格。从笑的审美品格来看,喜剧主要表现为讽刺和幽默。讽刺和幽默都应该有分寸,有度,否则可能会使笑流于庸俗或憎恨而失却应有的审美品格。讽刺是一种"痛快的嘲笑",当这种"痛快"超过一定程度时,"嘲笑"便可能转化为"憎恨";一旦嘲笑转化为憎恨,讽刺也就成为抨击,就不再是用嘲笑来展示对象的丑,而是怀着仇恨来控诉对象的恶。因此从笑的审美品格着眼,讽刺面临两个临界点:从"嘲笑"起,到"憎恨"止。嘲笑是讽刺的基本特征,没有嘲笑就没有讽刺;憎恨是讽刺的雷区,一旦嘲笑转为憎恨,讽刺也就消失。幽默是一种"轻微的讽刺"、同情的嘲笑。当这种"轻微的讽刺"使嘲笑失却同情时,嘲笑便转为讽刺。此外,幽默的审美品格要求嘲笑俗而不庸,易于为人所接受又不过于油滑,令人发笑而不是低级趣味。幽默的一端是油滑,另一端是讽刺,它处于油滑和讽刺之间。

(二)杂剧和传奇

中国的戏剧艺术在元代达到高峰,元代戏剧的代表是杂剧。元杂剧的前身是宋杂剧,宋杂剧一般由三部分组成:第一部分是"艳段",即作一段寻常熟事为开场之引子;第二部分是"正杂剧",基本上是一种处于雏形的故事演唱或滑稽说白及舞蹈;第三部分是"杂扮",是一种调笑兼有杂技的表演。元杂剧是在宋杂剧的基础上发展而来的,包括曲(演者所唱的歌曲)、宾白(演者的说话)、科(演者的动作)三部分。曲在杂剧中相当重要,当时没有科白的单纯清唱的曲子被称为散曲,杂剧和散曲有相当密切的关系,故有"元曲"之称。宾白都指人物语言,宾指两人对话,白指一人独白。科指剧本中的表演动作、表情的舞台提示,如笑科、见科、打科等。科诨则是指各种使观众发笑的穿插,科多指动作,诨多指语言。

元杂剧一般比较严谨,分为四折,另加一个楔子。所谓"折",是指剧本结构上的一个段落,四折即是开端、发展、高潮和结局四个阶段。每折一般只用同一宫调曲牌联套。楔子大多是全剧的要点,剧情的头绪安排几乎全靠楔子,所以楔子显得特别重要。这种四折一楔子是元杂剧的基本结构。一般四折始终由一人主唱,其他角色则有白而无唱。即使偶尔有两人唱的话,大多也是分在两折里面唱,在同一折里两人都唱的情况是极少的。四折一楔子构成一本,一本通常就是一个杂剧,但这种结构有时也可以有所突破,如王实甫《西厢记》是五本二十一折。

元杂剧的角色主要有两个：正末和正旦，歌唱部分基本上由这两个角色承担，正末唱的叫"末本戏"，正旦唱的叫"旦本戏"。马致远《汉宫秋》由正末汉元帝主唱，是"末本戏"；关汉卿《窦娥冤》由正旦窦娥主唱，是"旦本戏"。

和元杂剧交相辉映的是明传奇。"传奇"最早指唐代的短篇文言小说，到明代，传奇成为不包括杂剧在内的中长篇戏剧的总称。明传奇由宋元南戏发展而来。宋元时代的南戏由于元杂剧的盛行而不被人们所关注。到了明代，由于元杂剧过于严谨而使南戏渐渐显示出自身的活力，南戏一改元杂剧盛行时的弱势地位而成为戏剧的代表。经过元末明初"荆"（《荆钗记》）"刘"（《白兔记》）"拜"（《拜月亭》）"杀"（《杀狗记》）四大南戏，尤其是在高则成的《琵琶记》之后，南戏开始逐步规范化，宫调声律也渐渐严格起来，《琵琶记》由此成为南戏与传奇之间承前启后的作品。随着昆山、弋阳、海盐、余姚"四大声腔"的发育成熟与广为传播，传奇渐渐成为明代戏曲的主体。

与杂剧相比，传奇有自己的特色：其一，杂剧一般是四折一楔子，传奇则冲破这一限制，其篇幅往往较长，体制较为庞大，一般有四十几出；其二，杂剧一般是由某一个角色唱到底，因而难以在唱腔上表现出各个角色之间的性格差异，传奇中每个角色都可以同台演唱，且形式多样，可合唱、分唱、接唱，从不同角色的唱腔中可以看出角色之间的差异；其三，元杂剧就其声律而言，意味着北曲的兴起，明传奇在旋律曲调上则属于南曲。汤显祖的"临川四梦"、孔尚任的《桃花扇》、洪升的《长生殿》，均是明清传奇的代表作。

第五节　影视文学

一、影视文学的界定

影视文学与影视艺术，如同戏剧文学与戏剧艺术一样，既有紧密联系，又有所区别。

影视艺术属于综合艺术，它是通过摄像机将所拍摄的不连续的镜头组接成若干画面，然后通过放像机使这些不连续的画面产生连续运动的幻觉，并配上声音，从而来塑造艺术形象。影视艺术吸收了文学、戏剧、音乐、美术、舞蹈等艺术的长处，并将它们有机结合起来，形成一种独特的综合性艺术。影视创作是将影视剧本所描述的内容，按照故事情节发展的需要，分别拍摄大小、推拉、远近、跟摇等镜头，然后再根据统一的构思，将这些镜头剪辑起来。镜头是影视艺术的基本表现手段，镜头的不断变换使影视艺术成为一种"动"的艺术。镜头与镜头组接的方法多种多样，有物件式、平行式、对话式、音响式、相似式等，这些方法总称"蒙太奇"。蒙太奇是影视艺术的思维原则和结构手段，它通过镜头的剪辑和联结创造出视听结合的银屏形象。剪辑师将两个或两个以上的镜头按艺术构思组接在一起，借助于画面与画面、画面与音响、音响与音响之间的相辅相成，创造出具有新的含义的形象。

影视文学则是指电影剧本和电视剧本。它是用影视的方法思维，用文学的方法表达思维结果的一种独立的文学体裁，属于语言艺术范畴。影视文学是影视艺术的基础，它虽可供读者阅读，但最主要的是为拍摄电影或电视提供剧本。因此影视文学既具有文学性特点，又具有影视艺术的特点。

影视文学包括电影文学和电视文学。由于电影艺术和电视艺术存在一定的差异，电影文学和电视文学也必然有所不同。电影艺术和电视艺术的差异主要表现在以下三个方面。其一，从制作形式看，现在的电视剧大多采用"连续剧""系列剧"的形式，而不像电影那样受到时间的严格限制，因此可以表现较多的社会生活内容。其二，从接受媒介看，由于电影屏幕可以是电视屏幕的上百倍大小，所以能表现宏大的场面；同时，电影摄像机的感光镜头精密度较高，胶片技术也比较好，因此电影对光非常敏感，电影清晰度很高，细微的动作观众也能看得比较清楚，即使是宏大的场面也仍然表现得很清楚。电视机的屏幕很小，狭小的视觉空间决定了演员处于一种首要地位，演员的对话和面部表情显得相当重要，因此中近景和特写镜头较多，以至出现了室内剧。其三，从接受方式看，电影可在固定的公共场所放映，人们的注意力比较集中，而电视则是在家庭中观看的，人们的心情较随意，注意力不太集中，加上很多电视剧是连续剧，剧情发展缓慢，人们必须有耐心。为了保持这种耐心，电视剧往往在每集的结尾设置悬念，以引起人们继续看下去的兴趣。由于存在上述差异，电影文学和电视文学也各具特点：一般地说，在人物处理和情节安排上，电影文学比电视文学要集中紧凑得多；电影文学较注意动作的刻画和宏大场面的描绘，电视文学则偏重写某一有限空间内的人或事，注重对话，与戏剧比较接近；与电影剧本相比，电视剧本对叙事技巧的关注要更多一些。

二、影视文学的特征

影视艺术是在灵活的时空背景中,用行动的画面来叙述故事的艺术形式。与之相联系,影视文学的特征主要体现在以下几方面。

其一,形象的视觉性。由于影视艺术主要是通过画面来塑造形象、作用于观众的感官,因此影视剧本中的形象必须具体、鲜明、可感,具有"可视性"。影视剧作者所写的东西必须是看得见的,是能够表现为画面的,容易转变为一种视觉的造型形象。影视文学的语言应该可以最大限度地转换成画面,出于画面的视觉性考虑,影视文学可以渲染环境和氛围,将环境和氛围形象逼真地刻画出来;在交代人物之间的关系时,可以通过人物之间的行动或语言来完成,而剧作者不宜出面交代;在表达某种抽象的观念,诸如伟大、渺小、崇高、丑恶、美丽、卑鄙时,也必须将其设计成为可见的形态、物件、场景、动作等,而不宜直接将这些抽象观念说出来。总之,影视文学中的一切都要以能提供形象逼真的画面为基本要求。

其二,冲突的行动性。由于影视艺术是通过视觉形象来反映生活的,影视文学在反映事件的冲突时,就要尽可能地满足视觉形象的要求。要满足视觉形象的要求,就应该通过可见的外部行动来表现冲突。可以说,影视文学的冲突主要就是通过不断的运动来展开的,是一种"运动中的冲突"。① 戏剧文学的冲突有时可以以人物的对话和独白表现为内心冲突,影视文学则更多地依靠具体的画面和动作表现冲突,尤其是属于人物精神领域的一些不好用语言直接说出来隐藏着的东西,必须借助人物的动作行为来加以表现。所以,影视文学时常要考虑到影视艺术中的"无声成分","无声成分"使人物的语言不再像戏剧那样重要,而使人物的动作和行动显得比较突出。如果说电视文学有时候(如室内剧)还可以用一些人物对话来显示冲突;电影文学,尤其是叙事宏大的电影文学,一般则用外在的宏大的场面和集体行动来展示冲突,突出地表现了冲突的行动性,这种冲突的行动性和戏剧文学内心冲突的区别相当明显。如影视文学中常见一种"追捕"模式,"追捕"模式强调"追捕"的过程,行动性非常突出。警匪片和侦探片大多采用这种"追捕"模式。

其三,时空的灵活性。由于影视摄像机的镜头可以自由转动,影视的结构手段和思

---

① [美]劳逊:《戏剧与电影的剧作理论与技巧》,北京:中国电影出版社,1978年,第463页。

维原则是剪辑和联结镜头的"蒙太奇",因此影视文学在处理时空时,可以高度灵活。它可以反映某一个确定时空中的场面和情节,也可以表现跨时空的情节的全过程,再现广阔的社会背景和自然环境,还可以用特写镜头来表现细小的动作和细微的面部表情。具体说来,影视文学的时空灵活性主要有如下表现。一是时空自由转换。由于影视艺术具有"蒙太奇"手段,影视文学在创作时,对于时空的处理非常自由,可以一会儿写某一个场面,一会儿又写一个千里之外或百年之后的场面,将这两个场面放在一起,形成某种对比,以获得较好的美学效果。二是特写镜头。在某一宏大的场面之后,紧接着可以来一个特写镜头,将镜头迫近人物或某一物件,以突出人物的细微特点和物件的重要性。比如,可以先展现一片茂密的丛林,然后将镜头拉近,突出展现丛林中一双明亮的眼睛;或者在熙熙攘攘的闹市画面出现之后,突然出现闹市某一隐秘角落中炸弹的镜头。显然,特写镜头是影视文学所特有的处理时空的方法,它显示了影视文学中时空衔接的灵活性。

三、影视文学的结构

由于影视文学自身的特性,它在结构原则和结构形态上都表现出一定的特色。

(一)影视文学的结构原则

就结构原则看,影视文学特别重视结构上的跳跃性。影视主要是用镜头来表现形象,用蒙太奇手法进行镜头之间的互相联结,这就为影视文学结构上的跳跃提供了极大的方便。既然影视是用一个一个镜头来塑造形象,那么影视文学就可以写分镜头剧本,分别将一个一个镜头的场景用剧本的形式写出来;既然使用蒙太奇手法,那么镜头之间可以根据需要自由组合,影视文学就可以在写完一个场景之后,再写另一个场景,这另一个场景可以不是前一个场景的自然延伸,可以和前一个场景有巨大的时空差异,甚至可以和前一个场景没有必然关系,从而体现出强烈的跳跃性。当然,由于电影和电视之间存在差异,结构原则上的跳跃性也存在一定的差异。一般说来,电影由于时间比较短,电影剧本在一开始就要进入情节,而且情节要比较集中单纯,细枝末节的东西展现得比较少,就是说,电影文学的结构在跳跃的同时还要求节奏紧凑。相比之下,现在的电视文学多是连续剧,时间上拉得比较长,电视剧本可以多写一些细枝末节的东西,可以对涉及的主要人物逐个进行刻画,在丰富的情节和缓慢的节奏中运用跳跃性原则。

(二)影视文学的结构形态

影视文学的结构形态,主要有以下几种。

时空顺序式。按照时空的逻辑顺序来叙述故事情节,也称"因果式线性结构"。这种结构形态有两个要点:一是以事件的因果关系为叙述动力来推动故事发展;二是叙事线索在单一的线性时间内展开,回忆或插曲式的片段出现得较少。如意大利影片《玫瑰的名字》,主要通过主人公修道士威廉姆和他的年轻弟子安奇欧调查修道院的死亡事件来组织线索。故事情节虽然复杂多变、扑朔迷离,但基本上按照时空顺序线性发展。

时空交错式。有两条或两条以上的不同时空中的情节线索,这些线索交错进行,把过去、现在、将来交织在一起,或者将现实和梦幻等不同时空中的内容巧妙地结合在一起。当然,这些线索之间有内在的联系,但每条线索都不是一下子就显示出来,而是在影视剧本最后,所有的线索才完整地显现出来,所有的线索才最终交织成一个整体。如《穆斯林的葬礼》通过韩子奇和韩新月两代人的生活来建构故事,影片一会儿叙述韩子奇的故事,一会儿叙述韩新月的故事,两个故事交织在一起,只有到影片快结束时,两个故事的全貌才分别显示出来。

多角度叙述式。由几个剧中人共同叙述一个故事或一个人物的经历。由于每个叙述者的立场、观点不同,每次叙述的侧重点也有所不同,所以以每次的叙述与事实真相或多或少都有些出入,但综合所有叙述者的叙述,故事的真相则不难得出。因而多角度叙述可以通过逐次的叙述累加来获得故事的完整性,使故事具有立体感。如日本影片《罗生门》围绕武士被害一案的审讯经过展开,先后由卖柴人、行脚僧、捕快、罪犯、武士的妻子、女巫等讲述这一凶杀案的情况。每个人都有自己的立场,但讲述又都不够全面,只有将所有人的讲述综合在一起,才能得出事情的真相。

主观叙述式。以剧中某个人物的口吻和视角来叙述故事情节,叙述者的讲述通过画外音来完成。叙述者可以是讲自己的故事。随着叙述者的讲述,画面上逐渐出现了他所经历的事情或正在经历的事情,叙述者的讲述带有明显的感情色彩。如《伤逝》以涓生的口吻来叙述自己和子君的爱情和婚姻,带有较强的忏悔色彩。叙述者也可以是讲别人的故事,随着叙述者的讲述,画面上逐渐出现了他所讲述的内容,这种讲述常常是对过去某个事件或人物的回忆。如《红高粱》通过"我"的口吻来叙述"我爷爷"和"我奶奶"的故事。

套层式。一个剧本里叙述了两个故事,也叫"戏中戏结构"。套层式包括两种具体方式,一种是在叙述的故事中再叙述另一个故事,这两个故事一主一副,互相交织对照,通常揭示思想性和哲理性较强的主题。如《法国中尉的女人》,电影讲述了一个现代电影摄制组在拍摄一部19世纪英国维多利亚时代一桩奇特爱情故事时,组内一对扮演男女主角的演员发生的感情纠葛,用对比的方法表现了两个不同时代的人们在价值观念和生活方式等方面的差异。另一种是同时叙述两个故事,这两个故事几乎平行展开,通过展现这两个故事之间的内在关系,表现剧作者的某种观念。如《海滩》,一方面通过展现石油化工厂对渔民生活的影响,反映了海滩作为自然力的象征和工厂作为人类文明的标志之间的对立;另一方面又通过展现新一代青年男女的爱情纠葛,显示了自然力和人类文明之间存在一定的互补性。剧作者的观念在对立和互补中得到较好的体现。

当然,影视文学的结构形态远不止以上几种,这里只是对几种有代表性的结构形态作了简要说明。

【基本概念】

文学体裁　　叙事文学　　抒情文学　　客观对应　　戏剧文学
戏剧情境　　戏剧冲突　　蒙太奇　　影视结构

【思考题】

1. 作者、隐含作者和叙述者存在什么样的关系?
2. 传统情节观与叙事学情节观各有什么特点?
3. 以中西诗歌为例,略述中西抒情文学表现手法的特点。
4. 为什么说"没有冲突就没有戏"?
5. 为什么影视艺术强调表现"行动中的冲突"?

【阅读文献】

1. [英]E. M. 福斯特:《小说面面观》,人民文学出版社,2009年。
2. [法]热拉尔·热奈特:《叙事话语·新叙事话语》,中国社会科学出版社,1990年。
3. 朱光潜:《诗论》,上海古籍出版社,2001年。
4. [美]约翰·霍华德·劳逊:《戏剧与电影的剧作理论与技巧》,中国电影出版社,1978年。
5. 尹鸿:《当代电影艺术导论》,高等教育出版社,2007年。
6. 褚斌杰:《中国古代文体概论》,北京大学出版社,1990年。

第二编
文 学 创 作

通过第一编"文学本体"的学习,我们对文学活动的社会特性、审美特性和媒介特性以及作品的审美结构和文体的多样性等,均有了具体的认识。那么,处于文学活动中心的作品到底是如何创造被出来的?文学创作有没有规律可循?要弄清楚这些问题就需要我们对文学创作活动进行深入探析。本编将集中探讨创作规律和创作风格两大问题。首先依次阐明文学创作的主客体条件、创作的一般过程和创作形态(原则)等问题;进而论述文学风格,包括风格的审美特征、审美形态和文化形态等问题。对文学创作相关知识的了解,除了可以帮助我们认识文学创作的意义外,还可以帮助我们更好地理解文学,提高文学鉴赏的能力和水平。

第四章 文学创作活动

文学作品是文学活动的核心所在,作品的生成过程即文学创作是文学活动的自然起点,对前者的系统探讨自然蕴涵对后者的深入分析。文学创作是非常复杂甚至难解的精神创造过程,牵连既广且深。本章旨在对其进行学理阐述,主要包括对文学创作主客条件的分析考察、对文学创作一般过程的理论描述、对历代创作活动所显现出来的基本原则或形态进行归纳辨析。

第一节 文学创作条件

作为独特的精神创造过程,文学创作虽然异常复杂甚至具有某种不可解性,但参与其中的基本要素还是分明的,不外"人""物"两端。这里的"人",不是现实的人,没有实用的目的,而享有充分的自由,还有着某种特别的能力和才能,世人尊称其为艺术家、文学家或作家(者);这里的"物",不是通常意义上的物品,而是指作家身处的一切社会生活,尤其指那些映显着时代精神和社会心理的富有特征性的人和事,前文称其为文学的独特对象。我们把前者称为"创作主体",把后者称为"创作客体",这二者之间有着一体两面的双向建构关系。

一、文学创作主体

中西文论史对创作主体的身份、地位和价值,有不同的理解和界定。文学史表明,一位有成就的文学家,必然具有独特的创造能力和贯穿创作过程的创造意识。

(一)创作主体的历代解释

从文论史看,由于群体性口头创作是一切民族艺术创作的滥觞,艺术创作还没有被当作艺术来看待,作品的社会功能和教育意义一直位于思想的前台,这就使得人们对文学创作主体即作家的关注,要晚于对作品本身的研究。在中国,由于言志和抒情传统的根深蒂固、怨刺诉求和比兴手法的代代传承,从《诗经》"君子作歌,维以告哀"至王国维《人间词话》"诗人之于宇宙人生,须入乎其内,又须出乎其外",中国理论家大多把文学家看作人类情感的表现者。我们可以把这种对创作主体的理论定位简称为"表现者"。

西方文论史,对创作主体的理解和定位较之中国则复杂得多。按时代来说,古希腊至17世纪,从《荷马史诗》经达·芬奇的"镜子说"再至布瓦洛《诗的艺术》(1674),受相关哲学理论、尤其是柏拉图和亚里士多德的影响,创作主体常常被界定为"摹仿者"。18世纪启蒙运动,尤其是浪漫主义以降,因近代思想界对"主体性"的升掘和张扬,艺术创作主体的重要性得以彰显,艺术家"无中生有"的创造才能因之得以高扬;情感、想象和天才成为艺术家的身份标志,作家因此又被定位为"创造者"。艺术家与上帝间的互相比拟是这一时期普遍的理论现象:艺术家创造了艺术世界,如同上帝创造了现实世界。

19世纪末叶以来,由于心理学理论的繁荣和发展,人们对创作主体的理解又有新的进展。这其中比较重要的有三家:"旁观者""移情者"和"集体人",它们均倚重于理论心理学。借康德审美非功利理论,瑞士心理学家布洛提出心理距离说,主张艺术家是"旁观者",与所表现的对象应保持适当的心理距离以成就所谓的"审美观照"。在类比和象征的基础上,德国心理学家里普斯在前人理论的基础上提出所谓的"移情说",认为艺术创作最重要的心理过程就是移情——"物本无情,我自移注"。艺术家因此被称为"移情者",正所谓"感时花溅泪,恨别鸟惊心"(杜甫《春望》)、"蜡烛有心还惜别,替人垂泪到天明"(杜牧《赠别》其二)是也。西方的"移情者"与中国的"表现者"有相通之处,都强调了文学创作的情感特征以及抒情的对象化机制,但中国的"表现"除了"移情"一端外,还有"共感"的意味,其实质是"物本有情,物我共鸣"。在弗洛伊德"个体无意识"理论的基础上,他的学生荣格提出"集体无意识"理论,认为"原型"(archetype)是一切心理活动的普遍模式和先天因子,是人类亿万年生存经验的积淀和浓缩;文学连同神话、宗教等文化形式都是对这种原型的复现和传达,艺术家由此成了人类本能和精神原型的操控对象并按照它们的要求进行展现和传承——艺术家成了"集体人"。

无论是表现者、摹仿者、创造者,还是旁观者、移情者、集体人,都有深厚的现实成因和理论依托,都从一个不可忽视的方面揭示了创作主体的重要价值和艺术地位。"表现者"揭示了创作的主体情感特征,"摹仿者"强调了创作的根源对象问题,"创造者"突显了创作的创造性和艺术世界的超越性及独立性,"旁观者"彰显了主体进行创作所必备的心理准备及审美态度的确立,"移情者"把握了创作过程中主客体交流感通的动态特征,"集体人"有利于我们从宏观角度理解文学创作的继承性和作品的深层结构。因此,对创作主体应采取立体式的理论观照,不能偏于一隅而排斥其他。

(二)作家的创造能力

无论我们如何理解和界定作家的工作性质和艺术地位,文学作品之别于日常用品的显著特征都昭示着:艺术家一定拥有某种独特的能力。这种独特的能力是多方面的,且当以整体发挥作用。对应于文学作品所具"言、象、意"的结构层次,可以把作家的创造能力大致划分为语言表达能力、审美感受能力和思想开掘能力三个层面。艺术家因此成了美的创造者、体验者和评价者,也因此既是感性主体又是理性主体,从根本上来说还是诗性主体。

第一,娴熟的艺术技巧。一部文学作品,首先呈现在我们面前的是语言,小到一首五言绝句,大到一部长篇小说,都是语言的汇集。从这个角度说,文学创作就是语言的一种特殊的排列组合,一种有预谋的美学操作。正是这种操作让面前的"语言组合"既有了图物状貌、叙事写景和表情达意的功能,又让其有了洞察世情、娱心悦志和交流共鸣的作用。这种非常奇妙的操作能力,就是通常所谓的"艺术表达技巧",中国人称之为"法"或"式"①。沈从文《论技巧》云:"就'技巧'二字加以诠释,真正意义应当是'选择',是'谨慎处置',是'求妥帖',是'求恰当'。"②细而言之,它包括语言的准确运用、形象的成功塑造、情节的精心设置、结构的巧妙安排、意蕴的深浅显露,甚至包括描写、议论、抒情等手法的巧妙运用。

那么,经典作家高妙的艺术技巧是如何练就的呢?中国古人对此有着非常一致的认识:一要"积学",二要"躬行"。

据载,有人问扬雄"为赋",对曰:"读千首赋乃能为之。"(葛洪《西京杂记》卷二)刘勰也认为"神思"必以"积学以储宝"为前提。唐代文学家陆龟蒙与友生谈及"为文之法"时亦曾断言:"我自小读六经、孟轲、扬雄之书,颇有熟者。求文之指趣规矩无出于此。"(陆

---

① 自唐以来,就出了不少讲析诗法的书,唐代如皎然《诗式》、托名李峤的《评诗格》、托名王昌龄的《诗格》、托名贾岛的《二南密旨》,宋代如严羽《沧浪诗话》、魏庆之《诗人玉屑》,元代如傅与砺《诗法正论》、萧子肃《诗法》、揭曼硕《诗法正宗》、杨仲弘《诗法家数》等,都有专门论"诗法"的章节。

② 沈从文:《论技巧》,见《沈从文全集》第16卷,太原:北岳文艺出版社,2002年,第471页。

龟蒙《复友生论文书》)于诗称圣的老杜概出的"读书破万卷,下笔如有神"一语足以点出此中深义,后人对此多有应和与发挥①。古今中外的经典作品,大多经作家呕心沥血而成,不仅内蕴丰厚、思想深邃,而且极具艺术上的创造性,艺术手法极为高明,因而也就成为后来者学习、借鉴的范本,更成为突破、超越和创新的基本前提。

然而,"纸上得来终觉浅,绝知此事要躬行"。人们在写作实践中常常会遇到眼高手低、文不逮意的现象,从书本上习来的毕竟只是眼力的提高,要想真正地掌握艺术技巧,主要还得依赖于艰苦的反复实践,以做到"熟能生巧"甚至是"大巧若拙"。所谓"苦吟""推敲""两句三年得,一吟双泪流""语不惊人死不休""新诗改罢自长吟"等,都是有关创作艰辛过程极好的写照。鲁迅就曾坦言:从前期的《呐喊》到稍后的《彷徨》,终于脱离了外国作家的影响,"技巧稍为圆熟,刻画也稍加深切"。②

总之,积学以增识见,躬行始具才艺,二者互为表里。清代学者吴雷《说诗管蒯》说得好:"无识不能有才……作诗须多读,书所以长我才识。然必有才识者方善读书,不然,万卷之书,都化尘蠹矣。诗须多做,做多则渐生才识也。然必有才识者方许多做,不然,如不识路者,愈走愈远矣。"

然而,凡是"技"的部分,都只是工具,艺术技巧概不能外。文学创作绝不能"唯技巧",否则就是魔道。正如朱光潜《谈文学》所谓"文艺上许多技巧,都是为打动读者而设",技巧的运用意在引起读者的兴味,进而把作品所蕴含的思想情愫、是非观念、审美理想和人生价值传达给读者,以期获得超越时空的共鸣。深而言之,也可以说"一切技巧均为内容而设",让读者起兴的关键还在于如何把内容安排得或引人入胜、或动人心魄、或含蓄蕴藉。因此技巧的形成、选择与运用最终取决并服务于作家的创作意图和所要表达的对象内容,技巧也就成了创作主体艺术构思和腹稿能否成功外化的关键所在。无论是就创作者还是就欣赏者而言,艺术技巧都应当是具体而鲜活的,"昔我往矣,杨柳依依"带给读者的无限深情是"借景抒情、情景交融"之类的理论概括永远无法替代的。这就说明文学创作"怎么写"的技巧问题与"写什么"的内容问题不仅无法分割开来,且前者要以后者为准的。

第二,审美感受能力。作品"写什么"取决于作家对生活的艺术发现,这首先要求作家具备一种独特的敏感性,罗丹称其为"能发现美的眼睛",我们把它称为"审美感受能

---

① 参阅胡经之主编的《中国古典美学丛编》第二编"创作"的相关内容,南京:凤凰出版社,2009年。
② 鲁迅:《〈中国新文学大系〉小说二集序》,《鲁迅全集》第6卷,北京:人民文学出版社,1981年,第247页。

力"。读者从文学中发现生活，作家从生活中发现文学，所需要的都是这个审美感受能力。正如作家自己所说："如果你的眼睛不敏锐，你能写出这大千世界的万紫千红吗？如果你的耳朵不灵，你能写出这生活的旋律和节奏吗？如果你的心灵结着厚茧，你能写出叫人哭、叫人笑、叫人拍案、叫人顿足的故事来吗？"①因此作家的美感能力与现实生活之间互为依存，前者发现了后者的美，后者则实现、确证并深化了前者的内涵；缺了审美，生活将了无生趣，没有生活，审美会钝化"贫血"。

审美感受能力是文学主体与生活世界借情感和想象而形成审美关系的中介。它非关功利因而是自由的，非关逻辑但又能从感性直观直接过渡到不确定的理解，虽起于感觉但实际上具有强烈的情感性和精神性。如果这一中介发挥积极作用，作家就能勘破外物的独特性和复杂性，把外界事物变成自己主观感受的对应物，从而使外物具有被表现的可能性，并具有了相应的审美价值。作家在社会生活中所产生的审美感受，不仅是获取写作素材的基本途径，还是获得创作灵感的主要渠道。

作家与常人对待生活的态度有根本的不同，常人在生活中以实用的态度对待身边的一切，只关注它们的功能，留在脑子里的只是一些模糊的印象，一切都已自动化，日用而不知。然而，艺术家则以情感的态度、陌生化的眼光对待生活，故而常常能探得一些非常生动典型的形象和触动心灵的细节。就如巴尔扎克那样，据说他每到一个家庭，就在每一个大炉旁去寻找，在那些外表看来千篇一律、平稳安静的人物身上挖掘出好些既如此复杂又如此自然的性格特征，以致大家都奇怪这些如此熟悉、如此真实的事，却为什么一直没有被人发现。托尔斯泰也是这样的，有一次他和屠格涅夫一道散步，看到牧场上有匹瘦弱可怜的骟马。托翁根据自己的观察向屠格涅夫描述了这匹马，屠格涅夫听得入了迷，简直被带进了这个不幸者的悲惨处境中去了，竟不禁问道：你过去什么时候真的是一匹马吧！②

作家对待生活的态度不仅不同于常人，而且与伦理学家、宗教学家和科学家对待生活的态度也有根本差异。伦理学家可能对于道德有一种敏感性，宗教神秘主义者对于一切现象后面的神灵有种种敏感性，科学家眼中只有元素和规律，而对于艺术家来说，"他是审美类型的人，他所重视的只是体现于他所感知事物之中的价值。艺术家的机体生来就有对于感官印象极端强烈的感觉力，并对这些印象有高度的辨别力，而且他的心灵能

---

① 王蒙：《倾听着生活的声息》，《王蒙文存（第21卷）·你为什么写作》，北京：人民文学出版社，2003年，第44~45页。
② [苏]康·洛穆诺夫：《托尔斯泰传》，天津：天津人民出版社，1981年，第334页。

迅速地去理解这些材料中所具备的那些对他的想象力特别有价值的东西"①。

第三，思想开掘能力。从某种意义上说，文学创作的确是作家的自我表达。我们看到一部好的文学作品常常就是作家的心灵自传，真正伟大的作品又一定要能击中人类的心灵深处，足以引起历代读者的强烈共鸣。这就有一个矛盾，读者期于文学者，既有个性化和独特性，又有普遍性和共通性。看来，伟大的作家一定是用最个性化的方式表达最普遍的内容。这里"最普遍的内容"就是作家在自己的生活体验中，通过不断的沉思和反省所开掘出来的具有人类普遍性的思想意蕴，它是人类心灵深处最幽深的秘密，又是人类社会最内在的脉动。这也正好应了文学活动作为审美活动所天生要求的普遍性，即审美虽是单称判断，但又要求社会的普遍赞同。审美这种看似无理的普遍性诉求其实深深根植于人类情感、思想和人性的共通性之中。这也许正是经典永恒性和当下性存在的根本原因所在②。因此，伟大的文学家常常也是伟大的心理学家，甚至是伟大的思想家和哲学家。他们有着智慧的头脑、敏锐的神经和沸腾的热情，能洞幽烛微，有所发现，有所宣告，时常成为时代的先知先觉者。

要发现这种普遍的深层意蕴，就必须靠作家自身开掘思想的能力。大凡伟大的艺术家都具此功力，莎士比亚对人性心理的揭示、歌德对精神超越性的展现、曹雪芹对人间世相的揭露，都是如此。没有对生活的深刻开掘，或许也能写出像样的文学作品，但绝不会有伟大的作品出现，正如姜夔《白石道人诗说》所说："诗之不工，只是不精思耳"。文学史上屡见同一题材因作家思想开掘能力的不同而差异甚大的情况。例如在现代文学史上，同是对人力车夫的描写，胡适、鲁迅、沈尹默等人的作品都有所涉猎，但由于认识深度、思想倾向和世界观存在差异，他们对形象的塑造刻画，截然有别。胡适的《人力车夫》，虽然也写出少年车夫的悲惨际遇和生活的艰辛，但因为他个人思想上的倾向性，却以一种向"异己"阶层成员施恩的形式，表达出一种高高在上的士大夫式的悲悯情怀。鲁迅的《一件小事》则深沉得多，通过展示"我"与车夫对待一件小事的不同态度，表达"我"对下层民众崇高善良品质的尊崇和敬佩之情。正如当代作家高晓声所说："在大量熟悉的生活面前，如果写作的人缺乏应有的见解，也会像一个不会烧饭的人躺在米囤上饿死。而一个

---

① [英]阿诺·理德：《艺术作品》，见《美学译文》(1)，北京：中国社会科学出版社，1980年，第91页。
② 这种"普遍性"或许可以解释文学史既有"过去的过去性"，又有"过去的现在性"，经典作品或文学传统所组成的系统或格局(order)与每一个时代同时并存，并被每一个时代或多或少地改变着，但这个系统或格局总是完整的。参阅艾略特的著名论文《传统与个人才能》，见王恩衷编译：《艾略特诗学文集》，北京：国际文化出版公司，1989年，第2～3页。

努力提高自己思想水平的人,却能够在熟悉的生活中发掘出自己原本没有认识的东西。"①

当然,杰出作家具有他人莫及的思想开掘的能力不是天生的,而有内外两方面的原因。从外在来说,生活中有着取之不尽、用之不竭的矿藏,一个作家应当对自己的社会有着深刻的体察,经受过各种生活磨炼,了解世情百态,体味过人间冷暖,这样才能从平常中见出深刻。可以残酷一点地说,经历过常人不可能经历的巨大苦难或人生巨变,甚至是生死考验,或者有过深刻的思想苦闷和人生危机的艺术家,常常更能写出思想深邃、技艺精湛的杰作。正如严羽《沧浪诗话》所说:"唐人好诗,多是征戍、迁谪、行旅、离别之作,往往能感动激发人意。"这并不是说非要作家都去经历一下人生的苦难,而是强调作家应当有丰富深刻的人生体验;更何况,这种经历也不是人人可有、愿有、想有就有的,它常常是不期而至又无可奈何的。对此,清初文学家张潮《幽梦影》最后一则辨析过:

> 古人云:"诗必穷而后工。"盖穷则语多感慨,易于见长耳。若富贵中人,既不可忧贫叹贱,所谈者不过风云月露而已,诗安得佳?苟思所变,计唯有出游一法。即以所见之山川、风土、物产、人情,或当疮痍兵燹之余,或值旱涝灾祲之后,无一不可寓之诗中。借他人之穷愁,以供我之咏叹,则诗亦不必待穷而后工也。

这种外在的人生际遇,迫使作家带着巨大的危机感和责任感思考人生的价值、理想和意义问题,沉思人类的生存处境,担荷人类的一切。这种内在的沉思常常与哲学和宗教有相通之处,很多杰出的作家都有自己的哲学思想或宗教情怀,如歌德、托尔斯泰、陀思妥耶夫斯基等;许多作家本身就是哲学家,如卢梭、席勒、萨特等。这就启示我们,成为杰出或伟大的作家,除需具备天赋、对文学的挚爱和丰富的人生体验外,还必须有思想修养、文化修养,尤其是哲学修养,以及崇高的精神境界和文化责任感。

(三)作家的创造意识

文学作品是精神创造品,精神活动的目的性决定了文学创作全过程必然贯穿着作家的创造意识。所谓"创造意识",是指贯穿创作过程始终的促使创作行为持续进行的主体意识,它包括创作动机、创作预期和创新诉求三个方面。

贯穿于文学创作活动始终的作家的创造意识,鲜明地体现了作家主体精神的重要地

---

① 高晓声:《生活和"天堂"》,《新时期作家创作艺术新探》,北京:人民文学出版社,1991年,第12页。

位。在进行文学创作时,作家写什么以及怎么写,并不随意而为之;相反,常常是有意识的、自觉的精神活动。这种自觉的活动,意味着人在与客体的特定关系中,不是完全被动地接受,而是积极主动地参与;它不仅体现于创作活动的全过程,而且在创作之先就已暗藏其中。

是什么促使作家去写作,甚至要为此辛勤劳作甚至执笔终身不辍呢?这背后就暗藏着创作动机问题。关于创作动机,简单地说,就是推动作家从事文学写作的内在驱动力。根据具体情况,它有时体现在创作一部作品之前,有时则呈现为作家走上创作之路的根本性目的,有时两者也交错出现。但不管哪种情形,它们都在或明或暗地驱使着作家创作欲望的生长。当然,这一内驱性的力量也并非是作家无缘无故的遐想,其形成有着非常复杂的心理内涵;其形成既来自外部世界的刺激,也来自自身的诉求,甚至是潜意识的推动。外在的客观对应物,往往预先就给作家以程度不同的启迪、暗示,加之作家本身此时此地独特的情绪和心境,两者交互感应,形成独特而复杂的生理心理结构,于是便产生巨大的感召力。可见,创作动机的出现,首先来自外部世界的有效刺激——"谁知道一次邂逅,一句记在心中的话,梦,远方传来的声音,一滴水珠里的阳光或者船头的一声汽笛不就是这种刺激"①。而这种外部刺激一旦与作家特定的心理需要相遭遇且相适应,那就会自然而然产生一种强烈的支配性的力量,促使作家将自己的情绪、意念表达出来,以使动荡的心态处于相对平衡状态。

创作与动机的紧密联系,在文学实践中是普遍的。鲁迅在日本留学,由学医转而走上文学创作之路,就是因为在幻灯片上看到一群中国人围观一个被当作间谍将要被处决的中国人,痛恨国人精神大大的麻木而引发的。这虽然带有一定的偶然性,但与鲁迅一直怀抱"救国"情怀分不开。创作动机对于某一部作品问世的驱动力作用,更为明显。美国女作家斯托夫人因亲眼目睹蓄奴制的野蛮和残暴,所以一直想写一部此类题材的小说,但很长时间无从下笔,直到《逃奴法案》的颁布和弟媳来信呼吁等外在因素的刺激,创作动机才被完全激发出来。她用半年多时间就完成小说连载并将其出版成书。

当然,作家的创作动机是多种多样的,有远景、近景的,有集中、支援的,有高尚、卑下的,有有意、无意的,有纯粹、混杂的。与道德行为不同,在这里,动机与结果并没有直接的因果关系。巴尔扎克有时也为稿费忙碌;米开朗琪罗似乎一生都在为自己不喜欢的人干活;陀斯妥耶夫基斯总是先领稿费,去赌,输光了回来,在要交稿的前几天,他在房间里

---

① [苏]康·巴乌斯托夫斯基:《金蔷薇》,上海:上海译文出版社,1980年,第39页。

走来走去,猛拽自己的头发,一个劲地不停地说,速写员不停地记,一篇篇杰作就这样新鲜出炉了。作家的职责是创作伟大的作品,至于他出于怎样的目的进行创作,倒不必过于计较。

作家的创作常常受外在机缘的激发后,才能明确起来。这并不是说,任何一种外在机缘都能随意引发创作动机。外在机缘总是与作家内在的心理质素相契合甚至相一致,才有可能起作用。同一件事情,对不同的作家所引起的感发往往有着很大的差异。有时某一物对此作家触动很大,对彼作家而言却稀松平常。一个作家只能根据自身的思想状况,对某些事物的熟悉程度进行文本创造。就是说,作家每写一部作品都有自己的意向和目标,即创作预期。

创作预期意味着作家对所要苦心经营的作品的意向性期待。如果说创作动机意在发动创作,那么,创作预期就侧重于树立目标并促使创作行为朝着预定目标发展。老舍创作《骆驼祥子》的经过就是这二者关系最好的说明[①]。不管是叙事性的作品,还是抒情性的作品,作家在创作之前都总是有目的、有意识地试图去表达一种"意"。没有情感、意绪、思想,作家就无法选择恰切的意象和适当的材料进行创作,也就无法从宏观上把握住自己所要描写和表现的对象。当然,这种预期不应是从众式的口味迎合,而应是精神创作者趣味的有效引导。

创新诉求可以说贯穿于整个的创作过程。艺术在本性上要求创新,创新性是艺术创作的前提条件,重复前人或自我重复都将无法被容忍。故而艺术家对于前辈常有着非常矛盾的心态,既感谢他们开路探险之功,又担心自己无法超越他们,这就是西方人所谓的"影响的焦虑"[②]、中国人所说的"宋人生唐后,开辟真难为"的深层根源。"盖创之匪易,捷足者既已先登;而继之殊难,后来者莫能居上。"[③]不过,艺术创作之所以会赢得世人如此高的礼遇,正在于其难乎为继之际有人独辟蹊径,难能方显可贵。

二、文学创作客体

广阔的社会生活是文学创作的源泉,进入作品的生活内容和人化自然方称为文学对

---

① 老舍:《我怎样写〈骆驼祥子〉》,《老舍论创作》,上海:上海文艺出版社,1980年,第43~47页。
② 结构主义者、"耶鲁四人帮"之一的哈罗德·布鲁姆于1973年出版了一本"震动了所有人神经"的著作,名字就叫 Anxiety of Influence: A Theory of Poetry。汉译本《影响的焦虑》,南京:江苏教育出版社,2006年。
③ 李庆辰:《醉茶志怪自叙》,《醉茶志怪》,济南:齐鲁书社,2004年。

象。文学对象可分为描写对象与认识对象两个层次:描写对象是表层的感性形象,认识对象则是深层的精神意蕴。

(一)社会生活与文学对象

客体与主体相对应,与创作主体相对应的是创作客体。创作客体的内容极其丰富:从自然风物到人文景观,从日常生活到历史事件,从个人经历到社会变迁。一般来说,因为作为整体存在的社会生活是文学创作的唯一源泉,所以人们通常也就把它视为创作客体,也就是本书所说的"社会生活"。所谓"社会生活",按照现代社会学理论,可以将其看成人与人之间在一定的物质条件下结成的相互关系和共同活动,包括环境、社会和个人三个层次。德国大文豪歌德写过许多伟大的作品,他的创作才能和艺术成就是世所公认的。对客观生活之于创作的重要性,他说过一段非常精彩的话:

> 我只不过有一种能力和志愿,去看去听,去区分去选择,用自己的心智灌注生命于所见所闻,然后以适当的技巧把它再现出来,如此而已。我不应把我的作品全归功于自己的智慧,还应归功于我以外向我提供素材的成千成万的事物和人物。①

但是这种对生活之于创作的重要性的强调,只是从一般原则的角度来说的,它还没有将作为一门艺术的文学的特殊性凸显出来。文学使用的是语言文字这种非常独特的媒介,它所反映的事物必须以此媒介为基准。更具体地说,只有进入作品的"社会生活"才有资格被称为"文学对象"。

所谓"文学对象",是指借由作家的审美选择和艺术处理而进入文学作品中的社会生活。对文学对象的理解和定位,不同时代、不同民族有着各不相同的认识。比如在像中国文学这样以抒情为主导的文学传统里,自然会把主观情感作为文学的主要表现对象;而在西方,文学以叙事为主,所以更习惯于把目光放在社会、事件和行动等方面上。当然,随着文学创作的突破与变异,以及各民族文学的相互交融,20世纪以来文学创作渐趋多元化。如有人则另辟蹊径以发掘文学对象的深层内蕴,把"集体无意识""原始意象"等作为文学表现的对象,这就很难再用前面讲的二分法来予以说明了。从另一个角度看,正是对文学对象的不懈探讨,为我们深入理解文学的特殊对象提供了重要的理论资源。

(二)描写对象与认识对象

文学对象在具体的创作实际中,有着复杂的理论内涵。本书前文曾概括出"生活说"

---

① [德]爱克曼辑录:《歌德谈话录》,北京:人民文学出版社,1978年,第250页。

"人学说"和"心学说"三种关于文学特殊对象的理论,正好揭示出文学对象的复杂性。从前文关于"文学作品结构层次"的讨论中,也可以看出,"象"与"意"皆是文学所表现的对象。若再考虑到作家的创作动机和创作意图,我们就能比较清晰地揭示文学对象的不同内涵,即文学对象包含两个维度:描写对象和认识对象。前者是直接的、表面的、工具性的,后者是潜在的、深层的、目的性的;前者属于"形象"层面,后者属于"意蕴"层面。

如上所论,一切存在,无论是现实的还是观念上的,虽都可将其当作文学的创作源泉来对待,但只有进入作品的"社会生活"才能被称为"文学对象",它又可分为"描写对象"和"认识对象"。文学的特殊对象是后者而非前者,不是说文学作品实际上描写了一个东西,那这个东西就是文学的特殊对象。文学作品实际描写的东西通常只不过是文学借以表达的手段或方式,其真正的目的和意图在彼不在此。在谈到"你为什么写作"时,世界百位著名作家的回答可谓五花八门,但细加体味,他们的回答饱含了他们对人性人情、灵魂命运和理想价值等人类普遍性问题的深刻认识和深切关注[1]。可以概括地说,"艺术所要达到的目的是对于情感生活之本质的洞察和理解"[2]。可见,文学的特殊对象,即文学的认识对象,就是作家心灵深处时刻关切并寄寓在作品中的人类最根本、最普遍的人性、精神和价值问题。这些问题通常被称为"普遍人性",康德认其为"审美理念",我们在上文称其为"普遍性的思想意蕴"。我们常说,文学与哲学、宗教有着亲缘关系,着眼点即在此处。

当然,具体到个别的文学创作,比如纯粹写景与纯粹抒情性的作品,前者似乎有"象"而无"蕴",后者似乎无"象"而有"蕴",确实不太容易非常清楚地区分出描写对象和认识对象。但是这类作品毕竟不是文学的基本状态,为数不多,亦可视其为象、蕴二者合一的特例。更重要的是,这两类作品,以苏轼的《饮湖上初晴后雨》和普希金的《假如生活欺骗了你》为例,细细加以品味,苏作中自有深厚意蕴暗藏其中,普作中亦有鲜活的生活场景隐居于幕后。

混淆社会生活与文学对象,会带来非常严重的理论误解和实践误判。比如在实际的文学研究中,不能清晰地区分现实人物与审美人物、现实人性与审美人性、现实情感与审美情感。文学作品中所描写的对象固然有其现实根源,但实质上都是作家观念的对象化,是审美符号,与现实生活中的人、事、物并不能直接画等号。艺术世界与现实世界有

---

[1] 参阅王歌等编译:《世界100位作家谈写作》,上海:上海文化出版社,1987年。
[2] [美]苏珊·朗格:《艺术问题》,北京:中国社会科学出版社,1983年,第89页。

着根源上的关联,但也有着本体上的差异:一个是现实的,符合生活的逻辑;一个是艺术的,符合艺术王国的法则①。因这种误解而受灾最严重的是人物分析领域:把纯然虚构、实际上并不存在的文学人物,视为具有自然生命、真实存在的现实人物或历史人物,然后把人物的命运遭遇直接归因为人物自身的生理或心理的、道德或观念的因素;进而,对正面人物的分析变成对其高洁品格或忠贞爱情的热烈歌颂,对反面人物的分析则成为对其罪恶行为或卑劣品质的道德批判;更有甚者,当人物的行为动机在文本中得不到足够解释时,评论者便通过主观的"推断""设想",杜撰出作品中没有的人物经历,把评论者的"合理想象"作为客观论据,从而使动机臆测合理化。我们认为,文学人物分析必须遵循的"一条原则"就是,立足文本,从文学人物的审美特性出发。在对文学人物的分析中,不要认为它像日常生活中的你我那样是独立自足的,而应视之为一种人性的类型,不是去追问它的悲剧根源或性格来源,而是要思考作家为何要塑造这一性格特征,又是如何把它写活的,以及此类性格的历史文化根源等真问题。②

同样,无视文学对象的复杂性,看不到文学认识对象与描写对象的差异性,也会给文学欣赏和批评带来严重的阻碍,导致文学解释浮于表面。这虽然不会导致过度阐释产生,但也会使人们丧失对众多文学杰作深层意蕴把握的可能,枉费了作者的一片苦心。可以断言,真正的文学创作绝不是嘲风弄月的随意任为,而恰恰有着非常深刻的人性根源和普遍性诉求。

三、文学创作的双向建构

在客观世界中,主体与客体之间是一种矛盾运动的"对象性关系"。没有主体就没有客体;没有客体,主体也就失去了作为主体的意义。主体发现了客体,并将之纳入自己的认识活动、实践活动或审美活动之中,赋予客体以内涵、意义和价值,主体因此成了真正的主体,有了自己的历史和存在。客体也在这个过程中被"照亮",因而得以从原生的世界中脱颖而出,在人类世界中有了自己的位置和归属。总之,没有主体,客体是死寂的;没有客体,主体是空洞的。主客间的这种"对象性关系"典型而鲜明地体现在作为审美意识的文学活动尤其是文学创作中。

---

① 请参阅本书第一章第二节相关论述。
② 参阅陈文忠:《文学人物分析如何正确提问》,《学语文》,2014 年第 5 期。

(一)主客间的审美融合

所谓"审美融合",是指有审美能力的主体在发现、提炼并表现对象审美价值的过程中所达成的情与景、意与象之间的交融契合。在艺术里,感性的东西被心灵化了,而心灵的东西也借感性而显现了出来,这是主体客体化与客体主体化的双向过程。朱光潜称其为"情趣的意象化和意象的情趣化"相统一的过程。正如辛弃疾《贺新郎》所谓"我见青山多妩媚,料青山见我应如是"。文学活动中主客间的审美融合,与人类其他创造活动的不同之处就在于,它并非一种直接的现实行为(现实中的自然人化),而是一种假定性的精神性建构(观念中的自然人化),最终指向一种具有价值生成功能的文化。这使得文学创作活动中主客体的统一,既包含主体的审美心理,又包含客体的审美特征,是二者完美的审美融合。

对于创作客体来说,无论是自然界的花鸟虫鱼、山川景致,还是社会生活、历史现象,在没有进入作家的写作视野之前,都只是普通的客观存在物,没有多少艺术价值。其在经过作家的审美观察、体验、生发后,才会渐渐成为具有审美特征的审美对象。所以,作家审美心理诸因素的渗透、濡染,对于外在客体的对象化、情感化、审美化,有着特殊的重要意义。

中国古代的理论家,对于主客体间的审美转换过程,有过精辟的阐述。钟嵘在《诗品序》里说:"气之动物,物之感人,故摇荡性情,形诸舞咏。"刘勰更在《文心雕龙·物色》中说:"岁有其物,物有其容;情以物迁,辞以情发。"这些都在讲自然景物与主体内在情感的相互映发关系。清代诗论家王夫之《夕堂永日绪论内编》中的论述则尤为精妙:"情景名为二,而实不可离。神于诗者,妙合无垠。巧者则有情中景,景中情。"主客体的关系在诗歌中被移植成情与景的二元对立关系后又力求统一,这就将中国诗歌创作所具有的富有民族色彩的建构特征,完整地展现了出来。

在文学的创造活动中,正因为主客体之间的双向交流、建构,才最终生成既具有可感的形体又能超越日常事物且富有意蕴的审美表象。关于创作主客体融合的这种特征,现代美学家宗白华说得好:"艺术家以心灵映射万象,代山川立言,他所表现的是主观的生命情调与客观的自然景象交融互渗,成就一个鸢飞鱼跃,活泼玲珑,渊然而深的灵境。"[①]

(二)主客体的形象建构

在文学创造活动中,主客体的审美融合,必须与文学创作本身的特征相符合。作家

---

① 宗白华:《美学散步》,上海:上海人民出版社,1981年,第60页。

在创作时,都是有意识、有目的地在运用文学样式,再现客观现实或表现主观情志,而文学创作最重要的途径就是建构并依赖于形象体系。所以,作家对主客体融合的追求,最终还是通过生动丰赡的艺术形象来体现,审美形象也是作家从事艺术创造时追求的最直接目标。

形象是艺术活动中的一种创造性的结构生成。作家需要在客观现实纷纭无序的现象界,搜寻那些能真正体现时代精神状况和人性本质的人与物,加以创造性地改造,并把自己对人类普遍问题的思考融入其中,建构既能提升人性品位又合于艺术特征的审美意象体系,即文学作品。为了达到这样的审美目标,他们时常殚思竭虑,将燃烧的情感、自我的心智,毫无保留地展现出来,甚至付出自己毕生的心血。

形象的建构,在人类不同时期的文学作品中,呈现出的情况各不相同。早期的创作,尤其是那些集体创作、口头流传的作品,因为受人们认识水平、思维方式的影响,主客关系往往包含"宏大"的文化因子,建构的形象更多的是集体性的表征。像《荷马史诗》反映的是特洛伊战争前后的故事,里面描写了一些超越常人能力的英雄人物,设置了许多现实生活中难以重现的战斗场景,体现了古希腊民族早期的生活、思想、情感和理想,让我们领略到人类童年时代的普遍人性。近代以来的文学创作,作家的自我意识、主体意绪,在形象中表现得更为明显,并力求做到主体的审美追求与客观对应物的融合统一。歌德的《浮士德》是这样的,曹雪芹的《红楼梦》也是如此。比如后者在"悼红轩中,披阅十载,增删五次",洒尽"辛酸泪",创造出了众多生动感人的人物形象。作者把自己真挚的人生体验和对衰败中的清王朝的切实认识,融入繁复错综的日常生活形象中去,借以表达个人对人生和社会独特的审美理解。

主客体的双向建构,其实除了受处于社会关系网中的个人、自然环境和社会环境的影响之外,还受已成气候的民族文化传统的制约。的确,"一切已死的先辈们的传统,像梦魇一样纠缠着活人的头脑"[①]。文学的发展有自己的历史,每个时代都或多或少涌现出一些有口皆碑的伟大的作家和优秀的作品,他们以自己独特的才能和创造性的建构,给后人留下了弥足珍贵的文学宝库和艺术遗产,成为后代作家攀登新的艺术巅峰的向导。总之,"双向建构"既是创作主体对社会生活的创造性建构,即把后者淬炼成为艺术作品,也是现实生活对作家生命世界的建构,使之成为文学家。

---

① [德]马克思:《路易·波拿巴的雾月十八日》,《马克思恩格斯选集》第 1 卷,北京:人民出版社,1995 年,第 585 页。

(三) 作品对读者的心灵建构

文学艺术作品的欣赏,最终在读者心灵中留下的,是对个体精神世界的丰富、深化和重构。有欣赏经验的读者大都能体会,在阅读一部优秀之作前后,自家的心灵世界是有很大不同的,有的甚至是洗心革面、脱胎换骨式的,这样的作品完全可以被称为我们的"心灵的诗友"。西语有云:"经过悲剧震撼过的灵魂,再怎么堕落也不会堕落到哪里去的。"这是如何可能的呢?狄尔泰有一本名著《体验与诗》,可以帮助我们理解这个迷人的难题:作家的体验通过作品去重塑了读者的精神世界与世界观、人生观、价值观,使之更精深,更切中时代与人生的真相。这就是作品对读者心灵的建构作用。

第二节 文学创作过程

人类对客观世界的掌握方式有多种,文学艺术作为特殊的精神创造活动,既不同于物质劳动者、实验人员那种物质实践的掌握方式,也不同于哲学家、宗教家那种精神理论的掌握方式,它对世界采用的是审美的掌握方式。在从主客体的对立到交融互渗,最终完成文学作品的整个审美活动中,作家是其中的主体,为创造过程提供内在的尺度。

清代著名画家郑板桥对艺术创作过程有过一段精彩的描述:

> 江馆清秋,晨起看竹,烟光日影露气皆浮动于疏枝密叶之间。胸中勃勃遂有画意。其实胸中之竹并不是眼中之竹也。因而磨墨展纸,落笔倏作变相,手中之竹又不是胸中之竹也。总之,意在笔先者,定则也;趣在法外者,化机也。独画云乎哉![1]

这段引用率极高的文字,的确非常精辟且形象地概述了艺术创作最基本、最一般的过程。清代诗论家叶燮在《赤霞楼诗集序》中的概括更为精粹:"遇于目,感于心,传之于手而为象。"板桥主要从客体角度说,叶燮则主要从主体角度说,可互为发明[2]。从"馆中之竹"经"眼中之竹"进而到"胸中之竹"最终到"手中之竹",正是艺术创作从"艺术素材"经"艺

---

[1] 郑板桥:《郑板桥集》,上海:上海古籍出版社,1962年,第154页。
[2] 中国古代文艺理论家对创作过程有着非常精彩的描述,比如《文心雕龙·熔裁》篇提出的"三准说":"履端于始,则设情以位体;举正于中,则酌事以取类;归余于终,则撮辞以举要。"著名学者王元化在《文心雕龙创作论》中对此作过精彩的论述。

发现"进而形成"艺术意象"最终到"艺术形象"的过程。其中四个环节形成三个阶段：从"馆中之竹"到"眼中之竹"是艺术创作的发生阶段，从"眼中之竹"到"胸中之竹"是艺术构思阶段，从"胸中之竹"到"手中之竹"是艺术传达阶段。依此，本书把文学创作的一般过程概括为三个相互联系又相对独立的阶段：文学创作的积累阶段、构思阶段和传达阶段。

一、文学创作的积累阶段

生活积累是文学创作的前提，否则巧妇难为无米之炊。一个作家的生活积累，最重要的是应拥有真切深厚的生活体验和独到的艺术发现。与此相联系，敏锐的审美感知和独特的灵心妙悟，是生活积累中不可或缺的心理能力。

(一) 生活体验与艺术发现

体验生活是为了积累写作素材。巧妇难为无米之炊，文学创作亦不能白手起家。创作开始前会有一个或长或短的准备期，需要作家在生活中摸爬滚打，积累丰厚的生活体验和尽可能多的写作素材，这就是创作前的材料准备阶段。创作材料是以一种精神或观念的方式储存在作家头脑中的，一位没有丰富的生活积累的作家，不可能对生活有非常深入的反省，也绝写不出有血有肉、感人至深的作品来。比如在《契诃夫手记》中，您会读到"有一男人，笨得像匹灰色的骟马""有一位小姐，她的笑声，简直像是把她的全身浸在冷水里发出来的一般""他的胡须像鱼尾巴""人们都喜欢谈论自己的疾病，但生病明明是他们生活中最乏味的事情""头脑必须清楚，心地必须纯洁，身体必须干净"等丰富的素材积累和生活体悟。

材料获取，有有意获取，有无意获取；有直接获取，有间接获取。有意获取是指作家在某种创作动机的支配下，自觉地对某类素材进行收集整理。我们过去常说的"体验生活"，就是这个意思。如魏巍为了反映志愿军战士的生活与思想，深入朝鲜战场进行采访，契诃夫1890年的库页岛之行①，都是有意深入生活获取素材的经典例子。相对于无意获取而言，有意获取的时间较为集中。杜甫不是为了创作"三吏""三别"才去经受战乱之苦的，而是在经历战乱之苦后，他抑制不住自己的内心冲动创作了这些流传千古的诗篇。杜甫的亲身经历，就是无意获取的。相对于有意获取而言，无意获取的时间要长一

---

① 契诃夫在写给友人的信中，对此次探访有着非常细致的描述，并对之抱有很大的希望。正是这次考察，让他看到了沙皇统治下俄罗斯牢狱般的现实，并让他怀着无比愤慨的心情创作了名作《第六病房》。参见叶尔米诺夫撰写的《契诃夫传》，北京：人民文学出版社，1960年，第260~263页。

些。但正如当代作家史铁生所说,"体验生活不同于生活体验",体验生活未必就会有生活体验。所谓"生活体验",是指作家在自己人生的各个阶段,从自身的切实感受中,通过反思或反省所形成的对生活和人生的理解和感悟。由此可见,从实地体验生活到形成生活体验,必须经过主体自身的反思和体悟。材料的获取还有直接间接的差别。直接获取就是通过亲身参与实践来获取,比如司汤达有从军的人生经历,王安忆有下放的生活体验。中国艺术家对此常有如下概括:陆游说"工夫在诗外"、杜甫说"读书破万卷"、董其昌说"读万卷书,行万里路"。间接获取也就是通过文字、语言、音像等方式获取创作材料,比如凡尔纳创作的100多部(篇)幻想小说,材料大部分来自法国国立图书馆的书刊;如长篇历史小说的创作,更是如此。

　　一个人独特的人生经历、教育背景以及生活道路,都可能会对他今后的创作产生巨大的制约和影响,也为他积聚了迥异于他人的个性化的创作素材。在作家一生的经历中,有些原初体验是根本性的、奠基性的,比如"童年经验"。有一位喜欢文学的初学者曾问海明威:"一个作家最好的早期训练是什么?"海明威回答道:"不愉快的童年。"童年经验包括童年时代的各种人生经验,作为人生最初的原型体验,常常在人的生活历程中,成为摆脱不去的情结。当他后来成为作家时,童年经验自然而然地像幽灵一样,时隐时现地在他一系列的作品里游荡。高尔基就以自己悲苦的童年生活为背景,写过许多自传性的小说。鲁迅小说中众多的人物、场景,都深深地烙有他自己早年生活状况的印记。这种生活体验是直接的、根深蒂固的,常以无端的方式融入作品的形象和思想之中。

　　生活体验无论是直接间接的,还是有意无意的,都是作家创作活动重要的材料来源。然而,材料的积累固然重要,但也只是创作活动的必要条件,并不是唯一的决定因素。生活材料,毕竟和文学作品的内容题材不在同一个层面。生活中的诸多材料,常流于杂乱无章的表象层面,混合着偶然性因素,不可能毫无筛选地进入审美领域。作家从中发掘的有代表性、有审美意义的材料,深深地打动过作家,将它们写入作品中又能打动读者。这就是艺术发现。

　　所谓"艺术发现",就是指作家依据个人的创作个性、审美理想,从观察到的事物中无意间突然获取的一种独特的领悟。艺术发现是长久追寻后的蓦然领悟,正像"蓦然回首,那人却在灯火阑珊处";常常需要独特的眼光和非凡的观察力,需要外在机缘与长期积蓄的内心体验的猝然相遇。它是一个触媒,一个火捻,像磁石吸引铁屑,常常会带来意想不到的创作效果。1927年夏天,茅盾在牯岭养病,接触到不同职业、阶层的人群。这些人多数没有引起他的注意,唯独一位云小姐使他产生了兴趣。这是一位"肝病第二期"患者,疾病的威胁使得云小姐的心情时而消极时而兴奋。后来,这个人物的影子一直活动在茅盾的《幻灭》《动摇》与《追求》三部曲中。茅盾把云小姐摄入自己的艺术注意圈,不是偶然的。那时他和许多动乱中的中国人一样,面对变幻无常的时事政局,正陷入对人生、前途的矛盾困扰之中。他面对周围灰色的人生,有时看到一丝希望的微光,有时又极为悲观消沉。云小姐无常的情绪表现,正好和自己的心境产生共鸣,成为艺术创作需要的材料。歌德创作《少年维特之烦恼》的情形也是如此。总之,艺术发现是创作的重要契机,可以说,没有发现就没有创造。这种创造的实质和原则是同中见异和异中见同。比如《日出》《啼笑因缘》和《第一炉香》,虽然讲述的都是女人因金钱而沉沦的故事,但写法各异,足以显出艺术的创造性。①

(二)积累阶段的心理机制

整个文学创造活动,都与作家的心理活动密切相关,只是在不同阶段会以某种独特的心理机制为主导。在文学创作的积累阶段,参与运行的心理机制主要有两种:审美感知和妙悟。

"感知"是感觉和知觉的合称。感觉获取对象的个别特征,知觉在此基础上形成对对象的整体直观。主体必须首先通过感觉和知觉才能同世界发生相应的关系,这是整个人类心理活动的前提,也是审美心理和文学创作活动的基础。从心理学角度看,感知是美感的门户,又是信息的选择器。在各种感官中,视、听是最主要的两种审美感官,也是接受信息的主要渠道;由于与语言这种独特的符号相关联,其又被称为有认识功能(黑格尔)和交际功能(帕克)的感官。"语言"不仅是文学存在的基本状态和文学创作的基本媒介,还是深化、提炼和升华生活经验和创作素材的主要工具和触媒,更是主体反思生活、形成体验和获得感悟的主要参与者。

同日常感知相比,审美感知具有三大特点。一是与日常感知的客观冷静不同,审美感知带有浓烈的情感色彩。二是伴随着敏锐的选择性。审美感知要求主体对众多对象作出分析筛选,也要求主体对同一个对象的不同侧面进行有选择的感知,以形成独特的直观和形象。同一个对象在艺术家与常人眼里是有着鲜明差异的,艺术家能迅速地抓住对象的典型特征,而常人只能形成一个有关对象的模糊的印象。三是审美感知有整体性的特点。总之,审美感知作为美感的门户,是一种带有浓烈的情感色彩,具有敏锐的选择

---

① 参阅辅助教材《文学评论文选》(芜湖:安徽师范大学出版社,2018年)所录许子东《一个故事的三种讲法》一文。

性和把握对象整体的心理机能。

"妙悟"一词最初出自宋代诗论家严羽,他在《沧浪诗话》中说:"大抵禅道唯在妙悟,诗道亦在妙悟。"他试图以之说明诗歌创作活动特殊的审美心理机制。从严羽的话里也可以见出,"悟"本来是佛教用语,意指对"真如""佛性"等精义的理解、洞识。六朝刘宋以降,还发生过"渐悟""顿悟"旷日持久的论争,后来人们在文学理论尤其是诗歌理论中,才逐渐广泛地使用"妙悟"。文学创作活动准备阶段的"妙悟",是指获得艺术发现的心理机制,它超越日常思维逻辑,在无意之中,达到对事物超常规的体察,获得对对象审美属性的整体把握,近似于西方重要的审美心理范畴——艺术直觉。

妙悟体现了作家在接触外物时,于感性观照中艺术地发现事物深层意蕴的能力。但妙悟并不神秘,作家之所以能在短暂的时间内暮然领悟,主要是因为作家此前已经对某一问题,有了长久的观察、体验,只是一时没有找到合适的对应物,心里无法形成完整的表象。一旦外在事物与内在的情绪相契合,一直以来想写一部什么样的作品,便豁然开朗了。假如没有作家固有的艺术素养和非凡的洞察力以及长久的思索苦寻,就永远不会有由对生活材料的准确把握和妙悟带来的艺术发现。

二、文学创作的构思阶段

艺术构思是一个复杂的精神劳动过程,它以艺术形象的创造为最终目标。综合与变形是最主要的两种构思方式。艺术构思的过程也是形象思维的过程,情感、想象和灵感是形象思维过程中最活跃的心理要素。

(一)艺术构思与构思方式

当作家拥有了相当丰富的创作素材,并获得艺术发现,领悟到部分素材所包含的深刻的思想意蕴,强烈的内心冲动和表现欲望涌动,这时创作活动就进入艺术构思的阶段了。所谓"艺术构思",是指作家根据自己获取的材料储备和艺术发现,在观念中创造出相对完整的形象系统的思维过程。正如鲁迅所说,"静观、默想、烂熟于心,然后凝神结想",终而"一挥而就"。① 它承接着文学创作的准备阶段,既在某种不可抵御的创作欲求的推动下进入构思过程,同时又赋予自身一个中心的任务,即孕育出具体的、活生生的艺术形象。它包括提炼素材、孕育形象、设计情节、凝聚情感、意境呈现等。可以说,在整个

---

① 鲁迅:《〈出关〉的"关"》,《鲁迅全集》第 6 卷,北京:人民文学出版社,1981 年,第 519 页。

的文学创作过程中,艺术构思是最为关键的环节。只有通过构思活动,才能将生活素材转化为审美形象,最终形成完整的形象体系。

艺术构思过程是知、情、意有机统一的过程。按照艺术形象在构思过程中成型程度的不同,这一过程大体包括前后关联的三个时期。

第一,形象的发轫。文学创作是一种生命活动,文学史上每一个新的富有魅力的艺术形象的问世,都意味着一个新的生命——艺术生命的诞生。在积累素材阶段,作家观察了形形色色的生活事件,碰到各种各样的悲欢离合。在生活的经验和情感的体验积累到一定的程度时,由于某一事物或现象的触发,这些能量迅速聚集起来,促使火山爆发式的创作冲动产生,艺术形象便找到了生长的基点,这就是形象的发轫。作家的创作经验表明,形象发轫的缘由和方式多种多样。有的是作家某一次亲身经历的突然触动。比如,"四人帮"被粉碎后不久,张弦回去办理平反事宜,在公共汽车上遇到原单位一位遭受迫害回来要求复查的放映员。放映员的遭遇很不幸,但她见到张弦,没诉自己的苦,反而关切地问起其他受迫害同志的处境。这使作者想起另外一种人,他们只为自己的冤屈怒形于色,对别人的痛楚漠不关心。两相对照,作者产生了强烈的写作冲动,写成了以"我们在十几年颠倒了人"为主旨的著名小说《记忆》。还有的是作家旧日积累的情感,激发起了创作冲动。巴金在自己的小说《门槛上》里明确写道:"那十几年的生活是一个多么可怕的梦魇!我读着线装书,坐在礼教的监牢里,眼看着许多人在那里面挣扎、受苦,没有青春,没有幸福,永远做不必要的牺牲品……我离开旧家庭,就像摔掉一个可怕的阴影。"这种对堕落、颓败的传统旧家庭的强烈憎恶的情感,成了巴金创作《家》的动机。

第二,形象的孕育。这一时期是作者运用形象思维创造性地重现生活印象的过程,特别是主要人物形象或意境的酝酿和发展过程。作者的构思从"形象的发轫"开始,"神思方运,万涂竞萌",过去的生活情景又历历在目。作家好像再一次回到了历练过的世界,而作家在思维中则仿佛有了分身术:一方面,他清醒地检视、品评着自己的艺术构思、幻想和想象,并按照自己的思想观念和审美理想,对人物的思想和行为作审美的评价,同自己意念中的人物保持一定的距离;另一方面,他又好像成了自己"内心视觉"中的人物,体验着不同人物的喜怒哀乐。总之,这是作者进一步感受、回味、理解生活体验的时期。像托尔斯泰的《复活》,它的原始情节"科尼的故事",深深地打动过作者,激起他强烈的创作欲望,但该书是十年后才完稿的。这期间,托尔斯泰经过了艰苦、痛楚的思想探索和艺术探索。他不断地否定原来的艺术构思,一再探求新的艺术构思,从对个人道德心理的谴责转向对社会黑暗政治的控诉,从人物重心的移位到作品形象体系的重新安排,从讲述喀秋莎个人悲惨故事引申到对沙皇专制制度的揭露抨击。最终,随着作者对主题的不断开掘和深化,人物、情节和结构都随之产生了较大的变化。作品的艺术形象,在不断孕育中趋于成熟。

第三,形象的生成。作家的艺术构思,经过形象的受胎、萌芽、生长,主要的人物、意象有了眉目之后,随着构思越来越深入,主题亦越来越深刻,情感亦越来越集中,时间、空间变得越来越具体,文学对象间的内在关联愈发契合,整个作品的艺术形象体系明朗起来。这是一个全新的艺术世界,"全部是生活的,又全部是想象的;全部是客观的,又是主观的;全部是具体的,又是抽象的。在这个艺术世界里,每一草一木,一砖一石都放射着人类的文明与智慧的光辉"。① 个性与共性、现象与本质融为一体,臻于完善的艺术形象在作家的头脑中诞生,艺术构思步入崭新、完整的层面。这时候,作家生活阅历的深广度、情感记忆的深广度、思想境界的深广度,就直接影响到艺术构思和形象体系的深广度。托尔斯泰的《安娜·卡列尼娜》,是从一个简单的离婚故事开始的。作家以此为出发点,把眼光投向当时俄国的整个上层社会,投向那时的各个社会领域、社会制度和社会观念,把种种人物同安娜的离婚纠结起来,反复进行比较,反复进行构造。据说,单是作品的人物关系草图,作家就修改了六七次。这既说明了完成一个好的艺术形象构思的艰难,又说明了形象内蕴的开掘与作者本人素养间存在决定性关系。

艺术构思是一个复杂的过程,上面列出的三个阶段,只是表明处理材料的不同时期的侧重点不同罢了。实际上,在实际的构思时,诸多因素常常纠缠在一起,难以用精确的方法将它们截然分开。

那么,构思过程的具体情形如何呢?我们还是可以找出一些规律性的东西来,即通常所说的"构思方式"。所谓构思方式,就是指在艺术构思过程中塑造形象和结构作品的方式。过去的文论著作里,有关构思方式已经有了许多总结,这里择其大要,谈谈综合和变形这两种最主要的构思方式。

艺术构思中的综合,是指作家对储存的材料进行加工、合成,糅合成一个有机艺术形象的过程,具有定向性、选择性和整体性等特点。法捷耶夫在谈到这一问题时说:"从意识中存在着的大量印象和形象中挑选最有价值的材料,你选出一切需要的,抛掉多余的,在那样一个方向上浓缩事实和印象,以便尽可能全面地和清晰地表现出、传达出在意识

---

① 王蒙:《漫话小说》,《小说林》,1982年第12期。

中愈来愈定形的作品的主要思想。"①就是说,作家对准备阶段积累的材料进行去粗取精,将一些不能纳入此作品的材料"抛掉"。这种有取有舍不是随意为之的,而是有明确的定向性,必须围绕一个中心主旨或"主要思想"来完成。正如托尔斯泰所说:"拿过达尼雅来,把她同苏妮亚一同捣碎,于是就出现了娜塔莎。"②

在艺术构思中,作家为了实现某种特定的艺术效果,通过艺术想象创造出有意违反常规的艺术形象的方式,被称为"艺术变形"。例如在卡夫卡的《变形记》里,人一夜之间变成具备人的思想的大甲虫;在吴承恩的《西游记》里,孙悟空是既具人性又具猴性和神性的奇异艺术形象;蒲松龄笔下的鬼女狐仙系列,都是艺术变形的经典例证。在创作活动中,艺术变形手法的普遍运用,既能激发独特的艺术形象的构思创造,也能让读者从中获得一种全新的艺术感受。艺术变形的具体方法有:扩大与缩小、黏合、漫画、夸张和幻化等。

此外,常用的艺术构思方式还有突出和简化、陌生化处理等。突出的方式有两种:淡化背景和浓涂重抹。简化常有言尽意远的艺术效果。

(二)艺术构思的心理机制

艺术构思是一种形象思维,是一种创造形象和意象的审美心理活动,各种心意机能和心理机制在其中形成一种有机统一的整体性运用。参与这个创造过程的心理要素有很多:从最简单的感知,到再现性的想象、联想,最终形成创造性想象,尤其是情感,其中还渗透着理解和认知。由参与其间的诸多心理要素形成的心理机制和心理过程大致有:回忆与沉思、想象与联想、灵感与直觉、意识与无意识等。其中最主要的因素和过程是情感、想象和灵感。

在艺术构思过程中,情感作为一种动力因素十分明显。中国古代文论很早就提出"诗缘情"的命题,"重情"是中国文学和文论的一个悠久传统。阿·托尔斯泰也说:"艺术乃是对世界的感性认识,是借助那作用于感情的形象思维……形象应该作用于情感……形象的辩证法应该作用于感情。"③当作家从接触某件事物开始,就被事物美的质素所打动,并掀起情绪的波澜。在形象的形成过程中,情感便一直起着引导和催生的作用,与里面的人物同悲同乐,完成艺术的创造性构思。由于作家的情感反应与艺术形象纠缠在一

---

① [苏]法捷耶夫等:《论写作》,北京:人民文学出版社,1955年,第177页。
② 《外国名作家传》(中),北京:中国社会科学出版社,1979年,第431页。
③ [俄]阿·托尔斯泰:《为拖拉机所代替了的月亮》,见《外国理论家 作家论形象思维》,北京:中国社会科学出版社,1982年,第159页。

起,这时的情感有异于出自有机体生物需要而产生的情绪,它是一种审美的情感,是超越世俗欲求的高尚的体验。当然,为防止情感任意泛滥,避免成为非理性宣泄式的冲动,作家的理智在其中常常起制约和规范作用,从而保证艺术构思活动处于符合"美的规律"的情感运动过程之中。正如颜之推所说:"为文尤须放荡,但又须随时以嚼勒制之。"

与情感相辅相成的心理活动是想象。黑格尔说过:"真正的创造就是艺术想象活动。"①在进行艺术构思时,不管是材料的筛选、综合,还是人物、场景的回忆,所使用的都是想象这一独特的心理机制。情感的强烈介入,又极大地使想象的空间扩展得更加深远。艺术构思过程通常被称为形象思维的过程,而形象思维的核心就是通过想象进行的思维。对于一个作家来说,要想体验不属于自身的处境和情绪,并且将信息以读者能理解的方式传递过去,必须且只能利用想象才能实现。古人所谓的"形在江海之上,心存魏阙之下""眉睫之前,卷舒风云之色"等,都是对艺术构思活动中想象运行机制具体生动的描述。

另外,灵感也是艺术构思阶段最重要的心理机制之一。"灵感"一词来源于希腊语,原意是指神的灵气。最早使用"灵感"术语的是德谟克利特。我国古代文论虽然没有"灵感"这个词,但对其探究由来已久。如陆机《文赋》描述的"若夫应感之会,通塞之际,来不可遏,去不可止。藏如景灭,行犹响起",就用形象化的语言,十分明确地指出了灵感的心理特质和起结规律。因此,所谓灵感就是指作家在艺术构思过程中的一种非自觉、非逻辑地获得创造性领悟的思维爆发状态。

灵感的特征主要表现在以下几个方面。(1)突发性。灵感来临时,既没有抽象思维概念、判断、推理等抽象的推导,也不能通过联想、想象渐次将积累的素材加以主观组合,灵感的到来表征为作家创作情绪的突然勃发或实际创作过程中"瞬间的顿悟"。(2)亢奋性。在艺术构思中,灵感一旦到来,往往伴随着高度投入的情绪体验,这时作家精神亢奋,难以自控,甚至达到与现世短暂隔绝的迷狂状态。(3)创造性。灵感是创造性的思维成果,能突破人的常规思维定势。就像一个人不能两次踏进同一条河流一样,同一类型的灵感不可能以同样的方式出现在两个人的头脑中;即便是同一个人的头脑,一旦灵感消逝,也难以复现。作家正是凭借灵感思维,开辟着一个个独特的艺术境界。对灵感的内在轨迹,周恩来的"长期积累,偶然得之"八个字总结得简练、精确。大量的创作实践表明,艺术家在捕捉到灵感之前,都有一个反复思考、苦心追求的过程。

---

① [德]黑格尔:《美学》第1卷,北京:商务印书馆,1979年,第47页。

三、文学创作的传达阶段

艺术传达是艺术构思的物化过程。艺术传达离不开表现手法和艺术技巧,但表现手法不等于艺术技巧,艺术技巧是表现手法的巧妙运用。艺术传达是构思的物化,更是构思的深化,"作品人物的反叛"便是构思深化的一种体现。艺术传达有速迟之分、有即兴与推敲之别,这与作家不同的才性和禀赋有关。

(一)艺术传达与艺术技巧

经过艺术构思之后,文学形象基本上趋于成熟。但文学不只是情感和想象的艺术,最终还是语言的艺术。艺术形象体系仅仅停留在观念形态的蓝图之中,还不能算作文学作品,还需要经过最后的艺术传达阶段。艺术传达是指作家运用语言文字符号将酝酿成形的形象体系通过相应的艺术技巧转化成具体文学作品的过程。正如歌德所言:"到了描述个别特殊这个阶段,人们称为'写作'的工作也就开始了。"①

从心中构思好的意象到作品呈现出来的形象,这一过程并非一蹴而就。作家写作时"文不逮意"和眼高手低、心手不一的现象也是经常存在的。陆机在《文赋》中谈到创作中的困难时感叹道:"恒患意不称物,文不逮意,盖非知之难,能之难也。"刘勰在《文心雕龙·神思》里也说过:"方其搦翰,气倍辞前,既乎篇成,半折心始。何则?意翻空而易奇,言征实而难巧。"在"意翻空"到"言征实"的过程中,艺术技巧的适当运用,就成为举足轻重的一环。在文学理论史上,对技巧本性的理解莫衷一是,有人将其视为天生的不可摹仿的能力,有人则将其看成后天训练所习得的表现手法。其实,艺术技巧不等于表现手法,它是表现手法的巧妙运用;表现手法是知识,艺术技巧则是智慧。艺术技巧就是艺术家在创作中对技术手法巧妙而恰当的运用。

文学作品中的一个细节,可能影响到整个作品的效果。鲁迅曾经对别人给阿Q戴上瓜皮帽,极为不满,说:"我记得我给他戴的是毡帽"。因为在20世纪初,戴着瓜皮帽的人,很容易使人联想到上海滩的"混混"形象,有太多的流氓气,而鲁迅创造的阿Q却是道地的有乡土气息的无产乡村农民。"媒介即信息",它制约着所要表达的内容,因此在艺术传达过程中,语言的提炼尤为重要。中外文学史上流传过许多"字斟句酌"的故事,如贾岛的"僧推月下门"改为"僧敲月下门",王安石的"春风又绿江南岸"的"绿"字就是在

---

① [德]爱克曼辑录:《歌德谈话录》,北京:人民文学出版社,1978年,第10页。

"到""过""入""满"等字中挑选出来的,曹雪芹写《红楼梦》"披阅十载,增删五次"等。他们为了文字的恰切、生动,为了使"文逮意",提高作品的艺术质量,可谓呕心沥血。

有了艺术技巧的出新,才有文学作品的独特创造。这并不是说,技巧可以随意运用。选择哪一种艺术技巧,在传达过程中还是有规律可循的。选择艺术技巧的基本原则,既要选择契合表达内容本身的性质技巧,同时还要注意不能游离于所要表现的主旨。上面提到的阿Q毡帽事件,就是一个例证。因为在客观世界中,每个事物都有自己质的规定性,作家若体察不到或者漠视这种规律性,写出来的作品就会违背常理,不但起不到表达主旨的作用,还会破坏作品艺术的真实性和有机性。鲁迅分析过的李白的诗句"燕山雪花大如席",不能换成"广州雪花大如席",就属于此类情况。

(二)艺术传达是构思的深化

在艺术传达中,作家根据已经构思好的框架,力求将它们形诸笔墨,但实际的情形却要复杂得多。有时在文学作品完成之后,会发现其与以前的想法有着非常大的差距。艺术传达过程,也是一个不断更新、不断创造,对艺术构思逐步深化的过程。

一方面,作家要重新审视以前积累、构思好了的材料、审美意象,再度进行必要的合成,最终对其加以物化、外化。因为传达过程并不是对大脑中意象的摹写和复制,而是按语言艺术的独特规律展开加工的过程。随着人物、事件、场景和意象越来越清晰,艺术世界的自足性也会越来越明显,作家以前构思好的结构路径,有时会由于不适应人物的性格、情节的发展,不得不有所改变。法捷耶夫说:"在作者用最初几笔勾画出主人公们的行为、心理、外表、姿态等之后,随着小说的发展,这个或那个主人公就仿佛自己来修正原来的构思——在形象的发展中仿佛出现了自身的逻辑……如果作品的主人公为艺术家所正确了解,那么在某种程度上他就会自己带着艺术家走。"① 人物一旦活动起来,作家的主体性就渐次淡化直至隐匿,只能跟着作品里活泼泼的人物前行。所以从这个角度讲,物化活动也是作家善于顺从的过程,这就是所谓的"作品人物的反叛"的问题。但必须牢记的是,人物形象是艺术符号,是受作家整个内心系统制约的,"逻辑的推动力是作家赋予的"。② 所谓"作品人物的反叛",并非指"作品人物"真的离开作者独立行动,而是对作者遵循生活逻辑和性格规律、修改原初的构思或变动写作计划的一种"诗意表达"。

另一方面,作家在构思时,囿于材料和思维的限制,也许有很多有待完善的不成熟甚

---

① [苏]法捷耶夫等:《论写作》,北京:人民文学出版社,1955年,第184页。
② [苏]康·巴乌斯托夫斯基:《金蔷薇》,上海:上海译文出版社,1980年,第47页。

至粗糙的地方。还可能由于在写作过程中又遭遇新鲜的外物的刺激,或在原材料里发现了新的更有意味的东西,作家对构思好的内容作相应的调整,甚至可引起创作动机的中途转换。鲁迅阅读了弗洛伊德精神分析学理论之后颇受启迪,准备以此为基点,探究人类文明和艺术的缘起。但在构思好框架后,看到报刊上发表了一篇攻击情诗的文章,导致创作《不周山》的动机不由自主地发生改变。他在女娲两腿之间添加了一个古衣冠装饰的小丈夫,以表达自己的愤怒。于是作品的意向直指现实,主题得到深化和升华。

(三)艺术传达的操作类型

刘勰《文心雕龙·神思》云:

> 人之禀才,迟速异分;文之制体,大小殊功。相如含笔而腐毫,扬雄辍翰而惊梦,桓谭疾感于苦思,王充气竭于思虑,张衡研《京》以十年,左思练《都》以一纪:虽有巨文,亦思之缓也。淮南崇朝而赋《骚》,枚皋应诏而成赋,子建援牍如口诵,仲宣举笔似宿构,阮瑀据案而制书,祢衡当食而草奏:虽有短篇,亦思之速也。

刘勰从构思和传达的角度,对文学史上不同类型的操作风格进行了分类:曹植之类的"思之速者"和张衡之类的"思之缓者"。一般称前者为"即兴",后者为"推敲"。按刘勰的看法,文学创作物化风格的差异主要源于"人之禀才",当然也和"文之短巨"有一定关系。

即兴是作家因眼前物事或心中念想而突有所悟,兴致大发而能迅速地在无事先构思的情况下创造出某一优秀作品的情形。即兴是艺术创造或艺术表演常遇的情形,特点是兴致突来,一气呵成。此时,作家文心勃勃,诗意盎然,才思泉涌,势不可遏,笔落惊风雨,诗成泣鬼神。李白"斗酒诗百篇",司汤达五十三天写出《巴马修道院》,歌德用四周时间写成《少年维特之烦恼》,皆属此类。朱自清《中国歌谣·歌谣的起源与发展》云:"那可羡可喜的歌工,以歌为业,不但取传统的材料,还能自己即兴成歌,用旧的语句,而情事是随意戏造的。"姜妙香《追怀往事》亦云:"我们在演出之前并没有计划这样改动,是兰芳在台上即兴的创造。"即兴的出现,一般需要具备多种无法事先预料的条件:足够的材料积累和情感聚结、娴熟高超的艺术技巧、适当的创作气氛和契机、艺术的天分和灵感。

"推敲"一词典出贾岛"鸟宿池中树,僧敲月下门"句的创作记载,意即斟酌字句,后泛指对事情反复进行考虑。在文学创作中,推敲是指作家在实际创作过程中,反复思索考量以选择恰当的语词和语序,以求准确妥当地把构思中的形象体系和所要表达的意蕴具体化为语言文字的过程和手段。在文学创作史上,推敲的情况要比即兴更为广见,作品的艺术价值也常常更高。正如王蒙所言,你只要亲眼看看那些大作家的创作手稿,你就知道有些传记中的离奇记载尽是在胡扯。如果说即兴的特点是灵感飞呈,那推敲的特点就是苦心经营。李频"只将五字句,用破一生心"、杜甫"语不惊人死不休"、托尔斯泰花了十年时间来安排玛丝洛娃在《复活》中的出场、歌德用了六十年之久来创作《浮士德》、徐志摩夫子自道作诗经历如"唐僧取经",皆是推敲的经典例证。文学创作中的推敲,不仅表现在字斟句酌上,还包括细节的提炼、人物的安排、章节的承接、意境的组合等方面。于此,需要明确的有如下几点:由于文学是语言艺术,推敲最终还得落实在语言文字的经营上;推敲与即兴相辅相成,一体两面,不可截然分开,即兴需要推敲来完善,推敲亦常伴即兴的光临;推敲的好处是精雕细琢,但亦常有斧凿之恨,艺术创作的理想境界是"艺术像似自然",虽经千锤百炼,亦感自然天成,因此,推敲的最终目的是让人看不出推敲。

第三节 文学创作形态

文学创造是主客体双向的审美建构活动。在这一活动过程中,主客体间自始至终表现为复杂的审美关系,既表现为感觉、情感和想象的体验功能,又表现为认知、理性和沉思的范导功能。在这种具体的交互作用中,不同作家、不同类型的创作,遵循着某种相通的、约定的原则和规范,形成特定时代关于文学的观念或惯例。创作虽然是人类最自由的精神活动之一,但它之表现为精神创造又必然遵循审美的原则和艺术的规范,我们必须用审美的态度对待创作客体和艺术对象,否则就不可能进入实际的文学创作之中。作家的创造动机可以是外在的、功利的,但创作的态度则一定是审美的、艺术的——这就是艺术创作必须遵守的基本原则。在此基本原则下,作家会因自己对文学应当是什么、应当表现什么、应当如何表现等问题的不同理解而在实际的创作中表现出不同的倾向,进而形成不同的创作形态①。从外部看,文学创作的不同形态是历代文学作品通过自身特

---

① "创作形态"在早先的文论教材中,一般被称为"创作原则",实质上它指的就是文艺创作的基本"方法",为区别于创作手法、手段之类的术语才被如此称呼。最主要有两种:浪漫主义与现实主义。正如朱光潜在《西方美学史》的"结束语"中所说:"浪漫主义和现实主义这两种创作方法的区别和联系,牵涉到美的本质和艺术的典型化问题,所以在美学上是一个基本的问题。不但创作实践,就连美学本身也有浪漫主义与现实主义的两种不同倾向";但是,作为"两种文艺创作方法"的浪漫主义与现实主义,"在精神实质上"有别于"作为一定历史时期的文艺流派运动"的浪漫主义与现实主义。因为后者"局限于一定历史时期",即只限于18世纪末至19世纪末的西方,而前者则是"带有普遍性的问题"。见朱光潜:《西方美学史》,北京:人民文学出版社,1979年,第703~704页。

征鲜明地表现出来的理论形态;从根源上看,则是作家不同文学观念的必然结果。

一、文学观念与创作形态

(一)作家文学观念的形成

文学观念,简单地说,就是文学主体(创作主体和欣赏主体)对"文学是什么"以及"文学应当如何"的理解。它既可以是不自觉的、潜在的,也可以是自觉的,甚至可表现为明确的理论形态。从作家角度说,文学观念是制约作家创作活动的内在因素,是创作得以展开的范导性因素。它不仅决定了作家的审美倾向和题材偏好,还决定了作家对题材的处理、表现和艺术技巧的运用,以及对文学功能的理解。

作家文学观念的形成,主要与三种因素相关。首先,与作家自身的个性心理和性格倾向密切相关。大凡精神活动都有如此特点,正如费希特所言"你是什么样的人就决定了你会选择什么样的哲学";同样,你的个性也会决定你偏向于某种类型的文学,比如有人喜欢阅读小说,有人喜欢吟诵诗歌。作家的个性特征在很大程度上决定了其心理结构和情感趋向,进而导致产生不同的创作个性和趋向。歌德和席勒可能是最好的例证:歌德生性厌恶脱离感性的抽象思考,始终和精神与感性保持着具体的深切关联;而席勒则性好沉思,喜从抽象的高处俯视大地。正如歌德自己所说:"我俩尽管志同道合,生性却很不一样,而且不只是精神方面,生理方面也如此。例如一种气息,席勒觉得很好闻,我却感觉像毒药。"歌德所说的"气息",就是指后来广为流传的关于席勒创作时喜欢装满抽屉的烂苹果的味道。他们俩一个"主张写诗要用客观的方法",一个"完全以主观的方法写作",不能说与此没有深刻的关联。[①] 其次,作家文学观念的形成与其侧身其间的文学传统,尤其是与其性情相合的那一部分传统也有着内在的关联。任何创作开始之初,都必然会有一个摹仿的过程,摹仿就得有一个范本,这个范本常常就来自作家所认同的文学传统。最后,作家的文学观念会在其具体的文学创作过程中,或得以深化,或得以补善,或得以校正,最终得以定型,并表现出一定的稳定性、生命力和典范性。

(二)创作形态的历史划分

文心有别,其异如面,但是对于丰富多样的文学创作我们并非不能整体把握并予以分类。亚里士多德以来的西方文论史,对此曾予以特别关注。亚里士多德在《诗学》第二

---

① [德]爱克曼辑录:《歌德谈话录》,北京:人民文学出版社,1978年,第138、192页。

十五章中就曾区分过两种不同的创作形态:"按照人应当有的样子来描写"和"按照人本来的样子来描写"。这大致对应于理想主义和现实主义两种创作方法和形态。歌德在1830年3月21日同爱克曼的谈话中提到:

> 古典诗和浪漫诗的概念现已传遍全世界……这个概念起源于席勒和我两人。我主张诗应采取从客观世界出发的原则,认为只有这种创作方法才可取。但是席勒却用完全主观的方法去写作,认为只有他那种创作方法才是正确的。为了针对我来为他自己辩护,席勒写了一篇论文,题为《论素朴的诗和感伤的诗》。①

歌德所谓的古典诗与浪漫诗、席勒所谓的素朴的和感伤的,实质上是两种不同的创作方法和形态,即上文所说的摹仿现实的现实主义和表现理想的浪漫主义。在《说不尽的莎士比亚》一文中,歌德进一步将古典的与浪漫的作了更为细致的对比②。别林斯基在《论俄国中篇小说和果戈里君的中篇小说》中继承并发展了早先俄国批评界提出的"现实的文学"和"理想的文学"的提法,指出在"理想的文学"里,诗人"按照自己的理想来改造生活",注重主观性,"须与情感相协调";在"现实的文学"里,诗人"按照生活的全部真实性和赤裸的面貌来再现现实,忠实于生活的一切细节",着重文学的客观性,"则与所表现的生活协调"。③ 王国维在《人间词话》中也有"主观之诗人"与"客观之诗人""理想家"与"写实家""有我之境"与"无我之境"之分,其中的主观与客观、理想与写实、有我与无我亦可看作对文学创作形态的基本划分。至此,我们可以对创作形态作如下界定:作家在艺术创造过程中根据自己的文学观念在处理文学与世界、理想与现实、主观与客观、一般与特殊之间的关系时所表现出来的一般方式和倾向。从作家的角度说,创作形态指创作方式和创作倾向;从作品角度说,指创作型态。

必须明确的是,在实际的创作活动和具体的文学作品中,这两种基本的创作方式和倾向既不是截然分开的,也非水火不容,而是常常交融在一起,又有所偏重。理论概述所依据的也多是对这种偏重的衡量,故而常有不同创作倾向的作家或理论家发生争执,上面提到的歌德和席勒即是一例。法国作家乔治·桑和福楼拜也就这一问题展开过争论。福楼拜主张要写他在现实中亲身所感、亲眼所见的生活,"我不能换掉我的眼睛",写那些

---

① [德]爱克曼辑录:《歌德谈话录》,北京:人民文学出版社,1978年,第221页。
② [德]歌德:《说不尽的莎士比亚》,《歌德文集》第10卷,北京:人民文学出版社,1999年,第238~239页。
③ 转引自朱光潜:《西方美学史》,北京:人民文学出版社,1979年,第518~519页。

游离于作家自己"气质"以外的东西。乔治·桑不同意福楼拜的观点,认为"这种描写本色事务和生活上实际遭遇的意图,并不十分通情达理"。她反对把文学当成社会生活的"书记",标举另一种强化主观色彩的写作原则。① 桑塔亚那在评论欧洲文学时,从创作形态和寓意角度对古希腊、中世纪和近代的代表性文学家作过精当的分析:"歌德,浪漫主义地以人类生活的直接性来处理人类生活;卢克莱修,处理自然的景象和人类生活局限方面的景象;但丁,处理对这一生活的精神把握、对善恶有透彻的了解。"② 根据对创作形态的理解,本书把文学创作大致划分为两种基本形态,即文学的再现形态和文学的表现形态。

二、文学创作的基本形态

文学通过形象显现普遍人性。不同类型的文学作品,所创构的形象体系有着各异的特点,正如本书第三章所详细论述的:抒情性作品形象体系的典型形态是意境,叙事性作品形象体系的典型形态是典型。前者让人感受到的是创作主体内心深处喷涌而出的思想感情的激流,后者让人接触到的是一幅幅具体细致的生活画面和一个个鲜活生动的艺术人物。主客体之间的交互方式直至话语结构的不同,形成了再现性文学和表现性文学迥异的形态。在实际的创作活动中,作家在处理文学与世界、理想与现实、主观与客观、一般与特殊之间的关系时会表现出两种不同的主导倾向。再现性文学注重艺术真实与艺术概括,表现性文学强调艺术理想与艺术夸张。

(一)文学创作的再现形态

再现形态的文学一般遵循艺术真实的原则,力求做到主体意识与所描写的客观事物和对象相符合或相一致,具有如下特点:主体的现实性、形象的逼真性和表达的客观性。巴尔扎克说过:"获得全世界闻名的不朽的成功的秘密在于真实。""真实"是对文学的第一要求,我们在读一部作品时,"心里总有一种求真的意识,碰到不真实的情节,求真意识就会叫起来:'太假!'这本书就没有也不可能有任何价值";"艺术家的使命就是把生命灌注到他所塑造的这个人体里去,把描绘变成真实。"③ 但是,文学的真实性问题又有其复杂

---

① [法]乔治·桑、弗洛贝尔:《书信》,《西方文论选》下卷,上海:上海译文出版社,1979年,第210、214页。
② [美]乔治·桑塔亚那:《诗与哲学:三位哲学诗人卢克莱修、但丁及歌德》,桂林:广西师范大学出版社,2001年,第135页。
③ [法]巴尔扎克:《巴尔扎克论文艺》,北京:人民文学出版社,2003年,第106、143页。

的一面,这种复杂来源于生活走向文学的中介性,即生活走向文学必须通过主体因而必然带有的主观性。不论是多么强调文学"如实反映""按照生活的本来面貌",文学都不能完全排除主体意识的介入,就如同"天马行空""纯粹自我""超现实"也注定离不开现实一样。更深层的缘由是,文学的独特对象即认识对象决定了文学必然是主观的,因此,要想理解文学真实性的内涵,首先必须弄清生活真实与艺术真实的关系,这一关系也是本书第一章所论艺术与世界之关系的逻辑延伸。

生活真实与艺术真实的关系在某种意义上,就是指生活与艺术的关系。就此,首先可以明确的是,艺术真实来源于生活真实但又高于生活真实。"来源于"标示着两者的联系,"高于"则指向它们的区别。生活真实是指客观存在的一切具体的生活现象,凡历史上出现过或现实中存在的自然与社会、物质与精神等原生态的事物和现象,都可归结为生活真实。生活真实的特点是一次性、独特性、原生性,生活真实常常不够典型、不具普遍性,只是个别事实的真实;且这些事实真实的背后,真与假、善与恶、美与丑相混合,现象与本质、偶然与必然、个别与一般相杂陈。这些都为文学创作提供了取之不尽、用之不竭的源头活水,是提炼文学价值的原材料。但是,艺术真实之所以是艺术真实就在于它"高于"生活的那部分,两者的差异正可揭示这种"高于"的内涵。

艺术真实是文学尤其是再现性文学追求的基本价值之一,通常是指作家在文学作品中创构的艺术形象契合人类生活的某些本质和规律的程度。它是一个有层级性的概念,不是一个绝对值,因此,"尽管都是真实的,仍然有开阔与狭小、恢宏与偏激、深邃与肤浅、健康与病态、崇高与卑下、细密与粗疏等之别"。[①] 与生活之真和科学之真相比,艺术真实具有如下特点:它是假定的真实而非事实的真实,因而追求虚拟的逼真性;是内在的真实而非现象的真实,因而追求深刻的普遍性;是主观的真实而非客观的真实,因而遵循情感的逻辑性;是诗艺的真实而非事理的真实,因而遵循审美的规律。如《阿Q正传》中,阿Q最后被稀里糊涂地判成死罪,要他画押时,他还"生怕被人笑话,立志要画得圆些",因而"要使尽平生的力画圆圈",只是"这可恶的笔不但很沉重,并且不听话,刚刚一抖一抖地几乎要合缝,却又向外一耸,画成瓜子模样了"。显然,在现实生活中,这种情况并不会存在。然而,作者正是通过这一虚构的含泪的细节,既淋漓尽致地刻画了阿Q极端麻木无知的精神状态以及心理世界的精神胜利法,又表现出作者"哀其不幸,怒其不争"极为复

---

① 王蒙:《是一个扯不清的问题吗?——谈文学的真实性》,《王蒙文存·文学:失却轰动效应之后》,北京:人民文学出版社,2003年,第69页。

杂的感情,达到了很高的艺术真实性。

文学作品需要超越生活真实,走向艺术真实。但从内容上看,艺术真实所依附的还是具体、个别的事件,个别的事物总是同现象层面的偶然性联系在一起。如何才能穿越现象世界进入艺术世界,这要通过艺术概括才能很好地完成。所谓"艺术概括",是指作家依据自己对生活的体察和理解,对个别事物进行提炼概括,使之具有普遍性的艺术手段。艺术概括的实质是"用最小的面积极惊人地集中了最大量的思想"。可以说,在再现性的文学创作活动中,艺术概括是创作素材在作家的构思中得以典型化的最基本、最重要的途径,也是抵达艺术真实最有效的手段。通过艺术概括,再现性文学的艺术真实的追求,得以转换成作品中的艺术存在。古代文论家常讲的"以少总多""触类而长",都属于这种情况。巴尔扎克还说过:"偶然性是世上最伟大的小说家,若想文思不竭,只要研究偶然就行。"①这里既强调了偶然性的重要意义,又提出了"研究偶然"即运用艺术概括的必要性,艺术概括在此成为从生活表象走向本质真实的通道和桥梁。

从艺术概括的定义我们知道,它主要包含两方面的规律。一是通过审美意识介入文学对象以获得形象的逼真性与理想性。在再现性文学的创作中,注重对外在事物的观照和描绘,作品的题材要与文学描写的对象努力做到相近、相似,尊重生活真实。但客观外物一旦进入文学作品的创造活动中,都被观念化、艺术化了。作为创作主体的作家,会根据自我的审美意识进行能动地介入。所以,在进行艺术概括时,主体与客体是相统一的。二是通过个别概括一般,以获得形象的普遍性与典型性。虽然写进作品的是生活事实,但由于艺术概括的参与,这些事实是从众多同样的事实中提炼、综合出来的,因而既是个别的,又蕴涵着一般,是个别与一般的统一体。孙犁的小说《荷花淀》写的是抗战时期作者家乡"家家户户的平常故事",没有传奇的色彩,甚至没有特别用力的情节设置,但仔细考量,小说写得又十分出奇、十分精巧。全篇不写妇女"拖后腿",不写新娘"送郎出征",不写"拼刺刀",而选择几个妇女由于荷花淀里的一场奇遇,最终投身抗战的故事,以集中的点代时代的面,展示了人民战争的某些本质,反映了深刻的历史主题。

艺术概括是文学创作再现形态的一个基本方法,是创造艺术真实的基本手段和途径。运用这一方法,作家能够创造出异乎常人且既有个性色彩又具普遍特性的各类人物形象。艺术概括的具体方法是多种多样的,有人列举过合成法、原型法、变异法、选择法等不同的技巧方法。我们根据多数作家的创作经验和各种理论概括,将其概述为两大方

---

① [法]巴尔扎克:《〈人间喜剧〉前言》,《西方文论选》下卷,上海:上海译文出版社,1979年,第168页。

面,即取材途径和人物塑造。前者既可以通过大量习见的场景来实现,在量的普遍性中见出规律性的东西,如杜甫的"三吏""三别";亦可以通过罕见的新生事物来实现,在质的必然性中见出规律性,如众多的科幻作品。就人物塑造,我们大致将其划分为两大类型。第一,"杂取种种人,合成一个"。这种方法要求作家在广泛地占有生活材料的基础上,把分散在许多人身上的、最能集中体现某种人性心理和社会本质,同时又浸润着鲜明个性色彩的典型特征综合起来。这是再现型文学家最常用的艺术手法。鲁迅是其中最具代表性的作家之一,他在回顾自己的创作时说过:"所写的事迹,大抵有一点见过或听到过的缘由,但决不全用这事实,只是采取一端,加以改造,或生发开去,到足以几乎完全发表我的意思为止。"另外,这种"合成"还表现为某种"移花接木"的手法,比如《三国演义》中关羽的形象就是如此塑造的。① 第二,以生活中某一原型为主,再吸纳一些其他的素材。在社会生活中,有的人物、事件本身就具有典型性,或者作者具有深厚、独特的人生体验,它们都有较大的审美价值,作家就可以直接以之为框架,适当地对其进行加工,写入文学作品之中。《钢铁是怎样炼成的》《李自成》《少年维特之烦恼》等就是这样完成的。

(二)文学创作的表现形态

表现形态的文学往往按照作者的艺术理想,以生活应有的样子,再造理想境界,塑造神奇形象,理想化地表现人生追求和人生情怀,具有如下特点:主体的理想性、形象的奇幻性和表达的主观性。所谓"艺术理想",是指作家对悬于心中、尚待实现的美的价值、事物和境界的向往与追求。作家在生活中,与普通人一样,经常会有各种各样的经历,这些人生经历将成为写作时重要的情感资源。但日常生活中的情绪、情感,如何通过审美中介物转换成审美情感,以感性形象的形式呈现出来,就需要创作主体通过独特的艺术手法来实现。

在《离骚》中,诗人通过自由驰骋的想象,熔神话传说、历史人物、自然现象和现实生活于一炉,创造了一幅意象纷呈、"惊彩绝艳"的画面。借此屈原表现了自己进步的政治理想以及为了追求美好理想而不断求索、始终不渝的斗争精神,表现了自己关心人民、热爱祖国的深厚情怀,同时也表现了他憎恶丑恶与黑暗的光辉峻洁的人格。在这部作品里,屈原能够通过展示自我所熟悉的材料,将内在的主观世界状况,近乎完美地展示呈现出来,契合了诗人创作的艺术理想,创造者变成了自己的创造品。主观的意绪,无论是在创作活动的过程中,还是在完成了的作品形象体系里,都占据着举足轻重的地位。

---

① 鲁迅:《我怎样做起小说来》,《鲁迅全集》第4卷,北京:人民文学出版社,1981年,第527页。

值得一提的是,在表现性文学创作中,作家的艺术理想是建立在对一定的客观事物描绘上的。作家要表达自己的审美情感,并不能仅仅靠直抒胸臆、毫无节制地宣泄自己,那样只能使创作出来的作品缺乏艺术性,没有审美意义。作家总是试图利用外物作道具,通过美的境界的创构,更鲜明、更有力地表达自己的情志,使作品更吸引人。从这个角度来说,艺术理想依然逃脱不了主客体关系的限制,只不过在表现性文学的创作过程中,作家更加倾向于借主体意识对作品进行统摄。

艺术理想的传达和表现,催生了表现性文学特有的表现手法——艺术夸张。所谓艺术夸张,就是指作家在创作过程中,抓住事物某一方面的特征加以夸大铺排,以达到表现审美理想之目的的方法。要想尽可能准确地使创造出来的艺术品符合自己的艺术理想,光靠现实生活中真实但有限的材料还难以实现。所以,作家常常依凭想象、联想甚至幻想,创造一些超越日常生活的神奇意象,以获得更佳的表现和接受效果。可以说,艺术夸张常常是在创作主体"精言不能追其极"的情况下,所采用的"壮言可以喻其真"的非常规的艺术手段。

艺术夸张在表现性文学作品中的使用是普遍的。李白《将进酒》的"君不见黄河之水天上来,奔流到海不复回"、杜甫《古柏行》的"霜皮溜雨四十围,黛色参天二千尺"、辛弃疾《贺新郎》的"白发空垂三千丈,一笑人间万事"等之所以具有极强的艺术感染力,并作为经典名句传承下来,不仅是因为它们表达了人生际会一些规律性的内容,还因为使用了契合主体审美理想的艺术夸张手段。上面的诗句,初读起来让人觉得其描述根本不符合生活逻辑,但由于诗人抓住了所描绘事物的某一具体特征,并竭力加以夸大,所以能更准确且富于艺术感染力地表达特定的思想感情。相反,这时若不使用艺术夸张手法,就很难获得想要的审美效果。

在表现性的现代主义文学作品里,艺术夸张也被广泛地运用,并经常与艺术变形纠缠在一起。所谓艺术变形,是指作家对所描绘对象的固有形态作有意的或无意的"扭曲"或改变。这种改变可以是空间上的,也可以是时间上的;可以是外貌方面的,也可以是心理方面的。卡夫卡《变形记》里,人一夜之间变成甲虫;尤金·奥尼尔《毛猿》中的主人公杨克生活在轮船的舱房里;贝克特《最后一局》里的人物更是生活在垃圾筒里。这些都是作家将人的生活处境作了极度的变形和夸张处理,以便更鲜明地展示现代人的精神状况。总的来说,艺术夸张的恰当运用,能使语言的表达更加形象化,使人物的创造更加新奇,作者的艺术理想也能更有效地渗融在作品之中。

【基本概念】

创作主体　　创作客体　　创造意识　　创作动机　　文学对象
审美融合　　艺术发现　　妙悟　　　　艺术构思　　艺术技巧
创作形态　　艺术概括　　艺术真实　　艺术夸张　　艺术变形

【思考题】

1. 作家娴熟的艺术技巧是如何形成的？
2. 作家的人生体验与艺术创造之间有什么关系？
3. 文学创作的认识对象与描写对象有何区别？
4. 如何理解文学创作的双向建构？
5. 如何理解"体验生活"与"生活体验"？
6. 艺术构思一般要经过前后关联的哪些阶段？
7. 什么是文学创作中的灵感？它有哪些特点？
8. 如何理解文学"作品人物的反叛"问题？
9. 如何理解生活真实与艺术真实的关系？

阅读文献

1. ［德］爱克曼辑录：《歌德谈话录》，人民文学出版社，1978年。
2. ［俄］帕乌斯托夫斯基：《金蔷薇》，上海译文出版社，1980年。
3. 王歌等编译：《世界100位作家谈写作》，上海文化出版社，1987年。
4. 王蒙：《王蒙文存（第21卷）·你为什么写作》，人民文学出版社，2003年。
5. 刘勰：《文心雕龙·神思》。

第五章 文学创作风格

文学风格是作家创作个性在作品中的体现,也是作家持久艰苦的创作活动的艺术结晶。因此,探讨创作活动之后,应进一步研究创作风格。文学风格的形成,标志着作家创作个性的成熟,也标志着民族文学发展的成熟;对风格的欣赏,则意味着读者审美水平的提升。本章首先阐述风格的审美特性,包括风格的界定、形成、功能等问题;然后着重论述风格的形态,包括风格的审美形态和风格的文化形态及其具体表现,从而为鉴赏和研究文学风格提供理论参照。

第一节 风格的审美特性

风格是文学理论的核心概念之一,它从常语到术语经历了复杂的过程,学者对风格内涵的探讨则有不同的切入点。先简要回顾风格概念的诠释史,再进而界定风格的内涵。

一、文学风格的界定

(一)风格概念辨析

"风格"(style)一词源于希腊文,后经由拉丁文转译成德文和英文。本义为"雕刻刀",喻指"组成文字的一种特定方法"和"以文字装饰思想的一种特殊方式"①。词源学意义上的"风格"显然主要是修辞学概念,强调语言使用过程中的修辞运用,包括修辞、笔调、韵数、文笔、文体和文风等含义。如亚里士多德就认为,高明的修辞就是风格,"语言的准确性,是优良风格的基础"②。在中国,较早使用"风格"一词的是南朝宋刘义庆。他在《世说新语》中云:"李元礼风格秀整,高自标持,欲以天下名教是非为己任。"此处"风格"主要是用来品评人物的风度品格,有时亦称"品""体""体式""式""体貌""体性""风骨""格调""风貌"等。在中国文论史上,风格内涵有一个历史演变过程:从品人到品书,再到品画、品乐,最后才用来品文、品诗。

在现代语境中,"风格"也是个含义宽泛的概念。从比较宏观的角度说,有时代风格、民族风格、地域风格、流派风格;从比较具体的角度说,有作家风格、作品风格、文体风格、语言风格;就不同艺术类型来说,有建筑风格、绘画风格、雕塑风格、音乐风格、文学风格等。同样,有关风格的理论也极为复杂。下面我们将通过对历史上风格理论的梳理,给出本书理解的"风格"概念。

(二)风格的诸种理论

中西文论史都对"风格"有着非常详细的探讨。综而观之,人们在探究风格的内涵时,不外乎有三个切入点:客体、主体和主客统一,从而形成了各异的风格理论。

站在客体的立场上,着眼于作品的外在形式,尤其是语言形式所呈现出来的特色,就会认为风格是由文学言语的不同组合而构成的属性。这种说法由来已久,"风格"一词的词源义就是如此。它主要指一种修辞效果,亚里士多德的风格理论是这种说法的代表。至17、18世纪,受近代"二元论"的影响,语言形式与思想内容的分离更加明显,文学作品被看成作家对思想、真理的一种发现,语言只不过是思想的一件外衣,采用不同的语言文字进行装饰,自然就形成不同的风格类型。思维上明显的二分法与文本的整一性原则相悖,使之遭到19世纪一些作家和评论家的激烈批评。20世纪,整个人文科学都经历了"语言论"的转向,结构主义与符号学一度居于统治地位,文学的创造被简略为形式的探索。其后果是,即使风格的物质构成因素得到深入有效的研究,但纯粹的外部研究又使风格的内涵大大缩水,遮蔽了风格形成的其他复杂因素。

与纯客观的风格理论相对立的是强调创作主体在风格生成中作用的创作个性理论。

---

① [德]歌德:《文学风格论》,上海:上海译文出版社,1982年,第17页。
② [古希腊]亚里士多德:《修辞学》,《西方文论选》上卷,上海:上海译文出版社,1979年,第91页。

有关创作个性与作品风格之间的关系,在中外都有较多的论述。中国古典诗学倡导"诗言志",所谓"志"即情志、志向。既然诗歌作品是诗人主观情思的自然流露,那么,诗人个体的才力、气质等主体因素,必然会对作品的风格产生影响。早在西汉时期,史学家司马迁就据此观点评价过《离骚》的风格,他认为《离骚》"其文约,其辞微,其志洁,其行廉,其称文小而其指极大,举类迩而见义远。其志洁,故其称物芳;其行廉,故死而不容自疏"。这里将屈原诗歌作品文约辞微、意旨深远的风格,同他宏大的志向、高洁的人格联系起来,以表明作家的个人修行、志向追求对艺术品整体状貌的辐射影响。后代的许多文论家在自己的著述里,都应承这一主张,如刘勰在《文心雕龙·体性》里说的"各师成心,其异如面"就是同一个意思。这种对创作主体人格志向、审美趣味、个性气质的重视,可以说贯穿了中国古典文论的始终。在西方文论史上,也不乏相同的观念,其中最有名的莫过于18世纪法国博物学家、文学家布封了。他在《论风格》中提出"风格就是本人"的著名命题,强调风格是只属于作家本人而任何他人都不具有的东西。别林斯基也说过:"风格——这是才能本身,思想本身。文体是思想的浮雕性、可感性;在文体里表现着整个的人;文体与个性、性格一样,永远是独创的。"①从某种意义来说,这样透过主体的精神世界来考量文学风格的做法,有着重要的意义,尤其为读者鉴赏、品味作品提供了把握作品主旨极好的视界。但若稍作思考就可发现,其普遍性又值得怀疑,无数的创作实例告诉我们,日常个性不能等同于创作个性,这两者之间的关系甚为曲折复杂。

为防止对"风格"概念理解片面化倾向的产生,历史上也有一些文论家试图将创作主体的内在禀性与表现对象结合起来予以综合考察。这种理解的前提或基础就是,把文学作品看成有机统一体。事实上,对于具体的文学作品来说,一旦被主体创造出来,它就像一个鲜活的生命一样,难以对其再作人为的切割。我们只有像看待生命体那样去看待它,才能对其予以恰如其分的分析和阐释。中国古代文学讲究情动于中而形于言,外物对创作主体具有催化和推动作用,而情只能通过文字符号以间接的方式展现出来,所以风格的最终形成就不止是单一的内容或形式的外化,而应是主客体渗融后产生的结果。这就使得作家、作品的风格不是哪一种因素的物态化,而是蕴涵在创作活动中主客体多种质素组合的结果。在西方甚至有人认为,不顾文学的描写对象,一味地张扬个性,并不能构成风格,最多只能算是作风罢了。黑格尔对风格与作风的相异性进行过甄别,他指出,真正的风格是适应"主题本身及其理想的表现所要求的""至于作风则是特属于某一

---

① 《别林斯基论文学》,上海:新文艺出版社,1958年,第234页。

艺术形象构思和完成作品时所现出的偶然的特点,它走到极端,可以与真正的理想概念直接相矛盾。就这个意义来说,艺术家有了作风就是拣取了一种最坏的东西,因为有了作风,他就只是在听任他个人的单纯的狭隘的主体性的摆布"①。

必须明确的是,黑格尔的论述已是另一层面的判断。作家、作品有无风格和这种风格审美价值的高低,分属两个不同的领域,前者是认知判断,后者是价值判断。黑格尔所谈,属于后者。歌德也在同样的立场上论述过"作风"与"风格"的差异,认为文艺创作层次的排列次序是这样的:自然的单纯摹仿→作风→风格。按王元化的解释:"'自然的单纯摹仿'偏重于单纯的客观性,这就是在审美主客关系上以物为主,以心服从于物……'作风'则相反而偏重于单纯的主观性,这在审美关系上是以心为主,用心去支配物……至于'风格'则是主客观的和谐一致,从而达到情境交融、物我双会之境。因此,歌德认为它是艺术所能企及的最高境界。"②歌德所谈基本上是在说文艺创作有三个层次或三种境界。本书将主要从认知判断的角度对风格展开论析。

(三)风格的界定

那到底什么是风格呢?如上所述,风格有不同的层次,就其外延特点可划分为两类:作为单独概念,就是指作品风格;作为普遍概念,包括作家风格、文体风格、时代风格、民族风格、地域风格、流派风格等。在文学领域,不论风格的内涵多么复杂,作品风格一定是其内涵的核心,也是理解其他相关概念的基石。作品风格同其他相关概念的关系是这样的:作品风格是单个作品显现出来的,而就"某一范围"而言的"作品群"所显现出来的,比如同一作家的"作品群"对应于作家风格、同文体的"作品群"对应于文体风格、同一时代的"作品群"对应于时代风格,如此等等。就此理路,我们应当首先明确作品风格,次及作家风格,而后论述风格的审美形态与文化形态。

对作为起点和根基的作品风格,我们作如下界定:体现了作家创作个性的文学话语系统所显示出来的独特而稳定的整体格调和风貌。自不必说《孔雀东南飞》的作品风格不同于《春江花月夜》,就是描写同一对象的柳宗元的《江雪》和毛泽东的《沁园春·雪》也迥然不同,虞世南那只清高自许的《蝉》也定然不同于李商隐那只满腹牢骚的《蝉》。然而,成熟的作家会在他一系列的作品里,表现出独特而如一的特点,甚至当作家想刻意隐藏这一特点时,它也会像"孙悟空的尾巴"一样,不管如何变化,总会在不经意间显露出

---

① [德]黑格尔:《美学》第1卷,北京:商务印书馆,1979年,第370页。
② 王元化:《风格与作风》,《思辨短简》,上海:上海古籍出版社,1989年,第140~141页。

来。这个在所有作品中都抹不去的"尾巴"所指向的就是作家风格。所谓"作家风格",就是同一作家的众多作品所体现出来的具有统一性和整体性的独特风貌和格调。"各师成心,其异如面",作品风格如此,作家风格亦然。世界上一切优秀的作家都有其独树一帜的风格。在我国现代作家中,郭沫若气势磅礴,茅盾细致入微,老舍幽默诙谐,巴金缠绵悱恻,赵树理明朗隽永,张光年热情澎湃,方纪潇洒流畅……各有特色,不容混杂。这些作家的风格,不是天生就有的,而是在创作实践中经过长期艰苦的磨炼,在艺术上不断追求探索的结果。因此,风格是作家在艺术上臻于成熟的标志,是作家的创作个性,包括其个性心理、创作理想、文学观念等因素在作品中持续的艺术表现。此外,风格本身,如同每个人的音色、每个时代的思想气候,具有某种艺术领域的识别功能。高棅《唐诗品汇总序》的话可以代表之:"今试以数十百篇之诗,隐其姓名,以示学者,须要识得何者为初唐,何者为盛唐,何者为中唐、为晚唐,又何者为王、杨、卢、骆,又何者为沈、宋,又何者为陈拾遗,又何者为李、杜,又何者为孟为储,为二王,为高、岑,为常、刘、韦、柳,为韩、李、张、王、元、白、郊、岛之制。辩尽诸家,剖析毫芒,方是作者。"①高氏所谈,不仅涉及作品、作家风格,还涉及时代风格。

总之,作品风格是连同作家风格在内的一切文学风格的基础。在风格理论研究中,作品风格研究具有基础意义。但作家某一作品艺术风格的具有并不代表作家的艺术风格已经形成,因此,我们将首先明确作品风格形成的条件,而诸条件的汇合加之作家不懈的艺术探求,就是作家风格形成的过程,然后探讨作家风格的基本特征。

二、文学风格的形成

文学风格的形成涉及两个方面,一是作品风格形成的条件,二是作家风格形成的过程。前者从共时层面揭示作品风格形成的诸种因素,后者从历时角度探讨作家风格形成的一般过程。

(一)作品风格的形成条件

如上所述,作品风格的形成受制于多种因素:既有作家个人的,亦有作品本身的;既有接受群体的,又有文化传统的。

第一,作家的创作个性。作家的创作个性是作品风格得以形成的直接主体原因。所

---

① 高棅:《唐诗品汇总序》,《中国历代文论选》第3册,上海:上海古籍出版社,1980年,第15页。

谓"创作个性",是指作家在审美创造过程中形成并表现在创作活动各个环节的成熟的独特性。这种独特性,是作家个人独特的世界观、艺术观、审美趣味、艺术追求、气质禀赋等综合而成的特征。体现在创作过程和作品中的创作个性主要包括审美理想和审美趣味的个性化、形象塑造和意蕴提炼的个性化、艺术手法和艺术技巧的个性化三个方面。创作个性并不是每一个作家都能有的。在文学史上,毕生致力于创作,至死也未形成自己创作个性的大有人在。一个作家成熟的标志,就外在说,是有了自己的创作风格;就内在说,是形成了自己的创作个性。创作风格是创作个性在作品中的外化和体现;创作个性的形成过程也是创作风格的确立过程,二者同生共存。

这里所说的"创作个性",既可以指单个作家的个性,亦可以指整个民族的个性,比如歌德就曾精彩地论述了德国、英国和法国的民族个性与民族风格之间的内在关系:"总的说来,哲学思辨对德国人是有害的,这使他们的风格流于晦涩,不易了解,艰深惹人厌倦。他们愈配以于某一哲学派别,也就愈写得坏……席勒每逢抛开哲学思辨时,他的风格是雄壮有力的……英国人照例写得很好,他们是天生的演说家和讲究实用的人,眼睛总是朝着现实的……法国人在风格上显出法国人的一般性格。他们生性好社交,所以一向把听众牢记在心里。他们力求明白清楚,以便说服读者;力求饶有风趣,以便取悦读者。"①

"创作个性"作为文学理论的重要概念是到现代才被认可的,但其思想萌芽却可以上溯到古代,不少理论家还对其作过精辟的分析。像刘勰在《文心雕龙·体性》里提出的才、气、学、习四要素理论,就很符合创作个性的生成实践。唐代韩愈强调诗文"必出于己",要求"不袭蹈前人一言一句"。虽然这一论述侧重于语言的革新,但包含了个人艺术的独创。李贽的"童心说"、公安派的"性灵说"、王夫之的"现量说",都倡导作家应该挣脱传统观念的束缚,排除与过去的印象和概念的比较,将直接感兴和瞬间直觉到的真实感受和真实见解表现出来,以求独特性和不重复性。西方早在亚里士多德的时代,就已经提出"诗人必须有所创造"的观念。歌德把创作个性视为"内心生活的准确标志"。后来像英国诗人扬格《论独创性的写作》一文,则明确地提出了伟大诗人的个性和创造力使他放弃摹仿,追求独创的必然性。现代的中外理论家,对创作个性认识得更清楚,强调得也更多。

必须指出的是,创作个性与日常个性并非一回事。日常个性主要指不同的个体所拥有的性格禀赋、才能气质、思维习惯和行为方式等。对于一个作家来说,他当然常常有自

---

① [德]爱克曼辑录:《歌德谈话录》,北京:人民文学出版社,1978年,第39页。

己的个性特征,这种个性特征可以直接渗融到创作实践中去,使生活个性与创作个性一致。但更多的时候或更多的人,他们的创作个性往往与本人的实际个性相距甚远,乃至"同人世生活的经验毫无关系"。① 歌德曾惊叹于拜伦"放荡不羁"的个性同"柔顺"的创作个性间巨大的反差。② 通常在表现性文学中,因为作者表达的是自己由外在的客观景物引发的情思、意念,作家自我表现的成分浓烈,创作个性与日常个性容易保持同一;而在再现性文学中,由于情节的设置、艺术构思、主旨开掘等都呈现出非常复杂的态势,作家匠心独运的成分更浓些,创作个性与作家本人的性格特征可能出现较大的差距。对此,赫拉普钦科正确地指出:"创作个性与艺术家日常生活中的个人的相互关系可能是各种各样的。绝不是所有标志出艺术家日常生活中的个人的东西都可以在他的作品中得到反映。另一方面,并不经常总是,而且也不是所有一切显示出创作的'我'的东西,都能在作家的实际的个人的特点中找到直接的完全符合的表现。"③ 只有了解了这一点,我们在分析具体问题时,才不会犯盲目一刀切的错误。

个性与风格之间的关系若何,就是中外文论史争论不止的"文"与"人"的关系难题。布封"风格就是本人"(The style is the man himself)一语的传译,激起中国学人对此关系的极大兴致。相关的中西理论资源甚多:中国古代,从汉扬雄"心声心画"到梁简文帝萧纲"立身之道与文章异,立身先须慎重,文章且须放荡",从金元好问评潘岳"心画心声总失真,文章宁复见为人"到清代画家松年"吾辈处事不可一事有我,唯作画必须处处有我。我者何? 独处一家之谓耳",再到刘熙载"诗品出于人品";在西方,除18世纪的布封外,古罗马的朗吉弩斯提出"崇高是伟大心灵的回声"、19世纪的凡·高亦说"我愈是疯癫,就愈是个艺术家",心理学家荣格也认为艺术家有着双重人格,韦勒克将文学作品称作"隐藏着作家真实面目的'面具'和'反自我'"。④ 钱锺书《谈艺录》第 48 则,对此有非常精辟的论析。综而观之,基本观点可分为两类:"文如其人"和"文不如其人"。我们觉得,对此难题,一是要知道"文如其人"这样的命题,与"字如其人"一样,都须从较高的层次来讲,不是只要有一两篇作品,只要会写字就能以之相评;二是必须明确文如不如的那个"人"到底有什么内涵;三是必须在日常个性、创作个性与风格三者的结构关系中探讨之方有可能解决问题。⑤

---

① [瑞士]沃尔夫冈·凯塞尔:《语言的艺术作品——文学争引论》,上海:上海译文出版社,1984年,第363页。
② [德]爱克曼辑录:《歌德谈话录》,北京:人民文学出版社,1978年,第63~65页。
③ [苏]赫拉普钦科:《作家的创作个性和文学的发展》,上海:上海人民出版社,1977年,第82~83页。
④ 参见王先霈主编:《文学理论导引》,北京:高等教育出版社,2005年,第155~156页。
⑤ 参阅李伟:《诗品真的出于人品吗》,《山东文学(上)》,2018年第2期。

第二,作品的题材内容。风格形成的根源主要在于作家的创作个性,但是风格并不完全是主体性或主观性的,它又有客观性。这一方面是因为作家本身就是客观世界的一分子,他摆脱不了他的时代、民族和社会所具有的某些特性;相反,只有扎根于客观世界,才有可能在创作上有一番作为。更值得强调的另一方面是,创作题材和表现内容制约着作品风格的形成。生活的多样决定了题材的多样,多样的题材要求产生多样的风格。同一作家,在不同的题材上也会表现出风格的不同方面,甚至是不同的风格。如鲁迅的《阿Q正传》与《伤逝》、契诃夫的《变色龙》与《新娘》,显然就因题材不同而各具特色。①

题材内容对风格的制约作用主要是通过选材、主题、笔调等方面来实现的。布封一再强调:"为了写得好,必须充分地掌握题材;必须对题材加以充分的思索","壮丽之美只有在伟大的题材里才能有"②。这就是说,题材的选择主导了作家的风格。如赵树理,他从小生活在农村,熟悉农民的生活,了解他们的思想、愿望和要求,他的作品所描写的事件和人物,几乎都是他亲身经历过的。《小二黑结婚》中的二诸葛就是作者父亲的缩影,兴旺、金旺就是作者工作地区的"旧渣滓",《李有才板话》中的老字辈和小字辈人物基本上是作者的邻里和朋友。作者在小说中记叙这些熟悉的人和事,自然形成了他作品特异的生活色彩和泥土气息。其他一些作家也是这样的,像沈从文经常描写湘西风情,魏巍经常描写部队生活,高尔基经常描写流浪汉,通过描绘自己熟悉的题材,创构出各个不同的艺术形象,为他们各自不同的艺术风格增添了风采各异的特殊因素。

风格的统一性要求作家的行文笔调必须适应题材的表现。笔调是作家描绘客观事物、抒写主观情感的笔触和格调。笔调必须和题材保持统一,因此笔调对题材又有一定的依从性。在文学作品中,伟大的题材当然要运用崇高的笔调去表现。在自然界,有了泰山的巍峨,才会有《望岳》的雄浑;在社会领域,有了文天祥的为国捐躯,才会出现《过零丁洋》的悲慨。总之,虽然题材不能决定风格,但它推荐着风格;同样,风格也选择着题材,具备某种风格的作家对某类题材特别感兴趣,而对其他题材则无动于衷或力不从心。

第三,文体自身的特点。文学体裁的选择客观上也制约着作品风格的特点。文学作品的体裁是作品存在的具体形式,而每一种文体都有自身质的规定性,都有一定的审美规范和艺术惯例。当不同的文体以各自的形式规范去表现与其相适应的特殊内容时,就必然形成风格上的差异。俄国古典作家克雷洛夫,并不擅长写诗和戏剧文体,但他在开

---

① 王蒙:《论风格》,《王蒙文存(第21卷)·你为什么写作》,北京:人民文学出版社,2003年,第194页。
② [法]布封:《论风格》,《西方文艺理论名著选编》上卷,北京:北京大学出版社,1985年,第221页。

始写作时却大写诗和剧本,结果都失败了。后来经过苦苦探求,他终于找到了适合自己个性表现的文体——寓言,因而获得属于自己的风格。这种风格就是果戈理所赞美的:一种纯粹俄罗斯式的婉转曲折的理智和新型的幽默。

中国古代文论十分偏爱文体风格。曹丕在《典论·论文》中对其已有粗略的分类:"夫文本同而末异,盖奏议宜雅,书论宜理,铭诔尚实,诗赋欲丽。"到了陆机的《文赋》则谈得更为具体:"诗缘情而绮靡,赋体物而浏亮,碑披文以相质,诔缠绵而凄怆,铭博约而温润,箴顿挫而清壮,颂优游以彬蔚,论精约而朗畅,奏平彻以闲雅,说炜晔而谲诳。"陆机历数了十种文体的不同风格,表明对文体风格问题认识的进一步拓展和深化。后刘勰在《文心雕龙·定势》里也有近似的表述,他指出:"夫情致异区,文变殊术,莫不因情立体,即体成势也。"作文必须"循体而成势,随变而立功"。刘勰在这里列出"体性"和"体势"两个概念,以探究创作主体与文体风格之间的相互关系,其中"体性指的是风格的主观因素,体势则指的是风格的客观因素"①。由于创作主体审美趣味、秉质天赋各不相同,创作风格也就各有差异,但其都根据主体的情思志趣来确定体势,并顺乎一定文体来形成各自的风格。

在我国,随着文学实践活动的演进,人们的观念逐渐从杂文学向纯文学过渡。加之文体的多向流变,理论家还在文体上作过许多细部的研究。其中有关诗体与词体风格的比较最值得回顾。词本起于民间曲调,起初多俗艳,并时常夹杂着俚语,内容也多为婉约、言情之作。后来虽文雅,但大多仍是风情缠绵篇什。李清照说"词别是一家",便力求将词与诗相区别。后来,李煜将人生苦难和生命感慨打并入词,豪放派词人苏轼、辛弃疾以诗为词,进一步扩大了词的意境和题材。尽管如此,词与诗相比,依然主要属于委婉、细腻的风格。田同之《西圃词说》言:"魏塘曹学士云:词之为体如美人,而诗则壮士也;如春华,而诗则秋实也;如天桃繁杏,而诗则劲松贞柏也。"都说明词呈现的是一致的委婉、含蓄的风格。王国维《人间词话》则说:"诗之境阔,词之言长。"所谓"言长"也是指区别于诗的宏大气势,词具有曲折、幽深的审美特征。

第四,特定读者群的审美趣味。英国著名作家高尔斯华绥说:"风格——这乃是作家消除自己和读者之间的一切隔阂的能力,风格的最后胜利乃是确立精神上的接近。"②这里把风格与读者的阅读效果结合起来,风格只有在读者的理解中,尤其是在产生共鸣的

---

① 王元化:《文心雕龙创作论》,上海:上海古籍出版社,1984年,第164页。
② 《欧美作家论列夫·托尔斯泰》,北京:中国社会科学出版社,1983年,第185页。

过程中,才能为人们所接纳、所领受。这是符合文学活动完整的动态系统的。文学创作实质上是作者与读者之间审美信息的交流活动,交流是文学创作的基本功能之一,有着人性的深层根源。在创作时,作者与读者就开始了一种潜在的交流,整个创作过程就是作者寻求交流内容、探索交流方式和途径的过程。没有创作中作者企图交流的种种努力,就很难有作品产生以后的交流和对话。即便像心远尘世的陶渊明,也极为重视自己诗文的传播。《饮酒·序》曰:"既醉之后,辄题数句自娱,纸墨遂多,辞无诠次,聊命故人书之,以为欢笑尔。"其"聊命故人书之",即有让诗文传播于世之意。在"交流"心态的支配下,作家的创作心态和表达策略自然会受到影响,进而影响到作品的艺术风貌。

  作家的风格受到潜在读者的影响,但这里所说的"潜在读者"并非专指某一个读者,而是指具有一定普遍性的读者群体,包括作家拟想中的读者群。群体的范围有大有小,小的像某一阶层的人,大的像整个社会的审美要求和艺术趣味,甚至于读者长期养成的欣赏习惯,都制约着风格的形成。丹纳说过:"最大的艺术家是赋有群众的才能、意识、情感而达到最高度的人",而"要了解艺术家的趣味与才能,要了解他为什么在绘画或戏剧中选择某个部门,为什么特别喜爱某种典型某种色彩,表现某种感情,就应当到群众的思想感情和风俗习惯中去探求"。① 群众的审美趣味和艺术诉求,在一定程度上决定了同时代艺术家的创作面貌。屈原有意识地选用楚地民歌的形式进行创作,白居易自觉地践行"文章合为时而著,歌诗合为事而作"的主张,都不仅因为这样的创作原则适合传达内容的需要,更是为了让读者容易接受作品,使作品流播久远。

  在各类创作中,通俗文学作家最注重读者群体,作品的风格受时尚的影响最大。五四时期,文言文被白话文所代替,由于传统遗留下来的负载思想感情的媒介体式的转移,当时很多新文学作家,都力图到国外文学里找出新的表达方式,于是欧化语体颇为流行,但效果却并不好,给阅读人为地增加了许多麻烦。张恨水在自己的写作过程中,对民族语言情有独钟,他反对生搬硬套西洋文法结构的白话文,认为那会"使匹夫匹妇莫名其妙",起不到欣赏、交流的作用,坚定地提倡用大众易懂的"真白话文"进行写作。他本人就是在这种旨趣的支配下,创作出了许多为各阶层人都能欣赏并喜闻乐见的优秀小说。

  第五,文化传统和时代精神。文化传统和时代精神是文学风格形成的最终社会根源。正如丹纳《艺术哲学》揭示的艺术根源的"三总体原则"所示:"要了解一件艺术品,一个艺术家,一群艺术家,必须正确地设想他们所处时代的精神和风格概况。这是艺术品

---

① [法]丹纳:《艺术哲学》,北京:人民文学出版社,1981年,第7页。

最后的解释,也是决定一切的基本原因。"①在此基础上,丹纳对精神气候如何通过艺术家最终制约艺术创作作了翔实的探究。这是一种"时势造英雄"式的艺术史观,自有其解释力度。但必须明确的是,时代精神与思想气候对艺术的影响,不论好坏,均需要通过艺术家这个"特之又特"的中介来实现;否则,我们就无法解释为什么只有一个莎士比亚、只有一个歌德、只有一个李白,等等。对一切"精神事件"的回溯式研究,都必须正视这个问题。回溯式研究确能揭示对象得以形成的诸多根源,但也只是揭示其中的某些根源而已。根源无法穷尽,所谓主次要之类对根源的定位,在对象生成的实际历史过程中是否就真的起到了研究者所认为的主次要的作用,尚无法确知。更显重要的是,我们所揭示的诸多因素在一个个体(比如莎士比亚)和一个时代(比如文艺复兴时期)中,如何融合发酵并最终生成我们面对的这个精神对象,至今的科学研究还都无法予以彻底解释。起源"揭示"着本质,但绝不能"决定"本质。当然,无法最终、完全地解释并不意味着不需要解释,只是提请读者应当始终保持此间应有的张力而已。

正如著名作家王蒙在《论风格》一文中所说,艺术创作确实需要有"我自己",但他也指出:

> 与此同时,我们如果不注意风格的客观性,如果以为可以不把眼光投射到时代、民族、社会上,不植根于客观世界之中,如果以为可以不必费力地去研究各种生活样式、各种人物并从而研究各种题材的特点,而只需要挖掘自我、挖掘内心,便可以保持风格的特色,这样,不免包含着一种作茧自缚、使自己的风格钻入牛角尖的危险。
>
> 风格是主观的,又是客观的。它从不怕客观,不但不怕,而且炽烈地、如饥似渴地面向着生活,不断地从生活中汲取养料以滋养和丰富自己。在它面向内心的最细微、最深邃之处时,它一刻也不应该放松,要把自己的视线投放到祖国、人民、大自然、无限广阔与丰富的客观世界上去。②

这是从创作的角度提示后来的作家们,文学创作必须根植于生活之中,同时也揭示出风格形成的辩证法:文学风格中不能没有"我",更不能没有"我们";没有"我"就不会有风格的独创性,没有"我们"则断不会有伟大文学的诞生。但我们应看到,时代和社会对文学创作和艺术风格的影响具有两面性:作家既可以成为时代的应和者,也可以成为它

---

① [法]丹纳:《艺术哲学》,北京:人民文学出版社,1981年,第7页。
② 王蒙:《论风格》,《王蒙文存(第21卷)·你为什么写作》,北京:人民出版社,2003年,第197页。

的批判者。无论是应和还是批判,都可能产生伟大和庸俗之作:盛唐气象造就了诗的盛唐,当代的大众文化也带来了文学创作和风格的"媚俗倾向"和"消解倾向";19世纪西欧社会的人情冷暖成就了巴尔扎克小说的伟大,也形成了不少作家的偏激和促狭。

(二)作家风格的形成过程

单个作品的成熟风格并不能代表作家创作的成熟,只有当作家一段时期内的大部分创作皆已具备了相对统一的艺术风格,作家风格才算形成,作家创作才算走向成熟,这时才有可能做到上文引述高棅在《唐诗品汇总序》中所提的要求,依据作品的风格判定作品的归属。对于作家个体风格的形成过程,理论家有着非常一致的看法,认为大致经过三个阶段:摹仿→摆脱→独创。上文提到歌德对风格的相关分析,他在《自然的单纯摹仿·作风·风格》一文所述,既可看作作家创作的三层境界,也可以说是作家形成自己风格所必经的三个阶段。著名作家汪曾祺在《谈风格》一文中,对作家个体风格的形成过程说得更为明确:"一个作家形成自己的风格大体要经过三个阶段:一摹仿;二摆脱;三自成一家。"①"摹仿"可以说是人类一切技能得以形成的基础。亚里士多德曾指出:摹仿是人的本能,人能从摹仿中获得快感。正如朱光潜所说:"为着自己创作,就要钻研一些模范作品。无论是写诗或写散文,都要精读一些模范作品。就像写字作画都要'临帖'一样,从而摸索出大家名手的诀窍。这是文艺创作家成功的秘诀,也是一切行业包括近代工业和农业成功的秘诀。"②我们可拿汪曾祺自述其风格形成的经历为例来理解作家个体风格形成的一般过程:

> 初学写作者,几乎无一例外,要经过摹仿的阶段。我年轻时写作学沈先生,连他的文白杂糅的语言也学。我的《汪曾祺短篇小说选》第一篇《复仇》,就有摹仿西方现代派的方法的痕迹。后来岁数大了一点,到了"而立之年"了吧,我就竭力想摆脱我所受的各种影响,尽量使自己的作品不同于别人。郭小川同志……有一次碰到我,说:"你说过的一句话,我到现在还记得。"我问他是什么话,他说:"你说过:凡是别人那样写过的,我就决不再那样写。"我想想,是说过……我现在不说这样的话了。现在岁数更大了,已经无意于使自己的作品像谁,也无意使自己的作品不像谁了。别人是怎样写的,我已经模糊了,我只知道自己这样的写法,只会这样写了。我觉得怎样写合适,就怎样写。我现在看作品,已

---

① 汪曾祺:《晚翠文谈》,杭州:浙江文艺出版社,1988年,第104页。
② 朱光潜:《谈写作学习》,《朱光潜全集》第10卷,合肥:安徽教育出版社,1993年,第655~656页。

经很少从形成自己的风格这样的角度去看了。对于曾经影响过我的作家的作品，近几年我也很少再看。然而：菌子已经没有了，但是菌子的气味留在空气里。影响是存在的。①

三、文学风格的特征

文学风格作为作品整体情境和作家全部创作所呈现出来的风貌格调，有其自身的特点，概括地说，主要有以下三个方面。

（一）独创性

作家的任务是创造，文学贵在独创，艺术没有独特的风格，就不能激起读者情感的波澜，最终就会被淘汰。读者正是通过作品的这种独创性，面对哪怕被略去作者姓名的作品，也可以读出它是哪个时代哪个作家的作品来。李白和李贺都是唐代著名诗人，从创作形态来讲，都被看成浪漫主义的代表。但因为生活经历、知识学养尤其是个性禀赋的不同，二者创作风格上的差异极为明显。李白一生抱着"济苍生""安黎元"的志向，积极奔走和追求实现自己的理想，他的诗歌"想落天外""横被六合"，语言清新自然，不事雕琢，风格上豪迈奔放。李贺因父名晋肃，"晋"与进士的"进"同音，须避讳不能考进士，愁苦终生，他的诗歌受楚辞影响，立意新奇，刻苦经营，风格上奇峭不羁、瑰丽凄恻。这不难理解，风格是体现创作个性的一种独特性，每个人的创作个性都不一样。当作家激情横溢、走笔为文时，那适合表达激情的词汇、音调、节奏、气势等随之出现，那适合内容、感情表现的形式和语言，也就跟随而至。这种作品，当然有其独创的风格。总之，风格是一种追求，追求用最适合自己的、最好的方式和角度，来表现自己感受最深的体验。创造是无止境的，因此风格也是无止境的。风格要求发展，要求突破，要求有连续性与统一性；同时，风格也要求变革和飞跃。正如汪曾祺所言"文备众体"又"自成一家"。

风格的独创性，常常是作家有意为之的。英国诗人雪莱曾说："我不敢妄图与我们当代最伟大的诗人们比高下。可是我也不愿追随任何前人的足迹。凡是他人独创性的语言风格或诗歌手法，我一概避免摹仿，因为我认为，我自己的作品纵使一文不值，毕竟是我自己的作品。"②不重复他人的风格，是独创性的前提；而摹仿则是独创的大敌。因为

---

① 汪曾祺：《晚翠文谈》，杭州：浙江文艺出版社，1988年，第104~105页。
② ［英］雪莱：《〈伊斯兰的起义〉序言》，《西方文论选》下卷，上海：上海译文出版社，1988年，第47页。

"饰貌以强类者失形,调辞以务似者失情。"(王充《论衡·自纪》)摹仿之作,即便制造得再精致,却如蜡制的花朵,只有花的外貌,没有花的风韵和芳香;或如公园里的假山、案头的盆景,与自然界真切活脱的山水大异其趣。雪莱虽然只活了三十个年头,却从不因袭别人的足迹。他诗里的高山峻岭、湖泊海洋、森林荒野、战争场景、风俗人情,无不化为主体生命的一部分,当诗人把它们表现为活生生的审美形象时,必然打上个性的印记,为独创风格的形成提供了坚实的基础。

强调独创性,并不意味着全盘否定摹仿的价值。在文学史上,有些伟大的作家在创作早期,也有过程度不同的摹仿。普希金谈到自己的第一部现实主义作品《鲍里斯·戈东诺夫》时,承认"曾摹仿过莎士比亚"。上文提到的汪曾祺亦复如是。但这种汲取别人艺术经验化为己有的办法,不同于纯粹的摹仿,与抄袭更是两回事。托尔斯泰也并不讳言,他的创作是"从摹仿开始"的。这种摹仿与生活中的摸着石头过河一样,是为了探索一条适合自己的创作路径,为今后艺术风格独创性的形成作铺垫。所有伟大的作家,都只会把摹仿当成手段,而不会当成目的,因为风格意味着独创。

(二)稳定性

稳定性是作家风格的另一特征。正像作家的创作个性不是在一朝一夕中形成的一样,作家的风格也是经过较长时间艰苦的创作实践凝聚而成的。而且,当一个作家一旦形成了属于自己的独创的风格,那么,它就会像一条红线一样长期地贯串于他的作品。即便风格上有所变化,我们也可以看出内在的血脉联系。作家的个性在成长过程中,一朝定型,以后变化总不会太大,根源于这种个性的风格也就不会天翻地覆。这就使得作家风格具有明显的连续性和稳定性,否则,在文学史上,就不会出现每提到一个作家,我们都能概要地总括出其风格特征的情况。关于这一点,法国理论家丹纳分析得极为透彻、恰当,他说:"人人知道一个艺术家的许多不同的作品都是亲属,好像一父所生的几个儿女,彼此有显著的相似之处。你们也知道每个艺术家都有他的风格。"[①]这儿讲的"几个儿女"说明作家每一部作品都是独特的,不可重复的;"相似之处",就意指作家相对稳定的创作风貌。

正因为作家的风格有连续性、稳定性,同时由于时代的变革、生活的变化,以及艺术趣味的转换,在不同的作品中又各不相同的昭示和体现,所以,有的理论家将这种"相似"的风格,干脆称作主导风格。如莎士比亚的创作,他早期的作品有着浓烈的欢乐明快

---

① [法]丹纳:《艺术哲学》,北京:人民文学出版社,1981年,第4页。

的基调和浪漫传奇的色彩,后期的作品则着力营造深沉抑郁、雄浑悲壮的悲剧氛围。但不管他哪个时期的创作,背后都潜隐着执著的人文主义关怀,洋溢着对作为宇宙精华、万物灵长的人的信心和赞美的乐观主义情调。

(三)多样性

从文学创作的实践来看,作家的风格还具有多样性的特性。因为在文学的舞台上,既需要小号的昂扬激越、小提琴的清新秀丽、单簧管的飘逸委曲,又需要大提琴的沉郁雄浑,唯此,才能组成文学的交响乐,以调合大众不同的欣赏习惯和满足人们的精神需求。同为诗人,有的热情奔放,有的激越高亢,有的清新婉约;同为小说家,有的清新明丽,有的雄浑厚实,有的幽默风趣;同为散文家,有的风清骨爽,有的舒卷自如,有的潇洒飘逸。这是文学史上常见的现象。历代评论家对文学风格多样性的认同和辨识,都是出于对风格多样性事实的考虑。关于盛唐气象影响下的诗歌创作,有人这样总结过:"开元、天宝间,则有李翰林之飘逸,杜工部之沉郁,孟襄阳之清雅,王右丞之精致,储光羲之真率,王昌龄之声俊,高适岑参之悲壮,李颀常建之超凡,此盛唐之盛者也。"[①]在同一时期,各个作家风格迥异,才推动了其时文学创作的繁荣局面。杰出的作家常不会孤立特出,而多是结伴而来、扎堆而生。[②]

就是同一个作家,在不同的创作时段甚至在同一时段,因题材处理、情感酝酿、主题开掘的不同,也会表现出多样风格或风格的多面性。有时,作家因为生活境遇发生了巨大的变化,创作动机也产生了翻天覆地的转换,作品会呈现出完全不同的风貌。如南唐词人李煜先过的是沉溺于声色的末代皇帝生活,写的作品亦多为反映宫廷糜烂生活的无病呻吟之作,后因国破家亡沦为阶下囚,"日夕以泪洗面",写出了像《虞美人》等不事饰绘、直抒情怀、出语沉痛的经典作品。有的作家,因为自身情感丰富和复杂,所以当他用不同的意象表达相异的情思时,也会呈现多样的风格。如陶渊明的诗歌整体风格是冲淡深粹,出于自然,像"采菊东篱下,悠然见南山";但他也写过像"刑天舞干戚,猛志固常在"之类"金刚怒目"式的名句名篇。

总之,风格是创造的产物、创造的成果、创造的过程。风格本身便是一个探求的过程。风格是一种追求,追求用最适合于自己的、最好的方式、方法和角度,来表现自己感受最深、体验最切的生活。创造是无止境的,最好的东西总是难以企及,所以是无限的、

---

① 高棅:《唐诗品汇》,上海:上海古籍出版社,1988年,第8页。
② 参见王汎森:《天才为何成群地来》,北京:社会科学文献出版社,2019年,第88~91页。

无止境的,因此风格也是无止境的。风格要求发展,要求突破,要求自由,要求具有连续性与统一性;同时,也要求连续性与统一性的中断,要求多样性和创新。正如汪曾祺所言:"一个人也不能老是一个风格,只有一种风格。风格,往往是因为所写的题材的不同而有差异的。或庄、或谐;或比较抒情,或尖刻冷峻。但是又看得出还是一个人的手笔。一方面,文备众体,另一方面又自成一家。"①

四、文学风格的功能

风格是艺术作品的感诉力。风格弥漫在整个作品的每个部分、每个细胞中,有着自己独特的审美建构功能。这种建构功能也同样体现在文学活动的方方面面。认识到风格的这些功能,有助于我们深入理解风格的审美本质。

根据"文学活动四要素",可以说文学风格的功能主要表现在以下四个方面。(1)它是创作过程的一个因素(作家)。因为有风格,作家在文学创作时,就会自觉不自觉地以个人已经成型的风格特征为主导,统一着创作过程的各个环节,对素材的提炼、题材的处理、主题的开掘,甚至于看待人与世界之间的关系等,都会被纳入同一风格的运行轨道。它促使文学家把对于现实世界遭遇的各种印象加工成统一的艺术整体,使他不是折中和拼凑式地、而是沿着一条清晰的路径,完整地把握世界。(2)它是推动艺术发展的一个因素(作品)。它为艺术家在创作过程中指明方向。源远流长的文学史,贡献过诸多类型的完美风格。它们作为艺术传统,已成为后来者从事风格创造的规范和难以逾越的栏杆。但不是说风格就不能改变与发展,社会生活自身的日新月异,也在时时刻刻推动着风格的发展。新的风格恰恰能确保作家在艺术传统的基础上,推陈出新,重新开创文学艺术的新天地,使各个时代的文学相互影响;与此同时,又不破坏与作家的创作个性和时代精神相适应的作品结构。(3)风格是作品社会存在的一个因素(世界)。风格逃离不了作家个人,也逃离不了身处其中的社会,相反,它是作家对于社会关系的一种艺术实现。它规定着艺术家必须创造艺术整体,从而确保作品能作为一个完备的、独特的社会现象而存在。(4)风格是制约艺术发挥其影响的因素(读者)。成熟的风格是文艺作品拥有较大审美价值的标志,它是一种吸引人、化育人的感诉力,决定着文学作品对欣赏者审美影响的

---

① 汪曾祺:《晚翠文谈》,杭州:浙江文艺出版社,1988年,第105页。

性质，使艺术家面向一定的欣赏者类型，又使后者面向一定的艺术价值类型。①

风格的上述功能，显示了风格在文学活动中的能动的选择性。它不只是作家有意识、自觉的匠心经营的结果，也是对人的情感、意志施加强有力的影响的巨大反馈力量。作品的风格更是"作者向读者表示的一种最高的礼节"②。有了风格，作家与欣赏者之间才能消除个体差异带来的隔膜，拥有一种心理上的亲和力，才能真正地与欣赏者进行"精神性"的交流。

五、文学风格的形态

风格形态的划分可以从两个角度入手：一是着眼于风格发生的历时态的划分；二是着眼于风格审美表现和形成因素的共时态的划分。前者以俄国美学家鲍列夫《美学》一书为代表，后者以国内大多数"文学理论"教材为代表。

鲍列夫《美学》一书认为：风格以自己的各个层次集中体现着作者的整个个性以及艺术文化的整个历史传统。据此，他从风格的内在结构和历史发生的先后顺序，由外而内、由表入里，把艺术风格分为七个层次或七个形态：作为"原始现象"的原始"地域风格"、具有文化统一性的"民族风格"、特定历史文化阶段的"民族阶段风格"、相互竞争的艺术流派中流派风格、艺术家的个人风格、同一作家不同作品共具的作品风格、作品要素的风格和具有统一性的时代风格。③ 国内一般文学理论教材大多采取共时态划分，着眼于风格的审美表现和制约因素，把文学风格分为审美形态和文化形态两大类型。前者指风格的文体形态，后者指风格在不同文化上的表现。

本书力图把这两种划分方法统一起来，用历时来贯通共时。由作品进入"作品群"，作品风格也相应地体现为如下几种：同一作家的作品群形成"作家风格"；不同作家的作品群，要么是同类作家形成的"流派风格"，要么是同地作家形成的"地域风格"，要么是同代作家形成的"时代风格"，要么是同祖作家形成的"民族风格"。作家风格的审美特征、作品风格的形成条件与过程已如前述。由于作品风格是一切风格理论的基础，作品风格的审美形态也因此成了一切风格表现的基础；且通常的风格论也主要讲抒情风格与叙事风格这两大类，故而本书单列一节专论"风格的审美形态"，次列一节讨论针对"作品群"

---

① 参阅［苏］鲍列夫：《美学》，北京：中国文联出版公司，1986年，第284~285页。
② 萨特：《为谁写作？》，《文艺理论译丛》（2），北京：中国文联出版社公司，1984年，第396页。
③ ［苏］鲍列夫：《美学》，北京：中国文联出版公司，1986年，第287~290页。

的"风格的文化形态"。如上所述,作品风格是一切风格的基石,而作品的基础类别(文体)不外乎叙事与抒情两类。故而,在作品这个层面,我们可以把风格划分为抒情风格与叙事风格两大类,这是风格在文体方面的划分,可以称为风格的审美形态。

第二节 风格的审美形态

如上所述,作品风格是一切风格的基石,而作品的基础类别(文体)不外乎叙事与抒情两类。故而在作品这个层面,我们可以把风格划分为抒情风格与叙事风格两大类,这是风格在文体方面的划分,可以称之为风格的审美形态或文体形态。

一、抒情风格的形态

抒情风格主要探讨三个问题,即抒情风格的界定和呈现、抒情风格形态的两种划分方式以及中西抒情风格各自的基本形态。

(一)抒情风格的性质

1. 抒情风格的界定

在文学作品中,根据话语的结构形式,看它更侧重于表现性的功能还是描述性的功能,可以将其划分为两种形态,即抒情性作品和叙事性作品,其他一切文体形态均以它们为基础。这两种不同形态的作品,因其具体构成方式的不同,外在的整体状貌也有所不同。抒情性作品着力于对主体情绪意念的表现与传达,或者主体有意识地将一己的情感投射到外在的客观事物上去,因而作品的形象就以独特的意境形态为主。换句话说,只要能创造出艺术意境,作者就可以根据自己的情感体验,直抒甚至夸大本身的情感值。这种情感值的大小,常常直接决定着作品的感诉力,决定着作品的价值优劣,乃至能否传之久远。风格作为作家创作成熟的标志,作为作品个性化的印记,也一定携带着这种总体性的痕迹。总之,在抒情性作品里,这种区别于叙事性作品的整体的艺术格调,就是抒情风格。

所谓"抒情风格",是指在包括词气、格调和情境在内的抒情话语和抒情内容的有机融合中,作品整体所展现出来的风貌和情调。由于抒情风格体现在作品的各个部分,所以这些部分自身的构成和特性直接关涉着风格的类型及其状貌。譬如在诗歌中,风格的形成不仅借助于情感表现这些内容性的因素,还要受诗歌文体独特的写作方式的种种限制和约束,像语词的繁冗或精练、节奏的明快或迟缓、音调的高昂或低沉等,都是构成作品风格的有机组成部分。

2. 抒情风格的呈现

(1) 词气

钟嵘在《诗品序》中说:"擀之以风力,润之以丹彩,使味之者无极,闻之者动心,是诗之至也。"所谓"风力",犹言风骨,也可以泛指风格之类;"丹彩"是指文辞的藻饰。钟嵘意在指明好的诗歌作品,不仅有内在的构成力度,还要有外在相应的装饰,只有内外统一,才有"滋味"。这就是词气的问题。在中国古代,"气"是一个人们经常谈及的词汇,也是我们了解古代文化根基性的概念,一般用来指精神、气概。在抒情性作品里,词气主要指通过言语结构体现出来的气势。作家在作品中能否表现出气势,反映了他在创作过程中所呈现的精神的自由度。刘勰在《文心雕龙·养气》中说:"是以吐纳文艺,务在节宣,清和其心,调畅其气;烦而即舍,勿使壅滞。意得则抒怀以命笔,理伏则投笔以卷怀。"如此,表现在作品中的气力、精神,就可畅通无阻,显示出活泼泼的状态。

气势具有自然、连贯、流动等特点,对此,刘勰《文心雕龙·定势》中打了一个生动的比喻:"譬激水不漪,槁木无阴,自然之势也。"它发自作家心灵深处,按照客观事物规律而自由地运行,文辞呈现出一种流动的美。在作品中,它是从头至尾一气贯注、不可阻挡的。气势的厚薄缓急,在不同作品里面各具特色,进而使作品呈现不同的风格。杜元凯说《左传》"其文缓",吕东莱说《左传》"以容委曲""辞气不迫",刘熙载解释"缓"字的含义是"无矜无躁",与《左传》气势不同的是《国策》,《国策》的特点是"沉而快""雄而隽"。气势的厚薄缓急与特定作品的性质、内容的特殊性有关。相传苏轼官翰林学士时,曾问幕下士说:"我词何如柳七?"幕下士答道:"柳郎中词只合十七八女郎,执红牙板,歌'杨柳岸晓风残月'。学士词须关西大汉,铜琵琶、铁绰板,唱'大江东去'。"[①]柳永词承袭晚唐五代以来绮靡婉约作风,写的多是男女艳情,格调低徊柔婉;而苏轼以诗为词,写的大多是激昂慷慨的情怀,节奏疾迅,气势自然宏大,风格自然宏阔。

词气的刚柔缓急,同风格所呈现的形状、姿态息息相关。刘熙载《艺概·诗概》云:"气有清浊厚薄,格有高低雅俗。"大凡词气柔顺舒缓者,其风格常呈现稳定状态或静谧状

---

① 俞文豹:《吹剑录全编》,上海:古典文学出版社,1958年,第38页。

态,如清新、婉约、典雅、冲淡;大凡词气刚劲疾速者,其风格常呈流动状态,如豪放、雄浑、粗犷、悲慨;有的词气亦刚亦柔,或疾或徐,故其风格刚柔相济、疾徐兼备,如诙谐、潇洒、洗练、朴素。刘熙载《艺概·经义概》中说:"文家用笔之法,不出纡陡相济,纡而不懈者,有陡以振其纡也;陡而不突者,有纡以养其陡也。"这可说是对于紧密结合着的刚柔缓急的词气的极好注脚。

(2)格调

讨论风格,离不开对格调的讨论。所谓"格调",原意是指人的风度仪态,后来逐渐演变成文章风格的同义词,包括语言格调与情感格调。这种观念,源于中国古代的文论系统。我国传统的诗文品评特别重视对接受者鉴赏心态的研究,认为文学作品的风格,就是经过读者品味后能够辨别出来的一种格调。因而有无格调,被看成文学作品是否形成自己风格的重要标尺。李东阳在《怀麓堂诗话》里记载过这样一则故事:"费侍郎廷言尝问作诗,予曰:'试取所未见诗,即能识其时代格调,十不失一,乃为有得。'费殊不信。一日,与乔编修维翰观新颁中秘书,予适至,费即掩卷问曰:'请问此何代诗也?'予取一篇,辄曰:'唐诗也。'又问:'何人?'予曰:'须看两首。'看毕曰:'非白乐天乎?'于是三人大笑,启卷视之,盖《长庆集》印本不传久矣。"李东阳之所以能通过浏览具体的诗歌作品,判断出诗歌诞生的朝代甚至于作者,一方面说明他阅读面广、知识丰赡;另一方面也说明他把握住了作品精髓性的东西——风格,因为每个时代、每个人的创作都有作为自己独特标记的"格调"。在西方,虽然历代理论家们没有像我们的古人那样,明确地使用"格调"一词,但在探讨作者和读者的关系时,也涉及作品整体风格的呈现。鲍列夫就曾指出:风格的传递是"艺术交际的关键和焦点,在这一焦点上集结着从艺术家经由作品到达读者、观众和听众的一切联系纽带。在这一焦点上,作家的创作过程开始产生实际的作品,然后进入艺术欣赏过程"。[①] 正是因为风格(格调)的存在,作品在其传递过程中,才能给欣赏者留下拂之不去的深刻印象,才能在历代的艺术欣赏里,与读者相契共鸣。

关于格调问题,现代学者钱锺书在论述"文如其人"的悖论时,有过一段精彩的阐释:

"心画心声",本为成事之说,实鲜先见之明。然所言之物,可以饰伪:巨奸为忧国语,热中人作冰雪文,是也。其言之格调,则往往流露本相;狷急人之作风,不能尽变为澄澹,豪迈人之笔性,不能尽变为谨严。文如其人,在此不在彼也。[②]

---

① [苏]鲍列夫:《美学》,北京:中国文联出版公司,1986年,第285页。
② 钱锺书:《谈艺录》,北京:中华书局,1984年,第163页。

钱锺书在这里,虽然不专门探究格调,但通过对"文如其人"观念的反驳,指出一个鲜为人们注意的事实,那就是作家可以隐藏自己的真实品行,却无法完全改变文章的格调,而这格调中极其明确地显现着创作主体写作时的动机和情感。正因为格调与情感联系得如此紧密,所以不少理论家甚至将它们合称为情调。

（3）情境

借具体的场面、景物、环境,弥漫于文学作品的整个氛围,就是情境。作为文学作品整一性的体现,它不仅以活泼泼的运动状态存在着,而且直接使作品以自己独立的风格形态呈现出来。如果说,词气是以话语的形式,从纵的方面贯串着作家精神脉搏的运动节奏的话,那么,情境就是从横的方面来渲染特定场景的情状。因此,情境虽是一种氛围,却不是虚幻缥缈的,而是有形的观念性的存在,它的活动处所是一个个充溢着生机的场面。大凡人与人之间所产生的关系形成的特定的氛围,都属于情境之列。可以说,情境是离不开人的。黑格尔说过:"外在环境基本上应该从这种对人的关系来了解","情境供给我们以广阔的研究范围,因为艺术的最重要的一方面从来就是寻找引人入胜的情境,就是寻找可以显现心灵方面的深刻而重要的旨趣和真正意蕴的那种情境。"①假如我们避开情境来谈作品、作品风格,就不可能把握住其实质。

由于情境是笼罩在人与人之间的关系上面的氛围,因而它的表现形状和情态,就会因人而移。当人与人之间的关系紧张时,情境呈现出紧张状态;当人与人之间的关系融洽时,情境就呈现出和谐状态。这种或紧张或融洽的情境,主要表现在人与人之间的矛盾纠葛,特别是冲突上;而人与人之间的矛盾纠葛、冲突,在不同性质的作品中,也是姿态各异的,这自然影响到情境的呈现。一般地说,在叙事性作品中,冲突的尖锐性造成情境的紧张状态,而在冲突不那么紧张的文学作品中,其情境就不显得那么紧张。也有作品,其情境甚至是轻松、和谐的。文学是这样,其他类型的艺术样式的情境亦各异。例如,绘画、音乐比之于雕塑,就易于形成情境,因为在表现人与人关系方面,绘画、音乐比雕刻有更多的自由。

从艺术的角度来看,情境在抒情性的文学作品中,可以是局部的,也可以是整体的。我们对其进行解读时,务必要获取局部的清晰和整体的把握。白居易有诗《赋得古原草送别》,浏览全篇可以知道,"春风吹又生"的"草"乃是本诗的中心意象,各个分句包含的有关意象,如"古原""枯荣""野火""春风""古道""荒城""王孙""萋萋",皆紧扣中心,组合

---

① ［德］黑格尔:《美学》第 1 卷,北京:商务印书馆,1979 年,第 254 页。

成一个辐射式的整体结构情境。作为唐诗中常见的沿袭意象,"春草"可以引发三条现成思路,这三条思路均由楚辞而来。其一是人生盛衰的感叹,白诗首联"离离原上草,一岁一枯荣"即用此义。其二为异域飘零的悲凉,白诗颈联"远芳侵古道,晴翠接荒城"即含此义。其三为送人远别的凄感,白诗末联"又送王孙去,萋萋满别情"不唯义由此出,且直用该典。本诗的"古原草"是用来借题发挥的物象,由感叹人生枯荣起兴,转入表达远涉荒城的漂泊之感,然后由凄凄满怀的离愁别苦作结而切合依依"送别"的本意,体现了白诗"寸步不遗,犹恐失之"(苏辙)的风格特点。但不管采用哪种情境,都是作者有意识、有目的地去渲染、烘托,渗融了作者的精神向度和价值判断,为所要创造的能传达个我的风格服务的。所以情境与词气、格调一样,是风格的有力体现。

(二)抒情风格形态的划分

文学风格的多样性是文学史上普遍存在的现象,但这并不妨碍我们去对它们各个不同的个性和彼此相通的共性进行某种概括,并从中找出带规律性的东西来。这就为我们对其进行分类提供了可能性。总结理论史上历代文论家们的一些看法,可以看出,抒情风格的划分方法不外乎简分法和繁分法两种。

1. 简分法

中国古代的文论家,对风格认识有着非常久远的历史,且有着系统的风格美学。先秦《易传》说的"一阴一阳为之道"就已经蕴涵着阴与阳、刚与柔对立统一的哲学思想。后来的许多文论家在此基础上,阐发了文学艺术中阳刚与阴柔的不同性质和内涵。曹丕《典论·论文》提出"文以气为主,气之清浊有体",以"气"的概念来划分清、浊二体,这里的清近于刚,浊近于柔。到刘勰那里,他就更直接地将其表述为"气有刚柔"。有的理论家虽然不使用刚柔这样的词汇,但内里表达的含义却十分接近,如诗词品评时常说的豪放与婉约之别,都明显带有刚柔区分的印痕。

清代的桐城派作家姚鼐则进一步从美学高度进行了整体把握和抽象概括。在《复鲁絜非书》中,姚鼐写道:"鼐闻天地之道,阴阳刚柔而已。文者,天地之精英,而阴阳刚柔之发也。"在他看来,文章之原,本乎天地,天地有阴阳之分,人有刚柔之气,因此文亦有阳刚阴柔之美。凡是雄浑、劲健、豪放、壮丽等风格,都可以纳入阳刚一类,这类作品"其文如霆,如电,如长风之出谷,如崇山峻崖,如决大川,如奔骐骥"。凡属轻盈、淡雅、高远、飘逸等风格,都可以纳入阴柔一类,这类作品"其文如升初日,如清风,如云,如霞,如烟,如幽林曲涧。"可见,阳刚有雄伟劲直的气势,阴柔有温柔徐婉的特征。在区别这两者的同时,姚鼐认为阳刚阴柔是对立统一、相辅相成的,不可偏废。他的风格观继承了前代的研究成果,而且化繁为简,极大地完善了中国古代的文学风格论思想,并提出了风格的理想。①

与中国人的阳刚阴柔二分法近似,在西方,人们把文学作品的抒情风格简要划分为崇高和优美。鲍桑葵曾言:"单是'崇高'一词成为美学批评和修辞批评的一个术语就是一个值得注意的事实。"②可见,这一范畴在西方文艺学史上占重要位置。古罗马时代,朗吉努斯就写过专门性的《论崇高》一文,他指出:"伟大的语言只有伟大的人才说得出""崇高风格是伟大心灵的回声。"他还详细分析了崇高风格构成的五大来源,认为具有崇高风格的文章最大的力量便是,能给人带来"狂喜"的强烈效果。③

其后,将崇高与优美作为审美范畴加以对比研究的,是英国经验主义美学家博克。他的《论崇高与美两种观念的根源》一书,是风格美学的经典文献。此书分五部分:论崇高与美所涉及的快感和痛感以及人类基本情欲,论崇高,论美,论崇高与美的成因,论文学的作用与诗的效果。他认为,崇高的对象都有一个共同的性质,即可怖性,"凡是可恐怖的也就是崇高的","惊惧是崇高的最高度效果";而与之对立的"美","是指物体中能引起爱或类似爱的情欲的某一性质或某些性质",④在接受的情感效果上,则始终是精神愉快的。博克的观念影响深远,德国古典时期的美学家如莱辛、康德等人,在研究文学艺术问题时,都从他那里汲取过不少理论营养。至近代,随着中西文化交流的频繁,这种风格论也传到中国,王国维在叔本华美学思想的熏染下,结合本土传统的文学风格论,提出过"壮美"和"优美"两种类型的审美范畴。

2. 繁分法

因为风格的形成是多重合力作用的结果,每位作家的创作个性又截然不同,风格的具体形态便呈现出纷纭复杂的状态,所以,更多的理论家注重对风格形态作更细致的划分,划分的种类也有很大的不同。"在西洋,最先提出风格问题的是希腊的狄米椎耶斯,他在《风格论》中把风格分为四种,即平明的风格,庄严的风格,精练的风格和强力的风格。"⑤同时,他还认为,这四种风格有的是可以相互结合的。在歌德那里,我们可以见到极为精制的排列,"如奥妙、创造、妥帖、崇高、个性、精神、高尚、敏感、趣味、适用、适宜、力量、文雅、显赫、圆满、丰富、热情、妩媚、优美、魅力、巧妙、明快、气魄、娇弱、壮观、世故、时

---

① 参见潘务正:《清代对立文风融合论》,《文学遗产》,2018年第1期。
② [英]鲍桑葵:《美学史》,北京:商务印书馆,1985年,第139页。
③ 参阅朱光潜:《西方美学史》,北京:人民文学出版社,1979年,第110页。
④ 朱光潜:《西方美学史》,北京:人民文学出版社,1979年,第242~243页。
⑤ 李广田:《文学的基本特质》,《文艺研究》,1982年第5期。

新……"并且感叹"这或许是一类无法以圆满而明确的方式完成的任务"。①

我国古代的文学理论家,在风格的划分方面,也做过许多细致的工作。其中影响最大的当数刘勰和司空图。刘勰在《文心雕龙·体性》中,谈到风格的"各师成心,其异如面"时指出:"若总其归涂,则数穷八体:一曰典雅,二曰远奥,三曰精约,四曰显附,五曰繁缛,六曰壮丽,七曰新奇,八曰轻靡。"他还对八种风格的内涵给予了明确的界定,并比较它们之间相反相成的关系,认为"雅与奇反,奥与显殊,繁与约舛,壮与轻乖。文辞根叶,苑囿其中矣"。所有的文章,虽有各不相同的状貌,但不外乎在这八种风格间徘徊。日本的《文镜秘府》一书的《论体》篇,将风格分为博雅、清典、绮丽、宏壮、要约、切至六种,与此一脉相承。但因局限于当时文体观的模糊,刘勰所讲的"八体",是包括非文学在内的全部文章的风格。

唐皎然在《诗式》里把风格概括为高、逸、贞、忠、节、志、气、情、思、德、诫、闲、达、悲、怨、意、力、静、远等 19 种,只是有的谈及的是内容类型。传为司空图所撰《诗品》则分析得更为具体,标准亦更为统一。他从文学风格的本体构成出发,把诗歌风格区分为 24 种,即雄浑、冲淡、纤秾、沉着、高古、典雅、洗练、劲健、绮丽、自然、含蓄、豪放、精神、缜密、疏野、清奇、委曲、实境、悲慨、形容、超诣、飘逸、旷达、流动。虽然后世也有人批评这种二十四品的划分"相似者甚多"(林昌彝),但这已是很高的成就了。清代袁枚在《续诗品三十二首》中,把诗的风格分为 32 种,然因其分类驳杂,对后世的影响反而不如司空图大。

(三)抒情风格基本形态

1. 中国抒情风格的基本形态

前人有关风格的分类,不乏精辟的见解和正确的判断,但同时由于分类标准的错综杂乱,也存在着明显的局限性。有的涂上了宗教神秘主义色彩,如神悟;有的则含有道德的观念,如贞、忠、节;有的显示了传统士大夫的闲情逸致,如闲逸、超诣;有的则根本不是风格范畴,如涉及主题的崇意、相题,牵涉结构的布格、割忍、藏拙,牵涉语言的振采、结响、择韵等,比现代意义上的风格范畴要小得多。

我们认为,划分抒情风格的种类,应该从风格本身的特殊性出发,应该依据作品的思想内容和艺术形式的有机统一所集中显现出来的词气、格调、情境来划分。我们在确定特定的风格时,就必须把握这个特点,而不是抓住作品中的某一个因素就企图对整个风格的特色作出判断。而且随着文学创作实践的绵延,文学状况已经发生很大的变化,各

---

① [波]符·塔达基维奇:《西方美学概念史》,北京:学苑出版社,1990年,第 207~208 页。

种风格也不断地出现整合、渗融的现象,新的文学风貌需要新的风格形态对其进行概括,才能符合风格批评的内在要求。相比较而言,现代的风格学理论对风格的分类,则更为严谨、客观、科学,更符合现代文体发展的态势,也便于人们学习和掌握。其中陈望道的《修辞学发凡》一书,作出过突出的贡献。他在继承中国古代、近代风格学理论的基础上,将"体性"分为四组八种:

①组——由内容和形式的比例,分为简约和繁丰;

②组——由气象的刚强和柔和,分为刚健和柔婉;

③组——由于话里辞藻的多少,分为平淡和绚烂;

④组——由于检点工夫的多少,分为谨严和疏放。[①]

需要注意的是,这八种风格并没有网尽全部抒情风格的类型,而且各种风格形态之间有的是对立排斥的,有的则是可以兼容并蓄的。下面对此八种典型风格形态分别予以介绍。

(1) 简约和繁丰

简约,指力求语词简洁扼要的风格形态。例如《书》曰:"尔唯风,下民唯草",便可说是简约的了,表达意思时语词已经简得不能再简。同它表达一样的意思,在《论语》里则说:"君子之德风,小人之德草,草上之风必偃。"语词扩展到 16 个字,类似于繁丰的风格了。至于刘向《说苑》里说的:"夫上之划下,犹风靡草,东风则草靡而西,西风则草靡而东,在风所由,而草为之靡。"语词增至 32 字,传达的意义却与前二者相同,就更是繁丰了。所以相对于简约而言,所谓"繁丰",则是指不吝啬词句,不断衍说,说到无可再说而后止的风格形态。

简约风格的最大特征是辞少而意多。辞少,指洗尽铅华,精练简洁。刘勰在《文心雕龙》里谓之"精约",司空图《诗品》谓之"洗炼",解为"犹矿出金,如铅出银,超心炼冶,绝爱缁磷"。总之,使人感到洗炼峻洁。意多,就是要用尽可能少的话语容纳尽可能多的意蕴内涵,做到有言外之意、味外之味,能够点中见面,小中见大。如杜甫诗"两个黄鹂鸣翠柳,一行白鹭上青天。窗含西岭千秋雪,门泊东吴万里船",此诗作于安史之乱平息之后,诗人开朗的心境、愉快的情绪、爱国的热忱,虽未直接表露,却洋溢于字里行间,是以景写情、以情寓景、以一当十的杰作。又如马致远的《天净沙·秋思》:"枯藤老树昏鸦。小桥流水人家。古道西风瘦马。夕阳西下,断肠人在天涯。"这一曲只有短短的 28 个字,却绘

---

① 陈望道:《修辞学发凡》,上海:上海教育出版社,1979 年,第 257 页。

出一幅壮美、苍凉、寂寥的秋风夕阳图,形象地流露出羁旅漂泊的忧伤情怀,是何等精练简洁。

繁丰风格辞义详尽。刘勰《文心雕龙·体性》以"繁缛"冠之,说"繁缛者,博喻酿采,炜烨枝派者也"。辞采铺排,思绪稠叠,是其特征。汉武帝时,天下一统,幅员辽阔,仓廪充实,武帝经常同群臣邀游、狩猎,文人趋势承奉,纷纷作赋,习者陈陈相因,遂使赋体夸张铺饰,而成繁丰的风格。司马相如《子虚赋》《上林赋》,场景壮阔,绮艳瑰诡,为繁丰之典范,也是繁丰之极致。繁丰的风格非汉代所专有,其他文体中也有许多作品呈现出这种面貌。繁丰的文辞必须表现稠密意象和丰富的思想,才有价值。否则,只图搜寻丰富的辞采,而无视内容的呈现,则无异于作态,必如刘勰《文心雕龙·丽辞》中所批评的"碌碌丽辞,则昏睡耳目"。

简约与繁丰的风格,在历代文学作品中都有体现。"在各国,大抵古代偏于简,而近代则多趋于繁。其原因不在乎辞体本身的优劣,而在乎社会情状的发展。"[①]人类社会的不断发展,社会生活的逐渐丰富,必然显现于精神性的艺术作品中。从效果来看,二者互有短长,需在创作实践中慢慢探索,以顺畅为上,以自然为准,择而为之。

(2)刚健和柔婉

刚健,是刚强、雄伟的风格形态。在古代,常常与雄浑、豪放联系在一起。司空图的二十四"诗品",把雄浑放在首位。他说:"返虚入浑,积健为雄。"意思是说向实处求则不可能得浑,而必须返而求之于虚,才可达到入浑的极境;积聚健壮有力之气,则可为雄。清代的杨廷芝认为:"大力无敌为雄,元气未分曰浑。"总之,强调雄壮、浑厚之格。豪放要求豪迈、奔放,司空图《诗品》里用"吞吐大荒""处得以狂"来形容豪放的情状,以"天风浪浪,海山苍苍"来描绘豪放的气势,拿"晓策六鳌,濯足扶桑"来比喻豪放的行踪,活化出豪放的英姿。刚健,就是将雄浑、豪放等风貌一致的作品总括起来,自然阳刚之气显而易见。柔婉,则是指柔和、优美的风格形态;柔和重温馨、静谧,在含蓄中保持生机。

风格刚健的作品,往往感情奔放热烈,气势恢弘磅礴,格调昂扬激越,想象夸张奇特。有的壮志凌云、抱负远大、刚毅雄健,如刘邦的《大风歌》:"大风起兮云飞扬,威加海内兮归故乡,安得猛士兮守四方!"有的慷慨悲歌、视死如归,如项羽的《垓下歌》:"力拔山兮气盖世,时不利兮骓不逝,骓不逝兮可奈何?虞兮虞兮奈若何?"有的胸襟辽阔、悲怆豪爽,如陈子昂的《登幽州台歌》:"前不见古人,后不见来者;念天地之悠悠,独怆然而涕下!"有

---

① 陈望道:《修辞学发凡》,上海:上海教育出版社,1979年,第258页。

的豪迈豁达、奋发向上,如王之涣的《登鹳雀楼》诗:"白日依山尽,黄河入海流;欲穷千里目,更上一层楼。"激荡的情感,须以特殊的音调、技巧来表现,才能适应这类作品的风格,于是,其格调、修辞也异于其他类型的作品。"噫吁嚱,危乎高哉!蜀道之难难于上青天。"李白《蜀道难》的起句就气势非凡,令人有昂首天外之感。诗人夸张式的一声惊呼,紧紧攫住你的心弦;接着,就把这根心弦随手抛入天际,忽听铿然一声,它便飘落在高耸入云、崎岖险峻的巴山之巅。难怪贺知章一读此诗,便称作者为"谪仙人"了。

    风格柔婉的作品,体现出"曲、柔、细"的特点,给人以柔和、婉约的感觉。陆机早在《文赋》中就提到了近似柔婉的风格形态,司空图在《诗品》中专列"委曲"。从创作上看,晚唐温庭筠被视为婉约词的开山祖,他写的《更漏子》"一叶叶,一声声,空阶滴到明","花落子规啼,绿窗残梦迷",《菩萨蛮》"人远泪阑干,燕飞春又残",皆缠绵悱恻,凄楚动人,显然属于此类。在新诗创作中,也有这种格调的诗篇。如徐志摩《沙扬娜拉·赠日本女郎》:

    最是那一低头的温柔,
    像一朵水莲花不胜凉风的娇羞,
    道一声珍重,道一声珍重,
    那一声珍重里有蜜甜的忧愁——
    沙扬娜拉!

诗人通过"那一低头的温柔"这一微妙的细节,描绘了一位日本女子与情人作别时的动人画面:情牵意缠,默然低首,静寂中更显温柔。同时,又用妩媚多姿的水莲花这一形象作比,与温柔含羞的日本女子叠印烘托,相得益彰,从而使这位日本女子的形象更加鲜明可爱。后面的"蜜甜的忧愁"一句,用"矛盾语"[①],恰到好处地表现了日本女子彼时彼地的矛盾心情:过去"蜜甜"不堪回首,今后的"离愁"如影随形。整首诗韵味十足,极好地体现了柔婉的美。

    刚健和柔婉作为两种对应的风格形态,自古有之。它们适合于不同的情感、题材,像阳刚、崇高类的事物,就宜于用刚健的风格,而阴柔、优美类的材料,就更切近柔婉的风格。

    (3)平淡和绚烂

[①] "矛盾语"是新批评理论的核心概念,具体内涵见辅助教材《文学评论文选》(安徽师范大学出版社,2018年)所录颜元叔《析〈春望〉》一文的相关解析。

根据陈望道《修辞学发凡》中的辨析,平淡和绚烂的区别是由话里所用辞藻的多少来决定的。少用辞藻、务求清真的,便是平淡风格;尽用辞藻、力求富丽的,便是绚烂风格。自然、清新、冲淡是平淡风格的显著特征。若春秋代序,如树枝抽条,毫不勉强,决不做作,从从容容,自然而然,谓之自然。司空图《诗品》中的解释是:"俯拾即是,不取诸邻,俱道适往,着手成春。如逢花开,如瞻岁新,真予不夺,强得易贫。"要求述本色之相,达本性之情;自然之外,还要清新。杨升庵《清新庾开府》说:"清者,流丽而不浊滞;新者,创见而不陈腐也。"要求色彩淡雅,格调清峻,又不落入俗套。所谓"可人如玉,步履寻幽,载行载止,空碧悠悠",就是这一情境的写照。

绚烂的风格,在司空图《诗品》里,有"纤秾"一品,曰:"采采流水,蓬蓬远春,窈窕深谷,时见美人。碧桃满树,风日水滨,柳阴路曲,流莺比邻。"极言文辞之繁华绮艳、绚丽多姿,让人饱尝眼福,感到愉悦。例如杜甫《狂夫》中"风含翠筱娟娟净,雨裛红蕖冉冉香",写风摇翠竹,光洁柔美,雨洗荷花,袅袅吐香,是何等地细致入微;《江畔独步寻花七绝句》中"黄四娘家花满蹊,千朵万朵压枝低。留连戏蝶时时舞,自在娇莺恰恰啼。"诗句里,花朵是多么盛、多么密、多么沉啊!戏蝶、娇莺是多么繁忙、多么愉快啊!李贺《上云乐》的"飞香走红满天春,花龙盘盘上紫云",无数朵花,驾着清风,织成飞龙,盘盘旋入天际,香飘万里,是多么美妙的春景。杜牧《山行》的"停车坐爱枫林晚,霜叶红于二月花",其色泽又是何等地鲜艳、深厚、浓郁。

一般说来,平淡给人带来朴实无华、质木鲜文,即朴素的印象。它适合于描叙事实,表达"取语甚直,计思匪深"的单纯、率真的情感。绚烂的风格更宜于描绘欣欣向荣的满园春色、夏天绿油油的田野、层林尽染的秋景,而不适合表现萧瑟肃杀之气和寒风凛冽的冬天。人与自然景致,处于一种极为一体化的境地。这些表现对象、情感隐显的不同,甚至决定了主体在创作时风格的选择,比如现代作家朱自清的抒情散文,既有《背影》的自然朴素、真切率直,又有《荷塘月色》的浓妆艳抹、曲达隐情,通过迥异的风格形态,读者感受、体验到的是截然不同的美感。

平淡和绚烂绝非截然对立,水火不容。文学风格极端纯粹的风貌,少之又少,多数位于两种倾向的中间或模糊地偏向某一方。而且,中国古代文论家还常常把绚烂的极致,归为平淡的境界。薛雪《一瓢诗话》说:"古人作诗到平淡处,令人吟绎不尽,是陶熔气质,消尽渣滓,纯是清真蕴藉,造峰极顶事也。"可见,平淡并非随意书写,淡而无味;相反,是洗炼的结果,它超越了绚烂的藩篱,是绚烂后的"有致、有味"之境。苏轼《与赵令畤书》说得好:"凡文字,少小时须令气象峥嵘,彩色绚烂,渐老渐熟,乃造平淡;实非平淡,绚烂之极也。"因此,这种表面之"淡",背后实则隐含着长期艰苦磨炼的结果,是淡而深远、淡而蕴藉的。

(4)谨严和疏放

这两种对应的风格,在文学作品中也非常多见。谨饬严密,谓之谨严,是指那种从头到尾,严严谨谨,细心检点而成的风格形态。疏放是指称在起稿之时,纯循自然,不加雕琢,不论粗细,随意形成的风格形态。从效果上看,谨严可以使人有庄严、拘谨之感,疏放可以使人有朴质、粗野之感。按照陈望道的说法,旧小说中《儒林外史》的风格近乎谨严,而《西游记》的风格就近乎疏放了。

在谨严风格中,谨和严是统一的。谨而不严,则结构松散;严而不谨,则敷陈冗杂。形象的逻辑性是谨严的精髓。它层次清楚,条分缕析,首尾连贯,简洁匀称。像古代文体中章表奏议、箴铭碑诔、符檄史论等,都需要这样的文风,以满足表达严肃、庄重的内容的需要。诸葛亮写的《后出师表》,以委婉的笔触回溯了先帝的知遇之恩,说明自己出师北伐的理由,向皇帝表"鞠躬尽瘁,死而后已"之忠心,就不能以其他不着边际的笔调来写,不然就会显得不够忠实、诚恳。此文严谨富于逻辑性,重视静观默察,追求事物刻画的客观性。谨严风格的笔锋,犀利爽净,剖析毫厘,往往体现在说理性作品中。先秦时代,韩非子、荀子的论述体散文,都可以归入谨严一类。抒情性作品,因注重情感的流动性、跳跃性,谨严风格较少,但像字工律严的杜诗,可列入其中。王安石晚年的一些绝句,如《泊船瓜洲》亦于谨严中见清新。

疏放风格既然在写法上讲究随性,那么创作主体的情感、意念就可以在艺术传达过程中任意挥洒、即兴抒发。它无须过多地考虑作品接受者方面的因素而受拘束、收敛。只要有利于把一己之情倾洒而出,任何技巧、手法都可拿来使用,作品一气呵成,不留半点琢磨的痕迹。很多运用了大量离奇想象、出格夸张的豪放雄浑格调的作品,都能被看成疏放风格的典型代表。譬如李白的《行路难》:

> 金樽清酒斗十千,玉盘珍馐直万钱。
> 停杯投箸不能食,拔剑四顾心茫然。
> 欲渡黄河冰塞川,将登太行雪满山。
> 闲来垂钓碧溪上,忽复乘舟梦日边。
> 行路难,行路难,多歧路,今安在?
> 长风破浪会有时,直挂云帆济沧海。

全篇用鲜明的形象,写出了人生的行路难。作者在诗中"心游万仞,思接千里",尽情地抒发了自己的人生感慨,即景抒情,随意宣泄,境界阔大。

还有的风格疏放的作品,不事雕琢,在朴质中见狂野。北朝时鲜卑族的《敕乐歌》就是这样:

> 敕勒川,阴山下。
> 天似穹庐,笼盖四野。
> 天苍苍,野茫茫,
> 风吹草低见牛羊。

在这里,用粗线条描绘了北国的山川、草原、牛羊和少数民族的游牧生活,多么辽阔、壮美、质朴、强劲有力。

谨严和疏放,作为不同的风格形态,看似对立,实则往往相互交织。谨严中包含结实,疏放中体现空灵。刘熙载《艺概·文概》中说:"文或结实,或空灵,虽各有所长,皆不免著于一偏。试观韩文,结实处何尝不空灵,空灵处何尝不结实。"可见,谨严与疏放,是对立地统一在一起的。

2. 西方抒情风格的基本形态

(1)古典型:理性主导下的和谐之美

古典主义创作风格,指的是古代希腊的文学创作所体现出来的独特的艺术风貌。其代表性的创作阶段是,公元前5世纪到4世纪,特别是伯里克里斯时代的希腊文学创作阶段。这一时期的文学创作主要是悲剧。在古希腊的三大悲剧家埃斯库罗斯、索福克勒斯和欧里庇得斯的一系列作品中,古典主义的艺术特征得以全面展示。这时期的作家们在从事文学创作时,不仅要受其情感的支配,而且要竭力运用各种语言方式,把事件的矛盾传达出来。也就是说,诗人的创造不能只沉溺于情感的漩涡,还必须依靠理性的判断,传达出一种感性与理性相统一的理想。所以亚里士多德强调,诗人描述的事件带有普遍性,"诗人的职责不在于描述已发生的事,而在于描述可能发生的事,即按照可然律或必然律可能发生的事"[①]。诗所表现的不是偶然的个别的事物,而是普遍的必然的事物,在这里,主体的想象和理想与客观现实有机地结合在一起。

希腊时代确立的古典型的创作风格,在很长一段时间内被视为典范和圭臬,成为文艺复兴以后特别是17世纪西欧文学竞相摹仿和尊崇的对象。这时,理论上最重要的代

---

① [古希腊]亚里士多德、[古罗马]贺拉斯:《诗学·诗艺》,北京:人民文学出版社,1982年,第28页。

表人物是布瓦洛。古典主义者共同的理论旨趣是,既强调"古典",又推崇"理性",坚持理性对于情感有绝对的优先性。布瓦洛认为,理性赋予作品以价值和光芒,艺术的最终目标就是表现理性,理性也是使艺术抵达化境的唯一路径。他说:"我绝对不能欣赏一个背理的神奇,感动人的绝不是人所不信的东西。"[①]他还批评了当时一些作家沉迷于"无理的偏激"、寻求"离奇诗句"的恶劣的创作风气。可以说,是布瓦洛把亚里士多德和贺拉斯的学说融为一体,将古典主义的风格理论推到极致。

古典主义创作因为崇尚理性,讲究规则,所以在艺术风貌上,整体表现出一种和谐的美。古典主义也主张摹仿自然,但这里的自然不是感性经验的存在,而是一种符合理念的自然,是自然的原理和秩序,意味着对纯粹个别性、偶然性的简单排除。因此,情感与理智、现实与理想的和谐统一,必然受到理性先验法则的规范,具有某种不真实性。换句话说,古典主义的和谐美,是一种强制性的和谐美,有时恰恰违背了真正的自然法则。这也是它在近代为多数作家所抛弃的重要缘由。

(2)浪漫型:情感主导下的自由之美

在浪漫主义文学中,理想主义被充分地客观化、对象化而形成的独特的艺术风貌,就是浪漫型风格。如果说古典型风格中理性主义居于主导地位,那么浪漫型风格因"神化自我的主体性、精神的原创性、民族的独特性"[②]而尤其强调情感、想象和天才。其直接立场就是反对古典主义的理性、和谐与秩序,具有高扬个性、向往自由、崇尚想象、充满激情等特点。这是因为欧洲社会进入近代以后,与政治、思想、文化上的浪漫派运动相适应,文学领域里的古典主义对理性的统摄力和绝对权威也受到普遍的质疑。面对社会与个人、感性与理性、物质与精神的分裂状况,人们对作为人的原初情绪升华出来的情感更加重视,认为它更富有创造力,更适应精神自由传达的需要,是击碎理性枷锁的重要武器。

英国诗人华兹华斯说:"诗是强烈情感的自然流露。它起源于在平静中回忆起来的情感。"[③]这里包含两方面的含义。一方面,诗人在创作时,其情感具有绝对的优先性,诗歌作品的价值就在于利用想象力,传达出诗人感受到的强烈的情感或热情,歌颂宇宙间事物的"天性的永恒部分"。自然、社会等外在客观物,作为人的力量的一种确证,是感性生命力的生发和张扬。另一方面,华兹华斯又同时强调了在"平静中回忆起来的情感",即是说诗人的情感是经过深思沉淀过的,具有"再体验"的特点,而非简单的情绪发泄。

---

① [法]布瓦洛:《诗的艺术》,《西方文论选》上卷,上海:上海译文出版社,1979年,第298页。
② 刘小枫:《儒家革命精神源流考》,上海:上海三联书店,2000年,第98页。
③ [英]华兹华斯:《〈抒情歌谣集〉1800年版序言》,《西方文论选》下卷,上海:上海译文出版社,1979年,第16页。

这样,诗歌创作就被纳入一种审美主义的正常轨道。这也体现了浪漫主义风格的作品与古典主义作品不是非此即彼、水火不容的艺术门类,它们之间有着不可剥离的瓜葛,只是注重点有所不同罢了。

浪漫型风格的呈现形态是多种多样的。因为着力于表现情感,它不得不时常借助于夸张、比拟等艺术手法,以使主体的情绪意念完全外化出来。这些手法的运用,使得作品呈现出气势磅礴、神采飞扬的格调。像雪莱的《西风颂》,诗人不只尽情地扩展意象,还借助于多重意象的经营、快速昂扬的音调,寓含深刻的主旨。有的浪漫派作家的作品,通篇洋溢着一种抒情的基调,突出的是纡徐靓丽的风格。如雨果《巴黎圣母院》里众多场景的描写,就处处渗融着创作者的主观心理感受,抒情成分大大多于纯客观的描写,即便有描写的地方,也明显地蕴涵着主观的因素。

(3)象征型:哲思主导下的隐秘之美

象征型的文学风格可以追溯到19世纪中叶,以象征主义文学流派为代表,包括此后与其艺术风格相一致的文学创作。其因独特的创作原则、新颖的艺术手法,有别于之前的古典式、浪漫式等抒情文学形态。象征型风格的作品,在情与理的关系上,有一种回归的趋向,要求情感接受理智的节制。但它与古典主义的机械、呆板的风格不同,对人与世界的认识,有着自己的一套规则,并进而形成独到的艺术表现技巧。波德莱尔在《交感》一诗中就指出:"大自然是座宇宙,有生命的柱子/不时发出隐约的语声,/人走过那里,/穿越象征的森林,/森林望着他,/投以熟悉的眼神。"象征主义的创作试图找出人与自然之间一种隐秘的交互感应,从而通过语言去暗示、发掘客观对应物的深度情感。因而象征型风格的作品,既突破了古典主义作品的人为的和谐美,又回避了浪漫主义作品对于情感的优位论,寻求一种超越事物表象的本相真实,在知觉符号和某种意义之间建立起隐秘的联系。

象征型作品也常常把外在的客观物作为自己抒情的对象,只是这种关于对象的描述缺乏严谨、客观的逼真性。它更乐于通过主体感受的投射,以传达创作者独特的体认。我们可拿象征主义诗人里尔克的名诗《豹》为例:

> 它的目光被那走不完的铁栏
>
> 缠得这般疲倦,什么也不能收留。
>
> 它好像只有千条的铁栏杆,
>
> 千条的铁栏杆后便没有宇宙。

> 强韧的脚步迈着柔软的步容,
> 步容在这极小的圈中旋转,
> 仿佛力之舞围绕着一个中心,
> 在中心一个伟大的意志昏眩。
>
> 只有时眼帘无声地撩起——
> 于是有一幅图像浸入,
> 通过四肢紧张的静寂——
> 在心中化为乌有。

此诗描写的是巴黎动物园笼中豹子的形象,诗人用文字不厌其烦地刻画它在"千条的铁栏""极小的圈中"的神态与心境,而事实上诗人并不在意是否能尽可能地刻画得逼真;他极力摒弃政治教化式的说理,而意在暗示作者内心受到的束缚和压抑,寄寓着诗人失去自由的痛苦体验。诗的深层意味不是通过外在的物象引发而至的,而是将联系得不是很紧密的独立的形象体系关联起来,暗示、阐发个我隐秘的内心状态。这种抒情风格形态,在 19 世纪以前是难以看到的。

二、叙事风格的形态

叙事风格主要探讨两个问题,即叙事风格的界定和呈现以及中西叙事风格各自的基本形态。叙事风格问题是以往文学理论尚未深入讨论的问题,本书的观点带有尝试性,借以引起学界的关注。

(一)叙事风格的性质

1. 叙事风格的界定

与抒情性作品不同,叙事性作品不以情感为中心来结构形象体系,而是通过一个或多个故事的讲述,来完成艺术世界的创造性建构。叙事性作品因其本身固有的这些特性,决定了它的艺术格调别具特征。在叙事性作品中,人物、情节和场景的独特诉求使它拥有不同于抒情性作品的个性化的艺术风貌,一般称之为"叙事风格"。

叙事风格既然来自于作品自身的结构形式,那么,我们在讨论它时,就不仅要抓住节奏、气势等与抒情性作品共同具有的东西,而且要更加关注在叙事作品中起着关键作用的诸如叙述语气、题材选择、情景设置等因素,总结出属于叙事文学所独有的品格,这样我们才能有效地把握叙事风格的特点,并将其与抒情风格明确地区分开来。

2.叙事风格的呈现

在叙事性作品中,叙事风格具体表现方法多种多样,在不同的作品中还会有各不相同的体现。综而观之,从宏观的视角来看,叙事风格不外乎表现于内容诸因素和形式诸因素里。

作家的风格首先表现在作品内容诸因素中,即体现在题材的选择、人物的刻画、情节的提炼、环境的描写等方面。文艺作品的题材与人物只能来源于生活中,作家只能描写他所熟悉与理解的生活与人物,只能描写他从独特的生活经历中所认识到的特有的生活。题材选择的这种一贯性,就使作品带有作家个人鲜明的特色。譬如老舍,他对北京地区的生活很熟悉,他自己说:"我的朋友并不都是教授与学者,打拳的、卖唱的、洋车夫也是我的朋友。"①因此他的作品都以北京下层劳动人民的生活为题材,描绘他们的痛苦与挣扎,表达作者对他们的同情与关怀。由于作者熟悉他们,了解他们的生活和心理状态,因此他的作品有浓厚的"北京味",幽默诙谐而富有哲理。另外,题材有大有小,也影响了风格的呈现。大凡描绘大规模战争者,抒发炽热的激情者,如《三国演义》《水浒传》《黄花岗烈士事略序》等,则见气势磅礴、节奏迅疾;大凡刻画人情世态、男女之爱者,如《牡丹亭》《红楼梦》等,则见气势委婉、节奏舒缓。作品所描绘的环境也会影响作品风格。《红楼梦》大观园内幽雅的环境,绝不会出现李逵、鲁智深这样的草莽英雄,也不会产生像《水浒传》那样粗犷、流动、豪放的风格和江湖气派。梁山泊中也绝不会产生宝黛式的爱情,当然也就不会出现《红楼梦》那样旖旎、缱绻、缜密的艺术风格。当然,环境描写的方式也不是唯一的,有局部与整体的区分,这要看作者的艺术匠心了。局部描写如鲁迅的小说《故乡》,开头一大段有关渐近故乡时的场景描写,就取得了很好的艺术效果。它将阴晦的天气、呜呜的冷风、苍黄的天宇、萧索的荒村,勾勒进同一幅衰败的乡村画面,为故事的展开、演进提供了恰切的情境。有的作品情境,不局限于某一部分,它以一以贯之的氛围囊括整部作品。孙犁的《荷花淀》,写的虽然是战争年代的故事,里面也隐含着战争的场面,但作者撇开正面的描写,而是选取日常生活中的细节,从侧面反映当时全中国人民的抗战热情和舍一己之利的高尚品质,通篇洋溢着明丽、活泼、自信的诗意情调。

叙事风格同时也表现在形式诸因素中,包括作品结构的安排、形象塑造的技巧以及

---

① 老舍:《〈老舍选集〉自序》,《老舍论创作》,上海:上海文艺出版社,1980年,第139页。

文学语言的运用。其中语言对叙事风格的表现尤为重要。因为一般读者对叙事作品的认识,总是先从构成故事的语言开始的。如赵树理的语言明朗隽永,有幽默感;老舍的语言形象生动,音调铿锵同时又富有幽默感;沙汀的语言有地方色彩,字斟句酌,严谨含蓄,耐人寻味。这里以赵树理的小说《三里湾》里的一段叙述为例:

> 玉生媳妇叫袁小俊,是本村袁天成的女儿,从小是个胖娃娃,长大了也不难看,说话很利落,她和玉生的结婚,是在个半新半旧的关系上搞成的。她比玉生小一岁,从小跟玉生也常在一块玩。后来玉生成了村里的小"能人",模样儿长得又很漂亮,年纪虽说不大,大人们却也不得不把他当成个人物来看待,特别是在他得了奖状那几天,人们就更看重他——每当他从人群中间走过去,总有人在后边说:"小伙子有本领!""比他爹还行!"……在这时候,村里的年轻姑娘们,差不多都愿意得到像玉生这样的一个丈夫,袁小俊也是其中一个。

赵树理的作品向来以语言风格浅显易懂而著称,这段话也不例外。这段话没有一个冷僻的字,使用的都是清纯的口语化、大众化的句式,都是从大众口语中采撷来的很有表现力的词语,极平易、极朴素、极传神,又不失机趣,无怪乎人们称赞赵树理是描写农民的"神笔"和"圣手"。

(二)叙事风格的形态

1. 中国叙事风格的基本形态

中国向来号称诗的国度,固有一种抒情传统,叙事文学不甚发达,因而不管是从文学实践上还是从理论阐释上讲,这块园地的开垦力度都是比较薄弱的。中国的叙事文学作品,主要表现为小说和戏曲等文类。历代的文论家对于文类的研究时见新意,但并未能改变叙事文学文类风格界说模糊的状况。当然,叙事文学在中国文学结构中的边缘地位,也不是一无是处。传统士大夫们的隔膜和疏离,使得它们的内容与风格较为接近民间生活和民间欣赏趣味,情节性强,娱乐色彩浓厚,艺术创新的自由度相对而言也会增大。这也是元杂剧、明清小说在后世文学史上,更值得大书特书的重要原因。由于中国现代文学的创作主要来自于对西方文学的借鉴和摹仿,没有特别的艺术技巧的创新,所以我们这里所谈的叙事风格,主要着力于中国古代。对古代叙事类型的研究,自古至今,即便著述繁多,却依然不出鲁迅的小说研究给出的概念及结构框架。我们根据鲁迅的小说文类原则,略加改动,将中国的叙事文学风格划分为讲史、世情、讽刺三种形态。

(1)讲史:虚实相生,彰善瘅恶

那些以虚构的情节来演化历史事件或讲述历史人物的虚构故事的小说,被称为"讲史小说"。中国讲史小说的典型代表是章回体的《三国演义》和《水浒传》。宋代商业经济的兴盛,使得勾栏瓦肆遍布街头巷尾,出现了许多讲史高手。他们虽然未能传下什么著作,但对后世叙事文学的发展起到了很大的推动作用。像《三国演义》虽有史书《三国志》作为前身,但说话人根据前代坊间的流布,"添油加醋",补充了众多精彩的细节。即使时有文笔不逮、词不达意之处,却为罗贯中总结式的写作提供了生发、创造的纲领。水浒故事亦是南宋以来流行甚广的传说,宋江实有其人,《宋史》载他"转略十郡,官军莫敢撄其锋"。于是民间自有奇闻异说,辗转繁变,渐成相对完整的故事。元代戏曲里的《梧桐雨》也是这样,虽然事端起于唐代皇帝李隆基与杨贵妃之间的情感纠葛,但延续到后代,渐渐演变成一场带有"文化想象"的缠绵悱恻的爱情悲剧。

既然是"讲史",那么,就涉及艺术真实与历史真实之间的关系问题,这将影响到作品整体艺术风貌的呈现。但作为文学作品,其又不能仅仅局限在史实、平话的范围内,必须有所推演发挥,二者之间的矛盾显而易见。鲁迅在评价《三国演义》时认为它"七实三虚","至于写人,亦颇有失,以至欲显刘备之长厚而似伪,状诸葛之多智而近妖;唯于关羽,特多好语,义勇之概,时时如见矣"。① 就是说,在艺术风格上,这些作品带有许多夸张失实的"杂虚辞"的成分。这在《水浒传》里表现得尤为明显,它在塑造人物、铺陈故事时,在缺乏信史的情况下,常常依据朝野轶事来编造情节,因之亦有人将其划归英雄传奇。另外,中国讲史的作品,叙述语气因受世界观、人生观的规约,经常存在转换的情况,这有时会影响到风格的整一性。《水浒传》前 70 回,描写了梁山农民革命节节胜利、所向披靡,呈现出一片生机蓬勃的景象,其气势是贯串如一的;后 50 回,描绘了梁山农民革命的失败及官军的节节胜利,并美化了宋代最高统治阶级,因而作者笔底又是另一番景象、别一种气势,同前 70 回大相径庭。

其他的像神魔小说如《西游记》、侠义小说如《三侠五义》等,都是对过去历史题材的演绎重构,也可以将其列入讲史风格的类型。只是在这些幻想性的作品里,无论是在人物塑造方面,还是在场景描写上,都继承了古代神话故事传说、志怪志人小说的特点,对现实事物进行了超乎想象的夸张、虚构。《西游记》中的玄奘取经有其历史根据,但实际的文本与历史真实相距甚远,历史事件在此只不过是个切入点,小说的风格形态要瑰丽绚烂得多,甚至还洋溢着讽喻性的喜剧氛围。

---

① 鲁迅:《中国小说史略》,上海:上海古籍出版社,2006 年,第 81 页。

(2)世情:描摹世态,见其炎凉

有关世情小说兴起的缘由,借用鲁迅的看法,即当神魔小说盛行的时候,相应记人事的作品也开始突起,其初期的取材犹宋市人小说之"银字儿","大率为离合悲欢及发迹变态之事,间杂因果报应,而不甚言灵怪,又缘描摹世态,见其炎凉",所以亦可称之为"世情书"。① 在古代的世情小说里面,《金瓶梅》颇为有名。不少现代学者把它看成第一部真正的中国小说和一部深邃的自然主义作品,这是有根据的。起码就题材而言,《金瓶梅》虽采自水浒里的故事,却摆脱了历史和传奇的影响,独立创造了一个属于自己的艺术世界,里边的人物均为无英雄气概和崇高气息的世俗男女。其后出现的一些关于家道兴衰、夫妻离合与亲朋关系的小说,都可以归入"世情"一类。只是这些名目繁多的作品,质量参差不齐,它们往往图解了传统的儒家道德规范,如子女孝顺、兄弟情义、夫妻忠贞以及无私的友谊。像《三孝廉让产立高名》就是一篇关于兄弟情义的小说;《蒋兴哥重会珍珠衫》是既写婚外恋爱也写夫妻聚散的家庭小说。写世情最为著名的要数《红楼梦》了。"在中国文学中,《红楼梦》不仅是一部最能体现悲剧经验的作品,同时也是一部重要的心理现实主义的作品。"②尤其值得重视的是,它打破了一切传统的写法,小说通篇所叙写的都是由家庭生活细节组成的日常场景,描写也更加口语化、更加详赡,更加注重深入地开掘个人的生活经历。

世情小说,通常以家庭为纽带,描绘各种各样的社会关系。这就需要真实的细节、个性化的语言,进而突出主要及次要的艺术形象。《红楼梦》描写了一个无与伦比的活生生的世界,四百多个有血有肉的人物。除贾府家族及其亲属和仆人之外,我们还可以看到皇亲国戚、高官显达、太监、从吏、兵士、商人、和尚、尼姑、医生、戏子、强盗、妓女各色人等。这些人物全都被生动地表现出来,主要人物以及某些次要人物都极具个性。我们不仅可以看到他们的外表和行为,还可以触及他们内在的感情和思想。《红楼梦》第四十回有这样一段生活场面的描写:

> 贾母这边说声"请",刘姥姥便站起身来,高声说道:"老刘,老刘,食量大如牛:吃个老母猪不抬头!"说完,却鼓着腮帮子,两眼直视,一声不语,众人先还发怔,后来一想,上上下下都一起哈哈大笑起来。湘云撑不住,一口茶都喷出来;黛玉笑岔了气,伏着桌子只叫"嗳哟";宝玉滚到贾母怀里,贾母笑得搂着叫"心

---

① 鲁迅:《中国小说史略》,上海:上海古籍出版社,2006年,第114页。
② 夏志清:《中国古典小说史论》,南昌:江西人民出版社,2001年,第258页。

肝";王夫人笑着用手指着凤姐儿,却说不出话来;薛姨妈也撑不住,口里的茶喷了探春一裙子;探春的茶碗都合在迎春身上;惜春离了座位,拉着他奶母,叫"揉揉肠子"。地下无一个不弯腰曲背,也有躲出去蹲着笑去的,也有忍着笑上来替他姐妹换衣裳的。独有凤姐鸳鸯二人撑着,还只管让刘姥姥。

这里既通过人物的言语和动作的描写来渲染宴席的喜庆气氛和"百笑图"的场面,同时又通过众多的描写手段来刻画众人的性格。作者写了湘云、黛玉、宝玉、贾母、王夫人、薛姨妈、探春、惜春等八个人的笑,在他们各自笑的不同动作细节描画中反映他们每个人不同的身份、性格及至年龄、体质状况。这八位主子的笑态分别使用了锤炼过的精当的动词,风格显得自然活泼又韵味无穷。

(3)讽刺:戚而能谐,婉而多讽

讽刺类型的作品古已有之,但至明清一代最为兴盛。文言小说中有志怪形式的《聊斋志异》,借鬼狐花妖讽喻现实人生,嘲讽和抨击政治的黑暗、官绅的腐败、科举的弊端和婚姻制度的不合理以及其他种种社会的丑恶现象。故鲁迅称它"使花妖狐魅,多具人情","描写委曲,叙次井然,用传奇法,而以志怪"。① 纪昀的《阅微草堂笔记》意在劝惩,语寓讥讽,是笔记体小说。它们的共同特点是,借助于生活或想象中的生活现象,以讽刺的笔触,批判当时社会的"腐烂"和不公。

最有名的讽刺小说还属吴敬梓的《儒林外史》。在思想上,《儒林外史》是第一部真正意义上的讽刺现实主义作品,它同人们的宗教信仰几乎完全背离。流行的佛教一贯宣扬因果报应的伦理观念,但它只能用通俗的方式阐释现实世界以抚慰人心,结果不仅使一般的说书人,甚至还使包括《金瓶梅》《醒世姻缘》等文人创作的具有讽刺意味的作品始终因袭着善有善报、恶有恶报的观念。吴敬梓却厌弃世俗迷信和佛教的道德观念,利用切身的经历和体验,以纯净和富于表现力的语言风格,揭示现实社会各阶层的多维生活图景,尤其是功名利禄引诱下知识分子的状貌。鲁迅在对《儒林外史》艺术风格进行评价时使用了"戚而能谐,婉而多讽"八个字,作了精当的概括。这可以通过第五、六回对严致和之死的描写来印证:中秋以后,严监生一连三天不能说话,医家都不下药了。晚上桌上点了一盏灯。监生喉咙里的痰响得一进一出,却又总不断气,还把手从被单里拿出伸着两指头。家人询问了诸如两个亲人、两笔银子、两位舅爷,监生都一概摇头。只有赵氏走上前说:"你是为那灯盏里点的是两茎灯草,不放心,恐费了油。我如今挑掉一茎就是了。"

---

① 鲁迅:《中国小说史略》,上海:上海古籍出版社,2006年,第135页。

严监生才点一点头,把手垂下,顿时没了气。这个故事描绘了一幅守财奴的绝妙漫画,作者没有在行文过程中作任何主观的表白,却获得了极佳的表达效果,用生动的喜剧场景完成了讽刺主旨的传达。

在《儒林外史》的影响下,清末民初出现了为数众多的讽刺风格的小说,其中以鲁迅命名的"谴责小说"最盛。虽然它们的旨趣同为匡世济生、揭发伏藏,但艺术技巧方面就差了很大一截,"整体风格上的情感丰富,讽刺强烈,色彩对比鲜明,但只可远观,不宜近察"。[①] 它们在格调上失去了《儒林外史》"蹙、婉"的品位,"辞气浮露,笔无藏锋,甚且过甚其辞,以合时人嗜好"。[②] 不过,这里面也有一些好的作品,像《梼杌萃编》多有冷嘲热讽,却甚少有激烈的漫骂化倾向;还有部分作品,作家描写得平淡自然,不假雕饰,极少夸张做作,显示出平易晓畅的风格特色。

2. 西方叙事风格的基本形态

西方文学的发展线索,决定了它的文学实践有着自己的运动轨迹。古希腊时期,各种叙事性作品的相继问世及至繁花锦簇,使得整个西方文学形成了强大的叙事传统,前者不仅给后者提供了素材上想象的资源,还为后世的叙事技巧的继承与革新铺平了道路。众多的叙事作品在不同的历史时期,呈示出风格各异的艺术状貌,为我们钩沉叙事文类的创作风格及艺术走向树立了航标。虽然西方叙事文学种类繁多,作品之间的差异很大,但我们还是可以将其总体的风格形态粗略地划分为史诗型、写实型和寓言型三种。

(1) *史诗型:宏大而庄严*

早期的史诗是作为一种独立的文体而出现的。在大多数的文化中,史诗皆产生于有文字记载之前,通过口头流传发展为一组连续的故事,这些故事慢慢地又被精心创构成一个艺术的统一体。这种篇幅长而复杂的作品,主要是为歌颂那个社会的美德和价值树立了典范价值的英雄。后来,加工成形的史诗又为造诣颇深、老练的诗人十分欣赏,他们竭力效仿,用文字将其记载下来,使之赢得了人们的尊敬。除了战争、畋猎、竞技、豪饮和逐艳这些现实现象是史诗经常书写的内容之外,一些神灵世界也被广泛地纳入内容之列。随着史诗文类的渐次消隐,人们也开始拿"史诗"这一术语描述其他作品的性质,如小说或电影等。这是考虑到这些作品如同早年的史诗一般,在展示人生历程时呈现了那种包罗万象的范围和气魄。我们谈到的史诗型的风格形态,就是在此宽泛的意义上使用的。

---

① 陈平原:《20世纪中国小说史》第1卷,北京:北京大学出版社,1989年,第259页。
② 鲁迅:《中国小说史略》,上海:上海古籍出版社,2006年,第187页。

史诗型的叙事作品可以分为三种类型。一是原始正典史诗,即早期真正的史诗,如希腊的荷马史诗、英国的《贝奥武甫》等。荷马史诗写的是漫长的特洛伊战争,它不仅描述了许多战争场面,还刻画了诸多超越常人的传奇式的英雄形象。《贝奥武甫》是民族史诗,它用古英语进行创作,反映了日耳曼文化的价值观和世界观。它们充分展示了最初的、民间的史诗形式的基本特点。二是文人复写的史诗。这里说的"复写",是指创作者既从古代的神话故事、英雄传说中取材,又加入了主体的创造性想象,使作品的叙事带有"现代"意味,如弥尔顿的《失乐园》、哈特·克莱恩的《桥》等。三是史诗性的作品。这类叙事文学一般拥有庞大的结构体系,且有较大的时间跨度,仅仅从外在的形式上难以确定其是否具有史诗性。像美国作家约翰·斯坦倍克《愤怒的葡萄》,描写了一户被从故乡赶出来的农民苦难的生活历程。我国当代文学中的《红旗谱》《李自成》和《白鹿原》等小说,也被称为史诗性作品。

史诗型风格形态的作品,从内容上看,一般采用历史题材,或是远古传说,或是这种传说经过历代加工、改造后的故事,或是历史上真实的事件,通过作家予以创造性的结构而完成。里面的人物都是在多个戏剧性场景中塑造成功的,而且能力超群的英雄人物必不可少。从形式上看,其笔法倾向于庄重、严肃,这在古典史诗中体现得尤为明显,总体上呈现出宏大而庄严的艺术风貌。

(2)写实型:细致而真切

叙事作品的现代形式,就是多数的长短篇小说和戏剧。这些都是以叙写客观的社会生活为内容的作品,从史诗、浪漫派文学及讽喻性的文学中,获取了自己的结构特点和主题等,又明显地具有了与上述作品不同的本色,其可以归入写实型风格。它们的题材也许都是我们所熟知的生活模式,或者也可能是加上一些纯粹想象虚构的非真实的时间和地点,以反映和再现人类经验和普遍价值的某些方面。文体的规范和题材的大小,作品的长度以及时间跨度,不受特别的限制,像一些短篇小说及更短的微型小说,经常截取生活的横断面,来发掘深长的意蕴。写实型叙事作品追求艺术描写和艺术表现的逼真性,让读者在接受过程中,感受到那样的艺术世界是一种真实的存在。尤其是那些社会问题小说、社会风俗小说,致力于考察社会机制的运行状况、社会行为和道德伦理的施行规则,更是跟读者的现实生活联系在一起。

写实型作品的风格,不像史诗型作品的风格那样具有宏大、崇高的意味,它总是同日常生活细节相交织。它叙述的整个世界变成了私人的世界,人物形象转换成生活中庸常的普通人,因而情节设置显得拘泥一些。从作品的细部看,写实型作品似乎支离破碎,但从整体上看它又是一个严谨的艺术有机体。这并不是说，写实型作品不能完全逾越生活世界的栅栏，而是说它也能在想象中表现一种理想的目标、情感的倾向，但总体上给人的感觉必须是真实可信的。像巴尔扎克、狄更斯、福楼拜、莫泊桑、契诃夫等现实主义大师，都是以对当时社会生活的敏锐感受和深刻洞察而闻名于世的。当然，写实型作品与现代史诗型作品，有时也很难区分。罗赞诺夫在评价托尔斯泰的《战争与和平》时，就认为作品里"充满着史诗般的安宁，这安宁赋予小说中所有事件和人物以有条不紊的从容"。① 巴尔扎克的《人间喜剧》因其反映生活内容的深度与广度，以及对一段历史时期社会习俗广泛而深刻的再现，也可以被称为具有史诗型风格的作品。

(3)寓言型：犀利而奇特

在传统的文学观念中，寓言一般被视为包含浓烈的道德训诫意味的文体，如《伊索寓言》《克雷洛夫寓言》以及中国古代的寓言作品都有这一特性。叙事性作品里风格学意义上的寓言，是指能将主题引申到作品之外的某种东西。也就是说，寓言使作品的主题或寓意关涉某种外在于艺术作品的、彼此独立、互不依赖的对象，从而产生出多重的、可以随意替换的含义。如果说史诗型风格、写实型风格的作品对应的是一个完满的、理想化的秩序世界，那么寓言型风格则对应着一个衰败、破碎的历史图景。德国批评家本雅明就认为，寓言风格是世界衰微期艺术的根本特征，是不可抗拒的衰落历史的形式呈现："在寓言中，观察者所面对的是历史弥留之际的面容，是僵死的原始的大地景象。"② 文学艺术中的寓言叙事，作为一个形式与内容相分离的世界的代表，作品自身的结构完全融解了形式与内容的界限。换句话说，内容只能以形式的面目出现，而形式则完全成为内容的内容，从根本上消除了内容与形式传统的僵硬对立。所以，在19世纪末至20世纪上半叶，西方现代主义文学对艺术形式的热衷探求，也就不足为奇了。

在本雅明那里，寓言只是其风格的心理学，隐喻则是语言学。寓言既然是一种形式呈现，要想完成对世界之"苦难历史的世俗理解"，实现审美的救赎功能，那么它必须能通过衰败与死亡意象昭示尘世生活的本真图像，才能使人从物质废墟中燃起精神救赎的动力。于是，寓言的风格就得借助于语言符号的隐喻功能，去猜解存在的意义之谜，最终在一个虚构的结构里重建人的自我形象，恢复异己的、被隔绝的事物之间的联系。在现代派里的诸多作家中，卡夫卡就是突出的例证。卡夫卡的作品无论是写历史题材、现实题材，还是写以动物为主角的题材，都向我们展示了一个令人窒息、不人道的异化的世界，

---

① [俄]罗赞诺夫：《陀思妥耶夫斯基的"大法官"》，北京：华夏出版社，2002年，第51页。
② [德]本雅明：《德国悲剧的起源》，北京：文化艺术出版社，2001年，第136页。

这种创造出来的残缺的世界,与他本人生活的世界是统一的。但我们同时还注意到,虽然他对异化有强烈意识,甚至还有一种不可摧毁的希望,但他并不像写实派作家那样,在批判的过程中力图改变现存世界或者为历史的发展指明一个方向。从总体上讲,"他的作品表现了他对世界的态度。它既不是对世界原封不动的摹仿,也不是乌托邦的幻想。它既不想解释世界,也不想改变世界。它暗示世界的缺陷并呼吁超越这个世界"。[1]

第三节 风格的文化形态

一、风格文化形态的划分

风格的审美形态是从审美主客体出发对风格所作的划分,它主要就作家的创作风格和作品的文体风格而言;风格的文化形态则是从文化因素影响并促使文学风貌形成的角度对风格进行的划分。

关于文学风格与社会文化的内在联系,美学家鲍列夫作过精辟论述:"风格是某种特定文化的特征,这一特征使该种文化区别于任何其他文化。风格是表征一种文化的构成原则……今天,无论是艺术学、文艺学还是美学,在理解风格的含义方面都大大借助于它的宽广的文化学内涵。"[2]风格的文化学意义,使它超越了艺术文本的阈限,进入更为广阔的社会文化领域。如果说作家风格是创作个性和艺术思维在创作中的持续体现,作品风格是作品内容和形式的有机融合中呈现出的风貌,那么,文化风格则是在地域、民族和时代的特定文化因素影响下,文学创作所呈现出来的独特的文化风貌。

文化视野下的风格形态,从共时和历时的不同角度,可以划分为两种不同的风格系列,横向的共时性层面,风格体现为流派风格、地域风格、民族风格;纵向的历时性层面,体现为时代风格。这些风格在历代作家作品中,都有印证,而且它们以合力的形式渗入具体的作品。

---

[1] [法]罗杰·加洛蒂:《论无边的现实主义》,天津:百花文艺出版社,1998年,第109页。
[2] [苏]鲍列夫:《美学》,北京:中国文联出版公司,1986年,第283页。

二、文学流派与流派风格

(一)文学流派的界定

在中外文学发展过程中,出现过许多大小不同、面貌各异的文学流派,它们对整个文学进程起着非常重要的推动作用。如果说文学风格的概括侧重于作家个人的创作特色,那么,文学的流派或派别则主要着眼于一定社会历史时期作家群体的创作倾向。文学风格常是作家追求的目标,因为它意味着一个作家独特的创造能力,是衡量作家艺术成就的重要标尺;而文学流派则是特定时代的文学创作走向繁荣的征候,因为不同文学流派的涌现,才能为文学的健康发展提供良性的循环,使得一个时期的文学创作达到超越前代的新的高度。正因为如此,文学流派的研究,已成为文学史、文学理论和比较文学所共同关注的课题。

"文学流派"是个复杂的概念。所谓"派",就是指思想上一致、组织上一体、艺术上近似的群体。它和风格、创作原则、审美理想、文学思潮紧密联系在一起,实际情况要复杂得多。华兹华斯和拜伦,虽然都是浪漫主义者,但前者思想保守,是贵族的辩护人;后者思想进步,是民主主义者。尽管两人都富于幻想,热衷于理想境界的追求,喜欢运用想象、夸张等手法,但一个缅怀中世纪田园生活,一个追求自由平等的资产阶级共和国理想,因而他们在思想上、组织上、艺术上就不能结为一体,所以他们不属于一派。华兹华斯只有和同他在思想艺术上一致的柯勒律治、骚塞才可结成湖畔派;而拜伦只有和同他志同道合、风格一致的雪莱才可成为英国文学史上积极浪漫主义的双璧。那到底什么是文学流派呢?我们认为,在文学史上,一些思想倾向、艺术见解和创作方法等相同或相近的作家自觉或不自觉地集中在一起所形成的文学群体即"流派"。如我国五四时期的"文学研究会"和"创造社"就可列入其中。

(二)文学流派的类型

历史上出现的文学流派,从内在性质和结合方式两方面看,大体上可以划分三种不同的类型。

第一,自觉组合的文学流派。他们有着共同的思想倾向、艺术见解和创作特色,有宗主,有纲领,有组织,有名称,常常以文学社团、报刊和出版社为主要阵地,发表作品和宣传自己的文学主张。这是有纲领、有组织、有创作实践的自觉的流派,如上文提及的五四时期的"文学研究会"和"创造社"。"文学研究会"遵循现实主义的创作原则,主张"为人生而艺术";"创造社"遵循浪漫主义的创作原则,主张"为艺术而艺术"。在我国新文学运动中,它们都发挥了重要的作用。19世纪法国,由左拉、莫泊桑、厄尼克、依斯曼、塞埃尔、保罗·阿来克西斯六位作家组成的梅塘集团,也是一个有组织、有纲领的文学流派,他们以左拉为首,常在左拉的梅塘别墅中共同探讨文学问题,非议雨果的浪漫主义,提倡现实主义,具有相同的哲学思想,相近的气质、个性,因而他们并不讳言自己是梅塘流派。

第二,半自觉的文学流派。没有共同的理论纲领和固定的组织,而是由一个或几个有代表性的作家及他们直接或间接的追随者所形成的派别。这类文学流派往往以一个或几个作家的创作和理论为楷模,辗转散播,形成文艺思潮,最终形成文学流派。如我国宋代的"江西诗派",其名称来自南宋诗人吕本中所作的《江西诗社宗派图》,其中开列了黄庭坚等25人,又将其诗歌辑录刊行为《江西宗派诗集》。它不是有组织的文学团体,也没发表过共同的理论纲领,但都把黄庭坚的创作和理论作为共同的规范。黄庭坚反对柔弱、华靡的西昆诗风,提出作诗要向杜甫学习,但他忽视了杜诗丰富的社会内容和现实主义的艺术成就,偏重于字句形式的考究,并追求拗句、险韵,要求通过"夺胎换骨""点铁成金"的途径,使创作翻意出新,以致形成了奇拗硬涩的风格。类似的还有现代美国作家组成的文化团体"逃亡者派",它以诗人兰塞姆为中心,提倡维护南方传统的文学地方主义。

第三,不自觉的文学流派。他们既没有共同的创作理论,也没有一定的组织形式,但在创作上显示出某种共同的特点,如共同的生活经历和创作题材、相近的艺术风格和表现手法、相同的地域和地域特色等。这是较松散的作家群体,它之所以被称为"流派",完全是由后来的评论家、文学史家们所加封的。如我国唐代的岑高诗派,表现的都是塞外奇丽风光和将士征战生涯的边塞诗。元白诗派和近、现代文学史上的鸳鸯蝴蝶派等都是这样。再如"迷惘的一代",源出侨居巴黎的美国女作家特鲁德·斯泰因,她有一次指着海明威等人说:"你们都是迷惘的一代。"海明威把这句话作为小说《太阳照样升起》题词,最终成了文学流派名称。

(三)文学流派的表现

流派的形成,有着深刻的社会和历史基础,无论是自觉的还是自发的,都与一定时期的政治、经济、文化状况联系在一起。这里面既有所属阶层的利益诉求,又有审美趣味的差异。这种流派竞争的氛围更有利于多样化风格的酝酿、生成和发展,因为风格是流派形成的基础和先决条件,没有风格就没有流派。换言之,离开风格,流派就仿佛是无源之水、无本之木,就不成其为流派。可见,风格是流派的核心。同一流派中的不同作家的作品,所表现出来的相同或相近的特点,就是流派风格。这种共同特点或近似性和一致性,主要表现在以下几个方面。

语言风格的近似与一致。语言是传递信息的符号系统,文学语言是经过艺术加工的日常用语。具有准确、鲜明、生动和富于形象性、音乐性、感染力和陌生化等特点。同一流派的作家作品,其风格特点总是有某种近似、一致之处。例如,以南朝宋元嘉时的元嘉体而论,著名的作家有颜延之、谢灵运、谢惠连、鲍照、何承天、汤惠休等人,他们具有共同的语言风格,这就是绮丽华彩、刻意雕琢。再以南朝齐永明体而论,著名的作家有谢朓、沈约、王融、任昉、陆倕、范云、肖琛、肖衍,号称"竟陵八友",他们共同的语言风格是清新俊秀、铿锵和谐,而无元嘉时的铺锦列秀、雕缋满眼之弊。

题材上的近似与一致。同一流派的作家作品,在题材的种类、范围、性质上,必然有这样或那样的近似性或一致性。历史上婉约派词作家作品的描绘题材,一般都以男女之恋、母子之情、朋友之谊、离别之愁、羁旅之苦为主;而豪放派的词作家作品虽然也不乏这些题材,但常见的是以描写国家命运、民族前途、个人抱负、美好理想为主。英国古典湖畔诗派以描写田园牧歌式的农村题材为主,中国现代湖畔诗社以描写南方水乡泽国的知识分子的情趣为主。

体裁样式的近似。体裁是作品重要的构成形式。同一流派的作家作品,固然不乏多种多样的体裁,但他们往往喜欢采用相同、相近的体裁,作为他们表达思想感情的样式,如中国古代花间词派的词、江西诗派的诗、桐城文派的文。"黑色幽默"作为一种美学形式,属于带有悲剧色彩的变态的喜剧范畴,体裁多为小说。然而,体裁相近只是构成特定流派的一个因素,而不是主要因素,因为不同的流派中拥有相同体裁的作品,也是常见的。

形象塑造方式和描绘手段相似。同一流派的作家作品,在塑造艺术形象时,其表现方式和描绘手段往往有许多共同之处。例如,浪漫派作家往往偏重于主观情感的抒发,执着于理想化境界的追求,故每每着力于心灵的刻画、灵魂的雕塑,而不拘泥于细节真实的描绘。在运笔时,擅长大刀阔斧,有一股磅礴之气,其节奏往往是疾速的。沉郁派作家往往偏重于客观事物的摹化,热心于现实生活的观察,目光深邃,鞭辟入里,对社会人生的态度不是显示于主观情感的直接抒发中,而是渗透在艺术形象的描绘中。他们善于精雕细刻,而避免主观呼号。在塑造形象和描绘现实时,浪漫派主要是主观的,沉郁派主要是客观的。

创作原则与审美趣味相同或相近。同一流派的作家作品,固然可以有多种多样的创作原则,但由于他们属同一流派,故往往表现为创作原则的一致性。例如,豪放派喜欢采取浪漫主义,如李白、辛弃疾;沉郁派喜欢现实主义,如杜甫。而大多数受此两大流派影响的作家,则既喜欢浪漫主义,又喜欢现实主义,如散文家、诗人韩愈。当然,由于流派的千姿百态,其创作原则也是多种多样的。如西方现代的意识流派、象征派,其创作原则往往采用超现实主义、象征主义、唯美主义等。

文学流派因包含多位作家,各个作家的创作个性同其他人有一定的区别,他们的每一部作品都是在特定的环境下创作的,所以即便是同一流派风格的作品,也存在明显差异,上述列出的只是大致的"风格共性"而已,在具体作品中,各因素是水乳交融在一起的。同时,对作家作品之归属于某一流派风格的判定,正如杨万里《江西宗派诗序》所言"以味不以形"。

三、地域文化与地域风格

(一)地域风格的界定

人类赖以生存的地理环境,是客观现实世界的组成部分。无论什么民族,必然要生活在特定的地域之中。地理是历史文化之母。土壤、气候等自然环境,不仅影响着这一民族的生存,还规约着民族的风俗习惯和审美情趣等人文环境,形成独特的地域文化。文学来源于社会现实,当然要表现作为客观现实世界一部分的自然环境,表现特定的民族和身处其中的地理环境之间的利害关系,表现特定的民族对周围环境的审美态度。反过来,这种独特的地域性质,除了被投射到文学作品中来,还限制着创构出来的艺术世界的格调和风貌。云南大理白族自治州,山清水秀,景色醉人,几乎一山一水、一草一木都有自己的传说和诗篇。白族文学《鸟吊山》《美人石》《苴碧湖的传说》《望夫云》《蝴蝶泉的故事》等,所描写的山、石、泉、泽、湖、海、云、花,都富于浓厚的地方色彩和天然美。它使白族文学风格显得更加瑰丽、神奇。《徐霞客游记》曾对苍山洱海赞叹不已:"积雪皑皑,光艳夺目,松阴塔影,隐现于雪痕月色之间。"用疏密结合的语词,极真切地写出了当地的自然奇观。综上,所谓"地域风格",就是指因直接受制于地理环境和民俗风情而为某一地域文学创作所特有的风格特色。正如刘勰《文心雕龙·物色》所言:"若乃山林皋壤,实文思之奥府……然屈平所以能洞监风、骚之情者,抑江山之助乎!"[①]

---

① "江山之助"已然成为一个重要的文学理论命题,参阅吴承学:《江山之助——中国古代文学地域风格初探》,《文学评论》,1990年第2期。

(二)地域风格与南北文风

在中国文学史上,有关地域风格呈现泛化特征,最明显地集中体现为在南北文风的不同。梁代江淹在《杂体诗序》中就言"河外江南,颇为异法",说明当时的人们已经明确地意识到南北文风的差异。魏征《隋书·文学传序》所云"江左宫商发越,贵于清绮;河朔词义贞刚,重乎气质",也是侧重于南北对举来讨论文学风格的。这种南北对举的风格讨论波及画论和书论中的南宗、北宗。近代刘师培、梁启超等人,均从南北两个方面讨论过文学风格,正是继承了这一传统。古代的文学风格之所以分为南北,而不分东西,是从自然地貌和气候等多方面因素考虑的。俞樾《九九消夏录》云:"凡事皆言南北,不言东西,何也……南北之分,实江河大势使然,风尚因之异也。"这是地貌原因。古时黄河、长江、淮河等天堑阻隔,舟楫交通毕竟艰难,不能随意沟通,由此而形成和发展起来的民俗、情趣及审美风尚等,势必有很大的差异。与此相关的气候及受其影响的劳作等生活内容,也存在明显不同。南方气候偏暖,草木丰盛,鲜花盛开时,色彩斑斓艳丽,作品自然瑰丽多姿。北方气候偏寒,广袤的草原辽阔苍凉,作品常常粗犷豪迈。更何况自秦汉统一中国以后,人们已开始自觉地注意到南北文学的差异,并且有意识地发展自己的优点,由此形成传统并影响到各种文体乃至其他艺术种类的研究。直到况周颐《蕙风词话》卷三论词还说:"南人得江山之秀,北人以冰霜为清。"

从创作实践来看,这种风格的差异产生的历史更加源远流长。《诗经》里的《国风》主要是先秦时代北方各地的民歌,以四言为主,句式简短,重在写实,喜欢迭咏,被称作"中原风格"。而"江山之助,出楚人之多才"(宋祁《江上宴集序》),以屈原的《楚辞》为代表之类的南方作品,则采用另一形式的民歌体,句式长短相间,多用神话隐喻,具有浪漫特色,被称作"楚骚风格"。《诗经》和《楚辞》,可以说显示了最早期的南北文学的不同艺术风貌。南北朝民歌的表现也极为明显。北朝各族民歌是北方劳动人民的创作,数量虽然不多,但题材内容广泛,反映了北方各族人民的生活情况、精神面貌以及北方辽阔雄壮的自然风光,感情直率、语言朴素,风格雄健豪放。如:

新买五尺刀,悬着中梁柱。一日三摩挲,剧于十五女。(《琅琊王歌辞》)
男儿可怜虫,出门怀死忧。尸丧狭谷中,白骨无人收。(《企喻歌辞》)

东晋和宋齐时代有代表性的南朝乐府,多产生于城市和商业发达的地区,内容以男女相思离别的情歌为主,题材比较狭窄,也反映了当时社会生活的一个方面,在形式上除

少数外多为五言四句的小诗,风格清新活泼、柔丽委婉。如《西洲曲》:

　　忆梅下西洲,折梅寄江北。单衫杏子红,双鬓鸦雏色。
　　西洲在何处? 两桨桥头渡。日暮伯劳飞,风吹乌白树。
　　树下即门前,门中露翠钿。开门郎不至,出门采红莲。
　　采莲南塘秋,莲花过人头。低头弄莲子,莲子清如水。
　　置莲怀袖中,莲心彻底红。忆郎郎不至,仰首望飞鸿。
　　鸿飞满西洲,望郎上西楼。楼高望不见,尽日栏杆头。
　　栏杆十二曲,垂手明如玉。卷帘天自高,海水摇空绿。
　　海水梦悠悠,君愁我亦愁。南风知我意,吹梦到西洲。

这首南朝的民歌,可能经过文人的加工润色,诗中音节谐美,使用了顶针、复叠、比拟等多种修辞格,就像沈德潜在《古诗源》中所说:"续续相生,连跗接萼,摇曳无穷,情味愈出。"这首南朝民歌读起来绮丽、缠绵、顺畅,同北朝民歌风味迥异。

　　地域特征不仅影响到异地文学的总体风格,还体现在同一作家辗转迁徙于不同地域时的创作中,庾信就是一个典型的例证。他早年出入梁宫廷,与徐陵同时写了许多绮丽轻靡的宫体诗,时称"徐庾体"。后入西魏,历仕西魏、北周,官至骠骑大将军、开府仪同三司。异国他乡的出仕经历,使得他的诗风发生了很大的转变,此时他的创作主要抒写自己的身世遭遇,感慨家国沦亡,表现自己的"乡关之思",风格苍凉萧瑟。譬如组诗《拟咏怀》二十七首,诗的内容大多是追怀故国,感叹身世,抒发对家乡的思恋和羁留敌国的苦闷,其二十六写道:"萧条亭障远,凄惨风尘多。关门临白狄,城影入黄河。秋风别苏武,寒水送荆轲。谁言气盖世,晨起帐中歌。"借咏古人古事来表达自己屈身异地的内心痛苦,格调质实苍劲。

　　文学因地域不同导致文学风格产生差异,在文学史上的表现非常明显。但随着交通的发展,社会环境整体的变化以及各地区文学交流的日益频繁,地域文学的差异又出现不断消融的现象。从发展趋势上看,上古文学地域依赖性强,地域风格呈现多样化,如《诗经》的十五国风就是十五种地方风格。近代以来文学的地域依赖日渐减弱,地域风格不断趋同,所谓南方文学和北方文学之分,就是地域风格趋同化的结果之一。如今的大众传媒时代,风格的地域性近乎不闻。

四、民族文化与民族风格

(一)民族风格的界定

不同的民族有不同的文化传统。这种文化传统既是一定民族的社会生活、风俗习惯、审美情趣的写照,又影响着这一民族生活的各个方面。每个作家都有其特定的民族归属,他们在从事精神性的文学创造活动时,必然受到本民族文化传统的规约,从而在作品状貌上留下深深的民族烙印。别林斯基说得好:"在任何意义上,文学都是民族意识、民族精神生活的花朵和果实。"①所谓"民族风格",就是指在民族生活、民族精神和民族风俗习惯的影响下所形成的独特的文学风格。

对文学风格与民族性之间的关系,伏尔泰有过一段经典性的表述:"从写作的风格来认出一个意大利人、一个法国人、一个英国人或一个西班牙人,就像从他面孔的轮廓、他的发音和他的行动举止来认出他的国籍一样容易。"②这说明特定的民族在文学风格上所体现出来的独特性即民族风格,是客观存在的。民族风格的形成要受到本民族多方面因素的影响。

(二)民族风格的体现

首先是民族语言。文学是语言的艺术,民族语言是民族风格的第一要素。不同民族都有各自的语言表达方式,各自的语法、词汇、语音、文字,不同的语气、语态、语感,因而也就必然各有其本民族的语言风格。例如,同一意义的格言,不同民族拥有不同的表达方式。托尔斯泰很喜欢俄国的这句谚语:"每一天都等于是一个世纪。"我们则说:"一寸光阴一寸金。"同一对象,在不同民族的语言中,语感也不一致。乌鸦这个形象,在汉族中被认为是不祥之物,而在我国纳西族古代文学《鲁摆鲁饶》中,则把乌鸦写成好心肠的鸟儿。在公元前748年写成的白族文学作品《创世纪》中,在描写男女结婚时,把乌鸦说成能挑水爱劳动的鸟。在司格特的小说《艾凡赫》中有这样的记载:马耳他的犹太人,把乌鸦看成专传噩耗的鸟,但中世纪的英国骑士,则把乌鸦当成勇猛的象征。有的骑士的盾牌上的标志,就是一只飞腾着的利爪上攫着颅骨的大乌鸦,并镶着"提防此鸦"的警语。此外,不同民族的语言,其表达方式也不完全一样。就拿唐诗来说,有律诗、有绝句,格律

---

① 《别林斯基论文学》,上海:新文艺出版社,1958年,第73页。
② [法]伏尔泰:《论史诗》,《西方文论选》上卷,上海:上海译文出版社,1979年,第330页。

严格,这是汉民族所特有的。莎士比亚的十四行诗的押韵、排列方式,马雅可夫斯基的梯形诗的形式,都各具民族特点。大凡伟大的作品,都是运用本民族的语言写成的。普希金之所以成为俄罗斯语言的奠基者,就是由于他用俄文写出了具有独特的本民族语言风格的作品。如果他像他的父亲谢尔格·利渥维奇·普希金那样用法文写诗,那么他的作品就不会具有俄罗斯的民族风格。同理,如果但丁的《神曲》不用意大利语,而是用拉丁文写,那么,他就不会获得意大利文艺复兴时期伟大的"新时代的最初一位诗人"的称号,其作品也就不可能具有意大利的语言风格。

其次是民族生活。生活是文学的源泉,民族生活的源泉不仅哺育着特定民族的文学,也滋养了民族的风格花朵。民族生活内容的不同,使得各民族的文学所叙写、描绘的题材、人物迥然有别。中国历代都有反抗外族侵略、保家卫国的传统,以此为写作对象的文学作品也相应地大量涌现,如唐朝的边塞诗题材盛极一时,并成为文学史上一个极其重要的流派,后来像《杨家将》《说岳全传》等反映的都是这种题材。大自然中的生物,一旦被写入作品,因被赋予的情感不同,也拟喻成相异的歌咏形象。在纳西族文学中,往往把蜂、花、鱼、水比喻为青年男女,则常把斑鸠、画眉、蝴蝶、牡丹喻为情侣;英国文学和纳西族文学,对温顺驯良的鹿,都有特殊深厚的感情。这些生物形象,必然为本民族文学增添了绮丽的色彩和缠绵的情调。即便是同一故事题材,在不同的文学作品中其艺术风格也各有所长。以描写梁祝爱情为题材的作品而论,汉族、僮族、白族都非常喜爱这一题材,但它却被打上了三枚不同的民族生活的印章,具有不同的风格。僮族民间叙事长诗《梁山伯与祝英台》,长七百余行。故事中的祝英台是个爱劳动的僮族少女,而不是汉族文学中所描写的是个手不能提肩不能挑的闺阁小姐;她和梁山伯相会于清水粼粼的河边(当时她正洗衣服),而不是相会于汉族文学中所描写的赴杭州途中的"柳荫亭";他们上学读书,自己肩挑行李而无丫鬟书童伴送。表现男女爱情的"十八相送",在僮歌中爽朗大胆,直陈其事,绝不隐晦;在汉族文学中,则缠绵悱恻,含蓄委婉。僮族青年男女爱情的象征是槟榔树,所以祝英台在途中、家里,都用槟榔来款待梁山伯,祝英台家门口也长着"八角树丛绿荫荫"的满月槟榔树。这种把槟榔比为爱情的描写,在汉族文学中是没有的。在白族诗歌中,梁祝结拜地点是在松树下,而不是汉族文学中的柳树荫下。他们同游过云南白族聚居的点苍山。他们用青天作棋盘,星星作棋子,大地作琵琶,道路作琴弦,并用"山伯不会下""山伯不会弹"来比喻山伯不领悟英台对他所表示的爱情。祝英台祭梁山伯后,大哭三声,怨气直上云霄,冲入南天门,玉帝大惊,急令地脉龙神勿与英台作对。这时忽听轰然一声,山伯墓开,英台跃入墓合,而无汉族文学中双双化蝶的细节。从上面的对比中可以见出,同是描写梁祝,在汉族作品中表现得婉约哀怨,在僮族文学中表现得爽朗大胆,而在白族文学中则表现得豪放粗犷,风格各不相同。这和他们的民族生活及其理想的表达方式密切相关。

再次是民族精神。其实,影响民族风格最深层的因素还是民族精神。果戈理在谈到普希金的作品时说过:"真正的民族性不在于描写农妇的无袖长衣,而在于具有民族的精神。诗人甚至在描写异邦的世界时,也可能有民族性,只要他是以自己民族气质的眼睛、以全民族的眼睛去观察它,只要他的感觉和他所说的话使他的同胞们觉得,仿佛正是他们自己这么感觉和这么说似的。"[①]这说明具有民族风格的作家总是以民族的意识和灵魂去感知生活、表现人性,所以在他们的作品中,总是显现着民族性格和民族精神。英国的莎士比亚和我国的汤显祖都是卓越的剧作家,他们是国度不同、素昧平生的同时代人,都擅长描写男女之间纯真的爱情。但由于民族精神的不同,他们作品的风格也极为不同。汤显祖生活的明代,当时的统治阶级拼命鼓吹程朱理学,皇帝皇后带头提倡封建道德,亲自编撰《女戒》以表彰孝女烈妇。汤显祖对这种摧残妇女的封建道德极为不满,并把这种不满情绪形象地表现在《牡丹亭》中。作者塑造了杜丽娘和柳梦梅这对青年男女的典型形象,通过惊梦、寻梦、写真、拾画、魂游、闹宴等场面的刻画,描写了杜丽娘相思生病、忧郁而死、死而复生的爱情经历,并对封建礼教的卫道者杜宝、陈最良进行了深刻的揭露。全剧具有浓厚的浪漫主义色彩。但由于杜丽娘出生于名门宦族,长期接受封建伦理观念的熏陶,这就使她具有大家闺秀的娴淑、温柔、羞怯、稳重等性格特点;在婚姻问题上,她还没有完全摆脱"父母之命,媒妁之言"的束缚。两千多年漫长的礼教社会导致她们在性格上低眉顺眼、罕言寡语、温柔娴淑。不仅名门闺秀如此,即便劳动妇女也一样。她们在表达爱情时,往往显得羞涩、矜持、含蓄而深沉。

在莎士比亚的作品中,其爱情描写的风格和《牡丹亭》迥然不同。莎士比亚时代,是文艺复兴的后期。在圈地运动的基础上,资本主义得到了巨大的发展,封建主义的势力大大被削弱。由于西方近代自由、平等、博爱等理念的长期熏陶,英国海上交通的发达以及都市的兴起、繁荣,妇女随着工商业的发展,逐渐地由家庭走向社会,公开地抛头露面,加上西欧独特的精神传统,因而男女之间的界限,并不像中国古代那样壁垒森严。在中国一直绵延到20世纪初的男女授受不亲的观念,西欧人是没有的。以《罗密欧与朱丽叶》一剧而言,剧中所描写的封建门阀制度和世仇,虽然扼杀了罗密欧与朱丽叶的爱情,

---

① 转引自《别林斯基论文学》,上海:新文艺出版社,1958年,第79页。

但这对来自敌对之家的情侣却冲破了家族的罗网,互相大胆地爱恋着对方。他们的性格是忧郁的,但又是热烈的、爽朗的、激情的,因而作品的风格虽有沉郁、柔丽的因素,但其基调却是明朗的、豪放的。它和中国以爱情为题材的作品之婉约、哀怨的风格相比,大异其趣。

五、时代风貌与时代风格

(一)时代风格的界定

作家的创作个性和具体的话语建构,总是在一定时代的社会生活和文化氛围的制约和影响下生成的。因而文学史上不可避免地出现这样的情况:尽管同一时代的不同作家在创作上各具特色,但由于他们同处于一个时代,感受着这一时代特有的精神风貌、审美要求和思想气候,所以他们多种多样的个人风格中又往往包含某种共同的特性,体现着相同或相似的时代风格。正如诗人雪莱所说:"在任何时代,同时代的作家总难免有一种近似之处,这种情形并不取决于他们的主观愿望。他们都少不了受到当时时代条件的总和所造成的某种共同影响,虽然在一定程度上说,每个人之所以周身渗透着这种影响,毕竟是他自己造成的。"[①]所以,时代风格就是指同处某一特定时代的作家,受当时主导审美趣味和审美理想的影响而在创作上形成的大体一致的风貌和格调。

风格的时代性,在文学发展过程中,是普遍存在的。如我国文学史上所谓的"汉魏风骨",就是对建安时代文学风格的概括。汉魏之际,战争频仍,社会动荡,人心哀怨,风气衰颓,动乱的社会现实引发了作家们的深切忧虑;新的政治形势又给他们提供了施展才能的机会,兼之他们又受到汉乐府现实主义传统的影响,这些因素促使作家们敢于正视现实,并力求真实地反映那个动乱的时代,以吐露他们"建功立业"的雄心,这样才形成了建安时代"慷慨多骨"的文学风格。所以刘勰在《文心雕龙·时序》中评其曰:"观其时文,雅好慷慨,良由世积乱离,风衰俗怨,并志深而笔长,故梗慨而多气也。"再如五代是一个军阀混战的时代,在六十多年中五次改朝换代,连年的战争给广大人民特别是中原人民带来了深重的灾难,而苟安于西蜀及江南一隅的皇帝大臣、豪门贵族却歌舞升平,过着穷奢极欲的生活。与这一生活的要求相适应,一些作家竞相追求以浓艳的色彩、华丽的辞藻去描写风花雪月、醇酒美人,从而形成了"花间词派"那"香而软"的风格。

---

① [英]雪莱:《〈伊斯兰的起义〉序言》,《西方文论选》下卷,上海:上海译文出版社,1979年,第48页。

(二)时代风格的形成

时代风格的变异、消长不只根源于生活内容的变迁,也根源于文学风格自身的发展规律。作品的任何一种风格,有盛就必有衰,同时,衰中又常包含着新的兴盛因子。当新的兴盛因子遇到特定的机会便会全面开花,最终形成特定风格创作的高峰,随后又走向衰败。苏轼《书吴道子画后》曾说:"诗至于杜子美,文至于韩退之,书至于颜真卿,画至于吴道子,而古今之变,天下之能事毕矣。"一种风格发展到不可企及的高峰,后人便很难逾越,该种风格遂趋于式微。作品风格是在不断地矫正前人风格弊端的基础上发展起来的,又必为后来者所矫正。从作者的角度看,一种风格的作品无论多么好,一旦过多,势必会显得单一,让人生厌。于是作家就会在写作过程中,有意识地创造新的风格形态,使作品充满活力,焕发生机。钱锺书在《宋诗选注》序中分析唐诗、宋诗以及明诗的优劣时说:"瞧不起宋诗的明人说它学唐诗而不像唐诗,这句话并不错,只是他们不懂这一点不像之处恰恰就是宋诗的创造性和价值所在。明人学唐诗是学得来惟肖而不惟妙,像唐诗而又不是唐诗,缺乏个性,没有新意,因此博得'瞎盛唐''赝古''优孟衣冠'等等绰号。"虽然宋人没有在诗歌上取得唐人那样大的成就,但在风格上还是有所创新,形成了自己的特色。

总之,在优秀的文学作品中,时代的烙印是十分明显的:或体现政治的兴亡,或体现时尚的变迁,或体现作品风格自身发展的规律,或体现读者趣味的需要。换一个角度说,只有体现这几种因素的作品才是代表时代精神、体现风格发展规律、符合读者审美趣味的作品。它们不仅为人们所喜闻乐见,而且在文学史上也独树一帜。

【基本概念】

作品风格	作家风格	抒情风格	叙事风格	词气
格调	情境	创作个性	流派风格	地域风格
民族风格	时代风格			

【思考题】

1. 试以某位作家为例,谈谈作家风格的审美特征。
2. 试以汪曾祺的观点和小说创作为例,说明作家个体风格形成的过程。
3. 文学风格的形成受到哪些因素的制约?
4. 抒情风格的特点表现在哪些方面?
5. 叙事风格的特点表现在哪些方面?
6. 谈谈你对"江山之助"的理解。

7.什么是文学风格的文化形态？其包括哪些类型？
8.文学流派风格的一致性主要表现在哪些方面？

【阅读书目】

1.周振甫:《文学风格例话》,复旦大学出版社,2005年。
2.汪曾祺:《晚翠文谈新编》,生活·读书·新知三联书店,2002年。
3.[德]歌德等著,王元化译:《文学风格论》,上海译文出版社,1982年。
4.刘勰:《文心雕龙》之《体性》《风骨》。
5.[法]丹纳:《艺术哲学》,人民文学出版社,1981年。
6.[苏]赫拉普钦科:《风格问题》,《作家的创作个性和文学的发展》,上海人民出版社,1977年。
7.吴承学:《中国古典文学风格学》,北京大学出版社,2011年。

第三编
文学接受

创作与接受是文学活动中围绕文本展开的两个重要环节,前后承续、双向互动。如果说没有创作就没有文本,那么,没有接受,文本的价值也无法实现。文学接受具有多层次性:文学欣赏是最基本的审美接受活动;文学批评则是欣赏基础上的理性升华。本编在阐明创作、传播与接受的一般关系后,集中探讨文学欣赏和文学批评问题。首先探讨文学欣赏的性质和过程,把握文本解读的基本规律;然后研究文学批评的性质、标准和方法,从而在获得前述批评原理的基础上,掌握具体的批评模式和批评逻辑。

第六章 文学欣赏

文学活动并不单指作家的创作,还包括文本的传播与接受。作家创作出来的文学文本,只有经过传播,被读者接受,才能转化为现实的作品,才能实现其审美价值和社会功能。文学接受具有多层次性,通常是指文学欣赏和文学批评。本章主要论述文学欣赏的基本规律,包括文学欣赏的性质、文学欣赏的过程以及文学欣赏的效果等。

第一节 文学的传播与接受

一、文学传播的意义与发展

(一)文学传播在文学活动中的意义

作家写作并不是像有些人所想象的那样,是自娱自乐,或只是为写作而写作。事实上,作家创作文学文本是供人们阅读、欣赏的。他是以文学文本的形式与他人进行对话、交流,并试图获得社会的认可,乃至赞同。但是,作家的创作毕竟是一种个人化行为,要想使个人创作出来的文本被社会读者所接受,获得现实的意义,还必须经过传播这一中介。

所谓"传播",就是指人类通过一定的方式,进行直接或间接的信息交流。传播的重要意义就在于分享信息,如亚历山大·戈德所强调:传播是使一个人或数个人所独有的信息,化为两个人或更多人所共有的过程。据此,所谓"文学传播",就是指传播者运用一定的物质媒介和传播方式,将文学文本及各种文学信息传递给文学接受者的过程。文学的传播过程包含人们通常所说的文学的出版、发行与流通活动。在整个的文学活动中,文学传播联结着文学创作与文学接受。它以一定的物质媒介和传播方式使作家的个人文本社会化,并在某种程度上使其成为一种社会流通物,使广大接受者能够自由地进行选择、阅读和欣赏,从而使文学价值的实现成为可能。正是在这个意义上,我们说文学传播在从文学创作到文学功能的实现过程中起着不可或缺的中介作用。没有传播,文本将只能是作家的自我欣赏;文本无法进入社会,走向广大的读者,就无法生成其现实的意义,实现其价值。

(二)文学传播的发展

文学传播总是要借助于一定的物质媒介和传播方式。随着社会的不断发展进步,文学传播的物质媒介和传播方式也在不断地变化和演进,并日趋多样化。从历史的角度看,迄今文学传播大致经历了口头传播、印刷传播和电子传播三个阶段。

口头传播是原始文学的传播方式,它通过口耳相传的方式使文学被接受、被流传。原始的口头文学的传播最初是由作者本人来承担,主要采取公开宣读自己文本的方式来传播,发展到后来则由以说唱别人创作的文本为工作的专职说书人来承担。口头传播虽具有声情并茂和直接明确的双向交流的特点,但其不足之处在于传播的速度较慢,传播面不广。另外,在口头传播中文本虽会被不断地充实、丰富,但另一方面这也意味着文本形态的不固定,它会被不断地更动、删改。

印刷传播是随着文字的发明、印刷术的出现逐渐发展起来的。最初靠手工抄本传播文本,然后靠手工作坊的印刷本传播文本,但它们的数量都非常有限。直到大工业生产方式和机器印刷术先后问世,文本被快速、大规模的批量印刷才成为现实。从此,印刷传播以绝对的优势取代了口头传播的传统地位,成为现代社会运用最广泛的文学传播方式之一。印刷传播使文学作品拥有了固定的文字形态和有形的物质载体,使作品可以跨地区、跨时代传播出去,但文字符号的抽象性和呈像的间接性也使它排斥了一部分读者。

电子传播是在20世纪20年代以后,随着广播、电影、电视等传播媒介的先后出现而兴起的,主要表现为广播文学、电影改编文学、电视改编文学,以及随着互联网的兴起而出现的网络文学等。概括地说,它们是一种视听文学,尤其是电影、电视的视听复合方式和形象的直观性等特点使视听文学拥有了最大数量的接受者,而且它们真正打破了时间和空间的阻隔,其传播速度之快、空间之广是空前的。

口头传播、印刷传播、电子传播体现了文学传播发展的三个阶段。但这三种传播方式并非取代关系,而是共存互补的。它们针对着不同的接受群体,发挥着各自的功能,同时交融渗透,使文学真正地面向整个社会大众。

二、文学接受的性质与层次

在文学活动中,文学传播与文学接受是紧密相连的两个环节。没有传播,作家创作的文本便无以面世;没有接受,文学传播则会因没有对象而失去意义。文学接受是文学传播过程的终极环节。

(一)文学接受界定

"接受"作为一个专门的文学理论术语,源自 20 世纪六七十年代兴起的德国接受美学。简单地说,它是指读者通过多种阅读方式与文本进行对话、交流。接受美学理论家认为:文学本文的接受是一种解释活动。作品的意义并不是固有的、隐藏在文本之中的,而是存在于读者阅读文本的活动中,是从具体化的阅读活动中生成的,是读者与文本相互作用的结果。如接受美学的创始人姚斯宣称:"一部文学作品,并不是一个自身独立、向每一时代的每一读者均提供同样的观点的客体。它不是一尊纪念碑,形而上学地展示其超时代的本质。它更多地像一部管弦乐谱,在其演奏中不断获得读者新的反响,使本文从词的物质形态中解放出来,成为一种当代的存在。"①接受美学的另一个代表人物伊瑟尔也说:"文学本文只有在读者阅读时才会产生反应……本文与读者两极,以及发生在二者之间的相互作用,奠定了文学交流理论的根基。"②基于这种理论,文学接受重视读者在接受过程中的地位和作用,以之为主体,并着力研究其再创造性。具体言之,文学接受是一种以读者为主体,以文学文本为对象,以把握文本的深层意蕴为旨归的文学活动。

(二)文学接受的多层次性

由于接受主体的身份有别,阅读文本的目的、态度不同,所以文学接受呈现出不同的层次,概括地说,主要有欣赏、批评、借鉴三个层次。

欣赏性接受,其接受主体主要是普通读者,着眼于对文本的阅读欣赏,目的在于通过对文本审美性的感受、体验、赏玩,获得精神上的愉悦和享受。它是一种审美接受活动,满足的是个体读者的审美需要,着重实现的是文本的审美价值。

---

① [德]姚斯、[美]霍拉勃:《接受美学与接受理论》,沈阳:辽宁人民出版社,1987 年,第 26 页。
② [德]伊瑟尔:《阅读活动——审美反应理论》,北京:中国社会科学出版社,1991 年,第 1 页。

批评性接受,其接受主体主要是学者、评论家,侧重于对文本的鉴赏研究、理性评判。它是在审美体验的基础上,根据一定的理论观点和审美标准,对文本进行理性的分析、研究和评价、判断。它是一种建立在审美接受活动基础上的科学活动,是审美性与科学性的统一,着重实现的是文本的包括审美价值在内的广泛的社会价值。

借鉴性接受,其接受主体主要是文人、作家,着眼于对文本的借鉴、学习。它是在审美体验的基础上,对文本进行个性化的研读、分析,意在探寻其成功的奥秘,借鉴其艺术上的优长,学习其创作技巧,提高自己的写作能力,以创作出更好的文本。它是一种以审美接受活动为基础的学习再创造活动,审美性、创造性是其追求的目标。

在欣赏、批评、借鉴三个层次中,欣赏性接受是一种比较纯粹的审美接受,是文学接受的主要方式和主要内容。无论是带有浓厚科学意味的批评性接受,还是带有鲜明创造倾向的借鉴性接受,都必须建立在欣赏性接受的基础之上。事实上,欣赏也是文学创作的真正目的所在。因此,在文学接受中,首先要深入了解的便是欣赏活动。

第二节 文学欣赏性质

一、文学欣赏的审美特点

文学欣赏是起于寻求审美,终而获得美感享受、陶冶情操、启迪心智的审美活动。具体地说,所谓"文学欣赏",就是指人们在阅读文本时,通过对艺术形象的感受、体验和对艺术形式的玩赏,得到精神上的愉悦,获得美感享受的一种审美活动。清代阮元有《吴兴杂诗》一首:"交流四水抱城斜,散作千溪遍万家。深处种菱浅种稻,不深不浅种荷花。"读完这首小诗,我们首先会为自然清丽的语言、江南水乡的优美风光所打动;继而再作玩味,则能获得某种智慧和启迪。"深处种菱浅种稻,不深不浅种荷花",从这幅充满情趣的田园景象中,我们能领悟到一个哲理:顺从自然,因地制宜,遵循规律,事无不成。真正的欣赏不同于随意的浏览,获得美感享受,进而陶冶情操、启迪心智,是成功的文学欣赏的标志。显然,文学欣赏同阅读理论著作和科学论文有明显的区别。

作为一种审美活动,文学欣赏与文学创作的思维活动一致,也是以形象思维为主的一种艺术思维活动过程。思维方式的这一特征,决定了文学欣赏有如下具体特点。

(一)直觉性

文学欣赏与阅读理论著作有着明显的不同。如果说对理论的了解,包括对人生的认识,需要通过分析、判断、推理的方式来完成,那么对于文学作品,一个欣赏者则需要通过直觉的方式对其予以把握。直觉是一种感觉的能力,是诸种感觉的整合而发挥的一种整体能力。它以感觉为基础,以人类已经获得的知识和累积的经验为依据,因此直觉能力具有一种在直接把握中直达对象本质的功能。所以欣赏的直觉性,就是指人们在欣赏中,无须借助抽象思考和逻辑判断,便能直接把握欣赏对象的美的特点,从而导致欣赏主体产生审美愉悦,并可能领略作品的意蕴。如梁启超谈欣赏李商隐的《锦瑟》《碧城》《燕台》等诗时便说:"这些诗,他讲的什么事,我理会不着;拆开一句一句的叫我解释,我连文义也解不出来。但我觉得他美,读起来令我精神上得一种新鲜的愉快。"[1]普列汉诺夫说:"一件艺术品,不论使用的手段是形象或声音,总是对我们的直观能力发生作用,而不是对我们的逻辑能力发生作用。"[2]这一看法,是符合文学欣赏实际的。

欣赏的直觉性与文学形象的具体可感性紧密相连。但是文学形象是用语言描绘的,其呈像的间接性使文学欣赏的形象直觉不及造型艺术和表演艺术直接,必须借助再造想象把握作品,即读者通过对作家创造的艺术形象的感知,运用想象、体验,去再现、再造作品的形象。如岑参的《白雪歌》描绘了一派雄奇壮丽的北国雪景,读者必须借助于再造性想象,才能如临其境;白居易的《琵琶行》描写了琵琶女弹奏的幽怨感人的琵琶曲,读者也只有在再造性想象中才能如闻其声。

直觉是文学欣赏的根本特点,但并不意味着欣赏中毫无理性可言。一方面直觉本身就有判断的特性,在本质上与理性密不可分;另一方面,在实际的欣赏中,完全只凭直觉来进行的审美状态,是不存在的。读者在直觉的同时,总会从对象身上获得一些属于理智范畴的要素,从而强化直觉的能力。如读李商隐的《锦瑟》:"锦瑟无端五十弦,一弦一柱思华年。庄生晓梦迷蝴蝶,望帝春心托杜鹃。沧海月明珠有泪,蓝田日暖玉生烟。此情可待成追忆,只是当时已惘然。"正如梁启超所言,这首诗读起来很美,但又不太好分句解析;不过其中的"思华年""梦蝴蝶"等,却也向读者昭示了某种"人生流逝,好景不再"的感慨。这对读者把握作品的美起到了很重要的诱导和制约作用。理智虽不能取代直觉

---

[1] 《梁启超文选》下卷,北京:中国广播电视出版社,1992年,第82页。
[2] 《普列汉诺夫美学论文集》(Ⅰ),北京:人民出版社,1983年,第409页。

成为欣赏的核心,但是在一定的情况下,理智要素,有助于强化、丰富直觉能力,有助于读者更好地进行欣赏。所以准确地说,文学欣赏的第一个特点是感性与理性的统一,直觉与理解的统一。

(二)情感性

欣赏的情感性是指在欣赏中,主体与客体之间的融合能引起强烈的情绪反应。欣赏文学作品不同于阅读理论著作,不需要冷静的抽象思考。阅读文学作品,人们往往会不知不觉地沉浸到艺术境界中,被艺术世界中饱含浓郁情感的诗意所吸引,感情为之激动,情思为之牵移,始终伴随着强烈的情感体验和情绪反应,甚至有时为之拍案惊奇,有时不禁潸然泪下。可以说,没有这种强烈的情感交流,文学欣赏也就无法形成。

欣赏的情感性是同文学形象的情感特点相联系的。正如严羽《沧浪诗话》所谓"高岑之诗悲壮,读之使人感慨;孟郊之诗刻苦,读之使人不欢。"艺术形象是作者与读者进行情感交流的媒介,它直接对人们的感情发生作用,因而读者积极的情感活动在欣赏中具有重要意义。作品中描写的生活内容和人物形象,只有那些为我们感情所肯定和接受了的东西,才能在理智上为我们所肯定和接受。同时,欣赏者没有相应的情感活动就不能同作家进行情感交流和心灵对话。鲁迅说得好:"诗歌不能凭仗了哲学和智力来认识,所以情感已经冰结的思想家,即对于诗人往往有谬误的判断和隔膜的揶揄。"[①]

文学欣赏中的情感活动不同于日常的情绪反应,它是情与理的交融,感情和认识的统一。文学形象是情和理的统一,寓理于情,情理交融,因而欣赏者的情感体验深处也隐含着深刻的理性认识。没有无缘无故的爱,也没有无缘无故的恨,欣赏中读者对形象所表现出来的或喜或恶的情感态度,实际上已暗含着读者对它的认识和评判,而且正是这种理性认识推动和加深着读者对作品的情感体验。正如别林斯基所言:"在美文学方面,只有当理智和感情完全融洽一致的时候,判断才可能是正确的。"[②]

(三)愉悦性

文学欣赏中的愉悦性,是指欣赏者在形象感知和情感体验中产生了愉快喜悦之情,获得了精神上的满足和美的享受。文学欣赏之所以能给人以愉悦性,主要在于对文学的欣赏是一种审美阅读。读者往往暂时从紧张的现实生活中超脱出来,以一种非功利的审美态度来对待作品。他的阅读,不是为了直接追求对真理的认识,或是接受道德的训诫,

---

① 《鲁迅全集》第7卷,北京:人民文学出版社,1981年,第236页。
② 《别林斯基选集》第1卷,上海:上海译文出版社,1979年,第224页。

而是为了情感的调节、宣泄和满足,进而获得一种精神上的休息。正如塞万提斯在《堂吉诃德》中所说:"弓不能永远弯着不弛,所以脆弱的人心没有一些合法的娱乐,也是要支持不下去的。"

文学欣赏的愉悦性并不是单纯的轻松愉快。文学作品情感内容和审美形态的多种多样,使其审美愉悦呈现出丰富复杂性,或悲或喜,或忧或乐,或赏或怒,不一而足,因此不能把审美愉悦简单地理解为喜悦高兴。悲哀激愤也是一种美感,也能给人以美的享受。从审美趣味和审美心理规律看,忧郁和悲哀是一种更动人的美感。通常人们看悲剧比看喜剧所受的心灵震撼的力量更大、时间更持久,就缘于此。对此,雪莱说得很明白:"悲剧之所以使人愉快,是因为它提供了存在于痛苦中的一个快乐的影子。最美妙的曲调总不免带有一些忧郁……悲愁中的快乐比快乐中的快乐更甜蜜些。"①中国古典美学也有"好音以悲哀为主"的观念②。悲痛感具有一种强烈的激发作用,能激发起读者的反省能力和改造环境、改造自身的能力。

文学欣赏中的审美愉悦和思想教育是不可分的。能够引起审美愉悦的文学形象总是蕴涵着深刻的思想内容,总是在有意无意地暗示着一种人生观,对欣赏中的读者产生影响。例如欣赏《罗密欧与朱丽叶》,在被主人公的悲剧命运深深触动的同时,人们不禁由衷地赞叹他们对爱情的执着和忠贞,并对毁灭他们爱情的旧势力表示强烈的不满和愤慨。这时,欣赏者已经自觉不自觉地受到作者人生态度的影响,从而得到某种教育和启发。

二、文学欣赏的条件

文学欣赏是对文学美的感受和赏玩。文学美是一种隐藏在语言文字背后的美,是流淌在字里行间的美。读者需要具有感受文学美的能力,才能发现并体味出它的魅力。用马克思论欣赏的话说,一方面,"只有音乐才能激起人的音乐感";另一方面,"对于不辨音律的耳朵来说,最美的音乐也毫无意义,音乐对它说来不是对象"。③ 故而,有成效的文学欣赏活动必须具备双重条件:作为欣赏对象的文本要具有文学之美,作为欣赏主体的读者则要有感受文学美的能力。

---

① 《十九世纪英国诗人论诗》,北京:人民文学出版社,1984年,第150页。
② 钱锺书:《管锥编》第三册,北京:中华书局,1979年,第946~950页。
③ [德]马克思:《1844年经济学哲学手稿》,北京:人民出版社,1979年,第79页。

(一)文学美的艺术根源

欣赏对象的条件是指文学文本应具有文学美,能吸引读者,能够满足其阅读需求,适应其审美趣味。文学之美,主要来自以下三方面。

首先,艺术形象要有鲜明生动性和丰富多样性。形象的鲜明生动性和新颖独特性,是文本赢得读者的关键。当年,《高山下的花环》之所以能够使冯牧"像一个天真的少年读者那样一再地流下眼泪",首先是由于作家塑造了活生生的吸引读者的艺术形象。冯牧写道:"读过几页,我就被作品中陆续出现的人物性格的真切生动所吸引,为这些人物跌宕起伏的思想感情以及围绕他们的行动所展开的情节所吸引,为他们动人心魄的命运和引人入胜的生活经历所吸引,为他们身上所展现的越来越鲜明夺目的思想光彩所吸引。"[①]另外,由于年龄、性格、职业和思想文化水平以及艺术修养、审美能力的不同,不同的欣赏者会有不同的审美趣味和审美需要,正如刘勰《文心雕龙·知音》所言:"慷慨者逆声而击节,酝藉者见密而高蹈,浮慧者观绮而跃心,爱奇者闻诡而惊听。"事实上,即使是同一位欣赏者,他的阅读动机也往往是多种因素并存、混合的。因此,除了要求艺术形象具有鲜明生动性,还要求它具有丰富多样性,以满足不同层次的读者的多方面的审美需要。

其次,文本要有较高的思想价值和审美价值。文学欣赏不仅是为了获取精神的休息,也是为了追求真理。布瓦洛说得好:一个贤明的读者不愿把光阴虚掷,他还要在欣赏里获得妙谛真知。因此,一部文学文本仅仅具备形象鲜明生动的特点并不够,还要有深刻的思想和崇高的理想目标。这样的文本,才能鼓舞、教育和引导人们去追求更美好的生活。另外,读者的审美趣味并非都是健康的,有些人的审美趣味不免有庸俗的一面。因此,文学创作不能简单地迎合读者,而要不断地引导读者。正如契诃夫所说:"不应当把果戈理降到人民的水平上来,而应当把人民提高到果戈理的水平上去。"[②]艺术对象要能够培养出懂得美和欣赏美的大众,文本本身就要具备高度的审美价值。

再次,文本的艺术表现要含蓄耐看,给读者以想象再创造的余地。欣赏经验表明:人们费力得到的东西,要比不费力就得到的东西更能令人喜爱。一目了然的作品,人们不费力就可以弄懂,但是很快就被遗忘了;真正的艺术欣赏是对克服了的困难的欣赏。这就要求文本在艺术构思和艺术表现上,做到含蓄耐看,给欣赏者留有想象和再创造的余

---

① 冯牧:《最瑰丽的和最宝贵的——读中篇小说〈高山下的花环〉》,载《十月》,1982 年第 6 期。
② 《外国现代剧作家论剧作》,北京:中国社会科学出版社,1982 年,第 33 页。

地,让读者思而得之。莱辛之所以强调,造型艺术要选择富于包孕性的"顷刻",反对表现事件的"顶点",也正因为前者更能激发读者的想象。"到了顶点就到了止境,眼睛就不能朝更远的地方去看,想象就被捆住了翅膀",①所以能征服读者的艺术表现往往是"不到顶点"的。如唐代诗人宋之问的《渡汉江》:"岭外音书断,经冬复历春。近乡情更怯,不敢问来人。"这首小诗之所以富于艺术魅力,从艺术表现上看,就在于诗人选择了一个富于包孕性的顷刻——近乡又未进乡,它包含以前种种,又蕴涵以后种种,耐人寻味。

(二)文学美的感受能力

在《文艺的大众化》一文中,鲁迅对欣赏主体的基本条件作过较为全面的概括:"读者也应该有相当的程度。首先是识字,其次是有普遍的大体的知识,而思想和情感,也须大抵达到相当的水平线。否则,和文艺即不能发生关系。"②文学是语言的艺术,文字符号是文学文本的呈现形式,断文识字便成为阅读、欣赏的前提条件。作为语言艺术,文学是社会人性心理和时代精神的反映,要读懂文本,读者还必须具有一定的文化知识、思想水平和情感素质,这是欣赏的基本条件。不过,要充分理解文本所描绘的艺术世界,与文本形成对话、交流的审美关系,作为欣赏主体的读者仅仅满足于这些条件是不够的,他还必须同时具有文学美的感受能力。具体言之,至少当有以下几个方面。

首先,要有一定的生活经验。文学是通过对社会生活的描写来反映一定社会的人性心理和时代精神的,因此生活既是文学创作的源泉,也是文学欣赏的基础,读者总是在其生活经验的基础上展开联想和想象,去感受和理解文本。通常,读者的生活经验越丰富,对文本的感受和理解也会越深入,尤其是与文本相应的生活经验,会有助于读者更深切地领会到文本的妙处。正如美国理论家奥尔德里奇所言,"只有当你在同实际生活的日常联系中,对这种生活具有敏锐的感受性时,你才会充分地把握艺术作品的内容。"③日常的生活经验是人们感受文学之美的现实基础。当然,生活经验与成功的欣赏之间并不是绝对地成正比关系。欣赏的成功与否并不单纯地取决于生活经验的多少,"似曾相识"和"人生面不熟"都可能引起人们欣赏的兴趣,从而得到精神上的愉悦和美感享受。但无论如何,丰富的感性生活经验会更有利于欣赏的实现与深化,因为"光凭头脑想象是困难的。美是邂逅所得,是亲近所得。这是需要反复陶冶的"。④ 川端康成这里说的便是生活

---

① [德]莱辛:《拉奥孔》,北京:人民文学出版社,1979年,第18~19页。
② 《鲁迅全集》第7卷,北京:人民文学出版社,1981年,第349页。
③ [美]奥尔德里奇:《艺术哲学》,北京:中国社会科学出版社,1986年,第142页。
④ [日]川端康成:《花未眠——散文选编》,桂林:广西师范大学出版社,2002年,第120页。

经验与艺术体验的双重陶冶,以及它们之间的互动、生发和彼此启迪。

其次,要有一定的艺术体验和艺术修养。与生活经验相比,这个更直接更关键。歌德曾说:"凡是没有从艺术中获得感性经验的人,最好不要去和艺术打交道。"①这就是说,如果说你想得到艺术的享受,你本身就必须是一个有艺术修养的人。因为只有具备了相应的审美经验和艺术修养,主体才能在艺术对象面前表现出积极的鉴赏投入,才会遵循艺术的规律,以艺术的眼光来欣赏艺术,以文学的方式来阅读文学文本,从而达到欣赏的目的,获得审美享受。当然,审美经验和艺术修养也是在长期的艺术创造和欣赏实践中慢慢形成提高的。这二者是一种相辅相成的关系。所以,良好的艺术教育、引导与陶冶必不可少,浸淫其中,人的美的感受能力才能真正苏醒、成熟,并显示自己。②

再次,要具备良好的审美心境。在进行欣赏之初,读者总是处于某种现实的情绪状态之中,而这会影响其阅读行为和欣赏效果。对此,胡云翼在其《文学欣赏引论》中曾有过生动的描绘:"正当愁绪纷纷,苦闷怅惘的时候,自然会欣赏《呐喊》《茑萝集》一类的作品。依在恋人怀里去读《战城南》《孤儿行》一点也不会起兴味……而一对爱人挽着臂儿读《西厢记》,便逸趣横飞;方良辰美景,心境怡悦,执着泰戈尔的《新月集》,冰心的《春水》《超人》读读是如何高兴!"③可见,读者的情绪心境与文学欣赏关系密切。对情绪心境的调节同样是成功欣赏、感受文学美的重要条件。一般说来,心境平和,宜使人进入欣赏境界。作为欣赏主体的读者,在欣赏之际,应以一种澄净无染的情怀进入文学的世界,这样才能更真实、深切地感受到文学的美。

三、文学欣赏的意义

文学欣赏不仅是文学接受活动的重要组成部分,也是整个文学活动的重要环节,它具有多方面的作用和意义。

(一)文学欣赏是激活文学文本艺术生命的关键

作家创造出来的文学文本,并不就是现实的艺术品,它只是一堆有组织的语言材料,是一种具有潜在含义和价值的文本,只有经过读者的阅读欣赏,才能赋予这堆语言材料以现实的活泼的生命。因此,没有读者的欣赏,文学文本是没有意义、没有生命的。在

---

① 转引自伍蠡甫:《欧洲文论简史》,北京:人民文学出版社,1985年,第184页。
② [德]温克尔曼:《希腊人的艺术》,桂林:广西师范大学出版社,2001年,第84页。
③ 《鉴赏文存》,北京:人民文学出版社,1984年,第163页。

《政治经济学批判导言》中,马克思深刻揭示了产品与消费的依存关系:"因为产品只是在消费中才成为现实的产品,例如,一件衣服由于穿的行为才现实地成为衣服;一间房屋无人居住,事实上就不成为现实的房屋;因此,产品不同于单纯的自然对象,它在消费中才证实自己是产品,才成为产品。"① 文学欣赏同消费一样,它对于文学文本成为现实的艺术品,具有决定性的意义。事实上,文学文本的艺术生命就存在于读者的阅读、欣赏过程之中,如瓦莱里所说:"一首诗歌只有在朗诵的时候才存在。"②

(二)文学欣赏是培养读者审美能力的基本途径

审美能力是读者凭借审美直觉,感受和评判文学艺术审美价值的能力。审美能力不是先天的,它来源于欣赏实践,是在对文学艺术的欣赏中逐渐培养起来的。马克思指出:"艺术对象创造出懂得艺术和具有审美能力的大众——任何其他产品也都是这样。"③ 在文学欣赏活动中,读者会对所欣赏的文学文本进行审美再创造,同时,这些文学文本也会对作为欣赏主体的读者进行创造。读者从它们身上获得的不仅仅是愉悦的审美享受,还有逐渐习得的审美能力。正如刘勰《文心雕龙·知音》中所说:"凡操千曲而后晓声,观千剑而后识器;故圆照之象,务先博观。"可见,"博观"是培养欣赏能力的基础。但是,如果要真正提高审美能力,还要在博观的基础上精研第一流的佳作,因为"鉴赏力不是靠观赏中等作品而是要靠观赏最好的作品才能培育成的"。④ 优秀的文本生动体现了艺术规律和审美原则,往往具有标准的意义。在最好的文本中打下了牢固的基础,就有了用来衡量其他文本的标准,判断和评价不至于过高或过低,而是恰如其分。这正是高度的审美能力的标志。

(三)文学欣赏是促进文学创作不断发展的动力

文学欣赏与文学创作是相互联系、相互依存的动态过程。欣赏依赖于创作,没有创作就无以欣赏,欣赏是创作的直接结果。同时,欣赏又制约着创作,没有欣赏,创作就会因失去对象和意义而自行消亡。欣赏对创作的影响制约作用贯穿于整个创作活动。首先,读者的审美趣味和欣赏要求激发作家的创作动机,是创作的内在动力。阿·托尔斯泰指出:"灌注在艺术家身上的仅仅是一种单性力量。对于创作的源泉来说,还需要第二

---

① 《马克思恩格斯选集》第2卷,北京:人民出版社,1995年,第9页。
② [法]瓦莱里:《文艺杂谈》,天津:百花文艺出版社,2002年,第355页。
③ 《马克思恩格斯选集》第2卷,北京:人民出版社,1995年,第10页。
④ [德]爱克曼辑录:《歌德谈话录》,北京:人民文学出版社,1978年,第32页。

磁极,就是要有关心它的人,要有有着共同感受的人:读书界,阶级,人民,人类。"①没有读者,作家的创作便没有了动机和动力,文学创作活动也就不会存在。其次,读者的审美趣味和欣赏要求,制约着作家对创作内容的选择。任何一个作家都不可能使全社会所有的人同时成为他的读者,每个作家都有自己相对适应的读者群,不同的读者群有不同的趣味和要求,这必然影响作家对创作题材的选择和艺术主题的提炼。冰心、赵树理创作内容的不同,显然同他们一个主要面对少年儿童读者、一个主要面对农村读者密切相关。最后,在艺术构思和艺术传达中,作家的一切努力都离不开对读者的考虑。巧妙的艺术构思,既是为了征服材料,也是为了征服读者。征服材料的目的则是为了更好地征服读者。杜甫说:"语不惊人死不休"。所谓"惊人",就是感动读者、征服读者。在小说、戏剧中,作家常常使用布疑阵、置悬念的手法。其实,作家自己对于全局一目了然,本无需如此。他之所以苦心经营,巧作安排,大半是为着增强形象的感染性和动情力,以征服读者。朱光潜认为"文艺上许多技巧,都是为打动读者而设",②这是很有道理的。

第三节　文学欣赏过程

文学欣赏是主客体之间交流、对话的过程。从欣赏主体方面来说,文学欣赏是一个极其复杂的心理活动过程,一系列心理因素和心理运动形式交融互渗,共同作用,彼此关联,动态展开;从欣赏客体方面来说,呈现在读者面前的只是以静态符号形式存在的文本,读者必须对文本进行解读,才能将其潜在的意义和价值转化为显在的多种功能。因此,研究文学欣赏过程必须从主客体两方面入手,既要研究主体的心理活动过程,又要分析客体的文本构成及其特点。

一、文学欣赏的准备

从总体上说,文学欣赏发生于读者对文本的阅读。但是,大多数读者在真正进入阅

---

① [俄]阿·托尔斯泰:《论文学》,北京:人民文学出版社,1980年,第24页。
② 《朱光潜全集》第4卷,合肥:安徽教育出版社,1988年,第254页。

读、欣赏之前,还有一个欣赏的准备阶段,也就是在正式进入欣赏之前,对具体文本的相关知识作一些必要的了解。这对欣赏过程有深刻的影响。成功的欣赏,离不开必要的知识准备。夏丏尊、叶圣陶说:"对于一篇作品,如果要好好地鉴赏,预备知识是必要的。作者的生平,作品的缘起,以及其他种种与这作品有关联的事件,最好能先知道一些,至少也该临时去翻检或询问别人。这种知识本身原不是鉴赏,却能作我们鉴赏上的帮助,不可轻视的。"①

欣赏前的准备,对于欣赏的意义主要表现在两个方面:一是获得"接受预示",一是形成"期待视野"。

(一)接受预示

接受预示是指读者在进入欣赏之前,从文本的文体、题目、题解提要,以及文学史和文学评论等方面获得的有关作者、文本的预示信息。读者拿到一个文本,首先就会知道这是什么体裁的文本,诗歌、散文或者小说、剧本;通过题目和题解又能对文本内容有所了解。这是文本本身所提供的最基本的预示信息。在此基础上,最好还应借助文学史和文学评论,对文本的缘起和本事、作者的生平和思想作一些必要的了解。因为无论是一部小说还是一个剧本,一首好诗或一阕好词,往往都有它的本事与历史事实,如果不知道这些,则很难充分领略到它的好处。如曹植的《七步诗》:"煮豆燃豆萁,豆在釜中泣。本是同根生,相煎何太急。"这首诗诗义明了,不知道曹氏兄弟相残的历史事实的人,也会感到有趣味,但若能知道历史背景,就会对其有更深的理解。对作者情况的了解也是十分必要的。我们如要读《浮士德》,当作预备知识,先须去读歌德的传记,了解他的宗教观、他对于科学(知识)的见解、他的恋爱经过,他曾入宫廷的史实、当时的狂飙运动,以及他在幼时曾看到英国走江湖的人所演的傀儡剧《浮士德博士的生涯与死》等,那么素称难解的《浮士德》,也就不难进入了。这就是古人所说的:"必先得诗人之心,然后玩之易入"。

(二)期待视野

期待视野是姚斯提出的一个重要概念,是指对文本的某种"先入之见",是读者在进入欣赏过程之前已有的对于所读文本的预先估计和期待,是一种预先存在的阅读意向。它将决定读者对所读作品内容的取舍,决定他的阅读重点,也决定他对作品的基本态度与评价。期待视野是欣赏活动的基础。

期待视野是在读者已有的生活经验和文化修养、审美趣味和审美经验以及当下的接

---

① 《鉴赏文存》,北京:人民文学出版社,1984年,第23~24页。

受预示等的综合作用下形成的,当下的接受预示对期待视野产生直接的影响。姚斯说:"一部文学作品,即便它以崭新面目出现,也不可能在信息真空中以绝对新的姿态展示自身。但它却可以通过预告、公开的或隐蔽的信号、熟悉的特点、或隐蔽的暗示,预先为读者提示一种特殊的接受。它唤醒以往阅读的记忆,将读者带入一种特定的情感态度中,随之开始唤起'中间与终结'的期待,于是这种期待便在阅读过程中根据这类本文的流派和风格的特殊规则被完整地保持下去,或被改变、重新定向,或讽刺性地获得实现。"①如阅读小说的期待视野就不同于欣赏诗歌,欣赏者所企盼的不是在跳跃的意象组合中捕捉朦胧的情绪,他产生的是一种叙事性期待,关切的是人物的命运遭遇和故事情节的发展变化。

读者的期待视野决定着读者对文本的基本态度和评价。在具体的欣赏过程中,读者的期待视野与文本的艺术水平可能一致,也可能不一致,两者之间的一致程度直接影响欣赏的审美效果。概括地说,读者的期待视野与文本之间可能出现三种关系:一种是顺向适应,就是读者阅读的文本与其期待视野和审美经验完全一致。在小说、戏剧文学的阅读中,这种关系表现为人物一出场读者就能判定其性格,情节一开端就能猜到其结局。在诗歌、散文的阅读中,这种关系则表现为一看题目,便能基本上猜出其立意。在这样的阅读过程中,读者的期待虽然得到极大的满足,但是由于文本所提供的想象空间完全没有超出他的期待视野,读者会感到兴味索然,失去继续阅读、欣赏的兴趣。与这种顺向适应相反的关系是逆向受挫,就是读者阅读的文本与他的期待视野和审美经验完全不合。这除了读者自身的原因外,还常常是因为文本不合艺术的常规惯例,使读者的期待遭到完全破灭。对于这样的文本,读者由于无法读懂,同样会失去欣赏的兴趣。因此,这样的文本即使具有某种创新价值,也会因为没有读者而难以实现。第三种关系是顺逆平衡,即读者阅读的文本既符合又超出了他的期待视野和审美经验。阅读这样的文本,读者既会不时体验到顺向适应的轻松,也会因期待的适当受挫而兴味盎然:受挫的不适会因自己进入一个新的艺术境界而烟消云散;同时,期待视野的拓展、审美经验的丰富更使之体味到艺术的魅力和审美的愉悦。袁枚所谓"诗虽新,似旧才佳"②,即此之谓。

一般说来,优秀的文学文本与读者的期待视野之间常常表现为顺逆结合的关系:一方面,文本以其贯穿其中的某些共通的生活逻辑、诗意逻辑与读者的期待视野保持一致;

---

① [德]姚斯、[美]霍拉勃:《接受美学与接受理论》,沈阳:辽宁人民出版社,1987年,第29页。
② 袁枚:《随园诗话》(上),北京:人民文学出版社,1982年,第256页。

另一方面,又不单纯地迎合读者的期待视野,而是以其艺术的独创性和新颖性不时地打破读者期待的惯性,以出其不意的人物、情节或意境来调动读者的想象,使之不断地改变、超越自己的期待视野,获得审美快感。事实上,真正赢得大多数读者喜爱的正是这类顺逆结合的文本。阅读这样的文本,读者的预估和期待是有增无减的。霍拉勃说:"当我们阅读一篇本文时,我们根据我们对未来的期待、对过去的背离,不断评价和观察事件。意料之外的事件的发生,一定会引起我们根据这一事件矫正我们的期待,重新解释我们赋予已发生的事件的意义。"① 不断地产生期待,这些期待又不断地被证实或被矫正,这样的欣赏过程是兴味无穷的,这样的欣赏活动是令人流连忘返的。因为无论这些期待是被证实,还是被矫正,读者都会获得精神上的享受,丰富审美经验,提高审美水平。

二、文本解读的层次

文学文本是一个多层次的审美结构,它制约着读者的欣赏活动,并使文学欣赏明显区别于对其他艺术品的欣赏。文学文本的结构层次有不同的划分法。从欣赏主体感知和深入作品本体的角度看,可以把文本分为三个基本层次:语言层、形象层、意蕴层。文学欣赏过程,一般总要经历语言的玩味、形象的感受、意蕴的领悟这一由表及里、逐步深化的过程。

(一)语言的玩味

文学是语言的艺术。对于欣赏者来说,语言是进入作品艺术世界的桥梁,窥视作品诗情画意的窗户,因此文学欣赏首先是对语言的玩味。阅读小说,必须透过语言文字才能如临其境,如见其人;诗是语言的精华,欣赏诗歌,更离不开对语言的涵咏玩味。钱锺书说得好:"诗借文字语言,安身立命……品诗而忘言,欲遗弃迹象以求神,遏密声音以得韵,则犹飞翔而先剪翮、踊跃而不践地","是以玩味一诗言外之致,非流连吟赏此诗之言不可"。②

关于汉语文字的审美特性和美感特点,鲁迅有精辟的论述:"诵习一字,当识形音义三:口诵耳闻其音,目察其形,心通其义,三识并用,一字之功乃全。故其所函,遂具三美:意美以感心,一也;音美以感耳,二也;形美以感目,三也。"③ 古人论文学欣赏有"玩赏""玩咏""玩绎"之说;汉语文字有"形美""音美""意美"之分。文学家尤其是抒情诗人又总是

---

① [德]姚斯、[美]霍拉勃:《接受美学与接受理论》,沈阳:辽宁人民出版社,1987年,第374页。
② 钱锺书:《谈艺录》(补订本),北京:中华书局,1984年,第412～413页。
③ 《鲁迅全集》第9卷,北京:人民文学出版社,1981年,第344页。

能充分地利用语言的每一种审美特性,因此语言的玩味应包括造型美的玩赏、音乐美的玩咏、意义美的玩绎三个方面。

造型美的玩赏与中国文字本身充满了视觉意象这一特点有关。诗人有时从诗情出发,匠心经营,选用特殊的文字,使诗意图像化,给读者以造型美感。最常见的是将许多偏旁相同的象形字重复排列,用以增强视觉形象感,即如鲁迅在其《汉文学史纲要》中所说:"写山曰崚嶒嵯峨,状水曰汪洋澎湃,蔽芾葱茏,恍逢丰木,鳟鲂鳗鲫,如见多鱼。"杜甫《曲江陪郑八大南史饮》:"雀啄江头黄柳花,**鵁鶄鸂鶒**满晴沙。自知白发非春事,且尽芳樽恋物华。"往上看,一只雀在江头黄柳花上跳啄;往下看,"**鵁鶄鸂鶒**"密密麻麻地卧满了晴日的沙滩。二句中一连用了四个"鸟"部的字,群鸟戏嬉,布满沙滩,其中的画趣是很值得玩赏的。在诗歌创作中,语言造型美的表现是多方面的,就单字而言,或利用文字的原始象形而突出其印象;或将单字连续层叠以加强画面感等。就句型而言,有分行布段、变换句读位置或换行、利用句型长短排列以摹拟形象等。

音乐美的玩咏更深一层。音乐性和音乐美是文学语言的基本特点之一,诗歌、散文、小说和剧本都追求语言的音乐性,具有语言的音乐美。文学语言的音乐美表现在许多方面,如由平仄的节奏形成的抑扬美,押韵、双声、叠韵的重复、再现形成的回环美,对偶、排比的错综与整齐相交融形成的和谐美,等等。音美以感耳,感耳须口诵。在欣赏时,吟咏至少有两种作用。首先,通过吟诵可以感受语言的音乐美。严羽《沧浪诗话》说:"孟浩然之诗,讽咏之久,有金石宫商之声",倘不讽咏就难闻其金石宫商之声,也难以感受其如月中闻磬、石上听泉之美。其次,吟咏还能促进对作品情理内容的理解,所谓"声入心通"。朱熹认为,诗全在讽诵之功,须是先将诗来吟诵四五十遍了,方可看注,看了又吟咏三四十遍,使意思自然融液浃洽,方有见处。这确是经验之谈。欣赏古典诗词尤须如此,因为作者当时由情思及声音,及文字。今日读者去古遥远,欲据文字窥见诗人心思,也只有遵循原来轨道,一一逆溯上去。"当时之感既托在声音,今日凭借吟哦背诵,同声相应,还使感情再现。"[①]

意义美的玩绎更为重要,它关系到对作品整体形象的感受和对深层意蕴的理解。刘勰《文心雕龙·知音》云:"书亦国华,玩绎方美。""玩绎",就是推求意蕴。如前文所说,文学作品的语言具有特殊的性质和功能,不仅具有暗示性、歧义性,而且富于高度的内涵,

---

[①] 《鉴赏文存》,北京:人民文学出版社,1984年,第525页。

充盈着历史上的事件、记忆和联想。① 因此,必须反复涵咏,细心玩绎,方得其旨。如杜甫的《江南逢李龟年》:"岐王宅里寻常见,崔九堂前几度闻。正是江南好风景,落花时节又逢君。"此诗作于安史之乱之后,"落花时节"四字言外有意,既点明时令,又暗喻李龟年和自己两人的遭遇,还暗喻唐王朝由盛而衰的局势,大可玩绎。意义美的玩绎,有赖于读者敏锐的语感,即对语言文字准确丰富的理解力。正如夏丏尊先生所说:"在语感锐敏的人的心里,'赤'不但解作红色,'夜'不但解作昼的反面吧。'田园'不但解作种菜的地方,'春雨'不但解作春天的雨吧。见了'新绿'二字,就会感到希望,自然的化工、少年的气概等等说不尽的旨趣,见了'落叶'二字,就会感到无常、寂寥等等说不尽的意味吧。真的生活在此,真的文学也在此。"②

　　语言的玩味,包括造型美的玩赏、音乐美的玩咏和意义美的玩绎,这三者常常是同时进行的,并且构成欣赏活动的基础。但从对作品的审美理解看,它还是属于表层的和局部的活动,在此基础上应当进入艺术境界和形象体系的整体感受。

(二)形象的感受

　　形象的感受就是透过文学语言感受作品所描绘的社会人生图画,以及艺术形象所体现的思想感情。优秀的作品,其所描绘的细节、场面、人物、事件、社会环境、自然风光,能在人们的头脑中形成极其清晰、鲜明的印象,使人产生历历如在目前之感。如李白的《玉阶怨》:"玉阶生白露,夜久侵罗袜。却下水晶帘,玲珑望秋月。"吟诵这首诗,读者似乎感受着秋夜的阴冷凄寂:寂静的长夜,一个孤独的少女,若有所思,久久地悄立阶下,凝视秋月,直到夜色深沉,白露泠泠,侵入罗袜,才恍然醒悟。她回到屋内,放下水晶帘子,却未进寝房,仍然痴痴地站立着,透过玲珑的疏帘,凝望着高高的秋月。这就是对这首诗的形象画面的感受。欣赏抒情作品,是感受充满情感色彩的意境;阅读叙事作品,则是感知由一系列人物活动构成的形象世界。

　　文学形象的感受,明显不同于造型艺术的形象画面的感受,大致有两点区别。首先,绘画、雕塑的欣赏都是"并时"的,作品形象在一瞬间便全部呈现在欣赏者的面前。文学形象的感受则是"历时"的,读者所面对的只是白纸黑字,他必须经历向纵深发展的阅读过程,才能把白纸黑字在自己的头脑中逐步转化为生动活泼的形象。因为造型艺术是空间艺术,文学是时间艺术,绘画表现的是在空间中并列的事物,文学表现的是在时间中先

---

① [美]雷·韦勒克、奥·沃伦:《文学理论》,北京:读书·生活·新知三联书店,1984年,第10~11页。
② 《鉴赏文存》,北京:人民文学出版社,1984年,第13页。

后承续的事物。其次,造型艺术是视觉艺术,形象的感受有赖于艺术对象的实际存在,如对绘画的欣赏就是通过视觉直接感觉和认识眼前的画幅,或《蒙娜丽莎》、或《清明上河图》。文学艺术是想象艺术,文学形象的感受并没有实际存在的艺术对象可依赖。阅读小说并不是通过"感知",而是通过"呈像"而"如见其人"的。所谓"呈像"就是赋予不存在以存在,在阅读过程中使原来不存在的形象在我们心目中呈现出来。所以文学形象往往缺乏造型艺术、表演艺术那样强烈的直观性,因此文学形象的感受特别需要主体的参与,强调欣赏者的情感体验和想象再创造。

形象的感受基于对语言的理解,但要更深一层。如果说,语言的玩味对作品的理解还是表层或局部的,那么形象的感受要求对作品作整体的把握。艺术形象是一个有机的整体,对真正的艺术作品来说,美在于整体而不在于个别细节。因此在感受形象时,读者必须从整体上把握作品。印度诗人泰戈尔说:"采着花瓣时,得不到花的美丽。"中国古人说:"倾国宜通体,谁来独赏眉?"自然美和人体美的欣赏是如此,艺术美的欣赏也是如此。如果欣赏者阅读文学作品只停留于对个别细节和词句的玩味,不是把作品当作有机的整体去欣赏,就不可能获得完整的美感,也难以对作品作出正确的判断。因为整体的意义远远超出其各个部分以及各个部分的总和。马致远的《天净沙·秋思》"小桥流水人家",将这一句孤立起来看,小巧玲珑的景物,传达出幽静、舒适、安闲的情调。但放在全曲,作为"枯藤老树昏鸦"这一黯淡气氛的对比、作为"天涯断肠人"悲苦心情的反衬,这句诗就产生了幽静中含着萧飒,安闲中寓有凄凉的特有情味。鲁迅反对"摘句式"的欣赏方式,其原因就在于此。当然,反对"摘句式"的欣赏,并不是绝对地否定欣赏佳句。不过客观地说,"诗眼""词眼"这样的佳句,也只有从整体入手才能真正品出它的诗味。王国维说:"'红杏枝头春意闹'着一'闹'字,而境界全出。'云破月来花弄影'着一'弄'字而境界全出。"他特别欣赏"闹"字和"弄"字,这是很有眼力的。但是,如果把"闹"字和"弄"字从全句中孤立出来,这两个孤零零的字还有什么美呢?可见,"诗眼"或"词眼"的美不在于它们自身,而在于它们所构成的艺术形象的整体。

对文学形象作深入全面的感受,离不开读者"设身处地"的情感体验。朱自清说得好:"这'设身处地'是欣赏的重要的关键,也就是所谓'感情移入'。个人生活在群体中,多少能够体会别人,多少能够为别人着想……演戏、看戏,一是设身处地的演出,一是设身处地的看入。"[①]深入的情感体验在文学欣赏中是不可少的。欣赏叙事性作品,没有体

---

① 《朱自清古典文学论文集》(上),上海:上海古籍出版社,1981年,第27页。

验就无法深入人物的内心世界,把握其心理特征。鲁迅的《伤逝》很少描写人物的行动,主要是通过涓生对往事的回忆,表现他的悔恨和悲哀之情。倘若读者缺乏相应的情感体验,就难以把握涓生和子君的思想感情和性格特点。中国古典诗歌以最凝练的语言,委婉含蓄地表达丰富的情思,作品往往具有无限深长的意味。单凭读者的直接想象无法真切地感受这种情思及意味,就是用语言也难以将这种情思及意味完全陈述清楚。像这样的作品,只有在沉潜反复的情感体验中,才能够领略它,接近它,从而获得心领神会。唐代诗人金昌绪的《春怨》:"打起黄莺儿,莫教枝上啼;啼时惊妾梦,不得到辽西。"诗写了这样一个细节:少妇在春睡之前,赶走了树上啼声不断的黄莺儿。然而在这幅小小的图画中,蕴涵着丰富的情感内容:战乱时期,一个独守春闺、不堪寂寞的怨妇,思慕远征的丈夫,心情复杂微妙,其中有爱、有恨、有怀念、有怨怒,更有无限的担忧和不安。如果读者只停留在少妇赶走黄莺这一细节的直观感受上,缺乏深入的情感体验,显然不能读懂这首诗。

(三)意蕴的领悟

在深切感受整体形象的基础上,就进入对作品深层意蕴的理解和领悟。所谓"意蕴的领悟",就是读者通过思索与回味,由个别把握一般,从有限进入无限,体悟韵外之旨、领会言外之意,把形象的深层意义转化为自己的思想认识,获得人生真知,升华精神境界。读王之涣的《登鹳雀楼》,人们从诗中领悟到了"站得高,看得远"的哲理,还可能获得这样的启示:要实现自己的理想和抱负,必须自强不息、奋进不止。在欣赏中,意蕴的领悟极为重要,它是成功的欣赏活动的标志。倘若仅局限于故事情节和字句画面,就不能算真正完成欣赏活动。正如梁宗岱所说:"一切伟大的诗都是直接诉诸我们底整体,灵与肉,心灵与官能的。它不独要使我们得到美感的悦乐,并且要指引我们去参悟宇宙和人生底奥义……使我们全人格都受它感化与陶熔。"①

作品深层意蕴的领悟最为重要,也最不容易。在欣赏时要准确把握作品的宗旨,领悟其意蕴,应当注意以下几个问题。其一,注意正确理解含义较隐曲的作品的主题。有的作者为了鲜明地表现主题,常在作品中作直接的提示。柳青曾说:"为了使读者不至于模糊了作者的观点,只好在适当的地方加上作者的评论,使思想内容更明显、更强烈一点。"这类作品的主题就比较容易把握。而有的作者并不直截了当地说明他的意图,而或是把情思和倾向渗透在情节和场面的生动描写之中,或者像歌德那样,如实地描绘那些接受到内心里的感性的、生动的、可喜爱的、丰富多彩的印象。要把握这类作品的意蕴就

---

① 《梁宗岱批评文集》,珠海:珠海出版社,1998年,第91页。

非深入体会玩味不可,否则往往难得其趣。其二,要区别形象的客观意义和作家的主观评价。文学作品的思想意蕴一般包含两个方面,即形象的客观意义和作家主观的思想情感评价。在大部分作品中这二者是融合统一的,但也存在矛盾。托尔斯泰在《安娜·卡列尼娜》第一页上写道:"申冤在我,我必报应。"这说明他是把安娜·卡列尼娜当作罪人看待的,并且通过安娜·卡列尼娜的遭遇及最后死在火车轮下的情节进行了这样的说教:如果你希望幸福,你便不免一死,因为幸福完全不是人命中注定拥有的东西,要关心的不是幸福和爱情,而是责任。然而,他在小说里又把爱情描写为人间最美妙的花朵,小说中的吉提爱慕安娜·卡列尼娜,小说的全体读者都非常爱慕她,"因为这个女性的生命力以及她对爱情、自由和幸福的冲动如此强大,它们抓住我们的心,使我们折服了"。[1] 对于这类矛盾现象,读者应当细心辨析,有批判地鉴赏。其三,注意作家的寄托和特殊寓意。中国文学有托物言志的传统。《离骚》中的美人香草,寄托了诗人高尚的情操。后世许多作家不敢或不愿把自己的政治见解明白说出,也常常隐去真意,采用托物言志的方法表达自己的思想。许多题为《咏怀》《咏史》《感遇》《感怀》的作品,往往如此。因此欣赏古典诗文,必须首先判断有无寄托,如果有寄托就要进一步弄清是什么寄托,透过表层的意象体味作者真正的思想感情。当然,欣赏时不能穿凿附会,如果把那些并无寄托的作品说成比兴寄托之作,只能破坏欣赏的趣味而无助于作品意蕴的正确体悟。

  对作品深层意蕴的领悟,除应注意作品本身的上述特点之外,还离不开读者积极的思索和细心的玩味。在欣赏过程中,语言的玩味、形象的感受和意蕴的领悟几乎是同时进行的,生动的形象感受始终伴随着读者的欣赏活动。读者不必中断自己的形象感受半途停下来进行判断和推理,更不需要把欣赏对象"翻译"成相应的概念,但是这并不排斥理性的理解在欣赏活动中的积极作用。如果说,形象的感受侧重于对象的生动直观,那么意蕴的领悟主要是读者对欣赏对象的思考与理解。在文学欣赏中,感性与理性、直觉与理解是相统一的。没有欣赏者在形象感受基础上的思索理解,正确把握作品的主题意蕴是难以想象的。首先,语言是思想的直接现实,作为语言艺术的文学最富于思想性。古今中外许多寓意深刻、哲理性很强的作品,如但丁的《神曲》、歌德的《浮士德》、狄德罗的哲理小说,要想深入其堂奥,探明其内在意蕴,在相当程度上要依赖于欣赏者的思维能力。用思有限,难得理趣。即使一些以思致见胜的小诗,如苏轼的《题西林壁》《琴诗》、朱熹的《观书有感》,要对其内涵作正确的理解,也须借助理性思维。其次,优秀作品的情思

---

[1] [苏]卢那察尔斯基:《论文学》,北京:人民文学出版社,1978年,第271页。

意蕴是丰富的、多层次的,所谓"横看成岭侧成峰",因此读者还应对其作细心、反复的玩味。此类作品,无论是鸿篇巨制,还是微篇短章,由于内涵丰富,总是越咀嚼越有新的收获,理解得也越深。宋代罗大经是细心的读者,他在《鹤林玉露》中说:"杜陵登高诗十四字含八意"。"杜陵诗云:'万里悲秋常作客,百年多病独登台。'盖万里,地之远也;秋,时之惨凄也;作客,羁旅也;常作客,久旅也;百年,齿暮也;多病,衰疾也;高台,迥处也;独登台,无亲朋也。十四字之间含八意,而对偶又精确。"再次,欣赏应当从最好的作品入手,但是第一流的佳作往往平淡无奇,缺乏华辞丽藻和动人的情节,呈现出一种"绚烂之极归于平淡"的审美风貌:内部有光彩,但是是含蓄的光彩。要深入这类作品的堂奥,探明其意蕴,更需要细心、耐心和反复品鉴的功夫。夏丏尊指出:"高级文艺不是一读即厌的,但同时也不是一读就会感到兴味的。愈是伟大的作品,愈会使初读的感到兴味索然……它没有表面上的炫惑性,也没有浅薄的迎合性,其美点深藏在底部,非忍耐地自去发掘不可。"[①]

三、文学欣赏的再创造

文学欣赏的过程是读者的审美再创造过程。文学欣赏之所以离不开读者的再创造,其根源就在于,作为欣赏对象的文学文本是一种图式化存在,是一个具有不确定性和充满空白点的召唤结构。只有经过读者的审美再创造,文本上的白纸黑字才可能转化为心灵中的生动画面,画面蕴涵的丰富意味才可能成为读者的精神营养。

(一)文本的召唤结构

召唤结构的概念是伊瑟尔首先提出的。伊瑟尔在《本文与读者的交互作用》中认为:"文学作品有两极:可将它们称为艺术的和审美的;艺术的一极是作者的本文,审美的一极则是由读者完成的实现。"[②]至于"一,文学作品如何调动了读者的能动作用,促使他对本文中描述的事件进行个性的加工?二,本文在何种程度上为这样的加工活动提供了预结构,提供了怎样的一种预结构",[③]伊瑟尔的分析是,文学文本不同于非文学文本,它是以模糊不定的描述性语言虚构的一个人们似熟悉又陌生的世界,这个世界不具有确定的对象性和现实性,不确定性和空白是它的基本特征,也是它不同于非文学文本的最重要

---

① 《鉴赏文存》,北京:人民文学出版社,1984 年,第 451 页。
② 《二十世纪西方美学名著选》(下),上海:复旦大学出版社,1988 年,第 511 页。
③ [德]伊瑟尔:《接受美学的新发展》,载《文艺报》,1988 年 6 月 11 日。

特征。意义的不确定性和意义空白的存在,使文学文本具有了召唤和推动读者积极参与文学活动的最基本条件。因此,所谓"召唤结构"就是指留有不确定性和空白,召唤读者加以具体化、参与审美再创造的艺术作品的图式化结构。

召唤结构具有吁求性和开放性,它向读者发出一种寻求缺失的连接的无言邀请,并促使读者积极地去填补空白,变不确定为确定,对作品进行再创造。召唤结构中有许多不确定因素和空白,而"这正是要读者以揣度去填补的地方。他被牵涉到事件中,以提供未言部分的意义。所言部分只是作为未言部分的参考而有意义,是意指而非陈述才使意义成形、有力。而由于未言部分在读者想象中成活,所言部分也就'扩大',比原先具有较多的含义;甚至琐碎小事也深刻得惊人"。[①] 在"所言部分"的背景下,读者尽可以充分地发挥自己的想象力和理解力。因此,从某种意义上说,读者对文学文本的阅读、欣赏过程,也就是不断地进行创造性地确定和填空的过程。

(二)欣赏的再创造

召唤结构表明,任何一部现实意义上的文学作品都是由作家的创作与读者的欣赏共同创造完成的。由于读者的欣赏创造是建立在作家创造的基础之上的,所以一般称之为再创造。概括地说,读者的欣赏再创造,就是指在阅读欣赏过程中,读者根据自己的经验识见和审美情趣,在想象中对艺术形象作无形的补充、扩展和改造,于小中见大,虚中见实,丰富艺术形象的内涵。也即高尔基所说:"以读者自己的经验、印象及知识的积蓄去补充和增补。"读者的欣赏再创造贯穿于整个欣赏过程之中,具体地说,主要表现在以下三个方面。

首先,读者总是根据自己的生活经验和思想感情,对作品形象进行充实、丰富、扩展、改造,从而使虚虚实实的有限形象丰富完整地呈现在各人心中,带着浓浓的个人主观色彩。鲁迅说,作者根据自己心目中的样子塑造形象,"但读者所推见的人物,却并不一定和作者所设想的相同。巴尔扎克的小胡须的消瘦老人,到了高尔基的头里,也许变成了粗蛮壮大的络腮胡子"。[②] 这在欣赏中是极普遍的现象。王朝闻谈《红楼梦》时也说:"因为每一个欣赏者都具有特殊条件,都具有感受的个性,彼此的反应不可能完全相同……存在于我这个读者的心目当中的王熙凤,不能离开曹雪芹所塑造的这个客观形象。但是,读者对形象的感受,既有一致性也有差别性,所以我曾说过:有多少读者就有多少个

---

① 《二十世纪西方美学名著选》(下),上海:复旦大学出版社,1988年,第514页。
② 《鲁迅全集》第5卷,北京:人民文学出版社,1981年,第530页。

王熙凤。"①这种对作品形象感受想象的不同,就是读者能动的再创造的结果。读者的欣赏过程,就是进行主观创造的过程,而且带有鲜明的个性特征。只要读者与作者之间、读者与读者之间在生活经验、审美个性上存在着差别,再创造出来的艺术形象的差别也就将永远存在。但只要这些主观印象没有从根本上违背作品形象,就应当承认读者各自的再创造的合理性与价值,允许多种理解共存。

其次,欣赏的再创造还表现为读者对作品的思想、意义常常有独特的创造性的理解和认识。正如谭献在《复堂词录序》中所说:"作者之用心未必然,而读者之用心何必不然。"王夫之在《姜斋诗话》中说:"作者用一致之思,读者各以其情而自得。"霍拉勃也曾指出:"曲解——或径用布鲁姆自己的词汇:'误解'——被看作是阅读阐释和文学史的构成活动。我们绝不可能像传统批评相信的那样去复述一首诗或'接近'于它的本意,我们最多只能构成另一首诗,甚至这种系统的再阐述也总是一种对原诗的曲解。"②对作品思想、意义的创造性理解或者说"误解",其重要原因常常是因为读者的欣赏重点未必就是作者的表达重点,读者总是根据自己的经验、思想和认识水平对作品潜在的、不确定的意义作出自己的理解,它完全可以不同于作者,甚至超越于作者。卞之琳的《断章》:"你站在桥上看风景,看风景的人在楼上看你。明月装饰了你的窗子,你装饰了别人的梦。"作者表达的意思着重在"相对"上,即事物都是相互依存、互为对象的。但李健吾在欣赏时,却注重在诗中重复出现的"装饰"二字,即人生只是他人梦境的一种装饰,因而认为诗中暗地里埋着说不尽的悲哀。他说:"我贸然看做寓有无限的悲哀,着重在'装饰'两个字,而作者恰恰相反,着重在相对的关联。我的解释并不妨害我首肯作者的自白。作者的自白也绝不妨害我的解释。与其看做冲突,不如说做有相成之美。"③当然,读者的创造性理解、"误解"不应是完全背离作品的自由发挥,它应该是合理的、有限度的。只有是从作品形象出发的创造性理解、"误解",才称得上具有相成之美。

最后,欣赏再创造还表现为高明的读者可能纠正作者对生活内容的某些错误判断和错误观点。当作家世界观存在着矛盾的时候,往往会对笔下的某些生活图景作出错误的认识和评价。如雨果的小说《九三年》,通过真实的艺术描写,表达了作者肯定法国大革命的鲜明态度和世界观。然而,在作品的结尾他却通过人物之口宣扬:"在绝对正确的革命之上,还有一个绝对正确的人道主义",暴露了作者矛盾的思想。欣赏能力较高的读

---

① 王朝闻:《再再探索》,北京:知识出版社,1983年,第162页。
② [德]姚斯、[美]霍拉勃:《接受美学与接受理论》,沈阳:辽宁人民出版社,1987年,第449页。
③ 《李健吾批评文集》,珠海:珠海出版社,1998年,第124~125页。

者,能在新的历史条件下弥补作家认识的不足,或纠正其偏差。何其芳对《九三年》的认识、列宁对《安娜·卡列尼娜》的再评价,以及杜勃罗留波夫对《前夜》《奥勃洛莫夫》的再评价,都在不同程度上发现了作家本人根本没有意识到的社会意义,突破了作家认识的局限性。

欣赏再创造不只是读者个人的事,它在文本接受流传的过程中具有重要的意义。每一个读者的再创造都丰富和扩大了形象的内涵,如果读者对文本的创造性理解是深刻的、有见地的,它就不仅会得到社会的承认,而且会在形象中凝固下来,转化为艺术形象自身的内容。历史上许多艺术典型所具有的丰富的思想意义,如堂吉诃德、哈姆雷特、奥勃洛莫夫、贾宝玉、王熙凤、阿Q等,都经历着一个不断累积的过程,都包含了历代读者再创造的结果。正是在这个意义上,韦勒克指出:"一件艺术品的全部意义,是不能仅仅以其作者和作者的同代人的看法来界定的。它是一个累积过程的结果,也即历代的无数读者对此作品批评过程的结果。"①

读者的欣赏再创造虽然具有很大的自由度,并且因人而异,但是欣赏毕竟不同于创作,欣赏的创造是建立在作者创造的基础之上的。文学文本的不确定性是由确定性暗示出来的,并且受它制约。因此读者的再创造必须顺着文本客观形象指引和暗示的方向发展,它是被动中的主动,制约中的能动。具体地说,在欣赏过程中,作品形象主要起着两方面作用:诱导和规范。所谓"诱导作用",是指在欣赏再创造活动中,读者的情感、想象和再创造的能动性,首先是被作为客观的审美对象的艺术形象所激发、唤起的。没有这一既有限又有力的诱导物,读者的想象、体验和再创造就无从谈起。一般说来,作品的形象越生动,越能唤起读者的丰富想象和强烈情感,从而进入积极主动的再创造活动。规范作用则是指,在欣赏再创造活动中,无论读者的情感多么激越,想象多么活跃,他对作品的创造性理解总是受到客观形象的规范和制约。西方谚语"一千个读者就有一千个哈姆雷特"便表明:虽然不同的读者对哈姆雷特的感受、理解各不相同,但无论怎样,他们脑海中的哈姆雷特都还是莎士比亚笔下的哈姆雷特,其基本的性格特征在不同读者头脑中还是大体相近或相似的,并没有变成堂吉诃德、阿巴贡或其他什么文学形象。

四、文学欣赏的差异与共鸣

个体差异与群体共鸣,这一矛盾对立的审美现象,共存于欣赏活动过程之中。个体

---

① [美]雷·韦勒克、奥·沃伦:《文学理论》,北京:生活·读书·新知三联书店,1984年,第35页。

差异的原因不难解释,人类性共鸣的根源则需要深入探讨。

(一)欣赏的个体差异

1. 个体差异的形成

读者欣赏文学文本要历经大致相同的过程,但是不同的欣赏者对欣赏对象的选择却有不同的喜好和偏爱,对同一文本的感受和理解也常常各异其趣,这就是文学欣赏中的个体差异。欣赏个体差异性形成的原因,除文本本身的多样性和形象的多义性之外,还主要在于欣赏者的主体条件,即意识的"先结构"的不同。

意识"先结构"的概念源自海德格尔,他认为意义是在理解中被揭示的,但在理解前人们已经形成了一种被称为先结构的图式结构,一切理解活动都在这一先结构中进行。所谓"先结构",包含三个部分:"先行具有"(Vorhabe)、"先行视见"(Vorsicht)、"先行掌握"(Vorgriff)。他称:"把某某东西作为某某东西加以解释,这在本质上是通过先行具有、先行视见与先行掌握来起作用的。解释从来不是对先行给定的东西所作的无前提的把握。"先行具有,指主体必定存在于特定的历史文化之中,因此历史文化先占有了我们。先行视见,是指人们进行理解时要加以利用的语言观念和语言方式规定了我们的理解方式。用海德格尔的表述,即"对被领会了的、但还隐绰未彰的东西的占有总是在这样一种眼光的领导下进行揭示的:这种眼光把解释被领会的东西时所应着眼的那样东西确定下来了"。先行掌握,是指理解之前已具有的观念构成了我们理解新事物的参照系,即"解释一向已经断然地或有所保留地决定好了对某种概念方式表示赞同"。[①] 因此,所谓欣赏者的意识"先结构",就是指读者在进入欣赏过程之前已经存在的比较稳定的意识结构,它是读者独特的生活经历、文化修养、审美趣味和审美能力的综合体。具体言之,文学欣赏中基于意识先结构的仁者见仁、智者且智,主要表现于以下几方面。

2. 个体差异的表现

审美趣味的不同造成的差异。鲁迅说:"读者是种种不同的,有的爱读《江赋》和《海赋》,有的欣赏《小园》或《枯树》。"[②]宋代的欧阳修、范仲淹和苏轼的审美趣味各不相同,对作品的欣赏便各有取舍。惠洪在《冷斋夜话》中说:"意趣所见,多见于嗜好。欧阳文忠喜士为天下第一,尝好诵孔北海'座上客常满,樽中酒不空'。范文正公清严,而喜论兵,尝好诵韦苏州诗'兵卫森画戟,燕寝凝清香'。东坡友爱子由,而性嗜清境,每诵'何时风雨

---

① [德]海德格尔:《存在与时间》,北京:生活·读书·新知三联书店,2006年,第175~176页。
② 《鲁迅全集》第6卷,北京:人民文学出版社,1981年,第426页。

夜,复此对床眠'。"

文化修养、审美能力的不同造成的差异。优秀的文学文本是一个多层面的复合的审美结构,它可以被不同层次的读者所欣赏。以莎士比亚的戏剧而论,"头脑最简单的人可以看到情节,较有思想的人可以看到性格和性格冲突,文学知识较丰富的人可以看到词语的表达方法,对音乐较敏感的人可以看到节奏,那些具有更高的理解力和敏感性的听众则可以发现某种逐渐揭示出来的内含的意义"。①

年龄的不同造成的欣赏差异。郁达夫说:"以年龄为标准,吾人一般的倾向,偏爱对象,一生中有三四次的移易。第一少年时代爱侦探冒险的作品,第二青年时代爱恋爱的作品,第三中年时代爱描写人生疾苦的作品,最后老年爱回忆的哲学的神秘的作品。"②这个分析是有一定道理的,同民间所谓老年读《三国》、少年读《水浒》,青年爱读《红楼梦》也相吻合。

此外,读者欣赏的目的、态度不同,个性气质、性别、职业的不同,也都是导致欣赏差异产生的重要原因。

欣赏中的个体差异性的多样性,是值得尊重和提倡的。因为这不仅标志着一个民族精神生活的水平,而且它成为一种无形的动力,推动文学创作朝着更为多样化的方向发展。但同时,欣赏者还应不断扩大自己的审美视野,不能把自己的欣赏趣味限制在狭小的圈子里。

(二)欣赏的人类共鸣

"共鸣"本来是物理学上的概念,本意是指两个振动频率相同的物体共振而发声的现象。如两个频率相同的音叉靠近,其中一个振动发声时,另一个也会发声。铜山崩而洛钟应,即此之谓。

文学欣赏中的共鸣是指欣赏中的一种心理现象。在欣赏过程中,读者的思想感情同作品蕴涵的思想感情相通或相似,产生感应交流,引起一种强烈的情绪激动,这种特殊的心理现象就是文学欣赏中的共鸣。托尔斯泰在《艺术论》中对共鸣现象作了较为合理的描述:"这种感觉的主要特点在于:感受者和艺术家那样融洽地结合在一起,以致感受者觉得那个艺术作品不是其他什么人所创造的,而是他自己创造的,而且觉得这个作品所表达的一切正是他很早就已经想表达的。"③

---

① 转引自雷·韦勒克、奥·沃伦:《文学理论》,北京:生活·读书·新知三联书店,1984年,第279页。
② 《郁达夫文集》(国内版)第5卷,广州:花城出版社,1982年,第162页。
③ [俄]列夫·托尔斯泰:《艺术论》,北京:人民文学出版社,1958年,第149页。

共鸣是文学欣赏中的最高境界。读者通过共鸣真正地把握作品,作品因为共鸣而显现其价值。读者产生共鸣的程度越强烈,获得审美愉悦越持久,作品引起共鸣范围越广泛,它的价值也就越高。就产生共鸣的范围而言,共鸣有三个层次:其一是个别的读者同作品产生共鸣,这是个体共鸣,是最基本的共鸣现象;其二是同时代、同民族、同阶层的读者同该时、该地、该阶层的作品之间产生共鸣,这是群体共鸣;其三是某一作品在不同时代、不同民族、不同阶层的读者中引发共鸣,这是人类性共鸣。与个体共鸣、群体共鸣相比,人类性共鸣产生的原因较为复杂,需要从主客体两方面进行细致考察。

从欣赏对象看,文学形象的生动性和感染力是引起共鸣的艺术条件。只有形象生动、情感真挚、富于艺术感染力的作品,才能吸引读者、打动读者,使之沉浸于其中,竟至忘掉自我,把自己转化为作品中的人物,与之同哭笑、共悲欢。不过,这样的作品并非都能引起读者的普遍共鸣。共鸣主要是由作品的思想内容引起的。作品思想情感的社会普遍性和历史深远性是人类性共鸣产生的客观基础。这种作品大致可分为三类。其一,表现人类共同性的作品。如白居易的"在天愿作比翼鸟,在地愿为连理枝",王维的"独在异乡为异客,每逢佳节倍思亲"等表现人类相通的男女之情、朋友之谊、乡关之思、亲子之爱的作品,常常能赢得不同时代、不同民族、不同阶层的读者大众的共鸣。其二,概括了普遍的生活经验和人生哲理的作品。人类的社会实践具有历史的继承性和共同性,因而在社会实践中积累的某些具有客观真理性质的生活经验和人生哲理,必然具有一定的普遍意义,对于各个时代、各个阶层的人们来说都是宝贵的,艺术地概括了这些生活经验和人生哲理的作品,就很容易引起不同阶层读者的普遍共鸣,如"少壮不努力,老大徒伤悲",陆游的"山重水复疑无路,柳暗花明又一村"等。其三,描写自然景物的作品。不同时代、不同民族、不同阶层的作家根据自己对自然美的独特体验,创造出一种或壮美、或秀美的艺术境界,拥有这种艺术境界的作品同样能引起人们的普遍共鸣,如李白的《望庐山瀑布》、王维的《山居秋暝》等。

从欣赏主体看,共鸣产生的最根本原因在于人性情感的相通性,所谓"人同此心,心同此理"。人们在相似的生活处境、人生境遇中,往往会具有相通的生活体验,能产生相似的思想感情。焦循《剧说》卷五记载:"吟风阁杂剧中,有《寇莱公罢宴》一折,淋漓慷慨,音能感人。阮大中丞巡抚浙江,偶演此剧,中丞痛哭,时亦为之罢宴。盖中丞亦幼贫,太夫人实教之;阮贵,太夫人久已下世,故触之生悲耳。"这位阮大中丞观剧痛苦难忍,遂然生悲罢宴,就是因为剧中寇莱公的身世遭遇激起了自己与之相同的往日的生活体验与回忆。同样,远离故乡、天涯漂泊的人们,不论哪个时代哪个阶层,吟诵马致远《天净沙·秋思》,那"断肠人在天涯"的诗句都会引起内心的激动,原因就在于其境遇相似,产生了共鸣。至于在抗日战争时期,岳飞的《满江红》、文天祥的《正气歌》等带有较为明显的时代印痕和倾向性的作品,之所以也能强烈地激发人们的感情,就是因为作品所表现的爱国主义思想感情同当时中国人民反对投降、抵抗入侵者的斗争精神是一致的。这是由历史处境相似、社会矛盾相类而激发的共鸣。

应当指出,就共鸣的内涵而言,文学欣赏中的共鸣是相对的,不是绝对的。因为不同时代、不同阶层的人们的思想感情、立场观点不可能完全一致,因此即使对同一文本,甚至同一个部分产生共鸣,其共鸣的内涵也不可能完全一致;也不可能完全同于文本的原意,其往往经过读者的再创造和再评价,被赋予某些新的含义。

第四节 文学欣赏效果

一、文学功能与文学欣赏

文学功能通过文学欣赏来实现,作为一种审美功能,它直接感发人的精神,间接影响人的行为。

(一)文学功能的实现

文学的社会功能也就是人们常说的文学的社会作用,只不过功能是从作品自身的角度来说的,作用则侧重于作品对社会的影响而言。简单地说,文学的社会功能,就是文学价值的具体体现。文学作为人类有意识创造出来的精神产品,总是带有一定的目的和意义,包含着丰富的审美价值。文学作品被作家创造出来,进入社会生活,便会通过读者的欣赏、接受活动显现其丰富的价值内涵,并反作用于社会生活,对人类的心理与社会实践活动产生影响,这便是文学的社会功能所在。

作家创造的文学文本具有价值,但只是一种潜在的价值。如果文本一经诞生就将其藏之名山,其价值就永远无法实现,它的社会功能也无以存在。只有经过读者的欣赏,在读者的欣赏过程中,文学价值才能得以显明,文学的社会功能才能得以发挥。文学欣赏是对象与主体之间相互联系的纽带,是作家与读者、文本与现实相互联系的必要环节,也是文学功能得以实现的途径。离开了欣赏,文学的诸多社会功能只能是一句空话。读者欣赏文本、接受影响的过程,正是文学得到社会承认,发挥社会作用的过程。也正因此,许多作家往往直接向读者发出吁求,希望作品得到人们的欣赏。郭沫若在《女神》序诗中写道:"《女神》哟/你去,去寻那与我的振动数相同的人/你去,去寻那与我的燃烧点相等的人/你去,去在我可爱的青年的兄弟姊妹胸中/把他们的心弦拨动/把他们的智光点燃吧!"

(二)文学功能的特点

文学的功能不同于经济的效益,也不同于政治的作用,它不可能使人获得直接的物质利益,也不可能取代政治直接影响社会发展进程。文学的功能是精神性的,它直接指向的对象是读者,主要是对读者的精神世界产生影响和作用。文学的力量在于打动人心,它通过陶冶人心,塑造灵魂,提高民族的文化素质和精神文明水平,从而间接地影响人们的实践活动。用王国维的话说,这是一种"无用之用"。对于这种"无用之用",丰子恺作过精辟的概括:"艺术及于人生的效果,其实是很简明的:不外乎吾人面对艺术品时直接兴起的作用,及研究艺术之后间接受得的影响。前者可称为艺术的直接效果,后者可称为艺术的间接效果。"① 他道出了文学作用于人生的两个层面:直接感发和间接影响。

直接感发是指在文学欣赏过程中,文学作品会对读者的身心产生即时性的影响和作用。这是文学功能的根本特点。如托尔斯泰所言,艺术就是"作者所体验过的感情感染了观众和读者"。② 文学功能的直接感发主要表现为情绪的感染、精神的放松和审美的愉悦。进入欣赏活动,读者的情绪往往会受到作品的触动、感染,随着作品的情感起伏、波动,甚至与之形成交流,产生共鸣。在精神上,读者往往暂时超脱现实的功利与束缚,在自由的艺术世界里获得美的享受和心灵的放松、休息与调整。据记载,《牡丹亭》曾使当年的青年男女"听者泪,读者颦,无情者心动,有情者肠裂"。雪莱亦说:"爱情与友谊的乐趣,欣赏自然的陶醉,欣赏诗歌尤其是创作诗歌时的快乐,往往是绝对纯粹的。"③

间接影响是指文学作品在给欣赏者直接感染的同时,还能够慢慢地影响他们的心灵和精神,提高他们的修养与能力。这是文学艺术所给予人的潜在影响。对优秀文学作品进行广泛阅读,尤其是对它们开展反复不断的欣赏实践,会使人们在"润物细无声"式的长久浸染中慢慢习得一种艺术的精神。这不仅会影响到人们的现实生活,使他们常常能

---

① 《丰子恺论艺术》,上海:复旦大学出版社,1985年,第40页。
② [俄]列夫·托尔斯泰:《艺术论》,北京:人民文学出版社,1958年,第150页。
③ 《十九世纪英国诗人论诗》,北京:人民文学出版社,1984年,第150页。

够用一种超越世俗功利的艺术的眼光和态度来看待事物,而且会对他们的艺术修养和审美能力产生潜移默化的影响,使之在不知不觉中形成、提高艺术修养和审美能力。如杜勃罗留波夫读完冈察洛夫的《奥勃洛莫夫》后写道:"于是在读完了全部小说以后,你就会感觉,在你的思维领域里已经加上一种新的东西,在你的灵魂上已经深刻地镌刻着一些新的形象,一些新的典型。它们会长时间跟踪着你,你老是要想着它们,你老是要想弄明白它们的意义,以及对于你个人生活、性格和习惯的关系。这时候你的颓唐和疲倦就不知道隐匿到哪里去了;勇敢的思想和清新的感情在你的心中苏醒过来了。"①这虽是杜勃罗留波夫的个人体会,却极具普遍性。

文学功能直接感发和间接影响的特点,使之既能产生即时性的效果,又具有长久性的影响;它不仅使读者直接体味到欣赏的乐趣,身心俱适,而且使读者逐渐体验到艺术的精神,并将其转化为自己的修养和能力。

二、文学功能的多样性

文学功能具有多样性。亚里士多德在《政治学》中指出,文艺的学习有几个目的,那就是:"教育和净化情感为目的,第三个方面是为了消遣,为了松弛与紧张的消释。"②关于文学的多种功能,历来有不同的说法,概括起来主要有以下四个方面。

(一)心灵情感的交流

无论是叙事文学,还是抒情文学,总是深深地渗透着作家本人的情感态度,这种情感并非作家臆造或独具,而是从生活中产生的,甚至一再被人们体验过。作家的深刻与独到之处在于他以艺术的手法塑造了一个人们似曾相识的文学世界,将这些人们熟视无睹的、被掩饰了的、被遗忘的甚至被诋毁的情感加以重新体验和表现。所以在某种意义上也可以说,作家创造的文学世界其实也是一个情感世界。读者对文学作品的欣赏过程,就是一个情感体验的过程,如刘熙载《艺概》所言"作者情生文,斯读者文生情"。

在欣赏过程中,读者会依据自己的情感需要和受感染的程度与作者进行情感的交流和心灵的对话,从而使情感得到宣泄、补偿、调节以至升华。宣泄是指读者在现实中被压抑的情感会在对作品刻骨铭心的情感体验中得到排解、释放,使内心的情绪压力得到缓

---

① 《杜勃罗留波夫选集》第1卷,上海:上海译文出版社,1983年,第187页。
② 《亚里士多德全集》第九卷,北京:中国人民大学出版社,1994年,第284页。

解。补偿主要表现为感同身受地体验作品的情感,能在想象中满足读者的情感需要,弥补生活中的不足,给读者以心灵的抚慰。如弗洛伊德所描述:"观众是一个经历不多的人,他感到自己是一个'可怜人,对他来说,没什么重要的事情会发生',他不得不长期沉沦,或者无所适从,他的野心却让他处于世界性事件的中心;……他渴望成为一个英雄。剧作家和演员通过让他以英雄自居而帮助他实现了这一愿望。"①调节就是指在超脱现实功利的情感体验中,读者躁动的心灵渐趋宁静,扭曲的情感得到调整。俄罗斯画家克拉姆斯依曾在给朋友列宾的信中这样描述他被断臂女神维纳斯的雕像所触动的感受:"这座雕像留给我的印象是如此深刻、宁静,它如此平静地照亮了我生命中令人疲惫不堪、郁郁寡欢的章页。每当她的形象在我面前升起时,我就怀着一颗年轻的心,重又相信人类命运的起点。"

宣泄、补偿、调节是文学作用于读者情感的几种主要方式,在情感体验过程中,它们并非截然独立,可能三者综合起作用,也可能以某一种方式为主。

(二)人格境界的提升

这是文学的教育功能。文学欣赏的过程,不仅是情感体验的过程,还是受教育的过程。优秀的文学作品能够对读者的思想、道德产生深刻的影响,帮助他们明辨是非善恶、真假美丑,提高思想认识,增强道德感,使读者的心灵得到净化,人格境界得到提升。对于这一点,别林斯基有中肯的论述,他说阅读普希金的作品,"是培养人性的最好的方法,特别有益于青年男女","人们将用他的作品来培养和发展不仅是美学的,并且是伦理的情感"。② 高尔基在其自传体小说《在人间》中也作了生动的现身说法,"书籍使我变成不易为种种病毒所感染的人。我知道人们怎样相爱,怎样痛苦,不可以逛妓院。这种廉价的堕落,只引起我对它的厌恶,引起我怜悯乐此不疲的人。罗庚保黎教我要做一个坚强的人,不要被环境屈服;大仲马的主人公,使我抱着一种必须献身伟大事业的愿望"。③

文学是生活的反映,但作家对社会生活的描绘不是纯客观的,它带有主体性色彩。任何一部文学作品,总是或隐或显地渗透着作家主体对生活的理解、评价和情感态度。作家的思想情感倾向通过生动的艺术形象对读者产生潜在影响,如契诃夫所言:"凡是使我们陶醉而且被我们叫做永久不朽的、或者简单地称为优秀的作家,都有一个非常重要

---

① 《弗洛伊德论美文选》,上海:知识出版社,1987年,第21页。
② 《别林斯基论文学》,上海:新文艺出版社,1958年,第59,62页。
③ [苏]高尔基:《在人间》,北京:人民文学出版社,1956年,第214页。

的共同标志:他们在往一个什么地方走去,而且召唤您也往那边走。"①读者也的确会被影响。文学特殊的审美形式,使读者在阅读文学作品时会不由自主地进入作品所规定的情境,并自然而然地将自己的生活、思想与作品中的人物相比较,从而产生思想、情感上微妙的变化,甚至影响到行为。

(三)审美能力的培养

作为特殊的审美意识形式,文学是人类对美的追求的结晶,是人的审美意识的集中表现。优秀的文学作品能够满足读者的审美需要,将读者带入自由的审美境界,并在审美的愉悦和精神自由的快乐之中,培养、提高他们的审美趣味和能力。

文学的审美功能不同于单纯的娱乐,它在令读者情感愉悦、精神放松的同时,还能培养、提高他们的审美情趣和审美能力。文学作品是作家按照一定的审美理想和美的规律对社会生活素材选择、提炼、加工、创造的结果,它不像科学著作那样,以精确的判断、缜密的论证、充实的材料来显示它的力量。优秀的文学作品呈现给读者的是内容与形式的辩证统一,是既源于现实又高于现实的艺术世界,它以生动的形象、丰富的情感、精巧独特的艺术形式感染读者,激发人们喜怒哀乐、爱憎好恶之情,锻炼人们对作品艺术形式的感受和品析能力。它在给人审美愉悦和形式美感的同时,唤起人们对美好事物的热爱和追求,在潜移默化中使人们慢慢形成健康、高尚的审美趣味和敏锐、细腻的审美能力。别林斯基说:"美文学感受力在一个人身上是被美文学作品本身发展起来的",②确非虚言。五四新文化运动后,在小说、诗歌等领域,人们开始大量借鉴西方的一些表现手法和艺术技巧,如心理描写、开放性结构、隐喻、象征等。起初它们并不能为广大读者所接受、理解,但是在这类作品长期熏染下,人们开始慢慢感受到其中的妙处,领悟到其独特魅力,甚至能对它们作出恰当的评判。显然,是这类作品自身培养了人们对它们的兴趣和鉴赏能力。

(四)认识视野的拓展

这是文学的认识功能。优秀的文学作品本身就是一个自足的艺术世界,涵容着社会、人生方方面面的知识和信息。对它们的阅读,读者能看到不同时代的社会生活的具体面貌和人生百态,获得关于社会、人生的多方面知识和规律,使作为个体的读者有限的视野、知识和生活经验得到开拓、增长和丰富,提高了观察生活、认识人生、理解现实的能

---

① 《契诃夫论文学》,北京:人民文学出版社,1958年,第217页。
② 《别林斯基选集》第1卷,上海:上海译文出版社,1979年,第319页。

力。正是在这个意义上,车尔尼雪夫斯基指出,文学是"人的生活的教科书"。

人是文学描写的中心,写人必然要触及社会和自然、经济基础和上层建筑、物质生活和精神生活等各个领域,而文学又是以形象的方式来反映这一切,所以优秀的文学作品提供给读者的社会人生画面和信息不仅是丰富的,而且是综合性的。这些社会人生画面和信息既有显在的、表层的、具体感性的生活图景和时代风貌,又包括潜在的、深层的、社会历史规律和人性心理、时代精神,这往往是社会科学著作难以实现的。正如马克思对狄更斯等英国批判现实主义作家的称赞:"他们在自己的卓越的、描写生动的书籍中向世界揭示的政治和社会真理,比一切职业政客、政论家和道德家加在一起所揭示的还要多。"[1]优秀的、容量较大的文学作品一般都具有这种功能。如曹雪芹的《红楼梦》鲜明生动地描绘了的中国封建社会末期的生活图画,六百多个人物活动于其中,内容涉及政治、经济、文化、习俗、宗教、艺术、建筑、医药、烹饪各个方面,形象地揭示了那个时代的社会面貌和错综复杂的社会关系本质。巴尔扎克则以其《人间喜剧》"给我们提供了一部法国'社会'特别是巴黎'上流社会'的卓越的现实主义历史",以致恩格斯赞扬说:"我从这里,甚至在经济细节方面所学到的东西,也要比当时所有职业的史学家、经济学家和统计学家那里学到的全部东西还要多"。[2]

尽管文学能够拓展读者的认知范围,提高人们的认知能力,具有巨大的认识功能,但我们也应认识到对知识的呈现并不是文学的目的,所以这种呈现是有限度的。

文学欣赏的这四种功能看似各自独立,其实密不可分。它们彼此关联、渗透,从爱、善、美、真诸方面共同实现着文学多样而统一的审美价值,在满足接受主体读者的多重审美需求的同时,以一种润物无声的方式,全方位地影响读者的认知结构,提升读者的内在人格和人生境界。

三、文学功能的整体性

文学的情感功能、教育功能、审美功能、认识功能的划分,主要是为了理论阐述的方便,实际上很难将它们截然分开。首先,文学作品的价值是多种属性的统一体。对此,早在中国文学的滥觞期,孔子就作过论述:"小子何莫学夫诗?诗,可以兴,可以观,可以群,

---

[1] 《马克思恩格斯全集》第10卷,北京:人民出版社,1962年,第686页。
[2] 《马克思恩格斯选集》第4卷,北京:人民出版社,1995年,第684页。

可以怨。"在孔子看来，诗歌既具有感发志意的价值属性，又具有观风俗之盛衰的认识价值；既具有使人群居相切磋的情感交流的能力，又具有针砭时弊、批判现实的作用。文学作品是一个复杂的艺术系统，由多种要素构成，这些构成要素是决定作品价值属性的最基本的条件，多种要素的存在有助于形成作品的多种价值属性。其次，文学接受主体是多种需求并存的主体。文学作品呈现出怎样的价值属性，与作为接受主体的读者的接受动机、审美需求密切相关。读者的需求虽然会有方向和重点，但事实上每个读者都是集多种需求统一于一身的整体。如歌德所言，人"是一个整体，一个多方面而有内在联系的各种能力的统一体；艺术作品必须向人的这个整体说话"。[1] 绝对的"纯审美"的读者是不存在的。至于单纯地为情感升华、为受教或为认知而阅读文学作品的读者，他们的行为已不属于真正意义上的文学活动。再次，文学接受的审美效应是一个整体过程。文学欣赏过程是作为审美主体的读者以自己的生活经验、审美水平为前提欣赏作品的审美体验过程。文学接受的审美效应就是指接受者在这种审美体验过程中所产生的一系列或直接或间接的心理反应与最终效果。它具有整体性的特点，一次欣赏过程也就是一次心灵洗礼的过程。

　　文学的情感功能、教育功能、审美功能、认识功能是不可分割的，它们相互联系、相互促进，共同构成了一个有机统一的文学功能的系统结构。在这个结构中，情感、教育、认识等功能是审美功能的基础，没有深刻、丰富的思想和情感，没有真实而深邃的生活内容，即使作品充满了艺术性，从根本上说它仍是缺乏审美价值的。华美的词句、精巧的布局、机智的叙述等，无法掩饰因内容的缺失而带来的整体的苍白。反过来，审美功能又是其他各种功能的核心与主导，离开了文学的审美价值，其情感功能、教育功能、认识功能就失去了它们的文学身份，同历史学、伦理学、哲学等其他社会科学著作的功能相类。文学作品中的情感功能、教育功能、认识功能是同审美功能紧密结合在一起的，它们统一于审美功能，并通过审美功能来发挥作用。这就是为什么文学的情感功能往往表现为情不自禁，教育功能往往表现为潜移默化，认识功能往往表现为含而不露的原因所在。贺拉斯之所以主张文艺要"寓教于乐"，同样也是出于这一考虑。总之，文学作品是一个以审美为核心的多种功能整合的系统结构，文学的任何一种功能一旦进入这个系统，就会与其他功能紧密联系在一起，彼此渗透，相互促进，形成一种综合效应。

　　文学作品的四种功能是紧密联系、不可分割的，但这并不意味着四者完全平衡。大

---

[1] 转引自《朱光潜全集》第7卷，合肥：安徽教育出版社，1991年，第451页。

量的文学实践表明,只有最优秀的作品才能真正实现四者的有机统一。而多数作品,由于体裁、题材、创作原则等的不同,对四者会有不同的侧重,有的作品认识功能较为突出,有的作品审美功能显著,有的作品则以教育功能见长。

【基本概念】

　　文学传播　　文学欣赏　　接受预示　　期待视野　　召唤结构
　　意识先结构　　欣赏共鸣

思考题

1. 文学传播方式的发展过程是怎样的?有何意义?
2. 文学欣赏区别于理论研读的特点是什么?
3. 为什么马克思说"对于不辨音律的耳朵来说最美的音乐也毫无意义"?
4. 为什么说"一千个读者就有一千个哈姆雷特"?
5. 文学功能的特点何在?体现在哪些方面?

阅读文献

1. 刘勰:《文心雕龙·知音》。
2. [德]姚斯、[美]霍拉勃:《接受美学与接受理论》,辽宁人民出版社,1987年。
3. [德]伊瑟尔:《阅读活动——审美反应理论》,中国社会科学出版社,1991年。
4. [意]艾柯等:《诠释与过度诠释》,生活·读书·新知三联书店,1997年。
5. 张隆溪:《道与逻各斯》,江苏教育出版社,2006年。
6. 龙协涛主编:《鉴赏文存》,人民文学出版社,1984年。

第七章 文学批评

人类的文学活动,实质上包含创作、欣赏和批评这三个前后联结、相互影响的环节。文学批评是作者与读者、创作与欣赏之间的桥梁,在文学活动中具有重要地位。本书一至六章阐述的理论问题,都直接或间接地具有批评方法论的意义。本章将进一步阐述文学批评的性质、文学批评的标准和文学批评的方法等问题。

第一节 文学批评性质

一、文学批评的界定

"批评"一词源于古希腊语"Kritikos",意思是"作出判断"。"文学批评",简单地说就是对文学作出判断。具体地说,文学批评有广义和狭义之分:"广义而论,文学批评是对文学作品以及文艺问题的理性思考。作为一个术语,它对于任何有关文学的论证,不论它们是否分析了具体的作品,都同样适用……严格说来,这个术语只包括所谓'实用主义的文学批评',即对意义的解释以及对质量的评价。这种狭义上的文学批评不仅可以和美学(艺术价值的哲学),而且可以和其他可能同学习文学的人有关的问题区分开来,如作家的生平、文献学、历史知识、来源与影响以及方法问题等。"这是《不列颠百科全书》对文学批评所作的界定。据此,广义的"文学批评"包含三方面内容:对文学本质规律的理性思考;对具体作品的分析评价;对文学史的综合研究。实质上,前一项是文学的理论研究,或称"理论批评",后两项是文学的实践研究,或称"实用批评"。狭义的"文学批评",不包含对文学本质规律的纯理论思考,而是指对现实的和历史上的文学作品和具体创作实践的分析研究,即实用批评。

无论是在东方还是在西方,人们更多的还是在广义上使用"文学批评"这一概念。因为在批评实践中,广义的"文学批评"所包含的三方面内容是密切联系的,对具体作品的分析评价往往会上升为对文学本质规律的抽象思考。但是从总体上看,理论批评和实用批评的区分是明显的,两者的任务、目的和成果是不同的。在西方,亚里士多德的《诗学》是部理论著作,勃兰兑斯的《十九世纪文学主流》则是批评著作。在我国,刘勰的《文心雕龙》是部理论著作,钟嵘的《诗品》则是批评著作。

我们这里所说的"文学批评",作为文学接受活动的一种高级形态,指狭义的文学批评,也即实用批评。本章将要阐述的关于文学批评的一系列问题,也多在这个层面上展开。因此具体地说,所谓"文学批评",就是指批评家在文学欣赏的基础上,根据一定的文艺观点和审美标准,对各种文学现象,特别是对文学作品进行分析研究、评价判断的学术活动。与文学欣赏的审美性不同,文学批评是一种思理性活动。如果说欣赏是走进审美幻境,那么批评必须走出审美幻境;走进审美幻境是感性的审美体验,走出审美幻境则是理性的价值反思和科学的历史研究。对于批评的科学性质,早在19世纪,普希金在《论批评》中便作了明确概括:"批评是科学。批评是揭示文学艺术作品的美和缺点的科学。"[①]中国的《诗经》研究、唐诗研究、《红楼梦》评论,西方的荷马史诗研究、希腊悲剧研究、莎士比亚戏剧评论等,都是中外批评界规模巨大、影响深远的批评活动。

二、文学批评的基础

文学批评的成功与否,直接地取决于批评家的修养。文学批评的基础,说到底,也就是批评家的基本素质问题。文学批评是一种以审美为基础的特殊的科学活动,既具有科学性,又具有审美性。为保证批评活动顺利、有效地进行,批评家必须具备以下四方面的条件。

(一)敏锐而精细的审美能力

创作、欣赏、批评是文学活动中紧密相连的三个环节,它们都统一于艺术形象。创

---

① 伍蠡甫主编:《西方文论选》下卷,上海:上海译文出版社,1979年,第373页。

作是创造一个美的境界,欣赏是领略这种美的境界,批评则是领略之后加以反省。正如尤斯所说:"文艺批评、合理的艺术判断产生于对一特定的艺术品的欣赏之后。批评所评价的是对欣赏的经验的回忆。"[①]所以不能领略美的人,谈不到批评。从欣赏出发,从欣赏中获得的美感出发,是各种类型的批评都不可或缺的基础。换言之,一个优秀的批评家,首先应该是一个高明的欣赏家,他应当具有敏锐的感受力、丰富的想象力、深刻的理解力和准确的判断力。因为,对作品深刻独到的理论概括,来源于对艺术形象生动敏锐的感受、理解,所以敏锐而精细的审美能力是批评家不可缺少的才能,是批评得以进行的首要前提。没有对作品深入、真切的审美体验、感受,批评家是不可能对作品作出正确的、令人信服的分析和评价的。别林斯基说得好:"敏锐的诗意感觉,对美文学印象的强大感受力——这才应该是从事批评的首要条件,通过这些,才能够一眼就分清虚假的灵感和真正的灵感,雕琢的堆砌和真实感情的流露,墨守成规的形式之作和充满美学生命的结实之作,也只有在这样的条件下,强大的才智,渊博的学问,高度的教养才具有意义和重要性。"[②]英国美学家鲍桑葵也说:"即便对批评家说来,最大可能地取得想象的经验仍是作为一个批评家的主要和不可缺少的条件。"[③]总之,只有极为发达的思维能力同极为发达的审美感觉结合在一起的人,才有可能成为艺术作品的优秀批评家,才可能一眼洞穿作品的水平高低、价值高下和魅力所在,才可能避免批评中的平庸、浮浅、粗率和人云亦云、缺乏个性等弊端,产生真正有深度、有创见的文学批评。

(二)深厚而完备的理论素养

敏锐而精细的审美能力是批评家的基本素养,对于批评家而言,它是不可缺少的,但仅有这个素养又是远远不够的。文学批评主要是一种理性的分析研究和评价判断活动,它必须从感性认识上升到理性认识,从经验直观上升到理论分析。为此,它需要借助于一定的理论指导,运用相关的理论方法来进行实际操作。文学理论就是文学批评的方法论和系统工具,文学批评总是在一定的文学理论的指导下进行的。批评是"运动的美学"的名言,准确说明了文学批评对文艺理论的依赖性:"美学"是人类总结艺术经验时制定的一系列理论原则、法则和范畴,它们随着历史发展而发展、变化;美学上的判断是对艺

---

① [美]李普曼编:《当代美学》,北京:光明日报出版社,1986年,第485页。
② 《别林斯基选集》第1卷,上海:上海译文出版社,1979年,第224页。
③ [英]鲍桑葵:《美学三讲》,上海:上海译文出版社,1983年,第18页。

术作品进行批评分析的理论基础。① 所以一位批评家如果离开了美学(在这里主要指文学理论)的指导,他就只能作出一些最天真的、不高明的、人云亦云的判断。一个批评家可能没有什么完整的理论体系,但在批评中总得运用某种理论观点,即使看来最简单的批评活动也是如此。《论语》:"《关雎》乐而不淫,哀而不伤",就是孔子运用儒家文艺思想中的"中和之美"的观点,对《关雎》作出的评价。可以说,文学批评就是理论对于实际的运用。不懂理论,批评就无法展开。因此,真正的批评家应具有深厚而完备的文艺理论素养,掌握文学创作和文学批评的规律,了解艺术自身的法则,了解艺术手法。"进行批评——这就意味着要在局部现象中探寻和揭露现象所据以显现的普遍的理性法则,并判定局部现象与其理想典范之间的生动的、有机的相互关系的程度。"②只有具有深厚而完备的理论素养的批评家,才能高屋建瓴,洞察幽微,才能依据历史累积下来的文学理论,灵活地、创造性地开展批评实践,对各种文学现象尤其是文学作品作出深刻而准确的剖析,言之有理,持之有故,使文学批评更为深刻、合理、有说服力。

(三)客观而公正的科学态度

文学批评是一种科学活动,科学的态度是必须客观、公正、直率。与欣赏的自由审美不同,批评必须是客观的,它只有在选择对象时可以有主观性。一旦选定对象,面对特定的对象,批评家便不能感情用事,偏执一己的私见,必须冷静、客观地判定作品的价值。只有无私于轻重,不偏于爱憎,然后才能平理若衡,照辞如镜。莫泊桑说:"一个真正名实相符的批评家,就只该是一个无倾向、无偏爱、无私见的分析者……他那无所不知的理解力,应该把自我消除得相当干净,好让自己发现并赞扬甚至于他作为一个普通人所不喜爱的、而作为一个裁判者必须理解的作品。"③批评不仅要客观,还应公正。公正有两层意思。其一,对批评对象一视同仁。面对批评对象,无论是否名家之作,是否为熟人之作,是否为喜爱之作,批评家都应该尊重作品,尊重客观的艺术规律,公正地进行分析和评价。其二,对作家、作品作全面、历史地分析。金无足赤,人无完人,作家、作品同样如此。没有完美无缺的作家,没有无可挑剔的作品。对一位作家或一部作品进行分析、评价时不能只及一点,不及其余,必须顾及作家的全人、作品的全篇,从整体出发进行判断,否则,很容易失之偏颇。在客观、公正的前提下,文学批评还必须是直率的,好处说好,坏处说坏。这是文学批评的基本准则,也是对批评家的基本要求。面对批评对象,批评家应

---

① 《别林斯基选集》第1卷,上海:上海译文出版社,1979年,第323~324页。
② 《别林斯基选集》第3卷,上海:上海译文出版社,1980年,第574页。
③ 《西方文艺理论名著选编》中卷,北京:北京大学出版社,1986年,第263~264页。

该根据其实际进行实事求是地、直率地分析和评价,有成就予以肯定,有不足或缺陷予以坦言。用杜勃罗留波夫的话说,文学批评"应当像镜子一般,使作者的优点和缺点呈现出来,指示他正确的道路,又向读者指出应当赞美和不应当赞美的地方"。① 从而使作家成长,使读者受益。在这方面,列宁对托尔斯泰的评价堪称典范:"一方面,是一个天才的艺术家,不仅创作了无与伦比的俄国生活的图画,而且创作了世界文学中第一流的作品;另一方面,是一个发狂地笃信基督的地主。一方面,他对社会上的撒谎和虚伪作了非常有力的、直率的、真诚的抗议;另一方面,是一个'托尔斯泰主义者',即是一个颓唐的、歇斯底里的可怜虫……"②

客观、公正、直率的科学态度,也就是尊重作品、尊重艺术规律、尊重作家、尊重读者的态度。只有采取这样的态度,文学批评才能真正做到不主观臆断,不媚俗趋时,不违心虚饰,对作家负责,对读者负责,对社会负责。

(四)丰富而广博的经验学识

文学是社会生活的创造性反映,批评的实质就是分析文学作品是如何艺术地反映生活的。因此,批评以作品为直接的评价对象,同时又必然以现实生活为间接的评价对象。社会生活是文学批评的现实依据,是批评重要的外在尺度。这样,丰富的生活经验就成为文学批评的一个重要条件。高尔基认为,产生平庸的、烦琐的文学批评的根源之一,就是批评家对当前现实了解不够,是批评家从来没有"根据那由直接观察澎湃的生活进程而得到的事实去评价主题、性格和人们的相互关系"的结果。③ 别林斯基之所以能对果戈理的作品作出深刻剖析和高度评价,一个重要原因就在于他对当时俄国农奴制社会有充分了解和深刻认识。

文学是人学,是心学,文学的内容几乎触及人类社会的各个领域。尽管文学的目的不是传授知识,但它却包含着极其丰富、广博的知识。古今中外的风土人情、社会、历史知识乃至天文地理、科学技术等无不在其涉猎的范围之内。要对作品作出全面而恰当的评价,相应地,批评家还应具备广博的知识。从批评家自身的角度来说,批评家还应具有系统的文学史知识,对文学的发展过程和发展规律了然于心。这样,在评价作品时,才能自觉地进行纵横的比较,既不会扬之过高,也不会抑之过低。高尔基在给一青年评论者的信中直截了当地指出:"您的批评文章总是写得啰嗦、含混,缺乏最珍贵的东西,而这些

---

① 《杜勃罗留波夫选集》第2卷,上海:上海译文出版社,1983年,第443页。
② 《马克思恩格斯列宁斯大林论文艺》,北京:人民文学出版社,1981年,第176页。
③ 《高尔基论文学》,南宁:广西人民出版社,1980年,第126页。

东西,作为读者的我是有权利向批评家要求的,——您所缺乏的是俄国文学史的知识,它的传统的知识。"①不懂文学史的批评家,不是一个优秀的批评家,也不可能写出高质量的富于历史感的批评。

三、文学批评的意义

文学批评在整个文学活动中占有重要的位置,发挥着积极的作用。具体地说,文学批评的意义主要体现在以下三个方面。

(一)指导读者深入欣赏

文学批评是对作品的思想和艺术的分析,优秀的批评能指导读者进行深入、正确的欣赏,提高读者的鉴别能力、欣赏趣味。意大利美学家克罗齐说得好:"批评家好像是一位有修养的导游者或者一位耐心而谨慎的教师:'批评是教人阅读的艺术'。"②

文学批评可以帮助读者正确地选择和鉴别作品。古今中外的文学作品浩如烟海、汗牛充栋,其中有优秀的,有粗劣的;有精华,有糟粕,鱼龙混杂。面对浩瀚的书海与有限的时间,选择什么样的作品去阅读、欣赏,是读者的自由,更是读者的苦恼。通常,读者会先考虑批评家的建议,再作决定,所以向读者推荐优秀作品便成为文学批评责无旁贷的任务。就像韦勒克所说:"没有文学,世界将会枯燥无味得难以想象;反之,文学也需要批评来提供理解、筛选和评判。"③

文学批评有助于读者深入地感受和理解作品。普通读者受经验、学识和艺术修养所限,其阅读、欣赏往往停留于情节、内容的层次上,常常很难发现优秀作品的深刻内蕴,至于作品艺术上的精巧、独到之处也多是约略感觉到却难以形诸语言。批评家对作品形象的内在意义和艺术上特点的精当阐释、发掘和分析,不仅有助于读者把握作品的思想内涵和价值,而且可以帮助读者深入艺术堂奥,体味作家的艺术匠心。如袁无涯所言:"书尚评点,以能通作者之意,开贤者之心也。得则如着毛点睛,毕露神采……于一部之旨趣,一回之警策,一句一字之精神,无不拈出。"④可见,在作品与读者之间,批评家以其渊博、丰富的学识和经验,成为建立沟通、交流的桥梁的中介者。对此,托尔斯泰早有认识:

---

① 《高尔基论文学》,南宁:广西人民出版社,1980年,第123页。
② [意]克罗齐:《美学原理·美学纲要》,北京:外国文学出版社,1983年,第275页。
③ [美]韦勒克:《近代文学史》第5卷,北京:中国人民大学出版社,1991年,第10页。
④ 《中国历代小说论著选》(上),南昌:江西人民出版社,1982年,第206页。

"批评家向公众说明,什么是好的,什么是坏的。对于公众,他们是必不可少的——他们是群众和艺术家之间的中介人。"①批评家的中介者角色尤其在面对那些含义较隐曲的,或艺术上有创新的等普通读者理解起来较有困难的作品时,表现得更为突出和必不可少。匈牙利文论家豪泽尔明确阐明了这一点:"艺术风格越是发展,艺术作品新奇的成分就越是丰富,艺术消费者对作品的接受就越是困难,这时就越需要中介者的参与和帮助。"②

综上所述,优秀的评论文章不仅对读者的阅读具有导向作用,帮助读者深入地理解、欣赏作品,还对读者的欣赏产生榜样作用。这体现于两点:其一,文章中批评家所据以评论的文学价值观念会潜在地影响读者的审美趣味和文学价值观;其二,批评家精到的分析、评论会渗透到读者的理解、判断之中,提高读者的审美能力和艺术趣味。

(二)帮助作家提高创作

弗莱说,批评之所以存在的理由是,"批评可以讲话,而所有的艺术都是沉默的"。③文学批评的"讲话"对作家的创作有深刻的影响。

文学批评可以帮助作家分析创作、提高创作水平。优秀的批评家往往是社会审美水平的代表,系统的知识、理论使他能站在更高的视点上去发现作品、分析作品,帮助作家更深入地认识自己的作品,形成创作的自觉。具体地说有两点。其一,优秀的批评家能及时发现优秀的创作,发掘其深蕴的甚至连作家本人也未曾想到却又极具启发性的价值内涵,评述其艺术成就,进而揭示作家才能的特点,帮助作家形成和发展自身的风格特点。狄德罗说:"不管一个戏剧作家具备多大的天才,他总需要一个批评者。我的朋友,假使他能遇到一个名副其实的比他更有天才的批评者,他是何等幸福啊!"④其二,优秀的文学批评还常常通过指出作家艺术上的不足,总结失败的教训,帮助作家寻找正确的创作道路和发展方向。作家创作每一部作品,无不殚思竭虑,付出了艰辛的劳动,因而文艺家几乎没有不以为自己的作品是美的,对于创作中的缺点、错误和不足之处,往往是当局者迷,旁观者清。正如冈察洛夫所说:"在作者本人身上结合着十分客观的艺术家和异常自觉的批评家,这是颇为罕见的。"⑤善意而中肯的批评往往能

---

① 《列夫·托尔斯泰谈创作》,南宁:漓江出版社,1982年,第191页。
② [匈]阿诺德·豪泽尔:《艺术社会学》,上海:学林出版社,1987年,第151页。
③ [加]弗莱:《批评的剖析》,天津:百花文艺出版社,1998年,第3~4页。
④ 《狄德罗美学论文选》,北京:人民文学出版社,1984年,第178页。
⑤ 《外国作家谈创作经验》(上),济南:山东人民出版社,1980年,第365页。

够一语中的,揭出病根,帮助作家改进创作和提高创作水平。这也就是贺拉斯所说的文学批评的"磨刀石的作用"。①

文学批评可以引导作家调整创作。向作家传达读者对创作的要求,代表读者积极地参与作家的创作,也是文学批评的重要任务之一。不需要读者的创作是不存在的。事实上,没有哪个作家会不关心作品在社会中的命运和遭遇,会不在意人们对其作品的理解和评价。要获得读者的接受信息,最主要、最有效的渠道之一就是文学批评。因为批评家既是一个普通读者,又代表着一定的读者群,美国文论家斯坦利·菲什就说过:"批评家有责任成为许多读者而不是一个读者,其中每一个读者又都各自具有一种由政治、文化和文学等方面限制因素构成的机制。"②而且,"批评家是观众在艺术评价领域里最有专业知识的代表、首领"。③ 所以无论是批评家的专业职责、评论尺度,还是其专业素质、职业眼光,都决定了批评家对作品的评论、看法在传达个人意见的同时,又往往代表着一定的社会性共识。因此,批评家的评论文字,必然会引起作家的注意和反思,进而影响着其今后的创作。

(三)影响社会价值观念

从文学批评的实践来看,文学批评总是传达着批评家的某种价值观念和理想,表现出一定的倾向性和功利性,进而影响社会。

批评家在对以文学作品为中心的各种文学现象进行分析、评价时,总会运用一系列的标准,提出一系列的观点,这其中有艺术的、审美的,也有社会意识形态方面的。所以文学批评既具有鲜明的审美特征,又带有一定的文化价值判断,是一种与一定的社会意识形态深刻联系的文学活动。一方面,文学批评的对象总具有一定的社会意识形态性和文化内涵,如作家、作品的思想、文学运动、思潮、流派的思想理论背景等都是批评活动中无法回避的重要内容。另一方面,文学批评的主体即批评家总是一定社会中的人,无论是对批评对象的选择,对批评标准的确立、运用,还是对批评对象的分析、评价,批评家都无法摆脱其自身的价值观念和审美理想的影响。因此,无论文学批评是多么的客观、公正、直率,它都不可避免地或多或少、或深或浅地渗透着批评家的价值理念,表现出一定的社会意识形态性。

作为一种特殊的社会意识形态活动,文学批评是在对作家、作品、文学思潮和文学运

---

① [古罗马]贺拉斯:《诗艺》,《诗学·诗艺》,北京:人民文学出版社,1962年,第153页。
② [美]汤普金斯编:《读者反应批评》,北京:文化艺术出版社,1989年,第121页。
③ [苏]卡冈:《美学和系统方法》,北京:中国文联出版公司,1985年,第105页。

动等的思想、意义和理论背景等的分析、阐释中彰显某种价值观念,进而影响社会生活的。文学批评连接着作家与读者,并直接作用于他们,而作家与读者又将文学批评引入整个社会的文化交往之中,使文学批评具有了一种价值引导与规范的作用。一方面它能使作家与读者的价值取向在其价值观念和理想的引导下趋于一致;另一方面它为整个社会生活提供了一种新的价值观念和理想。近年,文学批评向文化批评的转化,实质上就是为了更好地发挥文学批评影响社会价值观念的功能。

第二节　文学批评标准

文学批评不能没有一定的标准,"准的无依",就会良莠不分,美丑难辨,因此批评标准是文学批评的关键。

一、文学批评标准的界定

文学批评的标准就是评价文学作品价值的依据,它是一定时代的人们用以衡量文学作品思想上、艺术上价值高低的尺度。文学批评的标准包括两个方面,即思想标准和艺术标准。每一部真正的文学作品,都是一个独立完整的艺术世界,是思想与艺术的有机统一体,因此对于一部作品应该从思想和艺术两个方面去评价。实际上,历代的文学批评都是从两个方面进行的:一是考察作品思想内容对社会生活影响的好坏;一是考察作品在艺术上的成败得失。换言之,文学批评中的思想标准就是衡量文学作品思想性正误强弱,从而确定其思想价值的尺度;文学批评中的艺术标准,就是衡量文学作品艺术性高低优劣,从而确定其艺术价值的尺度。

思想标准和艺术标准虽然各有不同的侧重点,但它们是有机统一的。尽管从文学批评的实践看,历史上各个时代往往将对作品思想性的评价看得比对作品艺术性的评价更为重要。那是因为,在阶级社会里,文学具有阶级功利性,各阶级都要求文学为本阶级的利益服务,从而导致这种结果产生。实际上,文学批评的两个标准在理论上没有高低轻重之分,因为文学作品的思想性、艺术性是内在地联系在一起的。缺乏艺术性的作品,无论其思想怎样积极,也是没有力量的;反之亦然,缺乏思想性的作品,无论其艺术怎样成功,也是没有生命的。真正优秀的文学作品,是思想性与艺术性完美统一的整体,所以文学批评实践应同时兼顾文学作品的思想性和艺术性,同等重视它们。

二、文学批评标准的形成

文学批评标准的形成既是社会实践和艺术实践的结果,具有客观社会性,同时又受到不同时代思想观念和审美理想的影响,具有特定的历史性。

(一)文学批评标准的社会性

一定的文学批评标准,是一定时代的人们,根据对文学的性质和功能的认识确定的,反映了一定时代的审美理想和对文学的必然要求,因而文学批评标准的形成具有客观社会性。具体地说,文学批评标准的形成受以下几方面因素的制约。

第一,批评标准受统治阶级政治思想和审美趣味的制约。从总体上说,人类进入阶级社会以来,文学就从来不是超阶级的。一定阶级的政治思想和审美趣味总要贯彻到文学创作和文学批评中去,而统治阶级的思想意识和审美趣味对该时代的批评标准具有支配性的影响。"文者,贯道之器",这是中国封建阶级对文学性质和功能的理解,也是他们评价文学作品的基本标准。17世纪法国的古典主义者,强调理性,崇尚古典,仰慕"自然",追求严正风格和戏剧创作中的三一律。这作为创作原则和批评标准,体现了法国路易十四时代封建贵族阶级的思想意识和审美趣味。普列汉诺夫揭示了它的社会根源:"在这里获得胜利的其实是随着'高贵而又仁慈的君主政体'的巩固而成长起来的贵族趣味的精巧细致。"[①]

第二,批评标准受文学发展状况的制约。文学批评标准是人们根据文学发展的状况,根据对一定时代文学的性质和功能的理解概括出来的。换言之,一个时代文学发展所达到的水平、文学创作的基本性质和文学的社会功能,对批评标准的形成具有深刻的影响。19世纪中期,俄国出现了以果戈理为代表的批判现实主义作家群,他们的作品无情地揭露了沙皇专制统治和封建农奴制的罪恶,表现了广大人民的思想情绪和推翻农奴制的愿望,同时在作品中塑造了许多具有高度真实性和典型性的文学形象。于是,以别林斯基为代表的批评家,根据当时的文学创作,提出了人民性、真实性、典型性等原则,作为衡量现实主义文学的思想性和艺术性的主要标准。

[①] 《普列汉诺夫美学论文集》,北京:人民出版社,1983年,第471页。

综上可见,文学批评标准的形成是社会实践和艺术实践的产物,每个时代批评标准的内涵都有其深刻的社会性根源。

(二)文学批评标准的历史性

文学批评的标准形成之后,不是固定不变的,而是不断地发展变化的。由于社会实践和艺术实践不断发展,上述制约批评标准的形成的诸因素在历史的长河中也会发生变化,从而导致批评标准产生变化。因此,历史地看,文学批评标准具有鲜明的时代性,不同时代的批评标准总是因时而异。如普列汉诺夫所分析:"如果科学的批评把艺术的历史看成是社会发展的结果,那末他本身也就是社会发展的成果。如果某一社会阶级的历史和现状必然在这个阶级中产生这些而不是其他的审美趣味和艺术爱好,那末科学的批评家也能产生他们自己一定的趣味和爱好,因为这些批评家并不是从天上掉下来的,因为他们也是历史所产生的。"①别林斯基也说过:"美文学的法则也是通过接受它们所依据的新的事实而发生变化的。"②因而,文学批评的标准是社会普遍有效性与历史具体性的统一。中国古代的文学批评原则就是历史地变化的。齐梁六朝时,雕琢绮丽之风盛行,文贵形似,文学批评也多以丽情密藻为美,以刻镂形似为工,而朴素自然、清新浑融的陶诗则不被人看重,所谓"世叹其质直"。自盛唐时期起,齐梁余风,一洗皆尽。人们对艺术的要求,从形似发展到神似,从刻板摹写发展到气韵生动;以情景浑然为高,视形神兼备为美,于是陶诗才开始受到了高度评价。从陶诗在不同时代得到的不同评价,也可以看出,各个时代文学批评的标准是不同的。

文学批评的标准是历史地形成的,一方面批评标准具有时代差异性,另一方面每个时代的文学批评的标准又具有一定的历史继承性,其思想标准、艺术标准都会受到前代成功的艺术经验和艺术原则的影响。莱辛曾说:"真正的批评家,不是从自己的鉴赏趣味中引出规律,而是按照事物的自然本性所要求的规则来形成自己的鉴赏趣味。"③历代优秀的文学创作中积累起来的艺术经验和艺术原则,体现了文学的本质特征和基本规律,具有客观真理性,成为一种相对稳定的审美原则。因此,它必然会影响后代的文学批评,如艺术的真实性、形象的典型性、倾向的积极性等原则,便成为历代文学批评的基本尺度。我国古代《诗经》《离骚》和汉乐府民歌等现实主义和浪漫主义诗篇,开创了古典诗歌的优良传统,"风雅"和"风骚"是这一传统的代名词。它的基本精神是重视诗歌充实深刻

---

① 《普列汉诺夫美学论文集》,北京:人民出版社,1995年,第557~558页。
② 《别林斯基选集》第1卷,上海:上海译文出版社,1979年,第222页。
③ [德]莱辛:《汉堡剧评》,上海:上海译文出版社,1981年,第100页。

的社会内容,强调诗人创作要有感而发,反映民生疾苦。"风雅"和"风骚"的原则精神,成为中国传统诗学衡量诗歌优劣的重要尺度。李白高呼:"大雅久不作,吾衰竟谁陈?"杜甫主张:"别裁伪体亲风雅,转益多师是汝师。"明代方孝孺写道:"能探风雅无穷意,始是乾坤绝妙辞。"清代陈廷焯也把"风骚"作为自己评词的标准,在《白雨斋词话》自序中写道:"撰词话十卷,本诸风骚,正其情性,温厚以为体,沉郁以为用。"批评标准的历史继承性,是同创作规律的客观性和民族审美意识的连续性内在地联系着的。总之,文学批评标准是社会性和历史性的统一。

三、文学批评标准的内涵

恩格斯指出:文学艺术创作应当做到"较大的思想深度和意识到的历史内容,同莎士比亚剧作的情节的生动性和丰富性的完美的融合",[①]这既是恩格斯对未来文学的设想,也提出了文学批评的基本标准。具体地说,文学批评的思想标准和艺术标准的内涵,主要包括以下几方面。

(一)思想标准

所谓思想标准,就是指衡量作品思想内容的尺度。文学作品的内容是客观社会生活和作家思想感情的统一体,因此思想标准实际上包括真实性和倾向性两个方面。真实性是对形象的客观性方面的衡量,倾向性是指对作家主观性方面的要求。

第一,艺术内容的真实性。"假使文学是人民生活的表现,那末批评对它可以提出的第一个要求就是真实性。"[②]艺术的真实性是优秀作品的基本属性,也是评价作品的重要标准。因为唯其真实,才能深刻地揭示社会生活的本质规律和复杂的人性心理,帮助人们认识生活的真理和人性的本质;唯其真实,才会具有感人的艺术魅力,引起感情的交流,产生心灵的共鸣。因此文学作品对作家提出的头一个和末一个要求都是:要真实。艺术的真实不是对生活现象的自然主义的记录和复制,而是对社会生活本质的正确和深刻揭示,而且它不是对社会本质的抽象概念作简单图解,而是通过生动具体的艺术形象来表现。因此使用真实性这个概念时,决不能以抽象的本质概念作为评价艺术形象的尺度。抽象的本质是单纯的,而具体的形象则是复杂的。

---

① 《马克思恩格斯选集》第4卷,北京:人民出版社,1995年,第557~558页。
② 《普列汉诺夫哲学著作选集》第4卷,北京:生活·读书·新知三联书店,1974年,第573页。

第二，思想倾向的积极性。所谓思想倾向，广义的是指文学作品描写的生活现象所蕴涵的全部思想意义，狭义的是指作家的人生立场和思想观点在作品中的表现。艺术形象是主客观的统一体，因此文学不能不是某一种思想倾向的体现者，这是它的本性中包含的使命。所以作品的思想倾向是否积极，便成为文学批评评判作家、作品的又一重要内容，只有具有积极的思想倾向的作品才有利于人们的生活，有利于社会的进步，才能在社会生活中发挥积极作用。衡量作品的思想倾向，对古代作品和现代作品有不同的要求。评价古代文学作品的思想价值，主要看它对待人民大众的态度如何，在历史上有无进步意义；评价现代文学作品的思想价值，主要看它对现代人的生活、思想、感情、需求和时代精神反映得如何，是否对现实生活和现实矛盾有独到而深刻的认识。

真实性和倾向性是用以评价文学作品思想内容两个不同方面的尺度。优秀的文学作品总是把作家主观倾向，即他对生活的态度和评价融化在对生活的生动具体真实的描绘之中。因此在评价作品时，从看来是十分客观的形象描绘中准确地把握作家的主观态度和思想倾向，是批评家应该认真对待的问题。

（二）艺术标准

艺术标准是衡量作品艺术性高低的尺度。所谓艺术性是文学作品在形象地反映生活和体现特定的思想内容方面所达到的完美、统一和感人的程度。艺术标准是批评家从既能适应读者又能征服读者的优秀作品中总结出来，转而向创作提出的艺术准则。它包括艺术形象的生动性、典型性，艺术形式的完美性，艺术风格的独创性和民族性等方面。

第一，艺术形象的生动性。艺术形象的生动性是指描写人物绘声绘影，神态逼真，如见其人，如闻其声；描写景物绘形绘色，栩栩如生，如临其境，如在目前。艺术形象是生活的反映，生活本身是运动的，富于生命的。因此，文学形象是否生动逼真地反映生活，具有浓厚的生活气息，是评价作品艺术性的起码标准。从欣赏方面来说，读者的感情总是被生动的形象引起的，而不是被抽象的概念引起的。因此，历代的作家批评家都十分重视和强调形象的鲜明生动性。海涅指出："艺术家总是应该把题材处理得形象鲜明的……无论是在浪漫主义的现代艺术中，或是在古代艺术里，形象鲜明的塑造，都应该是主要的。"[①]

第二，艺术形象的典型性。优秀的艺术形象不仅要有鲜明生动的感性形式，而且要有丰富深邃的艺术内容，应当通过鲜明生动的个别生活现象的描写，揭示生活中某些具

---

① 《欧美古典作家论现实主义和浪漫主义》（二），北京：中国社会科学出版社，1981年，第399页。

有普遍意义的本质规律,这就是形象的典型性。生活是广阔无限的,艺术则是个别有限的。所以靠单纯的摹仿,艺术总不能和生活竞争,它必须通过典型的概括,创造典型的形象,以少总多,寓全于缺,读者才能从一粒沙里看到一个世界,才可能"观古今于须臾,抚四海于一瞬",可见典型性是评价作品艺术性高低的一个重要标准。别林斯基指出:"艺术性在于:仅用一个特征,一句话,就能够把任你写上十来本书也无法表现的东西生动而充分地表现出来。"①这就是在强调艺术的典型性。衡量作品的典型性,叙事性作品主要看是否创造出典型环境中的典型人物,抒情性作品主要看是否创造出艺术意境。

第三,艺术形式的完美性。高尔基指出,形式美在艺术中有着"巨大意义、决定性的意义"。因为只有完美的艺术形式才能把内容充分地表现出来,而且只有当作家用完美的、合适的艺术形式装饰了艺术内容,作品才能适应读者、征服读者,所以形式的完美性也是艺术标准的一个重要方面。所谓形式的完美性,就是指艺术形式是否恰到好处地表现了作品的思想内容。作品形式的完美与否,不能孤立地看某一形式因素,而要从整体上来考察形式是否适合内容。如情节的生动性与丰富性、结构的统一性与和谐性,语言的形象性和音乐性等,只有当这些方面同艺术内容相适应时才是美的,才有真正的价值。由于形式的完美性在于同内容的相适应性,而不是脱离内容的纯形式,因而,真正优秀的作品往往是"无形式""无技巧"的。古人说:"但见情性,不睹文字","盛唐人诗有血痕无墨痕"。巴金说:"艺术的最高境界,是真实、是自然、是无技巧。"②就是这个意思。当然,我们所说的无形式,并非不要形式,相反,这类作品在形式美上达到了最高的境界,是一种"绚烂之极归于平淡"的形式美。

第四,艺术风格的独创性。文学作品以其特有的形式具体生动地表现作家对生活独特的理解和发现,艺术形象具有不可重复的独特性和新颖性,这是艺术风格的独创性。风格的独创性是优秀作品的重要审美品格。如果艺术形象以某种单调划一的形式重复出现,就会使读者产生疲劳感和厌恶感。正如英国诗人扬格所说:我们阅读摹仿之作,总多少带着听第二遍故事的懒散心情,一见到独创性的作品,我们就精神振奋,犹如发现引人注目的新星。优秀的作家总是努力向人们提供独具一格的优秀作品,在那里,没有重复雷同之弊,一切以一种独具自我特色的新的形式呈现。新的构思、新的形象、新的表达、新的主题,构成了一个风格独一的新的艺术世界,令人耳目一新。在实际的创作中,独创性的程度有高有低,而这正是衡量其艺术性高低的一个重要尺度。

---

① 《别林斯基选集》第 2 卷,上海:上海译文出版社,1979 年,第 26 页。
② 《巴金论创作》,上海:上海文艺出版社,1983 年,第 550 页。

第五,艺术精神的民族性。艺术精神的民族性,是各民族的文学艺术在反映本民族社会生活的发展过程中逐渐形成起来的,是在作品的内容和形式、思想和艺术的有机统一中表现出来的独特的民族特点。艺术精神的民族性,为人民群众所喜闻乐见的民族形式和民族风格,同样是衡量作品的艺术性的重要尺度。文学要适应广大民众的欣赏趣味,就必须尊重民族的审美习惯,继承和发扬民族的艺术传统和文化精神。同时,只有具备了鲜明的民族特点,我们的文学才能屹立于世界文学之林,为人类的艺术文化作贡献。越是优秀的民族文学便越是优秀的世界文学,因而借鉴其他民族的文学,也要注意同本民族的文学传统和文化精神相结合,使之民族化。

优秀的文学作品是多种艺术特点有机统一的完整世界。批评标准的上述要素也是不可分割的有机整体。批评家应当将标准的诸要素综合起来,对作品作全面考察。

四、文学批评标准的普遍性与具体性

文学批评是具有批评个性的评论者针对具体的作家作品进行的。因此,在批评实践中,不仅要注意综合运用标准,还要注意标准的普遍性与具体性的统一。

(一)批评标准的对象具体性

作为科学的标准,文学批评的标准是根据不同性质、不同类型的文学作品的一般规律概括出来的。它较深刻地反映了文学某些方面的本质规律和特性,具有普遍真理性,因而也是抽象的、原则性的,如"真实性""典型性"等标准。在批评实践中,这些普遍性、原则性的标准起着不可或缺的规范和指导的作用。但是批评活动是在具体对象中展开的,它们丰富而多样,从文体看,有小说、诗歌、散文等;从风格看,有抒情风格、叙事风格;从创作类型看,又有浪漫主义、现实主义等众多差别;等等。而且这众多的批评对象自身又有其具体的艺术规律和评价标准。小说有小说的规律,诗歌有诗歌的规律;现实主义有自己的方法,浪漫主义也有自己的原则。面对如此丰富的对象世界和如此具体的研究对象,任何一种普遍性的标准都不免显得空泛,根本无法作出细致的分析和切实的衡定。因此在具体的批评活动中,不能以普遍性的批评标准代替具体的艺术规律,必须把批评标准的普遍性与具体性统一起来,在坚持普遍性原则的同时,从特殊艺术规律出发,进行具体的分析和评价。如同样是讲"真实性",抒情文学有抒情文学的真实标准和表现,叙事文学有叙事文学的真实原则和要求。正如莫泊桑所说:"批评一个理想主义者,我们就该有诗意的激情,而后证明他的梦想是平庸的、普通的、还不够奔放或瑰丽。不过,如果我们批评一个自然主义者,就要向他指出在某一点上他的作品中的真实不符合生活的真实。"①

(二)批评标准的主体独特性

如果说批评对象的具体丰富性,对批评标准的普遍性与具体性的统一提出了要求,那么批评家的个体差异性则呼应了这一要求,并将之由可能变成了现实。由于文化传统、知识结构、生活经历、心理素质、审美能力、观察视角等的不同,在具体的批评实践中,每一个成熟的批评家总表现出自己的批评个性,对批评标准和艺术规律的理解、把握和运用也总是各有会心。因此即使面对同一批评对象,采用大体相近乃至相同的批评标准进行评判,在实际的操作中,批评家们也很难做到如出一辙,总会表现出一些具体的差异性。在《红楼梦》研究中,同一学派中也会出现争论,如李希凡和何其芳的争论,便足以说明这一点。同样,我国文学批评史上,对历代的诗、词、歌、赋等的编选,之所以会出现众多不同的选本,原因之一便是不同的批评者所持的评价标准不同。如钱锺书在其《宋诗选注》的序言中便明确提出了他的"六不选"的具体标准:"押韵的文件不选,学问的展览和典故成语的把戏也不选。大模大样的仿照前人的假古董不选,把前人的词意改头换面而绝无增进的旧货充新也不选……有佳句而全篇太不匀称的不选……当时传诵而现在看不出好处的也不选"。②虽然编选者未必都提出其明确的操作标准,但他们择此不择彼的选本本身便说明其具体标准的不同。

只有做到文学批评标准普遍性与具体性的和谐统一,才能使文学批评既有科学、经典的普遍规范,又不失之抽象空泛,既有细致、独到的具体分析,又不失之拘泥琐屑。

第三节　文学批评方法

一、文学批评方法的构成

方法是人们从事精神活动和实践活动的行为方式,就其本质而言,方法是工具和手段,是主体和客体的中介。黑格尔指出:"在探索的认识中方法也就是工具,是主观方面

---

① 《欧美古典作家论现实主义和浪漫主义》(二),北京:中国社会科学出版社,1981年,第232页。
② 钱锺书:《宋诗选注》,北京:人民文学出版社,1989年,第19~20页。

的某个手段,主观方面通过这个手段和客体发生关系。"①文学批评的方法,就是人们在具体的批评实践中所运用的途径、手段和方式的总和。由于文学批评的研究对象——文学现象的内涵极其丰富复杂,几乎涉及人类活动的一切领域,这就使文学批评方法也具有多层次性和开放性。就层次论,它首先必须具有一整套适用于文学批评这门学科需要的独特方法;同时,也要大量运用一般科学的基本方法,如各种逻辑方法、比较方法、分析综合方法等;最后,它还要受一定的世界观和方法论的指导和制约。当然,这三者之中无论是哲学方法层、一般科学方法层,还是文学批评学科方法层,都必须立足于文学现象,以文学性为出发点和归宿点,否则便不能称之为文学批评的方法。在以文学为本体的基础上,这三者互相联系,互相补充,构成一个有机统一体。其中,哲学层面占有主导地位,正是通过它的沟通与整合,三个层面才能融合为一个有机整体。就开放性而言,文学批评方法不断地被拓宽、被丰富,它不断地从一些相关的具体学科中有选择地借鉴、吸取或移植一些新方法,增强文学批评的科学性和适应性。当然,这些移植的新方法必须依据文学的特性加以改造,使它们不再是社会学、历史学、心理学或其他学科的研究方法,而真正成为文学批评方法的组成部分。

文学批评方法内容的复杂性,造成了文学批评方法的多样性。但是所有的这些方法,没有一种是万能的,它们各有其适用范围和合理性,也各有其局限和不足。因此在具体的批评实践中,批评家不仅要根据特定的批评对象和研究角度选择相应的批评方法,更重要的是能扬长避短地合理运用这些方法。要做到这一点,批评家必须先要掌握一种科学的、合乎规律的批评原则作为指导。

二、文学批评的基本原则

美学原则和历史原则的统一,是文学批评的普遍原则,是诸种批评模式及具体批评方法应遵循的普遍原则。离开这一原则,批评模式及批评方法的运用,就可能违背艺术本性而失之偏颇。

(一)批评原则的提出及其科学性

1. 批评原则的提出

文学批评的基本原则,就是恩格斯所说的"美学观点和历史观点"相统一的批评原

---

① [德]黑格尔:《逻辑学》下卷,北京:商务印书馆,1976年,第532页。

则。在《诗歌和散文中的德国社会主义》中,恩格斯指出:"我们绝不是从道德的、党派的观点来责备歌德,而只是从美学和历史的观点来责备他。"①在《致斐迪南·拉萨尔》中又指出:"我是从美学观点和历史观点,以非常高的,即最高的标准来衡量您的作品的。"②不过,美学的观点和历史的观点相统一的思想,并非肇始于恩格斯,而是黑格尔。作为其哲学体系的一个基本内容,黑格尔认为哲学史发展的基本线索也就是一种逻辑必然性,由此他提出了历史和逻辑统一的思想,"历史上的那些哲学系统的次序,与理念里的那些概念规定的逻辑推演的次序是相同的"。③ 黑格尔的这一思想首先被别林斯基所接受。在《关于批评的讲话》中,别林斯基明确提出了"历史的、审美的"文艺批评观。他说:"确定一部作品的美学优点的程度,应该是批评的第一要务。"但是与此同时,他亦认为:"每一部艺术作品一定要在对时代、对历史的现代性的关系中,在艺术家对社会的关系中,得到考察;对他的生活、性格以及其他等等的考察也常常可以用来解释他的作品。"而且,他进一步指出:"当一部作品经受不住美学的评论时,它就已经不值得加以历史的批评了。"④别林斯基不仅这样说了,而且将它们贯彻到自己的批评实践中,取得了众所周知的成功。与别林斯基相比,恩格斯的贡献在于他依据历史唯物主义原则,对这一思想作了进一步的改造,指出艺术不仅审美地反映生活,而且是人们自觉地掌握世界的一种方式,是一种特殊的意识形式。文学批评既是对作品的审美评价,也是对与作品内容相适应的政治、经济、文化等的分析,唯其如此,才能充分揭示作品的审美价值和社会意义。

2. 批评原则的科学性

恩格斯的这一改造使美学的观点和历史的观点具有高度的科学性,使其不仅成为文学批评的最高标准,也成为指导各种具体批评的基本原则和方法论。这基于两方面的原因。

第一,它以文学的双重本质为基础。美学原则和历史原则是以文学的审美意识形式的双重本质为基础的,它既体现了文学作为意识形式的一般规律,又体现了文学作为审美意识形式的特殊规律。文学是建立在一定经济基础之上的社会意识形式,任何一部文学作品都是一定历史条件下社会关系的产物,总会蕴涵着一定的思想性和历史内容,对它们的价值和作用的衡定需要运用历史的观点。另外,审美又是文学的特质,一部文学

---

① 《马克思恩格斯列宁斯大林论文艺》,北京:人民文学出版社,1981年,第40页。
② 《马克思恩格斯选集》第4卷,北京:人民出版社,1995年,第561页。
③ [德]黑格尔:《哲学史讲演录》第1卷,北京:商务印书馆,1959年,第34页。
④ 《别林斯基选集》第3卷,上海:上海译文出版社,1980年,第595页。

作品同时又应当是审美的产物,用马克思的话说,是"按照美的规律造型"的结果。因此又需要运用美学的观点来检验和评价作品的艺术创造和审美价值。

第二,它以批评的双重观照为目的。文学批评应该做到微观的艺术分析与宏观的历史视野的结合,这是进行批评的基本要求。文学的双重本质决定了每一部文学作品都是具有历史个性的艺术。因此对作品的微观分析必须深入到历史的宏观视野中去理解和说明,唯其如此,才可能作出恰当的评价和准确的判断,真正发挥文学批评的种种功能。反之,单纯的微观艺术分析或单纯的宏观历史探讨,不是导致评析失当,就是流于空泛。

(二)美学原则和历史原则的内涵

所谓文学批评的美学原则,就是要求批评家把文学作品作为艺术的创造物,按照文学本身的美的规律来加以认识和评价。文学艺术是对世界的审美反映或审美掌握,文学作品是按照美的规律来创造的,离开了对世界的审美反映或审美掌握,离开了美的规律,就离开了文学艺术本身。因此批评家必须按照美的规律来认识和评价文学作品,这就是文学批评的美学原则。美学的原则是文学批评必须遵循的首要原则。正如别林斯基所说:"批评家应该解决的首要问题是——这篇作品确是优美的吗?这个作者确是诗人吗?如果这个问题得到解决,对作品的性质和重要性自然而然就有了解答。"[①]遵循美学的原则认识和评价作品,具体地说,就是要从艺术形象分析入手,判断作品的客观价值。因为文学最基本的审美特点就是塑造生动的艺术形象反映社会生活。离开了形象,就离开了艺术;舍弃了形象,就失去了一切。正如钱锺书说:"诗也者,有象之言,依象以成言;舍象忘言,是无诗矣。"因此,只有在生动完整地把握艺术形象的基础上,从形象的分析入手,才能正确判断作品的审美价值和历史地位。强调文学批评必须以欣赏为基础,其意义也在于此。因为艺术形象不能直接用抽象的理性把握,必须通过欣赏,才能准确、恰当、细致地把握其意蕴。

文学批评遵循美学的原则,强调从艺术形象的分析入手,既反对从现成观念出发作主观臆断,也反对脱离作品实际的自我表现。

中国古代文学批评中的"索隐",就是违背美学的原则,从主观观念出发的非科学方法。所谓"索隐",它不是从小说的人物情节中去探索蕴涵的思想倾向,而是认为作品所描写的人物情节是假的,是遮掩真意的幕障,它们本身没有独立的价值,和作品的主题思想没有直接关系。它所要探寻的是人物情节所影射的书外的人和事,以为找到了这些人

---

① 《别林斯基论文学》,上海:新文艺出版社,1958年,第254页。

和事,方能确知作品的主题思想和倾向。如弁山樵子所说:"人物外别有人物,事实外别有事实,评论于书外者也。"这种做法显然是违反艺术规律的。黑格尔正确指出:"认为诗人在作品里所表现的之外,还有远较深刻的东西,那是不正确的。作品就足以见出艺术家的最好的方面和真实的方面;他是什么样的人就是什么样的人,凡是只留在内心里的就还不是他。"[①]文学艺术既然是用形象来反映生活的,那么艺术作品所表达的一切就只能在它所提供的形象范围内加以说明。离开形象,"忘言觅词外之意,超象揣形上之旨",难免痴人说梦。

把文学批评作为批评家自我表现的手段,也是违背美学的原则的。文学批评要遵循美学的原则,从艺术形象分析入手,实质上也就是要求批评应当处处尊重作品的客观实际,批评家有责任努力使自己的评价符合作品的本来面目。当然,批评家的才华各异,不同的批评家的评论常常互不相同,显现出不可重复的智慧光彩,而且这种富有个性的批评正是一个批评家成熟的标志。但是,批评家的这种个性应当通过对作品分析的特有的思维方式、表达方式等因素体现出来,决不能导致按照自己的喜好与面貌去揣度或者改塑作品。

所谓文学批评的历史原则,就是要求把文学艺术作为一种社会现象和一定历史条件下的产物,放到它产生的历史环境中去进行考察,不能脱离具体的历史环境,孤立地就作品论作品。文学作品是按照美的规律创造的,它固然具有自身的审美特点,但它在本质上毕竟也是一种社会意识,是一种社会历史现象。因此文学批评除遵循美学的原则外,还必须遵循历史的原则,既要阐明对象的历史根源,又要揭示对象的历史个性。

文学批评的历史原则表现在以下几个方面。首先,要把作品放在一定的历史范围内,联系作品产生时的经济、政治、文化和社会心理环境来考察。如列宁对托尔斯泰创作特点的揭示:"作为俄国千百万农民在俄国资产阶级革命快到来的时候的思想和情绪的表现者,托尔斯泰是伟大的。托尔斯泰富于独创性,因为他的全部观点,总的说来,恰恰表现了我国革命是农民资产阶级革命的特点。"[②]列宁正是从当时政治、经济和社会心理环境来揭示托尔斯泰的创作特点的。再如,《三国演义》的成书年代是五代至元末,作品表现的"正统观念"和"尊刘抑曹"的倾向,正是处在国家分裂、异族统治下的人民群众反抗异族统治、渴望国家统一的思想情绪的反映。脱离这一社会心理背景,读者就可能不

---

① [德]黑格尔:《美学》第1卷,北京:商务印书馆,1979年,第369页。
② 《列宁选集》第2卷,北京:人民出版社,1972年,第371页。

顾特定的历史内涵,将作品中的"正统观念"当作封建观念来否定。其次,要深入了解作家本人独特的生活经历和所处的具体的生活环境。孟子所谓"知人论世",既要"论世",又要"知人"。因为作家是创作的主体,社会的经济政治状况和社会心理动向是通过作家中介反映到作品中来的。如果对作家的生活经历和具体环境缺少研究,对作品历史环境的了解必然一般化而难以深入具体。再次,以历史的原则来评论作家作品,还要以整个民族文学史,甚至世界文学史为背景,去考察作家作品在这个系统中的地位,这样才能科学地确定作家作品的历史地位。确定作家作品的历史地位,主要采用比较的方法,把批评对象同前代和同代的作家作品进行比较。与前人比较,是看后者比前人有什么发展;与同时代人比较,是看它在同时代人中有什么特色。这样纵横交叉,就可以较为准确而科学地确定作家作品的历史地位。

文学作品是思想内容与艺术形式的统一体,它既是社会的、历史的,又是艺术的、审美的。因此文学批评必须遵循美学和历史相统一的原则,把作家、作品置放在具体的历史条件下进行审美的观照与评价。别林斯基说得好:"不涉及美学的历史的批评,以及反之,不涉及历史的美学的批评,都将是片面的,因而也是错误的。批评应该只有一个,它的多方面的看法应该渊源于同一个源泉,同一个体系,同一个对艺术的观照。"[①]同样,鲁迅也说过:"倘要论文,最好是顾及全篇,并且顾及作者的全人,以及他所处的社会状态,这才较为确凿。"[②]所谓"顾及全篇,并且顾及作者的全人,以及他所处的社会状态"的论述,实质上也体现了美学与历史相统一的批评原则。

三、文学批评的基本模式

根据美国学者艾布拉姆斯的观点,文学活动是由作品、世界、作家、读者四个要素构成的,其中作品是中心。从理论上分析,每一种批评都包含着这四个要素,但是在实际的批评活动中,一般总有所侧重,或侧重于其中的某一种关系,或侧重于某种关系的某一侧面,并从中引出其分析、说明、解释的主要范畴和判断的主要标准,从而形成不同的批评理论和方法。所以尽管在中外文学批评史上,尤其是进入20世纪这一"批评的时代"后,出现了各种各样的批评流派和方法,但大体上都可以根据艾布拉姆斯的理论和它们各自

---

① 《别林斯基选集》第3卷,上海:上海译文出版社,1980年,第595页。
② 《鲁迅全集》第6卷,北京:人民文学出版社,1981年,第430页。

的侧重点,将它们归为四种基本模式,即强调作品与外部世界联系的社会文化批评,如社会历史批评、伦理批评等;侧重于作品与作家个人关系的创作主体批评,如精神分析批评,另外女性主义批评也会较多探讨作品与作家个人关系;强调作品与读者联系的接受反应批评,如接受美学、读者反应批评等;侧重于研究作品本身的艺术本体批评,如俄国形式主义批评、英美新批评、结构主义批评等。

(一)社会文化批评

这种批评模式主要是考察作品的社会现实背景、传统文化根源,研究作品与它们之间的关系,从中阐释作品的社会文化意蕴,判断作品的思想价值和历史地位。社会历史批评是这一模式的突出代表。

从社会学的角度进行文学批评有悠久的历史,但真正的社会历史批评兴起于18世纪的意大利,繁荣于19世纪的法国。其奠基人物是意大利的维柯,代表人物是法国的丹纳。他们认为文学是在社会历史环境中形成的,是生活的再现,其主要价值就在于认识作用和历史意义。因此,他们主张对作品产生的社会历史条件、时代背景、作家生平等进行考察,从中确定作品的性质、地位和意义。如丹纳便认为,文学艺术的真正使命就是使民族精神和时代感情成为可见的东西,艺术品就是特定时代的心理状态和重要的社会情感的表现,所以从本质上说,一个民族的文学艺术史也就是此民族的精神性格史、文化心理发展史。在此基础上,丹纳又提出著名的"三要素"决定说,即种族、环境、时代决定着文学艺术的创作和发展,要考察文学作品,就必须着力考察它所赖以产生的种族、环境和时代。对作品的社会历史背景的重视,是社会历史批评的深刻之处,也产生了重大影响。然而它虽重视社会对文学的作用,却忽视了文学对社会的反作用,忽视了文学本身的审美特点与价值。

(二)创作主体批评

这种批评模式侧重于从创作主体即作家的方面来研究文学。它的基本观念就是每件艺术品本质上都是艺术家内心世界的外化,是其感受、情感、思想的共同体现。因此,主张在对作家的生平、思想、心理等的考察中阐释作品的内涵及其主体根源,解析作家的创作意图和心理特点,进而揭示作品的意义。这一模式中影响较大的是精神分析批评。

精神分析批评是将精神分析学理论应用于文学批评而形成的一种批评流派。其创始人是奥地利心理学家和精神病医生弗洛伊德。他认为,一切文学艺术都与人的潜意识有关,是人的潜在的生命冲动、性本能的升华、释放,也是人在现实中得不到满足的欲望、受压抑的潜意识的补偿替代。他说:"一篇创造性作品像一场白日梦一样,是童年时代曾做过的游戏的继续和代替物。"①作家的创作就是通过改变和伪装来减弱他利己主义的白日梦的性质,并且在表达他的幻想时提供我们以纯粹形式的,也就是美的享受和乐趣,从而把读者收买。因此,他主张文学批评应该着力分析隐藏在作品形式背后的意义,发掘其潜意识的象征,揭示作家的创作动机和潜意识心理。精神分析批评对作家深层心理的探讨、解析,弥补了单纯的作品分析或作品外部分析的不足,为批评活动提供了一种新的研究方法,开拓了一个具有一定意义的研究领域。但它忽视了人的社会性和作品的社会内容,也不关心作品的审美价值,对作品象征意象的解析有时过于牵强附会,违背了一般的审美规律,甚至变成对精神病理的剖析、求证。

(三)接受反应批评

这种批评模式强调接受主体即读者接受活动的重要性。它的基本观点就是:读者是构成完整的文学活动的本质要素,阅读是文学作品存在的根本方式。因此,它注重考察读者阅读、接受的能动作用,主张从读者的阅读活动和接受反应出发来研究文学活动,评析文学作品。这一模式的代表是接受美学批评。

接受美学批评兴起于20世纪六七十年代的德国,代表人物是姚斯和伊瑟尔。这派批评的核心思想就是读者是文学活动的中心,接受实现作品的价值。在他们看来,文学作品并不是作家创造的,作家创造的只是文学文本,一个充满空白点、不定点的召唤结构,读者在其期待视野牵引下的创造性阅读才使之具体化为现实存在的文学作品。文学作品是由作家、读者共同创造、完成的。因此,他们虽然也把作家、作品、读者联系起来进行考察,但考察的中心是读者,着力考察的是读者对文本的接受和再创造。接受美学批评对读者作为接受主体的创造性的强调,改变了传统实用批评中读者作为教育对象的被动接受地位,开辟了文学批评的新视角,但是它往往忽视了对文本的研究,忽视了文本客观价值的存在。

(四)艺术本体批评

这种批评模式强调对作品本身的审美特征进行分析、研究。在这种模式中,文学被视为一种不依赖于作者、读者、社会的独立自足的形式体系和审美符号结构。因此,它注重分析的是作品的内部结构及其形式特征,强调对作品的语言文体、修辞技巧和艺术结构的分析研究。俄国形式主义批评、英美新批评、结构主义批评等都是这一模式的重要代表。

---

① [奥]西格蒙德·弗洛伊德:《弗洛伊德论美文选》,上海:知识出版社,1987年,第36页。

俄国形式主义批评产生于20世纪初的俄国,主要代表人物是雅各布森和什克洛夫斯基等人。他们重视对作品的研究,但研究的重心是作品的形式因素而非内容,强调对文学语言和形式技巧进行直接的分析,因为他们认为一部作品之所以成为文学作品,是在于其"文学性",而构成"文学性"的,是作品的语言运用、文体技巧。如雅各布森所言:"文学研究的对象不是文学,而是文学性——即,使一部特定作品成为文学作品的那种东西——诗歌语言的特殊用法。"① 这些特殊的用法使规范的普通语言变形,产生了一种陌生化、奇异化的效果,获得了日常语言所无法具备的魅力。因此,文学批评的任务不是告诉人们作品说了些什么,而是告诉人们作品是怎样说的。俄国形式主义批评对作品文本的分析,一方面使文学批评从外部研究转向内部研究,给文学批评注入了一股新鲜的活力,但另一方面又走向了极端,使文学批评变成了语言学的纯形式分析。

英美新批评20世纪20年代肇端于英国,30年代形成于美国,四五十年代在美国达到鼎盛,占据了批评界的统治地位。代表人物有艾略特、瑞恰兹、兰色姆、韦勒克等人。他们认为文学作品是一个独立自足的实体,否认作品与其一切外在因素,如作家的创作意图、作品产生的社会历史背景、作品的社会效果、读者的接受反应等的联系,把批评完全限制在作品本身即文本的范围之内。而且在他们看来,文学本体重在形式,作品是"一个为某种特别的审美目的服务的完整的符号体系或者符号结构"。② 因而形式,也即"完成了的内容"才是批评的真正对象。为此,他们倡导"细读"的方法,即审慎、细密地阅读每一个字,研究词语的搭配、句型、语气、上下文等,体会、剖析作品的言外之意、隐喻、象征、意象结构等。新批评精细的艺术分析在现代派诗歌分析方面的成果是显著的,而且它对传统的重思想内容、轻艺术形式的批评方法有借鉴意义,但它片面强调形式,又趋向了极端,同时细读的方法也使其分析有时过于琐屑乃至穿凿。

四、文学批评的逻辑

文学批评的逻辑是指评论写作中的文本阐释原则和评论的论述方法;前者可称为思维逻辑,后者可称为论述逻辑,一内一外,一先一后,相互渗透,有机结合。一篇成功的文学评论的写作,无不自觉不自觉地遵循着这双重逻辑。

---

① 参阅[法]托多洛夫:《俄苏形式主义文论选》,北京:中国社会科学出版社,1989年,第24页。
② [美]雷·韦勒克、奥·沃伦:《文学理论》,北京:生活·读书·新知三联书店,1984年,第147页。

(一)文学批评的思维逻辑

在批评实践中,无论是对作品的思想艺术的说明,还是对作品因果根源的解释,都不可避免地会触及诠释学的一个传统议题——"阐释的循环"(the hermeneutic circle)问题。事实上,这也是批评者在进行具体批评时有意无意采用的思维方法和遵循的思维逻辑。

阐释循环问题的核心,是解决解释过程中整体与部分的关系。早在古代《圣经》解释学的发生时期,神学家们在解释圣典的过程中便逐渐察觉到了这一问题的存在。但它的最初表述者则是德国普遍诠释学的早期代表人物弗里德里希·阿斯特。阿斯特认为:一切理解和认识的基本原则——在个别中发现整体精神的分析的认识方法和通过整体领悟个别的综合的认识方法是不能分开的。他说:"这两者只是通过彼此结合和互为依赖而被设立。正如整体不能被认为脱离作为其成分的个别一样,个别也不能被认为脱离作为其生存领域的整体。所以没有一个先行于另一个,因为这两者彼此相互制约并构成一和谐生命。"①这也就是阐释循环的早期表述。

阐释循环理论的发展是在德国古典解释学中,狄尔泰对它作了更明确完整的表述:"整体只有通过理解它的部分才能得到理解,而对部分的理解又只能通过对整体的理解。"②根据狄尔泰的观点,阐释的循环不仅存在于作品的章节、词句等与全篇的意义、风格、结构之间,也存在于作品与产生它的整个历史文化背景之间,而这在具体的阐释中又主要表现为作品与创作者的精神之间、作品语言与产生它的时代文化语言风格之间的循环。③ 因此,所谓"阐释的循环",就是指在阐释过程中,整体只有通过部分来理解,部分又只能在整体的联系中才能理解的认识规律。用钱锺书的话说也即:"积小以明大,而又举大以贯小;推末以至本,而又探本以穷末;交互往复,庶几乎义解圆足而免于偏枯,所谓'阐释之循环'者是矣。"④所以在作品的说明、解释中,对部分的分析、论述,是以对全篇基本意义的理解为前提,反过来,这些局部的解释、说明又是对全篇理解的证明和支持。如对李商隐《锦瑟》一诗的理解,据《李义山诗集辑评》,朱彝尊认为这是悼亡诗,所以他解释诗中细节说:"瑟本二十五弦,弦断而为五十弦矣,故曰'无端'也,取断弦之意也。'一弦一柱'而接'思华年',二十五岁而殁也。蝴蝶、杜鹃,言已化去也。珠有泪,哭之也;玉生

---

① 洪汉鼎主编:《理解与解释——诠释学经典文选》,北京:东方出版社,2001年,第7页。
② 转引自殷鼎:《理解的命运》,北京:生活·读书·新知三联书店,1988年,第145页。
③ 参见殷鼎:《理解的命运》,北京:生活·读书·新知三联书店,1988年,第145页。
④ 钱锺书:《管锥编》第1册,北京:中华书局,1979年,第171页。

烟,已葬也,犹言埋香瘗玉也。"何焯则认为:"此篇乃自伤之词,骚人所谓美人迟暮也。'庄生'句言付之梦寐,'望帝'句言待之来世。'沧海''蓝田',言埋而不得自见;'月明''日暖',则清时而独为不遇之人,尤可悲也。"又据黄山谷云:"余读此诗,殊不晓其意。后以问东坡,东坡云:'此出《古今乐志》,云:锦瑟之为器也,其弦五十,其柱如之。其声也,适、怨、清、和。'案李诗'庄生晓梦迷蝴蝶',适也;'望帝春心托杜鹃',怨也;'沧海月明珠有泪',清也;'蓝田日暖玉生烟',和也。"这种种分析虽然各不相同,但由于阐释的循环,它们都能够自圆其说,而且合情合理,各成一家之言。

在传统诠释学看来,阐释循环作为一种思维逻辑,其目标是认识作者自我,揭示作品的本意。正如仇兆鳌《杜少陵集详注》自序中所言:"注杜者,必反复沉潜,求其归宿所在,又从而句栉字比之,庶几得作者苦心于千百年之上,恍然如身历其世,面接其人,而慨乎有余悲,悄乎有余思也。"但是,由于批评家在某种程度上总是其时代和社会的代言人,因此任何批评家的批评都不可避免地会将时代的眼光带入对作家作品的认识当中。换言之,阐释循环的目标只可能无限接近,却永远不会真正实现。不过,也正缘于此,经典作品才能在不同时代不断地得到解释,并不断被发掘出新的意义,呈现出意义的丰富性与开放性。当然,所有这些意义和可能的解释,都不能违背解释的两大基本原则,即从作品出发的原则和回到作品本身的原则。

(二)文学批评的论述逻辑

在文学批评活动中,无论批评家采用何种批评方法,得出什么样的结论,最终都必须形诸文字,公之于众,这是批评与欣赏的不同之处。那么,怎样写作文学评论呢?文学评论的写作离不开一定的论述逻辑。所谓文学评论的论述逻辑,就是批评家对作品本身的思想艺术、作品产生的社会文化根源、作品的审美价值以及历史地位进行分析评论时采用的基本逻辑,它包含三种相互联系的论述方法,即说明、解释和判断。西方批评理论把说明、解释和判断作为批评家最基本的工作逻辑。法国批评家杜夫海纳说,对于批评家来说,"他们的使命可以有三种:说明、解释和判断"。[①] 美国理论家 V. C. 奥尔德里奇也说:"艺术谈论有种种不同的逻辑方式。人们通常所认识到的这个总的类别,包含了三种逻辑方式:描述、解释和评价。"[②]在实际批评中,说明、解释和判断构成一个完整的逻辑过程,任何一篇完整的文学评论都离不开对这三种论述方法的运用。

---

① [法]杜夫海纳:《美学与哲学》,北京:中国社会科学出版社,1985年,第156页。
② [美]奥尔德里奇:《艺术哲学》,北京:中国社会科学出版社,1986年,第111页。

说明是批评的第一步,它是对作品本身的主题意蕴和形式技巧作深入的分析,帮助读者理解作品隐蔽的思想内涵和艺术特征。具体地说,文学评论中的说明包含三方面的内容。首先是对作品主题意蕴的说明。任何作品都有一种意味,但它可能是朦胧隐蔽的,批评家的说明使它转化为更清楚的语言,帮助读者掌握作品的精神。其次是作品形式特征的分析。正如歌德所言,内容人人看得见,含义只有有心人得之,形式对于大多数人是一秘密。作品的艺术结构、表现技巧和风格特征比主题思想隐蔽得更深更难把握。因此,作品形式特征的分析和说明尤为重要。最后是审美观感和审美体验的描述。批评家要想说服读者,相信他所评论的作家作品是值得阅读和欣赏的,那么真切而生动地描述本人的审美观感和审美体验是至关重要的。文学批评的出发点是美的体验,批评的目的是帮助读者获得美的体验。批评家对自己审美体验的描述,有助于沟通读者与作品之间的审美交流。在对作品的说明中,揭示作品的新颖性和独创性是批评家的主要任务和目的。

说明立足于作品本身,解释则把作品置于产生它的社会文化背景之中,研究和阐明文学作品同种种外部因素之间的因果关系。对文学创作产生影响的外部因素是多方面的,因此批评家解释的途径和角度也是多样的。其一,联系时代背景和社会历史,阐明文学创作和作品内容的客观现实根源。文学是社会生活的反映,批评家应当联系现实阐释主题、性格和社会历史的关系。其二,从作家的世界观和创作个性的特点出发,阐明文学创作的主观思想根源、艺术风格和审美个性根源。作家是创作的主体,作家的思想观念和个性特点制约着创作过程,渗透在作品之中,因此文学作品主体根源的解释也是极为重要的。其三,从读者的审美心理规律和时代的审美趣味出发,揭示文学形式和艺术技巧发展演变的审美心理根源。一切文学技巧都是为了征服读者,因此形式技巧的特征和演变,只有深入读者的审美心理和审美趣味,才能得到最后的解释。其四,从文化传统出发,阐明艺术创作和艺术风格同民族文化传统之间的渊源关系。其五,考察和研究作家作品对世界文学的接受和影响。每个作家既是本民族历史文化传统孕育的结果,在现代又必然或多或少地受到世界文学的影响。因此,全面的解释,离不开纵向的历史考察和横向的比较研究。对文学根源的解释,必须遵循两条原则,一是要从作品本身出发,而不是从方法观点出发;二是要回到作品本身,有助于对作品思想艺术的认识。

作品思想艺术的说明和因果根源的解释,构成评论的主体,但是批评离不开判断。判断就是依据思想标准和艺术标准,对作品的思想价值、艺术价值和历史地位作出科学的评价。文学评论中的判断,应当力求客观和公正,这必须基于两个条件,一是要有科学的价值标准,二是要有正确的评价方法。比较是文学判断最常用的方法。别林斯基说:"批评是判断,是现象与其理想典范之间的比较。"①艾略特的论述更为透彻:"任何艺术的艺术家,谁也不能单独的具有他完全的意义。他的重要性以及我们对他的鉴赏就是鉴赏他和已往诗人以及艺术家的关系。你不能把他单独的评价;你得把他放在前人之间来对照,来比较。我认为这是一个不仅是历史的批评原则,也是美学的批评原则。"②文学判断中的比较是多样的,既可以是古今比较,也可以是中西比较;既可以是不同作家之间的比较;也可以是作家创作前后期之间的比较,等等。判断的表达方式也是多样的,有明确的判断或含蓄的判断,也有感性的判断或推论性的判断,等等。

在实际评论中,说明、解释和判断是交织在一起的,并且很难加以区分,但是有三点应当说明。首先,文学评论中的说明、解释和判断虽然相互渗透,但各自具有确定的内涵,因此实际上存在着一定的差别。一般地说,说明位于最低层,解释位于第二层,作品价值的判断则处于最高层。其次,从研究过程看,价值判断总是最后形成,但在评论写作时,并非千篇一律地放在文章的结尾,而是常常把判断渗透在说明和解释之中。最后,一篇完整的评论离不开对这三种论述方法的逻辑运用,但是在不同性质的评论中会有所侧重。在欣赏性评论中,主要是对作品思想艺术的说明;在文学史研究中,主要是对作品根源的解释和文学价值的判断。另外,对某一种论述方法的运用,往往也只选择一种角度、一个视点,并不是全面展开。

【基本概念】

文学批评　　文学批评的标准　　美学原则　　历史原则
阐释循环　　文学批评的论述逻辑

思考题

1. 为什么欣赏可以"见仁见智",批评必须"客观公正"?
2. 为什么说文学批评标准是普遍性与具体性的统一?
3. 为什么说美学原则和历史原则是文学批评的基本原则?
4. 文学批评模式的建构依据是什么?四大范式各具有什么样的特点?

---

① 《别林斯基选集》第3卷,上海:上海译文出版社,1980年,第577页。
② 《艾略特诗学文集》,北京:国际文化出版公司,1989年,第2页。

阅读文献

1. ［汪］蒂博代:《六说文学批评》,生活·读书·新知三联书店,2002年。
2. ［加］弗莱:《批评的剖析》,百花文艺出版社,1998年。
3. ［美］艾布拉姆斯:《镜与灯:浪漫主义文论及批评传统》,北京大学出版社,2004年。
4. ［英］张隆溪:《二十世纪西方文论述评》,三联书店,1986年。
5. ［英］伊格尔顿:《二十世纪西方文学理论》,北京大学出版社,2007年。
6. 潘德荣:《诠释学导论》,广西师范大学出版社,2015年。

第四编
文　学　史

　　如果说一至三编通过对文学活动共时性环节的系统论述,阐明了创作、欣赏、批评的基本规律,为批评实践提供了系统的方法论原则,那么,本编将通过对文学活动历时性过程的立体性研究,阐明文学的发展规律和发展进程,为文学史研究提供更为开阔的理论视野,从而使文学理论成为名副其实的文学批评和文学史研究的方法论。当然,文学史研究同样离不开前三编所阐述的理论原则。文学的发展是进步、进化或者仅仅是变化的?文学发展作为复杂性递增的过程,是一元直线的还是多元螺旋的?什么是文学史?如何建构文学史研究的现代格局?这些饶有趣味的问题,是本编试图回答的,也是深化文学史研究亟待解决的问题。

第八章 文学发展规律

一部文学史,一般分为发生和发展两大阶段,文学的发生即文学的原始起因,文学的发展则是文学产生后的历史演化。研究文学发生发展规律,既可深化对文学本质功能的认识,又可为文学史研究提供理论方法。原始文学与原始艺术尚混而未分,它们具有共同的原始动因。本章将依次探讨原始文艺的起源,文学艺术发展进步的特殊规律,文学发展外在动因和内在动因等问题。

第一节 文学艺术的起源

一、文艺起源的诸种学说

德国文艺学家赫尔德有句名言:"起源揭示了事物的本质。"①换言之,揭示了事物的起源,有助于更深刻地认识事物的本质、功能和规律。文学艺术是人类社会的产物。那么,人们是在怎样的情况下,凭着怎样的动机创造出最初的艺术品的?原始人类进行艺术创造的动力是什么?在哪些条件的合力作用下催生了艺术并使艺术最终形成?历来关于文学艺术起源的学说似可分为两类,即单一动力说和合力作用说。

研究文艺起源,不是考证人类最早的艺术品产生的具体时间,而是揭示文艺起源的

---

① 转引自[美]雷纳·韦勒克:《近代文学批评史》第一卷,上海:上海译文出版社,1987年,第250页。

社会根源及主体动机,尤其是文艺起源的"第一动力"。在很长时间内,西方大多数学者把文艺起源的动力归结为某一方面的因素,可称为单一动力说。其中影响较大的学说有如下几种。

摹仿本能说。这是古希腊哲学家提出的关于艺术起源的最古老的说法。他们认为艺术起源于人类的摹仿本能。如德谟克利特说:"在许多重要的事情上,我们是摹仿禽兽,做禽兽的小学生。从蜘蛛我们学会了织布和缝补;从燕子学会了造房子;从天鹅和黄莺等歌唱的鸟学会了唱歌。"[①]亚里士多德作了进一步发挥:"诗的起源仿佛有两个原因,都是出于人的天性。人从孩提的时候起就有摹仿的本能;人对于摹仿的作品总是感到快感。"[②]这种说法揭示了摹仿在艺术活动中的重要性,是极为深刻的。从艺术创作方式看,原始艺术确实是对自然界和劳动生活的摹仿,人们又在这种摹仿活动中获得快感和美感。但是,他们只从人的天性、本能出发,而未能从社会实践的观点解释摹仿的动机,显然是不够的。

游戏发生说。这种说法源于康德,席勒和斯宾塞等人作了发挥和补充。康德认为艺术和手工艺有本质区别,艺术是自由的,是一种不带任何功利的愉快的游戏;手工艺是雇佣的,是一种困苦而不愉快的被逼迫的负担。席勒接过这种观点,与英国学者斯宾塞从不同角度提出剩余精力是艺术和游戏产生的共同生理基础的见解。席勒认为,人们在现实世界中受到物质的与精神的两方面束缚,得不到自由。于是,人们总想利用剩余精力创造一个自由天地,这就是游戏。人的这种游戏本能也就是艺术活动的动机。斯宾塞则认为,人不同于动物,动物要把全部精力用于维持和延续生命,人类则在维持和延续生命之外还有剩余精力。艺术和游戏就是这种过剩精力的发泄。后来德国生物学家谷鲁司又补充说,游戏并非无目的活动,而是为未来工作做的准备。例如女孩抱木偶是为将来做母亲做练习。所以,他认为游戏先于劳动,劳动是游戏的产物。游戏说的各家解释并不相同,但把艺术起源归结为游戏冲动则是基本一致的。游戏冲动和游戏活动与艺术起源有密切关系,但这显然不是艺术起源的"第一动力"。

巫术仪式发生说。这是19世纪以来西方关于艺术起源的最有势力的一种说法。巫术论最早是由英国人类学家爱德华·泰勒提出来的。他认为:野蛮人的世界观就是给一切现象凭空加上无所不在的人格化的神灵的任性作用。古代的野蛮人让这些幻象来塞

---

① 伍蠡甫主编:《西方文论选》上卷,上海:上海译文出版社,1979年,第4~5页。
② [古希腊]亚里士多德、[古罗马]贺拉斯:《诗学·诗艺》,北京:人民文学出版社,1982年,第11页。

满自己的住宅、周围的环境、广大的地面和天空。这样就产生出了原始人所奉行的交感巫术。泰勒之后,弗雷泽在《金枝》中又提出了自己的交感巫术理论。在弗雷泽《金枝》的影响下,法国考古学家雷纳克首先用交感巫术理论解释艺术的起源。他认为,艺术起源于狩猎巫术,它是作为一种能控制狩猎活动的实践手段而发展的,目的在于保证狩猎的成功。如带上野兽的假面具跳"水牛舞",就能产生魔力而把野兽招引过来;如画一头野牛,就能获得战胜真野牛的魔力。可见,艺术是一种被深思熟虑过的祈求手段。卢卡契指出,巫术摹仿确是艺术产生的温床,但巫术活动在艺术和审美的形式机制中主要起一种中介作用。① 换言之,巫术仪式决非艺术起源的"第一动力"和最终根源。

劳动起源说。艺术起源于劳动的看法,是19世纪西方学者提出,后经普列汉诺夫的论证发挥而被视为马克思主义的文艺起源观。较早明确提出艺术起源于劳动的是德国学者毕歇尔,他在研究了劳动、音乐和诗歌之间的相互关系后得出结论说:"在其发展的最初阶段上,劳动、音乐和诗歌是极其紧密地互相联系着的,然而这三位一体的基本的组成部分是劳动,其余的组成部分只具有从属的意义。"②但是,毕歇尔后来又放弃了艺术起源于劳动的观点,提出"游戏先于劳动"的看法。普列汉诺夫针对毕歇尔的说法指出:"解决劳动和游戏——或者也可以说,游戏和劳动——的关系问题,在阐明艺术的起源上是极为重要的。"他从马克思主义的唯物史观出发,以大量原始艺术现象为例,批驳了毕歇尔"游戏先于劳动"的错误观点,重申了艺术起源于劳动的思想。例如,在巴戈包人那里,男女都从事农业。在种稻的日子里,男人和女人一大早就聚集在一起,着手工作。男子走在前面,一面跳舞,一面把铁镐插入地里。妇女跟在他们后面,把谷粒撒到男子们所挖的坑里,用土把它盖好。普列汉诺夫以此为例指出:"如果您不认为巴戈包人最初是为了娱乐而用铁镐挖地,撒上谷粒,并且只是后来为了维持自己的生存而耕种土地,那么你就必须承认,在这里劳动先于游戏,而游戏是由巴戈包人播种的特殊条件所产生的。游戏是劳动的产儿,劳动在时间上是先于游戏(诞生)的。"③这是历史唯物主义的精辟见解。此外,格罗塞的《艺术的起源》、希尔恩的《艺术的起源》、柯斯文的《原始文化史纲》等都论及劳动与艺术起源的关系,但大多缺乏清晰的唯物史观,更未认识到劳动是艺术起源的"第一动力"的重要地位。

此外,还有一种情感表现说。19世纪后期一些心理学派的学者主张这种说法。他们

---

① [匈]卢卡契:《审美特性》第1卷,北京:中国社会科学出版社,1986年,第318~346页。
② 转引自[俄]普列汉诺夫:《论艺术》,北京:生活·读书·新知三联书店,1973年,第36页。
③ [俄]普列汉诺夫:《论艺术》,北京:生活·读书·新知三联书店,1973年,第75页。

认为，人类自孩童时起就具有表现情感的本能：高兴了要笑，痛苦了要哭，这种本能从声音、语言、形体上表现出来，就成了音乐、文学、舞蹈等。

上述学说都侧重从某一个角度，或生物学、或社会学、或人类学、或经济学、或心理学等探寻艺术的起源。这些说法各有道理，也有明显不足，尤其当不同说法各执一端时，更难以说明复杂的艺术起源问题。正如有学者指出："艺术起源在更多的情况下是指社会学意义和心理学意义上的推动力，就是指原始人最初的创作动机究竟是什么。事实上要在这样的意义上来探索艺术与劳动的关系，还是一个很困难的课题。"①

二、文艺起源的合力作用

（一）艺术起源的两种合力论

把艺术的起源归结为单一的某种动因，显然是困难的。美国学者亚历山大·马沙克认为："由考古学家们所提出的任何一种单独的理论都无法解释多样而复杂的艺术和符号的起源和意义。"②事实上，19世纪后期西方学者研究艺术的起源大多带有多元论色彩，并意识到对艺术起源的合力作用应作综合性研究。芬兰文艺理论家希尔恩的《艺术的起源》(1900)，极有代表性。

希尔恩在《艺术的起源》一书中，以现存原始民族各种艺术现象为研究对象，运用心理学、人类学和社会学方法，多角度地研究了艺术起源问题。他认为，艺术是情感的表现，而情感是一种心理现象，这就离不开心理学方面的研究。但是艺术在其最内在的本质上是一种社会活动，是在人类社会中产生的，因此又必须同时进行社会学和人类学的研究。希尔恩进而指出，艺术起源于人类的各种生活冲动，这些生活冲动大体可分为六类。第一，信息传递。原始人类为了自身的生存和繁衍，需要相互传递信息。传递信息的冲动表现为摹仿、语言和图形表达，这就成为戏剧和造型艺术的起源。第二，记忆保存。这种冲动表现为把先人及自己的事迹和肖像画保存在墓内或家中，这便是叙事诗的起源，也是造型艺术的起源。第三，性爱冲动。这表现为用装饰、舞蹈和歌唱等手段来取悦异性。第四，劳动。原始民族的劳动往往伴随着歌舞。劳动和歌舞的节奏感使人们劳动起来较为轻松些，并易于引起快感。劳动就成了歌舞艺术和美感的起源。第五，战争。

---

① 朱狄：《艺术的起源》，北京：中国社会科学出版社，1999年，第108页。
② 朱狄：《艺术的起源》，北京：中国社会科学出版社，1999年，第146页。

为了进行战斗训练,吓唬敌人和鼓舞士气而流行于原始民族中的战争舞、战争哑剧,也是舞蹈艺术和戏剧艺术的起源之一。第六,巫术。希尔恩认为,巫术的目的在于唤起对于自然和生命的摹仿,而这种摹仿就其意图来说基本上是非审美的,但对艺术的起源却是十分重要的。① 希尔恩对艺术起源的综合研究可以称为生活冲动合力论。他一方面把艺术起源与原始人类的劳动生活相联系,另一方面又看到多种多样生活冲动对艺术起源的影响。但希尔恩的理论有一明显缺陷:各种生活冲动对艺术起源的影响似乎是平行并列的,没有先后轻重之分,未能见出劳动作为第一动力的重要性。

大量事实证明:在人类的原始阶段,艺术的最初发生是由多种多样的因素促成的,同时各门艺术都有着自己的特殊性,它们也不可能导源于某种单一的因素。因此,马克思主义的艺术起源论实质上也是一种合力作用论,不过它不同于希尔恩的生活冲动合力论,而是强调劳动为第一动力的劳动实践合力论。

历史唯物主义的劳动实践合力论认为:以使用工具为特征的劳动,是人与动物相区别的真正开端,也是艺术起源的第一动力。游戏是劳动的产儿,巫术仪式是劳动生活的需要,摹仿则是劳动过程的再现,它们都基于劳动而后于劳动;同时,游戏冲动、巫术仪式、摹仿本能、情感表现以及性爱动机等生活冲动,在不同门类艺术的起源中又产生着直接或间接的重要作用。总之,艺术的起源是以劳动为第一动力,是在游戏冲动、巫术仪式、摹仿行为等原始生活冲动和原始思维合力作用下的产物。

(二)劳动是艺术起源的第一动力

劳动是艺术起源的第一动力,这是马克思主义文艺学在艺术起源问题上的基本立场,也是坚持唯物史观的艺术史家的一致看法。德国艺术史家格罗塞指出:艺术的起源,就在文化起源的地方,而生产方式是最基本的文化现象,因此,"生产事业真是所谓一切文化形式的命根;它给予其他的文化因子以最深刻最不可抵抗的影响"。② 那么,为什么说劳动是艺术起源的第一动力,原始艺术最终是劳动的产儿?

其一,劳动创造了文艺活动的前提条件。文艺是人类的杰作,而劳动创造了人本身,从而提供了文艺活动的前提条件。原始人类经过数十万年的进化,逐渐从猿变成人。在人类的进化过程中,以使用工具为特征的劳动有着决定性的意义。原始人类在劳动中锻炼出灵巧的双手、高度发达的大脑,创造出具有丰富表意功能的语言系统,人真正从动物

---

① 蒋孔阳、朱立元主编:《十九世纪西方美学名著选》(英法美卷),上海:复旦大学出版社,1990年,第693~729页。
② [德]格罗塞:《艺术的起源》,北京:商务印书馆,1984年,第29页。

中分离出来。高尔基说:"劳动过程把直立的动物变成了人,并且创造了文化的始基。"①马克思更深刻地指出:人的"五官感觉的形成是以往全部世界史的产物";五官感觉"通过自己的实践直接变成了理论家",从而产生出了"感受音乐的耳朵、感受形式美的眼睛"②。总之,劳动创造了人本身,只有诞生了具备艺术创造能力的人,才能创造出真正的文艺作品,所以说劳动为文艺的起源提供了必要的前提条件。

其二,劳动促使产生了文艺活动的主体需要。人类的任何活动都源于主体的某种需要,原始人类进行艺术创造的主体需要也在劳动中产生。原始人类为了组织劳动、鼓舞情绪、传递信息、交流经验、祈求上苍以征服自然等不同需要,或在劳动中发出有节奏的声音,或在劳动中形成有节奏的形体动作,或在劳动前举行某种巫术仪式活动等。原始的诗、乐、舞就是因劳动的需要并伴随劳动而产生的。鲁迅曾说:"我们的祖先的原始人,原是连话也不会说的,为了共同劳作,必需发表意见,才渐渐地练出复杂的声音来,假如那时大家抬木头,都觉得吃力了,却想不到发表,其中有一人叫道'杭育杭育',那么,这就是创作……是'杭育杭育派'。"③鲁迅以通俗的语言说明了艺术起源与劳动需要之间的关系。

其三,劳动为原始文艺提供了表现对象。文艺是现实的反映。原始人类的劳动生活成为原始文艺最主要的表现对象。普列汉诺夫指出:"诗歌的产生是由精力充沛的具有节奏感的身体动作、特别是我们称之为劳动的身体动作所引起的;这不仅在诗歌的形式上是正确的,而且在内容上也是如此。"④上古时代留传下来的文艺作品,大多以当时人们的劳动生活为内容。如相传尧帝时的《击壤歌》:"日出而作,日入而息。凿井而饮,耕田而食。帝力于我何有哉!"再如澳洲古老的《袋鼠歌》:"袋鼠跑得很快,可是我跑得更快。袋鼠肥肥的,我拿它来充饥。袋鼠呵!袋鼠呵!"前者描写了华夏先民原始的农耕劳作和随遇而安的生活情状;后者则反映了原始狩猎民族的狩猎过程和生活理想。根据人类学的研究,狩猎部落都以动物作为图腾,舞蹈动作也大多摹仿动物的动作,而在农耕部落则以植物花卉为绘画对象,舞蹈动作往往是对采集果实种子动作的模拟。原始人类的劳动生活,构成了原始文艺的基本内容。

---

① [苏]高尔基:《论文学》,北京:人民文学出版社,1978年,第96页。
② [德]马克思:《1844年经济学哲学手稿》,北京:人民出版社,1979年,第78~79页。
③ 《鲁迅全集》第6卷,北京:人民文学出版社,1981年,第94页。
④ 《普列汉诺夫美学论文集》,北京:人民出版社,1983年,第341页。

三、原始文学的特点

原始文学同其他艺术一样,也在劳动实践中产生。与获得独立审美品格的后世文学相比,原始形态的文学有三个显著特点。

第一,混合性。最初的文学体裁是原始歌谣。原始歌谣往往与音乐、舞蹈结合在一起,诗、乐、舞成为三位一体的艺术形式。《吕氏春秋》的《古乐篇》所谓"昔葛天氏之乐,三人操牛尾,投足以歌八阕"的记载,为我们推想原始歌谣与音乐、舞蹈相混合的状况,提供了重要的材料。《毛诗序》所谓"情动于中而形于言,言之不足故嗟叹之,嗟叹之不足故永歌之,永歌之不足,不知手之舞之,足之蹈之也",对诗、乐、舞三位一体作了令人信服的描述。原始文艺诗、乐、舞三位一体的纽带是节奏。对于一切原始民族,节奏具有真正巨大的意义。原始人在生产过程中,伴随劳动的节奏边歌唱边舞蹈,诗、乐、舞正是随着共同的劳动节奏产生的。郭沫若从心理学考察得出同样的结论:"我们在这种节奏之中被自己的情绪催眠,会不知不觉地发出有节奏的声音,发出有节奏的语言,发出有节奏的表情运动,这便是音乐、诗歌、舞蹈的诞生了。"①

第二,集体性。原始文学是一种集体的口头创作,又通过集体口头传播,带有明显的集体性。从创作看,原始歌谣所表现的大半是某部落某民族共同的情感或信仰,所以每个歌唱者都不觉得他所歌唱的诗是属于某个人的。如果一首诗歌不能引发共同的情趣,违背了共同的信仰,它就不能传播出去。由于原始文学是集体性的口头创作,所以流传下来的作品没有确定的作者,更缺乏个人风格,而以简单朴素为特点。从传播接受看,集体的口头传播往往会出现"二重创作"的现象。美国学者基特里奇指出:原始歌谣产生之后,就交给群众去口头传播,不能再受作者的支配了。这么一来就开始了一种口头传诵的新进程,其重要性并不低于原创者的创造活动。在辗转流传中,旧章句丢掉了,新章句加入了,韵也改了,人物姓名也更换了,收场的悲喜也完全倒过来了。这些传诵所产生的变化简直就是第二重创作,它对于歌谣的完成度并不亚于最初的第一重创作。② 在各民族的原始歌谣中,"二重创作"是一种普遍存在的现象。

第三,实用性。实用性胜于娱乐性,功利性先于审美性,这是原始文艺的共同特点。

---

① 郭沫若:《文艺论集》,北京:人民文学出版社,1979年,第244页。
② 参见《朱光潜全集》第3卷,合肥:安徽教育出版社,1987年,第21~22页。

人类学研究表明：原始艺术往往在每一个方面都和个人或集体的实用动机相纠缠，同热衷于保存和延续个人以及个人所属的种族的激情相混合，并受它的支配。正如普列汉诺夫所说："劳动先于艺术，总之，人最初是从功利观点来观察事物和现象，只是后来才站到审美的观点来看待它们。"① 原始文学同样如此。同音乐、舞蹈结合在一起的原始歌谣，带有一定的娱乐性，但是它的产生同劳动生活直接相联系，具有组织生产活动、调节劳动行为的实用目的。高尔基说："语言艺术产生在太古时代人的劳动过程中，这是大家所公认和确定的。这种艺术之所以产生，是因为人类渴望用最容易记牢的词形，即用二行诗、'谚语'、'俗语'和古代的劳动号子等的形式来组织劳动经验。"② 原始歌谣的内容也证明了这一点。如《弹歌》："断竹，续竹；飞土，逐宍。"描述了制作工具到进行狩猎的过程，明显具有传授劳动经验的目的。

第二节　文学艺术的进步

文学艺术产生之后，就进入历史发展过程③。如何理解文学的历史进程？文学发展的动因何在？文学发展体现在哪些具体方面？这些都是文学发展论应当回答的问题。

一、文学艺术进步的理解

在深入研究文学发展的动因和形态之前，首先应当明确"文学发展"的含义。对此存在两种对立的观点：一种认为文学的发展过程是一个进步或进化的过程，一种认为文学的发展过程只有变化而没有进步或进化。前者是文学进步的肯定论，后者是文学进步的

---

① ［俄］普列汉诺夫：《论艺术》，北京：生活·读书·新知三联书店，1973年，第93页。
② ［苏］高尔基：《论文学》，北京：人民文学出版社，1978年，第139页。
③ 一部文学史的发展进程，可以逻辑地分为原始起源、独立自觉和多元发展三个阶段。每一个民族的文学史，无不经历了从自在到自觉、从自觉到多元发展的过程。因此，鲁迅在《魏晋风度及文章与药及酒之关系》提出的"文学的自觉"或"文学的自觉时代"问题，实质上是一个内涵丰富的文学史理论命题。20世纪80年代以来，学界对这一问题作了深入讨论，作出了多种解释。笔者认为，"文学的自觉"或"文学的自觉时代"，是一个"动态的四维多元结构"的理论命题，它至少包含文学主体的自觉、文学文体的自觉、文学观念和文学批评的自觉诸层次。具体论述请参见陈文忠《论"文学自觉"的多元历史进程——30年"鲁迅问题"争论的回顾与思考》一文（《陕西师范大学学报（哲学社会科学版）》2012年第5期）。

否定论。我们对文学艺术的进步持肯定态度,但在阐明我们的观点之前,有必要对文学进步的否定论作一评析。

艺术的进步存在不存在?文学艺术的历史进程是不是一个持续不断地向前进步或进化的过程?西方文论史上不乏持否定观点者。17世纪法国哲学家让-巴蒂斯特·迪博斯可能是西方最早的艺术进步的否定论者。他认为艺术是非进化的,文学艺术不是经历一种"循序渐进"的过程而达到其完美境界的。20世纪60年代法国电影导演让-吕克·戈达尔发表了同样的看法,他宣称:"艺术中没有进步。只有变化。技术上的进步是存在的,但不能认为伦勃朗对于乔托来说体现了进步。"① 综合否定论者的看法,我们认为他们否定文学艺术的进步,主要有以下理由。

一是艺术天赋不可遗传。作家艺术家大多以此为理由否定艺术进步。法国诗人波德莱尔说:"在诗和艺术的领域内,启示者是很少有先行的。任何繁荣都是自发的,个人的……艺术家只属于他自己。他答应给后世的只是他自己的作品。他只为自己作保。他无后而终。他是他自己的君主,他自己的教士和他自己的上帝。"② 英国作家王尔德也曾说:"每件艺术作品都是独一无二的,它产生于艺术家的气质,作者是什么样的,作品的美也是什么样的。"在他们看来,艺术品是不可言传的天赋才能的产物,而艺术天赋和艺术气质是不可遗传的,因此很难说、也难以保证文学艺术是进步或进化的。这种观点源自康德的天才论。康德认为艺术才能是一种天赋,达到一定界限后就不能再前进,艺术技巧也不能传授,它直接受之于天,因而人亡技绝,人们只能待大自然再度赋予另一个同样的才能。所以,康德的天才论与艺术进步观是对立的。文学艺术是一种社会现象,杰出的艺术家对艺术进步作出的贡献是跟历史和社会的能动作用紧密相连的。天才论和艺术天赋不可遗传说把艺术纯粹归因为天才,从而认为艺术天才"无后而终""人亡技绝",这是缺乏说服力的。

二是艺术创作没有因革。刘勰《文心雕龙·通变》有"参伍因革,通变之数"之说,认为有因袭有变革是文学创作发展进步的规律。艺术进步的否定论者坚决否定艺术创作的"参伍因革"和推陈出新。英国艺术理论家柯林伍德说:"要问在艺术中是否存在着任何进步,也是毫无意义的事。艺术家的问题,并不是要做他的前人所做过的事并继续去做他的前人未能做到的某些事的问题。在艺术中存在着发展,但不存在着进步……每一

---

① 转引自[苏]赫拉普钦科:《作家的创作个性和文学的发展》,上海:上海人民出版社,1977年,第347页。
② 《波德莱尔美学论文选》,北京:人民文学出版社,1987年,第364~365页。

件新的艺术品就都是解决一个新问题,这个新问题不是出自一件已往的艺术品,而是出自艺术家的未经反思的经验。"①在他看来,一部艺术作品不会促使另一部艺术作品产生,每一部艺术作品都是一个孤立的单子,从一个单子到另一个单子之间没有历史的过渡。因此,他认为艺术没有历史,更没有进步或进化。这种看法基于艺术与科学的比较和区分。他们认为科学是累积性的,艺术是非累积性的;所有的艺术家都从他的脚下起步,而科学家则在前辈止步的地方起步。因此,科学是进步和进化的,艺术则是变化代替了进化。这种看法当然是片面的。艺术经验的积累和创作中的继承革新极大地推动了艺术的进步,这一切之所以有可能在于语言记忆及传播手段的发展。以现代艺术为例,电影的发明使一些戏剧、舞蹈的表演能精确地被保存下来。艺术经验的积累无疑会推动艺术的进步。

三是艺术家之间不可比较。这是否定艺术进步的又一重要理由。1893年,英国学者西蒙兹在《对艺术和文学进化原理的思考》一文中就强调,艺术家之间不存在优劣比较,他们都只是时代和民族的代言人。他说:"古希腊雕刻家斐底阿斯和莎士比亚,不多不少,他们正好就是他们自己。"②艺术史是由不同时代、不同民族、不同形式的艺术作品所构成的,伟大艺术家都是时代的里程碑。苏联作家爱伦堡以同样理由怀疑艺术进步。他指出:"不应该把作家和艺术家跟以前时期或以后时期的大师们进行比较,作为研究这些作家和艺术家的方法,而应该把他们看做是他们生活于其中的那个时代的表现。"③总之,艺术家各以自己的方式表现自己的时代,他们之间不可作高下优劣的比较,而且后世的艺术不一定超过前代,艺术不存在过时不过时,当然也就无所谓进步或不进步。显然,把过去和现代的作家艺术家进行"排队",人为地创造出一个梯子,再标示出他们在历史进程中的位置,这是一件徒劳无益的事。但这并不等于说,同一领域内的艺术家之间不可比较。克罗齐认为,在相同的艺术方式和题材范围内艺术家之间是可比较的,艺术的进步周期也是存在的。他说:"如果题材不一致,进步的周期便不存在。莎士比亚不能看作对于但丁的进步,歌德也不能看作对于莎士比亚的进步。不过但丁对于中世纪的灵见派作者,莎士比亚对于伊丽莎白朝的戏剧作者,歌德以他的'维特'和'浮士德'第一部对于狂飙突进时代的作者,都可以说是进步。"④

---

① [英]柯林武德:《历史的观念》,北京:中国社会科学出版社,1986年,第374页。
② 转引自朱狄:《当代西方艺术哲学》,北京:人民出版社,1994年,第482页。
③ 转引自[苏]赫拉普钦科:《作家的创作个性和文学的发展》,上海:上海人民出版社,1977年,第353页。
④ [意]克罗齐:《美学原理·美学纲要》,北京:外国文学出版社,1983年,第148页。

问题的关键在于,不能把艺术进步简单地理解为不同时代艺术家之间优劣高下的比较,而应着眼于更宏阔的文学艺术的历史进程。着眼微观个体,只能见到个体之间的差异;放眼宏观过程,才能发现历史的连续进步。一个真正的文学史家,不应只具有微观的批评意识,更应当具有宏观的历史视野。

二、文学艺术进步的特点

以艺术天赋不可遗传、艺术创作没有因革以及艺术家之间不可比较等理由否定艺术进步,是难以成立或片面的。那么如何理解"进步"的含义?艺术进步的标志是什么?艺术进步有何特点?

(一)文学艺术进步的标志

何谓"进步"?现代汉语中是指人或事物向前发展而比原来更好。在文学理论中,"和进步有直接关系的是这样一种发展,这种发展包含着对以前的运动已经达到的东西的继承和'加工',以及产生一些带有另一种性质的新的属性和特点"。[①] 简言之,文学艺术进步是指文学艺术在历史发展过程中,经过传统继承和革新创造,不断开拓新领域、创造新形式,从而不断地向新的高度、新的境界迈进。

文学艺术进步的标志是什么?占主导地位的看法认为文学艺术进步应以复杂性递增为主要标志。所谓复杂性递增,即进化概念所表明的文学艺术由同质到异质、由简单到复杂、由低级到高级、由单一到丰富的有序发展过程。它最初是由斯宾塞提出来的,1857年他在《进步:它的规律和原因》一文中认为,艺术的发展规律和一般的发展规律,即复杂性递增的规律是相一致的。文学艺术的发展遵循着从同质到异质的发展进程。例如上古时代的书写、绘画和雕塑都只是建筑的附属物,后来它们才与建筑相分离,由同质进入异质的发展阶段。同样,原始人类的诗、乐、舞三位一体,混而未分,后来才各自独立出来发展成蔚为壮观的艺术门类。

文学进步的复杂性递增有多方面表现:如文体形式的演变。古代诗歌"四言变而《离骚》,《离骚》变而五言,五言变而七言,七言变而律诗,律诗变而长短句";再所谓唐诗、宋词、元曲、明清小说等,都体现了由简单到复杂的递增;再如艺术形象的复杂化和艺术概括的深度。赫拉普钦科特别强调:"决定艺术进步的不是材料的表面上的新颖,不是仅仅

---

① [苏]赫拉普钦科:《作家的创作个性和文学的发展》,上海:上海人民出版社,1977年,第350页。

描叙一下新的创作对象;艺术进步是由对现实的形象概括的规模、深度和独创性,由艺术家所创造的精神、美学珍品的重大意义所决定的。"① 再如创作类型和思潮流派的演化、文学地域的不断拓展、文学文化形态的日益丰富等,都是复杂性递增的体现。这其中最核心的是创作水平的提高,是艺术概括所达到的深度和广度。因为衡量文学创作的进步,文学家的形象概括、文学的社会职能和文学对社会的影响,是作为一种完整的整体出现的。

对于把复杂性递增作为文学艺术进步的标志,是有不同意见的。有的认为,复杂性不能作为艺术进步的特征,艺术上的进步有时往往是从复杂到简化。简化是一种浓缩了的丰富,一种千思万虑的巧思,一种千锤百炼的提纯。对艺术简化倾向的偏爱有特定的社会心理根源,即社会和人的精神生活愈复杂,人们也就愈喜欢单纯的形式。不过,文学艺术发展的具体进程很难一概而论,对它的复杂性和多样性我们必须有充分估计。例如建筑、绘画、雕塑和舞蹈,在当代确有简化倾向,但在小说、戏剧、电影中,复杂性递增倾向更明显。可以这样认为,一定阶段某些艺术是朝着简化方向发展的,但在宏观上复杂性递增是文学艺术发展的总趋向。

(二)文学艺术进步的规律

文学艺术的进步有什么规律?它的具体历史进程表现为何种形态?不同的文学史家和艺术史家有不同的看法,主要观点有两种:一种认为是直线性的进步,一种认为是周期性的进步。直线性进步观认为,文学的发展过程体现为一代又一代作家之间的继承与革新,因此从宏观上看文学的发展是一种直线性的发展。周期性进步观认为,线性发展论无视在某一历史阶段,某一种或几种艺术形式必然走向衰落的历史事实,因而是错误的;文学的发展实质是前后相续的不同艺术形式之间兴衰交替的过程,遵循的是螺旋式上升的轨迹。

实际上,上述两种观点是从不同角度考察文学发展过程得出的结论。就某一个民族的文学而言,它既是一个完整的整体,同时其内部又包含多种多样的文体、种类、思潮和流派等。于是,从宏观上看,一个民族的文学通过一代代作家的创造性劳动,体现为一种渐进的、直线性的发展进程;而就某一种文体、类型、思潮、流派看,其自身又往往经历发生、繁荣、衰落的阶段,旧的衰落,新的发生,兴衰交替,螺旋上升。因此,要全面把握文学进步的规律,必须把直线性进步观和周期性进步观综合起来而不是对立起来。据此,我

---

① [苏]赫拉普钦科:《作家的创作个性和文学的发展》,上海:上海人民出版社,1977年,第359页。

们认为,文学艺术的进步具有特殊规律,它是一个双线互动、螺旋上升的过程,即它以文体发展为基础,是微观的文体盛衰的周期性与宏观的历史进程的渐进性相互交织的螺旋式发展过程。

首先,从宏观上看,文学的发展是一种直线性的同时又是渐进式的进步过程。所谓"直线性",是指作为一种人类活动的文学,从整体上看它一直是向前发展的,而且这种向前发展的总体趋向是不可逆转的,对此我们应当抱有一种文化乐观主义的态度。正如英国学者朱利安·赫胥黎所说:"除非我们把人类文化看做是进化现象的一部分,否则就根本无法对它有充分的理解。文化进化既包括过去进化的产物,也包括对未来进化的可能性提供必要的基础。"① 从原始文学到文明时代的文学,从古代文学到近现代文学,无论样式、种类还是质量、规模,都呈现出一种复杂性递增的发展趋势。同时,对文学进步过程中的内在矛盾性必须要有足够的认识。在人类的历史发展中,反面和正面、进步和退步是紧密联系的。马克思在《神圣家族》中指出:"与进步的奢望相反,经常可以发现退步和循环的情况。"因此对进步这个概念不能作抽象的、形而上学的理解。文学的发展进步过程同样如此:前进运动往往跟某些损失结合在一起;除前进运动之外还经常可以看到停滞和衰败的现象;某种具有艺术潜质的现象在以后的发展阶段中并不以充分发展的规模表现出来;新的艺术样式的出现不仅把衰落的东西排除出去,而且把具有真正审美价值的东西排除出去等。由于艺术进步本身充满矛盾,文学的发展虽然是直线性的,但又必然是渐进式的进步过程。

其次,就文学不同的体裁、种类、风格、形态而言,它的发展过程又往往表现出由盛而衰、盛衰交替的周期性的特点。最早用这种理论解释门类艺术进步规律的是德国艺术史家温克尔曼。他在《古代艺术史》中把希腊雕刻艺术划分为四个时期:早期雄伟高昂的风格;伯里克利鼎盛时期的完美风格;由摹仿者而引起的衰落;后期希腊矫揉造作的艺术家所导致的终结。此后,这种以由盛而衰交替循环为特点的周期性进步论,被广泛用于艺术门类和艺术风格史的研究。较早将其用于文学发展研究的是法国文学批评家布吕纳介。他认为,每一种体裁无不经历从产生,有所发展,达到圆熟,继而式微,最终消亡,为新的体裁所取代的过程。以法国悲剧为例,它形成于若代尔和加尼埃的时代,经由高乃依和拉辛而达到成熟,从基诺和伏尔泰起走向衰微,从拉哈伯和勒默西尔开始趋于消

---

① 转引自朱狄:《当代西方艺术哲学》,北京:人民出版社,1994年,第488页。

亡。① 中国古典诗学也有类似的观念。胡应麟《诗薮》说:"诗至于唐而格备,至于绝而体穷。故宋人不得不变而之词,元人不得不变而之曲。词盛而诗亦亡矣。"就中国诗歌而言,四言、五言、七言、古体、律体、词、曲确实各自形成一个周期,在周期内每一体式均有萌芽、兴盛以至衰落的进步程序,后起的诗体对于它而言不一定是进步。当然,某种艺术形式的衰落不等于生物式的死亡,古老的体裁门类仍然可能有新人的踵事增华而重新焕发艺术生命。

  文学艺术是不断发展进步的,这是历史事实和历史规律,也是人类的文化信仰和文化理想。19世纪法国文艺理论家斯达尔夫人说得好:"在纵观世界各国的革命以及时代的交替时,有一个基本思想是我绝不会忘却的:那就是人类是有可能日臻完善的。我并不认为精神世界的这个伟大产物曾稍被抛弃;无论是在光明的时期或是黑暗的世纪,人类思想的逐步前进是从来没有中断过的……我全心全意地拥护这个哲学信念:这个信念的主要好处之一,就在于它能启发人心向上。"②但是,进步过程不是一帆风顺而是充满矛盾和曲折多变的。从总体上看,文学艺术的进步确是宏观过程的渐进性发展和具体艺术种类的周期性发展相结合的螺旋式进步过程。

第三节 文学发展的外在动因

  如前所述,本书对文学发展持乐观主义的进步论。但学界对进步论仍处于不断凝聚共识的过程中。因此,下面论述文学进步的内外动因等问题,仍用"文学发展",一般不用"文学进步"的表述。

  在考察文学发展与社会发展的关系时,普列汉诺夫意味深长地问道:"关于诗歌进一步的发展能说些什么呢?在社会发展的较高阶段上,诗歌乃至一般艺术的情况是怎样的呢?能不能看出,而且在什么阶段上能看出,存在与意识之间,社会的技术和经济与社会的艺术两者之间存在着因果联系呢?"③回答应当是肯定的。这种联系体现在三个方面:文学发展与经济生活,文学发展与政治生活,文学发展与精神文化生活。我们将从这三

---

  ① [美]雷·韦勒克:《近代文学批评史》第4卷,上海:上海译文出版社,1997年,第79页。
  ② [法]斯达尔夫人:《论文学》,北京:人民文学出版社,1986年,第31～33页。
  ③ 《普列汉诺夫美学论文集》,北京:人民出版社,1983年,第468～469页。

个方面研究文学发展的外在动因或社会根源。

一、文学发展与物质生产

作为一种特殊的审美意识形式,文学属于社会的上层建筑,因此,作为艺术生产的文学活动首先同经济基础或物质生产有密切关系。这种关系体现在两个方面:一方面,文学发展以物质生产的发展为基础;另一方面,艺术生产与物质生产存在不平衡现象。

(一)文学发展与物质生产的适应性

文学伴随劳动生产而产生,并随着物质生产而发展,这就是文学发展与物质生产发展的适应性。劳动生产作为推动文学产生的第一动力,同样是文学发展的动力和基础。恩格斯指出:"每一时代的社会经济结构形成现实基础,每一个历史时期由法的设施和政治设施以及宗教的、哲学的和其他的观点所构成的全部上层建筑,归根到底是应由这个基础来说明的。"①作为社会上层建筑现象的文学,它的内容和性质归根到底也应由这个基础来说明。换言之,文学创作的内容是随着社会生活的发展而发展,文学创作的形式同样是随着社会生活的进步而进步。马克思主义文艺学认为,一定社会的文学揭示的矛盾冲突,再现的社会关系和表现的思想感情,最终是由一定社会的经济基础决定的。原始社会生产力极其低下,生产资料属于全体社会成员所有,劳动产品平均分配。当时社会的主要矛盾是人与自然的矛盾。因此,原始文学(包括神话、传说和原始歌谣)所反映的主要是人同自然界的斗争,表现人们征服自然和改造自然的强烈愿望和幻想。封建社会中的文学则是另一种情况。拿我国古典文学看,从战国到清代,出现大量的诗歌、小说、散文、戏剧,其中有的作品美化剥削阶级的统治,宣扬剥削阶级的思想感情;有的作品揭露封建社会中"朱门酒肉臭,路有冻死骨"尖锐的贫富对立现象,反映劳动人民"桑柘废来犹纳税,田园荒后尚征苗"的悲惨生活,流露了对劳动人民的同情。尽管其思想内容相互对立,但归根结底表现的仍是在封建主义经济基础上形成的社会生活。这样的作品不可能出现在没有阶级剥削和阶级压迫的原始社会。同样,没有市民社会的兴起和资本的原始积累,也不会出现反映资产者的冒险经历和发家致富的作品,如笛福的《鲁滨孙漂流记》。马克思指出,文学中鲁滨孙这个形象的出现不是偶然的,他一方面是封建社会形式解体的产物,另一方面是16世纪以来新兴生产力的产物。整个作品表现的就是"对于16

---

① 《马克思恩格斯选集》第3卷,北京:人民出版社,1995年,第365页。

世纪以来就进行准备,而在 18 世纪大踏步走向成熟的市民社会的预感"。总之,一定时代文学的内容和性质,总是受一定时代的经济基础的制约和决定的。

(二)艺术创造与物质生产的不平衡性

文学发展以物质生产的发展为基础,这是马克思主义文艺学的基本观点。但是,这并不意味着文学发展与社会进步、艺术创造与物质生产这二者始终是同步或平衡的。相反,在文学发展的历史进程中,作为艺术创造的文学同社会物质生产的发展常常会出现不平衡的现象。这是文学与经济基础复杂性的突出表现。马克思在《〈政治经济学批判〉导言》中指出:"关于艺术,大家知道,它的一定的繁盛时期绝不是同社会的一般发展成比例的,因而也绝不是同仿佛是社会组织的骨骼的物质基础的一般发展成比例的。"[①] 根据马克思的论述,这种不平衡现象大致有两种情况,并各有其复杂的成因。

其一,在艺术本身的领域里,某些有重大意义的艺术形式只有在艺术发展的不发达阶段中才可能存在。如神话和史诗在古希腊取得了划时代的成就,它们不但至今仍然能够给我们以美的享受,而且就某方面说还是一种规范和高不可及的范本。而在艺术高度发展的今天,再也没有古希腊时代的神话和史诗产生。这一种不平衡现象,实质上是与当时落后的生产力相适应的。由于当时生产力极其低下,决定了古希腊人只能以幻想的形式对待自然和社会。神话的繁荣,便是基于人"用想象和借助想象以征服自然力、支配自然力,把自然力加以形象化"。随着社会生产力的提高,随着许多自然力实际上被支配,神话也就消失了。因此,希腊神话和史诗这种划时代的、古典的艺术形式,"同这种艺术在其中生长的那个不发达的社会阶段并不矛盾。这种艺术倒是这个社会阶段的结果,并且是同这种艺术在其中产生而且只能在其中产生的那些未成熟的社会条件永远不能复返这一点分不开的"。[②]

其二,在某些历史时期,某个经济发展落后的国家却出现文学繁荣的局面,而那些生产力发展水平较高的国家的文学则居于落后地位。也就是说,社会物质生产比较先进的国家和民族,其文学的发展成就不一定高于其他物质生产水平比较落后的国家和民族。如 18 世纪的德国,在经济上比英国、法国落后得多,但在文学上却取得了以歌德、席勒著作为代表的辉煌成就。19 世纪的俄国,经济也落后于西欧资本主义各国,而且残存着农奴制,但在文学上出现了从普希金、果戈理到托尔斯泰、陀思妥耶夫斯基、契诃夫等一大

[①] 《马克思恩格斯选集》第 2 卷,北京:人民出版社,1995 年,第 28 页。
[②] 《马克思恩格斯选集》第 2 卷,北京:人民出版社,1955 年,第 29~30 页。

批世界著名的伟大作家,取得的创作成就没有哪个西欧国家能同它的相媲美。总之,一个民族物质生产和艺术创造的发展不一定成正比,在历史的跑道上并非任何时期都是步调一致、齐头并进的。这一种不平衡现象,与社会分工有着密切的联系。原始社会的艺术创造与物质生产直接地联系在一起,物质生产的水平直接制约着艺术创造的发展,因而在总体上二者的进度基本上是持平的。到了发达社会,物质生产与精神生产出现了分工,艺术创造从物质生产中独立出来了,文学的发展同物质生产失去了直接的联系。从此,直接制约文学发展的是政治和其他社会意识形式、文学遗产的继承关系以及其他民族文学的影响等多种"中间因素"。这些"中间因素"在不同国家、不同时代的具体情况十分复杂,对文学的作用各不相同。有的有利于文学发展,有的则不利于文学发展,而有利于文学发展的情况,不一定就出现在历史上物质生产水平较高的国家或时期。这样,文学的发展同社会经济的发展就往往会出现不平衡的现象。例如,由于与物质生产直接相连,在政治稳定、经济繁荣的年代,某些艺术门类如建筑、雕塑、工艺美术品等,就要发达一些,正如科学在这种时候一般地也更为发达一样。相反,当社会动乱、民生艰难的时候,某些艺术门类如更具有精神性的文学、绘画却可以相对繁荣发展,因为它们较少依赖于物质条件,并正好可作为黑暗现实的一种精神对抗。

但是,不平衡现象的存在并不能否定经济基础对文学的最终决定作用。因为直接制约文学发展的诸种"中间因素",自身的性质和发展状况是建立在一定的社会经济基础之上的。因此,一个时代文学发展和繁荣程度,归根结底还是受经济基础制约的。例如,当年比之其他国家经济上落后的德国,其文学的普遍繁荣从本国的历史发展来看,依然"是经济高涨的结果"。

二、文学发展与社会政治

在阶级社会中,政治对文学发展的影响更为直接、更为深刻。文学的发展过程中,政治于过去、于今天,以至将来,始终是一种直接而重要的推动力。

(一)政治的中介地位

文学与政治发生必然联系,是阶级社会的产物。在原始社会,文学直接源自于人们的经济活动并通过组织生产、传授劳动经验、愉悦大众等职能,给予经济以直接的影响。到了阶级社会,随着私有制和国家制度的建立,文学与经济的关系就变得复杂,两者之间的作用与反作用不再是直接的了,必须通过种种中介。其中,尤以政治的中介作用最为突出。因为,文学与政治虽然都属于上层建筑范畴,但它们与经济基础之间并不是等距离的。文学艺术与哲学、宗教一样都远离经济基础,乃是更高地悬浮于空中的思想领域。政治则不同,政治是经济的集中表现,一定阶级的政治集中体现其阶级的经济利益。只有通过政治,阶级和群众的需要才能得到充分的体现。政治同经济基础的距离最近,两者的关系最为密切、最为直接,因而在整个上层建筑中占据主导地位,起着主要作用。因此,经济与文学之间必须通过政治的中介相互起作用:一定的经济,通过政治决定文学的性质与发展;一定的文学,反过来又通过政治,为一定的经济基础服务。

列宁说:"要真正地认识事物,就必须把握、研究它的一切方面、一切联系和'中介'。"① 既然经济与文学的作用与反作用必须通过政治的中介,那么要真正地全面地认识文学发展的规律,就必须研究文学与政治相互影响的特点。

(二)政治对文学发展的影响

政治具有多种含义,主要包括两个方面:一是指作为上层建筑的实体部分的政治设施,即国家、政党、法律、军队等;二是指作为社会上层建筑中意识形态之一的政治观点。政治对文学的影响,也应当从这两方面来认识。

第一,政治统治影响文学的繁荣发展。文学发展的最终根源是社会的经济基础。但是,在一定的经济基础上形成的政治制度和统治者制定的方针政策,更为直接地影响和制约着文学的繁荣发展。一般地说,开明的政治和文学艺术方面的开放鼓励政策,可能对文学的繁荣和发展起积极的推动作用;相反,黑暗的统治和文学艺术方面的压制束缚政策,会对文学的发展起消极阻碍作用。唐诗繁荣的局面与唐代前期较为开明的政治统治和以诗赋取士的科举制度就有密切关系。古希腊文学艺术的繁荣发展同当时的奴隶主民主制和重视文艺活动的政策也有密切关系。当时奴隶主民主制的政治领袖不仅比较开明,而且十分重视戏剧活动的教育作用。在雅典的黄金时代,执政者伯里克理斯建造宏伟的露天剧场,向人们发放"戏剧津贴",让贫穷的公民也能看到戏,而且定期举行戏剧节,这些措施对希腊戏剧的发展起到了极大的促进作用。

第二,政治风尚影响文学的时代风格。一个时代的政治风尚具有强大的影响力,它会渗透到文学的各个方面,使这个时代文学的性质和方向以及题材、主题、风格、流派,无不受到政治的浸染,带有特定时代的政治色彩。在我国,五四新文学运动是在五四反帝反封建革命运动的影响下发生的。五四新文学的性质和方向就受到当时政治斗争的影

---

① 《列宁选集》第 4 卷,北京:人民出版社,1975 年,第 453 页。

响,作品的题材与主题也涂上了政治风尚的色彩。在法国,当贵族在等级制度的君主政体所划定的范围内占据着无限的和不可争辩的统治地位的时候,古典主义悲剧也在法国舞台上占据着无限的和不可争辩的统治地位。当贵族的统治地位开始遭到非议,当拥有"中等资产的人们"充满着反对政府的情绪的时候,于是除了古典主义悲剧迅速趋于衰落之外,还出现了资产阶级戏剧。可见一个时代的文学提倡什么、排斥什么、歌颂什么、揭露什么,总是与这个时代的政治风尚有一定的因果关系。刘勰在《文心雕龙·时序》中关于政治风尚对文学风貌的影响作过生动具体的论述,并指出"故知歌谣文理,与世推移,风动于上,而波震于下者也",这是颇为深刻的朴素唯物史观。

第三,政治观点影响作品的思想倾向。政治不仅影响一个时代的文学风貌,还影响具体作家的创作,影响作品的思想倾向。作品的思想倾向根源于作家对生活的认识和评价,而这种认识和评价,必然受到作家政治观点的制约。因此,作品中同情什么、憎恶什么、赞颂什么、反对什么,同作家的政治立场和政治思想有着直接的联系。文学史上即使主张"为艺术而艺术"的某些作家,其创作也不是同他的政治观点无关的。"为艺术而艺术"口号的背后,往往就隐藏着一种政治态度,即与周围环境的不协调和对现实统治的不满。普希金曾一度宣扬"为艺术而艺术",就是因为他不愿成为现存社会秩序的歌颂者。当时,尼古拉一世正想把普希金从从前狂暴的诗神道路诱上官方道德的道路。

作家正确的政治思想有助于对生活作深刻反映,偏激的政治思想则可能会对创作产生消极影响。《人间喜剧》思想倾向的复杂性,就同巴尔扎克政治观点的内在矛盾直接有关。

文学发展受到政治的深刻影响,但这并不是说文学的盛衰同社会的治乱是同步的。清代思想家叶燮在《百家唐诗序》中指出:"古今者,运会之迁流也。有世运,有文运,世运有治乱,文运有盛衰,二者各自为迁流……二者又异轨而自为途。"如果说文学发展与物质生产存在不平衡现象,那么文学盛衰与世运治乱同样存在不同步现象。

(三)文学对社会政治的影响

文学对政治的影响作用表现为文学通过传达感情、表现思想,对一定的政治起舆论上的作用,把人们团结在某一政治力量的旗帜下,鼓舞人们去为一定的政治思想而奋斗。如欧仁·鲍狄埃的《国际歌》,曾把巴黎公社的革命精神和思想传遍了全世界,鼓舞着全世界无产者走向团结、去斗争,去实现共产主义伟大理想。列宁高度评价了这首革命歌曲对于无产阶级政治的巨大影响。列宁说:"当他创造它的第一首歌的时候,工人中社会主义者的人数最多不过是以十来计算的。而现在知道欧仁·鲍狄埃这首具有历史意义的歌的,却是千百万无产者。"①

　　理解文学对政治的影响作用,必须注意这样几点。首先,文学与政治相互影响,并不等于承认文学从属于政治,把为政治服务作为文学的最终目的。文学与政治同属于上层建筑,它们的关系是各自通过自身的特点相互之间产生影响,最终共同为经济基础服务。马克思主义认为,从长远的历史看,政治不是目的,它主要是实现各个历史时期经济目的的手段。社会主义的政治是实现劳动人民经济文化目的的手段,颠倒了目的和手段的主从关系,就违反了马克思主义的历史唯物主义的原理。其次,文学对政治的舆论宣传作用,是就文学与政治的整体关系而言的。一个时代的文学必然会影响一个时代的政治,在社会矛盾尖锐激烈的年代尤其如此。但这并不是说,任何一部具体作品都必须、而且只能发挥这样的作用。文学对社会生活的作用是多方面的,它既可以给人以政治思想上的教育和鼓舞,也可以给人以道德情操上的陶冶和熏染,还可以给人以精神上的愉悦和休息。就影响政治的作品而言,其影响途径也有直接与间接之分。再次,文学的这种作用必须通过它自身的特点来实现,不能同其他意识形态的作用简单等同起来。艺术必须首先是艺术,然后才能是某种政治倾向的体现者。取消了艺术的特性,也就取消了政治作用。鲁迅在《文艺与革命》中说:"一切文艺固是宣传,而一切宣传却并非全是文艺";"革命之所以于口号,标语,布告,电报,教科书……之外,要用文艺者,就因为它是文艺。"②真正的文学家应当创造出生动感人的艺术形象,努力做到进步的思想内容和尽可能完美的艺术形式的统一。

　　总之,一方面,政治是文学与经济之间的中介,文学发展不可能脱离政治;另一方面,政治不可能代替文学,文学与政治作为上层建筑的两个部分相互影响,并进而影响经济基础。这就是文学与政治之间的辩证关系。

三、文学发展与精神文化

　　文学是社会意识,也是一种精神文化。人类的精神文化是一个有机整体,在各自的历史进程中相互影响、相互推进。文学的发展同样受到其他审美与非审美的精神文化的影响。这里,我们主要考察非审美的精神文化对文学发展的影响。其中,宗教、道德、哲

---

① 《列宁选集》第 2 卷,北京:人民出版社,1975 年,第 436 页。
② 《鲁迅全集》第 4 卷,北京:人民文学出版社,1981 年,第 84 页。

学对文学发展的影响作用最值得重视。

(一)文学发展与宗教

什么是宗教?"宗教是观念、情绪和活动的相当严整的体系。观念是宗教的神话因素,情绪属于宗教感情领域,而活动则属于宗教礼拜方面,换句话说,属于宗教仪式方面。"①这是"宗教"的经典定义,观念、情绪、仪式是宗教的三大要素。宗教对人类生活的影响是全面而深刻的。在西方,基督教不仅是西方文化的重要组成部分,还是西方文明的精神核心。西方的哲学思想、价值观念、文学艺术、教育理想、政治法律、经济制度以及社会发展都与基督教紧密相关。在中国,道教作为本土宗教,佛教作为外来宗教,同样对中国的经济、政治、文化生活和社会发展产生了重大影响。德国社会学家马克斯·韦伯在《新教伦理与资本主义精神》一书中指出:清教神学中的"天职论"作为一种行为理想,强调自我克制、敬业守职、勤勉节俭,孕育生成了一种与资本主义文明本质契合的进取精神。这种精神气质促进了资本的积累与快速增殖,最终推动了资本主义商品经济的发展。

如果说宗教对社会经济、政治发展的影响是间接的,那么对文学艺术发展的影响则是最直接的、深入骨髓的。海涅在谈到法国人如何才能真正理解德国文学时说:"……只要他们不理解德国宗教和哲学意义,我们的文学作品对他们仍是一些默默无言的花朵,整个德国思想对他们仍是一个拒人于千里之外的哑谜。"②海涅的论断对于深化认识受到各种宗教浸润的文学具有普遍启示意义。宗教对文学创作和文学发展的影响表现在许多方面。首先,宗教经典《圣经》《古兰经》、佛教经籍等为文学创作提供了取之不尽的素材、题材和主题。《圣经》是欧洲文学的源头之一。在西方,有的作者直接从《圣经》中汲取思想,以其中的故事为素材进行再创造;有的作家借用宗教经典中的故事,赋予其新的思想,创造出宣传人文主义思想的作品。如但丁把宗教里的境界即地狱、炼狱、天堂搬入《神曲》,表现了人文主义思想和对未来光明的向往。弥尔顿的《失乐园》《复乐园》、歌德的《浮士德》等作品具有相同的性质。其次,宗教理想和宗教精神使文学创作获得一种新的审美境界和美学风貌。文学与宗教都力图建立一种理想。文学建立的是世俗人的理想,人的完善和生活和谐的理想。宗教同样给人以理想,但却是来世的理想,一种寄希望于彼岸的理想。宗教理想似乎给人以消极之感。然而,人的精神需要是多样的,既立足

---

① 《普列汉诺夫哲学著作选集》第3卷,北京:生活·读书·新知三联书店,1962年,第363页。
② [德]海涅:《论德国宗教和哲学的历史》,北京:商务印书馆,1974年,第11页。

现实,又向往超越。那些表现宗教理想、进行宗教探索的文学作品,往往以其思想的深邃和境界的庄严给人以别样的精神启迪。在中国,受禅宗人生哲学和思维方式的影响,以王维、苏轼为代表的一批诗人创作出了大量具有禅趣禅意的诗歌。这些诗篇以其独特的美学风貌丰富了中国诗坛,受到历代读者的喜爱。再次,宗教对文学发展的影响还表现为丰富了文学史的内容,促进了文学体裁和文学表现方式的发展。这体现为两个方面:一方面,宗教文学即宗教经典中富于文学性的篇章,本身就是一些极富审美价值的文学作品,如"圣经文学"和"佛教文学"正重新受到人们的重视;另一方面,在宗教的影响下产生了许多新的文学样式,如唐代变文即是一例。变文是敦煌遗书中说唱文学体式的总称,它的产生就得力于佛经翻译文体的影响,也与佛经的讲经活动密切相关。变文以其文白兼具的特点成为连接古代与近世文学的"连锁",极大地促进了中国通俗文学的发展。

(二)文学发展与道德

道德是一定社会为了调节人与人之间以及人与社会之间的关系所提倡的行为规范的总和,它通过舆论、习俗、规约,影响人的心理意识,约束人的行为举动。较之宗教、哲学,伦理道德对人的影响更为深入广泛,涉及个人、家庭、社会的各个方面。文学的描写对象是以人性和人情为中心的社会生活,它必然要反映人们的道德行为,表现作家的道德观念。

文学与道德的关系根深蒂固,道德对文学创作和文学发展也有重大的影响。首先,作者往往通过道德主题和道德人格表现他的道德理想。崇高、纯洁的道德情操会给文学作品以优美动人的魅力。描写爱情、婚姻、家庭生活的作品,有力地表现了作者的道德理想和道德探索,一些描写其他社会问题的作品,只要涉及人与人之间关系,也必然会深入道德感情领域。中国文学和西方文学都追求真善美的统一。所不同的是,西方文学把真放在第一位,而中国文学则把善放在第一位。儒家以仁义为善,道家以自然为善。尚善的道德态度体现在文学创作中,使得以屈、陶、李、杜为代表的中国传统主流文学具有追求理想、坚守高尚人格的可贵特点。难怪歌德谈论中国文学时说:"中国人在思想、行为和情感方面几乎和我们一样,使我们很快就感到他们是我们的同类人,只是在他们那里一切都比我们这里更明朗,更纯洁,也更合乎道德。"①其次,道德观念的变化影响文学主题的发展变化。例如,欧洲各个时期都有自己的道德观念,并渗透到各时期的文学之中。

---

① [德]爱克曼辑录:《歌德谈话录》,北京:人民文学出版社,1978年,第112页。

古希腊的英雄时代,荷马史诗中最受人称颂的道德是尚武勇敢,是人的智慧,只要有此种品质的人不分阵营敌对,一律加以歌颂。柏拉图在《理想国》中提出,统治者要有理智、智慧,战士要有意志、勇敢,劳动者要有节制、勤恳的道德。中世纪盛行先知摩西的"十诫",并宣扬宗教道德如原罪、赎罪、勿以恶抗恶等。文艺复兴时期反对禁欲主义,提倡人文主义道德观,自由恋爱、友谊善良、人生享受、高贵幸福等,成为文学家歌颂的品格。近代以来出现的利己主义、利他主义和合理的利己主义道德观,同样渗透于18、19世纪的欧洲文学之中。每个时代的文学都深深刻上了那个时代道德理想的烙印。当然,每一种艺术作品都依附于某种道德体系,但它若是真正的艺术品,就必然包含着对于它所依附的道德体系的反思和批判。同时,文学对道德同样产生深刻影响。萧统《陶渊明集序》说:"尝谓有观渊明之文者,驰竞之情遣,鄙吝之意祛,贪夫可以廉,懦夫可以立,岂止仁义可蹈,抑乃爵禄可辞。"真正的文学作品,虽无直接的道德目的却能产生巨大的道德作用。康德说:"有两样东西,我们愈经常持久地加以思索,它们就愈使心灵充满始终新鲜不断增长的景仰和敬畏:在我之上的星空和居我心中的道德法则。"[1]无论到什么时代,崇高的道德都是作家追求的精神理想,也是文学发展的动力。只有蕴涵崇高道德理想的文学,才会像浩瀚的星空那样闪耀而永恒。

(三)文学发展与哲学

文学与哲学之间始终保持着深刻的内在联系。哲学著作缺乏文学价值不失为纯粹哲学,文学作品缺乏哲学意味就难以给人深邃的启迪。哲学是对人生有系统的反思的思想,它要阐明世界的本质、人类的处境和人生的意义。文学则以审美形式感受世界,领悟人生,赏玩生命的斑斓色彩。人从哪里来?人生意义究竟何在?人的归宿在何处?这些往往成为哲学与文学共同探索的问题。然而,哲学对这些问题的探索更自觉,更系统,也更深入。因此,哲学作为民族、时代、社会的系统反思和自我意识,必然对一个民族、时代、社会的文学创作和文学发展产生深刻影响。

哲学对文学的影响主要表现在以下几个方面。一是影响作家自觉的哲理追求和哲理探索,使文学创作更富哲理启迪。所谓哲理就是一种人生智慧,它是对人的本质、人的命运、人的处境以及历史传统与未来前景的哲理思考。这种人生哲理构成作品的精髓。与一般作品相比,蕴涵人生哲理的作品其审美价值要丰富得多、艺术韵味要隽永得多,艺术生命也要长久得多。一般地说,中国文学中的哲理探索多表现为对人生命运的慨叹、

---

[1] [德]康德:《实践理性批判》,北京:商务印书馆,1999年,第177页。

时空的易逝多变、对生活智慧的灵悟和沉思。西方文学则有所不同,大多着眼于个体生命本身,强调人的自然天性和人的欲望和情爱等。《三国演义》卷首题词对时世的感叹"滚滚长江东逝水,浪花淘尽英雄。是非成败转头空。青山依旧在,几度夕阳红"云云,与莎士比亚借哈姆雷特之口对人的赞美"人是一种多么了不起的作品……宇宙的精华,万物的灵长!"云云,正形成对照。二是促进哲理型作品的形成和发展。在西方,亚里士多德《诗学》所谓"写诗这种活动比写历史更富于哲学意味"之说,成为后世哲理文学理论的滥觞;狄德罗《论戏剧诗》有"哲理剧"之论;黑格尔《美学》有"哲学诗"之说。19世纪的浪漫主义作家,再次展开了始于古希腊的"诗歌和哲理之间的古老争论",其间席勒与希勒格尔、华兹华斯与柯尔律治等著名诗人创作了大量哲理诗文,丰富发展了哲理文学的理论。从古希腊到19世纪,哲理诗、哲理剧和哲理小说,成为西方文学的一个重要门类。同样,中国古代诗歌在中国哲学的影响下,也形成富于民族特色的哲理诗形态,即魏晋玄言诗、隋唐佛禅诗和宋明理学诗,这是一笔值得珍视的文学财富。三是文学思潮的形成和变迁深受一个时代哲学思想的影响。当一种哲学成为一种社会思潮时,它将渗透到生活的各个方面,也将左右文学的面貌。从文艺复兴时代的人文主义文学到启蒙主义文学、浪漫主义文学,以及现实主义和现代主义文学的嬗变,西方文学都受到特定时代哲学的影响。中国儒、道、释互补的哲学思潮,则贯穿于中国艺术史和中国文学史的始终。从中国艺术看,最广义的艺术也就是最广义的哲学:"画以立意""乐以象德""书以达道"。中国艺术高度的表现性、抽象性和写意性,正来源于它同哲学的这种自觉联系。从中国文学看,受儒、道、释的影响,一部中国文学史成为三种文学风貌相互消长的历史:一种是"先天下之忧而忧,后天下之乐而乐"的入世精神;一种是"大鹏一日同风起,扶摇直上九万里"的逍遥精神;一种是"江流天地外,山色有无中"的彻悟境界。文学与哲学血脉相连,在优秀作家的笔下,能使"无情的哲学化作缱绻的诗魂"。①

此外,文学发展还受到科学和科学精神的深刻影响。在人类生活中,文学和科学是相互促进的。一方面,文学艺术以它的情感智慧影响科学家的精神世界,增强科学探索的感受力、情感力、想象力和创造力,从而促进科学文化的发展;另一方面,科学文化以它的理性智慧塑造文学家,进而促进文学艺术的发展。科学技术的进步总是从某些方面启示和促进文学的发展。惠特曼说得好:"精确科学的成就及其实际运用,对伟大的诗人不

---

① 《梁宗岱批评文集》,珠海:珠海出版社,1998年,第10页。

是干扰,而是灵感和朝气的源泉……在诗的美中,有科学献的花束和最终的鼓掌。"①随着现代科学技术的发展,这种影响将愈来愈大。科学不仅给文学创作提供新的媒介和新的艺术素材,催生新的文学体裁的诞生,而且也是艺术灵感的源泉。

第四节 文学发展的内在动因

文学的发展进步还有内在动因或自身的规律。文学传统的继承与革新、民族文学的影响与超越、杰出作家的创造性贡献,以及文学与艺术的相互渗透等,都是促进文学发展的重要内在动因。

一、文学传统的继承与革新

(一)文学发展的历史继承性

从文学的自身规律看,文学的发展首先受到文学传统的影响。任何时代文学的发展,都要从文学传统中吸收必要的思想和艺术养分作为发展的前提和起点,这就是文学的继承性。

马克思说:"人们自己创造自己的历史,但是他们并不是随心所欲地创造,并不是在他们自己选定的条件下创造,而是在直接碰到的、既定的、从过去承继下来的条件下创造。"②马克思在这里讲的是社会历史发展的普遍规律,对人们认识思考文学的发展规律也具有指导意义。恩格斯指出:"每一个时代的哲学作为分工的一个特定的领域,都具有由它的先驱者传给它而它便由以出发的特定的思想资料作为前提。"③恩格斯这里谈的是作为社会意识形式的哲学的继承性。在继承传统这个问题上,文学与哲学遵循着共同的规律。文学的继承性是文学发展的基本规律,也是文学和艺术前进运动始终不变的原则。任何时代的新文学,总是在优秀的文学传统的基础上发展起来的,同文学传统有直接的继承关系。高尔基指出:"新作家的几乎每一本书都和在它之前问世的作品有内在

---

① 《美国作家论文学》,北京:生活·读书·新知三联书店,1984年,第22页。
② 《马克思恩格斯选集》第1卷,北京:人民出版社,1995年,第585页。
③ 《马克思恩格斯选集》第4卷,北京:人民出版社,1995年,第703～704页。

的联系,并且在每一本新书里都有旧的因素……如果没有另外一个人,那么,司汤达、巴尔扎克、福楼拜和莫泊桑就不可能是这样一个人;如果前两个人的作品没有完成,那么,这种工作应该由福楼拜和莫泊桑来完成。"①

文学对传统的继承是多方面的,并不受任何条件的限制。这种继承的关系并不局限于前一阶段的经验,或某些种类和类型的经验,它可以出现在各个不同时代的、属于完全不同的思潮的作家之间,也可以在文学种类不同的大师们中间发生。在原则上,它既不受时间的限制,也不受空间的限制,同样也不受观念与派别的限制。从文学创作的实践看,后代文学对前代文学的继承,既表现在文学作品的思想内容上,也表现在艺术形式上,还表现在创作精神、创作经验等方面。打开中外文学史,无论是民族文学的总体,还是具体的作家作品,继承关系的脉络都清晰可辨。唐代白居易、元稹所提倡的新乐府,不但接受了《诗经》和汉魏乐府的"美刺比兴"现实主义精神的影响,而且直接继承了杜甫新题乐府的诗体传统。从体裁上看,继承性也十分明显。从魏晋志怪到唐人传奇即是典型一例。鲁迅说:"传奇者流,源盖出于志怪,然施之藻绘,扩其波澜,故所成就乃特异。"②从具体作品看,从元稹的《莺莺传》到董解元的《西厢记诸宫调》再到王实甫的《西厢记》,三者之间的继承关系十分清晰。

在欧洲文学发展过程中,文学的继承性同样如此。马克思称希腊的神话是希腊艺术的宝库和希腊艺术的土壤。希腊史诗和悲剧就运用了希腊神话的题材。欧洲文艺复兴时期文艺获得高度发展,而对古希腊罗马文化艺术传统的继承是重要原因之一。恩格斯曾用生动的语言描述了这种继承关系:"拜占庭灭亡时抢救出来的手稿,罗马废墟中发掘出来的古代雕像,在惊讶的西方面前展示了一个新世界——希腊古代;在它的光辉的形象面前,中世纪的幽灵消逝了;意大利出现了前所未有的艺术繁荣。"③中外文学史充分说明,历史继承性是文学发展的基本规律。继承和借鉴是优秀作家攀登高峰的必由之路,也是每一个时代新文学产生和发展的必要条件。

(二)文学发展中的继承与革新

继承与革新是文学发展的基本动力。只有继承而没有革新创造,只是模仿甚至抄袭,就难以推动文学的发展。正如马克思所说:"每一代一方面在完全改变了的环境下

---

① 转引自[苏]赫拉普钦科:《作家的创作个性和文学的发展》,上海:上海人民出版社,1977年,第350页。
② 《鲁迅全集》第9卷,北京:人民文学出版社,1981年,第70页。
③ 《马克思恩格斯选集》第4卷,北京:人民出版社,1995年,第261页。

继续从事先辈的活动,另一方面又通过完全改变了的活动来改变旧的环境。"[1]文学是一定时代的社会生活的反映。新的时代和新的生活要求文学有新的内容和新的形式。要创造新文学虽然离不开继承,但真正的继承绝不是因袭和摹仿,不是原封不动的照搬,而是依据新的社会生活的需要,在继承文学传统的同时,对传统进行创造性转化和创新性发展,创造出超越前人的文学作品。实践证明,继承和革新是不可分割的。继承是革新创造的基础,革新创造是继承的目的。没有继承当然不能有革新创造;没有革新创造,继承也失去了意义。正如鲁迅所说:"不能革新的人种,也不能保古的。"任何一个时代的文学要取得伟大的成就,既离不开继承,又离不开革新创造。唐诗是中国诗歌发展史上的高峰,它的形成有赖于对唐代以前优秀诗歌传统的继承。但是唐诗绝不是汉魏诗歌的简单重复,而是古代优秀诗歌传统在新的历史条件下的创新。唐代诗歌内容广泛,艺术上臻于完善,各种体裁、形式、风格和流派竞相发展,达到空前的繁荣,其成就远非汉魏诗歌可比。李白和杜甫能在诗歌领域取得如此伟大的成就,一方面固然由于他们全面继承了我国古代的艺术传统;另一方面又由于他们沿着革新的正确方向前进。李白说:"梁陈以来,艳薄斯极,沈休文又尚以声律,将复古道,非我而谁欤!"[2]李白这里所说的"复古",就是要恢复和继承古代优秀进步的文学传统,扫除六朝特别是齐梁以来的浮艳绮靡文风。所谓"复古",即以故为新,既包含着继承又包含着革新。他在一首《古风》中说:"丑女来效颦,还家惊四邻;寿陵失本步,笑杀邯郸人。"以生动的比喻,嘲笑了文学上的因袭和摹仿。杜甫在《戏为六绝句》中说:"不薄今人爱古人","转益多师是汝师"。由于杜甫尊重优秀的文学传统又具有革新精神,因而他能熔古铸今,成为"尽得古今之体势,而兼人人之所独专"的集大成诗人。一个时代文学的兴起和一个作家成就的取得,都证明了继承和革新不可偏废;而一部作品的成功,同样是继承与革新的结果。在中国小说史上,《红楼梦》的地位是至高无上的。《红楼梦》的成功源于继承了现实主义叙事艺术传统,又源于对千部一腔、千人一面的古代小说作了大胆的革新创造。正如鲁迅所说:"自有《红楼梦》出来以后,传统的思想和写法都打破了。"[3]所谓打破传统写法,从小说叙述学的角度看,就是实现了中国小说叙述模式的创新性转化。在中外文学史上,这样的例子俯拾皆是。文学的发展进程就是推陈出新的过程,是对文学传统不断继承与革新的过程。

---

[1] 《马克思恩格斯选集》第1卷,北京:人民出版社,1995年,第88页。
[2] 《历代诗话续编》(上),北京:中华书局,1983年,第14页。
[3] 鲁迅:《中国小说的历史的变迁》,《鲁迅全集》第9卷,北京:人民文学出版社,2005年,第348页。

在文学的历史进程中,与继承与革新原则相对立的有两种倾向:一种是亦步亦趋的复古主义,一种是全盘否定的虚无主义。这两种倾向对文学的发展是极端有害的,必须坚决反对。全盘否定的虚无主义,比较容易识别;文学史上的复古主义,情况则较为复杂。钱锺书认为:"一切成功的文学革命都多少带些复古——推倒一个古代而另抬出旁一个古代。"[①]对这种借复古之名而行革新之实的现象,必须作具体分析,而不能简单化对待。

二、民族文学的影响与超越

(一)民族文学的相互影响

文学发展的内在动因,从历时方面看,对文学传统的继承与革新是文学前进运动始终不变的原则;从共时方面看,民族文学的相互影响则是文学发展的外来推动力。一种文学有时发展到一定程度,便停滞不前了,直到与他种文学相接触相碰撞,有了比较,受到刺激,无形之中受了影响,或是有意吸取他人的长处,才继续向前发展。这种现象在中外文学史上是极为普遍的。文学史家郑振铎说:"在文学作品上,是没有'人种'与'时代'的隔膜的",外来文学的影响是"天然的一个重要诱因","往往会成了本国文学的改革与进展。"[②]在欧洲,古希腊文学对罗马文学的影响;在中国,五四新文学运动与外来文学的输入,都是典型事例。

其一,民族文学相互影响的含义与表现。民族文学的相互影响有两层含义:一是指一个多民族国家的各民族文学在发展过程中的相互影响和相互促进;二是指不同国家的不同民族文学之间的相互影响和相互促进。以中国文学为例。首先,中国文学即中华民族的文学。中华民族是汉族和蒙古族、回族、藏族、维吾尔族等55个少数民族的集合体。中国文学是以汉民族文学为主干的各民族文学的共同体。在中国文学内部,各民族文学各有自身的发生、繁衍、发展的历史,同时它们之间相互渗透和相互影响,共同推进华夏文学的历史进程。其次,中国文学的发展又受到不同国家其他民族文学的影响。历史上曾有四次大的中外文化交流:第一次以西汉张骞通西域及佛教的传入为起点,到唐太宗执政时达到极盛;第二次是1840年鸦片战争之后,为救亡图存兴起向西方学习的热潮;

[①] 钱锺书:《论复古》,见《钱锺书散文》,杭州:浙江文艺出版社,1997年,第509页。
[②] 郑振铎:《插图本中国文学史》,北京:北京出版社,1999年,第4、11页。

第三次以五四新文化运动为开端,到20世纪二三十年代达到顶点;第四次是20世纪70年代末持续至今,以改革开放为背景的更深刻的经济、政治和文化的全面交流。伴随着这四次大的文化交流,中国文学在东西方外来文学的影响推动下,获得新的动力,得到新的发展。

民族文学的相互影响,表现在创作实践的各方面,如思想内容、艺术形式、创作方法、文学思潮和创作经验等。

从艺术内容看,某一民族文学的进步思想内容,往往能给其他民族文学以极大的影响。19世纪进步的俄罗斯文学对世界各国文学和我国文学的发展就产生过积极的影响。鲁迅曾说,早在19世纪末,"就知道了俄国文学是我们的导师和朋友。因为从那里面,看见了被压迫者的善良的灵魂,的酸辛,的挣扎;还和40年代的作品一起烧起希望,和60年代的作品一同感到悲哀。我们岂不知道那时的大俄罗斯帝国也正在侵略中国,然而从文学里明白了一件大事,是世界有两种人;压迫者和被压迫者!"①俄罗斯文学的进步倾向,对我国的进步文学的发展起了积极的作用。鲁迅的《狂人日记》就受到果戈理《狂人日记》的影响;以高尔基的作品为代表的社会主义现实主义文学对我国现代文学的影响更为显著。

在艺术形式方面,各民族都有自己独特的文学形式、体裁和表现技巧。各民族文学的相互影响交流,使各民族文学的形式、技巧更趋完美,体裁更加多样。例如,我国古代诗歌等体裁,曾给朝鲜、日本、越南等民族文学以相当大的影响。中国古诗的意象手法对西方意象派诗歌的影响也极明显。五四前后从西方引进的新诗、话剧和近代小说等形式,则促进了中国新文学的形式革新。郭沫若说:"当我接近惠特曼的《草叶集》的时候,正是五四运动发动的那一年,个人的郁积,民族的郁积,在这时找出了喷火口,也找出了喷火的方式。"②同样,欧洲小说表现技巧对鲁迅小说风格的形成也产生了积极影响。前些年,我国的一些小说家吸收了西方小说中的意识流等表现手法,丰富了我国传统的表现手法、结构技巧,取得了一定的成果。

就文学思潮来说,各民族文学的相互影响也是较为突出的。文艺复兴运动从意大利发端以后,在西欧、北欧诸国相继展开。浪漫主义思潮和批判现实主义思潮出现后,先后影响欧洲各民族文学和其他各国的文学。我国著名作家郭沫若、鲁迅、茅盾、曹禺等都受

---

① 《鲁迅全集》第4卷,北京:人民文学出版社,1981年,第351页。
② 《沫若文集》第13卷,北京:人民文学出版社,1959年,第121页。

过它们的影响。

其二,民族文学相互影响的规律。从文学发展的历史进程看,各民族文学的相互影响有一定的规律性,主要表现在以下几个方面。其一,不同国家、不同民族文学之间的交流、影响,常常同政治、经济的交流联系在一起。政治、经济交流的需要决定了文学、文化的交流,而文学、文化的交流促进了经济、政治的相互影响。其二,各民族文学的相互影响往往同它们的"社会关系的类似成正比例"。① 社会性质愈接近的民族文学之间,愈可能发生根本性的影响。当这种类似等于零的时候,影响便完全不存在。其三,各民族文学之间的影响并不是对等的。一般说来,比较发达的民族的进步文学在相互影响中往往起主导作用;而一种落后的民族文学,无论在形式上和内容上都不可能给他民族以真正的影响。其四,由于各民族文学中都存在着精华与糟粕,各民族文学之间的影响并不都是积极的。一个民族的进步文学促进另一个民族进步文学的发展,而民族文学中消极落后的东西,则阻碍另一民族文学的发展。因此,历史上的优秀作家总是批判地吸收其他民族的文学营养。民族文学的相互影响是比较文学学科产生的历史前提,而民族文学相互影响的上述规律,则成为比较文学研究的基本原则。

(二)他民族文学的吸收与超越

接受外来影响绝非摹仿外来文学。对文学传统应当是继承与革新相统一;对外来影响同样应当做到吸收与超越相统一,这样才能真正促进本民族文学的发展。对于影响与摹仿的区别,邓以蛰作过生动的对比:"影响绝对与模仿不同,模仿乃削夺自然,如女子裹足缠胸,如花儿匠之弄盆景,曲损松柏,作成鹿鹤形状;或如堆假山,枯燥无味,目击之,大有'左右难为人'的景概。'今汝画',画一界限,而自陷之也。影响则不然,这必然自己有自己的生长,自己的步骤,好像落花流水,水自流而花片随之行也。又如滚雪球,滚的时间越长,则雪球越大,影响正如花片雪片一般,随机而入。"②

对外来文学必须批判地吸收和创造性地超越,这是民族文学相互影响不变的原则。在黑格尔看来,这正是"希腊精神"的精髓之所在,古希腊文学艺术的高度繁荣,就得益于这种大胆批判、大胆创造的"希腊精神"。黑格尔说,"诗的创造不排除从其他民族借取材料",但是必然"要经过改造",而"希腊精神对这些前提或现成材料的关系,基本上是一种创造(bilden)的关系,说得更确切些,是一种起否定作用的改造(negative umbiden)的关

---

① [俄]普列汉诺夫:《论一元论历史观之发展》,北京:读书·生活·新知三联书店,1973年,第160页。
② 《邓以蛰全集》,合肥:安徽教育出版社,1998年,第18页。

系"。① 缺乏批判精神和创造精神,影响与摹仿混而不分,外来的诱因绝不可能成为推动民族文学发展的动因。

民族文学之间的相互影响,之所以必须强调批判地吸收和创造性地超越,最根本的原因在于文学的民族性品格。文学艺术既有人类的共同性,又有鲜明的民族差异性。文学艺术不同于科学技术,它以民族生活、民族性格和民族精神为表现对象,又以民族语言作为表现手段,因此必然具有各不相同的民族色彩和民族风格。一个民族的文学,是该民族作家根据当时的社会生活创造出来的,绝不可能完全适合其他民族的需要。因此,借鉴他民族文学必须经过分析批判,和本民族文学的传统结合起来,才能适应表现本民族现实生活的需要,从而推进本民族文学的发展,同时实现创造性的超越,以一种发展了的民族形式和民族风格,适应和满足本民族人民的审美需要。

中国文学对他民族文学的影响也应持同样态度,坚持同样的原则。历史经验表明,凡坚持批判地吸收的原则,就能真正推动文学发展,相反则有碍于文学的发展。正是基于这种历史经验,毛泽东指出:

> 对于外国文化,排外主义的方针是错误的,应当尽量吸收进步的外国文化,以为发展中国新文化的借镜;盲目搬用的方针也是错误的,应当以中国人民的实际需要为基础,批判地吸收外国文化。②

在国内深化改革开放、世界全球化浪潮滚滚而来的今天,对排外主义的忧虑似已无必要,但盲目崇洋、全盘西化的现象却仍未绝迹,并且常常改头换面而成为时髦。因此,"应当以中国人民的实际需要为基础,批判地吸收外国文化"至今仍是告诫人们注意他民族文学同本民族文学传统相结合,以推进民族文学健康发展的至理名言。

三、杰出作家的创造性贡献

(一)文学发展与杰出作家

杰出作家的创造性活动是文学发展的一个不可分割的部分。离开作家的艺术实践,对文学传统的继承与革新、对他民族文学的吸收与超越都将成为一句空话。同样,不管是艺术思维的演化也好,还是从艺术上概括现实的新方法的发展也好,不经过作家的创

---

① [德]黑格尔:《美学》第2卷,北京:商务印书馆,1979年,第178页。
② 《毛泽东选集》第3卷,北京:人民出版社,1991年,第1083页。

造性劳动也是不会发生的。在文学艺术中,无个性的、超乎个人之外的进步是不存在的。

作家个人对文学发展的作用有一个历史演化过程,大致经历了从群体自觉到个体自觉两个阶段。各民族文学发展的起始阶段,文学创作是集体参与的,个人的作用并不突出,个人的才华隐而不显。随着社会的发展,物质生产与精神生产出现了分工,文学艺术迅速发展成为一个独立的精神生产部分。从此,文学艺术的创造成为一种个性化活动,作家的创作个性愈来愈受到重视,杰出作家的卓越才能和创造性贡献,愈来愈直接地影响文学的发展。到了这一阶段,艺术家的天才程度便成为艺术进步的重要指标。

各民族文学史充分证明,杰出的文学大师的创造性活动是推动文学发展最直接的关键因素。正如清代诗评家叶燮在《原诗》中所说:"从来豪杰之士未尝不随风会而出,而其力则尝能转风会。"列宁关于托尔斯泰的创作对俄罗斯文学及世界艺术文化发展的卓越意义的论述提供了一个生动实例。列宁写道:"列·托尔斯泰在自己的作品里能以提出这么多重大的问题,能以达到这样的艺术力量,使他的作品在世界文学中占第一流的地位。由于托尔斯泰的天才描述,一个被农奴主压迫的国家的革命准备时期,竟成为全人类艺术发展中向前跨进的一步了。"[①]列宁认为托尔斯泰的天才对人类艺术发展的意义在于:作家能够在自己的作品中提出一些带根本性的社会问题,在描绘生活方面能够拥有巨大的艺术力量。正是因为托尔斯泰以独一无二的创作个性对社会现实作出了独创性的、规模巨大的艺术概括,所以他的创作成为人类艺术发展向前跨进的一步。列宁关于托尔斯泰具有世界意义的论述,令人信服地表明必须把文学和艺术的杰出大师们的创造性活动,视为艺术进步的一个重要因素,视为推动文学发展合力因素中一个不可或缺的动因。

(二)杰出作家对文学发展的贡献

杰出作家本身是民族文学高度发达的产物,同时他们又以创造性的劳动推动民族文学的发展。那么,杰出作家对文学发展的贡献表现在哪些方面?

首先,杰出作家以其饱含着独一无二的创造发现的艺术精品将本民族文学推到一个新的水平。文学的发展进步在很大程度上是由才华卓越的艺术家创造的富于艺术发现的杰出作品为标志的。无论是一个民族的文学史,还是整个人类的文学史,它们的发展进程无不是由各时代杰出作家所提供的艺术杰作体现出来的。文艺复兴之后的欧洲文学的历史进程,正是由塞万提斯的小说、莎士比亚的戏剧、弥尔顿的史诗、直至歌德、雨

[①] 《马克思恩格斯列宁斯大林论文艺》,北京:人民文学出版社,1980年,第183页。

果、巴尔扎克、托尔斯泰等文学大师提供的杰出作品显示出来的。中国文学的历史进程同样如此。以唐诗而言，如韩愈所说，"唐之有天下，陈子昂、苏源明、元结、李白、杜甫、李观，皆以其所能鸣"。离开这些"善鸣"的大诗人贡献的诗篇，唐诗的辉煌将黯然失色。杰出的作家都有属于自己的创作个性，这种创作个性通过艺术创作的各个方面表现出来，首先表现在对人性心理的独特发现和形象构思的独特处理之中。作家的创作个性和创作发现对文学进步之所以具有决定性的意义，是由于它为文学史提供了崭新的审美形象，也因为它丰富了人们的精神生活，有利于提高人的审美素养。

其次，杰出作家在提供艺术精品的同时，往往能使一种艺术形式和艺术方法臻于完善，从而使同类创作从整体上达到一个新的水平。杜甫之于七言律诗就是一例。在古今各体诗的创作中，杜甫的七言律诗成就最高，对中国诗史的贡献也最大。杜甫之前，其他各体均有前人创作经验可资观摩取法，唯七律一体，初唐之世，还是英华乍启，门户未开，开疆拓土有赖杜甫一人的心力。杜甫七律的艺术贡献，胡震亨《唐音癸签》概括为五个方面："少陵七律与诸家异者有五：篇制多，一也；一题数首尽，二也；好作拗体，三也；诗料无所不入，四也；好自标榜，即以诗入诗，五也。此皆诸家所无。其他作法之变，更难尽数。"如果说要在中国诗史上挑出一位以一人之力开辟一种诗体意境的诗人，首当推举的就是杜甫。此后，杜甫七律成为中唐至两宋诗人取用不尽的宝藏。① 这种现象被法国文学史家朗松称为"类型的晶化成型规律"②，这在中外文学史上比比皆是，以至我们谈到某种艺术形式和艺术原则，会立即同某个作家联系起来。如田园诗与陶渊明，山水诗与谢灵运，十四行诗与彼特拉克，古典主义悲剧与高乃依等，无不如此。

再次，杰出作家的创造性成就往往具有开宗立派的意义。所谓"学识高深，只可明义；才能照耀，庶能开宗"。他们对人生的独特思考、创造性的艺术表现，以及自成一家的艺术风格，往往会有同代作家竞相仿效，又对后代作家产生深远影响；加之一代大师对新作家的积极扶持、相互之间的激励促进，从而在深度和广度上推动民族文学的多样化发展。卢那察尔斯基指出："任何国家的文学的第一批天才总是占据着最大的至高地，解决遣意表情和修辞琢句上最重大的问题。"③精辟阐明了杰出作家的崇高地位。普希金就属于俄罗斯文学史上这样的"文学的第一批天才"。普希金作为一个新的亚当踏入生活，独

---

① 参阅钱锺书：《谈艺录》（补订本），北京：中华书局，1984年，第172～175页。
② 朗松："类型的晶化成型规律——三个条件：若干杰作、一套有利于别人进行模仿的完善的技巧、一套统摄这套技巧的权威性理论。第一个条件居以支配地位，使后两个条件得以出现。"（[美]昂利·拜尔编：《方法、批评及文学史——朗松文论选》，北京：中国社会科学出版社，1992年，第58页。）
③ [苏]卢那察尔斯基：《论文学》，北京：人民文学出版社，1978年，第116页。

能集前人之大成,囊括一切新奇和机智,从而成为一代诗宗。普希金之后,人人都只得长期作摹仿者。中国文学史上,屈原、陶潜、李白、杜甫等文学大师,则可被视为不同时代、不同创作领域内的"文学的第一批天才"。他们同样在各自的领域内集前人之大成而囊括一切才智,从而为同时代人所仿效,为后代人所崇拜。

杰出作家对艺术创作的推进并非仅见于历史,也是当代的现实。诗亡之叹,几无代无之;一代不如一代,更频见时评。然而,审美之心常新,艺术生命永昌,时代必有大家。当代的杰出作家正以他们的艺术实绩,创造着文学的历史,推动着艺术的进步。人们无须悲观,而应以坚定乐观之心对待。对此,钱锺书有一个独到之见:"每见有人叹诗道之穷,伤己生之晚,以自解不能做诗之嘲。此譬之败军之将,必曰:'非战之罪',归咎于天……而当其致慨'诗亡'之时,并世或且有秉才雄鷙者,勃尔复起,如钟记室所谓'踵武前王,文章中兴'者,未可知也。"①一代文学必有一代大家,并世勃兴的雄鷙之才,将成为当代文学的当代英雄。

此外,文学与其他艺术的相互影响、相互渗透也是促进文学发展的重要因素。艺术门类的历史经历着一个对立而又统一的发展过程。一方面,各门艺术在不断分化中获得自身的特性;另一方面,已获得独立定性的艺术又不断地相互渗透、相互吸收。它们在分化中综合,在综合中又分化,丰富自身的表现功能,促进自身的发展进步。文学与其他艺术的关系同样如此。优秀作家努力学习其他艺术的优长以丰富自己的表现手段,其他艺术与文学相融合以影响文学的发展。文学与绘画的互渗互补,已成为中西学人的常谈。古希腊抒情诗人西蒙奈底斯就说过:"诗是有声画,犹如画是无声诗。"苏轼所谓"味摩诘之诗,诗中有画,观摩诘之画,画中有诗",更为人熟知。文学与音乐的关系同样密切,音乐对文学的影响更为深刻:诗与音乐共生共荣;音乐的节奏赋予散文以神韵;小说常借音乐的曲调点染环境、烘托心理;而中国古代戏曲和近代欧洲歌剧,更是文学与音乐联姻的结果。当然,文学与其他艺术的关系是双向的,有时文学从绘画、雕刻、音乐吸取灵感。正如人和自然事物是文学的主题一样,其他艺术品也可以成为文学的主题;反过来,文学显然也可以成为绘画与音乐的主题,特别是声乐和标题音乐的主题。而抒情诗和戏剧,还可以和音乐紧密合作。总之,各门艺术的交融互渗既是文学发展的动力,也推动着其他艺术的发展。

---

① 钱锺书:《谈艺录》(补订本),北京:中华书局,1984年,第29页。

【基本概念】

摹仿本能说　　游戏发生说　　巫术仪式说　　劳动起源说
艺术进步　　复杂性递增　　文学继承性　　文学民族影响

【思考题】

1. 为什么说"劳动实践合力论"是艺术起源较合理的解释？
2. 文学艺术的进步有何特殊规律？
3. 如何理解艺术创造与物质生产既相适应又不平衡的现象？
4. 宗教、道德、哲学对文学发展的影响各有什么特点？
5. 如何理解杰出作家在文学发展中的作用？

【阅读文献】

1. ［德］格罗塞:《艺术的起源》,商务印书馆,1984年。
2. 陈文忠:《论"文学自觉"的多元历史进程——30年"鲁迅问题"论争的回顾与思考》,载《陕西师范大学学报(哲学社会科学版)》,2012年第4期。
3. ［苏］赫拉普钦科:《论文学艺术的进步》,《作家的创作个性和文学的发展》,上海人民出版社,1977年。
4. ［法］泰纳:《〈英国文学史〉导论》,《文学中的自然主义》,上海文艺出版社,1992年。
5. ［美］哈罗德·布鲁姆:《影响的焦虑》,生活·读书·新知三联书店,1989年。
6. 钱中文:《文学发展论》(增订本),经济科学出版社,1998年。

第九章 文学发展进程

文学的历史进程表明,文学的发展是一种复杂性递增的过程。这种复杂性递增体现在文学活动的诸多方面,如文学体裁的演变、文学思潮的演进、文学地域的拓展以及文学文化形态的变迁等。同时,文学创作对人心与人生的艺术概括也不断达到新的深度和广度。本章将对文学发展的多元进程作更为具体的描述,这有助于深入认识文学发展的规律,并为文学史研究提供多元开阔的理论视野。

第一节 文学体裁的演变

王国维《宋元戏曲考》开篇说:"凡一代有一代之文学,楚之骚,汉之赋,六代之骈语,唐之诗,宋之词,元之曲,皆一代之文学,而后世莫能继焉者也。"①这段话表明一个道理,即文学发展首先体现在文学体裁的演变上。探讨文学体裁的演变至少应回答三个问题,即演变进程、演变方式和演变动因。

一、文学体裁演变进程

文学体裁是文学发展过程中形成的作品的种类和类型。现代文学理论对文学体裁的研究形成两个相对独立的分支,即文体诗学和文体历史学(有的学者称之为"逻辑文类

---

① 《王国维戏曲论文集》,北京:中国戏剧出版社,1984年,第3页。

学"和"历史文类学"①)。所谓"文体诗学",侧重对文学的基本种类作静态的逻辑分析,阐明其在历史实践中形成的一套惯例性的规则,以及这些规则在创作、欣赏和批评中的意义。本书第三章"文学作品类别",即属文体诗学的范畴。所谓"文体历史学",则侧重对文学的基本种类和历史类型作动态的历时性考察,以阐明文学体裁发展变化的规律性问题。这里对文学体裁演变的进程、方式和动因的探讨,即属于文体历史学的范畴。

文学作品始终与体裁相伴,没有无体裁的作品。明代陈洪谟指出:"文莫先于辩体,体正而后意以经之,气以贯之,辞以饰之。体者,文之干也。"②文学的发展首先体现为文学体裁的演变。西方有学者认为,文学史就是文学体裁的演变史。这是有一定道理的。一部中国文学史,首先是一部中国文学的文体演变史,它经历了从原始神话、先秦诗骚、汉赋和汉乐府、魏晋五言诗,到唐诗、宋词、元曲、明清小说的发展过程。一部欧洲文学史,同样也首先是一部欧洲文学的文体演变史,它经历了从原始神话、荷马史诗、古希腊罗马的戏剧、中世纪的传奇,到文艺复兴以来的近现代诗歌、小说、戏剧的发展过程。因此,如果着眼于文学史上的具体文体,就会发现每一个民族各有一部互不相同的文体演变史。

怎样才能较为科学地说明文学体裁的演变进程呢?如前所述,文学体裁可以区分为两个层次,一是基本种类,即诗歌、小说、戏剧等。韦勒克把它称为不能再分的"终极种类"。③这些终极种类一旦形成就不会消失,它的惯例性规则具有稳定性和承续性,并为不同时期的作家所遵循。二是历史类型,即终极种类在不同历史时期形成的文体类型,如中国诗歌中的四言、五言、近体、词曲等。这种历史类型随文学的发展会不断地生成衍化,同时也有其盛衰消亡的生命周期。从各民族文学发展史看,终极性的基本种类的形成具有极为重要的意义,它往往是民族文学高度成熟的重要标志。如果以终极性文体种类的形成为基点,瞻前顾后,就可以将各民族文学体裁的演变进程划分为三个阶段:文学体裁滥觞期,终极种类形成期,文体类型的多元交融发展期。

文学体裁滥觞期也即原始文学时期。各民族的原始文体具有共同性,即原始歌谣、原始神话和原始歌舞。原始歌谣始于原始人劳作时发出的有节奏、有韵律的呼声;原始神话叙述原始人以幻想的形式战胜自然、征服自然的故事;原始歌舞以载歌载舞的形式或摹仿劳动过程或表达宗教情绪。歌唱、叙述、对话是原始歌谣、原始神话和原始歌舞最

---

① 陶东风:《文学史哲学》,郑州:河南人民出版社,1994年,第305页。
② 徐师曾:《文体明辨序说》,北京:人民文学出版社,1962年,第81页。
③ [美]雷·韦勒克、奥·沃伦:《文学理论》,北京:生活·读书·新知三联书店,1984年,第258~260页。

基本的表达方式,后世的诗歌、小说和戏剧正由此发展而来。

基本文体或终极种类的形成期,也即民族文学日趋成熟的时期。这一时期在不同民族文学史上各不相同,主要体现在两个方面。一是终极性种类的数量不同。欧洲文学史上最基本的传统文体有三种,即诗、小说和戏剧或抒情文学、叙事文学和戏剧文学。中国文学史上最基本的传统文体则有四种,即诗歌、散文、小说和戏剧。二是上述基本文体的形成时期也不同。欧洲形成于古希腊,亚里士多德《诗学》根据当时的创作实践确立了戏剧、史诗和抒情诗理论,并一直影响后世。中国四大文体的最终形成从春秋一直持续到宋元,将近两千年后戏剧这一种类才真正成熟。

文体类型的多元发展期,也即民族文学进入繁荣发展期。欧洲从文艺复兴开始出现文体类型的多元发展。布瓦洛《诗的艺术》论次要诗类和主要诗类已有十余种。此后,从基本种类中分化出来的文体类型愈来愈多。中国两汉到魏晋南北朝时期成为第一个文体类型多元发展期。刘勰《文心雕龙》"文体论"共20篇,论及文体33类。文体类型随后又不断衍化发展,至明代徐师曾《文体明辨》已多达121类。这还只是诗文二体,未包括小说和戏剧。必须指出,基本种类的形成同文体类型的多元发展是并行不悖的,即当某一基本种类形成后便独自进入它的多元发展期。中国古代诗歌的各种类型至宋代已发展到极致,而古代戏曲到宋元时才真正成熟。此外,终极性的基本种类形成后不会消失,具有稳定性和恒久性,而从中衍化出来的第二等级的类型则有盛衰,甚至消亡。如《诗经》中的"颂"体,以及试帖诗、八股文等便已退出文学舞台。

二、文学体裁演变方式

文学体裁的种类和类型是无限多样的,但不同种类和类型的发展演变则有一些共同规律,常见的有三种演变方式。

其一,发达文体源于原始文体。托多罗夫写道:"体裁从何而来?简单地说,它们来自其他体裁。一个新体裁总是一个或几个旧体裁的变形,即倒置、移位、组合。"①确实,任何一种新的发达文体类型都不可能凭空产生,无不从较原始的低级文体发展而来。俄国形式主义文论家什克洛夫斯基认为,新的文体类型只不过是把低等的亚文学类型经作家之手正式列入文学体裁的行列中而已。例如,普希金的抒情诗源于题赠诗,勃洛克的抒

---

① [法]托多罗夫:《巴赫金、对话理论及其他》,天津:百花文艺出版社,2001年,第24页。

情诗源于吉卜赛歌谣,马雅可夫斯基的抒情诗源于报纸漫画栏中的滑稽诗。西欧学者尤力斯持相似观点,认为复杂的文学形式都是由较简单的单元发展而来的。原始的基本的文体类型经作家创造性的组合就产生了一切新的发达的文体类型。西方现代小说的形成是典型一例。小说作为类型在《帕米拉》《汤姆·琼斯》和《商第传》等作品中已趋成熟之后,这些作品仍存在着诸如书信、日记、游记、回忆录、小品文等简单类型的痕迹。韦勒克形象地把这称为文体发展中的"再野蛮化"①现象。中国文体的发展演变同样如此,发达的新文体无不来源于原始的亚文体。钱锺书所谓"稗史传奇随世降而体渐升,'底下书'累上而成高文",②即此之谓。郭绍虞在《试从文体的演变说明中国文学之演变趋势》一文中对此有更系统的研究。他指出:"总之,风谣是原始文学,而诗则是风谣之演进,各种文体又是从诗体推衍出来的。"③不过,文体演变中的"再野蛮化"有它的二重性:一方面,通过对原始文体进行重新组合产生出发达的新文体;另一方面,原始的亚文体从此会失去原始的生命力。正如鲁迅所说:"歌,诗,词,曲,我以为原是民间物,文人取为己有,越做越难懂,弄得变成僵石,他就又去取一样,又来慢慢的绞死它。"④鲁迅的批评是有根据的。当然,我们并不能因此否定杰出作家在文体发展中的积极作用。

其二,改良性渐变与革命性突变。一种文体形成之后会不断地发展变化,从变化的强度看,则有改良性渐变与革命性突变两种方式。所谓"改良性渐变",是指尚未突破文体的整体结构规则,只是个别要素发生变化;所谓"革命性突变",则是以一种全新的结构规则取代旧有的结构规则。以中国古代诗体的演变为例,从诗到词是一种革命性突变,从词到曲则是一种改良性渐变。词,又称长短句,它的大多数句式都不是五言和七言的格式,而是各种节奏形式的杂用,因而是对原有古近体诗节奏规则的根本性突破。而散曲之于词,则是在词的长短句的规则基础上增加一些衬字,个别元素变化而整体结构规则照旧。一种文体革命性突变的结果是一种新文体的诞生。一种新文体的推陈出新和真正确立有两个标志:一是从本质上改变旧文体的整体规则和结构关系;二是形成一套新的具有稳定性的惯例性规则,并为作家在创作中自觉遵循。中外文学史上每一种新文体的确立,无不如此。

其三,规则承续与创新变异。一种文体类型一旦确立之后,它的一套惯例性的规则

---

① [美]雷·韦勒克、奥·沃伦:《文学理论》,北京:生活·读书·新知三联书店,1984年,第269页。
② 钱锺书:《管锥编》第4册,北京:中华书局,1991年,第1420~1421页。
③ 郭绍虞:《照隅室古典文学论集》上编,上海:上海古籍出版社,1983年,第31页。
④ 《鲁迅全集》第12卷,北京:人民文学出版社,1981年,第339页。

就具有稳定性和承续性,为不同时代的作家所遵循,同时,每一位优秀作家在遵守这些惯例性规则的同时,又会根据艺术表现的需要进行创造性的扩张和变异。这就是文体演变中的规则承续和创新变异现象。李白古乐府体诗的创作就是如此:一方面,李白"依题咏事",按古乐府的规则写作;另一方面,又自出机杼,虽用其题而自出己意。明人许学夷《诗源辩体》说:"五七言乐府,太白虽用古题,而自出机杼,故能超越诸子。"李白古乐府的创造性变异是多方面的,如诗境的提炼与创新,主题的深化与改变、寓意的寄托与手法的多样等。古题乐府正是经过李白的开掘、综合和创新,发展到它的极盛阶段。对文体类型演变中的规则承续与创新变异现象,韦勒克作这样解释:"文学作品给予人的快乐中混合有新奇的感觉和熟知的感觉……整个作品都是熟识的和旧的样式的重复,那是令人厌烦的;但是那种彻头彻尾是新奇形式的作品会使人难以理解,实际上是不可理解的",因此,"优秀的作家在一定程度上遵守已有的类型,而在一定程度上又扩张它。"①这种解释是符合审美心理和创作实践的。

由于文体演变中存在规则承续和创作变异的现象,因此任何一部文体类型史都必须采用一种双重的方法来写。这就是共时性的惯例规则和历时性的创新变异相结合的考察方法。一部中国乐府文学史,一方面,要用乐府诗所具有的共同特征来规定乐府的定义;另一方面,又要循着编年顺序研究不同时期的乐府诗人之间的承续关系和创变关系,从而评定各自的贡献和地位。一部西方悲剧史的写作同样如此,既要用悲剧所具有的共同特征来规定悲剧的定义,又要循着编年顺序研究某一时代和民族的悲剧流派和它的后继者之间的关系,然后作出批评性的阐释。

三、文学体裁演变动因

文学体裁的演变动因是多方面的,它受到文学活动诸构成要素的影响和制约。诸如社会意识形态的选择、创作主体的追求、期待视野的促进,文化交流的激变和传播载体的推动等。

首先,社会意识形态的选择。体裁在社会中产生,通过制度化的惯例性规则与社会相联系,因此体裁的演变首先与一定的社会形态和民族生活密切相关,这是文学体裁演变的决定因素。古希腊戏剧文学特别繁荣,中国古代抒情诗更为发达,归根结底是由古

---

① [美]雷·韦勒克、奥·沃伦:《文学理论》,北京:生活·读书·新知三联书店,1984年,第268页。

希腊的城邦文明与古代中国的农耕文明决定的。在影响体裁演变的各种社会因素中,意识形态的选择具有特别重要的意义。每个时代都有自己的体裁系统,这种体裁系统同占支配地位的意识形态相关联。与任何制度一样,制度化的体裁也展现其所属社会的构成特征,一个社会总是选择尽可能符合其意识形态的艺术形式并使之系统化。同样,某些体裁存在于这个社会而不存在于另一社会,也显示出特定社会意识形态的选择作用。①在欧洲文学史上,史诗在一个时代占主导地位,小说则出现在另一个时代,而小说主人公的个体性与史诗主人公的集体性,形成鲜明对照。这绝非偶然,实质上是特定时代意识形态选择的结果。正如别林斯基所说:"古希腊史诗只可能为古希腊人存在,作为用他们的形式对于他们的生活、他们的内容的表现。对于新的世界来说,用不着把它加以恢复,因为新的世界有它自己的生活,自己的内容,自己的形式,自己的史诗。"②中国文学史上不同体裁的盛衰变化,也首先应当从社会现实,尤其是占统治地位的意识形态方面去寻找根源。

其次,创作主体的自觉追求。文学的进步离不开杰出作家的创造性贡献,体裁的发展演变同样离不开创作主体的自觉追求。作家对体裁发展的推动作用主要表现在两个方面:一是新体裁的确立,二是旧体裁的创变。文学体裁最初都产生于民间。原始性的民间文体成为规则完备的发达文体,离不开作家创造性的加工改造。中国文学史上起源于民间的四言诗、五言诗、词、曲、杂剧、话本等样式,都是经过作家的加工改造而发展成熟的。以五言诗为例。西汉是辞赋的全盛期,新体诗正在民间酝酿,五言诗体尚未成熟。东汉初年,班固的《咏史》已是纯粹的五言,但艺术上尚未成熟。此后,张衡的《同声歌》、秦嘉的《赠妇诗》、蔡邕的《饮马长城窟》等,从当时的乐府诗中汲取养料,经过他们自觉的艺术加工创造,终于使五言诗体趋于完善。作家对体裁的推进,还体现在原有体裁的创造性变革上。从文体的角度看,一个作家要在创作上作出贡献,大多不是去创造新体裁,而是给原有体裁注入新因素,从而赋予其新的艺术风貌。这种现象在现代小说创作中表现得最为明显。小说作为一种文学体裁有一定的结构规则,又有极大的灵活性和自由度。小说家可以运用这种体裁所赋予的自由度进行创造性的变革。一部优秀的小说在体裁上总有独到的创新之处。鲁迅的短篇小说,几乎一篇有一篇的新特色。现代作家的长篇小说,茅盾的《子夜》不同于老舍的《骆驼祥子》,巴金的《激流》三部曲又不同于老舍

---

① [法]托多罗夫:《巴赫金、对话理论及其他》,天津:百花文艺出版社,2001年,第29页。
② 《别林斯基选集》第3卷,上海:上海译文出版社,1980年,第484页。

的《四世同堂》。其实,五四运动以来的新诗创作与古典诗歌的最大区别之一,就是每一位优秀诗人都赋予新诗一种新的形式,徐志摩、戴望舒、闻一多、艾青的新诗创作因此而各呈风采。巴赫金认为:一种体裁的生命力,就在于它在各种独具特色的作品中能不断地花样翻新。① 可见,作家的创造性变革对体裁演进的意义是不可低估的。

再次,期待视野的积极促进。传统文学理论视读者为被动的受教育对象,现代文学理论则认为读者是文学活动的促进力量。读者的期待视野促进文体演变的根本原因在于:任何时代的读者都有一种鲜明的文体期待和文体选择倾向,而作家的创作最终是满足读者阅读需要的,于是读者的文体期待和文体选择必然会制约作家的创作,从而影响到文体的演变。这具体地表现在两个方面。

其一,普通读者的传统期待使某些文体长盛不衰。如武侠小说、言情小说、侦探小说和科幻小说等文体,情节曲折,故事感人,或悲悲戚戚,或迷离恍惚,以其特有的通俗性和趣味性适应普通读者的阅读水平,符合他们的期待视野,所以近百年来兴盛不衰。西方文学史上所谓低俗体裁对高雅体裁的排挤渗透,也与普通读者的这种期待视野有关。所谓高雅体裁是指讴歌重大政治事件的庄严诗歌,而那些有趣的、简朴的、比较随意的民间故事则被称为低俗体裁。18 世纪以来西方体裁演变史中,这种低俗体裁对高雅体裁的排挤有两种形式:一是高雅体裁的彻底绝迹,古希腊的颂诗和史诗在 19 世纪的消亡;二是低俗体裁的程序向高雅体裁的渗透。如喜剧程序向崇高的古典悲剧渗透产生出浪漫悲剧。低俗体裁的典型特征是规则程序的喜剧性,它对高雅体裁的排挤和渗透,显然与普通读者的文体期待和文体选择密切相关。

其二,高层次读者的求新期待促使作家进行体裁的创新,乃至花样翻新,以满足读者新的期待视野。而一种新文体的出现,又能拓展原有的阅读视野,形成读者新的阅读期待。与传统文体相比,20 世纪以来的诗歌、小说、戏剧发生了明显的变化。以戏剧而言,布莱希特的史诗剧、法国的荒诞剧等,由于观念和手法的更新,戏剧体裁发生了极大的变化,观众的审美视野也为之焕然一新。姚斯认为:"新本文唤起读者(听众)在其他本文中熟悉的期待视野和'游戏规则',从而改变、扩展、矫正,而且也变换、跨越或简单重复这些期待视野和'游戏规则'。变异、扩展和矫正确定了类型结构的范围,一方面是打破惯例,另一方面则是惯例的再生产,从而划定了自身的界限。"② 这段话充分阐明了期待视野与

---

① 参阅[俄]巴赫金:《陀思妥耶夫斯基诗学问题》,北京:生活·读书·新知三联书店,1988 年,第 156 页。
② [德]姚斯、[美]霍拉勃:《接受美学与接受理论》,沈阳:辽宁人民出版社,1987 年,第 111~112 页。

文体变革相互促进的辩证关系。

最后,文化交流和媒体发展也是促进文体演变的重要因素。各民族文化和文学的相互交流对文体演变的促进作用,前面已有所涉及。这里不妨介绍一下闻一多对此问题的看法。在《文学的历史动向》这篇著名论文中,闻一多认为,从西周到宋,中国大半部文学史实质上是一部诗史。但是诗的发展到北宋实际盛极而衰,到南宋时词已经是强弩之末。中国文学史的路线自南宋起便转向了,此后是小说戏剧的时代。然而,南宋以后小说戏剧的发展则明显受到外来文化的刺激。故事与雏形的歌舞剧,以前在中国本土不是没有,但从未发展成为文学的"部门"。这是因为对于讲故事、听故事,我们似乎一向就不大热心;同时,小说和戏剧本质上是平民的,诗本质上是贵族的。中国的文学传统既是诗,就不但不是小说戏剧的,而且推向极端可能是反小说戏剧的。据此,闻一多指出:"我们至少可说,是那充满故事兴味的佛典之翻译与宣讲,唤醒了本土的故事兴趣的萌芽,是它与那较进步的外来形式相结合,而产生了我们的小说与戏剧……若非宗教势力带进来那点新鲜刺激,而且自己的歌实在也唱到无可再唱的了,我们可能还继续产生些《韩非·说储》,或《燕子丹》一类的故事,和《九歌》一类的雏形歌舞剧,但是,元剧和章回小说决不会有。"[①]这一分析已成为文学史的定论。另外,中国文学体裁的发展演变,曾两度受到外来宗教文化的刺激影响。第一度佛教带来的印度影响是小说和戏剧,第二度基督教带来的欧洲影响又是小说和戏剧。这并非偶然。欧洲文化同它的鼻祖希腊文化,和印度文化从大处看本是一家。因此,在这两个异域文化东渐的阵容里,印度不过是欧洲的头,欧洲是印度的尾而已。

18世纪以来,大众传播媒体的发展对文学体裁演变的推动作用愈来愈大。从传播史看,现代传媒经历了由报纸、广播、电影、电视到网络的发展过程。每一种新传媒的诞生都推动了相应文体的发生和发展。如报纸与连载小说及散文和随笔,广播与朗诵诗和广播剧,电影与电影文学,电视与电视剧和电视散文,网络与网络文学等。大众传播媒体推进文体类型的发展,主要表现在两个方面。一是适应新媒体的需要,催生新的文学体裁。如产生于20世纪的电影文学、电视文学和网络文学,即属此类。一是借助大众媒体提供的传播空间和传播渠道,某些传统文体得到新的发展,或被赋予新的形式。18世纪以后,欧洲小说的兴起就与报纸的发展密切相关。伊恩·P·瓦特在探讨英国小说兴起的多种原因时写道:"为了那些处在购书大众边缘的经济能力较低的读者的需要,当然会出现多

---

① 《闻一多全集》第10卷,武汉:湖北人民出版社,1993年,第18～19页。

种形式的廉价的娱乐印刷品……尤其是报纸,直到 1712 开始征税以前,一直是一便士,1757 年(价格)提高到一个半便士或两便士,1776 年后最终提高到三便士。这些报纸中的大部分登载的都是短篇小说,或是连载的长篇小说——例如,《鲁滨孙漂流记》就是这样在一份周三版的报纸《原版伦敦邮报》转载过。"① 廉价而频繁发行的报纸,使短篇和长篇小说获得最广泛的读者;连载的形式又使长篇小说的情节安排和悬念设置技巧得到极大发展。20 世纪初,当时迅速发展的报纸也为以鸳鸯蝴蝶派为代表的中国通俗小说的兴起,立下了汗马功劳。②

第二节　文学思潮的演进

如果说文学发展进程在艺术本体方面体现为文学体裁的演变,那么在创作主体方面则体现为文学思潮的演进。

一、文学思潮的性质

中国传统文论有丰富的文学体裁论,却没有形成自己的文学思潮论。文学思潮是西方学者研究欧洲各民族文学发展阶段的共同规律时提出的理论范畴。我们先结合欧洲文学史阐述文学思潮的性质和形态,然后再探讨文学思潮史研究的普遍有效性问题。

何谓文学思潮?所谓文学思潮是指文学发展到特定阶段,具有高度创作自觉性的作家群体在某种共同纲领的基础上形成的创作潮流。属于同一文学思潮的作家在审美意识、创作方法和艺术形式方面具有内在的一致性和相通性,任何一种文学思潮都不是作家们的偶然集合。文学思潮不同于一般的创作集合体,也不同于文学流派,它有自己的规定性。

首先,文学纲领的共同性是文学思潮的思想基础。例如,无情地揭露社会黑暗,严酷地剖析现实丑恶,无遮拦地撕毁现存的一切假面具,成为批判现实主义作家共同的创作

---

① [美]伊恩·P·瓦特:《小说的兴起》,北京:生活·读书·新知三联书店,1992 年,第 40 页。
② 陈平原:《中国小说叙事模式的转变》,上海:上海人民出版社,1988 年,第 268～299 页。

纲领。但是,并非事先宣布的文学纲领决定了作家的创作特色,而是思想和艺术的共同性把作家联合在一起,并促使他们宣告相应的纲领原则。对于文学思潮创作纲领的形成过程,俄国学者沙霍夫有精辟论述:"我们在夏多布里昂作品中见到的新的文学思潮,是新的社会方式和情绪的产物,它在二十年代演化出自己的美学学说和独特的文学理论。任何一种文学法典的起源都必然有类似的过程:先是在社会上出现排斥旧观点的新的思想和概念,然后这些共同的概念、这种新的具体认识的世界观成为诗的内容,最后在诗的作品的基础上建立起文学手法和艺术技巧的理论,直到出现其他社会结构形式之前,作家们都遵循着它。"①这对文学思潮创作纲领的形成具有普遍的认识意义。

其次,创作方法的一致性是文学思潮的创作基础。同一文学思潮的作家在创作上的共同性直接根源于他们所遵循的创作方法的一致性。所谓创作方法是指作家在一定审美意识的指导下,根据对生活和艺术关系的理解,认识生活,把握人性,塑造艺术形象所遵循的原则方法。每一种创作方法都是特定的创作精神、创作原则和创作手法的统一体。创作精神是指对待艺术对象的态度,或再现客观现实,或表现主观理想;创作原则涉及展示艺术对象的样式,或生活本来的样式,或虚幻假定的样式;创作手法则是描绘艺术形象的具体手法,或写实和白描,或变形和夸张等。现实主义、浪漫主义和象征主义是东西方文学史上共有的三种最基本的创作方法,这是学界共识。欧洲文学史上的文学思潮都有一定的创作方法作为共同基础,文学史家也往往以其采用的创作方法来命名一种思潮,因而常常给人带来文学思潮与创作方法合而为一的印象。

再次,文学流派的多样性是文学思潮的存在特点。文学思潮不同于文学流派,波斯彼洛夫作了这样的区分:"显然,只有为表示某个国家和时代的那些以承认统一的文学纲领而联合起来的作家团体的创作,保留'文学思潮'的术语,而称那些仅仅具有思想和艺术的共性的作家集团的创作为文学流派,才是相宜的。"②与文学流派相比,文学思潮不仅规模大、跨时长,影响也深广,以致流传到不同国家和民族。不过,文学思潮与文学流派之间又有密切联系。首先,文学思潮依存于文学流派,并往往由文学流派发展而来。例如,象征主义导源于法国,它首先是一个文学流派,以莫里阿斯在《费加罗报》上发表"象征主义"宣言为开端,又以他宣布"象征主义"死亡为终结,前后不过5年时间,涉及莫里阿斯为首的一小批诗人。其后,它扩展成法国的一场文学运动,以波德莱尔的创作理论

---

① 转引自[苏]波斯彼洛夫:《文学原理》,北京:生活·读书·新知三联书店,1985年,第173页。
② [苏]波斯彼洛夫:《文学原理》,北京:生活·读书·新知三联书店,1985年,第175页。

为开端,以魏尔伦和马拉美的创作为活跃期,以莫里阿斯标举"象征主义"为确立期,以瓦雷里的"新象征主义"为终结。最后,它又成为欧洲文学史上的一股文学思潮,上承现实主义,下启现代主义。在时间上,从19世纪80年代至第一次世界大战前夕,前后约有30年;在空间上,以法国为中心,向欧美各国传播,产生了广泛国际影响,五四运动以后还影响到我国。象征主义作为文学思潮,就是由文学流派逐渐发展而来的。其次,一种文学思潮可以包容多种不同文学流派,多样的流派又促进思潮的发展。五四运动以后,中国的现实主义文学思潮促使了乡土派小说、社会分析小说、京派小说、七月派小说等流派的产生。这些流派由于关注社会现实,注重艺术表现,又吸引了不少追随者,从而极大地推进了现实主义文学思潮的发展。总之,流派的多样性成为文学思潮存在的显著特征。作为国际性的文学思潮,其内部不同流派的性质及关系更是千差万别。

最后,一种文学思潮在它存在的时期内不是凝固僵死的而是发生着变化的。文学思潮大多存在于较长的历史时期内,从初期到后期对生活冲突的揭示和艺术上的表现,必然有较大的改变。批判现实主义发端于19世纪30年代,却一直延续到20世纪。其间,法国批判现实主义从巴尔扎克到马丁·杜·加发生了根本变化;同样,从狄更斯至高尔斯华绥的英国批判现实主义的结构和性质也有极大改变。同时,法国和英国的批判现实主义又必然具有民族和社会的差异性。这就告诉我们,在对文学思潮进行分析研究时,必须充分考虑其各阶段的独特性,考虑不同国家民族的差异性。

二、文学思潮的演进

文学思潮有哪些类型?欧洲文学史上文学思潮的演进经历了哪些共同阶段?文学史家一致的看法是,从古希腊的埃斯库罗斯时期到莎士比亚时期都还没有明确地形成文学思潮。17世纪发源于法国的古典主义,是欧洲文学史上第一个文学思潮。此后,相继出现的是感伤主义和浪漫主义,现实主义和自然主义。到20世纪,象征主义扩展为现代主义,20世纪中后期则出现了延续至今的后现代主义。在上述文学思潮中,古典主义、浪漫主义、现实主义、现代主义和方兴未艾的后现代主义是最主要的思潮类型,也标示了近代以来欧洲各民族文学发展所经历的相似的阶段。同时,这些范畴对于认识和研究中国文学也不无借鉴意义。

(一)古典主义文学思潮

古典主义是近代欧洲第一个真正意义上的文学思潮。17世纪中期发源于法国,它的产生与当时的社会状况和意识形态特点有密切关系。路易十四时代建立的绝对君主专制是古典主义的政治基础;当时流行的以笛卡儿为代表的唯理主义是它的哲学基础;在宫廷贵族中流行起来的讲究豪华排场、追求高贵典雅的艺术趣味是它的审美文化基础。古典主义在法国产生以后,逐渐传播到意大利、英国、德国及俄国,于18世纪成为一个国际性的文学思潮。意大利维达的《诗学》、法国布瓦洛的《诗的艺术》和英国蒲伯的《论批评》,被视为古典主义批评的"三法典"。

不同时期、不同国家的古典主义文学各具风貌,但同时又自觉不自觉地遵循着最初确立的创作纲领。古典主义文学具有如下共同特征:其一,崇尚理性。这主要是指政治理性和道德理性。宣扬个人利益服从国家利益、展示个人情欲与公民义务的冲突成为古典主义戏剧的基本内容和倾向。高乃依《熙德》和拉辛《安德洛玛克》的戏剧冲突就以此为中心。其二,崇尚古典。以希腊、罗马的古典作品为典范,学习古典,摹仿古典,是古典主义文学的创作纲领,也是古典主义作家的自觉行为。这也是这一思潮被命名为"古典主义"的原因所在。其三,严守规范。这包含两个方面,一是严守希腊、罗马的古典规范,二是严守符合贵族趣味的新的规范。崇高的悲剧体裁、严正的三一律结构、典雅的戏剧语言,以及类型化和定型化的人物形象,形成古典主义文学的独特风貌。其四,强调教益。布瓦洛所谓"一个贤明的读者不愿把光阴虚掷,他还要在欣赏里获得妙谛真知",是对古代"寓教于乐"说的继承,也是古典主义强调文学的社会功能而不同于其他文学思潮的特点之一。

古典主义文学在发展过程中出现两种倾向:一种是恪守古典教条的保守倾向;一种是从审美现实出发的开放倾向。布瓦洛是前者理论上的代表之一,狄德罗则是后者理论上的代表之一。不过,"古典主义"作为文学理论和文学史范畴,迟至19世纪中后期才出现。1863年英国学者威廉·拉斯顿在题为《英国文学中的古典派和浪漫派》的讲演中,首先提出了"新古典派"的概念。直至20世纪20年代,"古典主义"才被普遍用来概括这一文学思潮。①

(二)浪漫主义文学思潮

古典主义之后是感伤主义和浪漫主义文学思潮占统治地位的时代。感伤主义文学思潮兴起于18世纪中期的英国。斯泰恩于1768年发表了感伤主义文学的代表作《感伤旅程》,"感伤主义"由此得名。不过,感伤主义文学流行时间较短,且真正的感伤主义作

---

① [美]R.韦勒克:《文学思潮和文学运动的概念》,北京:中国社会科学出版社,1989年,第67~71页。

家和浪漫主义作家在创作精神和创作原则上是相通的。他们中的某些人是感伤的浪漫主义作家,另一些人则从多愁善感的人变成真正的浪漫主义作家。所以这里集中论述浪漫主义文学。

浪漫主义文学思潮兴盛于18世纪末至19世纪前30年。德国的歌德、席勒,英国的华兹华斯、拜伦,法国的雨果、乔治·桑,都是浪漫主义文学思潮的代表作家。英国扬格的《试论独创性作品》、席勒的《论素朴的诗与感伤的诗》、华兹华斯的《〈抒情歌谣集〉序言》,以及雨果的《〈克伦威尔〉序》等可视为浪漫主义文学的理论纲领。

浪漫主义文学的产生基于双重背景:一是对迅速发展起来的资本主义物质文明和城市文化的批判;一是对古典主义审美规范和启蒙主义理性精神的否定。浪漫主义文学思潮的基本特点由此形成。其一,理想主义。席勒所谓"试图用美丽的理想去代替那不足的现实",是浪漫主义文学的首要特点。批判资产阶级的文明制度和庸俗生活,追求高尚道德的理想世界,成为浪漫主义的基本主题。在浪漫主义作家看来,艺术不是对现实世界的研究,而是对理想真实的追求。其二,主情主义。与古典主义的理性相对,浪漫主义文学崇尚情感,把情感的自由表现视为实现个体理想的途径。华兹华斯所谓"诗是强烈情感的自然流露",成为浪漫主义诗人的信条。雨果更明确地说:"浪漫主义其真正的定义不过是文学上的自由主义而已。"①从而把主体情感的自由表现推向极致。其三,回归自然。浪漫主义作家在批判资本主义城市文明时,接过卢梭回归自然的口号,崇尚自然,主张表现自然田园生活和人的纯朴自然本性。强烈而真挚的自然之爱,使浪漫主义文学给人一种特殊美感。其四,推崇想象。理想世界的创造、主体情感的表现和神奇效果的追求,使浪漫主义文学把想象、幻想和天才推到首位。想象力由原先的被视为"正在衰减的感觉",一跃而为"一切功能中的皇后"。

浪漫主义文学思潮在发展中形成两种倾向:积极浪漫主义和消极浪漫主义。高尔基对两种倾向的论析具有经典意义:积极浪漫主义"力图加强人的生活意志,在他心中唤起他对现实和现实的一切压迫的反抗";消极浪漫主义"或者粉饰现实,企图使人和现实妥协;或者使人逃避现实,陡然堕入自己内心世界的深渊,堕入'不祥的人生之谜'、爱与死等思想中去"。②这对认识各民族文学史上的浪漫主义仍有极大的指导意义。

(三)现实主义文学思潮

19世纪30年代以后,现实主义文学思潮先后兴起于欧洲各国。法国的司汤达、巴尔

---

① 《雨果论文学》,上海:上海译文出版社,1980年,第92页。
② [苏]高尔基:《论文学》,北京:人民文学出版社,1978年,第163页。

扎克、福楼拜,英国的狄更斯、萨克雷、勃朗特姐妹,俄国的果戈理、屠格涅夫、托尔斯泰等一大批作家成为现实主义的经典作家,他们的作品已成为人类不朽的精神财富。现实主义文学思潮的产生同样有它的社会现实基础。当时,封建制度全面崩溃,资本主义深入发展,社会劳资冲突加剧,金钱社会的罪恶暴露无遗,这一切必然促使有社会责任心的作家关注现实,思考现实,反映现实。这是一方面。另一方面,历史科学、自然科学和辩证唯物主义哲学的发展为现实主义的真实性原则提供了理论方法的根据。

在上述社会历史条件下产生的现实主义文学思潮,具有基本相通的创作主张和艺术特征,尽管这些特征因时代、国别和个性的差异而被赋予各自的内涵。其一,客观真实性。对当代社会现实作客观再现,或按照生活本来的面貌描写生活,成为各国现实主义作家的首要原则。现实主义的客观真实性,一方面与浪漫主义的主观想象性相对,它排斥虚无缥缈的幻想,排斥神话故事和异域情调,而把细节的真实提到首位;另一方面,真实性又是一个包容的概念,丑陋、骚乱、低贱的东西都成了艺术的题材。其二,形象典型性。对典型形象的塑造成为现实主义作家普遍自觉的追求。现实主义的客观真实不是外部现象的真实,而是人性心理的内在真实。福楼拜说:"必须把自己的人物提高到典型上去。伟大的天才与常人不同的特征即在于:他有综合和创造的能力;他能综合一系列人物的特性而创造一典型。"①恩格斯所谓"现实主义除了细节的真实外,还要真实地再现典型环境中的典型人物"的定义,更是为人所熟知。其三,社会批判性。19世纪的现实主义文学思潮被称为批判现实主义,就在于它具有强烈的社会批判性。一位英国评论家曾说:社会小说大师查理·狄更斯的小说越是一步步接近现实,他的批判性就愈强烈,他几乎是以绝望的态度对待社会的。其实,巴尔扎克、狄更斯到托尔斯泰,无不如此。一切严肃艺术对社会都取批判态度。现实主义作家的批判变得更为直率,它直面惨淡的人生,具有鲜明的当代性,同时批判精神消融在形象体系之中,具有倾向的暗示性。此外,现实主义作家在艺术形式上的贡献是推进了长篇小说的发展。现实主义长篇小说以巨大的篇幅、细腻的笔触,生动地描写了爱情婚姻、社会事件、历史故事、个人传记,极大地满足了读者认识社会人生的需要。

19世纪中后期,法国出现了以左拉为代表的自然主义文学思潮。在西方,自然主义和现实主义往往混而不分。但从自然主义理论及其代表作看,自然主义文学是中外文学史上颇具普遍性的文学现象。左拉从当时的生物学、医学、生理学及实证主义哲学中受

---

① 转引自[苏]季摩菲耶夫:《文学原理》,上海:平明出版社,1955年,第35页。

到启发,逐渐形成他的文学思想,《实验小说》一文是其自然主义文学理论的代表作。自然主义有三个方面不同于现实主义:一是强调文学与自然科学结合,以致表现出要求文学从属于自然科学的倾向;二是文学创作中运用实验方法,要求作家像医生解剖生物那样解剖人的肌体、心理以及整个社会肌体;三是要求按照生物遗传学的观点去描写人,刻画人的遗传本能和深层情欲。左拉以生理分析为基础的病态心理小说《黛莱丝·拉甘》是自然主义的代表作之一。在中外文学史上,带有自然主义倾向以表现人的生理本能、深层情欲和病态心理的文学作品并不少见,在某些国家的某些时期还相当集中。因此,自然主义虽然具有明显缺陷,但作为一种文学思潮必须引起重视,并对其作客观研究。

(四)现代主义文学思潮

从19世纪末期到20世纪中期,现代主义文学思潮流行于欧美。现代主义一词源于法语moderne,意谓新的或现代的。所谓现代主义一般是指发端于19世纪后期,兴起于20世纪20年代前后,同传统的审美观念、创作原则和艺术形式相对立的各种现代派文学的总称。严格地说,"现代主义"指一种文学思潮,与前述古典主义、浪漫主义、现实主义属同一性质;而"现代派"则是表现这一思潮的各种流派的总称,如象征主义、表现主义、超现实主义、存在主义、意识流、荒诞派、黑色幽默派等。在一般情况下,"现代主义"与"现代派"经常互用。

现代主义文学思潮的兴起有其深刻的社会根源和思想根源。从社会方面说,19世纪末西方各国进入垄断资本主义阶段,各种社会矛盾进一步加深激化。随之而来的两次世界大战的先后爆发,给社会带来了巨大灾难和极度动荡。这一切造成了社会关系畸形和社会心理恐慌。物质与精神的分离、个人与社会的对立使西方世界的作家普遍产生了幻灭感和悲观情绪。从思想方面看,在这样的社会背景下,各种非理性主义的哲学思想和文化思想大行其道。叔本华的意志论和生存空虚说、尼采的超人哲学和反传统思想、弗洛伊德的精神分析学说,以及直觉主义、神秘主义、存在主义等,与资本主义世界的矛盾、混乱和危机相呼应,渗透到社会的各个角落。面对这样的社会现实,信仰出现危机、对科学产生怀疑、传统价值观念出现崩溃的现代作家,纷纷背离传统的创作原则和创作手法,进行新的艺术探索,以表现新的时代精神和个体的人生体验。

现代主义文学的基本精神是反传统:反现存社会秩序和反传统艺术方法;由此形成了迥异于浪漫主义和现实主义的思想特征和艺术特征。

从思想特征看,现代主义文学表现出对现代西方资本主义文化和文明深切的危机意识和紧迫的变革意识。最典型的是作品所表现的人类四种基本关系的全面异化,即在人与社会、人与自然、人与人、人与自我这四种关系上的扭曲和异化。在人与社会的关系上，现代主义文学表现了从个人角度而非社会人的角度全面地反社会、反传统的倾向；在人与自然的关系上，包括人与大自然、人与本性、人与物质世界的关系上，现代主义都表现出深刻的怀疑和全面否定的态度；在人与人的关系上，现代主义揭示出一副冷漠无情、以自我为中心、人与人无法沟通的悲哀情景，人的孤独感、失落感成为作品的普遍主题；在人与自我的关系上，现代主义在精神分析学的影响下表现人对自我的稳定性、可靠性前所未有的怀疑，人受无意识和本能的控制而失去了本质，也失去了自我。这四种关系的全面异化，深刻揭示了现代资本主义社会的异化本质。现代主义文学的社会意义和认识价值也主要在此。

从艺术特征看，现代主义向传统理性观念和现实主义文学发出挑战，在创作中以张扬个性和自我为己任，在艺术上致力于探索新奇别致的表现形式和手法技巧。具体地说可概括为三个方面。一是重主观表现。现代主义主张以"心理现实主义"取代批判现实主义，强调表现内心生活和心理真实。他们要求"沉思默想的现实"要"独立发言"；主张"向内心开掘"，表现"人物私有的幻想"，而所谓的"内心"，则是一颗以本能为主导的变化多端、深奥莫测的心。二是重艺术想象。现代主义作家完全否定艺术再现生活的意义，认为艺术家必须通过想象创造客体，以表现主体。他们往往通过艺术想象把现实与梦幻结合成超现实，使现实梦幻化、虚幻化，他们的作品充满神秘主义的气息。三是重形式创新。现代主义作家认为形式就是内容，离开形式就无所谓内容，因而特别注重艺术形式，刻意追求形式的新奇别致。他们在创作中大量运用变形、荒诞、象征等手法，淡化情节，消解结构，取消人物个性，作品充满了非逻辑、非常态的艺术假定性。应当承认，现代主义文学在艺术技巧上有许多重要开拓，丰富了艺术表现力，不乏借鉴意义。[①]

（五）后现代主义文学思潮

20世纪60年代以后，欧美各国又出现了后现代主义文学思潮。"后现代"和"后现代主义文学"至今在西方评论界仍是有激烈争议的话题。但有两点可以作为进一步探讨这一话题的基础。其一，后现代主义同其他文学思潮一样，具有自己的地域学、年代学和社会学方面的界限。从这个意义上说，它起源于北美洲的文学批评，阿根廷作家博尔赫斯被视为第一位后现代主义作家。在20世纪60年代，后现代主义几乎单单发生在美国。其后，后现代主义的概念进一步扩大，法国的"新小说"派及意大利、英国、德国等国籍不

---

① 参阅袁可嘉：《欧美现代派文学概论》，上海：上海文艺出版社，1993年。

同的作家也被归入后现代主义作家的行列。但迄今,这一概念仍仅限于欧美文学界。[①]其二,从美学倾向和艺术特征看,后现代主义文学不是接着现代主义文学而来的,而是与其逆向背离的。按照美国学者杰姆逊的看法,资本主义已经历了三个阶段,即国家资本主义、垄断资本主义和跨国资本主义。与这三个阶段相关联形成三个文化思潮和文学思潮,即现实主义、现代主义和后现代主义。以文学作品为例,德莱塞的《嘉莉妹妹》是一部现实主义作品,艾略特的《荒原》是一部现代主义作品,而托马斯·品钦的《万有引力之虹》就完全是后现代主义的产物了。[②] 后现代主义出现在后工业社会,是跨国资本主义时代文化现象的总称。其特征是深度模式削平,历史意识消失,主体性丧失,距离感消失,它是反个性、反权威、反文化、反艺术的。在这个意义上,它是反现代主义的,因为现代主义强调个人风格、个人权威、古典文化和精英艺术。而后现代主义文化作为大众社会的大众文化则朝着平面化、通俗化、商品化和自我娱乐化的方向发展。当然,后现代主义文学正处在发展过程中,后现代主义的研究有待深入。

综上所述,17世纪以来的近代欧洲文学史,可以说是一部文学思潮的演进史。

三、文学思潮史研究

近代以来的欧洲文学史实质上是一部文学思潮的演变史。因此,文学思潮便成为文学史研究的一个重要领域。例如,丹麦文学史家勃兰兑斯的六卷本《十九世纪文学主流》就是一部文学思潮史研究的名著。19世纪的欧洲文学经历了摆脱古典主义,盛行浪漫主义,又兴起现实主义的曲折过程,是欧洲文学史上最为重要的一个阶段。勃兰兑斯的这部著作正展示了从19世纪初叶起到19世纪中期,欧洲几个主要国家文学思潮的演变状况,着重分析了法、英、德各国浪漫主义的盛衰消长,以及现实主义相继而起的历史必然性。这部断代文学思潮史,气势恢宏,内容丰富,见解深刻,文字清新流畅,其研究思路和方法更可称道,为文学思潮史研究确立了一种范式。

20世纪之前,中国文学没有产生欧洲近代意义上的文学思潮,传统中国文论也没有形成自己的文学思潮论。那么,从思潮史角度研究中国文学是否可能?有无先例和意义?回答是肯定的。借用欧洲的文学思潮理论研究中国文学的可能性,主要有两条理由。

---

① [荷]佛克马、伯顿编:《走向后现代主义》,北京:北京大学出版社,1991年,第1～2页。
② [美]杰姆逊:《后现代主义与文化理论》,北京:北京大学出版社,1997年,第1～7页。

第一,在一定程度上存在的各民族文学发展经历相似阶段的现象,是借用欧洲文学思潮理论研究中国文学重要的客观基础。各民族文学都有自己的发展道路,并在民族生活的基础上形成自己的民族风格。然而,文学思潮是人类生活特定历史阶段的产物,人类社会的共同性使任何民族无法超越人类社会的特定发展阶段。因此,在一个民族和地域出现的文学思潮也往往会在另一个民族和地域出现。从审美取向和创作原则看,中国明代中叶前后七子的"文必秦汉,诗必盛唐"的复古主义思潮,与欧洲的古典主义便属于不同民族文学历史上的相似阶段现象。当然,这种具有相似性的文学思潮,既存在民族差异,也有年代上的差异。如古典主义,在法国文学中于17世纪中叶已蓬勃发展,在德国文学中于18世纪上半期才稍有发展,在俄国文学中到18世纪下半期才有所发展,而中国明代的复古主义则发生于弘治至万历的16世纪前后。

第二,一种文学思潮一旦产生,就会以它的发源地为中心向四周辐射,先传近邻,后达远邦。近代以来尤其是20世纪后,随着海运开通和西风东渐的加强,欧洲文学思潮对中国近现代文学产生了直接影响,这又成为借用西方理论进行思潮史研究的重要事实基础。鲁迅说:"新文学是在外国文学潮流的推动下发生的。从古代文学方面,几乎一点遗产也没有摄取。"[①]五四运动后的各种文学思潮,无一例外都为外国文学思潮所推动。正如当时学者所说,从1922到1926年,19世纪到20世纪这百多年来在西欧活动过的文学思潮纷至沓来,流入中国。新古典主义、浪漫主义、现实主义,甚至尚未成熟的表现主义、未来主义都在这5年间的中国文学史上留下了足迹。

正是基于上述原因,20世纪20年代前后便有学者对中国文学进行思潮史的研究。有概论性的文学思潮史研究,如茅盾于1919年发表的《文学上的古典主义浪漫主义和写实主义》一文,借用西方的文学思潮范畴,描述了中国古代文学的发展进程。有通史性的文学思潮史研究,如朱维之的《中国文艺思潮史略》(1939),从西周至春秋"北方现实思潮底发达",一直写到"五四以来新文学底主潮";李泽厚的《美的历程》也可视为较系统的中国文艺思潮史或审美意识史。有断代史性的文学思潮史研究,如李何林的《近二十年中国文艺思潮论》(1939),从五四运动前后文学革命运动,一直写到鲁迅逝世前后的文艺运动,是一部近距离研究现代文学思潮变迁的断代思潮史。还有分体性的文学思潮史研究,如骆寒超的《新诗主潮论》(1999),认为五四运动以后现代文学史上的新诗创作,是现实主义诗潮、浪漫主义诗潮、现代主义诗潮交替发展的过程。

[①] 《鲁迅全集》第8卷,北京:人民文学出版社,1993年,第393页。

20世纪80年代以来,中国文学的思潮史研究出现了前所未有的多元并进局面,极大地深化了对中国文学审美风貌和发展规律的认识。

第三节 文学地域的拓展

文学的发展进程还体现在伴随文学交流和文学影响的扩大深化而出现的文学地域的拓展。先谈文学地域的拓展进程,再谈世界文学观念的形成和比较文学的发展。

一、文学地域拓展的进程

所谓"文学地域",是指文学赖以产生发展的空间环境,它由自然地理环境和人文社会环境两大方面构成。在文学发展的不同阶段,这两个方面发挥着不同的作用。一般地说,文学地域的拓展进程有三个阶段:原生的地方文学,统一的民族文学,一体化的世界文学。

20世纪80年代,随着中国全面走向世界,文学发展中的文学地域拓展进程问题再次受到学界关注,学者们先后提出两种看法。

一种看法认为文学地域进程分为四个"文学时代"。所谓"文学时代"是依据文学的交流方式与总体结构的演变,在世界范围内对人类文学的发展历程及其未来趋势所作出的划分。简言之,即由"民族文学时代",经过"近现代文学时代"和"总体文学时代",最后到达"一体化世界文学时代"。[①]

一种看法认为文学地域进程经历"文学横向发展"的三个阶段。与历时性的文学纵向发展不同,所谓"文学横向发展"是指民族文学与其他民族文学的横向联系过程,是世界各民族文学在历史演进中由各自封闭到互相开放、由彼此隔绝到频繁交往,从而逐步在世界范围形成普遍联系的过程。它的三个阶段是:"民族文学孤立发展阶段","不同民族文学局部交往阶段",最后是"世界文学普遍联系阶段。"[②]可见,"横向发展"着眼于共时

---

① 曾逸主编:《走向世界文学》,长沙:湖南文艺出版社,1986年,第3~4页。
② 钱念孙:《文学横向发展论》,上海:上海文艺出版社,1989年,第2~32页。

性的空间扩大,实质是文学地域的历史拓展。

这两种看法有一共同点,即都以统一的民族文学为起点,直接从"民族文学"走向"世界文学"。其实,如同民族共同体的形成有一个漫长过程一样,在统一的民族文学形成之前有一个色彩纷呈的原生性地方文学阶段。因此,把文学地域的拓展进程作这样的划分,即由原生的地方文学到统一的民族文学,最后到一体化的世界文学这三个阶段,似更符合人类文明生成拓展的历史真相。同时,从前一个阶段到后一个阶段,不是一蹴而就而是不断交流拓展的结果。因此,每一个阶段又可划分为两个时期,即前期的自我生成期和后期的外部交流期。三个阶段由点及面,进行涟漪状扩展,最后融会成总体性的世界文学。

(一)原生的地方文学

从文学地域学视角看,原生的地方文学是文学发展的第一阶段,也是由此向外拓展的真正的原点和基点。中国文学是华夏氏族各种地方文学交流融合的产物。统一的中国文学形成在之前,首先在南北东西各地产生了各种各样的地方文学,并在各自的生存环境中形成独特的地方色彩。《诗经》中的十五国风便是西周至春秋500年间黄河两岸各种地方文学的结晶。班固《汉书·地理志》对十五国风的形成及特点有系统的论述。如对《诗经·齐风》"舒缓之体"的分析,从齐国独特的风土人情和文化环境角度出发,阐明了"舒缓"诗风形成的根源。随着社会的发展,各种局部的地方文学经过不断交流融合,最后汇成了两大地方文学,即流传于黄河流域的北方文学和流传于长江流域的南方文学。这是统一的民族文学形成的前奏。刘师培的《南北文学不同论》和王国维的《屈子文学之精神》,是研究地方文学的经典之作。他们从自然地理和人文地理两个层次,对中国上古两大自成体系的地方文学的形成和风格作了精辟的分析。

地方文学作为一种原生文学,有两个特点:一是直接产生于民间,纯粹是一种民间文学,具有集体创作、口头流传、集体欣赏等民间文学的一系列特点。二是直接受到特定的地理环境的制约和影响,形成鲜明的地方色彩和地域风格。原初的地方文学直接受自然环境的影响,包括气候、土壤、山川、风貌等。斯达尔夫人说:"北方人喜爱的形象和南方人乐于追忆的形象之间存在着差别。气候当然是产生这些差别的主要原因之一。"例如,南方的诗人不断把清新的空气、繁茂的树林、清澈的溪流这样一些形象和人的情操结合起来,人们的兴趣更广泛而思想的强度较逊色。对于北方的诗人,大自然的景象在他们身上同样起强烈作用。这个大自然跟它在天气方面所表现的那样,总是阴霾而暗淡,这反而使北方诗歌与一个自由民族的精神更为相宜,等等。① 中国古典文论则用"江山之助"概括之。② 刘勰《文心雕龙·物色》有云:"若乃山林皋壤,实文思之奥府,略语则阙,详说则繁。然屈平所以能洞监风骚之情者,抑亦江山之助乎!"随着社会文化的发展,文学便受到自然地理和人文地理的双重影响。明代屠隆在《诗文》中论及上古的北方文学和南方文学时说:"周风美盛,则《关雎》《大雅》;郑卫风淫,则《桑中》《溱洧》;秦风雄劲,则《车邻》《驷骥》;陈曹风奢,则《宛邱》《蜉蝣》;燕赵尚气,则荆高悲歌;楚人多怨,则屈骚凄愤;斯声以俗移者也。"所谓"声以俗移",正见出了包括风俗民情在内的人文地理环境对上古两大地域风格的深刻影响。在原生的地方文学向统一的民族文学发展过程中,地理环境的影响会逐渐减弱,但决不会完全消失,地方色彩和地域风格将会长久存在于民族文学内部,从而使民族文学呈现丰富多彩的色泽。

(二)统一的民族文学

随着民族共同体的形成,各种地方文学经过长期的交流融合便形成统一的民族文学。统一的中国文化在由多元融合为一体的过程中,经历了商文化与周文化的东西文化交流融合、黄河文化与长江文化的南北文化交流融合两个阶段。统一的中国文学的形成同样如此,它最终是黄河流域的北方文学与长江流域的南方文学的合而为一的产物。在《屈子文学之精神》中,王国维分析了北方文学和南方文学各自的性质和成因后,写下了一段名言:

> 由此观之,北方人之感情,诗歌的也,以不得想象之助,故其所作遂止于小篇。南方人之想象,亦诗歌的也,以无深邃之感情之后援,故其想象亦散漫而无所丽,是以无纯粹之诗歌。而大诗歌之出,必须俟北方人之感情,与南方人之想象合而为一,即必通南北之骑驿而后可,斯即屈子其人也。

在王国维看来,作为地方文学的南方文学和北方文学各有局限,真正的"大诗歌"的产生,必有待于北方人的感情和南方人的想象合而为一,而"南人而学北方之学"的屈原,正是中国历史上"通南北之骑驿"而创作出伟大诗歌的第一位伟大诗人;同时他也告诉我们,统一而成熟的中国民族文学同样是北方文学和南方文学合而为一的产物,"南人而学北方之学"的屈原又是奠定民族文学传统的第一位伟大作家。屈原不仅是中华诗国第一位不朽的诗人,也以其鲜明的民族风格而成为成熟的民族文学诞生的标志和象征。

---

① [法]斯达尔夫人:《论文学》,北京:人民文学出版社,1986年,第146~147页。
② 参阅吴承学:《江山之助——中国古代文学地域风格论初探》,《文学评论》,1990年第2期。

民族文学阶段可以细分为两个时期。前期是独立发展期,即各民族文学在世界范围内多中心的分途发展和自我创造。人类历史上四个古老民族,即中国、印度、以色列和希腊,沿着各自的文化轨迹,创造出了灿烂的民族文学。闻一多说:"四个文化猛进的开端都表现在文学上,四个国度里同时迸出歌声。但那歌的性质并非一致的。印度,希腊,是在歌中讲着故事,他们那歌是比较近乎小说戏剧性质的,而且篇幅都很长,而中国,以色列则都唱着以人生与宗教为主体的较短的抒情诗。"① 后期是局部交流期,即邻近国家和同一语系的民族文学之间出现的非自觉、偶发性和区域性的外部交流。民族文学阶段并不意味着各民族文学之间始终处于自我封闭和彼此隔绝的状态。但是,当世界上的大洋被认为是不可航行的时候,他们就是人类在地球表面上运动的障碍,人类的绝大多数就生活在对远处的情况一无所知的状态中。自然界的地理条件,不发达的交通工具,不同的经济生活方式、政治体系和宗教信仰等种种因素,决定了这一阶段不同民族文学之间的交流、渗透、融合,在方式、范围和程度上都是不发达的,是一种偶发性和区域性的交流。近代之前,世界各民族文学之间的交流,基本都属于这种性质。

(三)走向世界的文学

当民族文学之间外部交流日益自觉、深化、扩大,进入世界性的交流时,便诞生了近代意义上的"世界文学"的概念,也开始走向一体化的世界文学的历程。

文学进入世界性的交流,除因为文学自身的人类性本质外,还有两个重要条件:一是传播载体和传播工具的发展;二是资本主义世界市场的开拓和形成。17世纪以后,随着上述条件的逐步成熟,欧洲的远征军、商船队、殖民者和传教士,在东西方之间构筑起了文化交流的桥梁。与此同时,不同民族文学之间的外部交流范围扩大到了世界各个主要文化区域。19世纪上半叶,歌德首次提出了近代意义的"世界文学"概念。

1827年初,歌德在一次谈话中将一部中国传奇同法国诗人贝朗瑞的作品作了比较,然后意味深长地说:"我们德国人如果不跳开周围环境的小圈子朝外面看一看,我们就会陷入上面说的那种学究气的昏头昏脑。所以我喜欢环视四周的外国民族情况,我也劝每个人都这么办。民族文学在现代算不了很大的一回事,世界文学的时代已快来临了。现在每个人都应该出力促使它早日来临。"② 歌德的"世界文学"概念,不仅预示了人类文学交流融合的基本方向,也预示了一体化世界文学最终实现的可能途径。20年之后,马克

---

① 《闻一多全集》第10卷,武汉:湖北人民出版社,1993年,第16~17页。
② [德]爱克曼辑录:《歌德谈话录》,北京:人民文学出版社,1978年,第113页。

思和恩格斯在《共产党宣言》中再次写道:"资产阶级,由于开拓了世界市场,使一切国家的生产和消费都成为世界性的了……物质的生产是如此,精神的生产也是如此。各民族的精神产品成了公共的财产。民族的片面性和局限性日益成为不可能,于是由许多民族的和地方的文学形成了一种世界的文学。"①如果说,歌德是基于对世界性文学交流中所不断显现的人类同一性的领悟,确认了世界文学实现的可能性;那么马克思和恩格斯则是从人类物质生产的世界性出发,论证了作为精神生产的世界文学形成的必然性。再之后的整整一百年中,中国的闻一多再次强调未来的文化最终只有一个"世界的文化":"最后,四个文化慢慢地都起着变化,互相吸收,融合,以致总有那么一天,四个的个别性渐渐消失,于是文化只有一个世界的文化。这是人类历史发展的必然路线,谁都不能改变,也不必改变。"②这可视为走向世界的东方对世界的回应。

如何理解"世界文学"的含义?世界文学与民族文学是一种什么关系?世界文学与民族文学绝不是对立的,走向世界更不意味着放弃民族文学。换言之,世界文学是由各民族文学互相交流、互相借鉴而形成的,各民族对它都有所贡献,也都从它汲取了养料,所以它和民族文学不是对立的,也不是在各民族文学之外别树一帜。总之,歌德关于世界文学的主张是辩证的:一方面预示世界文学的到来,另一方面又强调各民族文学必须保存它的特色。愈是世界的,愈是民族的;愈是民族的,愈是世界的,这是人类文学发展永恒的规律。

二、世界文学与比较文学

"世界文学"的概念和"比较文学"的方法,同时出现于19世纪初的德国和法国。世界文学的形成是比较文学研究的前提;没有世界文学就不可能有比较文学。先谈世界文学形成的标志,再谈比较文学研究的演进。

(一)"世界文学"的标志

歌德提出世界文学设想后的近二百年里,文学的世界性交流和走向世界文学的进程日益加快,歌德期望看到的一体化世界文学的格局渐趋形成。它至少有如下标志。

其一,文学思潮的世界性。产生于西方的近代文学思潮,如浪漫主义、现实主义和现

---

① 《马克思恩格斯选集》第1卷,北京:人民出版社,1995年,第276页。
② 《闻一多全集》第10卷,武汉:湖北人民出版社,1993年,第16页。

代主义等,如果说19世纪还主要流传于欧洲各主要国家可被称为国际性文学思潮,那么20世纪则漂洋过海先后影响中国和日本等东方国家,成为真正的世界性文学思潮。文学思潮产生世界性影响的重要意义,莫过于以古希腊罗马文化为基础的西方文学和以儒、佛、道为背景的东方文学之间空前的接近、交流和融合,从而促成了东方现代文学的诞生。

其二,文学标准的世界性。这主要是创立一百多年的诺贝尔文学奖所体现出的人类对于文学的世界性标准的思考与寻求。1895年,瑞典化学家诺贝尔首创了这个具有世界文学意义的国际文学奖。诺贝尔奖的宗旨是奖励"一年来对人类作出最大贡献的人",诺贝尔奖的基本精神是"和平乃人类一切努力的最终目标"。基于这一宗旨和精神,诺贝尔文学奖将授予世界范围内的"在文学方面创作出具有理想倾向的最佳作品的人"。这一奖项和评奖标准,充分显示了人类寻求文学的世界性标准的自觉意识和积极尝试。

其三,文学组织的世界性。近一个世纪以来,世界性的国际文学艺术组织和交流组织大量产生。如国际笔会、国际作家和作曲家协会联合会、国际电影和电视理事会,国际美学学会等。其中,国际笔会是最有影响的全球性的作家组织之一,成员除诗人、散文家和小说家之外,还包括文学评论家、文学翻译家和文学编辑,迄今世界上近一百个国家和地区建有笔会中心。1980年,中国在北京成立了"中国笔会中心",随之又相继成立了上海笔会中心和广州笔会中心,并申请加入国际笔会。1981年在哥本哈根举行的国际笔会代表大会上,中国上述笔会中心均被接纳为会员。这种世界性的国际文学组织和交流组织,极大地促进了各民族文学的世界性交流,以组织实体形式体现了世界文学的有机一体性。

其四,文学研究的世界性。这就是19世纪以来比较文学学科在法国的诞生和在世界范围内的发展。1827年,以法国学者维尔曼在巴黎大学所创设的文学讲座为标志的比较文学的诞生与歌德在同年提出"世界文学"概念,是一个蕴藏着历史必然性的偶然巧合。比较文学不同于一般的比较方法。作为一种以跨越国家和民族界限为存在前提的文学学科,比较文学的诞生体现了自觉的世界文学观念的确立。作为旨在跨越国家和语言的界限进行文学比较研究的新兴学科,比较文学学派的形成和发展则体现了人类对于世界性文学交流的规律和意义自觉反思的深化,而比较文学研究的最终目的则在于从文学角度揭示人类艺术思维和审美心理的普遍原理,在于认识总体文学乃至人类文化的基本规律,即钱锺书所谓:"东海西海,心理攸同;南学北学,道术未裂。"① 总之,文学研究的世界性,基于文学交流的世界性,而比较文学的发展必将推进一体化世界文学进程。正如德国学者霍斯特·吕迪格所说,"比较文学的确提出了要求,那就是把歌德在1827年就表达过的一个思想变为科学的现实"。②

(二)比较文学的演进

比较文学学科在自身发展中形成两大学派,一是坚持影响研究的法国学派,一是倡导平行研究的美国学派。从法国学派到美国学派,最后两派之间由相互对立到接纳融合,充分显示出人们对文学的世界性和人类性本质认识的深化,同时也标志了文学研究的世界性视野的无限性扩大。

法国学派的比较文学观可以以伽列的比较文学定义为代表。伽列在为其学生基亚《比较文学》(1951)一书写的前言中,对比较文学的定义作了这样的表述:

> 比较文学是文学史的分支;它研究国际性的精神联系,研究拜伦与普希金、歌德与卡莱尔、司各特与维尼之间的事实联系,研究不同文学的作家之间在作品、灵感,甚至生活方面的事实联系。③

伽列的定义包含三层意思:其一,比较文学的性质是文学史的分支;其二,比较文学的任务是研究国际性的精神联系;其三,比较文学的基础是国际性的事实联系。在伽列看来,凡是不存在国际性的事实联系,诸如人与作品之间、著作与接受环境之间、一个国家与一个旅行者之间等的联系,比较文学就此停止,随之开始的便是文学批评。此前,巴黎大学教授梵第根在《比较文学论》(1931)中同样强调比较文学应研究国与国之间文学的相互借鉴和相互影响的关系。由此,他把文学研究区分为国别文学、比较文学、总体文学三个范畴;国别文学研究一国之内的文学问题,是一切文学研究的基础和出发点;比较文学研究两国之间的文学关系,在国别文学之间架起桥梁;总体文学则是探讨多国文学共有的事实,凡是超出两国之间的二元关系的问题便属于总体文学。梵第根明确地把比较文学的研究范围确定为两国文学之间的相互关系,把研究任务规定为发现作品之间事实上的影响和假借及其经过路线,这也就是所谓的影响研究。

综合梵第根和伽列的观点,比较文学法国学派的主张可概括为一句话,即以国际性

---

① 钱锺书:《谈艺录》,北京:中华书局,1984年,第1页。
② 张隆溪选编:《比较文学译文集》,北京:北京大学出版社,1982年,第21页。
③ 干永昌等编选:《比较文学研究译文集》,上海:上海译文出版社,1985年,第11页。

的事实联系为基础的影响研究。法国学派代表了比较文学发展的第一阶段,它以自觉的方法论意识和坚实的研究成果,奠定了比较文学学科在国际学术界独立的学科地位。

20世纪50年代末,美国学派的崛起标志着比较文学发展进入第二阶段。1958年韦勒克发表的《比较文学的危机》被公认为美国学派的宣言书。此文批评了法国学者影响研究的狭隘性,并指出梵第根区分比较文学和总体文学的意图也是行不通的。1962年雷马克在《比较文学的定义和功用》中提出的比较文学的定义,则首次全面阐述了美国学派的观点:

> 比较文学是超出一国范围之外的文学研究,并且研究文学与其他知识和信仰领域之间的关系,包括艺术(如绘画、雕刻、建筑、音乐)、哲学、历史、社会科学(如政治、经济、社会学)、自然科学、宗教等等。简言之,比较文学是一国文学与另一国或多国文学的比较,是文学与人类其他表现领域的比较。①

雷马克的定义包含两个部分,分别奠定了平行研究和跨学科研究的理论基础,体现了美国学者拓展比较文学研究领域的意图。

第一部分强调两国或多国文学之间的比较。与法国学派不同,它并不以二者之间事实上的联系为基础,而是把"没有影响的类同"作为比较文学的对象,这也是平行研究的特点。所谓"没有影响的类同",是指不同国家两部没有必然联系的作品之间在风格、结构、语气或观念上所表现的类同现象。平行研究就是对类同现象进行并行的对照研究,它以问题为核心,通过对文类、主题、神话、技巧、文学批评等的类同考察和差异对照,求得对这些问题更深广的了解。随着结构主义方法的引入和东西方文学比较研究的展开,平行研究在世界各国得到最广泛的开展。

第二部分强调文学与其他知识和信仰领域的比较研究,这也就是所谓的跨学科研究。美国学派认为,文学本来就同艺术与科学结下不解之缘。文学与历史结合诞生了史诗、历史小说和小说体传记;文学与音乐结合诞生了歌剧、颂诗和民歌;文学与宗教音乐结合诞生了清唱剧、赞美诗;文学与舞蹈结合诞生了标题性芭蕾舞;文学与天文学结合诞生了科幻小说。随着电影、电视艺术的发展和心理学、神话学等学科最新成果的取得,比较文学的领域正在不断拓展,有发展成比较文化的趋势。恰如雷马克所说,如果说在第一个问题上遇到的只是两个学派强调重点的不同,那么在这个问题上则表现出了两个学派阵线分明的根本分歧。当然,跨学科研究也并非包罗万象、毫无边界的,它有一个原

---

① 张隆溪选编:《比较文学译文集》,北京:北京大学出版社,1982年,第1页。

则,即"文学和文学以外的一个领域的比较,只有是系统性的时候,只有在把文学以外的领域作为确实独立连贯的学科来加以研究的时候,才能算是'比较文学'"。① 例如,一篇研究莎士比亚戏剧的历史材料来源的论文,只有把史学和文学作为研究的两极,只有对历史事实或记载及其在文学上的应用进行了系统比较和评价,只有在合理地作出了适用于文学和历史这两种领域的结论之后,才算是比较文学。

从法国学派到美国学派,比较文学发展成三个相对独立的研究领域,既影响研究、平行研究和跨学科研究。在这一过程中,美国学派可谓功不可没。美国是一个新兴的多民族国家,来自世界各地的移民带来的各民族文化融合成一体,使美国文化先天具有世界性的品格。与此同时,19世纪以后,美国文学的发展有了质的变化,逐步形成自己的民族特色,产生了一大批世界性的作家。第二次世界大战后,随着经济和政治地位的空前提高,美国文学在国际文坛上的地位也越来越重要。在这样的民族背景和文化背景下,美国学者主张打破仅限于事实联系的影响研究,展开各国文学之间无事实联系的平行研究。这既有改变学术地位被动的考虑,又体现了一种开放的世界文学的眼光,从而以他们的理论和实践推动比较文学发展到一个新阶段。

当然,法国学者并没有在走向世界文学的时代自我封闭,两国学者的论争,促使他们之间靠拢和融合。20世纪60年代以后,各国出版的比较文学论著已看不到早期那种褊狭对立的观念。尽管不同学者的观点各有侧重点,但对影响研究、平行研究和跨学科研究以及历史考证方法和美学批评方法等以往对立的领域和方法,都采取宽容并蓄的态度。1982年,由三位法国学者合著的《何谓比较文学?》一书,更是接纳异说、融合各家,提出了一个极具包容性的比较文学定义:

> 比较文学是有条理的艺术,是对类似、亲族和影响关系的研究,它将文学同其他表现或认识领域进行对比,或是在文学现象之间、文学本文之间进行对比,不论它们在时间上和空间上是否相隔,而只要求它们属于几种语言或文化,即使是属于同一传统,对比的目的是为了更好地对它们进行描述、理解和鉴赏。②

从法国学派到美国学派,再到法国学者融合两派的总结,这一与走向世界文学的历程相同步的比较文学发展的正反合,真可谓意味深长。

在走向世界文学的今天,任何民族文学的发展都难以摆脱世界的影响。与此同时,

---

① 张隆溪选编:《比较文学译文集》,北京:北京大学出版社,1982年,第6页。
② [法]布吕奈尔、比叔瓦、卢梭:《什么是比较文学?》,北京:北京大学出版社,1989年,第228页。

任何国别文学的研究都应当具备世界的眼光。现代意义的中国文学研究,无论是古典作家还是现代作品,同样必须具备这种世界性的眼光。研究者应当在世界文学的语境中,通过不同民族文学的互相比较、互相"照明",丰富人们的文学经验,深化对文学传统的理解。

第四节 文学文化形态的变迁

文学的发展进程不仅体现在文学体裁的演变、文学思潮的演进和文学地域的拓展上,还体现在文学的文化形态的不断变迁和日益丰富上。先谈传统的文学文化形态的划分和类型,再谈当代大众文化的形成和发展。

一、文学的文化形态

(一)艺术文化阶层论

所谓"文学的文化形态",是指根据作者的文化取向、作品的文化品格和接受者的文化阶层对文学所作的分类。一般把文学的文化形态分为四类,即民间文学、精英文学、通俗文学和大众文学。[①] 匈牙利艺术社会学和艺术史家阿诺德·豪泽尔在《艺术社会学》一书中,首次对文学艺术的文化阶层特征及基本形态作了较系统的论述,具有较大的理论参考价值。

豪泽尔的艺术文化阶层论主要包括三方面的内容。首先,他提出了文化阶层的概念,并阐述了根据文化阶层对艺术进行分类的必要性。他认为,文化阶层包含许多不同质的因素,用它可以弥补对艺术价值进行纯社会学界定的不足。"在艺术和文化社会学中,当经济和社会利益已不足说明全部问题的时候,文化因素变得越来越重要了。传统的继承、敏感性的增强、趣味的升华、创造力的提高等等,填补了对艺术生产进行历史唯物主义的解释所留下的空白。"[②]换言之,传统的继承、敏感性的强弱、趣味的高下、创造力

[①] 袁行霈《中国文学概论》(高等教育出版社,1990年)把中国文学分为四类,即宫廷文学、士林文学、市井文学和乡村文学,二者具有某种相通性,可互为参照。

[②] [匈]阿诺德·豪泽尔:《艺术社会学》,上海:学林出版社,1987年,第198页。

的大小是区分文化阶层的基本标准。当然,文化阶层是一个界线模糊、进出自由的开放性范畴,社会的流动性使文化阶层也处于流动变化之中。对民间艺术来说,农民是最稳固的文化阶层。但一俟外来趣味规范和新的价值尺度侵入他们的语言形式,民间艺术就开始衰落瓦解,于是世故的城市居民所喜欢的比较成熟的艺术就会取代农民的传统艺术。其次,他根据接受者文化阶层的不同,把传统艺术和现代艺术区分为五种文化形态。传统的三类艺术是根据接受者的文化层次进行区分的:"精英艺术"是文化精英的艺术,"通俗艺术"是城市中受过一半教育的人的艺术,"民间艺术"是未受教育的农民的艺术。"波普艺术"的生产者和消费者构成了第四个独特的文化阶层,就其艺术需要和价值标准而言,这个阶层的地位介乎精英艺术和通俗艺术之间。与传统通俗艺术和现代波普艺术具有内在渊源关系,甚至彼此难分的"大众艺术"的生产者和消费者,则构成了第五个更为混杂而庞大的文化阶层。① 艺术家并不仅仅是为他的同伴创作的,也不可能为全人类而创作,他总是为人类的一部分,为一些特殊的群体和阶层的人而创作。对象的文化层次,必然制约着艺术家的文化取向和艺术品的文化品格。因此,从接受者的文化阶层入手进行研究,确实有助于认识文学艺术的文化特质。最后,豪泽尔强调,艺术的文化形态的区分是相对的,是一个发展变化的"历史范畴",而不是疆界分明、固定不变的。具体地说,艺术文化形态的历史具体性体现为三个方面。一是民间艺术、精英艺术、通俗艺术和大众艺术等艺术形态,都是"相继出现"的,自然形成一个由简单到复杂、由低级到高级的进化序列。二是每一种艺术形态都处于历史发展和变化的过程之中。在历史上它们起着不同的作用,占有特殊的地位,同时又在相互关系中获得不断变化的性质和意义。例如,已经成为"堕落的文化材料"的通俗艺术可能曾经是一种"精英"艺术,或者甚至是唯一的艺术形式。三是所谓精英艺术、民间艺术和通俗艺术的概念都是理想化的概念,实际上它们很少以纯粹的形式出现。艺术史上出现的艺术样式几乎都是混杂的形式。高雅艺术作品总是包含着低级艺术的成分,就连莎士比亚的作品也很难在真正的文学和纯粹的文字游戏之间划清界限。豪泽尔的艺术文化阶层论不仅具有自身的系统性,而且富于辩证精神,故为大多数学者所接受。

从文学艺术史看,民间文学、精英文学、通俗文学以及大众文学或大众文化,确实是"相继出现"的,并且从某一层面体现了艺术创作和艺术接受由简单到复杂、由低级到高级、由单一到丰富的发展进程。在这里,我们先对传统的三类文学的文化特质及演进关

---

① [匈]阿诺德·豪泽尔:《艺术社会学》,上海:学林出版社,1987年,第292页。

系作简要论述。

(二)文学的文化形态

1. 民间文学

各种文学艺术门类几乎都是在民间自发产生的,因此最初的文学艺术总是民间文学和民间艺术。关于民间文艺的一些基本特点,诸如原始的地方性、口耳相传的集体性和自娱自乐的非功利性等,本书相关部分已作论述。这里有必要对民间文学与通俗文学的区别作一辨析。对民间文学与通俗文学的关系有两种似是而非的看法。一种把民间文学和通俗文学混为一谈。郑振铎的《中国俗文学史》释"俗文学"曰:"'俗文学'就是通俗的文学,就是民间的文学,也就是大众的文学。换一句话,所谓俗文学就是不登大雅之堂,不为学士大夫所重视,而流行于民间,成为大众所嗜好,所喜悦的东西。"①抓住"通俗性"这一共同点而把二者混为一谈,未对接受者的文化阶层作必要的分析,以至把《古诗十九首》这组典型的"文人诗"也归入"俗文学"。一种把通俗文学视为早期民间文学的继续,认为民间文学和通俗文学是相继出现的文学类型,同样觉得民间文学也是"通俗"的。如前所述,民间文学和通俗文学的概念都是理想化的概念,就具体作品而言,不同质的艺术要素常常是相互渗透、相互混杂的。但是,从艺术的文化阶层看,二者的区别是比较明显的。

首先,民间文学和通俗文学的基本区别在于接受者文化阶层的不同。恰如豪泽尔所说,民间艺术主要是乡村居民创作的诗歌、音乐和视觉作品。尽管他们不以创作者的角色自居,也从来不要求别人承认其创作者的权利,但他们既是创作者又是接受者。通俗艺术则是一种满足半文化的、常常没有受过良好教育的城市市民需要的艺术或伪艺术。其次,民间文学产生于乡村,通俗文学则产生于城市,并伴随着商业都市的繁荣而发展。换言之,没有真正的商业性城市的诞生并发展到一定程度,不会有现代意义上的通俗文学的诞生。因此,与民间文学相继产生,并在很长一段时期内与其并存的是政治伦理性的精英文学,而不是商业性的以城市市民为对象的通俗文学。《诗经》中的"国风"与"雅颂",可以说是中国最初的民间文学和精英文学;而中国古代的通俗文学,则晚至宋代随着商业都市的兴盛而产生。再次,在创作方式和文化取向上,民间文学和通俗文学也有本质区别。"民间艺术的路子比较简单、粗俗和古朴;通俗艺术尽管内容庸俗,但在技术上是高度发展的,而且天天有新花样,尽管难得越变越好。民间艺术以精英艺术中的优

---

① 郑振铎:《中国俗文学史》,北京:东方出版社,1996年,第1页。

秀作品作为样板,使其简单化;通俗艺术则使艺术精品庸俗化。"①豪泽尔的这一概括完全适用于民间文学和通俗文学的情状。

从艺术的文化阶层论看,今天可以说已很少有或几乎没有真正的民间文学和民间艺术了,原因是原本意义上作为接受对象的"村民"已经不复存在了。现在乡村的村民与原初的民间文艺的代表者已毫无共同之处。民间文艺具有其不可取代的审美价值和文化价值,但确实无法跟上现代社会的发展,正急速被通俗文艺和大众文化所取代。

2. 精英文学

精英文学和精英艺术是文化精英的艺术文化。何谓"精英"？刘劭《人物志·英雄》曰："夫草之精秀者为英,兽之特群为雄。""精英"一词取自前句,意即花草中完美优异的称为精英。"精英"作为西方社会学用语,指社会上具有卓越才能或身居上层地位并有影响力的杰出人物。与一般天才和优秀人物不同,精英在一定社会里得到高度评价,有合法化的地位,并与整个社会的发展方向有联系。精英散布于社会的各行各业,文化精英就是文化艺术领域中的杰出人物。文化精英往往自觉承担社会责任,积极参与社会发展进程,所谓"传道、受业、解惑",所谓"先天下之忧而忧,后天下之乐而乐"。文化精英作为"自由流动智力",其本质在于流动性。这不仅表现为个人有时进入时代的精英队伍,或有时退出已受到威胁的精英群体,还表现为精英本身也在不断相互取代。同时,这种循环流通不仅包括贵族阶级变为资产阶级、上层阶级变为中产阶级、中产阶级变为知识分子阶层,也包括一种文艺运动代表所提倡的趣味变为另一种文艺运动代表所提倡的趣味。如果说,古希腊的三大悲剧家是西方第一批精英文学的代表,那么"通南北之骑驿"而创造出"惊才风逸、壮志烟高"的《离骚》的伟大诗人屈原,则是中国文学史上第一位真正的精英文学作家。

从亚里士多德《诗学》开始的西方文论传统和从《毛诗序》开始的中国文论传统,正是中西理论家所不断建构的精英文学的价值体系。同时,不同民族、不同时代的文化精英在艺术创作上也会有不同的追求。然而,同幼稚的民间文学和平庸的通俗文学相比,精英文学自有一些普遍的共同特征。首先,在艺术上摒弃摹仿而追求独创。精英文学极力避免重复的艺术形式和艺术结构,把独创性视为艺术的生命之所在。英国启蒙主义诗人扬格在著名的《试论独创性作品》中,对"独创性作品"作了热情洋溢的赞颂:独创性的作品是人们的大恩人,它们扩大了文艺之国,给它的版图添加了新的省份。有独创性的作

---

① [匈]阿诺德·豪泽尔:《艺术社会学》,上海:学林出版社,1987年,第213页。

者的笔好像阿尔迷达的魔杖,从不毛的荒野里召唤出一个花香鸟语的春天。① 这实质已成为中西方杰出作家的共同追求和优秀作品的共有品格。各时代以不同方式出现的各种反传统的新思潮和新流派、先锋文学和探索文学等,其实质正体现了文学精英对独创性的执著追求。其次,在思想上无不进行严肃的人生意义的探索。亚里士多德所谓"写诗这种活动比写历史更富于哲学意味,更被严肃地对待",曹丕所谓"盖文章,经国之大业,不朽之盛事",正为各自的精英文学传统奠定了严肃的思想基调。伟大作家的艺术作品都在不倦地进行人生意义的探索,在广阔的背景上探讨个人问题和社会问题。它使人们更好地理解自己和理解他人,激励人们去改变自己的生活;它也迫使人们审视自己并对自己作出判断,在潜移默化中使人得到启发、受到教育。因此,伟大的作家常被称为伟大的人生导师,高尚的作品则被奉为人生的教科书。再次,艺术上的独一无二和思想上的严肃深沉使得人们从精英文学和高雅艺术中获得的满足绝不是一种纯粹的快乐和轻松的享受。对精英文学和高雅艺术的充分理解是严峻的智力和道德考验,它要求人们作出最大的努力和具有审美的诚意,要求人们领受生活的悲痛和体验生命的苦难。当人们准备承担越来越大的责任,有了越来越多的负罪感和不足感时,就会愤然而起开始改造自己的生活。正因为对精英艺术的理解并不是轻而易举的,因此,假如文化精英和经济精英必须在哪里分道扬镳的话,那么就是在这里。社会经济地位较高的阶层绝不比地位较低的阶层更能接受精英艺术。此外,每一种独创性的艺术风格总是非同寻常的,伟大的作品不表现幼稚的常识和普遍流行的思想和趣味,所以精英文学难以取悦大部分人,也不会成为流行文学。当然,精英文学并非不想取悦人,更并非不具有娱乐性,一件伟大作品的娱乐因素同它的严肃性和深刻性并不是对立的,娱乐性寓于严肃性之中。

3.通俗文学

通俗文学是传统文学中的第三种文化形态。从文化阶层看,它是一种满足未受高层次教育的城市市民的文学。通俗文学的渊源可以追溯到遥远的上古时代。正如当古希腊悲剧出现的时候就已经有了通俗化的滑稽戏,在《诗经》的"国风"中同样包含了通俗的民间歌谣。但在中西文学史上,现代意义上的通俗文学的产生要晚得多。在西方,通俗文学和通俗艺术兴起于文艺复兴之后,随后迅速发展,到19世纪中后期逐渐取得统治地位。豪泽尔指出:"只有到文艺复兴运动以后的时期,甚至只有在启蒙运动以后,我们才能用三种社会阶层来处理艺术史……十七、十八世纪以来,精英艺术、通俗艺术和民间艺

---

① [英]锡德尼、扬格:《为诗辩护·试论独创性作品》,北京:人民文学出版社,1998年,第82~83页。

术的差距越拉越大。自从工商业经济占统治地位以来,精英艺术和民间艺术不比通俗艺术那么重要、那么吸引人了……从19世纪中叶到本世纪中叶,文化精英的权威文化丧失了自己的统治地位,那些支持民间艺术的人则溶合到大众之中,而通俗艺术成了这一时期真正具有代表性的艺术。"①豪泽尔对西方通俗文艺发展进程的描述是符合实际的,因而也是西方艺术文化史学者的普遍看法。他认为在启蒙运动后"才能用三种社会阶层来处理艺术史"的见解是极为精辟的,对于用多维视野研究多元艺术史具有普遍的启示意义。在中国,真正面向城市市民的通俗文艺兴起于北宋,明代中叶以后迅速发展,并逐渐取代传统的精英文艺。唐代寺院的"俗讲"演变为宋代民间的"平话",到明代中叶这条通俗文学之流,由涓涓细流汇为江湖河海,由口头说唱发展为正式的书面文学。以"三言二拍"为代表的通俗文学的出现,标志着这种通俗市民文学达到繁荣顶点。用精英主义的眼光看,这些作品充满了小市民种种庸俗、低级、浅薄、无聊,远不及上层文人士大夫艺术趣味那么高级、纯粹和优雅。但从文化阶层角度看,这正是以城市市民为主要接受对象的通俗文学的本质之所在。同样,从宋代开始我们也应当用"三种社会阶层"来处理文学史和艺术史,不应以精英眼光对伴随市民阶层的壮大而兴盛的通俗文艺持简单的批判态度。周作人论及"文学的范围"时指出:文学的全部好像是一座山,"纯文学"是山顶上的一小部分,由下而上一层层累积起来的是"原始文学"和"通俗文学";进而针对文学研究偏重纯文学的倾向,他强调:"照我的意见,今后大家研究文学,应将文学的范围扩大,不要仅仅注意到最高级的一部分,而要注意到它的全体。"②这一看法,与豪泽尔的"用三种社会阶层处理艺术史"的观点,可谓不谋而合。

面向特定文化阶层的通俗文学,也有其自身的文化品格和审美特质。就艺术质量而言,通俗文学不是与民间文学,它与精英文学之间形成更为明显的差距。通俗文学的文化品格、艺术质量和审美效应集中体现在"通俗"二字上。何谓"通俗"?茅盾说:"'通俗'云者,应当是形式为'妇孺能解',内容则为大众的情绪与思想。"③换言之,通俗文学的"通俗"性,主要表现为内容的"凡俗"、形式的"浅俗"和效应的"快适"等方面。

首先,与精英文学不同,通俗文学在内容上不要求严肃性而追求凡俗性,表现能满足市民大众的世俗欲望和平凡生活的理想。郑振铎说:"其内容,不歌颂皇室,不抒写文人学士们的谈穷诉苦的心绪,不讲论国制朝章,她所讲的是民间的英雄,是民间少男少女的

---

① [匈]阿诺德·豪泽尔:《艺术社会学》,上海:学林出版社,1987年,第203页。
② 周作人:《中国新文学的源流》,上海:华东师范大学出版社,1995年,第4~5页。
③ 《茅盾文艺杂论集》下集,上海:上海文艺出版社,1981年,第729页。

恋情,民众所喜所听的故事,是民间的大多数人的心情所寄托的。"①在中国,武侠小说中那些侠骨柔情、杀富济贫的英雄好汉,劝谕小说中善有善报、恶有恶报的因果报应,言情小说中天下有情人终成眷属的大团圆结局;在西方,"灰姑娘"式的乌托邦理想,"基度山伯爵"式的快意恩仇,"福尔摩斯"式的超凡智慧等,正极大地满足了市民大众的世俗欲望和世俗理想。正因为这一切都那么如意而美好,通俗文学常被称为"逃避文学",它可能使人们逃避现实、逃避责任,模糊对道德沦丧的严重性和危险性的认识。

其次,与精英文学对独创性和高雅性的执著追求不同,通俗文学在艺术形式和艺术表现上以浅俗为原则,以市民大众的喜闻乐见为目的。这表现为相互联系的两个方面。一是反复运用传统的艺术模式。茅盾曾对小说创作中"大众所能懂的形式"作过这样的概括:"(一)从头到尾说下去,故事的转弯抹角都交代得清清楚楚。(二)抓住一个主人翁,使故事以此主人翁为中心顺序发展下去。(三)多对话,多动作;故事的发展是在对话叙述出,人物的性格,则用叙述的说明。"②这是通俗小说的成功经验,同时又成为格式化的叙事模式。二是随时套用成功的畅销模式。一种表现手段一旦获得成功,人们就百用不厌,不管其是否已经被用滥。以消遣和娱乐为目的的通俗文学难得会由于内在原因而改变艺术形式的,于是形式的通俗化与形式的模式化往往成为同义语。模式化的东西本身不是反艺术的。像莎剧和《红楼梦》这样一些伟大的作品也往往是非常模式化的,而通俗文学能获得那么多接受者经久的喜爱,也充分表明它至少部分地符合受众真正的内在的审美需要。但对现存模式的照搬照用难免机械化而影响艺术质量,也难以获得异乎寻常的成功。

其三,与精英文学审美的严峻性和"读不懂"相反,通俗文学纯粹以快适的消遣和娱乐为目的,这也是世俗的内容和浅俗的形式必然带来的审美效果。恩格斯对作为通俗文学的"德国民间故事书"的审美功能作过这样的描述:"民间故事书的使命是使农民在繁重的劳动之余,傍晚疲惫地回到家里时消遣解闷,振奋精神,得到慰藉,使他忘却劳累,把他那块贫瘠的田地变成芳香馥郁的花园;它的使命是把工匠的作坊和可怜的徒工的简陋阁楼变幻成诗的世界和金碧辉煌的宫殿,把他那身体粗壮的情人变成体态优美的公主。"③随着通俗文学的泛滥,接受者麻痹的神经需要更强有力的刺激。于是,通俗文学的末流往往成为一种单纯刺激官能、麻醉意识和发泄情绪的伪艺术,并常常受到趣味低下

---

① 郑振铎:《中国俗文学史》,北京:东方出版社,1996年,第3页。
② 《茅盾文艺杂论集》下集,上海:上海文艺出版社,1981年,第697页。
③ 《马克思恩格斯全集》第41卷,北京:人民出版社,1982年,第14页。

和降低审美水准的指责。

当然,通俗文学并非只讲娱乐而不讲教益,这是不能为社会所容许的。鲁迅指出:"俗文之兴,当由二端,一为娱心,一为劝善,而尤以劝善为大宗。"[1]通俗文学不仅追求"娱心"效果,也讲究"劝善"功能。但这并非精英文学式的对人生意义的严肃探讨,而是一些老生常谈式的道德教训、哲理格言和人生经验。不过,精英文化的大传统正是通过通俗文艺的小传统影响民间[2],因此决不能轻视通俗文学中的通俗哲学和"劝善"格言。周作人说:"影响中国社会的力量最大的,不是孔子和老子,不是纯粹文学,而是道教(不是老庄的道家)和通俗文学。因此研究中国文学,更不能置通俗文学于不顾。"[3]从内容、形式和审美效应看,通俗文学并非完美无缺,更非一无是处,而是传统的多元文学中的重要一元,并在今天的大众文化时代仍然发挥着特殊作用。因此研究中国文学史,确实不能置通俗文学于不顾。

二、大众文化的形成与发展

(一)大众文化的含义

学界一般认为,西方从20世纪30年代前后、中国在20世纪80年代中后期,分别进入大众文化时代,出现了大众文化的热潮。与此相联系,文学也进入大众文学的时代。大众文学与通俗文学有密切联系,同时又与大众文化的其他形式如电影、广播、电视、报刊、广告等融为一体而具有新的特质。大众文学作为大众文化的有机组成部分,它与传统的通俗文学的区别就在它的大众文化特性上。因此,这里不再单独谈论大众文学,而把它包含在对大众文化的探讨之中。

"大众文化"是从西方传入的概念。在西方,与"大众文化"相对应的词是 Mass Culture 和 Popular Culture。1942年,法兰克福学派的奠基者霍克海默与洛文塔尔在通信中首次使用"Mass Culture"这个词。我国学者把"Mass Culture"译成"大众文化"。

---

[1] 《鲁迅全集》第9卷,北京:人民文学出版社,1981年,第110页。
[2] 罗伯特·芮德菲尔德:"在某一种文明里面,总会存在着两个传统;其一是一个由为数很少的一些善于思考的人们创造出来的一种大传统,其二是一个为数很大的、但基本上是不会思考的人们创造出的一种小传统……我们可以把大传统和小传统看成是两条思想与行动之河流;它们俩虽各有各的河道,但彼此却常常相互溢进和溢出对方的河道。"([美]罗伯特·芮德菲尔德:《农民社会与文化——人类学对文明的一种诠释》,北京:中国社会科学出版社,2013年,第95~97页。)
[3] 周作人:《中国新文学的源流》,上海:华东师范大学出版社,1995年,第5页。

"大众文化"还是一个尚未完全固定的概念,有人把它称为"娱乐文化""商业文化""流行文化""媒介文化"等。其实,这些称谓正从不同角度揭示了大众文化的某种特点。

"大众文化"(Mass Culture),顾名思义,可理解为"面向大众的大量生产的文化产品"。对于大众文化的性质,中外学者从不同角度作过种种描述。洛文塔尔曾写道:"在现代文明的机械化生产过程中,个性的失落带来了大众文化的出现,从而取代了民间艺术和高雅艺术。一件通俗文艺作品决无真正的艺术特色,相反,一切大众媒介文化都具有它们真正的特色,那就是标准化、重复性、守旧性、虚假性和欺骗顾客的商业性。"我国学者结合中国当代大众文化发展状况,对大众文化作了这样的界定:"大众文化直接诉诸人们的现代日常生活的世俗人生,它是工业社会背景下与现代都市和大众群体相伴而生的、以大众传播媒介为物质依托的、受市场规律支配的、平面性、模式化的文化表现形态,其最高原则是极大地满足大众消费。"现代性、商业性、世俗性、标准化、时效性和娱乐性是大众文化表现出的一系列特点。[①] 上述看法或简略或周全,或保持客观或措辞尖锐,但都论述了大众文化产生的社会文化背景、大众文化不同于其他文化形态的特征,颇有参考价值。

为论述的方便,我们不妨对大众文化试作如下界定:从本质上说,大众文化是现代大众社会的产物,它是以大众传媒为载体、以消费大众为对象、以商业利润为目的、借助文化工业生产的现代通俗文化或流行娱乐文化。分而言之,大众社会、大众传媒和大众消费是大众文化生成的主要社会背景,而大众性、娱乐性、复制性、商业性则是大众文化基本的文化特征。

(二)大众文化的形成

从大众文化的形成原因看,现代大众文化与传统通俗文化赖以产生的社会文化背景有明显差别。

第一,大众社会是大众文化产生的社会条件。根据西方社会学家的定义,"大众社会"是指有着相对高度城市人口的工业社会或已工业化的社会。一般来说,它有三个典型特征:一是生产的高度工业化,现代大工业生产使生产力水平达到全新高度,从而使人们的物质生活需要得到充分满足;二是生活的高度城市化,社会进入城市化社会,城市生活方式成为包括城市居民和乡村居民在内的所有居民共享的生活方式;三是文化的高度大众化,文化摆脱了往常的贵族气息真正回到了普通大众之中,大众文化成为社会多元

[①] 邹广文:《当代中国大众文化论》,沈阳:辽宁大学出版社,2000年,第4页。

文化中最重要的文化形态。由此可见,大众文化正是大众社会特有的现象。在大众社会的条件下,随着生产的高度工业化和生活的高度城市化,文化的民主化和个人在文化生活中的地位空前提高,传统的通俗文化开始呈现出大众文化的特征。"在产业工人云集城市并与资产阶级的下层人员溶合一起之前,我们还没有所谓的大众艺术和大众媒介。通俗艺术只是在这以后才成为大众艺术的。"①

第二,大众传媒是大众文化流行的物质载体。当代大众传媒实质是指渗透了现代科学技术的印刷媒介和电子媒介。印刷媒介包括报纸、杂志、书籍等;电子媒介有电视、广播、电影、大型电脑数据库、互联网等。如果说通俗文化只是一种传统的印刷媒介文化,那么大众文化除现代印刷媒介外更主要指一种电子媒介文化。电子传媒有两大特点:一是图像性,以具体的图像符号取代抽象的概念符号,从而进入视觉文化的时代;二是迅捷性,如电视运用电子技术传送声音和图像,可以进行现场直播,虽相距万里,却近在咫尺。电子传媒可以将最生动的图像以最迅捷的速度送进每个家庭,从而使艺术文化成为真正的大众文化。从这个意义上说,正是大众电子传媒的高度发展催化和推进了大众文化的快速发展。

第三,大众文化消费是大众文化兴旺的市场动力。大众社会实质上又是一种消费社会。一方面,生产的高度工业化和物质产品的空前丰富,使享乐主义人生观被相当多的大众所认同,人们的消费欲望日益膨胀。这种消费欲望体现在文化上,就是对传统经典的疏离,而把艺术文化产品也当作一种消费品,作为一种提供快乐和消遣,甚至刺激感官的手段;另一方面,因"私人时间"迅速增加而产生的"无聊",使大众的文化消费具有难以餍足的欲求。终日忙碌而无喘息之机是一种痛苦,而当私人时间变得日益充裕而人们又不知如何打发时,时间则成为一种压力,这种"无聊"的压力甚至比繁忙让人更难以忍受。于是,人们便会用富余的金钱和充裕的私人时间来进行大众文化的消费。大众永不餍足的文化消费欲求,成为大众文化市场兴旺繁荣的重要动力。

目前我国在整体上远未实现现代化,且发展是不平衡的。在沿海开放地区和内地发达城市,现代化过程极为迅速,正快步进入大众社会,而物质生产的发展与精神文化的发展也并非一定同步。因此,我们说自 20 世纪 80 年代中后期,中国文化进入了一个大众文化的时代,并非不可理解。环视我们的生活:铺天盖地的五彩广告,花样翻新的电视节目,令人眼花缭乱的时尚杂志,软绵绵、甜腻腻的流行歌曲,好莱坞梦幻工厂批量生产而

---

① [匈]阿诺德·豪泽尔:《艺术社会学》,上海:学林出版社,1987年,第253页。

风靡全球的美国大片,让人自我陶醉的卡拉OK,足不出户便可周游世界的互联网络,金庸的武侠小说和琼瑶的言情故事,令人目不暇接的时装和让人爱不释手的饰物,麦当劳与肯德基,保龄球与桑拿浴,疯狂的假面舞会与形形色色的派对,如此等等,这一切正在人们的身边产生,人们也正从中获得无穷的快乐。

(三)大众文化的特征

从文化性质看,产生于大众社会的大众文化,与产生于传统社会的通俗文化相比,具有一系列自身特点。

第一,接受的大众性。与通俗文化的受众相比,大众文化的受众是一个混杂而庞大的群体,它几乎把社会的每一个成员都当作自己的消费对象,社会所有成员无论文化水平高下都能享用大众文化作品。但从整体上看,大众文化的消费者与传统的通俗文化或通俗小说的读者还是有一定区别的。以现代城市大众为对象的大众文化,在思想情调上是属于中产阶级和中下层资产阶层的,所谓"小资情调";大众文化的消费也不再只是购买一本通俗小说,而是要有一定的经济保障和闲暇时间的。据此,从受众群体现状看,当代大众文化以文化青年为主体。正如希尔斯所说:"大量的流行音乐,平庸粗俗的电影,期刊文学和各种形式的舞蹈为青年而生产,为他们所消费。这是史无前例的,是大众文化革命的核心。"①有人曾对美国大众文化受众群体的特点作了这样的概括:一是有点文化水平,但文化水平不高;二是有一定的经济收入,但不富裕;三是有一定的休闲时间,但绝不是有闲阶层。从这三个方面区分大众文化群体与非大众文化群体是有一定道理的。把握这三个特点,对大众文化的创作者和评论者来说也是至关重要的,否则作品会失去对象,评论也难以中肯。

第二,功能的娱乐性。游戏和娱乐在任何时候对人类都是不可或缺的,一部伟大的作品也决不排斥审美愉悦性。但是,通俗文化在"娱心"的同时不忘"劝善",大众文化则鄙视任何劝谕动机,把娱乐大众作为唯一的功能。人类社会需要文化,而大众社会需要娱乐,娱乐取代审美成为大众文化的宗旨。大众文化作为一种游戏化的娱乐文化,遵循的是一种"快乐原则"。正如麦克唐纳所说:"大众文化的花招很简单——就是尽一切办法让大伙儿高兴。"②如果说严肃的精英文化是一种超越性满足,那么快乐的大众文化则是一种本能性满足。中国的"新人类"曾这样表述其"生活哲学":"那就是简简单单的物

---

① 转引自张汝伦:《思考与批判》,上海:上海三联书店,1999年,第551页。
② 转引自[美]丹尼尔·贝尔:《资本主义文化矛盾》,北京:生活·读书·新知三联书店,1992年,第91页。

质消费,无拘无束的精神游戏,任何时候都相信内心冲动,服从灵魂深处的燃烧,对即兴的疯狂不作抵抗,对各种欲望顶礼膜拜,尽情地交流各种生命狂喜"云云。这在某种意义上表露了一部分大众的娱乐心态,而现代艺术、流行音乐、酒吧、咖啡馆、摩登时装、美国大片、脱口秀等,便成为"找乐"的手段和去处。

第三,本文的平面性。如果说印刷媒介时代的通俗文化追求本文的通俗性,那么电子媒介时代的大众文化则转向本文的平面性,成为一种无深度的平面文化。好莱坞的商业电影、室内的电视连续剧、五彩缤纷的商品广告、卡拉OK、MTV、时装表演、脱口秀、足球世界都是典型的平面文化。视觉媒介的感官冲击取代了印刷媒介的概念思维。受众的接受方式由凝神观照转变为心神涣散。大众文化时代的印刷文本也彻底消解意义的深度而成为一种平面文本,文学成为一种模式化写作的"轻文学"。短短的篇章、甜甜的语言、淡淡的哀愁、浅浅的哲学,再加上靓丽的作者,是这类"轻文学"给人的整体印象。然而,缺少了信息获取的艰辛过程、知识积累的痛苦经历,轻易得到的一切也将轻易地失掉。

第四,运作的商业性。从西方艺术史看,艺术品从来就是作为商品而创造的,它们中的大部分都是为了出卖而不是为艺术家自己所用的。然而,大众文化的商业性运作完全不同于传统艺术的商品性,它完全为销售而生产,为利润而经营。一边生产,一边出售;一会儿风行一时,一会儿又变得毫无价值。大众文化成为纯粹以商业赢利为目的的商业文化。大众文化的商业性运作主要表现在两个方面:一是机械复制,批量生产。通过电影、广播和电视传播的大众艺术作品可以被复制,而且就是为了被复制而创作的。这种机械复制的结果实现了在几千个电影院里可以向几百万的观众放映同一部影片的梦想,从而获得最大的票房价值。二是紧紧盯住流行趋势。一首歌曲、一部小说、一场电影的制作都不能不首先考虑它们在市场上的适应性,即所谓的流行性、可读性和可看性。大众文化作为一种流行文化,其经营者以流行为手段,以利润为目的。从经济学的投入产出或投资回报惯例看,大众文化的商业性运作无可非议。但这种商业性经营,又确实造成了大众文化的媚俗倾向,阻碍了对艺术文化价值的更高追求。霍克海默指出:"投资于每部电影的资金数目可观,因而要求迅速回收资金,这种经济要求阻止了对每件艺术品的内在逻辑的追求——即对艺术品本身的自律要求的追求。人们今天所称的流行娱乐实际上是为文化工业所刺激、所操纵、所悄悄腐蚀的要求。它与艺术无关,尤其是在它装着与艺术相关的地方更是如此。"①虽然他的措词不免过激,但确实指出了大众文化商业性运作的弊端。

大众文化在世俗性、娱乐性、模式化、商业性等方面比通俗文化走得更远,从而同精英文化形成强烈的对照和反差。在大众文化时代,精英文化也被一些人当作炫耀地位的"显示式消费"的材料而失去了原本价值。透过上述表层特征,有的学者借鉴西方文化批判理论,指出大众文化还具有隐藏得更深的内在本质特征,即在多层次、多方面上具有二元因素混杂对立的特点:所谓"神性与物性的双重变奏""多元与一元的二律背反""解放与控制的双重交织"等。② 这种概括确实在一定程度上揭示了大众文化的复杂性和矛盾性。

(四)当代大众文化的兴盛

第一,20世纪大众文化的两个高潮。我国20世纪的大众文化发展出现两个高潮:一个在20世纪初期,一个在20世纪末期。

从当代大众文化学看,20世纪初期盛行于上海、以"鸳鸯蝴蝶派"为代表的通俗文艺,实质具有大众文化的性质,也可被视为20世纪中国大众文化发展史的正式开端。当年的"鸳鸯蝴蝶派",首先是高举娱乐性、趣味性、消遣性旗帜的通俗文学流派。这派作者除写作"言情小说"外,大量的社会、武侠、历史、侦探、黑幕之类小说也出自他们之手。与此同时,这些小说一经报纸连载便不胫而走,被改编为电影、话剧、曲艺,辐射到娱乐报刊、商业电影、流行歌曲、商品广告以及"月份牌"等中,与摩登上海的"声光化电"交相辉映,构成洋洋可观的大众文化景观。从这个意义上说,中国大众文化的最初发生,几乎是与世界同步的,但是这种大众文化现象当时只限于出现在像上海这样的国际化都市中。就当时的上海本身而言,大众社会、大众传媒、大众文化消费等因素远未发展到应有的程度,再加上民族救亡打乱了文化发展的正常进程,因此这段历史只能说是20世纪中国大众文化的前史。不过,"鸳鸯蝴蝶派"现象的大众文化特质,是值得进一步研究的问题。

20世纪末,我国当代大众文化的兴盛可分为三个阶段。"文化大革命"后到1985年大约10年间为"恢复期",主要输入港台和国外的大众艺术。1986年到1991年的六、七年间为"碰撞期",表现在观念上,对境外大众文化的涌入有肯定和否定的争议;表现在创

---

① 《霍克海默集》,上海:上海远东出版社,1997年,第226页。
② 邹广文:《当代中国大众文化论》,沈阳:辽宁大学出版社,2000年,第169~185页。

作上,大陆作者往往以精英文化的模式从事大众文化的创作与传播。1992年以后,大众文化伴随着经济转型和文化世俗化潮流得到真正确立,可谓"确立期"。我国当代大众文化的种类也是多样的,它出现在大众传媒的各个领域中。如印刷文化中的通俗文学、时尚杂志、文化娱乐类报纸及名人传记、政治内幕类书籍;电子文化中的娱乐性电影、电视、流行音乐、"MTV"、卡拉OK等;被称为当代"形象文化"的商业广告、时装表演、商业性的广场晚会、体育赛事;此外如歌厅、舞厅、酒吧、咖啡馆及快速流行的网吧、陶吧、纸吧等也是文化大众进行文化消费和文化交流的主要去处。

我国当代大众文化的兴盛,除因大众社会、大众传媒和大众文化消费等基本条件快速形成外,还有中国社会自身的多方面原因。首先,文化禁锢的解除引发了人们对娱乐文化的需求;其次,增多的闲暇时间成为培育休闲文化的土壤;其三,文化大众群体的形成和扩大促进大众文化的发展;最后,文化生活的多样性需求促使文化形态的多样化发展。于是,20世纪末以来,我国的"文化生态"形成了由体现国家意识形态正统原则的"主流文化"、代表人文知识分子价值观念的"文人文化"和反映市民文化精神和文化需求的"大众文化"多元并存的格局。事实上,三种文化的均衡发展、良性互动,才是一种理想的文化生态。

第二,促进大众文化的健康发展。大众文化的蓬勃兴起,其意义不可被低估。它在一定程度内体现了人民大众的文化需求和文化权利;在文化领域内形成了多元化和多层次的局面,从而给文化大众提供了文化选择的条件。如果说大众社会的出现标志着人类向社会平等和社会公正迈进了一大步,那么大众文化的产生和兴盛则标志着文化的民主化和个人在文化生活中地位的提高。

然而,正如大众社会往往使个人成为丧失个别性和独立性的庸常"大众"而带来负面效应,大众文化也因其二元对立的矛盾性以及社会缺乏必要的精神准备和制度保证同样产生了不可轻视的负面效应。例如,对物欲的强烈追求,使人文价值弱化;对高雅文化的排挤,使崇高与理想失落;对娱乐消遣的追求,使文化出现低俗化、鄙俗化趋向等。为此,从不同角度、不同立场对大众文化的批判,与大众文化的发展几乎始终并行。一位研究者论及"20世纪80年代以来文学世俗化思潮的演化"时写道:"新写实"是冷漠的极端,"新人类"小说是狂欢的极端;"冷漠使人绝望,狂欢也不能使人的灵魂得救。事实上,在这个无情的世纪末,有多少青少年因为'跟着感觉走'而误入了人生歧途"。观察20多年来文学世俗化思潮的流变过程,"结论不能不是令人忧虑的。朴素、温馨的诗意为什么离我们的生活和文学越来越远?而如果世俗化的结果是这般的无奈,那么,超越鄙俗化的可能性和现实出路又在哪里?"①

忧虑可以理解,悲观似属不必。大众文化的发展势头,将随着市场经济的深化和中国融入全球经济和文化而愈益强劲。面对这种趋势,我们应以积极主动的姿态迎接挑战。大众文化健康发展之路就在我们脚下,创造高品位的大众文化作品以遏制鄙俗化趋向也靠我们自己。首先,要提升大众文化创造群体的社会责任感,健全大众文化创作、传播的制约机制,在制度上防止文化建设上的滑坡现象产生。其次,要真正形成高层精英文化和通俗大众文化、大传统与小传统的良性互动局面。因为,"在文化结构中,高层文化起着导向作用,它影响着整个民族的文化水平和文化素质。但大众文化和高层文化是发生着互补互动关系的。大众文化直接来自民间,具有民间的活力,也往往推动文化的发展。"②但是,只有形成高尚的文化空气,提升文化的内涵,消遣性、娱乐性的大众文化才会有水涨船高之效。再次,要提高大众文化享用者的文化素质和审美境界。文化受众制约文化生产,大众的文化素养和审美情趣提高了,"媚俗"之作失去市场,大众文化的品位也必然会随之提高。最后,应健全大众文化批评研究的机制。大众文化批评不是大众文化宣传。批评应该揭示大众文化本身具有的矛盾复杂性以及意识形态虚伪性。同时,大众文化批评也应有自己的批评理论和批评原则,不能简单套用精英文化和纯文学的术语和标准。从当代中国大众文化实践出发,适当借鉴西方文化理论,建设有中国特色的大众文化学体系,对于健全大众文化批评机制,促使大众文化的健康发展,可谓是当务之急。

除上述四个方面,即文学体裁的演化、文学思潮的演变、文学地域的拓展及文学文化形态的变迁,文学的发展进程还体现在文学主题的丰富与深化、文学风格的多样与转化等方面。充分认识文学发展的具体性和立体性,有助于在文学史研究中获得开阔的理论视野,对文学历史进程的丰富性和复杂性作出全面完整的描述。

【基本概念】

文体诗学	文体历史学	文学思潮	古典主义	浪漫主义
现实主义	现代主义	后现代主义	地方文学	民族文学
世界文学	比较文学	民间文学	精英文学	通俗文学
大众文化				

---

① 樊星:《论八十年代以来文学世俗化思潮的演化》,《文学评论》,2001年第2期。
② 王元化:《九十年代反思录》,上海:上海古籍出版社,2000年,第181~182页。

【思考题】

1. 文学体裁的演变有哪些基本方式？演变的动因何在？
2. 西方文学思潮的演进大致经历了哪几个阶段？
3. 文学地域的拓展经历了哪几个阶段？
4. 比较文学从法国学派到美国学派的发展说明了什么？
5. 如何看待电子传媒时代的大众文化现象？

【阅读文献】

1. ［美］韦勒克：《文体和文体学》，《文学理论》，生活·读书·新知三联书店，1984年。
2. 曾逸：《论世界文学时代》，《走向世界文学——中国现代作家与外国文学》，湖南文艺出版社，1986年。
3. ［美］亨利·雷马克：《比较文学的定义和功用》，张隆溪选编《比较文学译文集》，北京大学出版社，1982年。
4. ［美］伊恩·P·瓦特：《小说的兴起》，生活·读书·新知三联书店，1992年。
5. ［美］韦勒克：《文学思潮和文学运动的概念》，中国社会科学出版社，1989年。
6. ［美］杰姆逊：《后现代主义与文化理论》，北京大学出版社，1997年。

第十章 文学史研究

文学史是文艺学的重要分支,它和文学理论、文学批评有着不可分割的内在联系,但作为一个相对独立的学科,它又有自身的性质和规律。前两章阐述的文学发展规律和文学发展进程问题,是文学史研究的重要方法论基础。本章将进一步阐述文学史的形成和性质、文学史研究的对象和任务、文学史研究的形态和方法,以及文学史研究中的分期等问题,为文学史编写提供基本的操作规则。

第一节 文学史的性质

一、文学史的形成

中国有悠久的文学史传统,但现代意义上的文学史学科并不产生于中国。现代意义上的文学史研究是自觉的历史意识和民族国家意识的伴生物,它兴起于近代欧洲。

(一)中国传统的文学史研究

中国是最富历史精神的国家,修史传统世代延续,史籍浩瀚世无其匹。中国史家和文评家也习惯于以历史的眼光,对当世和历代的文学加以记录、整理和评述,留下了大量具有文学史性质的著述。班固《汉书》中的《艺文志》,范晔《后汉书》中的《文苑传》,可被视为中国传统的文学史研究的滥觞。《艺文志》是一种有评注的图书目录,编排系统、翔实可靠。班固创始之后,历代史家继起效法,各朝正史大多有了《艺文志》。正史中的名人传总要包括若干文学家在内,《后汉书》创设《文苑传》后,各朝正史也多有此节目。此后,历代文评家受史家影响,在传统的"诗文评"中创造了多种形态的文学史性质的著述。有学者将其概括为六类。① 其一,题辞体。除《汉书·艺文志》外,可以《汉魏六朝百三家集题辞》《四库总目提要》有关部分为代表。它通过按时间序列排列的文学作品评论,揭示一代或几代文学作品的大旨和流变。其二,传记体。除正史《文苑传》外,可以《唐才子传》为代表。题辞体以作品为主,传记体以作家为主。这类作品为一代主要作家立传,按时间先后进行排列,可见出一代作家之间的继承创变关系。其三,时序体。如《文心雕龙》的文体论部分、明代的《诗源辩体》《诗薮》及清代的《艺概》等。这类著作大多以时代为序,对历代作家作品及每一时代的特点依次加以评析,实质类似于"文学史简明纲要",最接近于现代意义上的文学史。其四,品评体。如钟嵘《诗品》等。钟嵘将诗人分成上中下三品,同时在"一品之中,略以世代为先后",在分类评价的同时表现出一种历史感。其五,派别体。如《诗人主客图》《中晚唐诗人主客图》《江西诗人宗派图录》等。这类著述的特点是以派论文,重在描述派系传承关系,可被视为文学流派史的雏形。其六,选录体。如《唐诗纪事》《宋诗纪事》《中州集》《列朝诗集》等。这类著作以人物为中心,选录一定数量的代表作,并记录相关本事或略加品评。此外,与之相近的就是大量编年性的诗文选本,如沈德潜的《古诗源》及其《唐诗别裁集》为代表的"五朝诗别裁集"。尤其是高棅的《唐诗品汇》,一方面明确将唐诗发展划为初、盛、中、晚四个阶段,另一方面又将入选的作家作品按时期和体裁,划分为正始、正宗、大家、名家、羽翼、接武、正变、余响、旁流等九格;这不仅具有鲜明的历史感,而且表达了一种深刻的文学史观。

上述各类著作,都具有文学史的某种性质和价值,但现代意义上的文学史终究未在中国诞生。为什么在一个具有深远文学传统的国度里,历经几千年之久,文学史迟迟不肯露面?这首先与中国传统史学观念有关。中国古人认为历史是无所不包的,既然社会的一切活动都已列入正史,在《艺文志》和《文苑传》中又有文学艺术的固定位置,那么单独叙述文学变迁的历史就似乎没有必要了。其次,中国传统文学批评的优点中包含着弱点。例如行文简约是一优点,一部诗文评著述犹如一部隽言妙语集,但却不惯于作较长较深的系统性研究,这种思维习惯也是系统的文学史难以产生的重要因素。最后,还有更多直接和间接的问题值得考虑。诸如历史主义观念的确立、民族国家意识的成熟、现代大学课程设置的亟需等。文学史率先在近代欧洲产生,就与上述因素的优先成熟有

---

① 黄霖:《近代文学批评史》,上海:上海古籍出版社,1993年,第754~755页。

关。中国则迟至20世纪初才为文学史学科的建立和发展提供了足够的条件。

(二)文学史在近代欧洲的形成

文学史这门学科诞生于近代欧洲,而艺术史又成为文学史的先导。1550年问世的意大利艺术史家瓦萨里的《意大利艺苑名人传》(或《绘画雕刻建筑的名人传》),是西方艺术史的开山之作。瓦萨里的这部书尚不是现代意义上的艺术史,但透露了较自觉的艺术史意识:"当我着手撰写这些人的生平时,我并不想通过艺术家作品的清单对艺术家们只作一种罗列而已……我不仅努力叙述艺术家们的所为,而且还竭力要把平庸的作品与好的、更好的和最好的作品加以区分……探求艺术完善化与衰微的种种原因和根源。"①1764年问世的德国艺术史家温克尔曼的《古代艺术史》,标志着西方艺术史学科的真正确立。温克尔曼以自觉的历史意识从事艺术史研究。他对"艺术史"作了明确界定:"艺术史的目的在于叙述艺术的起源、发展、变化和衰颓,以及各民族各时代和各艺术家的不同风格,并且尽可能地根据流传下来的古代作品来说明。"②由此,他被视为具有"真正的艺术历史感"的第一人,并被尊奉为现代艺术史之父。同时,他提出的概念和方法对文学史的撰写产生了深远影响。文学史在近代欧洲的形成,可以从两方面说明。

其一,自觉的文学史意识、明确的文学史定义、典范的文学史著作,这三者应当是现代文学史学科形成的基本标志。从这个意义上说,意大利的维柯、德国的赫尔德和法国的丹纳,应是这门学科最重要的奠基者。维柯的《新科学》是西方历史哲学的奠基作。他对文学史的贡献主要有两方面。一是历史发展观点的确立和历史方法的运用。维柯认为:"凡是事物的本质不过是他们在某种时代以某种方式发生出来的过程。"这就是说,事物的本质应根据事物产生的原因和发展的过程来研究。这是其历史哲学的总原则,也为文学艺术史的产生提供了理论基础。赫尔德所谓"起源揭示了事物的本质"的命题就来源于此。二是进行了文学史编写的最初尝试。《新科学》第3卷"发现真正的荷马",以历史发展的观点考察了荷马史诗的形成和发展,其后的"附编"可以说是希腊罗马文学史的简明纲要。赫尔德被称为"第一位现代文学史家",他有两大贡献经常被人提起:一是明确地设想了民族文学史的理想,概述了研究方法,写出了民族文学史发展的提要。二是最早对文学史下了明确定义,认为文学史应当追溯"文学的起源、发展、变化和衰落,以各个地区、时代、诗人的不同风格为根据"。③ 这个定义明显带有温克尔曼的痕迹,赫尔德也

---

① 转引自丁宁:《绵延之维:走向艺术史哲学》,北京:生活·读书·新知三联书店,1997年,第1页。
② 转引自[英]鲍桑葵:《美学史》,北京:商务印书馆,1985年,第315页。
③ [美]韦勒克:《近代文学批评史》第1卷,上海:上海译文出版社,1987年,第258页。

确实想成为文学史研究方面的温克尔曼,只是他并未留下系统的文学史著作。丹纳有"批评家心目中的拿破仑"之誉,他的《英国文学史》(1864—1869)和《〈英国文学史〉导论》,把文学史推向高度的成熟。冠以"文学史"之名的著作并不始于丹纳,它有一个发展过程。现有资料表明,1659年出版的拉姆别克的《文学史纲》是最早使用"文学史"名称的著作,但它并不是对文学发展演变的系统研究,而是内容驳杂的泛泛而谈之作。① 最初,文学史大抵只是些传记性和文献性的资料堆积,是原材料的大型仓库。18世纪中后期,客观叙述的文学史开始出现,著者心中有一个研究计划和系统评述过去的历史意识,如托马斯·沃顿的《英国诗歌史》(1774—1781)等。但这些书仍充满了牵强附会、掺和众说的东西。直到19世纪初,弗·施莱格尔的《古今文学史》、维尔曼的《法国文学进程》、西斯蒙第的《南欧文学》等著作出现才意味着成功的文学史的出现。丹纳的一史一论则把文学史推向了高度成熟阶段,至少有两点引人注目。一是他的五卷本《英国文学史》是自觉的文学史意识、明确的文学史方法和有序的文学史体例的精心结撰,为文学史撰写提供了某种范式。二是在他的理论方法的影响下形成了文学史研究的第一个学派,这就是包括朗松、勃兰兑斯、桑克蒂斯和俄国佩平在内的历史文化学派。

其二,现代历史意识、现代发展观念和民族国家意识的形成,极大地促进了文学史的成熟和发展。所谓现代历史意识,并不是指历史相对主义,而是指把承认历史个性与意识到历史的变化发展结合起来。因为认识不到历史的发展就不可能正确理解历史上的个性,没有一系列的个性也就不存在真正的历史发展。所谓现代发展观念,不是简单的承认进步,而是见出进步与传统、继承与革新的内在联系。只有当文学传统重新为人所发现并且得到根本的重新评价之后,才可能对不同的民族传统的多样性以及这些传统的演化过程作出深刻的描述。现代民族国家意识的觉醒也是重要动力。最初的文学史大多限于民族文学和国别文学之内,而国别文学史的观念是等到现代国家形成、国家意识成熟以后才有的。桑克蒂斯的《意大利文学史》正适应了一个经历着诞生痛苦的意大利国家的需要,同时又表达了它的希望。此外,文学史著作在19世纪的大量产生,同现代大学教育的发展和课程设置的需要密切相关。勃兰兑斯的《十九世纪文学主流》便是他在哥本哈根大学教学讲义的基础上整理成书的。

现代意义上的中国文学史诞生于20世纪,但是最早的《中国文学史》则出自外国学者之手,如俄国瓦西里耶夫的《中国文学纲要》(1880)、日本笹川种郎的《历朝文学史》

---

① [苏]波斯彼洛夫:《文学原理》,北京:生活·读书·新知三联书店,1985年,第15页。

(1898)、英国翟理士的《中国文学史》(1900)等。中国学者借鉴现代学术规范自撰"中国文学史",始自林传甲和黄人。林传甲的《中国文学史》于1904年问世;黄人的《中国文学史》与林传甲同年开笔,只是规模更大而于1905年前后出版。此后,体式各异、思路不一的各类中国文学史纷纷出版,一时蔚为奇观,以至20世纪被称为"文学史的世纪"。[①] 王国维的《宋元戏曲史》(1915)、鲁迅的《中国小说史略》(1923)、胡适的《白话文学史》、陆侃如和冯沅君的《中国诗史》(1931),以及郑振铎的《插图本中国文学史》(1932)和刘大杰的《中国文学发展史》(1941—1949)等,是公认的20世纪文学史名著。

自20世纪始,从传统的"艺文志""文苑传"和"诗文评"到现代意义上的"文学史"的研究和写作,这是中国学人的自觉选择。此后,文学史风行中国学界成为热门学科。究其原因,主要有二:一是得益于科学精神、进化观念以及系统方法的引进,二是得益于教育体制的改革和大学课程设置的支持。文学在发展,观念在更新,教育在持续,文学史需要不断被续写和重写。重写文学史,则离不开必要的文学史理论。

二、文学史的性质

何谓"文学史"?顾名思义,文学史就是文学的历史,而不是哲学史、思想史,更不是社会史、政治史。对文学史的性质和范围作这种界定,是简单易明的,但是"文学史"这一概念的内涵又是复杂多义的。德国学者瑙曼把它细分为三个层次:

> "文学史"一词在德语里至少有两种意义。其一,是指文学具有一种在历时性的范围内展开的内在联系;其二,是指我们对这种联系的认识以及我们论述它的本文。从逻辑上讲,这两种含义是可以分得很清楚的。它们之间的关系就如同客体与客体的语言之间的关系一样。因此,最好从术语上也将它们区分开来。可以这样,如果是指对象,就用"文学的历史"来表述;反之,如果是为了表明研究和认识这一对象所遇到的问题,就用"文学史"来表征。另外,为了区别于这二者,用"文学史编纂"一词来表示文学史研究的成果。[②]

瑙曼建议用"文学的历史""文学史""文学史编纂"三个术语区分"文学史"一词的三层含义:所谓"文学的历史",即客观存在的文学发展的历史过程、自然状态的文学史,作为文

---

① 陶尔夫:《文学史的世纪及其四个时期》,载《中国社会科学》,1996年第6期。
② [德]瑙曼等:《作品、文学史与读者》,北京:文化艺术出版社,1997年,第180页。

学史家的研究对象,又被称为"事实的历史"或"文学史本体";所谓"文学史",即文学史家对客观存在的、自然状态的文学史事实的认识和研究,又被称为"述说的历史"或可称为"文学史研究";所谓"文学史编纂",即文学史家对客观自然的文学史本体进行研究撰述的成果,亦即对"事实的历史"作主观论述后的著作形态。除上述三层含义外,还有一层重要内容,即"文学史理论"或"文学史意识"。因为,任何一部文学史著作,都是文学史家在特定的文学史意识和文学史理论的指导下,对客观的文学史本体进行研究述说的结果。这种文学史意识和文学史理论,往往体现为文学史著作的理论框架和编写体例。

"文学史"的上述含义中,作为"事实的历史"的"文学的历史"或文学史本体和作为"述说的历史"的"文学史"或文学史研究是最基本的区分。因为,一方面,人们通常使用的"历史"一词即包含两层意思,一是指发生过的事件,一是指我们对过去事件的理解和叙述。通常所说的"一部中国文学史",可以指中国文学史上所发生过的种种事实,也可以指对这些事实的描述和解说;另一方面,文学史研究离不开文学史理论,而"文学史编纂"则是文学史研究的必然结果。更进一层,呈现在今人面前的种种"文学史",实质上都是"述说的历史"而非"事实的历史"。可以说,今天的每一部文学史都是一部首尾一体、层层递进的文学活动的历史构图,原生状态的文学的历史不可能自行给出一幅文学史家悬之为鹄的历史构图。一幅鲜活有序的文学史图景,都是文学史家对他所掌握的紊乱无序的文学史事实加以创造性的理解和阐释构造编绘出来的。从这个意义上说,任何一部文学史都是主观构造的,而非原生状态的。

以上辨析了"文学史"的含义,揭示了文学史的实质,进而应当阐明作为"述说的历史"的文学史的基本特点。关于文学史的定义,今人刘师培有一简明而精辟的界定:"文学史者,所以考历代文学之变迁也。"①一个"考"字,充分表明了文学史家对文学史的阐释能动性和主观构造性。韦勒克所谓"写一部文学史,即写一部既是文学的又是历史的书"②的论断,对认识文学史的特点也极富启示意义。据此,文学史作为一种既是文学的又是历史的、考察和"述说"历代文学发展变化的历史,有如下三个特点。

其一,文学史内容的整体性。文学史首先应当是"文学的",即以"历代文学"为对象和内容。所谓"历代文学",完整地说就是以文学作品为核心,以时代精神为背景,包括创作、欣赏、批评在内的历代文学活动。文学史不同于一般的文学批评,首要特点就是它以

---

① 《中国近代文论选》(下),北京:人民文学出版社,1981年,第586页。
② [美]雷·韦勒克、奥·沃伦:《文学理论》,北京:生活·读书·新知三联书店,1984年,第290页。

整体性的历代文学活动为内容,而不是以单个作品为对象。文学史应当生动展示历代文学活动整体性的历史状态。正是在这个意义上,有学者强调"文学史应是文学昔日生态史"。这一命题包括三个层次的内容:首先,最具体的是文本,即可见的物化态文学;其次是由作品深入到人,到作家和一切人的心灵;最后是宏观地涵盖着一切文学现象、文学运动、文学思潮、文学流派的文学氛围。这三个层次,呈现出由实到虚、由窄到宽之势,并且是层层深入的关系。① 其实,丹纳关于艺术史研究的"三总体"原则,同样是强调艺术史内容的整体性问题。丹纳的《艺术哲学》开宗明义:"我的方法的出发点是在于认定一件艺术品不是孤立的,在于找出艺术品所从属的,并且能解释艺术品的总体。"首先,每一部作品都从属于作者的全部作品;其次,艺术家又从属于他所隶属的艺术流派;最后,艺术流派又包括在范围更大的社会风俗习惯和时代精神之内。这样,艺术史家"要了解一件艺术品,一个艺术家,一群艺术家,必须正确的设想它们所属的时代的精神和风俗概况"。② 把历代的文学作品、文学家、文学流派、文学思潮及时代精神视为一个层层深入、互相勾连的有机整体,并作全面展示,就能使文学史真正成为一部昔日的文学生态史。

其二,文学史叙述的有序性。文学史的述说既是文学的又是历史的。它以历代文学活动为内容,又以有序的历史叙述为形式。这是在表现形态上作为述说的历史的"文学史",不同于作为事实的历史的"文学的历史"的重大区别。历代的文学活动和文学现象是如此纷繁杂乱,犹如物理学上所说的"紊流"。文学的历史进程推进离不开创作主体,而每一个作家都有独特的生活道路、个性特点,每一篇作品都有独特的创作机缘、生存境遇。总之,文学的历史充满了偶然性、随机性和无序性。具体地说,原生状态的文学史的无序性有如下表现。一是空间上的多发性和多向性。文人们往往以群体的形式在不同的地域空间崛起。群体与群体之间经过多重关系,构成一种似有若无的交往与沟通。二是文学史发展在行进方向上的无目的性和进退随机性。文学的历史发展有其内在的逻辑进程,但是这一进程难以预感和预设,更非定论。三是每个时代文学家的活动往往处于一种多元并存的状态,充满了"同时之异世,并在之歧出"③的现象,因而文学史的生成并非线性的。文学史家的叙述就是要化无序为有序,这主要体现在两个方面。首先,他要勾画一个文学空间以展示历代的文学现象,并为它们的产生和关联提供合理的解释。在文学史里,文学活动难以恢复其自然生成的样态,但在千差万别之中依然呈现为一个

---

① 董乃斌:《文学史家的定位》,《文学史方法论卷》,石家庄:河北教育出版社,2001年,第361~365页。
② [法]丹纳:《艺术哲学》,北京:人民文学出版社,1981年,第4~7页。
③ 钱锺书:《谈艺录》(补订本),北京:中华书局,1984年,第304、613页。

生动的有机整体,无数作品、无数作家仿佛如约而至,井然有序地各归其位。其次,它又采取历史学的方法,把各种文学现象组织在动态连续的时间序列中,文学的历史仿佛随着时间的递进而演进。在文学史里,作家、作品会依次从时间隧道的一端走出来,陆续登上长长的文学史舞台,在一幕幕戏中扮演角色,时间的流程决定了它们的源流关系。每一部文学史的内容各不相同,每一部文学史的叙述则无不起承转合,井井有条。

其三,文学史意识的自觉性。每一位文学史家都有自觉的文学史意识,每一部文学史都是自觉的文学史意识的结晶。对于"文学史意识",可以有不同的理解。有学者从诠释学立场作了这样的界定:所谓"文学史意识",即是指对文学史活动中的构成要素的意识,它包括文学史家对文学史对象的意识、文学史家对自身诠释学处境的意识、文学史对象与文学史家自身诠释学处境之间的意识。① 这是一个周密的界说。如果从文学史编写的具体操作层面看,文学史意识则主要表现为文学史家对文学史性质、文学史模式和文学史方法的自觉意识。首先,文学史家都有自觉的"撰史"意识,对文学史性质拥有自己的独特理解。20世纪以前,欧洲文学史家大多把文学史理解为民族精神史和社会文化史。勃兰兑斯所谓"文学史,就其最深刻的意义来说,是一种心理学,研究人的灵魂,是灵魂的历史"②的说法,代表了当时众多文学史家的思想,并因表述精到而流传最广。于是便如韦勒克所讥评的那样,大多数传统的文学史著作,要么是社会史,要么是文学作品中所阐述的思想史,等等。20世纪之后,一部分欧美文学史家转向从文学性和文学形式技巧演变的角度界定文学史,于是出现了在形式主义文学史观指导下写成的文学史,不过这方面的成果目前尚不成熟。其次,文学史家还各自形成自己的文学史撰写模式,它由具体的文学史对象以及与此相应的分期原则、编写体例等要素构成。文学史观念不同的文学史家有不同的文学史模式,观念相近的文学史家由于具体对象把握的不同也有不同的文学史模式。例如同样持形式主义文学史观,不同学者对文学作品历史变化的特点有不同看法:布吕纳杰认为文学体裁发生了变化;什克洛夫斯基认为文学手段发生了变化;蒂尼亚诺夫则认为形式要素的功能发生了变化。形式改变功能,功能改变形式,形式和功能的重新分配便形成了文学的可变性。文学史的任务就是研究这种形式要素功能的可变性,等等。最后,文学史意识还体现在文学史研究方法的自觉意识上。文学史家的研究方法同他的文学史观念和文学史模式是内在联系着的。例如俄国奥夫相尼柯—库

---

① 李建盛:《理解事件与文本意义:文学诠释学》,上海:上海译文出版社,2002年,第210页。
② [丹麦]勃兰兑斯:《十九世纪文学主流》第一分册,北京:人民文学出版社,1980年,第2页。

里科夫斯基主编的六大卷《十九世纪俄国文学史》是传统的社会文化史观的产物,它同时也采用了社会学的编写方法,形成这样的"四步曲":在每一历史时期开头,先是进行历史时代分析,作出历史概述,其中包括政治、经济、文化的广泛评论;接着是对这一时期的理性思潮如"哲学、社会思想、意识形态"的分析;然后分析"文学思潮、学派"的历史发展前景;再接着便是作家作品的分析。① 这种文学史编写方法极有代表性,也是传统的文学史著作常用的方法。每一部文学史都是文学史家所意识到的文学史。同理,每一部文学史又都是文学史家在自觉的文学史意识作用下对文学史的一种重写。

三、文学史的任务

文学史的任务取决于文学史的身份。从文学史的形成看,它既是学术发展的产物,是文艺学重要的分支学科,又与教育建置相关,是大学文科的重要课程。文学史这种学术与教育的双重身份,规定了文学史具有不同于文学批评和文学理论的学术任务。

第一,完整展示文学发展的历史进程。一部文学史,其首要任务就是为一国、一体或一类文学建立起一套完整的知识系统。文学史家在弄清史实、去伪存真的基础上,通过裁剪、分类、组织,通过划分时期,确立单元,区别层次,勾画描绘文学历史的鲜活图景,完整展示文学发展的历史进程。在郑振铎看来,一部完备的中国文学史,必须"足以指示读者们以中国文学的整个发展的过程和整个的真实面目"。换言之,文学史写作的完整性有两个维度:一是横向的完整的真实面目;二是纵向的完整的发展过程。

首先,要完整呈现文学史的真正面目。早期的文学史写作大多缺乏这种基本的完整性。在欧洲,如韦勒克所说,大多数最主要的文学史,要么是文明史,要么是批评文章的汇集;在中国,如郑振铎所说,二三十年代所刊布的不下数十部的中国文学史作品,几乎没有几部不是肢体残废或患着贫血症的。然而,无论作为学术专著还是作为大学教材,文学史作品知识系统的完整性应是文学史家最基本的学术追求。当然,文学史不是网罗一切的作品全编,但是一部英国文学史作品遗落了莎士比亚与狄更斯,一部意大利文学史遗落了但丁和薄伽丘,那是不可原谅的。早期"中国文学史"的情况正与之相仿。"唐五代的许多'变文',金元的几部'诸宫调',宋明的无数的短篇平话,明清的许多重要的宝卷、弹词,有哪一部'中国文学史'曾经涉笔记载过?不必说是那些新发见的与未被人注

---

① 参阅钱中文:《文学原理——发展论》,北京:社会科学文献出版社,1989年,第373~374页。

意着的文体了,即为元明文学的主干的戏曲与小说,以及散曲的令套,他们又何尝曾注意及之呢?"①正是这种状况促使郑振铎发愿"要写一部比较的足以表现出中国文学整个真实的面目与进展的历史"的中国文学史。他的《插图本中国文学史》作为学术名著,超越前人的贡献首先在此。

其次,要完整展示文学史的演变过程。恰如刘师培所说,"文学史者,所以考历代文学之变迁也"。由于受西方进化论思想的影响,从起始这一观念便为中国文学史家自觉接受。罗根泽不仅把"叙述动的文学变迁"视为"文学史的主要的课题",而且对"变迁"的含义作了具体阐发:"变迁是甲时代至乙时代,甲文体至乙文体,甲作家至乙作家,甲作品至乙作品的递禅程序,不是甲乙时代,甲乙文体,甲乙作家,甲乙作品的个别状况。自然不知各别状况,不能进而考察递禅程序,但必考察递禅程序,才能叙述文学变迁。"②当然,理论自觉是一回事,实际操作又是一回事。真正做到"叙述动的文学变迁"而不是"排次静的文学行列",并非易事。然而,只有完整展示文学变迁的历史进程,才称得上名副其实的文学史。鲁迅的《中国小说史略》的胜人之处,也正在于此:"最基本也最突出的,是以整体的、'演进'的观念,披荆斩棘,辟草开荒,为中国历代小说,创造性地构成了一幅色彩鲜明的画图。"③

第二,科学评价文学创作的历史地位。真正的文学史家无不具有一种宏观的历史视野。于是,科学评价作家的历史地位和作品的审美价值,"检查它们对待人民的态度如何,在历史上有无进步意义",不只是文学史家自然而然在做的事,也是文学史家比一般评论者可能做得更好的事。在著名的《文学史方法》一文中,朗松把这一任务视为文学史家的主要工作:"我们的主要工作在于认识文学作品,进行比较,以区别其中属于个人的东西与属于集体的东西,区别创新与传统,将作品按体裁、学派与潮流加以归类,确定这些东西与我国智力生活、精神生活及社会生活的关系,以及与欧洲文学及文化发展的关系。"④这段话可理解为"朗松主义"的集中表述,而作品价值和作家地位的评价和衡估则是朗松文学史方法的起点。

把确定作家的历史地位和作品的艺术价值作为文学史家的任务,有多方面原因。首先,只有当文学史家的研究工作达到了可衡量和可比较的阶段,达到从历史的角度显示

---

① 郑振铎:《插图本中国文学史》,北京:北京出版社,1999年,第1页。
② 《罗根泽古典文学论文集》,上海:上海古籍出版社,1985年,第19页。
③ 阿英:《小说三谈》,上海:上海古籍出版社,1985年,第236页。
④ [美]昂利·拜尔:《方法、批评及文学史——朗松文论选》,北京:中国社会科学出版社,1992年,第16~17页。

一个艺术家是如何利用另一个艺术家的成就的阶段,而且只有当文学史家阐明了艺术家那种改造传统的能力的时候,才谈得上真正尽到了一位文学史家的使命。韦勒克所谓"确立每一部作品在文学传统中的确切地位是文学史的一项重要任务",就是从这个意义上说的。其次,文学批评离不开文学史,信实可靠、评价公允的文学史是文学批评的基础。恰如瑞士学者勃莱所说:"文学史的目的,是指导文学批评。艺术品的解剖,是属于批评的职务,把艺术品和创造天才的关系联合起来,是历史的职务;但前者必由后者的认识来指导,批评,分辨出美与不美,但在下判断之前,必须有历史的研究。"①

叙述和评价在文学史研究中缺一不可。完整的历史叙述和科学的价值衡估,是文学史家的基本任务,也是优秀的文学史著作的基本品格。然而,客观公允,谈何容易!文学史家的评价基于他的鉴赏趣味。所谓鉴赏趣味是情感、习惯和偏见的混合物,它往往把个人的习惯、信仰和激情都带入文学印象之中。如何尽可能消除鉴赏趣味中的偏见?朗松提出文学史家应该有"两套鉴赏趣味":"一套是个人的趣味,由它来挑选我们的乐趣,选择我们身边的图书和画幅;另一套是历史的趣味,用它来进行我们的研究,这个趣味可以区别各种风格的艺术,它按照风格完美的程度感知每一部作品的艺术。"②这是一个独到而有价值的建议。

第三,深入探讨文学发展的历史规律。关于文学史的任务,有学者作这样的概括:弄清事实,是文学史家天经地义的任务;价值衡估是文学史家自然而然在做的事;而探索规律则是文学史之成为科学的根据,是文学史家有别于一般文学研究者之处。确乎如此,单是"弄清史实",只是文学史"资料长编";单是"价值衡估",只是作家作品的评论集。只有在完整的历史叙述和科学的价值评价的基础上,深入探讨文学发展的历史动因和历史规律,才算完成了文学史的学术任务,尽到了文学史家的学术使命。

所谓规律,就是事物发展过程中的本质联系和必然趋势。探索文学发展的历史规律,就是透过文学史的现象,深入文学历史进程的内部,发现和把握在一定条件下反复出现的本质联系和必然趋势。一般地说,文学史的规律可分为两个层次。一类是已知的普遍性规律。如前面所述的文学艺术进步的规律、文学发展的社会动因和艺术动因、文学发展的进程及其多种形态等。这些已知的普遍规律,是以往的思想家和文艺家在对文学史现象的思考研究中总结概括出来的,作为一种共同的理论财富又反过来指导人们对文

---

① 《傅雷文集·文学卷》,合肥:安徽文艺出版社,1998年,第113页。
② [美]昂利·拜尔:《方法、批评及文学史——朗松文论选》,北京:中国社会科学出版社,1992年,第13页。

学史的认识和研究。一类是未知或知之甚少的特殊规律和内在规律,这便是现在和未来的文学史家所面临和需要解决的问题。

文学现象纷繁复杂,文学发展不会止步,对文学史规律的探索同样没有止境。50多年前,韦勒克针对文学史研究中存在的薄弱环节向文学史家提出了两大任务。他写道:"一部个别的艺术作品在历史进程中不是一直保持不变的……在历史过程中,读者、批评家和同时代的艺术家们对他的看法是不断变化的。解释、批评和鉴赏的过程从来没有完全中断过,并且看来还要无限期地继续下去,或者,只要文化传统不完全中断,情况至少会是这样。文学史的任务之一就是描绘这个过程。另一项任务是按照共同的作者或类型、风格类型、语言传统等分成或大或小的各种小组作品的发展,并进而探索整个文学内在结构中的作品的发展过程。"[1]今天看来,前者在接受美学之前,对作品理解的历史性以及文学接受史的研究问题作了最初的表述;后者为了避免文学史成为社会史或思想史,强调文学史家应探索文学的内在规律,把文学作品内在结构的演变规律作为文学史研究的主要课题。50年过去了,这两大问题的探索有了不小的进展,取得了一定成果,但距离真正解决问题的理想境界还远得很。其实,所谓已知的普遍规律也是相对的,随着创作和学术的发展,人们对其还会有不同的理解和阐释。因此深入探讨文学发展的规律,不仅是文学史家的任务,也是文学史学科发展的需要。

文学史的任务当然远不止此,这里就其主要方面而言。而要完成上述任务,也对文学史家提出了相应的要求:完整展示文学发展的历史进程,需要文学史家具有广博的学问;科学评价文学创作的历史地位,能进行精微的史鉴;深入揭示文学进步的历史规律,则需要具有独到的史识。

四、文学史的形态

20世纪80年代末以来,为突破文学史研究的单一化和低水平重复局面,不少学者从不同角度对构建文学史类型的多元体系作了可贵探索,较具影响的有以下两种。

第一种可称为"读者需求型"的文学史体系。如陈平原根据"拟想读者和社会需求",区分出三个层次的文学史著述,即研究型文学史、教科书文学史和普及型文学史。这三种学术层次的文学史各有各的拟想读者,各有各的评价标准:"研究型文学史以本专业的

---

[1] [美]雷·韦勒克、奥·沃伦:《文学理论》,北京:生活·读书·新知三联书店,1984年,第293页。

专家学者为拟想读者,要求思路新颖且论证严密,富有独创性,起码能自圆其说,成一家之言;教科书文学史以本专业的大学生、研究生为拟想读者,要求全面系统地介绍本专业的基本知识和学界大体认可的价值判断,立论平正通达;普及型文学史以社会上(或非本专业)的文学爱好者为拟想读者,要求准确无误且通俗易懂,不求深入但望浅出。"①这种区分有一定的学术基础,且学术层次清晰,拟想读者明确,是一种容易为人所接受的类型系统。然而所谓"文章千古事,得失寸心知",这种以"拟想读者和社会需要"为准则,而实质上按学术层次和学术含量所作的区分,理论上可行而实际上颇难取舍。一方面,近百年中国文学史著述很少不是应教学之需或教学的成果;另一方面,一些号称有突破性的"研究型文学史",时过境迁便成明日黄花,而一些以"普及"为目的著述,却可能因出手不凡、见解精辟而成为经典之作。

第二种可称为"主观阐释型"的文学史体系。这也是更为普遍的做法,即根据文学史家采用的不同理论方法和阐释原则进行划分,因此又被称为"文学史理论类型"。如钱中文在《文学发展论》中就根据"理论方法和编写原则"的不同,概括出七种"文学史理论类型"②。或许那种枚举罗列法缺乏统一标准而过于随意,陶东风在稍后出版的《文学史哲学》中采用"自律与他律的划分标准",把文学史的研究模式划分为"他律论模式"和"自律论模式"两大类型。这是更严格地着眼于理论原则的"文学史理论类型"。应当指出的是,由于研究对象和研究过程的复杂性,任何一位文学史家不可能只采用一种原则而必然兼用多种方法进行文学史理论类型的划分;而且原则和方法是相对独立的,它们不仅属于文学史家所有,也普遍地为一般文学研究者使用。因此,"文学史理论类型"的划分,有助于认识文学史研究方法的多样性,却仍然难以据此构建科学有效的文学史类型体系。

怎样构建文学史类型的科学体系?本书主张从人类活动的对象性原则出发,根据对象范围确立构建原则。文学史研究是一种主观述说的历史,它以客观存在、绵延持续的历时态的文学活动为对象。因此,文学史类型体系的构建也就应当从历时态的文学活动及其内在构成入手。作为文学史研究对象的历时态的文学活动,是以作品为中心、创作与接受诸环节前后连接的三维有机结构,而文学史研究的不同类型,就取决于研究者对文学活动历时性环节不同的选择和把握。当然,任何一位文学史家都必然同时关涉文学活动的三个环节,但在确定具体对象时又有各自的侧重点:或侧重于创作,或侧重于作

---

① 陈平原:《小说史:理论与实践》,北京:北京大学出版社,1999年,第26~32页。
② 钱中文:《文学发展论》(增订本),北京:经济科学出版社,1998年,第424~432页。

品,或侧重于接受。由此形成文学史类型的三元体系:以历代作家为中心的文学创作史、以文体变迁为中心的文学作品史、以接受过程为中心的文学接受史。换言之,创作史即文学创作的发展史,作品史即文学结构的演化史,接受史即作品艺术生命的延续史。

当然,文学史研究作为一种学术活动,除包括作为学术基础的研究对象,自然离不开特定的研究方法和拟想的读者对象。然而,方法是对象的类似物,读者是充满变数的群体。因此,如果说从对象出发构建的文学史类型是本源性体系,那么从方法出发的主观阐释类型和从读者出发的读者需求类型则是派生性体系。

文学史类型的三元体系由于具有理论合理性和操作可行性,并开启了最广阔的学术视野和全新的研究领域,突破了长久以来以创作史为中心的单一化局面,所以早已为文学史家所认识,并特别强调接受史在三元体系中的地位。1931年,本雅明在《文学史与文学学》一文中已有初步思考。① 到20世纪40年代初,捷克文学史家伏迪契卡更明确指出文学史的研究应该包括"作家""作品"和"读者"三个部分,文学史体系也应是创作史、作品史和接受史构成的三元结构。在《文学作品的接受过程的历史研究:聂鲁达作品的接受问题》(1941)、《文学史:其问题与工作》(1942)等论著中,伏迪契卡的文学史研究在他的理论棱镜下,清晰地被折射成三个独立的研究领域。香港学者陈国球指出:

(1)论作品时他注意的是"文学结构的演化"(evolution of literary structure);

(2)论作家时他注意的是"文学作品的生成及作品与历史现实的关系"(genesis of literary works and their relationship to the historical reality);

(3)论读者时他注意的是"文学作品的接受史"(the history of the reception of literary works)。②

如果说本雅明对文学史三元体系的认识主要还在其创造性地倡导"接受史"时一般性的论及,那么到伏迪契卡已成为一种理论自觉。从文学活动的三个环节到文学史类型的三元体系,从自觉的理论意识到富有成效的文学史研究,伏迪契卡实际上成了文学史三元体系的理论和实践的先导。

---

① [德]本雅明:《经验与贫乏》,天津:百花文艺出版社,1999年,第250~251页。
② 陈国球:《文学史书写形态与文化政治》,北京:北京大学出版社,2004年,第333页。

第二节 创作史:文学作品生成史

创作史是创作主体的艺术创作史。据丹纳的艺术创作的"三总体"①原则,这个"创作主体"由小而大自然形成三个层次,即"艺术家""艺术家家族"和"民族国家";与此相应,以创作主体为中心的创作史自然形成三个分支形态:一是个体创作史,二是流派演变史,三是总体民族文学史。

一、个体创作史

所谓"个体创作史",即完整系统地评述和研究作家个人的创作历程和文学成就的文学史类型,通常称为"作家传记""作家评传",或题名为作家的"文学道路""创作历程"或"生平与创作"等。作家是创作的主体,一部文学作品最直接的起因是它的创作者。因此,从作家的个性和生平方面来解释作品是最古老的文学研究方法,最早的"文学史"便也是注重文学家"个人活动"的个体创作史。在中国,个体创作史滥觞于《史记》中的《屈原贾生列传》和《司马相如列传》,发展为《后汉书》及历代正史中的《文苑传》,元代辛文房的《唐才子传》则是一部微型的断代个体创作史的专集。在西方,个体创作史兴起于文艺复兴时期,薄伽丘的《但丁传》是意大利研究但丁最早、最权威的著作之一,瓦萨里的《意大利艺苑名人传》则是一部艺术家个体创作史的专集。

具有现代意义的个体创作史或作家传记形成于近代西方。19世纪法国批评家圣伯甫被称为"现代文艺批评的奠基人",他以著名的《文学家肖像》《当代人物肖像》《夏多布里盎和他的文学团体》等一系列论著,替法国作家创作出一幅幅值得信任的画像,从而为个体创作史或作家评传确立了现代范式。20世纪初,意大利美学家克罗齐则明确主张把撰写"个性化历史"作为文学艺术史改革的目标。在《文学艺术史的改革》(1917)一文中,克罗齐从表现主义美学出发,为现代个体创作史奠定了理论基础。② 中国现代意义上的

---

① [法]丹纳:《艺术哲学》,北京:人民文学出版社,1981年,第4~7页。
② [意]克罗齐:《美学或艺术和语言哲学》,北京:中国社会科学出版社,1992年,第160~163页。

个体创作史或作家评传兴起于五四运动之后。茅盾的《徐志摩论》《庐隐论》《冰心论》等系列论文,可视为中国式的"文学家肖像"。20世纪五六十年代和80年代出现过两个古代和现代作家评传热,产生了大批系统研究作家个体创作史的评传和传记,并在编纂的体例、结构和写法等方面作了有益探索,积累了一定的经验。

研究个体创作史以编纂传记和评传,最主要的任务是揭示艺术天才和创作个性的成因,全面展示作家的创作历程,探讨作家艺术生命的成长、成熟和可能的衰退问题,正确评价作家的艺术成就及在文学史上的地位等。这是一项艰巨的任务,它有一定的研究步骤、研究原则和研究方法。

从研究步骤看,必须在全面搜集作家的生平资料和创作资料的基础上,完成三项互为关联的基础性工作,即作家年谱、作品编年及作家交游活动的考证。闻一多曾发愿要"给诗人杜甫绘一幅小照",这就是他以诗性语言写下的《杜甫》一文。此外,在闻一多全集中还有三部有关杜甫研究的著作:一是《少陵先生年谱会笺》,已成为杜甫年谱中的经典之作;二是《少陵先生交游考略》,对杜甫一生的交游活动作了精详的考证;三是《说杜丛钞》,抄录了明清两代学者有关杜甫生平和杜诗研究的资料。闻一多的"杜甫评传"虽未成完璧,但上述论著所体现的工作步骤,足以启示后人。

从研究原则看,必须谨慎处理作家生活经历和作品内容的关系。在处理文学传记的问题上,长期以来存在两种习焉不察的错误做法:传记家以诗人的作品为根据来撰写传记,批评家又以文学传记的成果来理解和评价作品。这两种做法有一个潜在前提,即认为作家的生活和作品之间具有一种直接的因果关系。其实,这种看法和做法的可靠性和合理性是值得怀疑的。这里的问题较为复杂,但有两点必须充分注意:其一,艺术作品是一种假定性的审美创造物,传记家不能根据虚构的叙述,尤其是戏剧小说中虚构的东西来编写作家传记。其二,批评家也不能直接依据文学传记来解释作品和评价作品。与克罗齐的直觉表现论不同,作家的创作个性不等于日常的生活个性,所谓"立身先须谨慎,文章且须放荡"。当然,作家传记和作品之间是存在一定关系的,但这往往是一种隐约相似的、曲折微妙的关系。作家的作品可能是一种面具,一种戏剧化的表现。因此批评家在运用传记材料时必须谨慎,切忌简单草率。

从研究方法看,各种心理学和心理分析方法是个体创作史研究中最常用的方法。所谓文学心理学主要有四方面内容:一是个性心理学,把作家当作一种类型和个体来研究;二是创作心理学,考察创作过程中的心理活动和心理规律;三是作品心理学,即对文学作品中所表现的心理学类型和法则的研究;四是读者心理学,即对审美接受的心理特点和心理规律的研究。个体创作史以创作个性、创作风格、创作心理和创作历程为研究重点,个体创作史研究离不开心理学方法。实质上,文学心理学就是从个体创作史的研究中逐渐形成和发展起来的。当然,这决不意味在文学研究的其他领域,心理学方法无用武之地。

二、流派演变史

从创作个性到创作群体,从个体追求到群体竞争,这是文学发展的必然进程。作家本身并不是孤立的,他们往往因在审美趣味、艺术见解和创作风格上的相似而自觉或不自觉地隶属于同时或同地的某一作家派别或诗人群体。在文学的历史进程中,创作个性、文学流派和文学思潮相互依存、互为支撑,构成一种推动文学发展的深层动力系统。创作个性聚合为文学流派,文学思潮依存于文学流派,并往往由文学流派发展而来,民族文学发展史又往往体现为流派思潮的演变史。可见文学流派是这一动力系统的核心环节,因此流派史成为文学史研究的重要对象。

流派史研究在中国可谓源远流长。曹丕《典论·论文》论"建安七子"已肇其端。唐代以降的诗文评中有专论"派别"一体,如张为的《诗人主客图》等,可视为文学流派史研究的雏形。现代意义的流派史研究出现于20世纪,梁昆的《宋诗派别论》(1938)成为一时名著。至20世纪80年代,在有识之士倡导下出现了古代文学流派史研究的热潮,产生了一批有分量的作品,同时在流派史研究的理论观念和操作原则上积累了不少经验。陈文新的《中国文学流派意识的发生和发展——中国古代文学流派研究导论》(2003)一书,是近年这一领域富于学术创见的著作。

文学流派的出现一般有两种情况。一种是由有明确主张的文学社团自觉形成的派别。西方近现代和中国现当代的文学流派大抵属于此类。另一种则是在"强者诗人"和"强势作家"[①]的吸引下,由一群趣味相投、风格相似的作家形成的松散的创作群体,最后由文学史家总结命名的文学流派。中国古代的文学流派大抵属于此类。流派史的任务主要是考察某一流派的形成、发展和规模,其在文学史上的贡献和影响,以及流派之间的关系和流派更迭的规律等问题。中国古代文学流派无论属于哪一类型,在其发展过程中

---

① [美]哈罗德·布鲁姆:《影响的焦虑》,北京:生活·读书·新知三联书店,1989年,第3页。

大体都经历四个阶段,即流派渊源、流派形成、流派发展和流派更迭。流派史的考察也可以从四个方面入手。

其一,流派渊源与统系。文学流派是文学传统的产物,人们无论欣然接受还是抗拒背弃,都割不断其与传统的渊源关系。中国古代的文学流派大多着意选择前代经典以形成自身的统系,并借助这一统系来指导创作。方回论江西派首倡"一祖三宗"①之说,"一祖"即被江西派尊为祖师的杜甫,杜诗成为江西派师法的经典。此外,元白新乐府以杜甫乐府为祖,西昆派以义山诗为祖,江湖派效姚贾诗风等,无不如此。统系意识在流派形成中具有重大意义,它标志着一个流派在艺术追求上的主动状态,并对流派风格的形成具有决定性意义。因此,探寻流派的渊源就应当从清理文学统系入手。流派与传统的渊源关系有不同的表现方式。大多数古代文学流派都公开表明师法的对象和经典,如七子的"文必秦汉,诗必盛唐",可谓明诏大号;但也有的流派对经典传统的追求直接体现在创作之中,不作明诏大号的公开表达,这就要求研究者细心体察、正确把握。

其二,流派形成与文坛领袖。特定的文学统系是流派产生的潜因,作为"强势诗人"的领袖人物的出现则是流派形成的标志。江西派的"一祖三宗",不知"一祖",只是认识不够全面,而不论"三宗",则此派等于并不存在。流派宗主或代表作家在流派形成过程中具有举足轻重的作用,最显著者有二:一是以非凡的艺术才能开宗立派,二是以独特的创作个性确立流派的主导风格。流派不同于学派,不以学识炫人,而以才能取胜;流派人物仅有理论纲领而无经典,绝不可能开宗立派。江西派以山谷为雄,江湖派以后村为英,李梦阳、李攀龙之于前后七子等,流派宗主无不以卓越的艺术才能照耀文坛,并吸引众多追随者竞相仿效,在文坛掀起一股股波澜。同时,每个流派都有自己的主导风格,流派宗主的开宗立派之功还体现为以独特的艺术个性创立流派的主导风格。王士禛所谓"婉约以易安为宗,豪放唯幼安称首",流派主导风格和流派宗主之间的关系,可谓"一而二、二而一",彼此难分。

其三,流派发展与风格多样。属于同一流派的作家,既有共同的艺术旨趣,又有各自的创作个性,因此流派在进一步发展过程中必然会在主导风格基础上呈现出风格的多样化。杨万里的《江西宗派诗序》对此有精彩的论述:一方面,江西诗派之所以得到认同,就在于所有的诗人都有一种共同的"风味",即所谓"江西宗派诗者,诗江西也,人非皆江西

---

① 方回:"呜呼!古今诗人当以老杜、山谷、后山、简斋四家为一祖三宗,余可预配享者有数焉。"(方回《瀛奎律髓》卷二十六陈简斋《清明》评语。)

也。人非皆江西而诗曰江西者何？系之也。系之者何？以味不以形也"；另一方面，江西诗派的20多位诗人，虽"风味"一致但又"形态"各异，即所谓"高子勉不似二谢，二谢不似三洪，三洪不似徐师川，师川不似陈后山，而况似山谷乎"云云。流派形成期的风格一致性和流派发展中的风格多样化，是古代文学流派演变的普遍规律，也是流派史研究必须注意的第三条原则。

其四，流派更迭与文学进步。任何一个文学流派都不可能永世长存。随着创作潜能的减弱和审美趣味的转变，一个流派就会由兴盛走向衰落，新兴流派取代走向末路的流派，以新的艺术活力推动文学的进步。这里有两点值得注意：其一，正确认识流派更迭过程中不同流派之间的关系。流派更迭是文学发展的常态，而流派更迭的方式则颇为复杂。从表面看，它似乎表现为从一个极端走向另一极端的"钟摆运动"，如六朝山水诗与梁陈宫体诗、骈体文与古文运动、婉约派与豪放派、前后七子派与公安派等；而从深层面看，流派之间的更迭并非你死我活，而是相互吸收、相互转化的关系。其二，正确认识流派演变规律，全面评价流派的功过得失。每一个文学流派都有其艺术达到完满发展的繁荣期，而此前必有一个准备期，此后必有一个衰落期。于是，就同一流派而言，不能因衰落期的末流之弊而否定其开创期的创新精神和繁荣期的艺术成就；就不同流派而言，不能将一个兴盛期的流派与一个走向末路的流派相提并论。文学发展史是一场流派接力赛，在这场永无止境的赛跑中，每一个流派都作出了各自的历史贡献，具有各自的历史地位。

三、国别文学史

总体的民族文学史亦即国别文学史。从个体创作史到流派演变史，再到国别文学史，由作家个人、流派群体到整个民族的文学创作，这是合乎逻辑的发展。国别文学史绝不是"大作家传记的集合体"，它应以民族国家为单位，以历代优秀作家的创作活动为核心，完整地展示文学创作的发展过程和发展规律。桑克蒂斯的《意大利文学史》、佩平的《俄国文学史》、朗松的《法国文学史》，以及郑振铎的《插图本中国文学史》和刘大杰的《中国文学发展史》等，都是各国著名文学史家撰写的经典的国别文学史。国别文学史按历史年代、作家性别、雅俗品位和语言形式划分，有多种体裁。而文学通史是国别文学史的基本范式，它有自身的规律和学术任务。

首先,就其产生看,如果说民族国家意识的成熟是文学史产生的基础,那么这首先体现在各国国别文学史的产生和形成上。从某种意义上说,民族国家是一个"想象的共同体",而文学史便为这种文化想象提供了丰富的证据和精彩的内容。文学是民族精神的反映,最初的文学史家大多借着科学的手段,以回溯的方式描述本国文学史,重塑民族精神,强化国家形象,其目的就在于激发人们的爱国情感和民族主义。朗松说得好:"我们不仅是在为真理和人类而工作,我们也在为祖国而工作。"①

其次,国别文学史尤其是文学通史,特别注重和强调完整展示文学发展的历史进程。与此相联系,文学史的分期问题成为国别文学通史编写中的关键问题。文学史家从各自文学史观出发采用不同的分期方法,如王朝分期法、社会形态分期法、世代分期法、时代分期法和世纪分期法等。无论采取何种分期法,文学史家的目的只有一个,就是有序地展现文学更替嬗变、发展进步的历史行程。同时,在某种意义上,分期也就意味着对历史转变的具体把握。这就要求我们解决好与分期相伴随的两个问题:一是充分描述文学的历史转变的性质,二是深入分析文学的历史转变的起因。必须指出,文学史的历史分期问题是极为重要而又众说纷纭的问题,有待作进一步研究。

再次,参与文学作品的经典化进程。每部文学史都要选择、推举、诠释历代作家的大量代表作,以显示一代文学之盛。在浩若烟海的历代文学作品中,精选一家一派的代表作进入文学史,是一个复杂而富于挑战性的工程。而文学作品一旦被选入文学史,就意味着其具有经典的意味。文学史的持续写作和不断出版的过程,便是文学作品经由选择与诠释而经典化,再到文学经典及其诠释不断反复而再度经典化的过程。当然,由于文学史家与古代作品之间存在着无法消除的诠释距离,文学史参与作品的经典化存在双重性:一方面它筛选出民族文学的经典序列,并显示出自己时代的创作与经典作品之间的传承性;另一方面它又可能改写经典作品的意义,使古代作品能合乎自己时代的审美需要。

最后,社会学和文化学的方法是国别文学史研究的传统方法,也是至今仍被普遍采用的方法。原因很简单,既然文学是社会生活的表现,是民族精神的反映,那么在文学史研究中揭示文学与"种族、环境、时代"之间的相互关系,就成为最自然、最合理的事了。文学与民族生活相互关联的规律,既是一条最古老的文学社会学规律,也是一条最基本的国别文学史研究的规律。

---

① [美]昂利·拜尔:《方法、批评及文学史——朗松文论选》,北京:中国社会科学出版社,1992年,第32页。

第三节　作品史：文学结构演变史

一、作品史划分

一部搜罗全面、编排合理的作品总集,可能被认为最真实可靠地体现了作品本身的演变过程。但一部《全唐诗》和一部《全宋词》,决不等于"唐诗发展史"和"宋词发展史",它只是"事"而未成"史",只是"事实的历史"而非"述说的历史"。作为文学史的作品史研究,自有其特殊的学术形态和学术任务。

作品史有哪些分支？各自的任务是什么？朗松对此曾有精彩的论述。在《文学史方法》一文中,朗松对如何取得某一部文学作品的确实而完整的知识的"主要步骤"作了精细分析,进而写道:

> 通过同样的手段,从对一部作品的知识,进而到同一作家的其他作品,再到其他作家的作品。然后将各作品按其内容与形式的相似性将其予以归并。通过形式的相似性而编制各类型史;通过思想感情的相似而编制思想史与伦理思潮史;通过不同类型和不同精神的作品中某些色彩与技巧的并存而编制鉴赏趣味断代史。①

在这里,朗松按作品群结构形式和结构要素的相似性予以归并,区分出作品史的三种形态:一是以作品群的形式相似性为对象的"各类型史",即文体史;二是以作品的思想感情的相似性为对象的"思想史与伦理思潮史",即主题史;三是以作品群的色彩与技巧的相似性为对象的"鉴赏趣味史",即趣味史或风格史。朗松对作品史的划分综合了前人的经验,基本符合作品史研究的历史与现状。

---

① [美]昂利·拜尔:《方法、批评及文学史——朗松文论选》,北京:中国社会科学出版社,1992年,第19页。

二、文体史

所谓"文体史",即文学体裁的发展演变史,又称为类型史或文类史。法国文学史家布吕纳介的《文学体裁演化史》一书是文体史研究的奠基之作。布吕纳介认为,文学史家主要关注的问题应是"作品之间的联姻关系"。因为,现有的文学作品必然对尚待产生的作品部分地起着决定作用,或者被看作可仿效的,或者被认为是不应仿效的。有时后世作家摹仿复制这些作品,有时反其道而行之。这样就在作品之间形成了一股永恒之流,从作品流向人的头脑,又从人的头脑流向作品。作品之间的这种永恒的力的传递,既保证了各种文学体裁的连续性,又保证了它的演进。这也就是布吕纳介提出文学史就是文学体裁演变史的理论基础,它对今天的文体史研究仍有一定的参考价值。中国虽无系统的文体史理论,却有悠久的文体史研究的传统。20世纪80年代以来,文体史研究更是呈现出一种多元发展趋势。

文体史研究的角度和形态是多样的。文学体裁是一种有意味的形式,是作品群的形式特征和内容特征的有机统一体。文体的分类也有两个基本角度:一是从作品的形式结构特征着眼;一是从作品的题材内容特征着眼。与此相对应,文体史的研究也有两种倾向。一类侧重于文体的形式结构特征,展示某类文体的形式结构的发展演变。俄国形式主义的文学史观就主张文学史应是文体形式功能的演变史。迪尼亚诺夫的《论文学的演变》[①]是形式主义文学史观的代表作。一类侧重于文体的题材内容,对某类题材的文体作历史考察,如田园诗史、山水诗史、边塞诗史、哲理诗史等。除上述两种倾向外,更普遍的做法是不作内容和形式的区分,把归属于某一文体名下的所有作品按史的线索作综合考察,包括王国维的戏曲史、鲁迅的小说史,我国目前的文体史研究基本上都属于这种类型。从文体史研究的最新发展看,更为具体的分支类型的微观专题史日益受到研究者的关注。

文体史研究离不开文体史理论。如前所述,现代文体学可分为文体诗学和文体历史学两个分支。文体诗学侧重对文学的基本类型作静态的美学分析,阐明历史实践中形成的一套惯例性规则,以及这些规则在创作、欣赏和批评中的意义;文体历史学侧重对文学作品的基础文类和历史类型作动态的历时性考察,阐明文学体裁发展变化的规律,包括

---

① [法]托多洛夫:《俄苏形式主义文论选》,北京:中国社会科学出版社,1989年,第100~115页。

演变的进程、方式和动因等,从而为文体史研究提供方法论基础。现代文体历史学揭示出文体演变规律三个特点,对文体史的研究尤为重要。

从体裁的产生看,发达的新文体源于原始的亚文体,即任何一种新的发达文体都不可能凭空产生,无不从较原始的低级文体发展而来。钱锺书所谓"稗史传奇随世降而体渐升,'底下书'累上而成高文"[①],即此之谓。

从体裁演变的性质看,既有改良性渐变,也有革命性突变,前者是指尚未突破文体的整体结构规则,只是个别要素发生变化;后者则指以一种全新的结构规则取代旧有的结构规则。如果说从诗到词是一种革命性突变,那么从词到曲则是一种改良性渐变。

从惯例性规则的演变方式看,规则承续和创作变异在"强者诗人"身上常常能实现有机统一。李白古乐府体诗的创作就如此,既"依题咏事",又"自出机杼"。如许学夷《诗源辩体》所说:"五七言乐府,太白虽用古题,而自出机杼,故能超越诸子。"由于文体演变中存在规则承续和创作变异现象,任何一部文体类型史都必须采用双重视野,即对一种文体应作共时性的惯例规则和历时性的创作变异的双重考察。

三、主题史

如果说文体史侧重于作品群形式方面的相似性,那么主题史则侧重于作品群思想内容方面的相似性,即"通过思想感情的相似而编制思想史与伦理思潮史"。换言之,主题史就是对相同或相似的主题、题材、情境母题和人物形象在历代文学中的流传演变、在不同作家笔下得到的不同处理进行系统的历史考察。19世纪初,英国作家司各特在长诗《湖上夫人》(1810)中有个著名注释[②],是关于主题史研究及其意义的最初论述。20世纪20年代顾颉刚的著名论文《孟姜女故事的转变》则是我国现代主题史研究的奠基之作。作者不仅从"历史的系统"和"地域的系统"两个层面揭示了"孟姜女故事演变史",而且提出了著名的"故事层累说",为中国古代小说的主题史研究提供了理论基础。至20世纪80年代在比较文学的影响推动下,主题史研究得到新的发展,不断有新著出版。

主题史不同于一般的主题思想的分析研究。其一,一般的主题研究是对作品结构层次中主题意蕴的分析研究,主题史的范围则要大得多,它不限于"思想史与伦理思潮史",

---

① 钱锺书:《管锥编》第4册,北京:中华书局,1991年,第1420~1421页。
② [俄]维谢洛夫斯基:《历史诗学》,天津:百花文学文艺出版社,2003年,第14页。

还包括民间传说、神话故事、人物形象和情境母题等。其二,一般的主题研究集中于单个作品,探讨某一部作品或某一典型形象所体现的思想,重点在于对象意蕴的阐释;主题史旨在展示原型主题或原型母题的诞生与旅行的历程,探讨的是不同时代的作家对同一主题、题材、情节、人物的不同处理,重点在于对有关对象的手段和形式的研究。换言之,前者着眼于一个点,后者着眼于一条线。每一篇主题史论文都可以说是一部微型的专题文学史。

主题史研究有两种不同的视野,即国别文学视野和比较文学视野。国别文学视野的主题史,就是单纯研究某一民族文学之内的同一主题、题材和人物等在不同时代的流变和不同作家笔下的表现;比较文学视野的主题史,则是对同一主题在不同时代的流变和不同作家笔下的表现进行跨国和跨民族的研究。《孟姜女故事的转变》属于前者,叶舒宪的《高唐神女与维纳斯》属于后者。当代是一个走向世界文学的时代,尽管比较文学中的主题史并不很强调"跨国和跨民族"这个前提,但国别文学的主题史研究却往往离不开世界文学的背景。

根据研究对象和范围的不同,主题史又可以细分为观念史、题材史、形象史、情境史和母题史等不同种类。无论从什么角度切入,主题史研究自有其特殊的价值。诗人和作家从来是思想史和感情史最直言无忌、最有说服力的阐释者。主题史通过向人们展示人类或民族的某一思想情感的发展演变,可以为思想史和情感史作出特殊的贡献。在总结考察孟姜女故事流变史的意义时,顾颉刚写道:"我们可以知道一件故事虽是微小,但一样地随顺了文化中心而迁流,承受了各时各地的时势和风俗而改变,凭借了民众的情感和想象而发展。我们又可以知道,它变成的各种不同的面目,有的是单纯地随着说者的意念的,有的是随着说者的解释的要求的。我们更就这件故事的意义上回看过去,又可以明了它的各种背景和替它立出主张的各种社会的需要。"[①]这段话不仅有助于我们加深认识主题史的学术价值,而且具有一定的方法论意义。

四、风格史

风格是作品整体结构体现的艺术风貌和艺术感诉力。而从艺术发生角度看,风格则是审美意识和审美情趣的物化形态;换言之就作品本文而言是艺术风格,就创作主体而

---

① 顾颉刚等:《孟姜女故事论文集》,北京:中国民间文艺出版社,1983年,第95页。

言便是审美情趣。因此,朗松所谓由作品群的"色彩与技巧的相似性而编制鉴赏趣味史",从艺术作品本身看就是研究作品的风格史。与此相联系,通过对风格史的研究,可以从一个侧面展示和认识不同时代审美趣味和审美风尚的特点。正如卡尔·曼海姆所说:"艺术史已相当确定地表明,艺术形式可根据其风格而确定其时期,因为每种形式只在特定的历史条件下才有可能,并且它还揭示出那个时代的特征。"①这也是风格史研究的意义之所在。

风格史最初出现在艺术史研究中。一部造型艺术史往往就是一部风格史。温克尔曼在《古代艺术史》中认为,艺术史的目的就在于叙述不同民族、不同时代、不同艺术家的艺术风格变迁史;古希腊造型艺术的四个时期因时代不同而体现为四种不同风格,即"远古风格""崇高风格""典雅风格"和"摹仿风格",这一过程也是古希腊艺术由发展、繁荣、逐渐转向完全衰落的过程。无独有偶,唐代艺术家张彦远在《历代名画记》这部"中国画史"中,几乎以同样的思路概述了上古至唐代绘画风格的变迁:

> 古之画,迹简意澹而雅正,顾陆之流是也。中古之画,细密精致而臻丽,展、郑之流是也。近代之画,焕烂而求备。今人之画,错乱而无旨,众工之迹是也。

四个时期四种风格,由简淡而精致,由新创而摹仿,由鼎盛而衰落,与古希腊艺术风格的变迁极为相似。同艺术史一样,文学史上的各个阶段同样具有其特殊的风貌和风格。这既反映出时代的特殊趣味和品位,又显示出艺术发展的内在审美逻辑。

艺术的风格史研究对文学风格史研究产生了直接影响。沃尔夫林的《艺术风格学》是西方艺术风格史理论的经典之作,现代西方文学风格史的研究就始于沃尔夫林艺术风格史概念的移植。西方如此,中国的文学风格史研究同样如此。前人对唐诗四个时期诗风的变迁就作过类似画风的辨析。明人周复俊《评点唐音序》曰:"大率唐诗初焉,怀胎浑沦;继焉,风格温厚;中焉,气韵宏逸;至晚唐,体质清弱无神,其渐销薄矣。"近人钟秀《观我生斋诗话》曰:"统而论之,初唐首开风气,似太璞未雕;盛唐雕矣而未巧;中唐巧矣而未纤;晚唐则纤者杂出矣。"均以简约的语句概括了四唐诗风的特质及盛衰正变的转化过程。

风格的形态是多层次的,如从一部作品到一位作家的风格,从一组作品到一种文学类型的风格,从时代风格到民族文学的风格等。风格史的研究,根据对象范围的不同也可分为多种形态,如某一作家的个体风格史、某一文体类型的风格演变史,以时代风格为基础的国别文学风格通史等。

---

① [德]卡尔·曼海姆:《意识形态与乌托邦》,北京:商务印书馆,2000年,第276页。

风格史研究同样要以风格史理论为基础。正如韦勒克所说:"我认为,古典主义象文艺复兴、浪漫主义、巴罗克和现实主义之类的术语一样,在外延价值和内涵上无论怎样不稳定,有多少歧义,都凝聚着思想,形成了文学史上的不同时期和影响深远的风格,并成为历史编写不可或缺的工具"。① 中国古代诗学对各时代文学风格都有深入研究和精辟概括,提出了一系列属于风格史范畴的概念,如元嘉体、永明体和齐梁体、元和体、西昆体和元祐体以及汉魏风骨、盛唐气象和宋人意趣等,但其仍属于对个别历史阶段风格特点的概括,尚未形成系统的风格史理论。在中国古典文学研究中,无论是风格史理论的建构,还是具体的风格史研究,都是有待深化的学术领域。

　　中国是诗国,古典诗学不妨说就是诗歌风格学。古典诗歌风格史研究也日益受到当代学者的关注,并在风格史理论和断代风格诗研究方面取得了一定成就。台湾学者柯庆明的长篇论文《试论汉诗、唐诗、宋诗的美感特质》属于前者。作者认为:风格史研究必须具备两个条件,"一方面似乎更宜就作品的本身,依其时代先后,透过对比与分析来加以探究;一方面实在亦需要暂时地忽略其与整体的'历史'的关连,而先行构设出一套美感类型的理论";而基于当前风格史理论的相对匮乏,"本文最主要的兴趣,正在是否可以尝试为中国诗歌构设出一种足以描述其风格发展的美感范畴与类型的理论来"。② 应当说,作者关于汉诗、唐诗和宋诗的美感特质和风格要素的分析,对于"完整地探讨中国诗歌美感规范和实际风格的历史发展",具有一定的借鉴意义。余恕诚的《唐诗风貌》属于后者。这是一部具有现代学术品格的诗歌风格史研究专著,它有两个特点值得重视:一是具有自觉的断代风格史意识,二是具有科学的方法论意识。这两个方面对中国诗歌风格史以至整个文学风格史的研究,都具有一定的学术范式意义和理论启示意义。

　　然而从整体上看,风格史研究与文体史和主题史研究相比,远为落后。这一点正与艺术风格史的悠久传统和高度发展形成鲜明对照。这一问题的关键在于,文学风格史研究实在不易措手。在一座收藏齐全、陈列有序的造型艺术博物馆中,各时期作品的艺术风格,一目了然而尽收眼底。然而,文学风格难以直观而文学作品又浩若烟海,置身于理想的"文学博物馆",各种文体、各个时期的文学风格难以像艺术博物馆中那样直观而使人印象深刻,非有敏锐的感悟力和高度的概括力、并长年遨游于书海而不能。这也对文学风格史的研究者提出了更高的要求。

---

① [美]韦勒克:《文学思潮和文学运动的概念》,北京:中国社会科学出版社,1989年,第68页。
② 柯庆明:《中国文学的美感》,石家庄:河北教育出版社,2001年,第168~169页。

第四节 接受史:艺术生命延续史

一、接受史的提出

接受史在文学史三元体系中是最年轻的一个分支。虽然接受史研究在我国仅有20多年历史,并有不少学者对此持保留态度,但是接受史意识萌生甚早。20世纪初,朗松在规定"文学史任务"时已初露端倪。当时,人们普遍认为文学史只要研究作家就够了,郎松则认为,"其实还有不可忽视的读者",因为"图书是为读者而存在的"。据此朗松明确指出:"文学史固有的主要任务并不是从我们出发,按我们的理想和口味去判断作品,而是要从中发现作者想要放进作品中去的是什么,作品最初那批读者从中得到的又是什么,作品是怎样存在于后来的几代人的头脑和心灵里,又是怎样在那里起作用。"①在朗松看来,文学史的任务是双重的:既包含创作史,要发现作者放进作品中去的是什么,又包含接受史,要研究作品是怎样存在于后代人的头脑和心灵里的。"接受史"一词,是本雅明最先使用的。1937年,本雅明在《爱德华·福克斯,收藏家和历史家》中写道:

> 历史唯物主义将历史性理解看作被理解的事物的延存,直至现在仍能感觉到这些被理解的事物跳动的脉搏。这种理解在福克斯那里有一定位置……同时,他……认识到了接受史的意义,这一认识是辩证的,而且开启了最广阔的视野。②

本雅明关于"历史性理解"和"接受史意义"的观念,经过伽达默尔"理解的历史性"和"效果史原则"的升华,最终启发姚斯在著名的《挑战的文学史》一文中提出了系统的接受美学和接受史理论。接受史的提出为文学史研究开辟了一个新的学术领域,而创作史、作品史和接受史的前后相续、互为补充,又形成了文学史体系的现代新格局。

接受史理论形成于西方,而接受史研究在我国具有得天独厚的学术基础和广阔的学

---

① [美]昂利·拜尔:《方法、批评及文学史——朗松文论选》,北京:中国社会科学出版社,1992年,第39页。
② [德]本雅明:《经验与贫乏》,天津:百花文艺出版社,1999年,第297页。

术前景。《墨子·公孟》所谓"诵诗三百,弦诗三百,歌诗三百,舞诗三百",生动反映了先人们赏诗用诗的浓厚兴味和多样方式。历久不衰、代代绵延的接受传统,使《诗经》以来的名家名作几乎均有一部跌宕起伏的接受史。如果说西方诗学从亚里士多德开始,每个诗评家都热衷于建构一个普遍的理论体系,那么中国诗学从"毛诗"开始,历代诗评家都执着地、不厌其烦地用心细读一部部经典文本。古人的"经典细读史",正为今人的"文学接受史"提供了丰厚的学术基础,也提出了无数课题。

接受史研究以历代的接受文本为基础。所谓"接受文本"是指保存在诗话、词话、文话、曲话以及评点、选本、序跋、笔记和杂著等原始文献中的审美接受史料。不过,史料整理不等于历史研究。作为史料的接受文本整理属于文献学,接受史研究则属于批评学,它要求在系统的史料整理的基础上,从审美的、诗学的、文化学和接受美学的角度作进一步思考,从而对文本意蕴获得更深的理解,对文学创作、诗学原理和接受规律诸方面作出新的探索。从这个意义上说,文学接受史研究的完整过程包括前后联结的两个环节:一是文献学意义上的接受文本的系统整理。二是批评学意义上的接受历程的现代阐释。

二、接受史的途径

接受史研究有哪些具体的思路和途径?这与接受主体的多元接受方式密切相关。在论及艺术作品的存在方式和存在历史时,韦勒克有一段很少为人注意的精辟论述:

> 一件艺术品如果保存下来,从它诞生的时刻起就获得了某种基本的本质结构,从这个意义上说,它是"永恒的",但也是历史的。它有一个可以描述的发展过程,这一过程不是别的,而是一件特定的艺术品在历史上一系列的具体化,我们可以在一定程度上根据有关批评家的判断、读者的经验以及一件特定的艺术品对其他作品的影响重建这件艺术品的历史。[①]

在韦勒克看来,"批评家的判断""读者的经验"和"作品对作品的影响"是最基本的接受方式和作品的历史存在方式。与此相联系,文学接受史的研究也可以朝三个方向展开:以普通读者为主体的效果史研究、以评论家为主体的阐释史研究,以创作者为主体的影响史研究。

其一,效果史研究。所谓效果史指作品在读者中产生的审美效应的演化史,它包括

---

① [美]雷·韦勒克、奥·沃伦:《文学理论》,北京:生活·读书·新知三联书店,1984年,第163页。

单个作品和某一作家、流派和类型的作品的效果史。同一部作品和同一位作家在不同时代读者中的接受效果往往截然不同,反应或强或弱,声誉忽高忽低。效果史研究即考察作品审美效果的嬗变衍化和成因规律,包括读者群的构成及变迁、不同时代读者对作品的接纳反应及作品的显晦声誉,进而通过作品效果史探寻文艺风气和审美趣味的演变轨迹等。接受美学认为,文学的历史不只是作家作品排列成的事件史,更主要是作品所产生的效果史。没有读者接受和持续的审美效果,作品就在实际上失去了存在和生命。因此效果史的研究,实质上是考察艺术作品实际存在的历史形态,是认识作品怎样存在和为什么这样存在。钱锺书《谈艺录·陶渊明诗显晦》考察了陶诗自六代三唐至两宋的显晦声誉,这是现代学者研究古诗效果史的最初尝试之一。20世纪80年代初,程千帆《张若虚〈春江花月夜〉的被理解和被误解》已成为效果史研究的成熟之作。前贤的实践成果为深入思考效果史研究的方法和意义提供了基础。

其二,阐释史研究。在效果史考察的基础上继续深化,就进入阐释史研究领域。阐释史以诗评家为主体,是历代诗评家对作品的创作根源、诗旨内涵、风格特征、审美意义等进行分析阐释所形成的客观文献史;而阐释史研究,则是对历代阐释文本的现代思考和重新分析,是阐释的阐释,以提供新的思考结果和学术见解为目标。叶嘉莹在《杜甫秋兴八首集说》中,首先对《秋兴八首》的历代阐释文本作了系统整理,进而对阐释史作了初步研究。叶氏的新思考和再阐释,以"按语"的形式排列其后,短则数语,长则逾千,时出精见。阐释史研究是接受史研究的核心,它具有多方面的任务和意义。如展示阐释历程,发掘作品的整体意义;比勘前人精见,解决学术疑难问题;立足作品实际,探索艺术的基本规律等。由于不同作品形成了内容和规模各不相同的阐释史,因此阐释史研究的具体思路和操作方式是多种多样的。例如,就时间范围而言,可以作历史过程的考察,也可以是对某一断代的研究;就阐释史内容而言,可以按顺序逐一进行剖析,也可以确立核心向前后两头延伸进行研究;就研究主题而言,或者展示"意义整体"的具体化过程和作品的经典化进程,或者解决学术中的疑难问题,或者比勘诗学命题的异同联系,或者着眼宏观的阐释原则和接受规律的把握;就研究方法而言,或从历史角度考察作品阐释差异及原因,或从美学角度概括历史阐释中的审美一致性,以认识多样的审美价值和独特的艺术风貌等。

其三,影响史研究。当一篇作品对后代作家产生了影响,被历代同题同类之作反复摹仿、借鉴、翻用,就形成了它的影响史。换言之,所谓"影响史",就是指受到艺术原型和艺术母题的影响启发,在构思、主题和意象体系诸方面具有明显渊源关系,并形成文学序列的历代作品史。美国学者布鲁姆在《影响的焦虑》中提出一个富于挑战性的命题:"诗的历史就是诗的影响史。"初听不免令人诧异,深究颇有道理。诗以言志,文贵独创,影响不是一切。然而,从旧题王昭君《怨诗》与历代"昭君诗"、曹植《洛神赋》与历代"神女赋",到白居易《长恨歌》与"马嵬诗"、《琵琶行》与"琵琶亭诗",表明"诗的历史就是诗的影响史",确实道出了文学创作中某种规律性的现象。创作中存在影响史,批评家就应进行影响史的研究。创作影响的方式是多样的:有的直接明显,有的间接隐蔽;有的影响整体,有的影响局部。借鉴袭用的方式也是复杂的:有的明用诗语意象,有的暗取诗思章法;有的述者不及作者,有的作者不如述者;有的明火执仗,有的暗与契合。影响和借鉴的这种复杂多样性,正是影响史研究的重要课题。在研究思路上,可以研究其接受影响,也可以研究其发挥影响。当然,影响史研究主要以考察经典原型发挥影响的强度、广度和方式为主。①

接受史研究根据对象范围的不同,又可以在四个层面上由点到面、由局部到整体逐步推进。首先是经典作品接受史,如《诗经》接受史、《楚辞》接受史,直至唐人一首绝句、宋人一阕小令的接受史。其次是经典作家接受史,如屈原、陶渊明、李白、杜甫、韩愈、李商隐等的接受史。中国文学史上的每一位伟大的作家,都应当也有必要为其撰写一部接受史。再次是分类、断代文学接受史,如唐诗接受史、宋词接受史、元曲接受史、明清小说接受史,以及唐宋散文接受史等。在上述作品、作家、分体、断代文学接受史的基础上,我们有充分理由对将来撰写总的"读者文学史"或"中国文学接受史"抱乐观态度。

最后,对上述根据文学活动三环节形成的文学史体系的多元开放结构,还应作两点说明。首先,创作、作品和接受在文学活动中是前后连接、相互依存的三个环节。因此,尽管创作史、作品史和接受史各有自己特定的研究领域和学术任务,但在具体研究中文学活动三要素不可能相互割裂,研究者必然会围绕重心作全面观照。其次,本书对创作史、作品史和接受史诸分支的划分,仅就其基本逻辑形态而言,并未穷尽多样的实践形态和交叉形态。如创作史中,与流派史相近的有思潮史,而在国别文学史基础上则有比较文学史等;作品史和接受史的研究,同样可以生发出多样的实践形态和交叉形态。

【基本概念】

| 文学史 | 创作史 | 个体创作史 | 国别文学史 | 作品史 | 文体史 |
| 主题史 | 风格史 | 接受史 | 效果史 | 阐释史 | 影响史 |

---

① 关于接受史研究的理论与实践,可参阅陈文忠《中国古典诗歌接受史研究》(安徽大学出版社,1998年)一书和《文学美学与接受史研究》(安徽人民出版社,2008年)、《为接受史辩护》(安徽师范大学出版社,2014年)中的相关论述。

【思考题】

1. 现代意义文学史形成的标志是什么？它的学术任务有哪些？
2. 为什么说可以把文学史细分为创作史、作品史和接受史三大类型？
3. 个体创作史与国别文学史各有什么特点？
4. 文体史、主题史和风格史各自的任务是什么？
5. 接受史的理论基础是什么？接受史研究有哪些途径？

阅读文献

1. [法]朗松:《文学史方法》,《方法、批评及文学史——朗松文论选》,中国社会科学出版社,1992年。
2. 温潘亚:《文学史·文学史实践·文学史学——文学史元理论的三个层次》,《文学评论》,2004年第1期。
3. 钱中文:《文学发展论》(增订本),经济科学出版社,1998年。
4. 陈文忠:《古典诗歌接受史研究刍议》,《文学评论》,1996年第5期。
5. 陈文忠:《走出接受史的困境——经典作家接受史研究发思》,《陕西师范大学学报(哲学社会科学版)》,2011年第4期。
6. 党圣元、夏静选编:《文学史理论》,中国社会科学出版社,2011年。

简 要 书 目

[1] 亚里士多德:《诗学》(罗念生译),人民文学出版社。

[2] 黑格尔:《美学》(朱光潜译,第3卷下册实为自成一体的"文学理论"),商务印书馆。

[3] 丹纳:《艺术哲学》(傅雷译),人民文学出版社。

[4] 韦勒克、沃伦:《文学理论》(刘象愚等译),生活·读书·新知三联书店。

[5] 波斯彼洛夫:《文学原理》(王忠琪等译),生活·读书·新知三联书店。

[6] 刘勰:《文心雕龙》(有范文澜、杨明照等校注本,周振甫、牟世金、祖保泉等译注、解说本)。

[7] 严羽:《沧浪诗话》(有郭绍虞《沧浪诗话校释》本,人民文学出版社)。

[8] 叶燮:《原诗》,人民文学出版社(有蒋寅《原诗笺注》,上海古籍出版社)。

[9] 刘熙载:《艺概》,上海古籍出版社(有袁津琥《艺概注稿》,中华书局)。

[10] 童庆炳:《文学理论教程》,高等教育出版社。

[11] 伍蠡甫:《西方文论选》(上、下卷),上海译文出版社(或伍蠡甫、胡经之主编:《西方文艺理论名著选编》,上、中、下卷,北京大学出版社)。

[12] 郭绍虞:《中国历代文论选》(一卷本),上海古籍出版社。

后 记

从 20 世纪 20 年代算起,我国大学开设现代意义上的文学理论课程已有 80 年历史。80 年来,文学理论教材的编写可分三个阶段:二三十年代;五六十年代;八九十年代。由于意识形态背景、接受外来影响、文论传统的重视及学科定性定位的不同,各个阶段出自不同学者之手的教材,带有鲜明的时代印记,也有各自的体例特色。前人的学术探索和编写经验,为我们后起者提供了有益借鉴。

经过反复思考,我们认为要编一部既符合学科本性又满足教学需要的文学理论教材,清醒、准确的定位是关键。从这个意义上说,主要面向大学文科学生、各级文学教师及文学评论者和专业文学研究者的文学理论,其基本任务不是指导创作,更不是培养作家,而是为文学教学、文学批评和文学史研究提供系统的价值体系和方法论体系。本书正是根据这一学科定位确定框架、安排内容的。与目前使用较广的几种教材有所不同,除在全书各章一些共同性的理论问题中融入了编写者的学术思考和教学体会,最明显的是将文学起源和文学发展问题扩展成"文学史"一编,尝试初步建立文学史理论的框架,使文学理论成为名副其实的文学批评和文学史研究的方法论。当然,这些都有待教学实践检验,并在实践中不断完善。

本书包含了编写者的学术思考,但作为力求系统传授学科理论知识的教材,更注意吸取前辈师长和时贤的学术成果,在此谨表谢意。特别需要说明的是,编写者所在的安徽师范大学文学院文艺理论教研室,1978 年以来已编著出版多种文学理论教材。其中,由方可畏教授、严云受教授主编,方可畏、严云受、王祖德、姚大如、陈文忠参编的《文学概论》(安徽教育出版社 1987 年初版,安徽人民出版社 1989 年修订版)一书,出版后一直作为本系学生教材,同时作为安徽省高等教育自学考试教材,产生广泛影响。本书作为上述《文学概论》的换代性教材,既有明显区别,更有内在联系。在此,谨向前辈致以深深的敬意和谢意。

本书是集体成果,但各有分工。主编提出总体思路,经集体讨论后拟出编写提纲,各位编写者分头执笔撰写书稿,最后主编作局部调整。具体分工如下(以执笔章节先后为序):

陈文忠:绪论、一、八、九、十章;

江守义:二、三章;

丁云亮:四、五章;

章　池:六、七章。

安徽师大文学院负责同志关心、支持本教材的编写。安徽大学出版社及时安排出版,编辑朱丽琴女士工作周到细致。在此,谨向他们致以深切谢意。

陈文忠
2002年8月于安徽芜湖

修订二版后记

暑假,这是学生休闲,教师忙碌的季节。

2002年的盛夏,我们完成了本书第一版的撰写。2007年的盛夏,我们完成了本书修订版的修订。

从2002年秋季至今,本书经过五届学生的教学实践,效果令人满意。尤其五届学生普遍认为,这本教材观点新颖,内容丰富,条理清晰,体系完整,功能目标明确,易读、易懂、收获大。全体编写者为之极感欣慰。与此同时,这本教材在学界、在社会上也逐渐产生影响。相识和不相识的朋友,或邮件、或撰文予以肯定和好评,并不断有高校把它作为教材。2003年,以这本教材为基础,我们的"文学理论"课程被评为安徽省首届高校"精品课程"。此后,这本教材又先后获安徽师范大学优秀教材奖和教学改革优秀奖等。

不过,全体编写者在五年的教学过程中,始终保持清醒的头脑,并以高度的学术理性审视教材存在的不足,期待再版机会予以修订。2007年春天,出版社告知我们要再版此书,教材的修订工作便正式着手。

教材的任务是向学生传授本课程的系统知识。因此,除内容的科学性、系统性和完整性外,它还应努力适应学生的阅读,力求通俗易懂,深入浅出。基于这种认识,本次修订在编撰理念、学术观点和全书框架不变的前提下,主要作了以下几方面的完善:

一是规范概念命题,使表述更为准确明晰;

二是删削重复材料,使内容更为严谨简明;

三是增加若干小标题,使层次更为清晰有序;

四是个别章节替换新的研究成果,使阐述更为科学合理。

此外,在第一章的开头,增加了"'文学'的对象范围"一段,作为正式讲授文学理论前的"导引"。我校的文学理论课程一直被安排在中文系学生大一期间。文学理论讲授的是文学和文学活动的本质规律,它需要听课者具备丰富的文学经验和系统的文学史知识。刚入学的大一新生还难以满足这一要求。因此,刚开始讲课时,学生往往不得要领,效果不理想。在正式讲授文学理论前,先向学生交代清楚文学理论的研究对象及其范围,既可以让学生自觉进入文学语境,也可为学生的文学阅读提供指导。从以往的教学实践看,这样做的效果是比较好的。

尽管教材编写时下并不为人看好,而且不被视为真正的学术成果。但在我们看来,作为体现最高学术成就和最新学术成果的大学教材,应当是所有出版物中最严肃、最严谨的著作。因此,在整个修订过程中,黑格尔《逻辑学》"第二版序言"中的一段话始终回响在我的耳畔:

> 在提到柏拉图的著述时,任何在近代从事重新建立一座独立的哲学大厦的人,都可以回忆一下柏拉图七次修改他关于国家的著作的故事。假如回忆本身好像就包含着比较,那么这一比较就知会更加激起这样的愿望,即:一本属于现代世界的著作,所要研究的是更深的原理、更难的对象和范围更广的材料,就应该让作者有自由的闲暇作七十七遍的修改才好。①

在这位以严谨著称的哲学家看来,一本真正对现代世界负责的著作,应当"作七十七遍的修改才好"。这种一丝不苟的学术态度,我们虽不能至,心向往之,并将作为我们学术追求的最高榜样。

在校读"修订版"清样时,责任编辑朱丽琴女士告诉我们一个好消息:在最近省教育厅组织的省级规划教材评审中,本书通过了专家评审,被列入安徽省高等学校"十一五"省级规划教材。这是激励,更是鞭策。我们将以此为契机,在今后的教学实践中,以更清醒的学术理性审视教材,以期今后再修订时使本书得到进一步的提高。在此,我们也恳请相识和不相识的朋友,继续关心本书,继续向我们贡献你们的意见和智慧。

此次修订的成员和分工,与本书第一版相同。

安徽大学出版社的同志极为重视本教材的编撰和修订,特别是责任编辑朱丽琴女士,在教材修订中再次付出了辛勤劳动,并以极大的热情关心本书省级规划教材的申报工作。我们在此一并致以最诚挚的谢意。

陈文忠
2007 年 9 月于安徽芜湖

---

① [德]黑格尔:《逻辑学》上卷,北京:商务印书馆,2001 年,第 20~21 页。

修订三版后记

从 2002 到 2007,从 2007 到 2012,又一个仲夏时节,全体编写者完成了这部教材第三版的校订和修改。

2009 年,以这部教材的第二版为基础,我们的"文学理论"课程被列入国家级"精品课程"建设项目。教材是教学之本。在课程建设规划中,教材建设仍是核心任务之一。

按建设规划,"文学理论"课程的教材建设,将分序列分阶段进行。与"文学理论"课程直接相关、排在第一序列的,主要有三本教材:一是基础性的《文学理论》的修订;二是实践性的《文学评论文选》的编撰;三是提高性的《文艺学美学研究导论》的撰写。《文艺学美学研究导论》于 2011 年初正式出版,是高年级的专业方向课教材,旨在让学生了解本学科的学术发展,掌握本学科的学术特点,形成自觉的学术意识,培养初步的学术研究和学术写作能力,由"学习"进入"研究"、由"知识接受"进入"知识创造"。经过两届的使用,学生评价高,教学效果好。《文学评论文选》是《文学理论》的辅助性教材,旨在通过典范的揣摩,培养学生实际的评论写作能力。试用性教材于 2011 年底完成,2012 年春季学期正式用于教学。教学采用以学生为主的互动方式。每个教学周,先由一组学生讲解一篇论文,然后集体课堂讨论,最后教师评点总结。一个学期讲完全部文选。学生对这种人人参与、人人上讲台的教学模式,态度积极,反响热烈。《文学评论文选》已完成修订,年内正式出版。今后,《文学评论文选》将作为《文学理论》的配套教材使用,旨在建立一种理论与典范、思辨与实践,双线并行、互为补充的能力型"文学理论"教学模式。

接下来便是《文学理论》的修订。目前,汉语言文学系的课程体系大致由"语言""文学""写作"三大部分构成。"文学理论"在课程体系中处于核心位置:

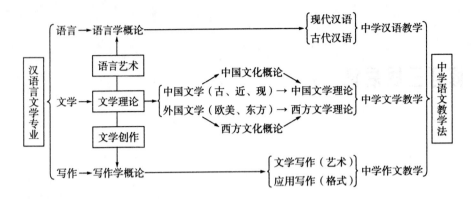

明确"文学理论"的独特地位和自身特点,认清"文学理论"与其他课程的关系,既有助于教师和学生从课程体系的角度认识"文学理论"的意义,也为学生建构完整的知识体系和未来的学术深造提供必要的参照。

"文学理论"在课程体系中处于核心位置,《文学理论》则是"文学理论"课程的第一教材。教材面对学生,教学培养学生。在此次修订前,我们再次通过座谈会和书面问卷形式,广泛征集学生的意见和建议。根据大部分学生的建议,本次修订,在编撰理念、学术观点和全书框架不变的前提下,力求兼顾教材的学术前沿性和教学实用性,除文字表述的校订外,主要做了以下几方面工作。

一是修改某些章节的标题,使论题更为逻辑有序。如第一章"文学本质特性",改用"文学的社会特性""文学的审美特性""文学的媒介特性"三个标题,逻辑更合理,表述更清晰;此外,第六章的某些标题也作了相应修改。

二是补充概念术语的定义,扫除阅读理解的困难。从第一章到最后一章,概念和术语的定义都有不同程度的补充和修订。

三是吸收最新的研究成果,深化某些论题的阐述。如关于文学的人学本质或人性本质,在原来的基础上作了深化,指出:"必须从生命哲学的角度对文学的人心或人性本质作双重规定:从质的方面说,它是指每一个生命个体的普遍人性;从量的方面说,它是指有限的个体生命的百年情怀;前者是指文学对象的生命特质,后者是指文学对象的生命范围。就前者而言,与其说'文学是人学',不如说文学是心学、是审美的人性学;就后者而言,人类的文学史,就其精神母题而言,实质是百年人生情怀的咏叹史。"此外,第四章、第五章对某些问题的阐述,也有不同程度的深化。

四是每个章节的最后,除原有的"基本概念"外,增加了"思考题"和"阅读文献",旨在增强教材的教学实用性,也为学生的知识掌握和拓展性学习提供引导。

理论是概念范畴的体系。一部教材是一套具有内在联系的概念、范畴、命题的逻辑体系;一个章节同样是一组概念、范畴、命题的逻辑体系。据此,有不少学生提议,希望教材的每一章都能提供一个"概念范畴体系表"。这是一个很好的提议,对教材编写者来说并不困难。但我们经过认真讨论,还是"割爱"了。我们认为,《文学理论》对当下本科生具有双重意义,一是提供理论知识,二是训练理论思维。理论思维只有在理论著作的细读中才能得到训练。因此,我们希望并要求学生能在细读教材的基础上,自己整理出每一章的"概念范畴体系表",这对思维训练是大有裨益的。其实,每一届有不少同学已自觉地作了这方面的训练,并极大地提高了自己的思维能力和理论兴趣。

此次教材修订,还有一点需要说明:教材第四、五章的修订工作由李伟副教授承担,原编写者丁云亮先生未参加教材修订,并就此退出编写组。近两年,由于教学岗位的变动和学术兴趣的转移,丁云亮先生已离开文学院,也不再承担文学理论教学工作。此次修订前,我征求了丁先生的意见,最后作了上述安排。在此,我代表教材编写组和课程建设组,对丁云亮先生长期以来在《文学理论》的教材编写、课程建设和课堂教学中付出的辛劳和贡献的智慧表示衷心感谢,并将永远珍视我们之间纯朴的友谊。

安徽大学出版社极为重视本教材的再次修订,新任责编卢坡敬业亦专业,为教材以新的面目顺利出版付出了极大的辛劳。在此,我们一并致以最诚挚的谢意。

陈文忠
2012 年 7 月于安徽芜湖

第四版后记

读透一部书，拥有一部书！

"逝者如斯夫，不舍昼夜"！从 2012 年第三版至今，将近 10 个年头过去了；从 2002 年初版至今，将近 20 年过去了。编写组成员和教材一起，走过了 20 年，增长了 20 岁！

第四版的修订，始于 2020 年 5 月，完成于 2020 年 11 月。2020 年是新中国历史上极其不平凡的一年；本教材所支撑的"文学理论"课程也荣列首届国家级一流课程（线上线下混合式）。编写组成员就在这"极其不平凡"的年头，群策群力，精诚合作，以一如既往的严谨态度完成了修订任务。

此次修订主要是在第三版基础上作进一步的完善。除改正以往校对中的疏漏、推敲文字表述外，修订主要包括三个方面。一是调整个别章节部分内容的结构。将第一章中的"'文学'辨析"，独立为第一节；第七章第三节中"文学批评的逻辑"，把原来的"论述逻辑"与"思维逻辑"对调。二是修正个别内容的观点。如第二章第一节"文学作品结构层次"，原来把"二分法"与"层次论"作对立处理，现在修正为平行互补的关系。三是修正了个别术语的表述，调整了个别问题的论述，厘清了个别段落的层次，充实了一些必要的材料等。

20 年后重读这部教材，我们以为，当初确定的编写宗旨，建立的知识体系，全书的基本理论观点，经受住了时间的检验。当然，编写组成员会继续好学如初，从善如流，在教学实践中不断发现问题，倾听异见，研究问题，吸收新知，不断完善教材，提升教材质量。

对一部以传授知识、形成能力、训练思维和培养情怀为宗旨的教材来说，撰写重要，"接受"同样重要。此次修订，经编写组商议，拟在"第四版后记"中，对教材的"接受"，即教材的阅读和使用提几点要求，可概括为三个词：通读，读透，使用。

一是"通读"，即通读全书，也即近年倡导的"整本书阅读"。从头至尾、一字不漏地通读全书，这是大学阅读或学者阅读的基本守则。"绝对不引证自己没有从头到尾读过的一本书",这被学界奉为学者必须遵循的"金科玉律"①。然而,通读全书,细读经典,谈何容易?切莫说"手机时代"的大学生,这对于古代学者也非易事。针对当年学风之弊,清代学者陈澧曾说:"学者之病,在懒而躁,不肯读一部书。此病能使天下乱。"②他把学者"不肯读一部书"提到"此病能使天下乱"的高度,是沉痛语,也是警世语。对于今天的《文学理论》读者来说,通读全书,至少有三方面的需要。

其一,掌握知识体系的需要。任何一部大学教材都是相应学科经典常识的理论体系。《文学理论》则是文艺学经典常识的科学体系。科学性、系统性和全面性是教材编写的基本原则。要想全面了解一门学科的内容,通读教材比听教师讲课获得的更完整。西哲有云:当教授窘得脸色发白时,教材已表达得一清二楚。

其二,形成听课"前理解"的需要。通读教材,为课堂上主动听课打下基础。阐释学认为:知识的获得与个人的"前理解"密切相关。你所学到的,是你心中已有的;你所理解的,是以你的"前理解"为基础的。有了阅读的"前理解",听课便会双倍清楚;没有阅读的"前理解",听课就会双倍糊涂。正是在这个意义上,美国思想家爱默生曾说:"只有学生提高到了与你同样的状态,具有了同样的理论,你才可以教育他们;于是开始输血了;于是你就是他,他就是你了;于是才有了教育。"③这段初读似乎不可理喻的话,仔细想想实是蕴涵丰富智慧的至理名言。

其三,弥补课时限制的需要。如初版后记所说,本教材旨在为文学教学、文学批评和文学史研究提供系统的价值体系和方法论体系。因此,全书的理论内容颇为丰富,基本可以满足文学教师、文学评论者和文学史研究者的需要。作为文学院汉语言文学专业的主干基础课,《文学理论》一般会开设两个学期,但由于课时有限,依然难以在课堂上讲授全书。从近20年的教学实际看,课堂讲授大都止于第三编"文学接受",第四编"文学史"则告阙如。按当下惯例,讲到哪,考到哪,学生就学到哪,于是第四编便成了"无效知识"。其实,"文学史"不仅是全书的有机部分,也是全书提高性的理论,它从微观文本扩展到宏观历史。通读全书会极大地开拓你的知识视野和理论视野,使你获得完整的现代文学理论学养。

二是"读透",即沉潜反复,虚心涵泳,由概念到体系,由局部到整体,读透全书。为什么在"通读"的基础上还要强调"读透"?

---

① [英]鲍桑葵:《美学史》,北京:商务印书馆,1985年,第3页。
② 转引钱穆:《学籥》,北京:九州出版社,2016年,第81页。
③ 《爱默生演讲录》,北京:中国人民大学出版社,2004年,第308页。

其一,"读透"是"通读"的深化。如果说"通读"是量的要求,那么"读透"则是质的要求;"通读"是知识体系的基本掌握,"读透"则是理论方法的透彻理解。

其二,从学习效果看,用心细读胜过用耳听讲。课堂上听到的,如沙漠中的几滴雨,瞬间就会蒸发;细读中体悟到的,如心中的一眼泉水,会不断喷涌思想灵感。教师的讲授可以帮助学生深化理解,拓展思路,提供新知识,但不可能取代自己的潜心涵泳。

其三,潜心"读透"的过程,也是思维训练的过程。一个优秀的语文教师,要有丰富的文学知识、独到的鉴赏能力,还要有缜密清晰的思维能力。丰富的知识和独到的见解,只有借助清晰的思维,才能言而有序,直抵学生的内心。在汉语言文学系的课程体系中,《文学理论》是最具哲理性和思辨性的教材,因而也是思维训练最有效的读本。在谈到理论思维的训练时,恩格斯曾指出:我们只能通过哲学学习思维。[①]确实,我们只能在哲学中学习哲学,在理论中学习理论,在思维中学习思维。对于文学院的学生来说,可以在思辨性较强的《文学理论》的细读中,训练自己的思维能力。

怎样才能"读透"全书,或怎样才算"读透"全书?"绪论"谈到"文学理论的学习"时指出:"文学理论作为理论学科,在内容上系统论述文学和文学活动的本质特征和内在规律;在形式上则表现为由一整套具有内在联系的概念、范畴和命题构成的逻辑体系。同所有的科学理论体系一样,概念、范畴、命题是文学理论最基本的构成要素。文学理论的学习首先应透彻掌握每一个概念范畴,在此基础上全面掌握完整的理论体系。"换言之,在透彻掌握每一个概念、范畴、命题的基础上,全面掌握完整的理论体系,这是"读透"全书的基本原则和方法。

据此,在细读全书时,应有意识地进行"阐释的循环",透彻地理解概念、命题、论题的含义,疏通全书部分与部分、部分与整体的关系。细读中的"阐释的循环",从每一章、每一编到全书,至少可分三个层次:每一章抓住核心概念和核心命题,读透节与节之间、概念或命题之间的逻辑关系;每一编围绕核心论题,读透章与章之间、论题与论题之间的逻辑关系;在此基础上,围绕本书宗旨,读透四编之间的逻辑关系,即把握从"作品""创作""接受"到"文学史"的内在理论联系,实现对全书理论方法的透彻理解和掌握。

20年来,从教材撰写到三次修订,我们始终把逻辑有序、层次清晰、定义规范、标题醒目,置于重要位置,并不断推敲完善。因此,只要有耐心,肯用心,能细心,"读透"全书并不困难。

[①] 恩格斯在《自然辩证法》中说:"理论思维无非是能力方面的一种生来就有的素质。这种才能需要发展和培养,而为了进行这种培养,除了学习以往的哲学,直到现在还没有别的办法。",见《马克思恩格斯选集》第4卷,北京:人民出版社,1995年,第284页。

这里不妨介绍一种"读透"的方法,即第三版后记提到的"概念范畴体系表"。具体做法是,在细读的基础上,以章、节、论题为单元,为每一部分勾画一个"概念范畴体系表"(或曰"思维导图"),这有助于对章、节、论题、进而对全书内容的理解和掌握。我们在教学中,对每个单元作总结时,经常采用这种方法。且举二例。

例如,讲到"文学作品的整体结构"时,勾画了这样一个"概念范畴表":

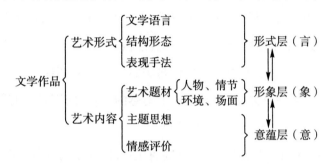

再如,讲到"文学作品的情节要素"时,勾画了这样一个"概念范畴表":

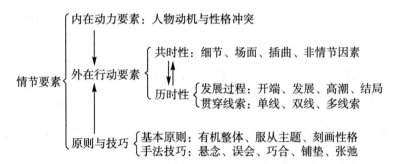

这两个表详略不同,"文学作品的整体结构"比较简略,"文学作品的情节要素"比较细致。另外,这两个论题的概念范畴,在教材的基础上有所补充,这在教学中是很正常的。稍花一点功夫,以章、节、论题为单元,勾画一个个概念范畴体系表,既有助于"读透",也有助于记忆。

三是"使用",即把本书的理论方法用于文学鉴赏、文学教学、文学批评和文学史研究。"通读"与"读透"是手段,"使用"是目的。如果只会"背诵"而不会"使用",徒增记忆而未长才干。学而未能致用,记忆也不会长久。

如何"使用"?这是关键。从本质上说,《文学理论》的性质内容决定了使用的对象范围。"绪论"所提出的文学理论的"双重意义"和"三种功能",已经回答了"使用"的问题。这里专门就文学教学和文学批评中使用《文学理论》的具体方式,作几点补充。一般地说,使用《文学理论》的方式,可分三个层次:理论观点的引用,研究方法的使用,价值标准的运用。

其一,理论观点的引用,即直接引用教材中的概念、命题、理论论述,去说明教学和评论中需要说明的理论问题。例如,要向你的学生解释"为什么唐诗和宋词能打动现代人的心灵"?这属于文学本质问题,可以从文学的生命本质所形成的文学主题的永恒性去解释。简单地说,文化是生命实践的精神升华,而个体生命的有限一次性,决定了族类生命的无限重复性;族类生命的无限重复性,则决定了文化和文学的永恒性。三千年文学史,百年人生情怀咏叹史!因此,唐诗可以为我们抒情!宋词可以为我们歌唱!再如,要向你的学生解释"为什么电影《红楼梦》比小说《红楼梦》更受青年人欢迎"?这属于语言艺术的特征问题,可以从文学形象的间接性与美感二重性去解释。简单地说,文学形象的间接性与语词的符号性有关,并由此造成了美感的二重性,即其一方面弱化了文学的美感效果,另一方面又提供了审美的想象空间。

教材每一章后面列出的"基本概念"和"思考题",是学生时代的"知识考点";走出校门,便是教师生涯的"理论学养"。它为你呈现了教学中可能遇到的大部分理论问题,为你提供了回答学生的大部分理论答案,也为你评论写作提供了需要阐释的大多数理论问题。

其二,研究方法的使用,即把教材提供的理论原则和研究方法,用于文本分析和文学研究。教材内容可辨析为原理和方法两个层次,研究方法的使用也可分为两个层次。一是把教材中提出的理论原则用于文本分析和经典细读。教材第一编"文学作品"论,从本质特征、结构要素、文体形态诸方面对文学作品进行了理论分析。这一编的理论原则,为作品分析提供了一个完整的、多层次、多角度的"阐释框架"。上述"作品整体结构"和"作品情节要素"的概念范畴表,就是结构和情节分析的两个"阐释框架"。其实,这一编的每一个论题都是一个"阐释框架"。如"创作过程"论为创作研究提供了"阐释框架","创作风格"论为风格分析提供了"阐释框架","发展规律"和"发展进程"为文学发展研究提供了"阐释框架"等。二是把教材中介绍的研究方法直接用于文学作品和文学史研究。第七章第三节中的"文学批评的基本模式",论述了现代文学批评的四大模式,并介绍了社会文化批评、精神分析批评、俄国形式主义批评、英美新批评、阐释学、接受美学等现代批评方法;第九章"文学发展进程"讨论了文学思潮、比较文学、大众文化的研究;第十章"文学史研究"介绍了创作史、作品史、接受史的研究等,均可直接用于特定问题的研究。从这个意义上说,一部《文学理论》就是一部文学批评和文学史研究的方法论。

其三,价值标准的运用,即运用教材提出的价值标准,对不同体裁、不同类型作品的优劣高下进行评价。教学和评论中的文本解读离不开价值评价,价值评价离不开评价标准。《文学理论》提出的价值体系,至少可以分三个层次:一是文学本质特征论就是文学价值论,它揭示了文学作品不同于历史作品与新闻作品的艺术特征和价值;二是文学批评的标准论,它系统阐述了文学评价的"思想标准"和"艺术标准"(其中的"艺术标准",如文学形象的生动性与典型性、文学形式的完美性、文学风格的独创性、文学精神的民族性等,实质是文学本质特征的延伸与具体化);三是不同文体、不同风格、不同流派、不同思潮类型的作品,有不同的艺术特征和评价标准,诗歌不同于小说,叙事文学不同于戏剧艺术,豪放派不同于婉约派,现实主义不同于浪漫主义等。从这个意义上说,一部《文学理论》又是一个多层次的文学评价体系。在文学教学时,教师可以运用不同的价值标准,衡量、评价不同类型的作品。

读透一部书,拥有一部书。"通读"→"读透"→"使用",是一个循序渐进的过程。"读透"是关键!一本书只有读到能自如运用,才会真正成为属于自己的书,才会由外在的知识转化为内在的智慧。读《文学理论》如此,读经典更是如此。一个智慧的头脑就是由一部部读透的经典炼就的。

第四版的修订得到安徽师范大学文学院领导的关心和支持;安徽大学出版社一如既往,及时安排本书的出版;新任编辑刘婷婷女士认真细致,为教材新版付出了辛劳和智慧。在此,我们一并致以最诚挚的谢意!

陈文忠
2021 年 2 月 6 日于上海浦东